Weitere Titel der Autorin:

Zum Teufel mit David
Im Garten meiner Liebe
Wilde Rosen
Wellentänze
Eine ungewöhnliche Begegnung
Glücksboten
Eine Liebe in den Highlands
Geschenke aus dem Paradies
Sommernachtsgeflüster
Festtagsstimmung
Eine kostbare Affäre
Cottage mit Aussicht
Glücklich gestrandet
Sommerküsse voller Sehnsucht
Botschaften des Herzens
Das Glück über den Wolken
Sommer der Liebe
Fünf Sterne für die Liebe
Eine unerwartete Affäre
Eine perfekte Partie
Rendezvous zum Weihnachtsfest

Über die Autorin:

Katie Fforde lebt mit ihrer Familie in Gloucestershire und hat bislang 22 Romane veröffentlicht, die in Großbritannien allesamt Bestseller waren. Darüber hinaus ist sie als Drehbuchautorin erfolgreich, und ihre romantischen Beziehungsgeschichten werden regelmäßig unter anderem für die ZDF-Sonntagsserie HERZKINO verfilmt. Wenn sie nicht mit Schreiben beschäftigt ist, hält Katie Fforde sich mit Gesang, Flamencotanz und Huskyrennen fit.

Katie Fforde

Sommerhochzeit auf dem Land

Roman

Aus dem Englischen von
Gabi Reichart-Schmitz

BASTEI LÜBBE TASCHENBUCH
Band 17 520

Dieser Titel ist auch als E-Book erschienen

Vollständige Taschenbuchausgabe

Deutsche Erstausgabe

Für die Originalausgabe:
Copyright © 2015 by Katie Fforde Ltd.
Titel der englischen Originalausgabe:
»A Vintage Wedding«
Originalverlag:
Centura/The Random House Group Limited, London

Für die deutschsprachige Ausgabe:
Copyright © 2017 by Bastei Lübbe AG, Köln
Titelillustration: © living4media/Great Stock!
Umschlaggestaltung: Kirstin Osenau
Satz: Urban SatzKonzept, Düsseldorf
Gesetzt aus der Goudy
Druck und Verarbeitung: GGP Media GmbH, Pößneck
Printed in Germany
ISBN 978-3-404-17520-8

5 4 3 2

Sie finden uns im Internet unter www.luebbe.de
Bitte beachten Sie auch: www.lesejury.de

Ein verlagsneues Buch kostet in Deutschland und Österreich jeweils überall dasselbe.
Damit die kulturelle Vielfalt erhalten und für die Leser bezahlbar bleibt,
gibt es die gesetzliche Buchpreisbindung. Ob im Internet, in der Großbuchhandlung,
beim lokalen Buchhändler, im Dorf oder in der Großstadt – überall bekommen Sie Ihre
verlagsneuen Bücher zum selben Preis.

*Für meine entzückenden Bräute,
Briony Wilson-Fforde und Heidi Fforde.
Ihr wart beide so wunderschön –
danke, dass ihr allen so wunderbare
Erinnerungen beschert habt.*

1. Kapitel

Beth Scott warf einen Blick auf die Uhrzeit auf ihrem Laptop, meldete sich bei Skype ab und loggte sich dann ganz aus. Ihr war klar, dass sie zu spät zur Veranstaltung im Gemeindesaal kommen würde, wenn sie sich jetzt nicht beeilte. Obwohl es nicht besonders aufregend klang und sie keine Ahnung hatte, wozu das gut sein sollte, hatte sie sich im Dorfladen ein sogenanntes »Glückslos« aufschwatzen lassen. Und um möglicherweise einen Preis zu bekommen, musste sie anwesend sein. Außerdem – und bei dem Gedanken fühlte sie sich ein bisschen jämmerlich – könnte sie dort vielleicht jemanden kennenlernen: einen potenziellen Freund oder, besser noch, jemanden, der ihr einen Job gab. Sie lebte jetzt seit einer Woche in Chippingford und hatte bislang nur mit Leuten im Geschäft und – dank Skype – mit ihrer Schwester Helena gesprochen. Über Weihnachten hatte sie weit entfernt wohnende Freunde besucht. Zum ersten Mal überhaupt war sie über die Weihnachtstage nicht nach Hause gefahren und hatte sich deshalb nicht mit ihren alten Freunden getroffen. Jetzt fühlte sie sich ausgesprochen einsam; und um ehrlich zu sein, brauchte sie einen Job. Sie war zwar noch nicht völlig pleite, musste aber mit ihrem Geld sehr sorgfältig haushalten.

Als sie ihr kleines gemietetes Cottage verließ (ein Ferienhäuschen, das man ihr dankenswerterweise überlassen hatte) und die Dorfwiese überquerte, schätzte sie sich trotz allem glücklich, an so einem hübschen Ort gelandet zu sein. Zwar war dies hier kein Postkartenidyll, aber das Dorf war recht nett. Es gab eine Kirche, einen Pub und ein Geschäft; alle drei lagen direkt an der Dorfwiese, und die Schule war auch nicht weit entfernt.

Beth erreichte das hinter der Kirche gelegene Gemeindezentrum und erkannte, dass es nicht mit dem Charme des restlichen Dorfes mithalten konnte. Schüchtern und nervös öffnete sie die Tür. Sie hatte nicht einmal einen Blick in den Spiegel geworfen, sondern sich einfach nur die Kapuze ihres Parkas über den Kopf gezogen, um ihre ungewohnt kurzen Haare zu verbergen, und war aus dem Haus gelaufen. Doch die freundliche Miene der Frau direkt hinter der Tür ließ sie das schnell vergessen.

»Oh, hallo«, sagte die Frau, »wie schön, dass Sie gekommen sind! Ich bin Sarah. Wir haben uns im Laden getroffen.«

»Und Sie haben mir ein Glückslos verkauft«, antwortete Beth. Zu dem Zeitpunkt hatte sie gezögert, ein Pfund für etwas auszugeben, was man nicht essen konnte, aber jetzt fand sie, dass sich die Investition gelohnt hatte. Sarah war eine attraktive Frau mittleren Alters und wirkte ein bisschen zerstreut. Und es hatte fast den Anschein, als hätte sie auf Beth gewartet.

»Das ist meine Tochter Lindy. Sie wird sich um Sie kümmern. Drüben in der Ecke ist noch jemand, der noch nicht das Pensionsalter erreicht hat. Vielleicht möchten Sie sich zu dieser Frau gesellen?«

»Meine Mum nimmt an, dass wir automatisch Freunde werden, weil wir hier fast die Einzigen unter fünfzig sind«, erklärte Lindy, während sie Beth durch die Menge dirigierte. »Sie meint es gut, und sie hat sich so gefreut, als sie mir erzählte, dass sie Lose an zwei Fremde verkauft hat. Sie war so entzückt, als wäre sie unter der Dorfwiese auf Öl gestoßen.«

Beth lächelte. »Ich bin Beth. Und ich kann mir nicht vorstellen, dass die Leute so begeistert wären, wenn man ihren Dorfanger wegen einer Ölbohrung umpflügen würde.« Lindy gefiel ihr. Auch sie trug einfach nur Jeans und ein Sweatshirt unter ihrer Jacke. Ihre honigblonden Haare hatte sie zu einem unordentlichen Dutt zusammengefasst, und sie hatte einen Spider-Man-Anstecker.

Lindy lachte über Beth' kleinen Scherz. »Schlechtes Beispiel. Aber ich bin sicher, Sie verstehen, was ich meine.«

»Oh ja.« Sie dachte an ihre eigene Mutter. Auch sie fasste Menschen gern zu Gruppen zusammen. Allerdings beruhte ihre »Typisierung« auf Geld, Gesellschaftsschicht oder sozialem Stand.

Lindy fuhr verlegen fort: »Mum glaubt, ich muss dringend neue Leute kennenlernen. Wenn sie also jemanden trifft, den sie nicht aus meiner Grundschulzeit kennt, überfällt sie ihn regelrecht und stellt uns einander vor – in der Hoffnung, dass wir das werden könnten, was sie ›Busenfreundinnen‹ nennt.«

Beth lachte. »Und dabei haben Sie bestimmt schon haufenweise Freunde.« Lindy war hübsch und wirkte nett, und sie war hier aufgewachsen: Sie kannte höchstwahrscheinlich jede Menge Leute.

Lindy schüttelte den Kopf. »Eigentlich gar nicht so viele. Die meisten sind weggezogen, deshalb macht Mum sich Sorgen. Ach, da ist Rachel! Mum sagt, sie kommt aus London. Sie wohnt in dem Haus, das vor Kurzem renoviert wurde. Rachel ist noch nicht lange hier.«

»Cool! Gehen wir doch zu ihr!« Beth fühlte sich ermutigt. Sie mochte Lindy jetzt schon, und sie war bereit, Rachel ebenfalls zu mögen.

Rachel ist offensichtlich ein bisschen älter als ich, dachte Beth bei sich. Und sie wirkte sehr gepflegt, sehr »London«. Plötzlich kam sich Beth ein bisschen gammelig vor.

Doch trotz ihrer glänzenden, geglätteten roten Haare und der wahrscheinlich gebleichten Zähne lächelte Rachel, als freute sie sich über die unverhoffte Gesellschaft. »Hallo, Sie müssen Lindy sein ...«

»Und ich bin Beth.«

»Rachel. Wollen wir uns nicht duzen?«

»Gute Idee!«, sagte Beth, und Lindy nickte ebenfalls zustimmend.

Jetzt aus der Nähe fand Beth, dass Rachel ebenfalls einsam sein musste. Warum sollte sie sich sonst so freuen, weil zwei Frauen sich zu ihr gesellten, die wahrscheinlich ein bisschen jünger und eindeutig weniger gut gekleidet waren als sie selbst? Wenn sie noch nicht lange in ihrem Haus wohnte, hatte sie vielleicht noch keine Zeit gehabt, Leute kennenzulernen.

Es entstand eine leicht unbehagliche Pause, dann sagte Lindy: »Ich liebe deine Frisur, Beth.«

Beth fuhr sich mit der Hand durch die Haare. Der sehr kurze Haarschnitt war noch ganz frisch, und sie hatte sich noch nicht richtig daran gewöhnt. »Findest du nicht, dass es aussieht, als hätte ich mir die Haare für einen wohltätigen Zweck abgeschnitten?«

Rachel und Lindy lachten. »Nein, überhaupt nicht!«, erwiderte Lindy.

»War es denn so?«, wollte Rachel wissen.

»Nein! Allerdings wünsche ich es mir jetzt, denn dann hätte das Ganze einen Sinn gehabt und wäre keine spontane Aktion gewesen. Wisst ihr, ich hatte immer sehr lange Haare. Meine Mutter wollte nie, dass ich sie abschneiden lasse.«

»Es sieht super aus«, meinte Rachel. »Du hast das richtige Gesicht dafür. Und deine Augen wirken dadurch riesig. Entschuldigung, das war vielleicht ein bisschen zu persönlich.«

»Möchte jemand ein Würstchen im Schlafrock?«, fragte eine Frau mit einem fröhlichen Gesicht und einem beachtlichen Körperumfang und hielt ihnen eine Platte hin. »Ich habe sie selbst gebacken.«

»Sie schmecken bestimmt fantastisch«, sagte Lindy. »Mrs. Townleys Gebäck ist im ganzen Dorf berühmt.«

»Danke, Lindy. Schön, wenn es gewürdigt wird«, erwiderte Mrs. Townley.

Beth fiel ein, dass sie an dem Tag noch nicht viel gegessen hatte, und bediente sich. »Nehmen Sie gleich zwei!«, forderte Mrs. Townley sie auf.

»Es wäre unhöflich, das nicht zu tun«, ermunterte auch Lindy sie.

»Na dann«, sagte Beth und nahm sich zwei Brötchen.

Während sie aß, schaute sie sich um und stellte fest, dass der Gemeindesaal ohne die Menschenmenge ziemlich trostlos aussehen würde. Die Wände waren grün und rötlich braun gestrichen und brauchten dringend eine Renovierung. Die hohe Decke hatte einen Sichtdachstuhl, müsste aber ganz dringend gründlich geschrubbt oder gleich neu gestrichen werden. »Das könnte ein schönes Gebäude sein«, sagte sie.

»Das habe ich auch gedacht«, meinte Rachel. »Doch ich neige sowieso dazu, mich in alte Häuser zu verlieben.«

»Bittte verlieb dich in das hier!«, sagte Lindy. »Die drei Gruppen, die es momentan nutzen, sind zufrieden damit, so wie es ist, aber meine Mum glaubt, dass das Dach bald einstürzt oder zumindest undicht wird. Sie sagt, wenn die Leute sich nicht zusammenschließen und etwas unternehmen, wird das Gebäude bald verfallen. Deshalb möchte sie gern ein ›Rettet den Gemeindesaal‹-Komitee ins Leben rufen.«

»Es wäre wirklich eine Schande, es einfach verfallen zu lassen«, sagte Rachel und betrachtete die Dachbalken.

Beth starrte ebenfalls zur Decke und stellte fest, dass der Dachstuhl bei näherer Betrachtung nicht besser aussah.

»Hier ist der Wein«, sagte Lindy kurz darauf. »Es könnte sein, dass er selbst gemacht ist.«

»Er ist bestimmt in Ordnung«, erwiderte Beth. Sie spürte, dass Lindy hausgemachten Wein peinlich finden würde, doch es passte vollkommen in das Bild, das Beth sich vom Leben auf dem Land machte. Sie nahm das Glas, das ihr von einer grauhaarigen Dame in einer flotten Lamee-Strickstola angeboten wurde. »Das ist mein erstes Glas Wein, seit ich hier bin.«

»Ach, dann bist du auch neu hier?«, fragte Rachel. »Ich bin erst seit zehn Tagen da. Ich meine, auf Dauer.«

»Alle waren ganz begeistert, als du eingezogen bist«, sagte Lindy. »Niemand wusste, wer einzieht. Eine Familie? Ein Paar?«

»Nur ich«, antwortete Rachel.

Beth war sich nicht sicher, ob darin nicht ein Anflug von Trotz lag. Um die Situation zu entschärfen, sagte sie: »Nun, ich wohne in einem Ferienhaus.«

»In dem hübschen mit der ein bisschen runtergekommenen Veranda?«, fragte Lindy.

»Ganz genau. Es gehört den künftigen Schwiegereltern meiner Schwester«, erklärte Beth. »Sorry, das ist ein bisschen kompliziert.«

Rachel runzelte die Stirn. »Deine Schwester heiratet, und die Eltern ihres Verlobten stellen dir ein Haus zur Verfügung?«

»Ja! Du drückst es viel verständlicher aus. Der Grund, warum sie es mir überlassen, ist, dass ich die Hochzeit organisiere.« Sie machte eine Kunstpause. »Über Skype.«

Die beiden anderen lachten überrascht. »Das klingt nach einer echten Herausforderung«, sagte Lindy.

»Das ist es auch – vor allem, weil die Feier fast nichts kosten darf. Aber meine Schwester hat das Haus für mich organisiert, nachdem ich einen größeren Krach mit unserer Mutter hatte und nach der Uni nicht mehr nach Hause konnte. Deshalb bin ich meiner Schwester etwas schuldig. Ich gebe mir große Mühe, einen guten Job zu machen.«

»Will deine Mutter die Hochzeit deiner Schwester nicht organisieren?«, fragte Lindy.

»Oh doch!«, antwortete Beth. »Sie möchte schon. Aber sie will jedes einzelne Detail in die Hand nehmen, und deshalb hat Helena mich gebeten, die Aufgabe zu übernehmen. Sie ist außer Landes.«

»Mir gefällt der Gedanke an eine Hochzeit, die über Skype organisiert wird«, sagte Rachel.

»Du könntest die Feier im Gemeindesaal abhalten«, schlug Lindy vor, »falls er rechtzeitig renoviert ist. Das wäre schön und günstig.«

»Keine schlechte Idee«, erwiderte Beth. »Wann soll das Zentrum denn fertig sein? Helena möchte Ende August heiraten.«

Lindy schüttelte den Kopf. »Tut mir leid, ich wollte dir keine falschen Hoffnungen machen. Es ist unwahrscheinlich, dass die Arbeiten noch in diesem Jahr in Angriff genommen werden. Das wäre unrealistisch.«

Rachel hatte die Decke noch mal prüfend gemustert. »Schon ein bisschen Farbe würde viel bewirken.«

Beth nickte langsam, während vor ihrem inneren Auge ein Bild entstand. »Auf jeden Fall! Und massenweise Blumen und Bänder.«

»Ich könnte mit den Bändern und Fahnen helfen«, meinte Lindy. »Ich kann nähen.«

»Ist das dein Beruf?«, hakte Beth nach.

Lindy zuckte mit den Schultern. »Gewissermaßen, aber im Augenblick kümmere ich mich um meine Söhne.«

»Du hast Kinder?«, fragte Beth überrascht. Sie schätzte, dass Lindy ungefähr in ihrem Alter war, also Anfang zwanzig. Das kam ihr sehr jung vor für Kinder.

Lindy nickte. »Zwei. Drei und sechs Jahre alt. Meistens sind sie richtige kleine Frechdachse.«

Beth hatte den Eindruck, dass sie das der Form halber hinzugefügt hatte.

»Und was machst du so?«, wollte Lindy wissen. »Abgesehen davon, dass du die Hochzeit deiner Schwester organisierst?«

Beth zuckte mit den Schultern. »Im Moment nichts. Ich muss aber bald was finden. Ich habe Ersparnisse, und Dad zahlt mir immer noch einen Zuschuss wie in meiner Zeit an der Uni, was Mum nicht wissen darf. Aber ich würde ihm gern bald sagen, dass ich das Geld nicht mehr brauche.«

»Hast du gerade deinen Abschluss gemacht?«

»Im letzten Sommer. Ich habe etwas gemacht, was meine Mutter ›Facebook und Kellnern‹ nennt, auch wenn mehr dahintersteckte. Ich hatte nicht die Noten, die ich für Englisch gebraucht hätte – meine Mutter wollte, dass ich Englische Literatur belege. Ich habe mir einen Kurs ausgesucht, der mich so weit wie möglich von zu Hause wegbrachte. Und momentan bin ich arbeitslos.« Beth zögerte, weil sie Angst hatte, dass Lindy sie für eine komplette Versagerin hielt. »Bis Weihnachten habe ich in Brighton in einer Bar gearbeitet, doch dann hatte ich davon die Nase voll.« Sie zog eine Grimasse. »Meine Mutter sagte, ich sei selbst schuld, weil ich so einen lächerlichen Kurs belegt habe. Sie fragt sich, ob man wirklich einen Abschluss braucht, um Barfrau zu werden.«

»Findest du, dass die Zeit an der Uni Zeitverschwendung war?«, fragte Lindy.

»Auf keinen Fall. Ich bin zu Hause rausgekommen, habe jede

Menge über das Leben gelernt, bin unabhängig, und ich hatte eine großartige Zeit.« Beth hielt inne. »Du warst nicht auf der Uni?«

Lindy schüttelte den Kopf. »Nein. Ich bin stattdessen schwanger geworden. Dabei habe ich auch viel gelernt!«

»Das glaub ich dir gern«, erwiderte Beth.

»Ich liebe dieses Gebäude!«, sagte Rachel, die nicht richtig zugehört hatte. »Es hat diesen rustikalen Charme.«

»Du wirst es weniger lieben, wenn du erst die Toiletten gesehen hast«, meinte Lindy.

»Ach, die Toiletten!«, warf Beth ein, der auf einmal bewusst wurde, dass sie ein gewisses Bedürfnis hatte. »Sind sie da drüben?«

Lindy nickte. »Die Tür mit der Aufschrift *Toletten*. Jemand fand es lustig, das *i* zu entfernen.«

Beth lachte und machte sich auf den Weg zu der angegebenen Tür. Als sie den anderen den Rücken zukehrte, glaubte sie, Lindy sagen zu hören: »Viel Glück.«

Wenigstens war die Toilette sauber, aber es war eiskalt, und der Sitz hatte einen bedenklichen Riss. Beth fand, dass man zumindest dieses grundlegende Teil austauschen könnte, auch wenn das Gebäude nur wenig genutzt wurde.

Als sie wieder herauskam und sich gerade die Hände an ihrer Jeans abtrocknete, wurde sie von einem nicht mehr jungen Mann aufgehalten, der ihr vage bekannt vorkam. »Hallo! Sie sind die junge Frau, die in dem Cottage oberhalb des Flusses wohnt?«

»Ja, genau.«

»Ich habe Sie schon öfter gesehen. Wie kommen Sie denn da oben klar?«

»Sehr gut, danke.« Beth lächelte.

Ermutigt fuhr der Mann fort. »Also, ich bin Bob. Mir gehört

die Autowerkstatt an der Cheltenham Road. Es ist schön, ein neues junges Gesicht im Ort zu sehen.«

Beth nickte, während sie darüber nachdachte, wie sie dazu stand, dass jeder wusste, wo sie wohnte und dass sie neu in der Gegend war. Sie kam zu dem Schluss, dass das zum Landleben dazugehörte, genau wie hervorragende Wurstbrötchen und selbst gekelterter Wein.

»Viele neue Leute haben hier nur eine Zweitwohnung«, meinte Bob. »Wir brauchen junge Menschen, die sich fest bei uns niederlassen.«

Ganz kurz fragte Beth sich, ob eine Art Rattenfänger von Hameln durch das Dorf gezogen war. Dann begriff sie, dass wahrscheinlich die meisten einheimischen jungen Leute fortgezogen waren, weil sie sich in der Region kein Wohneigentum leisten konnten. Oder vielleicht gab es keine passenden Jobs.

»Die Gegend ist wunderschön. Sogar im Winter«, sagte sie.

Bob lachte laut. »Sie ziehen jetzt gleich die Lose. Haben Sie Ihres dabei? Es ist wie eine Tombola, wissen Sie?«

Beth hatte sich das schon selbst zusammengereimt. Sie nahm ihr Los aus der Jackentasche und ging mit Bob zusammen zur Bühne am anderen Ende des Saales. Er wartete gespannt, während die Losnummern bekannt gegeben wurden. Offensichtlich nahm er Beth' Glück persönlich und wünschte sich, dass sie etwas gewann.

Natürlich war das nicht der Fall, aber dann wurden die letzten Nummern vorgelesen. Bob blickte ihr über die Schulter und rief: »Hier haben wir eine Gewinnerin!«

Beth überprüfte ihre Losnummer. Sie gehörte tatsächlich zu den Gewinnern. Hoffentlich hatte sie nicht den hausgemachten Pastinakenlikör gewonnen, der auf der Liste der Preise stand!

»Wie es scheint, gibt es ein kleines Durcheinander«, erklärte der Mann am Mikrofon. »Wir haben offenbar zwei Lose mit dieser Nummer herausgegeben.«

Beth wollte gerade sagen, dass es ihr nichts ausmachte, nichts zu gewinnen, aber Bob wollte das nicht zulassen. »Wie konnte das denn passieren?«, fragte er.

»Das müssen wir später rausfinden«, antwortete der Mann am Mikrofon. Obwohl die Leute sich inzwischen dicht um ihn drängten und das Mikro gar nicht mehr nötig gewesen wäre, hatte er es nicht ausgeschaltet. »Wer hat denn noch gewonnen?«

Lindy erschien mit Rachel an ihrer Seite. »Hier!«

Beth seufzte erleichtert. »Oh, es ist schon in Ordnung! Du kannst den Gewinn haben, was auch immer es ist, Rachel. Ich bin sicher, dass ich den Preis nicht haben will.« Aber dann hatte sie Angst, dass sie sich unhöflich angehört haben könnte.

»Weißt du denn, was es ist?«, fragte Rachel.

»Nein. Du?«

Rachel nickte. »Ein ganz entzückendes, traditionelles Teeservice. Wahrscheinlich wirst du es bereuen, wenn du den Gewinn ausschlägst.« Sie sah richtig wehmütig aus. »Ich habe zwei Teller von dem Design zu Hause. Es ist von Shelley.«

»Dann bekommst du es.« Beth blieb beharrlich. »Ich mein's ernst.«

»Es wäre nicht richtig«, wandte Rachel ein.

»Nein, wirklich ...«

Lindy mischte sich ein – wahrscheinlich hatte sie das Gefühl, dass es in dem Stil noch eine ganze Weile weitergehen könnte. »Wenn ihr meine Jungs wärt, würde ich sagen, ihr müsst teilen.«

Rachel sah sie an. »Wie bitte, ein Time-Sharing-Teeservice?«

Lindy nickte. »Wechselt euch einfach ab!«

Beth hatte mittlerweile Zeit gehabt, das Service zu inspizieren, das in einem hübschen Weidenkorb präsentiert wurde. Sie entdeckte, dass es in der Tat wunderschön war. Und vor ihrem geistigen Auge entstand das Bild von vielen hübschen alten Tellern voller Kuchen und Sandwiches. Eine Vintage-Hochzeit – das würde viel besser zu Helena passen als der glamouröse Champagner-Empfang, den ihre Mutter sich vorgestellt hatte. Und die Feier wäre außerdem viel kostengünstiger. Plötzlich wurde sie von Panik erfasst, als ihr klar wurde, wie groß die Herausforderung war, der sie sich mit dieser Hochzeit stellte. Sie hatte eigentlich keine Ahnung, was alles dazugehörte, und musste dringend das Internet danach durchforsten. Eine Sache hatte sie an der Uni auf jeden Fall gelernt: wie nützlich eBay und andere Online-Marktplätze waren.

»Warum gehen wir nicht in den Pub, um das auszudiskutieren?«, schlug Lindy vor. »Ich könnte meine Oma anrufen – sie passt auf die Jungen auf – und ihr sagen, dass ich ein bisschen später als geplant zurückkomme. Außerdem könnten wir uns die langweiligen Ansprachen ersparen.«

Kurz darauf betraten die drei jungen Frauen den Pub.

Beth schaute sich um. Einen Dorfpub hatte sie sich irgendwie anders vorgestellt. Es gab keinen dicken gemusterten Teppich, kein Messing und auch keine Ledersitzgruppen. Der Raum war vielmehr im »Shabby-Chic«-Stil gehalten, wie ein etwas größer geratenes, normales Wohnzimmer. Hinter dem Tresen stand eine glamouröse schwarzhaarige Frau, die offensichtlich das Sagen hatte.

Plötzlich fiel Beth ein, wie wenig Geld sie dabeihatte. »Ähm, darf ich vorschlagen, dass jeder für sich selbst zahlt, es sei denn, wir wollen jeder drei Getränke?«

Lindy wirkte erleichtert. »Gute Idee. Ich kann sowieso nicht lange genug für drei Drinks bleiben.«

Sie gingen zum Tresen. »Hi, Sukey!«, grüßte Lindy. »Ich habe neue Gäste mitgebracht.«

Sukey lächelte. »Cool. Was wollt ihr trinken?«

»Rotwein«, antworteten die drei im Chor.

»Kommt sofort. Und was haben Sie da unter dem Arm?«

Sie zeigte auf den Korb mit dem Teeservice, den Rachel trug.

»Das ist ein Preis der Losaktion. Beth und Rachel haben ihn beide gewonnen«, erklärte Lindy. »Es gab einen Fehler beim Drucken der Lose.«

»Oh, verzwickte Situation!«, sagte Sukey, stellte zwei Gläser mit Wein auf die Theke und griff nach einem dritten.

Sie brachten die Getränke zu einem freien Sofa neben einem Feuer, das hinter einem Kaminschirm munter vor sich hin knisterte und Funken sprühte. Vor dem Kamin lag ein Windhund, der ganz leicht die Schwanzspitze hob, um die jungen Frauen zu begrüßen.

»Tut mir leid, ich habe eben nicht richtig zugehört: Warum organisierst du die Hochzeit deiner Schwester?«, fragte Rachel.

»Unsere Mutter findet grundsätzlich, dass es ihr uneingeschränktes Recht ist, die Hochzeit meiner Schwester zu planen und alles nach ihren eigenen Wünschen zu gestalten. Wenn sie zahlt, darf sie auch alles entscheiden, meint sie.«

»Eine ›Mumzilla‹.« Lindy lachte. »Von denen habe ich schon mal gehört. Sprich weiter!«

»Na ja, meine Schwester will nicht in einer riesigen Kirche heiraten, die sie noch nie von innen gesehen hat, und dann in einem Riesenhotel mit einem Haufen Leute feiern, die sie gar nicht kennt.« Sie hielt kurz inne. »Also habe ich gesagt, ich kümmere mich darum.«

»Dann gibt es bestimmt einen guten Grund, warum sie die Hochzeit nicht selbst planen kann, oder?«, meinte Rachel. »Ich kann mir nicht vorstellen, dass ich jemand anderen so was Wichtiges organisieren lassen würde.«

Beth nickte. »Ihr Verlobter und sie sind auf Reisen. Sie fanden, dass sie sonst nie die Gelegenheit dazu haben würden. Jeff hat eine neue Stelle und fängt im September an, also dachten sie sich, jetzt oder nie. Sie haben beide zwischen Schule und Studium keine Zeit gehabt, sich etwas von der Welt anzusehen.« Beth bemerkte, dass es sich anhörte, als entschuldigte sie sich für die beiden. »Jedenfalls könnt ihr euch sicher vorstellen, wie meine Mutter reagiert hat. Sie war völlig entsetzt«, fügte sie hinzu. »Und ich habe derzeit keinen Job, also habe ich mich angeboten.«

»Du meine Güte!«, sagte Lindy. »Meine Mum war bei meiner Hochzeit großartig. Genauso wie bei der Scheidung.«

»Und gibt es einen Grund dafür, warum deine Mutter glaubt, sie hätte ein Recht darauf, die Hochzeit deiner Schwester zu planen?«, wollte Rachel wissen. Offensichtlich war sie eine Frau, die den Dingen gern auf den Grund ging.

»Ich glaube, sie stand vollkommen unter der Fuchtel ihrer Mutter, und jetzt hat sie die Chance, selbst Kontrolle auszuüben. Sie findet es absolut unvernünftig von meiner Schwester, dass sie das nicht zulässt.«

»Was ist mit eurem Dad?«, fragte Lindy.

»Der Gute, er hat meiner Schwester Geld für die Hochzeit gegeben, aber sie hat es für ihre Traumreise verwendet.«

»Hat ihn das nicht gestört?« Rachel schüttelte den Kopf über sich selbst. »Tut mir leid, ich stelle die ganze Zeit neugierige Fragen.«

»Schon in Ordnung. Und es hat ihm eigentlich nichts ausgemacht, doch er war überrascht. Aber Helena sagte, dass Mum trotzdem versuchen würde, die Kontrolle über die Hochzeitsvorbereitungen zu übernehmen. Also gibt sie das Geld lieber aus, um die Welt zu sehen.«

»Wie hoch ist denn dein Budget?«, fragte Lindy. »Wenn du möchtest, kann ich dir helfen – ich bin sehr gut darin, Dinge für kleines Geld zu bekommen.«

»Das ist ja super!«, erwiderte Beth lachend. »Mein Budget ist nämlich mehr als knapp.«

»Ich finde, das klingt nach einer tollen Herausforderung«, sagte Rachel. »Ich war verheiratet – für eine kurze Zeit –, und wir hatten eine sehr schicke, vornehme Hochzeit für sehr wenige, vornehme Freunde. Ich finde, eine preiswerte Hochzeit klingt nach viel mehr Spaß.«

»Meine Hochzeit war auch ziemlich klein«, erwiderte Lindy. »Aber ich war schwanger, und es war mir egal.« Sie lachte ein bisschen verlegen. »Die Ehe hat nur lange genug gehalten, um wieder schwanger zu werden.«

»Du musst es nicht erzählen, wenn du nicht möchtest«, erwiderte Beth, »aber warum bist du ungewollt schwanger geworden – du wirkst doch so vernünftig? Und dann gleich zweimal.«

»Das ist ziemlich persönlich«, warf Rachel ein und sah Beth stirnrunzelnd an.

»Nein, nein, schon in Ordnung. Mein Problem war, dass ich mit dem falschen Bruder geschlafen habe.«

»Oh, oh. Ein großer Fehler.«

Lindy versetzte ihr einen kleinen Stoß und grinste. Beth' schlechtes Gewissen, weil sie die Frage gestellt hatte, verflog. Es schien Lindy nichts auszumachen, darüber zu reden.

»Ich war wahnsinnig verliebt – na ja, natürlich war es keine Liebe, sondern nur eine Schwärmerei, aber eine heftige – für diesen Jungen, der viel älter war als ich. Fünf Jahre.«

»Das ist nichts, wenn man erwachsen ist«, kommentierte Rachel. »Aber es ist eine Welt, wenn man ... wie alt ist?«

»Sechzehn«, antwortete Lindy. »Der Bruder ging ins Ausland, um zu studieren oder zu arbeiten oder vielleicht auch beides, ich kann mich nicht mehr erinnern. Jedenfalls waren sein jüngerer Bruder und ich beide ziemlich traurig und haben uns ein bisschen betrunken. Es stellte sich heraus, dass er auf mich stand, aber wegen Angus – das war der ältere Bruder – ist es mir nie aufgefallen. Wir haben uns gegenseitig getröstet.«

»Das Wort kenne ich in dem Zusammenhang noch gar nicht!«, sagte Beth in dem Versuch, die Stimmung ein wenig aufzulockern.

»Beth!« Das war Rachel.

»Tut mir leid«, murmelte Beth.

»Ich wurde schwanger – und natürlich waren seine Eltern entsetzt. Ich hätte sein Leben ruiniert ...«

»Er hat deins ruiniert!«, unterbrach Rachel Lindy empört.

»Na ja, jedenfalls sind wir einigermaßen miteinander ausgekommen, bis ich wieder schwanger wurde. Seine Schwärmerei war vorbei, und wir haben uns getrennt.«

»Und, hast du deine Schwärmerei auch überwunden?«, fragte Beth.

»Beth! Ich war nur verknallt. Das hält nicht ewig an«, antwortete Lindy, doch irgendetwas an der Art, wie sie das sagte, gab Beth zu denken.

Sie seufzte; Lindys Geschichte hatte sie etwas ernüchtert. »Also seid ihr beide super Beispiele dafür, wie Ehen schiefgehen können«, meinte sie. »Vielleicht sage ich meiner Schwester lieber, sie soll sich das sparen.«

Sowohl Rachel als auch Lindy protestierten. »Nein! Ich war erst siebzehn, als wir geheiratet haben«, sagte Lindy. »Das Scheitern war praktisch schon vorprogrammiert.«

»Und ich habe geheiratet...« Rachel zögerte. »Na ja, ich habe ihn geliebt. Und ich glaube, er hat mich auch geliebt. Aber wohl nicht genug. Wir haben uns auseinandergelebt.« Wieder machte sie eine Pause. »Vielleicht war ich auch nicht die perfekte Ehefrau.«

»Ich hasse es, jemanden von der Ehe abzuschrecken, nur weil meine eigene gescheitert ist«, erklärte Lindy.

»Ich auch«, stimmte Rachel zu. Sie lächelte. »Außerdem kann ich dir nicht bei den Hochzeitsvorbereitungen helfen, wenn du deiner Schwester rätst, nicht zu heiraten.«

»Willst du denn helfen? Bist du Hochzeitsplanerin?«

Rachel schüttelte den Kopf. »Ich bin Buchhalterin und arbeite freiberuflich, aber ich würde liebend gern auch was Kreativeres machen.«

Lindy nickte. »Ich habe gehört, dass kreative Buchhalter keinen guten Ruf haben.«

Wegen ihrer ernsten Miene brauchten die anderen eine Sekunde, um zu begreifen, dass sie scherzte.

»Genau deshalb muss ich andere Ventile für meine Kreativität finden«, sagte Rachel. »Ich würde zum Beispiel sehr gern die Renovierung des Gemeindesaals in Angriff nehmen.«

»Wie denn?«, wollte Lindy wissen. »Meine Mutter würde deine Ideen bestimmt liebend gern hören.«

»Ich hatte noch keine Zeit, um Ideen zu entwickeln, doch ich finde das Gebäude großartig. Wenn es neu hergerichtet ist, könnte es sich finanziell selbst tragen. Es ist perfekt geeignet für eine Hochzeit, nur einen Katzensprung von der Kirche entfernt. Stellt euch vor, wie die Hochzeitsgesellschaft über die Dorfwiese schreitet...«

»Und die Leute ihre Kleider durch den Schlamm schleifen«, warf Lindy ein.

»...zu einem altmodischen Festschmaus, der auf Tapeziertischen angerichtet ist«, beendete Rachel ihren Satz. Dann fügte sie hinzu: »Mit Girlanden und Fahnen.«

Beth schaute sie an. »Das klingt wunderbar. Und es wäre genau das, was meine Mutter hassen würde. Ich schlage es Helena vor.«

»Ich finde, du solltest tun, was Helena möchte, nicht, was deine Mutter hassen würde«, kommentierte Lindy.

Beth nickte. »Stimmt, aber ich glaube tatsächlich, dass Helena den Vorschlag lieben wird. Ich erzähle ihr davon, wenn wir das nächste Mal skypen können. Es geht nicht immer, weil sie ständig unterwegs ist«, fügte sie hinzu.

»Würde sie denn hier heiraten wollen?«, fragte Lindy.

»Ich könnte es mir gut vorstellen. Jeffs Eltern haben Bekannte im Ort. Das Cottage, in dem ich momentan wohne, ist ihr Altersruhesitz. Irgendwann wollen sie ganz hierherziehen.«

»Aber der Gemeindesaal ist kaum für eine Hochzeit geeignet«, meinte Lindy. »Du warst nur ganz kurz drin, während er voller Menschen war. Dann zeigt er sich von seiner besten Seite. Es ist jede Menge zu tun.«

»Wann soll die Hochzeit noch mal stattfinden?«, fragte Rachel.

Beth zuckte mit den Schultern. »Es gibt noch kein konkretes Datum. Irgendwann gegen Ende August.«

»Bist du dann noch hier?«, fragte Lindy. »Wird das Haus nicht vermietet?«

»Doch, möglicherweise schon. Ich bin jetzt hier, weil ihre Gebäudeversicherung nicht greift, wenn es leer steht. Wenn ich Arbeit finde, halte ich Ausschau nach etwas anderem. Vermutlich gibt es in der Gegend nicht viele Stellen.«

»Nein«, bestätigte Lindy. »Du musst dir vielleicht kleine Jobs suchen, so ähnlich wie ich.«

Beth seufzte. »Das Problem ist, dass ich keine besonderen Fähigkeiten habe«, erwiderte sie.

»Na ja, such dir erst mal irgendwas und konzentriere dich auf die Hochzeit deiner Schwester!«, schlug Lindy vor.

»Die Planung hält mich bestimmt bis August auf Trab«, sagte Beth.

»Jede Menge Zeit, um eine Hochzeit zu organisieren, wenn du am Ball bleibst«, erwiderte Rachel.

»Nicht, wenn wir zuerst den Gemeindesaal renovieren müssen«, widersprach Lindy.

»Wir arbeiten effektiver, wenn wir ein Ziel vor Augen haben«, überlegte Rachel. »Eine große Hochzeit am Ende des Sommers könnte genau der richtige Ansporn sein.«

Zweifelnd sah Lindy sie an. »Ich glaube, du solltest Mums Komitee beitreten«, sagte sie dann. »Sie wird sich wahnsinnig freuen. Für das Projekt braucht man Begeisterungsfähigkeit.«

»Für mich wäre das prima«, sagte Rachel. »Ich arbeite in Letterby, aber der Weg zur Arbeit ist ziemlich weit. Ich hoffe, bald etwas in der Nähe zu finden. Ich weiß, dass es hier nicht so viele Firmen gibt, doch vielleicht brauchen welche von ihnen jemanden, der sich um die Finanzbuchhaltung kümmert. Als Mitglied eines Komitees kann ich möglicherweise wichtige Kontakte knüpfen.«

»Bestimmt. Mum wird vor Freude einen Luftsprung machen. Eine Buchhalterin? Im Komitee? Darf ich ihr sagen, dass du mitmachst?«

Rachel holte tief Luft. »Nur, wenn ich euch beide auf ein weiteres Glas Wein einladen darf. Ich glaube, ein Glas reicht nicht für so eine Sache.«

»Also, ich finde, wir sollten anstoßen«, sagte Lindy, als Rachel mit dem Wein wieder an den Tisch gekommen war.

»Ich finde es wundervoll, euch beide kennengelernt zu haben!«

»Ich denke, ich sollte darauf trinken, dass ich nach monatelanger Arbeit in mein eigenes Haus gezogen bin«, sagte Rachel. »Ich wollte nicht allein darauf anstoßen.«

»Und ich finde, wir sollten alle auf Neuanfänge trinken«, schlug Beth vor. »Ich weiß, dass es für Lindy nicht das Gleiche ist, weil sie ja schon immer hier wohnt, doch Rachel und ich beginnen ein neues Leben auf dem Land.«

»Wisst ihr, was? Ich glaube, wenn wir gründlich nachdenken, finden wir ein Projekt, das wir gemeinsam realisieren können«, sagte Lindy. »Nicht nur den Gemeindesaal«, fügte sie hinzu.

»Darauf trinke ich!«, rief Rachel.

»Ich auch! Auf Neuanfänge!«

»Und auf neue Freunde!«, fügte Lindy hinzu und hob ihr Glas.

»Hurra!«, rief Beth, während sie mit einem leichten Klirren mit ihren beiden neuen Freundinnen anstieß. Das Leben wurde besser.

2. Kapitel

Nachdem sie den Pub verlassen hatten, begleitete Rachel die anderen so weit es ging, dann bog sie in die kleine Straße zu ihrem Haus ein. Sie holte ihre Taschenlampe aus der Tasche und schaltete sie ein. Die Fähigkeit, sich wie ihre auf dem Land aufgewachsenen Nachbarn in fast völliger Dunkelheit zurechtzufinden, hatte sie noch nicht entwickelt.

Sie schloss die Hintertür auf und trat ein. Zum ersten Mal empfand sie nicht das übermächtige Gefühl der Einsamkeit, das sich sonst immer beim Nachhausekommen einstellte. Vielleicht lag es daran, dass sie Leute kennengelernt hatte. Oder vielleicht waren es die zwei Gläser Wein. Oder vielleicht war das Haus nicht mehr das Einzige, was ihr hier wichtig war.

Dieses Haus und dieses charmante Dorf in den Cotswolds hatten so lange im Mittelpunkt ihrer Gedanken und Träume gestanden, aber nachdem Rachel endlich die Fesseln ihres Stadtlebens abgeschüttelt hatte, hatte sich alles ein bisschen leer angefühlt. Sie hatte das Haus teilweise von geerbtem Geld gekauft; seit ihrer Scheidung gehörte es ihr ganz und war frei von Hypotheken. Rachel war sich so sicher gewesen, dass es sie glücklich machen würde, wenn sie erst dauerhaft einziehen konnte. Und obwohl es ihr große Freude bereitet hatte, das Haus perfekt zu gestalten und jedes winzige Detail zu berücksichtigen, hatte es irgendwie doch nicht gereicht.

Es hatte eine ganze Weile gedauert, bis sie das perfekte Objekt in der perfekten Lage gefunden hatte. Chippingford war charmant, aber auch authentisch; es war mehr als ein Ort für

Leute mit einem Zweitwohnsitz. Von London aus war es gut erreichbar, trotzdem lag es richtig auf dem Land. Es hatte Rachel großen Spaß gemacht, den Umbau zu planen, die richtigen Handwerker aufzutreiben, das Material zu besorgen und sicherzustellen, dass alles genau nach ihren Vorgaben durchgeführt wurde, aber der Einzug war ein bisschen enttäuschend gewesen.

Doch die Begegnung mit Lindy und Beth, der etwas merkwürdige Abend und der Besuch im Pub waren positiv gewesen. Das Anstoßen auf »Neuanfänge« hatte Rachel optimistischer gestimmt, als sie sich seit einer Ewigkeit gefühlt hatte.

Sie ging in die Küche, um sich eine Tasse Tee aufzubrühen. Auf ihr Drängen hin hatte Beth das Teeservice mitgenommen. Sie wohnte näher am Pub, und das Geschirr war recht schwer – daher hatten sie sich darauf geeinigt, dass Beth es zuerst haben konnte. Jetzt jedoch betrachtete Rachel die beiden Teller, die an dem Regal ihrer kleinen, aber vollkommenen Küchenanrichte lehnten, und bewunderte sie. Wie würde es ihr wohl gefallen, weitere Teller, Tassen und Unterteller in demselben Design zu haben? Wäre ihr das zu bunt? Oder würde die Tatsache, dass alles zusammenpasste, das Bild akzeptabel machen? Rachel hatte das Geschirr noch nicht auf Macken hin untersuchen können. Wenn nur ein Teil davon nicht vollkommen war, konnte Beth das Service behalten.

Ganz am Anfang hatte sie das ganze Haus weiß streichen lassen. In den zwei Jahren, seit sie es besaß, hatte sie sich für keine andere Farbe entscheiden können, die ihr genauso gut gefiel.

Später hatte sie auch die Holzdielen weiß lasiert. Sie waren neu – wesentlich jünger als das Haus, das aus der Zeit Eduards VII. stammte –, und ihr gefiel der saubere Look. Als sie jetzt ihren Tee ins Wohnzimmer trug, stellte sie fest, dass es kalt wirkte.

Natürlich war es kalt – es gab einen nicht genutzten Holzofen, und sie schaltete die Heizung nur selten ein. Aber sie hatte das Gefühl, dass das Haus an sich kalt war, und das lag nicht nur an der Temperatur. Anfangs hatte sie das reinigend gefunden. Jetzt war sie bereit, ihrem Leben etwas Farbe zu verleihen.

Sie war ein bisschen befangen gewesen, als sie sich Lindy und Beth vorgestellt hatte. Lindys Mutter, über die sie sich kennengelernt hatten, glaubte offensichtlich, dass Rachel etwa im gleichen Alter war wie ihre Tochter, dabei war sie fünfunddreißig – gut zehn Jahre älter als die beiden anderen. Allerdings spielte das offensichtlich keine Rolle, und sie hoffte sehr, dass es so blieb. Oft hatte sie daran gezweifelt, ob es weise gewesen war, ihr Leben in London für dieses Haus auf dem Land aufzugeben, doch es war ihr jedes Mal gelungen, sich selbst von der Richtigkeit ihrer Entscheidung zu überzeugen.

Sie spülte die Tasse aus, trocknete sie ab und räumte sie weg, damit nichts die perfekten Linien ihrer Einbauküche beeinträchtigte, wenn sie am nächsten Morgen herunterkam.

Als sie nach oben ins Bett ging, fragte Rachel sich, ob sie wirklich ein bisschen an einer Zwangsstörung litt, wie Graham, ihr Exmann, behauptet hatte. Zu der Zeit hatte sie geglaubt, dass sie einfach einen Teil ihres Lebens unter Kontrolle haben wollte. Jetzt hielt sie es für möglich, dass der Wunsch, Ordnung zu halten, sich allmählich zur Besessenheit auswuchs. Während sie das Waschbecken nach dem Zähneputzen gründlich mit einem alten Handtuch polierte, das sie zu diesem Zweck aufbewahrt hatte, verstärkte sich ihr Verdacht.

Als sie zwischen den frisch gebügelten Perkal-Laken mit sehr hoher Fadendichte lag, versuchte sie, sich die Wohnsituation ihrer neuen Freundinnen vorzustellen. Bei dem Gedanken an mögliches Chaos schauderte sie leicht. Aber sie hatte die Zeit mit ihnen sehr genossen und stellte überrascht fest, dass es ihr egal war, wie andere Menschen ihr Leben führten, solange ihr eigenes Leben wohlgeordnet war.

Am nächsten Morgen klingelte das Telefon, als Rachel gerade eine dünne Schicht Politur auf ihre Küchenarbeitsplatte auftrug.

Obwohl sie die Nummer im Display nicht kannte, nahm sie den Anruf an.

»Guten Morgen! Hoffentlich rufe ich nicht zu früh an! Hier spricht Sarah Wood, Lindys Mum. Sie hat mir Ihre Visitenkarte gegeben.«

Rachel hatte beiden Mädchen je eine der Karten in die Hand gedrückt, die sie in der Hoffnung hatte drucken lassen, auf diesem Wege Aufträge als Buchhalterin zu bekommen.

»Hallo. Wie kann ich Ihnen helfen?«

»Na ja«, sagte Sarah, die erleichtert war, dass Rachel so positiv klang. »Lindy hat erwähnt, dass Sie vielleicht dem Komitee beitreten wollen, das ich ins Leben rufen möchte? Für den Gemeindesaal. Ich wäre so dankbar, ein so junges Mitglied zu haben, das auch noch ein Außenstehender ist.« Sie zögerte. »Das ist nicht unfreundlich gemeint, aber wenn Menschen sich so sehr an etwas gewöhnt haben, können sie sich nur schwer eine Veränderung vorstellen.«

Rachel erwiderte: »Ich mag Herausforderungen.« Diese verstaubten Balken zu säubern und frisch anzustreichen wäre äußerst zufriedenstellend.

»Dann kommen Sie also zum Treffen? Ich habe es für morgen Abend geplant. Ich hole Sie ab, dann müssen Sie nicht nervös sein, wenn Sie einen Raum voller Fremder betreten.«

»Oh, in Ordnung. Das würde mir passen.«

»Gegen halb acht? Haben Sie dann schon gegessen?«

Sarah war anscheinend sehr bemüht, die Dinge für Rachel so unkompliziert wie möglich zu gestalten. »Halb acht ist gut.« Wenn sie um sechs zu Abend aß, hatte sie bis dahin wieder aufgeräumt. Und sie müsste Sarah nicht ins Haus lassen, also war das in Ordnung.

Als sie aufgelegt hatte und sich fertig machte, um zu dem einige Kilometer entfernten Altenheim aufzubrechen, um dessen Buchführung sie sich kümmerte, stellte Rachel fest, dass sie sich sogar auf das Treffen freute. Es war eine gute Sache, mehr Ortsansässige kennenzulernen, und vielleicht fand sie dadurch sogar in der Nähe ihres Wohnortes Arbeit.

Sarah war am folgenden Abend pünktlich gekommen. Rachel fand ihre Stiefel super. Als sie einen Kommentar darüber machte, hob Sarah ein Bein an und bewunderte ihren Stiefel ebenfalls.

»Ja, schön, nicht wahr? Ich habe sie in einem Geschäft in Cheltenham gekauft, sie waren reduziert. Ich habe immer das Gefühl, ich kann besser mit dem Winter umgehen, wenn ich ein Paar tolle Stiefel habe. Die und einen guten Mantel.« Sie trug einen mit Schafsfell rund um die Kapuze. »Sind Sie fertig? Es ist so schön, dass Sie mitkommen!«

»Na ja, jeder möchte einen Beitrag leisten. Und man kann nie wissen, vielleicht braucht jemand eine Buchhalterin.«

»Ich hoffe, das ist keine blöde Frage, aber wie ist es dazu gekommen, dass Sie Buchhalterin geworden sind? Sie sehen aus, als sollten Sie eine Kunstgalerie oder eine ganz reizende Boutique leiten.«

Rachel zuckte mit den Schultern. »Ich habe Zahlen immer schon gemocht. Sie machen, was ich will, ich kann sie in ordentlichen Kolonnen anordnen. Ich glaube, das habe ich von meinem Vater.« Ihm hatte es auch gefallen, wenn die Dinge ordentlich und sauber waren.

Doch als Rachel und Sarah den Raum über dem Pub betraten, begriff Rachel schnell, dass die drei älteren Frauen und der eine Mann wohl kaum Hilfe bei ihrer Tabellenkalkulation oder bei der Verringerung ihrer Steuerschuld benötigen würden. Wahrscheinlich hatten sie es ihr ganzes Leben lang mühelos geschafft, ihre Finanzen mithilfe eines Stiftes und eines kleinen Notizblocks zu verwalten.

Rachel sah sich um, als zwei weitere Personen eintrafen. Sie entschuldigten sich ausgiebig, weil sie zu spät kamen. Es handelte sich um ein Ehepaar Anfang vierzig, das aufgrund seiner Kleidung ein bisschen städtischer als die anderen Anwesenden wirkte.

Sarah übernahm die Regie. »Okay, wahrscheinlich sind wir nun komplett. Ich habe auf ein paar mehr Interessierte gehofft, aber ich weiß, dass manche Leute abends nicht gern aus dem Haus gehen.« Sie lächelte Rachel zu. »Bevor wir anfangen, stelle ich euch Rachel vor – sie ist neu im Dorf, doch sie wird bestimmt einen großartigen Beitrag leisten.«

Rachel schluckte. Sie war sich nicht ganz sicher, ob das nun eine Herausforderung oder eine Bestätigung war. »Hallo«, sagte sie.

»Gut, also ...«

Sarah stellte alle der Reihe nach vor. Da waren Ivy, Audrey und Dot. Es stellte sich heraus, dass das jüngere Paar – Justin und Amanda – aus London kam. Der andere Mann hieß Robert.

Alle lächelten Rachel freundlich, aber auch neugierig an. Schüchtern erwiderte sie das Lächeln.

»Also«, fuhr Sarah munter fort. »Wenn wir unser Komitee

gegründet haben, werden wir unsere Treffen wahrscheinlich tagsüber abhalten.« Sie hielt inne und seufzte. »Ich dachte, wenn wir dieses erste Meeting um diese Zeit ansetzen, würden vielleicht ein paar mehr Interessenten kommen. Na ja, ihr wisst schon ... Wir müssen wirklich mehr Leute zusammentrommeln.«

Rachel verstand. Sarah hoffte auf Mitglieder, die arbeiteten, Geschäfte leiteten oder Erfahrung mit Komitees hatten und wussten, wie man Geld beschaffte und Abläufe organisierte. Sie begriff auch, warum Sarah so scharf darauf gewesen war, Rachel zu rekrutieren. Es war ein Dilemma. Die älteren Leute wollten abends nicht ausgehen, aber die Berufstätigen hatten tagsüber keine Zeit, an Treffen teilzunehmen.

Vor Sarah lagen ein Block, ein Stift und ein paar Zettel. »Wir müssen einen Vorsitzenden wählen.«

»Ich würde sagen, du übernimmst das Amt«, sagte Audrey prompt, und alle anderen stimmten zu.

»Wir sollten eine Wahl abhalten...«

»Sarah, meine Liebe«, fiel ihr Ivy ins Wort, »wir wollen nicht den ganzen Abend hier sitzen. Alle sind einverstanden.«

Sarah seufzte und notierte sich etwas. »Okay. Kassenführer?«

Niemand stellte sich zur Verfügung. Schließlich meinte Sarah: »Kann ich Rachel vorschlagen? Sie hat mir erzählt, dass sie Buchhalterin ist.«

Dot, die neben Rachel saß, lachte leise. »Oh, oh, das hätten Sie ihr nicht erzählen dürfen, meine Liebe! Es war klar, dass sie sich auf Sie stürzt.«

»Und genau das habe ich getan«, sagte Sarah. »Also, brauchen wir eine Grundsatzerklärung?«

»Wozu das denn?«, fragte Dot, die offensichtlich erfrischend direkt war.

»Grundsatzerklärungen sind immer gegen irgendwas«,

meinte Audrey. »Das habe ich gelernt, als ich im Schulbeirat war.«

»Ich finde, wir brauchen keine«, sagte Sarah. »Wir wollen ja nur genug Geld auftreiben, um den Gemeindesaal zu renovieren und in einen Zustand zu versetzen, in dem wir ihn vermieten und ein wenig Ertrag abschöpfen können.«

»Das ist gar nicht nötig«, nörgelte Dot. »Er ist im Grunde prima, so wie er ist.«

»Er wird einstürzen, wenn wir nichts unternehmen«, widersprach Justin. »Man sieht es ihm an.«

»Und ich glaube nicht, dass er sicher für Kinder ist«, fügte seine Frau Amanda hinzu. »Ich würde meine nicht dort spielen lassen. Der Saal ist schmutzig und extrem schäbig. Wir dachten, er wäre vielleicht ein guter Veranstaltungsort für eine Geburtstagsfeier, aber wir hatten auch Gäste aus London und konnten ihn zu dem Zweck nicht nutzen.«

Diejenigen, die den Saal vollkommen in Ordnung fanden, äußerten murmelnd ihr Missfallen. »Für die Party unseres kleinen Otto war der Saal gut genug«, sagte einer.

»Wissen wir denn, was getan werden müsste, um den Gemeindesaal zumindest sicher zu machen?«, fragte Rachel. »Und ich muss sagen, wenn er renoviert und verschönert würde, könnte er viel öfter gebucht werden. Ich meine, wie viele Reservierungen sind es denn momentan?«

Wieder war allgemeines Gemurmel zu hören, aber keine konkreten Antworten.

»Die Pfadfinder nutzen den Saal«, sagte Robert.

»Und manchmal campen die Jungpfadfinder darin«, erklärte Ivy. Sie machte eine Pause. »Aber letztes Mal haben die meisten ihre Mütter angerufen, weil sie nach Hause wollten.«

»Ist das Dach undicht?«, fragte Justin.

Sarah räusperte sich. »Wir brauchen ungefähr hunderttausend Pfund, um das Gebäude instand zu setzen.«

Über das entsetzte Raunen hinweg wandte Rachel sich an Sarah: »Ist das Dach denn nun undicht? Wenn das Gemeindezentrum ansprechender aussähe, könnte man es trotzdem vermieten, ein bisschen Geld einnehmen und die Reparaturarbeiten nach und nach durchführen.«

Sarah schlug auf den Tisch. »Entschuldigt, können wir aufhören, alle durcheinanderzureden? Rachel hat ein sehr gutes Argument vorgebracht. Rachel, würde es Ihnen etwas ausmachen zu wiederholen, was Sie vorgeschlagen haben?«

Rachel hatte Sarah gegenüber deutlich gemacht, dass sie nicht die junge Frau aus London sein wollte, die dachte, sie wüsste alles besser als diejenigen, die schon ihr ganzes Leben hier verbracht hatten. Aber offensichtlich konnte sie der Rolle nicht entkommen.

»Ich finde bloß, dass der Saal vermietet werden könnte, wenn er ansprechender aussähe und es nicht reinregnen würde. Dann käme ein bisschen Geld in die Gemeindekasse, und wir könnten die Reparaturen nach und nach durchführen, so, wie wir es uns leisten können.« Das »wir« war ihr so herausgerutscht. Sie wusste nicht, ob sie die Leute möglicherweise verärgerte, wenn sie sich so besitzergreifend über ihren Saal äußerte. Rachel selbst war jedenfalls verunsichert. Hatte sie sich wirklich gerade öffentlich für ein baufälliges Gebäude eingesetzt? Dann fiel ihr wieder ein, wie sie bei der Veranstaltung lange Zeit die Dachbalken betrachtet und im Geiste weiß gestrichen hatte. Sie konnte so einem Projekt nicht widerstehen, das war ihr Problem.

Rachel senkte den Blick auf den Tisch, weil sie nicht wagte, sich davon zu überzeugen, ob ihre Ängste berechtigt waren und die anderen sie mit Misstrauen und Argwohn musterten.

»Ich stimme voll und ganz zu«, sagte Justin. »Erst so herrichten, dass der Saal vernünftig aussieht und trocken ist, und dann vermieten.«

»Woher bekommen wir das Geld für die Verschönerungsmaßnahmen?«, fragte Robert.

»Ich habe noch ein bisschen wunderschöne grüne Farbe, die ich spenden könnte«, meinte Dot.

»Oh, jetzt, da du es sagst, ich habe auch noch welche, aber gelbe.«

»Nein«, sagte Rachel energisch trotz ihrer Bedenken, als versnobte Londonerin abgelehnt zu werden. »Wir müssen alles in derselben Farbe streichen. Am besten weiß«, fügte sie hinzu.

Die anderen gaben missbilligende Laute von sich. »Da sieht man den Dreck so«, war anscheinend die vorherrschende Meinung.

»Ich kann so viel weiße Farbe besorgen, wie ihr wollt«, sagte jemand von der Tür her.

Rachel blickte auf und sah einen leicht ungepflegt wirkenden Mann, dessen schwarze Locken dringend geschnitten werden müssten und dessen Lederjacke wie ein Überbleibsel aus einem vergangenen Jahrhundert aussah. Eine Rasur würde auch nicht schaden. Auf keinen Fall kommt er auf ehrlichem Weg an die Farbe, dachte Rachel.

Sarah teilte ihre Meinung offensichtlich, doch sie lächelte trotzdem freundlich. »Schön, dass du da bist, Raff, aber von welchem Lkw ist die Farbe gefallen?«

Raff schenkte ihr ein schiefes Grinsen. »Du bist zu misstrauisch, Sarah. Das ist alles vollkommen koscher, versprochen.«

»Das würde eine Menge Geld sparen«, sagte Rachel, die den finanziellen Vorteil nicht ignorieren konnte, obwohl sie dem Mann durchaus krumme Geschäfte zutraute.

»Raff hat einen Gebrauchtwarenhof rund um Haus und Garten«, erklärte Sarah.

Raff betrat den Raum »Wer ist das denn?«, fragte er Sarah und sah Rachel an. »Ein neues Gesicht? In mehr als einer Hinsicht.«

»Das ist Rachel, und sie ist tatsächlich neu in der Gegend«, antwortete Sarah.

»Ich bin Raff«, stellte er sich vor und schaute Rachel auf eine Art und Weise in die Augen, die ihr großes Unbehagen verursachte.

»Hüten Sie sich vor dem jungen Raff!«, sagte Dot. »Ich war mit seiner Oma befreundet, und nicht mal sie hat ihm getraut.«

»Glauben Sie bloß nicht all die schlechten Dinge, die Sie über mich hören!« Raff sprach Rachel direkt an und betrachtete sie immer noch auf diese verstörende Weise. »Ich verdiene meinen schlechten Ruf nicht.« Als er ihr zuzwinkerte, bestätigte er damit Rachels Meinung: Er war ein Mann, dem man um jeden Preis aus dem Weg gehen musste.

Als er sich zwischen Ivy und Audrey niederließ, kicherten die beiden geziert. Anscheinend setzte Raff seinen Charme bei allen Frauen ein, gleichgültig, wie alt sie waren.

Rachel schrieb *weiße Farbe* in ein Moleskine-Notizbuch, das sie aus ihrer Handtasche zog. Dabei dachte sie, dass es nicht schwierig sein würde, sich von ihm fernzuhalten. Raff war absolut nicht ihr Typ. Ihr Exmann war viel »metrosexueller«. Er legte großen Wert auf sein Äußeres und nahm sich viel Zeit dafür: Enthaarung, Feuchtigkeitspflege der Haut und so weiter. Er machte generell das Beste aus sich. Vielleicht war Rachel unfair, aber sie fragte sich, ob Raff überhaupt regelmäßig duschte.

Das Treffen ging weiter, und die Anwesenden machten Vorschläge zur Geldbeschaffung. Selbst wenn sie die Farbe kostenlos bekamen, entstanden in Verbindung mit dem Projekt noch viele andere Kosten.

Schließlich einigten sie sich darauf, im Pub ein Quiz zu veranstalten und alle Einnahmen in Verschönerungsmaßnahmen zu stecken. Eine Stunde war vergangen, und Rachel wäre gern nach Hause gegangen. Sie hatte sich für das Team gemeldet, das sich um die Verschönerung kümmern würde, begriff aber nun, dass ihre hohen Ansprüche an die Malerarbeiten nicht erfüllt werden konnten. Daher würde das Ganze sehr aufreibend für sie werden. Wenn sie eine Aufgabe übernahm, musste sie nach ihren Maßstäben erfüllt werden.

»Okay, Leute. Sollen wir uns nächste Woche wiedertreffen? Um darüber zu reden, wann der Gemeindesaal gestrichen wird?«, rief Sarah über den Lärm hinweg, als alle ihre Jacken und Mäntel anzogen.

»Ach, Sarah, meine Liebe«, sagte jemand. »Müssen wir uns treffen? Könnten wir nicht einfach telefonieren?«

»Es ist besser, wenn ein fester Termin im Kalender steht«, widersprach Sarah. »Mittwoch?«

Sie einigten sich schließlich auf den kommenden Dienstag.

»Gut«, sagte Sarah. »Wir bringen so viele Leute wie möglich mit. Ich versuche, Lindy zu überzeugen. Rachel, ich schicke Ihnen die vorläufige Aufstellung der Handwerkerkosten per E-Mail zu. Dann wissen Sie, womit wir es zu tun haben.«

»In Ordnung. Dann erstelle ich daraus eine Tabelle.«

»Ausgezeichnet! Herzlichen Dank.«

Als Rachel in ihren Mantel schlüpfte, dachte sie an ihr weiß gestrichenes Haus und schauderte. Einer plötzlichen Eingebung folgend, sagte sie: »Äh, Sarah? Was ganz anderes, wissen Sie jemanden, der mir ein bisschen Brennholz verkaufen kann? Sie kennen ja offensichtlich jeden hier.«

Sarah warf Raff einen kurzen Blick zu und runzelte leicht die Stirn. »Oh ja, auf jeden Fall. Überlassen Sie das nur mir! Ich überlege mir, wer ihnen schönes, trockenes Holz verkaufen kann.« Sie lächelte. »Ich finde, es ist ganz gut gelaufen, oder?«

»Um ehrlich zu sein«, antwortete Rachel, »ich war noch nie zuvor auf einem Meeting ohne PowerPoint-Präsentation.«

Sarah lachte. »Oh, oh, wozu brauchen wir das denn? Das würde man hier dazu sagen!«

Rachel musste auch lachen. »Dafür sind Treffen wie das hier viel amüsanter.«

»Manchmal können sie auch ein Albtraum sein«, meinte Sarah, »aber es war super, dass Sie gekommen sind. Das gibt mir Hoffnung, dass der Gemeindesaal eines Tages wieder richtig zum Leben erwacht. Vielleicht nicht mehr zu meinen Lebzeiten, doch irgendwann mal.«

Rachel drückte Sarah aufmunternd den Arm. »Ich glaube, Sie sind ein bisschen zu pessimistisch, aber ich muss zugeben, dass es wahrscheinlich in diesem Jahr nicht mehr klappen wird.«

»Ich bringe Sie nach Hause«, sagte Raff, während alle auf die Treppe zusteuerten.

»Nein danke. Ich komme allein zurecht, vielen Dank.« Rachel hatte keinesfalls die Absicht, mit Raff zusammen nach Hause zu gehen.

Sarah, die sich von den anderen verabschiedet hatte, kam zu ihnen. »Habe ich dich sagen hören, dass du Rachel begleitest, Raff? Das wäre gut. Ich muss schnell nach Hause, ich habe einen Schinkenbraten im Backofen, und James – mein Mann – hört bestimmt den Küchenwecker nicht. Der Braten wird sonst trocken.«

»Wirklich, ich komme zurecht.« Rachel blieb beharrlich.

Sarah schüttelte den Kopf. »Ich hätte kein gutes Gefühl, wenn Sie allein gingen. Der Weg ist voller Schlaglöcher.«

Raff hielt ihr den Arm hin, doch Rachel ignorierte ihn. Auch wenn ihr nichts anderes übrig blieb, als seine Begleitung zu akzeptieren, musste sie sich nicht an ihm festhalten. Schweigend stiegen sie die Treppe hinunter. Als sie am Pub vorüberkamen, sagte Raff: »Wie wär's mit einem schnellen Bier?«

Rachel schauderte. »Nein danke. Aber bitte, wenn Sie eins wollen, lassen Sie sich nicht aufhalten! Ich passe schon seit ein paar Jahren auf mich selbst auf. Ich kann durchaus ohne Aufpasser nach Hause gehen.«

»Dann eben ein anderes Mal«, sagte Raff und ignorierte ihren Vorschlag. »Kommen Sie! Es ist dunkel.«

Weil sie ihn nicht davon abhalten konnte, gingen sie Seite an Seite weiter. Als sie die Dorfwiese hinter sich ließen, wurde der Weg schmal.

»Wir sollten hintereinander gehen«, sagte Rachel, nachdem sie Raff mindestens zweimal angerempelt hatte. »Oder Sie lassen mich einfach allein. Mir passiert schon nichts. Sie könnten hier warten, wenn Sie sich Sorgen machen, und aufpassen, dass niemand aus dem Büschen springt.«

»Sie sind ziemlich stur, stimmt's?«, kommentierte er.

»Ja«, erwiderte Rachel rasch. »Ich betrachte das als Tugend.«

Er lachte. »Ich mag Herausforderungen.«

Rachel wusste nicht, was sie darauf antworten sollte. Sie wünschte, sie könnte ihn davon abhalten, sie zu begleiten. Als sie ihr Gartentor erreichte, blieb sie stehen. »Okay, ich bin sicher angekommen. Jetzt können Sie gehen.« Sie merkte, dass sie unhöflich klang, doch schließlich hatte sie ihn nicht um seine Begleitung gebeten.

»Gut. Dann bis bald.«

Rachel drehte sich nicht um, um ihm nachzublicken. Sie hörte, wie er summend den Weg entlangmarschierte. Sie konnte Summen nicht ertragen, es war zu disharmonisch.

Wenig später betrat sie das Haus und betrachtete die weiße Vollkommenheit. Sie hatte einige Wochenenden damit verbracht, die Farbschichten vieler Jahre zu entfernen, bis die Schnitzereien wieder zum Vorschein gekommen waren. Jetzt sah sie ein, dass sie darüber ihren Mann vernachlässigt hatte. Es war, wie er behauptete: Sie hatte tatsächlich dieses Haus wichtiger genommen als ihre Ehe. Und jetzt war es ihr Zuhause. Sie würde ihr Leben hier zu einem Erfolg machen, was auch immer passierte.

Später an diesem Abend, bevor sie zu Bett ging, öffnete sie den Schrank neben dem Badezimmer und betrachtete die sorgfältig gestapelten Laken, Bettbezüge, Kopfkissenbezüge und Matratzenauflagen. Dieser Schrank war eine Spezialanfertigung. Rachel brauchte Stauraum für das, was sie als kleinen Spleen betrachtete. Wenn sie gestresst war, kaufte sie Bettwäsche. Als sie noch in London lebte, hatte sie davon geträumt, eines Tages einen Wäscheschrank voller wunderschöner, perfekt gestapelter Bettwäsche zu besitzen. In ihrem Kopf stellte so ein Schrank einen Ort der Sicherheit dar. Jetzt gehörte er ihr im wirklichen Leben. Sie lächelte.

3. Kapitel

Am nächsten Tag war Rachel oben in dem Zimmer, das sie als Arbeitszimmer auserkoren hatte, und überprüfte ein letztes Mal die vor ihr liegende Tabelle. Ihr Kunde wollte seine Unterlagen gern in Papierform haben, und sie war gerade im Begriff, sie in den bereitliegenden Umschlag zu stecken, als eine Bewegung im Garten ihre Aufmerksamkeit erregte. Sie schaute aus dem Fenster und sah Raff auf ihr Haus zukommen.

Ohne nachzudenken, stürzte sie die Treppe hinunter, um ihn aufzuhalten. Sie wollte ihn nicht in ihrem Haus haben.

Rachel hatte die Tür schon geöffnet, bevor er anklopfen konnte.

»Oh, hallo!«, sagte er und lachte überrascht. »Haben Sie nach mir Ausschau gehalten?«

In seiner Stimme und in seinem Akzent war irgendetwas, was sie nicht einordnen konnte. Es passte nicht so recht zu seiner zerschlissenen Jeans, den Arbeitsstiefeln aus Leder und den zu langen Haaren. Es brachte sie aus der Fassung.

»Ich bin gerade am Fenster vorbeigekommen und habe Sie gesehen«, erklärte sie und hoffte, er würde nicht bemerken, dass sie ein bisschen außer Atem war.

»Ich habe Brennholz für Sie. Sarah hat mir gesagt, dass Sie welches brauchen.«

»Meine Güte! Ich habe sie erst gestern Abend deswegen angesprochen.«

»Und sie hat sich heute Morgen bei mir gemeldet.«

»Warum sie Sie wohl gestern Abend nicht gefragt hat?«

»Wahrscheinlich dachte sie, ich hätte kein trockenes Holz. Aber ihr gewohnter Lieferant hatte offensichtlich nichts mehr, also musste sie sich an mich wenden. Und hier bin ich. Mit dem Holz.«

»Oh ja.« Rachel wusste nicht, was sie sagen sollte. Schließlich konnte sie ihn nicht bitten, wieder zu verschwinden, bis sie Zeit gehabt hätte, sich psychisch auf seinen Besuch vorzubereiten. »Nun, vielleicht könnten Sie das Holz hinters Haus bringen?«

Er runzelte die Stirn. »Warum das denn?«

»Na ja«, sagte Rachel, der keine vernünftige Antwort einfiel. »So wird das doch gemacht. Die Holzscheite werden durch die Hintertür ins Haus getragen.« Hoffentlich bemerkte er nicht, dass sie zum allerersten Mal eine Brennholzlieferung in Empfang nahm.

»Und wo steht Ihr Ofen?«

»Im Wohnzimmer.«

»Und das liegt im vorderen Bereich des Hauses. Es wäre besser, das Holz in der Nähe des Ofens zu stapeln. Von hier aus muss es weniger weit geschleppt werden.«

Rachel öffnete den Mund, um zu protestieren, doch Raff ging schon den Gartenweg entlang zu seinem Land Rover, an dem sich, wie sie jetzt bemerkte, ein Anhänger befand.

Instinktiv wollte Rachel ihr Heim beschützen, und rasch überlegte sie, wie sie das bewerkstelligen könnte. Vielleicht könnte sie ihn bitten, die Holzscheite neben der Haustür zu stapeln, damit sie sie selbst ordentlich ins Haus tragen konnte, aber ihm würde bestimmt ein Grund einfallen, warum das nicht funktionierte.

Sie sah, wie er eine Schubkarre vom Anhänger hob, und ihr war bewusst, dass sie nur noch wenige Augenblicke Zeit hatte, um sich einen anderen Plan zurechtzulegen. Im Geiste ging sie verschiedene Tücher und alte Stoffe in ihrem Wäscheschrank durch, mit denen sie den Fußboden abdecken könnte, doch dann fiel ihr ein, dass sie vor ihrem Umzug gründlich ausgemistet hatte und keine Tücher mehr besaß, die nicht makellos waren. Und der Gedanke an eine Schubkarre, die über das wertvolle Gewebe fuhr, ließ sie beinahe in Ohnmacht fallen.

Jetzt hörte sie, wie Holzstücke in die Schubkarre geworfen wurden. Wie lange es wohl dauern würde, bis sie voll war?

Es gelang ihr, ein kleines Stück ihres weißen Wollteppichs aufzurollen, bevor die erste Holzladung anrollte. Die Schubkarre hielt an. Rachel versuchte, den Teppich weiter aufzurollen, doch er war so breit, dass sie es allein nicht schaffte. Sie überlegte, ob sie Raff darum bitten sollte, aber irgendwie war die Vorstellung, wie er in seinen Stiefeln ihren Teppich aufrollte, schlimmer als alles andere.

»Was machen Sie da?«, fragte er.

Sie sah aus ihrer knienden Position zu ihm auf. Ihr war klar, dass er sie für eine komplette Idiotin halten musste. »Ich will nur den Teppich aus dem Weg räumen, damit er nicht schmutzig wird.«

»Und wie soll ich die Schubkarre über den aufgerollten Teppich bekommen? Lassen Sie ihn einfach liegen und machen Sie sich keine Gedanken wegen des Drecks! Es ist übrigens gar keiner da.«

Als sie den Läufer losließ, rollte er sich von selbst wieder zurück, und Raffs Schubkarre fuhr darüber. Rachel schauderte. Neben dem Ofen hielt er an und stapelte die Scheite in die Kaminecke. Sie musste zugeben, dass er das ziemlich ordentlich machte. Natürlich würde sie das Holz noch mal neu aufstapeln, sobald er fort war, aber das war in Ordnung.

»Das ist der perfekte Platz, um Holz aufzubewahren«, sagte Raff. »Hier liegt es wunderbar trocken und griffbereit.« Er legte das letzte Holzstück auf den Stapel. »Gibt es draußen einen Ort, an dem ich den Rest der Lieferung lagern kann? Hier passt noch eine Schubkarre voll hin, aber nicht die gesamte Anhänger-Ladung.«

Wie hatte sie bloß den Holzschuppen vergessen können? Rachel war ärgerlich auf sich selbst, weil sie so ein Stadtmensch war und die Ansammlung von Schuppen hinten im Garten vergessen hatte. Ihr Bauunternehmer aus London hatte gemeint, sie könnten nützlich sein, und Rachel teilte diese Meinung. Sie plante, sie bei nächster Gelegenheit weiß zu streichen und so als Strandhütten zu tarnen.

»Dorthin hätten Sie das Holz von vorneherein bringen sollen«, sagte sie. »In den Holzschuppen.«

Er zog eine Augenbraue hoch. »Und wie viel Dreck würden Sie dann jeden Abend verursachen, wenn Sie Körbe voller Holz ins Haus tragen müssten, um Feuer zu machen?«

Zwar war Rachel angespannt, gereizt und ein bisschen eingeschüchtert, aber die Worte »Körbe voller Holz« besänftigten sie. Das war einer der Träume, die sie in London gehegt hatte: auf dem Land zu leben und Körbe voller Holz neben einem Ofen stehen zu haben, in dem ein Feuer prasselte. Und in ihrem Traum hatte sie sich keine Gedanken über Schmutz gemacht.

»Ich hole den Schlüssel und schließe die Tür auf.«

»Und setzen Sie bitte den Kessel auf, diese Arbeit macht durstig!«

Verblüfft tat sie, was er ihr auftrug. Sie war kein Snob, nicht im Geringsten. Einige ihrer besten Freunde hatten ganz normale Jobs, aber schließlich kannte sie Raff kaum. Er war nicht wie Kenneth, der Bauunternehmer, mit dem sie sich in London so gut verstanden hatte – so gut sogar, dass sie ihn gebeten hatte, an ihrem Haus mitzuarbeiten. Er hatte ihr Bedürfnis voll und ganz verstanden, die Düse des Staubsaugers an das Bohrloch zu drücken, das er gerade bohrte, damit nicht alles einstaubte. Raff war nur ein Typ, den Sarah törichterweise gebeten hatte, sie nach Hause zu begleiten, und jetzt lieferte er ihr Brennholz.

Sie ließ sich Zeit in der Küche, weil sie nicht zusehen wollte, wie er ihren Teppich entweihte, indem er mit seinen Stiefeln darauf herumtrampelte, als wäre er einfach nur ... na ja, ein Teppich.

»Der Tee ist fertig«, verkündete sie schließlich.

Raff hatte die Holzscheite fast so ordentlich gestapelt, wie es ihren eigenen Maßstäben entsprach. Aber das warf ein weiteres Problem auf. Rachel war nicht zu sehr Städterin, um nicht zu wissen, dass das Aufstapeln von Holz normalerweise nicht zu einer Holzlieferung dazugehörte. Raff hatte sich für sie besonders ins Zeug gelegt.

»Ist das alles?«, fragte sie. Sie wollte ihn aus dem Haus haben.

Er runzelte leicht die Stirn. »Nein. Wir haben ja schon drüber gesprochen. Eine gute halbe Anhängerladung kommt noch in Ihren Holzschuppen. Jetzt lassen Sie uns diesen Tee trinken.«

Es liegt nicht so sehr daran, dass er das Haus unordentlich wirken lässt, dachte Rachel, auch wenn es so war. Es liegt an seiner starken Persönlichkeit. Raff ignorierte ihr Angebot, sich zu setzen, und lehnte sich stattdessen gegen den Küchentisch. Dabei verrückte er den Tisch leicht, trommelte mit den Fingern darauf herum und sah sich um.

»Ihr Haus ist sehr ... weiß«, kommentierte er.

»Ja. Es ist so, wie es mir gefällt.« Es war nicht schwierig, abwehrend zu klingen, wenn sie sich genauso fühlte.

»Das ist keine Kritik, nur eine Feststellung«, sagte er.

Rachel konnte ihn nicht ansehen. Sie wusste, dass er sie musterte und wahrscheinlich seltsam fand. Rachel wünschte, er würde endlich gehen – sie wollte den Teppich saugen und prüfen, ob er einen bleibenden Schaden davongetragen hatte.

»Wie lange wohnen Sie denn schon hier? Ich dachte, das wäre nur ein Wochenendhaus.«

»Nicht mehr. Aber ich bin noch nicht lange hier. Und ich gehe nicht oft aus dem Haus.« Jetzt hörte sie sich pathetisch an. Sie versuchte zu lächeln.

»Warum nicht?«

»Ich arbeite von zu Hause aus.« Diesmal funktionierte das mit dem Lächeln ein bisschen besser.

»Haben Sie Kekse?«

Rachel fragte sich, ob sich die Menschen auf dem Land wirklich so sehr von Städtern unterschieden, wie ihre Londoner Freunde sie vorgewarnt hatten. Sie öffnete einen Schrank und fand eine Packung Plätzchen, die sie für die Möbelpacker gekauft hatte.

»Oh!« Er musterte die Kekse, die sie ihm auf einem Teller reichte, als hätte er noch nie welche gesehen. »Sie sind nicht weiß.«

»Das Geschäft hier im Ort hatte keine weißen«, erwiderte sie ruhig. »Sie versuchen aber, für mich welche aufzutreiben.«

Sein Lächeln grub Lachfältchen in seine Augenwinkel und enthüllte seine weißen, leicht schief stehenden Zähne. Er nahm zur Kenntnis, dass sie seine Sticheleien zurückgab, und freute sich darüber.

»Sie geben sich große Mühe, ihre Kunden zufriedenzustellen.«

»Ja, die Menschen im Ort sind sehr hilfsbereit«, erwiderte Rachel.

»Finden Sie es hier einsam?«

Rachel nickte. »Am Anfang schon ein bisschen, aber so nach und nach lerne ich Leute kennen.«

»Sarahs Tochter Lindy.«

»Richtig. Ich kenne sie noch nicht gut, doch sie ist sehr nett.«

»Stimmt.«

Er trank seinen Tee und stellte die leere Tasse (aus weißem Porzellan, aber mit erhabenem Muster) schwungvoll auf die Spüle. Rachel zuckte zusammen. »So, dann mache ich besser mal mit dem Holz weiter.«

Während Raff mit seiner Schubkarre den Gartenweg entlangging, hatte Rachel Zeit, den Schaden im Haus zu inspizieren.

Fairerweise musste sie zugeben, dass der Stapel in der Tat sehr ordentlich war. Die Holzscheite waren zwar nicht weiß, aber doch hell, und Rachel fand, dass sie ihr Wohnzimmer auf angenehme Weise weicher wirken ließen. Die welken Blätter und Rindenstückchen auf dem Teppich ließen sich sehr gut aufsaugen.

Als Raff an die Hintertür klopfte, um ihr zu sagen, dass er fertig war, stand sie mit ein paar Geldscheinen in der Hand bereit.

»Das ist fantastisch! Herzlichen Dank«, sagte sie. Der Gedanke, gleich wieder ihre Ruhe zu haben, hob ihre Stimmung. »Was bin ich Ihnen schuldig?«

Er schien lange zu brauchen, um den Betrag auszurechnen, obwohl er doch eigentlich wissen musste, wie viel er sonst für eine Ladung Brennholz berechnete. Es war nicht nötig, im Geiste die genaue Stückzahl zu ermitteln, die er geliefert hatte. »Wir könnten es einfach als Einzugsgeschenk betrachten, was meinen Sie?«

Bei der Vorstellung konnte sie kaum ein Schaudern unterdrücken. »Oh nein! Das geht nicht, es wäre nicht richtig.« Sie zeigte ihm die Scheine, die sie in der Hand hielt. »Sehen Sie, ich habe Bargeld da. Wie viel kostet es?«

»Ich habe gesagt, es ist ein Geschenk.«

»Damit bin ich wirklich nicht einverstanden«, erwiderte Rachel energisch. »Sie müssen mich bezahlen lassen, oder ich frage Sarah, wie viel ich Ihnen schuldig bin, und bringe Ihnen das Geld später.«

Er überlegte kurz. »So sehr mir das gefallen würde, ziehe ich es trotzdem vor, Ihnen das Holz zu schenken. Sie können mich als Dankeschön zu einem Drink einladen.«

Weil sie lieber sterben würde, als mit ihm etwas trinken zu gehen, unternahm sie einen letzten Versuch. »Wirklich, ich möchte das Holz bezahlen!«

»Und ich möchte lieber, dass Sie mich auf einen Drink einladen. Als Lieferant habe ich die Wahl.«

Damit drehte er sich um und verschwand durch die Hintertür.

Nachdem Rachel die Küche aufgeräumt hatte, widerstand sie der Versuchung, wieder das ganze Haus zu putzen. Stattdessen schlüpfte sie in ihren Mantel und brach auf, um Lindys Haus zu suchen. Sie musste raus, und sie brauchte Bewegung. Von zu Hause aus zu arbeiten war in mancherlei Hinsicht großartig, doch es bedeutete auch, dass sie nicht automatisch unter Menschen war, wenn ihr danach der Sinn stand. Raff war zwar Gesellschaft gewesen, aber auf ziemlich beunruhigende Weise. Außerdem wollte sie herausfinden, wie viel eine Lieferung Brennholz kostete, und vielleicht auch, wie sie ihm das Geld zukommen lassen konnte, ohne mit ihm Kontakt aufnehmen zu müssen.

Sie fand Lindys kleines Cottage, nachdem sie sich im Geschäft danach erkundigt hatte. Es lag an einer schmalen Straße, in der einst Fabrikarbeiter in einer Reihe Cottages gewohnt hatten. Die Fabrik war umgebaut worden und beherbergte jetzt mehrere Wohnungen.

Als Rachel auf das Haus zuging, erkannte sie, wie winzig ... und unordentlich es war. Rachel war immer der Meinung gewesen, dass man umso ordentlicher sein musste, je weniger Platz einem zur Verfügung stand. Offensichtlich sah Lindy das anders. Der kleine Garten war voller Fahrräder und Spielzeug, vieles davon aus Plastik. Vielleicht bewahrte Lindy die Sachen lieber im Garten auf, als das Haus damit vollzustopfen.

Rachel klopfte an. Nach einer beunruhigend langen Wartezeit öffnete schließlich Beth die Tür. Sie trug etwas, was wie eine Gardine aussah.

»Gott sei Dank bist du es!«, sagte Beth. »Es hätte ja auch sonst jemand sein können. Lindy telefoniert gerade. Komm rein!«

Rachel trat ein und holte tief Luft. Zwar kam sie mit dem Chaos anderer Menschen ziemlich gut zurecht, doch Lindys Haus war eine besondere Herausforderung. Noch nie hatte Rachel so ein unordentliches Zuhause gesehen. Auf jeder freien Fläche schien sich irgendetwas zu stapeln: Stoffe, Spielsachen, Kleidung, Zeitungen, schmutzige Tassen; dieses Haus war Rachels schlimmster Albtraum.

»Störe ich bei irgendwas?« Sie befeuchtete sich die trockenen Lippen und gab sich Mühe, normal zu klingen.

»Nein, nein«, meinte Beth. »Ich brauche deine Meinung. Was hältst du von diesem Kleid?«

Beth war offensichtlich vollkommen unbeeindruckt von dem Chaos, was wiederum eine beruhigende Wirkung auf Rachel hatte. Sie versuchte, genauso sachlich zu sein.

»Soll ich ehrlich oder höflich sein?«, erkundigte sie sich, weil sie es sich nicht mit ihren neuen Freundinnen verderben wollte.

»Wenn du so fragst, heißt das, dass du unserer Meinung bist. Es ist furchtbar.« Trübsinnig sah Beth an sich hinunter.

»Es tut mir leid«, sagte Rachel. »Was ist das denn?«

»Na ja, es hätte Helenas Hochzeitskleid werden können.«

»Woher stammt es?«

»eBay. Helena hat es gekauft, sie dachte, wenn es so günstig ist, muss es ein Schnäppchen sein. Ein großer Fehler. Sie hätte das mir überlassen sollen. Schließlich bin ich die eBay-Expertin.«

»Vermutlich dachte sie, da es ja um ihr Hochzeitskleid geht...«, sagte Rachel vorsichtig. »Ich meine, ich habe keine Schwester, doch wenn ich eine hätte und sie mein Brautkleid kaufen würde – na ja, ich bekäme einen Anfall.«

Beth kicherte. »Dann würdest du also nicht bei *Trau Dich – Den REST erledige ich* teilnehmen wollen?«

»Was? Und ein dämlicher Verlobter trifft alle Entscheidungen rund um die Hochzeit? Nie im Leben!« Aus irgendeinem Grund musste sie an Raff denken und daran, welche Art von Hochzeit er planen würde. Ihr Exmann hätte so etwas bestimmt sehr gut hinbekommen. Abgesehen vom Brautkleid natürlich. Das hätte sie selbst aussuchen wollen.

»Die Sache ist die«, sagte Beth, »Helena weiß genau, wie gut ich mich mit eBay auskenne. Sie könnte meine Auswahl jederzeit ablehnen, aber sie hätte sich nicht hinreißen lassen sollen, selbst was zu kaufen.« Sie drehte Rachel den Rücken zu. »Kannst du mir mal hier raushelfen?«

Rachel sah, dass das Kleid mit Nadeln abgesteckt war, und begann, sie herauszuziehen.

»Ich hör mich an, als kommandierte ich andere gern herum, stimmt's?«, fuhr Beth fort. »Aber wenn ich nur so ein mageres Budget zur Verfügung habe, gibt es nichts zu verschwenden.«

Lindy kam mit zwei Bechern in der Hand herein. »Hallo,

Rachel! Schön, dich zu sehen! Ich habe in der Küche telefoniert und dachte mir, ich könnte schnell Kaffee kochen. Was möchtest du? Tee oder Kaffee? Damit meine ich allerdings Tee aus einem Teebeutel oder Instantkaffee.«

Rachels Ex hatte frisch aufgebrühten Kaffee geschätzt, und das hatte auch ein bisschen auf sie abgefärbt. »Tee, bitte. Mit einem kleinen Schuss Milch und ohne Zucker.« Sie lächelte. Sie hatte das Gefühl, dass sie mit dem Chaos umgehen konnte.

»Rachel findet auch, dass das Kleid nur als Staublappen geeignet ist«, seufzte Beth.

»Das habe ich nicht gesagt!«

»Aber es stimmt, oder?«

Lindy betrachtete den Haufen schmuddeliger Spitze, der über einer Stuhllehne hing. »Momentan ja. Aber ich könnte ein hübsches Kleid daraus machen ...«

»Und ich mit meinem eBay-Talent könnte es verkaufen. Du würdest dann das Geld bekommen, Lindy, weil du die Arbeit damit hattest.« Beth schien der Vorschlag zu gefallen.

»Wir würden schon eine Lösung finden«, meinte Lindy. Sie hob das Kleid hoch. »Es würde besser aussehen, wenn es gebügelt wäre.«

»Darum kann ich mich kümmern«, erklärte Rachel. »Ich bügle gerne.«

»Ehrlich?«, sagte Lindy ungläubig, während sie den großen Stapel, der sich als Vorhänge entpuppte, von einem Gestell hochhob, das mitten im Wohnzimmer im Weg stand. Es war ein Bügelbrett. »Ich kann mir nicht vorstellen, es je zu mögen, nicht einmal, wenn ich Zeit dazu hätte. Aber die habe ich nicht. Omas Vorhänge müssen ganz dringend gebügelt werden. Ich habe sie für sie geändert, doch ich habe die Säume immer noch nicht gebügelt. Ich hab es nur geschafft, das Bügelbrett aufzustellen.«

»Ich erledige das.« Rachel hoffte, dass sie nicht übereifrig wirkte, die Knitterfalten aus den Wäschestücken zu entfernen. Sie kletterte über den Wust an Gegenständen zum Bügelbrett, als wäre es eine Rettungsinsel.

Lindy reichte ihr das Kleid. »Wenn du es gebügelt hast, kann Beth es noch mal anziehen, und ich sehe, was ich tun kann.«

»Wisst ihr, was ich gerade gedacht habe?«, fragte Beth. »Erinnert ihr euch an unseren Trinkspruch? ›Auf Neuanfänge‹! Ich glaube, das hier könnte so ein Neuanfang sein.«

»Was meinst du?«, fragte Rachel.

»Ich finde, wir sollten eine kleine Firma gründen und alle das einbringen, worin wir gut sind.«

»Ich kann gut bügeln«, sagte Rachel, »aber ich will es nicht beruflich machen.«

»Nicht das Bügeln! Wenigstens nicht nur das Bügeln, wir sollten unsere Fähigkeiten bündeln: mein eBay-Talent, Lindys Nähfertigkeiten, das, was du tust, wenn du nicht bügelst, Rachel...«

»Buchführung«, warf sie ein.

»Perfekt!«, sagte Beth. »Man braucht immer jemanden, der einem die Bücher führt.«

»Und ich mache auch sonst noch alles Mögliche«, sagte Rachel, der die Idee gefiel.

»Wir könnten Hochzeiten arrangieren, für wenig Geld«, beendete Beth ihren Satz.

»Griffiger Name!«, meinte Lindy. »›Hochzeiten für wenig Geld‹! Da werden die Leute uns bestimmt die Bude einrennen.«

Rachel lächelte. »Man kann nie wissen. Vielleicht ja wirklich. Aber ein besserer Name wäre ›Vintage-Hochzeiten‹.«

»›Vintage‹ ist nicht gleichbedeutend mit ›billig‹, oder?«, fragte Lindy.

»Nein, aber es bedeutet immer ›aus zweiter Hand‹ oder ›gebraucht‹«, erklärte Rachel. »Das würde zum Beispiel dazu passen, alte Hochzeitskleider aufzumotzen.«

»Oh, das gefällt mir!«, rief Beth. »Und wenn wir das Ganze für einige andere Leute gemacht haben, wissen wir für Helenas Hochzeit besser Bescheid.«

»Natürlich üben wir auch noch unsere normalen Berufe aus«, fuhr Rachel fort und stellte das Bügeleisen einen Moment zur Seite, »bis das Geschäft richtig läuft. Doch es wäre ein Riesenspaß. Vielleicht. Hast du ein Ärmelbrett, Lindy?«

»Ja, irgendwo. Hier!«, antwortete Lindy triumphierend. »Es ist momentan eine Skateboard-Rampe für Superhelden.«

Rachel nahm ihr das Ärmelbrett aus der Hand. »Findest du es nicht schwierig, in so einem...« Sie zögerte, weil sie Lindy nicht verletzen wollte.

»In so einem Chaos zu arbeiten?«, fragte Lindy. »Na ja, in einer vollkommenen Welt hätte ich einen Riesenraum für meine Schneider- und Näharbeiten, aber wie die Dinge liegen, muss ich mich auf das konzentrieren, was ich gerade tue, und alles andere ignorieren.« Sie grinste schief. »Meine Mum sagt, das ist eine besondere Gabe. Doch eigentlich will sie damit sagen, dass ich dringend aufräumen sollte. Aber ich finde, das bringt nichts.«

Rachel schluckte und konzentrierte sich auf die Rüschen am Ärmel. Unbewusst hatte Lindy ihr gerade mitgeteilt, dass Rachels eigener Lebensinhalt sinnlos war. Rachel gab sich größte Mühe herauszufinden, ob Lindy recht hatte.

Aber wenigstens waren ihre Bügelfertigkeiten nützlich. Kurze Zeit und eine Tasse Tee später legte sie Lindy das gebügelte Kleid über den Arm. »Es ist immer noch schrecklich, doch immerhin ist es jetzt gebügelt. Was dagegen, wenn ich mit diesen Vorhängen weitermache?«

»Tu dir keinen Zwang an!«, entgegnete Lindy. »Oma wird begeistert sein. Sie hilft mir so oft, und ich schaffe es nicht mal, ihre Vorhänge fertigzustellen.« Sie schwieg kurz. »Zieh das Kleid noch mal an, Beth! Mal sehen, was ich daraus machen kann.«

Lindy hatte einen herzförmigen Ausschnitt geschnitten und steckte gerade Flügelärmel ab, als ihr etwas einfiel. »Tut mir leid, Rachel. Du bist ja eigentlich nicht gekommen, um meine Wäsche zu bügeln. Warum bist du hier?«

Rachel zuckte mit den Schultern. »Ich brauchte Gesellschaft. Ich habe eine Lieferung Brennholz bekommen, und ...«

»Oh nein!«, sagte Lindy und musterte sie besorgt. »Sag jetzt nicht, dass Mum ... äh, wer hat dir das Holz geliefert?«

»Raff.«

»Nein! Mum müsste es wirklich besser wissen.«

»Fairerweise muss man sagen, dass sie wohl erst versucht hat, das Holz von jemand anderem zu organisieren.«

»Was stimmt denn nicht mit Raff?«, wollte Beth wissen.

»Er ist im Grunde genommen ein netter Kerl«, antwortete Lindy, »und sein Holz ist wirklich günstig, aber ...«

»Aber was?«, fragte Rachel.

»Na ja, du bist neu in der Gegend. Es war klar, dass er Interesse an dir zeigen würde – wie viel hat er dir für das Brennholz berechnet?«

Rachel spürte, dass Lindy Verständnis für ihre Empörung haben würde, und stellte das Bügeleisen erneut ab. »Raff wollte nichts dafür haben. Er sagte, dass ich ihn stattdessen auf einen Drink einladen solle.«

»Auch das noch!«, rief Lindy aus. »Raff McKenzie baggert dich an, nachdem du gerade mal fünf Minuten hier bist!«

»Er hat gleich Vollgas gegeben«, gab Rachel zu.

»Versteh mich nicht falsch, er ist schon nett. Doch er lebt ein bisschen nach dem Motto ... na ja, du weißt schon: Ab ins Bett, und das war's dann.«

»Hat er es auch mal bei dir probiert?«

Lindy schüttelte den Kopf. »Nein. Aber es gab ein Mädchen, dem er das Herz gebrochen hat. Sie ist dann weggezogen.« Lindy fuhr fort: »Doch wir wollen ja nicht, dass Rachel gleich wieder flüchtet, wenn sie uns so nützlich sein kann!«

Rachel lachte. »Ich verspreche, dass ich mir nicht von ihm das Herz brechen lasse. Es hat Jahre gedauert, bis ich hierhergezogen bin. Da lasse ich mich doch nicht von einem Mann gleich wieder vertreiben. Auch dann nicht, wenn er ein bisschen geheimnisvoll und verwegen aussieht.«

Beth seufzte sehnsüchtig. »Vielleicht muss er nur die Richtige kennenlernen.«

»Vielleicht«, erwiderte Lindy skeptisch. »Oder vielleicht spielt er auch nur rum.«

»Wie auch immer«, sagte Rachel. »Wenn du mir verraten kannst, wie viel eine Ladung Brennholz normalerweise kostet, und mir Raffs Adresse gibst, kann ich ihm einen Scheck oder auch Bargeld vorbeibringen.«

»Ich muss Mum fragen«, antwortete Lindy. »Und mit ihr schimpfen.«

»Ich kann mir nicht vorstellen, mit meiner Mutter zu schimpfen«, gab Beth zu.

»Und ich konnte mir nicht vorstellen, dass Lindy aus dem Kleid was machen kann«, sagte Rachel, »aber jetzt sieht es richtig hübsch aus.«

Rachel, die sich inzwischen an Tee aus Teebeuteln gewöhnt hatte, hatte bereits einen beachtlichen Bügelberg abgearbeitet, als Lindy plötzlich aufkreischte, weil sie feststellte, dass sie ihre Söhne schon vor zehn Minuten hätte abholen müssen.

»Geht nicht, ihr zwei!«, rief sie, als sie aus der Tür schoss. »Wir essen Bohnen auf Toast, wenn wir zurückkommen.«

»Ich kaufe ein paar Dosen Bohnen und ein bisschen Brot«, sagte Beth, nachdem die Tür hinter Lindy ins Schloss gefallen war. »Ich glaube nicht, dass Lindy es sich leisten kann, uns auch noch durchzufüttern.«

»Hier, nimm das Geld mit!«, sagte Rachel. »Ich spendiere uns Bohnen auf Toast. Ich habe immerhin ein paar zahlende Kunden.«

Kurz darauf stürmten zwei Jungen unter lautem Gebrüll ins Haus und blieben wie angewurzelt stehen, als sie die beiden fremden Frauen entdeckten.

»Hallo, Jungs!«, rief Beth, die gerade die Spitzenreste aufsammelte, die Lindy skrupellos aus dem Kleid geschnitten hatte.

»Hallo!«, sagte Rachel, um den gleichen lockeren Ton bemüht, den Beth angeschlagen hatte. Sie war nicht an Kinder gewöhnt und wusste nie, wie sie mit ihnen umgehen sollte. Immer hatte sie Angst, dass sie klebrig und schmutzig sein könnten und sie ebenfalls schmutzig machten. Zum Glück liefen sie in die Küche und ahmten dabei Autogeräusche nach.

»Das ist wirklich nett von dir, dass du die Klamotten der Jungen auch bügelst«, erklärte Lindy, als sie den ordentlichen Stapel sah. »Es ist schon mehr als großartig, dass du dich um Omas Gardinen gekümmert hast.«

»Bügelst du die Kleidung der Jungen denn normalerweise nicht?«

»Ehrlich gesagt ist es für mich schon ein Erfolgserlebnis, eine

Ladúng Klamotten in die Waschmaschine zu stopfen. Die Sachen trocken zu bekommen ist eine richtige Herausforderung.«

Ohne einen Wäschetrockner muss das auch recht umständlich sein, dachte Rachel.

Irgendwie überstand sie die Mahlzeit mit den Jungen. Lindys Küchentisch war gerade eben groß genug für sie alle. Obwohl Rachel neben Billy saß, dem jüngeren und potenziell klebrigsten Kind, gelang es ihr, außerhalb seiner Reichweite zu bleiben. Sie stellte fest, dass er ziemlich süß und ausgesprochen fröhlich war.

Sobald es Rachel möglich war, verabschiedete sie sich. Sie hatte sich gut amüsiert, trotzdem war ihre Toleranzschwelle für Chaos und Durcheinander niedrig. Gut gelaunt winkte sie den Jungen zu und kehrte zu Ordnung und Ruhe zurück. Es blieb Beth überlassen, Lindys Söhnen Gutenachtgeschichten vorzulesen. Rachel wollte noch eine Art Geschäftsplan für Vintage-Hochzeiten ausarbeiten. Es gab noch nicht viel zu tun, aber es wäre gut, sich wenigstens schon mal ein paar Notizen zu machen.

4. Kapitel

Ein paar Tage später verließ Lindy gut gelaunt das Haus ihrer Großmutter. Ihre beiden Söhne schauten sich eine Folge der Zeichentrickserie *Peppa Wutz* an, nachdem sie gegessen und gebadet hatten. Lindy und ihre Großmutter hatten sie wie so oft gemeinsam bettfertig gemacht, und jetzt ging Lindy aus.

Zugegeben, dachte sie grinsend, ein Treffen zur Rettung des Gemeindesaals war nicht gerade ein heißes Date, aber die Hoffnung auf eine aufregende Verabredung hatte sie schon seit Langem aufgegeben. Das war traurig für eine Frau von gerade mal dreiundzwanzig Jahren, doch bis jetzt war in ihrem Leben noch nichts so gelaufen, wie sie es geplant hatte.

Sie wandte sich erfreulicheren Dingen zu und dachte zufrieden an das Hochzeitskleid. Mithilfe einiger Kristalle und viel geschickter Näharbeit mit der Hand hatte sie es in ein glamouröses Kleid verwandelt. Es hatte ihr viel Spaß gemacht, mit den feinen Stoffen zu arbeiten, auch wenn es sich nicht um die reine Seide und die Spitze handelte, die sie bevorzugt hätte. Trotzdem war es ein Kleid, in dem jede Braut, die kein Vermögen für ihr Brautkleid ausgeben konnte, gern heiraten würde. Leider würde es nur an einer Braut mit einer sehr schmalen Taille gut aussehen und war daher für Helena nicht geeignet. Dennoch war es ganz entzückend.

Auch wenn Lindy oft dachte, wie glücklich sie sich mit zwei wunderschönen Söhnen, sehr hilfsbereiten Eltern und einer Großmutter schätzen konnte, sehnte sie sich doch häufig nach etwas anderem. Es müsste nicht viel anders sein, sagte sie sich immer, nur ein bisschen: Sie sehnte sich nach etwas Kreativerem, einer Arbeit, die nicht nur aus dem Nähen von Vorhängen und dem Säumen von Jeans bestand. Vintage-Hochzeiten könnte ihr das möglicherweise bieten, und der Gedanke war herzerwärmend.

Niemals wollte sie auf die Vorteile verzichten, ihre Kinder am selben Ort großzuziehen, an dem sie selbst aufgewachsen war, aber trotzdem hatte sie oft das Gefühl, die jüngste »Vollzeit-Hausfrau« auf dem ganzen Planeten zu sein. Manchmal fragte sie sich, ob sie sich mehr Mühe mit ihrer Ehe hätte geben können. Hätte sie über Edwards Fehler hinwegsehen und Hilfe bei der Eheberatung suchen sollen? Im Grunde ihres Herzens wusste sie allerdings, dass das nicht funktioniert hätte. Ihre Ehe mit Edward war von Anfang an zum Scheitern verurteilt gewesen.

Aber dass Rachel und Beth in den Ort gezogen waren, hatte ihr den dringend notwendigen Auftrieb verschafft. Wenn doch nur ihr gemeinsamer Plan, ein kleines Unternehmen für die Organisation preisgünstiger Hochzeiten zu gründen, in die Tat umgesetzt werden könnte! Das würde ihr die Möglichkeit geben, mit ihrem Hobby Geld zu verdienen. Zwar war es vollkommen in Ordnung für sie, Vorhänge für andere Leute zu nähen, doch sie sehnte sich trotzdem nach einer spannenderen Beschäftigung.

Sie sah Rachel am Ende des Weges stehen und beeilte sich. Lindy hatte angeboten, Rachel abzuholen, aber die hatte darauf beharrt, allein zu kommen. Dennoch spürte Lindy, dass es ihrer neuen Freundin lieber wäre, den Pub mit jemandem zusammen zu betreten. Rachel würde schon bald feststellen, dass der *Prince Albert* nicht wie andere Pubs war – er war viel frauenfreundlicher.

»Hi, Rachel!«, rief sie, sobald sie in Hörweite war. »Ich kann dir gar nicht sagen, wie begeistert Mum war, weil du dem Komitee beigetreten bist. Und Beth kommt auch.«

Rachel lachte. »Ich habe mich ja irgendwie angeboten, indem ich an der ersten Versammlung teilgenommen habe.« Sie machte eine Pause. »Und, bist du fertig mit dem Kleid?«

»Oh ja! Es ist super geworden. Obwohl ich mich eigentlich nicht selbst loben sollte. Ich habe ein paar Fotos auf meinem Handy. Ich kann es kaum erwarten, sie euch zu zeigen.«

»Was zu zeigen?«, fragte Beth, die auf der Schwelle des Pubs zu ihnen stieß.

»Fotos von dem Kleid. Es sieht richtig gut aus.«

»Oh, ich bin schrecklich gespannt, sie zu sehen.«

Hintereinander stiegen sie die Treppe zum Versammlungsraum hinauf. Lindy entdeckte Raff, der gerade mit Audrey und Ivy plauderte. Die beiden behandelten ihn, als wäre er ihr lange verschollener Neffe.

»Setzen wir uns zusammen!«, schlug Lindy vor und ordnete die Stühle neu an, um das zu ermöglichen. Sie ärgerte sich ein bisschen über sich selbst, als sie feststellte, dass Rachel jetzt neben Raff saß. »Hey, Mum!«, rief sie, als Sarah den Raum betrat. »Wäre es nicht besser, wenn Rachel neben dir sitzt? Weil sie doch Kassenführerin ist?«

»Schon in Ordnung, Liebes«, erwiderte Sarah ruhig, zog den Mantel aus und zupfte ihr Halstuch zurecht. »Ich setze mich auf ihre andere Seite. Ach, Sukey hat Wasser organisiert. Wunderbar!« Sarah schenkte sich ein Glas ein, musterte die Anwesenden und kontrollierte, wer fehlte.

Lindy beschloss, später mit ihrer Mutter ein ernstes Gespräch über Raff und sein Verhalten zu führen. Sie wollte nicht, dass er Rachel durcheinanderbrachte. Lindy hatte manchmal das Gefühl, dass ihr Mutterinstinkt durch ihre frühe Mutterschaft etwas zu stark ausgeprägt war, aber sie spürte, dass Rachel ein wenig labil war. Möglicherweise war Raff im Augenblick nicht gut für sie.

Endlich hatten alle Platz genommen und tauschten sich mit ihren Sitznachbarn aus. Offensichtlich würden sie erst aufhören zu reden, wenn man sie dazu aufforderte. Sarah hatte Lindy erzählt, dass es ihr gelungen war, noch ein paar Leute dazu zu überreden, zu dem Treffen zu kommen.

»Okay!« Sarah schlug mit dem Stift gegen ihr Wasserglas, und endlich verstummten alle Anwesenden.

»Erster Punkt auf der Tagesordnung: Anstreichen des Gemeindesaals. Wir haben Farbe – danke, Raff –, jetzt brauchen wir nur noch Arbeitskräfte. Ich habe eine Liste der Personen, die sich voriges Mal angeboten haben. Lindy? Beth? Ihr wart beim letzten Treffen nicht da. Helft ihr beim Anstreichen?«

»Natürlich, wenn Oma auf die Jungs aufpasst.«

»Ich denke, ein Wochenende wäre am besten«, meinte Sarah und sah zu Justin und Amanda hinüber, die zwar am letzten Treffen teilgenommen, sich aber nicht für die Malerarbeiten gemeldet hatten. »Vielleicht an diesem Samstag? Hättet ihr da Zeit?«

Justin antwortete rasch: »Unwahrscheinlich. Wir müssen unser eigenes Haus renovieren. Ich möchte wirklich kein Wochenende damit verschwenden, im Gemeindesaal Farbe an die Wand zu klatschen.«

Zufällig schaute Lindy Rachel an, als er das sagte, und bemerkte, wie sie zusammenzuckte. Lindy dachte daran, wie penibel Rachel gebügelt hatte, daher glaubte sie nicht, dass »Farbe an die Wand klatschen« Rachels Arbeitsweise entsprach.

»Ich erledige das«, sagte Raff. »Ich stelle außerdem Leitern und ein Gerüst zur Verfügung. Das brauchen wir auf jeden Fall für die Decke.«

»Ist das gesamte Material gespendet?«, fragte Rachel mit gezücktem Stift. »Falls nicht, wie bezahlen wir die Sachen, die keine Spenden sind?«

»Solange wir keine Spendenaktion durchgeführt haben, gibt es kein Geld«, erklärte Sarah. »Ich hoffe, dass wir heute Abend ein paar konkrete Pläne dazu erarbeiten können.«

»Das klassische Henne-Ei-Problem«, murrte Audrey. »Vielleicht sollten wir besser alles so lassen, wie es ist.«

»Wie wäre es, wenn wir alle was beisteuern – sagen wir mal, fünfzig Pfund?«, schlug Justin vor. »Dann hätten wir rund fünfhundert Pfund Betriebskapital.«

Er hätte genauso gut fordern können, dass alle Anwesenden ein Organ spenden sollten, um einen neuen, besseren Menschen zu kreieren.

Sarah bereitete dem vehementen Protest ein Ende und verschaffte sich wieder Gehör. »Das ist im Grunde eine gute Idee, Justin, aber ... äh, die meisten hier könnten sich eine Spende in der Höhe nicht leisten.«

»Wir zahlen den Betrag zurück, sobald Geld reinkommt«, meinte Rachel.

»Es ist immer noch viel zu viel«, sagte Sarah. »Wie wäre es mit zwanzig Pfund? Mit zweihundert Pfund kann man schon eine Menge Material beschaffen. Und wir könnten Leute, die heute Abend nicht da sind, bitten, Geld zuzuschießen.«

»Ich bin in Rente und habe sowieso schon Probleme wegen der hohen Energiekosten«, erklärte Ivy. »Ich kann nur ein paar Pfund beisteuern, mehr geht nicht.«

Lindy sah, wie Raff ihr einen mitfühlenden Blick zuwarf. Sie würde sich nicht wundern, wenn die Rentnerin Ivy bald eine Ladung Brennholz neben ihrer Hintertür vorfinden würde. Raff wäre ein richtig netter Mann, wenn er nicht eine Beziehung nach der anderen hätte.

Alle redeten durcheinander, bis Rachel schließlich wieder mit dem Stift gegen ihr Glas schlug. »Da wir uns wohl auf keine Summe einigen können, die jedem recht und ein vernünftiger Grundstock ist, schlage ich vor, dass jeder einen Betrag gemäß seinen Möglichkeiten beisteuert. Und das Geld ist nur geliehen und wird zurückgezahlt, wenn die ersten Reservierungen für den Saal eingehen.« Sie sah sich um. »Justin? Ich merke Sie mit fünfzig Pfund vor.«

»Wartet mal, wird es nicht ein bisschen kompliziert, wenn wir alle unterschiedliche Beträge geben?«, fragte jemand.

»Es ist ein Darlehen, keine Spende, und es ist nicht im Geringsten kompliziert, wenn wir ordentlich Buch führen«, konterte Rachel rasch. »Wahrscheinlich ist es am besten, wenn jeder seinen Namen und den Betrag aufschreibt, den er beisteuern will. Ich dokumentierte später alles. Auf die Weise bleibt es vertraulich.« Sie betrachtete die Gruppe mit den so unterschiedlichen Personen. »Ich kenne keinen von euch; ich verurteile niemanden, wenn er zwei Pfund gibt, aber einen Rolls-Royce fährt.«

Alle lachten.

»Wir machen das nach dem Treffen«, erklärte Rachel und sah Sarah erwartungsvoll an.

»Gut.« Lindys Mutter nickte und sah plötzlich ein bisschen verlegen aus. »Eine Sache noch – ich habe eine Reservierung.«

»Für den Gemeindesaal?«, fragte Rachel fassungslos.

Sarah nickte. »Für eine Hochzeit. Die Tochter eines Bauern, um dessen Hof ich mich kümmere.« Sie machte eine Pause. »Ich bin Verwalterin auf Bauernhöfen, für die, die das noch nicht wissen.«

»War das nicht ein bisschen voreilig?«, wollte Justin wissen. »Denk mal daran, in welchem Zustand der Saal ist!«

»Ich finde, es kann nur förderlich sein, wenn wir ein Ziel

haben«, sagte Rachel. »Das sorgt dafür, dass wir Gas geben. Wann ist die Hochzeit? Irgendwann im Frühling?«

Sarah wirkte verlegen. »Es hängt davon ab, was man als Frühlingsbeginn definiert. Am Valentinstag – in diesem Jahr.«

»Das ist der vierzehnte Februar«, sagte Justin.

»Ganz schön früh!«, meinte jemand.

»Jedes Jahr am gleichen Tag«, entgegnete ein anderer. »Nicht wie Ostern.«

»Das ist eine große Aufgabe«, meldete Justin sich wieder zu Wort.

»Ich weiß«, erwiderte Sarah entschuldigend. »Aber Aprils Mutter ist gestorben, als sie noch ziemlich klein war. April hat mich gebeten, ihr bei der Organisation ihrer Hochzeit zu helfen. Ich konnte nicht Nein sagen.«

Audrey schüttelte den Kopf. »Ich finde, du warst vorschnell, Sarah.«

»Ach, kommt schon!«, warf Raff ein. »Wenn wir uns Mühe geben, schaffen wir das. Sarah hat eine Buchung besorgt, wir müssen es versuchen.«

Kein Wunder, dass Mum immer sagt, wie nett er ist!, dachte Lindy. Er war tatsächlich nett.

»Allerdings konnte ich natürlich nicht viel als Saalmiete verlangen«, fuhr Sarah fort. Sie klang, als müsste sie sich rechtfertigen. »Selbst mit einem neuen Anstrich wird der Saal noch ziemlich ... primitiv sein.«

»›Rustikal‹ hört sich besser an«, erwiderte Rachel, »und er wird wunderbar aussehen. Obwohl das wirklich eine Herausforderung wird«, murmelte sie.

»Sind dreißig Pfund eine vertretbare Summe?«, fragte Sarah. »Sie haben nicht viel Geld.«

»Bring sie dazu, im Voraus zu zahlen! Das Geld kann in Material gesteckt werden«, schlug jemand vor.

»Guter Vorschlag«, stimmte Rachel zu. »Wäre das möglich, was meinen Sie?«

Sarah zuckte mit den Schultern. »Ich frag sie mal.«

»Meine Güte!«, sagte Amanda scharf. »Wenn sie sich keine Vorauszahlung von dreißig Pfund leisten können, dann können sie die ganze Hochzeit nicht bezahlen! Haben sie eine Vorstellung, was so eine Feier kostet? Im Schnitt fast zwanzig Riesen.«

»Das ist ein Durchschnittswert«, warf Rachel ein. »Das bedeutet, dass viele Hochzeiten deutlich weniger kosten.«

»Zum Glück!«, murmelte Beth.

»Ich habe der Braut gesagt, Sie würden sie anrufen, Beth«, sagte Sarah. »Und dass ihr drei Mädels ihr helfen könntet.«

Lindy fragte sich, ob ihre Mutter begriffen hatte, dass sie Vintage-Hochzeiten organisieren wollten, um Geld damit zu verdienen – nicht, um anderen mittellosen Frauen aus der Klemme zu helfen.

Sie diskutierten darüber, ob sie den Gemeinderat fragen mussten, ob sie den Gemeindesaal vermieten konnten. Sarah entschuldigte sich, dass sie so impulsiv gewesen war und April den Saal bereits angeboten hatte. Schließlich verständigten sie sich darauf, dem Gemeinderat ihre Anfrage bei der nächsten Sitzung vorzulegen. Die allgemeine Auffassung war die, dass der Gemeinderat den Zustand des Saals als große Belastung betrachtete und dankbar sein würde, wenn jemand das Problem in Angriff nahm.

Schließlich erklärte Sarah die Zusammenkunft für beendet.

»Ich sammle das Geld ein«, sagte sie. »Für mich ist das einfacher, und es könnte eine Zeit lang dauern. Wenn ihr drei schon was trinken gehen wollt, komme ich später nach.«

»Also – ein schnelles Getränk unten im Pub?«, sagte Beth zu Lindy und Rachel.

»Jep, das wäre gut. Dann kann ich euch die Fotos von dem Kleid zeigen«, meinte Lindy. »Und wir können über diesen Schlamassel reden, in den meine Mutter uns reingeritten hat.«

Die anderen beiden lachten voller Zuneigung. »Das ist kein Schlamassel«, widersprach Beth, »sondern eine Gelegenheit zum Üben.«

»Ich muss schon sagen«, schaltete Rachel sich ein, »ich habe ernsthafte Zweifel, dass wir den Gemeindesaal rechtzeitig fertig bekommen.«

»Wir haben einen Monat«, sagte Beth. »Das sollte wohl reichen.«

»Nicht, wenn wir es richtig machen«, entgegnete Rachel.

»Ich glaube nicht, dass wir dafür genug Zeit haben«, sagte Lindy und hoffte, dass Rachel niemals herausfand, dass sie schon einmal renoviert hatte, ohne die Möbel zu verrücken. »Aber wir müssen uns alle Mühe geben.«

Die drei setzten sich an einen Tisch in der Nähe des Feuers und waren bald in eine Diskussion darüber vertieft, was sie für die mittellose Braut April tun könnten.

»Ich gebe dieses Kleid nicht völlig unter Wert her«, sagte Lindy mit Nachdruck. »Auch nicht, um meiner Mutter einen Gefallen zu tun.«

»Da bin ich ganz deiner Meinung!«, meinte Beth. »Das verkaufen wir auf eBay, sobald wir richtige Fotos haben.«

»Wir finden ein anderes Kleid für unsere ›abgebrannte Braut‹ April«, sagte Lindy.

Rachel runzelte die Stirn. »Ich muss zugeben, dass ich mir wirklich Sorgen mache, ob wir die Malerarbeiten rechtzeitig hinbekommen. Bis wir die Wände abgewaschen und die Schnitzarbeiten in den Balken gereinigt und den Rest abgeschliffen haben ...«

»Wir müssen uns eben sehr anstrengen«, unterbrach Beth sie entschlossen. »Und vergiss nicht, dass wir die Balken auch mit irgendwas verhüllen und die nötigen Arbeiten daran dann später nachholen können.«

»Aber das tut man dann nie. Die Leute sagen immer: ›Wir können vorübergehend mit dem Provisorium leben‹, doch dann kriegen sie die Kurve nicht mehr.«

Beth legte beruhigend eine Hand auf Rachels Hand. »Diese Leute haben auch nicht dich, um sicherzustellen, dass es am Ende doch noch richtig gemacht wird.«

Lindy fiel auf, dass Beth ausgesprochen gut mit Menschen umgehen konnte. Rachel lächelte und wirkte nicht mehr ganz so niedergeschlagen.

Rachel stand auf. »Soll ich uns Wein holen? Ich brauche jetzt was zu trinken, um mich mit dem Gedanken vertraut zu machen, wie wenig Zeit wir haben, um diesen Saal aufzuhübschen.«

In dem Moment tauchte Raff auf. »Guten Abend, die Damen! Hi, Rachel!«

Lindy sah, wie Rachel errötete, und hoffte sehr, dass sie nur verlegen war und sich nicht etwa in Raff verguckt hatte.

»Wie brennt das Holz?« Raff konzentrierte sich ausschließlich auf Rachel.

»Äh – gut! Sehr gut!«

»Heizt gut, ja?«, fuhr Raff fort.

»Oh ja«, erwiderte Rachel, »sehr gut.«

»Prima.« Er ließ sie nicht aus den Augen.

»Ja?«, sagte Rachel, deren Gesicht immer dunkler wurde.

»Sie haben mich noch nicht zu einem Drink eingeladen.«

Rachel lächelte, als wäre sie erleichtert. »Und, ist das hier nicht die beste Gelegenheit? Ich bin eben auf dem Weg zur Theke. Was kann ich Ihnen mitbringen?«

Er schüttelte den Kopf. »Nein, so leicht kommen Sie mir nicht davon. Außerdem arbeitet ihr Mädels offensichtlich gerade.«

»Es würde uns nicht stören, wenn Sie sich kurz zu uns setzen«, antwortete Rachel und warf den anderen beiden einen verzweifelten Blick zu.

Raff winkte ab. »Nö. Ich möchte, dass Sie mich anrufen und mit mir was trinken gehen, wenn wir beide Zeit haben.«

Jetzt schüttelte Rachel den Kopf. »Tut mir leid, das kann ich nicht.«

»Warum nicht? Haben Sie meine Telefonnummer verloren?«

»Nein, ›verloren‹ ist der falsche Ausdruck. Ich habe die Karte in kleine Stücke zerrissen.«

Lindy war sich nicht sicher, wie er darauf reagieren würde, aber Raff lachte nur, und etwas wie Respekt vor Rachel leuchtete in seinen Augen auf.

Beth grinste, auch wenn sie es hinter ihrer vorgehaltenen Hand zu verbergen suchte.

»Na dann«, sagte Raff und zog eine Visitenkarte aus der Tasche. »Ich gebe Ihnen meine Nummer eben noch mal. Und wenn Sie mich nicht anrufen und auf einen Drink einladen, schulden Sie mir eine Lieferung Holz.« Er drehte sich um und ging.

Rachel setzte sich und stopfte die Karte in die Tasche. »Hast du deine Mum gefragt, wie viel eine Ladung Brennholz kostet? Dann kann ich ihm einfach das Geld geben. Das wäre mir so viel lieber.«

Lindy schüttelte den Kopf. »Tut mir leid, ich hab's vergessen.«

Rachel seufzte. »Ich hole was zu trinken. Bleiben wir beim Wein? Oder brauchen wir jetzt eher Wodka?«

Lindy lachte. »Du bist doch diejenige, die Alkohol braucht, um ihre Nerven zu beruhigen.«

Als Rachel mit einer Flasche Wein und Gläsern zurückkam, meinte Lindy: »Du hast deinen Holzofen noch gar nicht benutzt, stimmt's?«

Rachel biss sich auf die Unterlippe. »Oh Gott, ist das so offensichtlich?«

Lindy lachte leise. »Natürlich nicht! Ich habe nur geraten.«

»Ich weiß nicht, wie man ein Feuer anzündet«, gestand Rachel. »Es ist mir so peinlich! Ich ziehe von London aufs Land und kenne mich nicht mal mit den grundlegendsten Handgriffen aus.«

»Du brauchst etwas, mit dem du das Feuer anzünden kannst«, erklärte Beth. »Ich habe es auch erst gelernt, als ich so richtig gefroren habe. Als ich kurz nach Weihnachten in das Cottage gezogen bin, war es eiskalt. Kerzenstümpfe sind gut.«

»Wie ist dein Cottage denn, Beth?«, fragte Rachel. Wahrscheinlich wollte sie von ihren Misserfolgen in Bezug auf das Landleben ablenken.

»Ein bisschen seelenlos, um ehrlich zu sein«, antwortete Beth. »Eben eine Ferienunterkunft. Aber ich muss nichts dafür zahlen und bin sehr dankbar, dass ich dort wohnen kann.«

»Du brauchst trockenes Holz zum Anzünden«, sagte Lindy, die noch darüber nachdachte, dass Rachel lernen musste, wie man ein Feuer entfachte. »Ich nehme dich mal zusammen mit den Jungen zu meiner Lieblingsstelle zum Sammeln mit. Aber vorher bringe ich dir ein bisschen Kleinholz vorbei.«

»Wir sollten jede freie Minute für den Gemeindesaal nutzen«, sagte Rachel. »Ich kann mir jetzt keine Gedanken über ein Feuer machen.«

»Ich rufe April an«, entschied Beth, »und sage euch, wann wir uns mit ihr treffen können.«

»Ich möchte die Jungs nicht so gern zu dem Treffen mitnehmen. Können wir bis zum Wochenende warten?«, bat Lindy. »Und sollen wir uns bei April treffen, oder kommt sie besser zu uns?«

»Ich finde, wir sollten zu ihr gehen«, sagte Rachel. »Sonst will sie vielleicht den Saal sehen, und dann nimmt sie ihre dreißig Pfund und feiert ihre Hochzeit woanders.«

»Aber sind dreißig Pfund es wert, sich darüber so viele Gedanken zu machen?«, wandte Beth ein. »Das ist so eine überschaubare Summe. Ich kann nicht glauben, dass wir nicht mehr für den Saal bekommen, selbst im jetzigen Zustand.« Sie nahm ein iPad aus der Tasche. »Entschuldigung. Stört es euch, wenn ich ein bisschen recherchiere?«

Lindy war auf einmal ganz niedergeschlagen. »Mir ist gerade ein Gedanke gekommen. Wenn wir uns zu Tode schuften, um den Gemeindesaal kurzfristig in einen annehmbaren Zustand zu versetzen, bekommen wir nur dreißig Pfund dafür. Wäre es nicht besser, die Hochzeit abzulehnen und uns ausreichend Zeit für die notwendigen Arbeiten zu nehmen?«

»Aber damit würden wir deine Mum hängen lassen«, erwiderte Beth, ohne den Blick von ihrem iPad zu heben. »Es wäre gut, ein Ziel zu haben. Und ich weiß, dass Rachel das gar nicht gefällt, doch der Saal muss anfangs wirklich nicht vollkommen sein.«

Sie blickte vom Bildschirm auf. »Anscheinend kann man Gemeindesäle für sehr wenig Geld mieten, aber wir müssen dafür sorgen, dass unsere erste Hochzeit großartig wird. Dann haben wir schon mal eine Sorge weniger, wenn Helenas Hochzeit ansteht.«

»Und ich wette, unser Saal ist architektonisch schöner als die, über die du im Internet recherchiert hast. Wenn er frisch gestrichen ist, könnte er toll aussehen. Stellt euch mal vor, wie er wirkt, wenn er voller Blumen ist«, sagte Rachel.

»Und Bänder!«, fügte Lindy hinzu. »Und natürlich Fahnen, aber heutzutage wird es mit der Deko oft ein bisschen übertrieben, findet ihr nicht?«

»Bänder wären wunderschön für eine Hochzeit«, überlegte Beth. »Ob man wohl günstig welche kaufen kann?«

Lindy schüttelte den Kopf. »Nein. Wenn wir Bänder haben wollen, machen wir sie selbst. Kostenlos.«

»Wir sind nicht alle geschickt, was Handarbeiten angeht«, wandte Beth ein. »Ich kann gut mit Computern und eBay umgehen, ansonsten jedoch bin ich ziemlich nutzlos. Obwohl ich Kunst in der Schule immer mochte.«

»Oh«, sagte jemand hinter ihnen. »Das ist schade. Ich habe mich gerade gefragt, ob vielleicht jemand von euch einen Job haben möchte.«

»Ich, bitte!«, antwortete Beth und hob die Hand, als sie Sukey sah, die Pächterin des *Prince Albert*. »Ich kann am Tresen arbeiten.«

»Super!«, rief Sukey. »Milly geht, und ich weiß, dass in nächster Zeit viel los sein wird. Es stehen einige Abende mit Live-Musik ins Haus. Wann könnten Sie anfangen?«

»Wann immer Sie wollen!«

»Ich wollte auch Ja sagen«, meinte Rachel. »Aber tagsüber arbeite ich schon.«

»Ich könnte Sie als Reserve vormerken, wenn sehr viel los ist. Haben Sie Erfahrung?«

»Ein bisschen. Und ich lerne sehr schnell«, antwortete Rachel.

»Sie ist Buchhalterin«, warf Beth ein. »Sie könnte sich um die Kasse kümmern.«

»Nun, ich werde an Sie denken, wenn es so aussieht, als könnte ich weitere Unterstützung gebrauchen. Wenn man alleinige Pächterin ist, kann es schon mal hektisch werden.

Solange Sie Gläser spülen können, ist alles in Ordnung«, erklärte Sukey entspannt und drehte sich wieder zum Tresen um. »Kommen Sie doch morgen um die Mittagszeit vorbei, damit wir die Einzelheiten besprechen können!«

»Danach könnten wir Kleinholz sammeln«, schlug Lindy vor. Sie seufzte. »Ich wünschte, ich könnte auch im Pub arbeiten. Ich liebe es, zu nähen, Dinge zu basteln und Karten zu designen, aber manchmal ist das doch ziemlich einsam.«

»Könntest du deine Kinder nicht betreuen lassen, wenn du außer Haus arbeiten willst?«, fragte Rachel.

»Ich könnte nicht genug verdienen, damit sich die Kosten für die Kinderbetreuung rechnen, und ich verlasse mich sowieso schon mehr als genug auf meine Mutter und Großmutter – trotz Schule und Kindergarten. Billy geht auch nicht ganztags hin. Mum arbeitet fast Vollzeit, und für Oma wäre es zu viel, wenn sie regelmäßig nach den Kindern sehen müsste. Deshalb übernehme ich nur Arbeiten, die ich zu Hause erledigen kann.«

Beth, die sich offensichtlich noch nie Gedanken über die Kosten von Kinderbetreuung machen musste, dachte kurz nach. »Du entwirfst Karten?«, sagte sie dann. »Großartig. Du könntest persönliche Einladungen gestalten. Handgemalt. Die wären richtig teuer.«

»Und richtig zeitraubend!«, wandte Lindy ein. »Ich denke, ich könnte ein paar entwerfen, und dann lassen wir sie fertigen.«

»Ich kann sehr ordentlich schreiben«, meinte Rachel, »ich habe mich auch schon mal an Kalligrafie versucht.«

»Ich finde, dass wir im Großen und Ganzen über alle notwendigen Kenntnisse und Fähigkeiten verfügen«, sagte Beth, »auch wenn ich nur Sachen zu günstigen Preisen beschaffen kann. Wie sieht unsere Planung aus? Kleinholz sammeln, nachdem wir uns mit Sukey unterhalten haben, und dann besuchen wir unsere erste Vintage-Braut?«

Lindy lachte. »Das klingt ja noch schlimmer als ›abgebrannte Braut‹. Es hört sich so alt an. Ich lasse mir von Mum die Adresse und die Telefonnummer geben. Ach, da ist sie ja!«

Sarah ließ sich auf das Sofa plumpsen und öffnete ihre Handtasche. »Hol mir das größte Glas Wein, das du tragen kannst!«, sagte sie zu Lindy und gab ihr einen Zwanzig-Pfund-Schein. »Und was ihr Mädels trinken wollt. Und erschießt mich bitte vorher, wenn ich mich je wieder freiwillig für ein Komitee melden will!«

5. Kapitel

Beth' Handy klingelte schrecklich früh. Seit dem Gemeindesaal-Meeting waren einige Tage vergangen, und Rachel und sie hatten für heute einen Termin mit April vereinbart. Lindy war zu Hause und passte auf Billy auf.

Beth spuckte die Zahnpasta aus, lief zurück ins Schlafzimmer und schnappte sich gerade noch rechtzeitig das Telefon.

»Beth? Ich bin's, Rachel. Tut mir leid, dass ich so früh anrufe, aber es hat sich ganz kurzfristig ein Auftrag ergeben. Ich kann ihn nicht ablehnen. Das heißt, ich kann nicht mit dir zu dem Bauernhof fahren.«

Das war eine Enttäuschung. »Na ja, macht nix. Wir finden bestimmt einen neuen Termin.«

»Nicht nötig. Sarah bringt dich hin und holt dich auch später wieder ab.«

»Das ist sehr nett von ihr!«

»Stimmt, aber es macht ihr nichts aus. Schließlich hat sie uns den Auftrag auch verschafft. Und sie hat gesagt, der Hof liegt auf dem Weg zu ein paar anderen Bauernhöfen, für die sie arbeitet.«

»In Ordnung.«

»Das bedeutet jedoch, dass du wohl ziemlich lange dort sein wirst. Ist das okay für dich? Sarah meint, April hat bestimmt nichts dagegen.«

Rachel war wirklich überaus effizient. »Das ist bestimmt in Ordnung«, erwiderte Beth. »Wie schön, mal aus dem Haus zu kommen!«

»Es tut mir leid, dass ich dich im Stich lasse, aber ich will keine bezahlte Arbeit ablehnen – es könnte sich noch mehr daraus ergeben. Doch ich habe ein schlechtes Gewissen deswegen.«

»Ach was, ich komme klar«, erwiderte Beth. »Allerdings muss ich vielleicht einige Entscheidungen allein treffen, über Dinge, die wir nicht besprochen haben.«

»Wir vertrauen dir. Also, Sarah kommt so gegen elf bei dir vorbei. Okay?«

»Klar. Ich habe Sukey versprochen, eine Webseite zu erstellen, also kann ich jetzt ein bisschen daran arbeiten. Danach fange ich mit unserer an.«

»Oh.« Rachel klang überrascht. »Haben wir schon was zum Einstellen?«

»Mit Sicherheit sehr bald. Ich möchte jede Menge Fotos von der Kirche und der Umgebung schießen.«

»Ah, verstehe. Wie bei einem Haus, das man sich im Internet anschaut – fünfzehn Bilder vom Garten und drei vom Gebäudeinneren.«

»Vom Inneren ganz bestimmt nicht«, entgegnete Beth. »Oder sie müssten schon sehr geschickt aufgenommen sein. Aber wir müssen so bald wie möglich im Internet präsent sein.«

»Du hast recht. Und sobald wir diese Hochzeitsfeier über die Bühne gebracht haben, kann April uns weiterempfehlen.«

»Ich hoffe bloß, dass es klappt!« Auf einmal wurde Beth nervös. »Ich habe so was noch nie gemacht.«

»Wir auch nicht. Aber du schaffst das.«

Sarah war pünktlich, und Beth, die schon nach ihr Ausschau gehalten hatte, lief zu ihrem Auto. Es war ein wunderschöner Wintertag, strahlend und kalt mit einem blauen

Sonnenhimmel, der an den bevorstehenden Frühling denken ließ.

»Was für ein schöner Ausflug!«, meinte Beth und betrachtete die Landschaft aus dem Autofenster heraus. Sanft geschwungene Hügel mit Feldern und Wäldern und kahlen Bäumen hoben sich gegen den Himmel ab, der mit seinen Wölkchen an ein Entenei erinnerte.

»Ich liebe solche Tage«, seufzte Sarah. »Ich glaube, mir gefallen die Bäume im Winter fast noch besser. Ich mag es, wenn man die Umrisse der kleinen Äste und Zweige erkennen kann. Natürlich ist es auch im Sommer fantastisch. Aber Tage wie dieser sind etwas Besonderes.«

»Sie haben recht!«, antwortete Beth und dachte an Fotos für die Webseite. »Ich habe kein Auto, und das heißt dummerweise, dass ich nur Orte besuchen kann, die zu Fuß erreichbar sind. Mir war gar nicht klar, wie schön es auch ein bisschen weiter vom Dorf entfernt ist.«

»Aber Sie können Auto fahren?«

»Oh ja! Ich habe jede Menge Geld für einen Wagen gespart, als ich während des Studiums gearbeitet habe, doch als es so weit war, hatte ich das Gefühl, mir keinen leisten zu können.« Sie schwieg kurz. »Aber vielleicht hätte ich mir doch ein Auto kaufen sollen. Dann könnte ich jetzt zwischen mehreren Stellen wählen.«

»Das ist tatsächlich nicht die beste Gegend, wenn man ohne einen Wagen zurechtkommen muss«, bestätigte Sarah. »Aber vielleicht klappt es da ja mit Ihrem Job im Pub.«

»Ja, hoffentlich! Ich fange heute Abend dort an. Als Sukey gehört hat, wie viel Erfahrung ich habe, sagte sie, ich könne sofort anfangen. Sie ist sehr nett.« Beth wartete kurz, ob Sarah etwas Schlechtes über ihre neue Arbeitgeberin zu berichten hatte.

»Das ist sie. Sie hat diesen Pub aus der Krise geführt. Sie ist erst vor wenigen Jahren hergezogen.«

Beruhigt fuhr Beth fort: »Gibt es keine anderen Unternehmen, die jemanden wie mich brauchen könnten? Ich besitze Fähigkeiten, die für einen kleinen Betrieb nützlich sind. Ich könnte Webseiten einrichten, beim Marketing behilflich sein, Blog-Einträge für kleinere Firmen schreiben, die noch keine Internet-Präsenz haben.«

Sarah schüttelte den Kopf. »Mir fällt im Augenblick keine Firma ein, die zu Fuß zu erreichen ist. Ich erledige ja Verwaltungsarbeiten auf Bauernhöfen, aber ich arbeite nicht in Vollzeit. Und nicht mal das würde ohne Auto funktionieren.«

»Hm ... Ich könnte Ortsansässigen helfen, einen Internet-Zugang einzurichten, damit sie E-Mails verschicken oder skypen können, falls sie einen Computer haben und nicht damit umgehen können. Doch solche Hilfeleistungen wären natürlich umsonst.«

Sarah warf ihr einen anerkennenden Blick zu. »Das ist sehr freundlich. Es gibt bestimmt ein paar Leute, die genau diese Unterstützung benötigen.«

»Aber ganz offensichtlich brauche ich ein Auto, um eine richtige Arbeit zu finden.«

Sarah nickte und schaltete in den nächsten Gang. »Lindy hat das gleiche Problem. Sie würde sehr gern einer Arbeit nachgehen, bei der sie aus dem Haus kommt, doch da sie kein Auto hat und die Kinderbetreuungskosten hoch wären, muss sie von zu Hause aus arbeiten.« Sie hielt kurz inne. »Es wäre wunderbar, wenn ihr Mädchen euren Plan von den Vintage-Hochzeiten umsetzen könntet. Schon als ich neulich im Pub davon gehört habe, war ich völlig begeistert.«

»Aber es wird eine Ewigkeit dauern, bis wir wirklich Geld damit verdienen können«, sagte Beth. Sie überlegte kurz. »Wir können vermutlich Rachels Wagen benutzen, doch wir bräuchten eigentlich einen Lieferwagen oder etwas in der Art.«

»Sie haben recht. Ihr braucht einen fahrbaren Untersatz. Ich mache mir mal Gedanken. Lindy konnte sich nie ein Auto leisten – auch nicht mit unserer Hilfe –, aber wenn ihr gelegentlich eins zur Verfügung stünde, um in größeren Orten Material zu besorgen oder zum Ausliefern, wäre das wirklich nützlich. Natürlich gibt es Busse, doch die Fahrzeiten sind nicht günstig, und je nachdem, was ihr zu befördern habt, wären Linienbusse auch sehr unpraktisch.«

Es entstand ein freundschaftliches Schweigen. Beth dachte darüber nach, wie schön es sein musste, einfach so mit seiner Mutter plaudern zu können – ohne Hintergedanken und Verstimmungen. Beth' Mum würde am liebsten jede Kleinigkeit im Leben ihrer Töchter managen. Es war so albern! Wenn sie nicht so herrschsüchtig wäre, würde sie ihre Töchter viel öfter sehen – das war sowohl Beth als auch Helena klar.

Inzwischen hatten sie das Tal verlassen und fuhren den Hügel hinauf. Von hier oben hatte man einen weiten Blick über die Ebene des Flusses Severn und auf die dahinterliegenden Hügel.

Sarah bog durch ein Tor mit der Aufschrift *Spring Farm*. »Was für eine fantastische Aussicht!«, rief Beth aus.

»Warten Sie erst mal, bis Sie den Hof erreichen!«, sagte Sarah. »Es ist nicht weit. Würde es Ihnen was ausmachen, den Rest des Weges zu Fuß zu gehen? Wenn ich mitkomme, muss ich mich mit Eamon, Aprils Vater, unterhalten, und dann wird es wieder schrecklich spät.«

»Nein, kein Problem«, antwortete Beth.

»Ich hole Sie so gegen drei wieder ab. April bietet Ihnen bestimmt etwas zu essen an. Tut mir leid, dass ich so in Eile bin!«

Nachdem Beth Sarah versichert hatte, dass das vollkommen

in Ordnung war, machte sie sich auf den Weg. Sie hatte zwar nicht direkt Angst, doch sie fragte sich, was sie wohl am Ende der Zufahrt zum Hof erwartete.

Der Bauernhof lag ganz oben auf dem Hügel, und ein junger Mann stand auf der Türschwelle. Er trug Arbeitskleidung und hatte die Hose in die Gummistiefel gestopft. Seine dunkelblonden Haare wellten sich leicht.

»Hi!«, begrüßte er sie lächelnd. »Bist du Beth? Kommst du wegen der Hochzeit? April hat mich gebeten, nach dir Ausschau zu halten. Sie ist kurz oben.«

»Ja, die bin ich.« Der junge Mann musterte sie eindeutig interessiert. Als Barfrau hatte Beth reichlich Erfahrung mit Anmache und gelegentlichen Dates, aber dieser Typ hatte trotz seiner Arbeitsklamotten eine besondere Ausstrahlung. Sie lächelte schüchtern.

»Komm rein! Ich bin ihr Bruder Charlie. Ich rufe April.« Er grinste. »Und dann bin ich gleich weg. Um den Mädelskram kümmert ihr euch besser allein.«

Beth ging durch den kleinen Eingangsbereich in die Küche, die offensichtlich den Lebensmittelpunkt der Bewohner bildete. Man sah, dass sie seit Jahrzehnten nicht mehr renoviert worden war, und es herrschte ein behagliches Chaos. In einem cremefarbenen, rissigen Ofen mit Einbrennlackierung flackerte ein anheimelndes Feuer, und im hinteren Bereich des Raumes sah Beth eine Art Regal für Brennholz. Die Küche war eindeutig schäbig und unordentlich, aber warm und gemütlich. Beth entspannte sich ein bisschen.

Eine junge Frau mit langen braunen Locken betrat den Raum. Sie trug einen Morgenmantel. »Beth? Ich bin April. Tut mir leid, dass ich nicht angezogen bin. Ich habe gerade das Brautkleid meiner Mutter anprobiert. Ich schlüpfe schnell in Jeans und Pulli.«

»Nein, nicht!«, bat Beth, die sofort großes Einsparpotenzial witterte. »Darf ich das Kleid mal sehen?«

April schüttelte den Kopf. »Keine Chance. Meine Mutter war klein und zierlich. Ich will zwar vor der Hochzeit Diät halten, doch selbst wenn ich mich zu Tode hungere, kann ich in einem Monat keine zehn bis zwölf Kilo abnehmen.«

Beth ließ nicht locker. »Wollen wir uns duzen?« April nickte. »Okay, sehr schön. Lindy, Sarahs Tochter, ist hervorragend darin, Brautkleider zu ändern und aufzuhübschen. Und das Kleid stellt bei einer Hochzeit die größte Ausgabe dar. Wenn wir das Brautkleid deiner Mutter verwenden könnten, würde das viel Geld sparen – selbst wenn man die Änderung berücksichtigt.«

Aprils Miene war gequält. »Das habe ich auch gedacht, aber...«

»Lass mich mal gucken, ja?«, sagte Beth.

Sie folgte April eine knarrende Treppe hinauf. Die Tapete an den Wänden zeigte ein verblasstes Blumenmuster. Beth überlegte, ob sie das Haus wunderbar »Vintage« oder schrecklich altmodisch fand, und entschied sich für die erste Variante. An manchen Stellen entdeckte sie alte Wasserschäden, und die Tapete blätterte ab, dennoch war das Haus sehr gemütlich.

Es wurde noch besser. Aprils Zimmer ließ Beth an die Schlafzimmer der Mädchen aus den Pferdebüchern denken, die sie als Kind verschlungen hatte. Auf dem Einzelbett lag eine Patchwork-Tagesdecke, und es gab eine dunkle Frisierkommode aus Eichenholz. Oberhalb der rosafarbenen Tapete verlief eine Rosenbordüre, und an den Wänden hingen Fotos von April auf dem Rücken verschiedener Pferde. Beth liebte das Zimmer auf Anhieb. Ihr eigenes Mädchenzimmer war von ihrer Mutter gestaltet worden. Bilder hatten nur in einem bestimmten Wandbereich aufgehängt werden dürfen, und ihre Mutter hatte ein starkes Mitspracherecht besessen, welche Poster von welchen Bands infrage kamen.

»Was für ein entzückendes Zimmer!«

»Findest du?«, fragte April überrascht. »Es ist furchtbar altmodisch, doch mir gefällt es.«

»Es ist toll!« Beth schaute sich um und entdeckte Stuckelemente, ausgefallene Vasen und Erinnerungsstücke an Reitturniere und Urlaubsorte. »Ich mag traditionelle Dinge. Jetzt zeig mir doch bitte mal das Kleid! Ich bin so gespannt.«

»Hier drüben«, erklärte April und führte Beth in ein anderes Zimmer. »Ich muss nur meine Haarspange holen. Das Kleid sieht besser aus, wenn ich die Haare hochgesteckt trage.«

Das Brautkleid hing über einer Stuhllehne. April hatte es offensichtlich dorthin gelegt, als sie Beth gehört hatte.

Beth hob es hoch. Sie wusste nicht, aus welcher Zeit es stammte, tippte aber auf Achtzigerjahre. Es war wie ein Mantel geschnitten, besaß überzogene Knöpfe auf der Vorderseite und war hochgeschlossen. Außerdem hatte es eine schmale Taille und Keulenärmel, die am Handgelenk mit einer Rüsche abschlossen. Am Hals befanden sich ebenfalls Rüschen, und es gab eine Schärpe.

»Es ist fantastisch!« Beth hätte aus Höflichkeit in jedem Fall etwas Nettes gesagt, doch sie meinte es tatsächlich so. »Dieses Brautkleid ist wirklich etwas ganz Besonderes.«

»Ich weiß«, erwiderte April niedergeschlagen. »Ich erinnere mich, wie meine Mum mir erzählt hat, wie teuer es war – aber ich passe einfach nicht rein.«

Die Knöpfe waren bereits geöffnet. »Mal sehen. Lindy könnte das bestimmt ändern, und es sähe fantastisch aus – gar nicht so, als hätte es deiner Mutter gehört, sondern einfach nur wunderbar nach Vintage-Stil.«

»Mir gefällt die Idee einer Vintage-Hochzeit«, sagte April.

»Das klingt so elegant. ›Hochzeit für wenig Geld‹ dagegen klingt nicht besonders gut.«

»Mm«, murmelte Beth, während sie April half, das Kleid über die Schultern zu streifen. »Wir überlegen, ob wir ›Vintage-Hochzeiten‹ als Firmennamen verwenden sollen. Wir planen ein kleines Unternehmen, das Brautpaare bei der Organisation ihrer Hochzeitsfeier unterstützt.«

»Was genau wollt ihr anbieten?«, erkundigte April sich. Sie hatte das Kleid jetzt angezogen, aber die Knöpfe standen alle offen.

»Wir haben die Einzelheiten noch nicht ausgearbeitet – du bist unsere erste Kundin –, aber ich verspreche dir, dass wir unser Geld wert sind und dir eine günstigere Hochzeit ausrichten werden, als du das alleine könntest.« Beth war klar, dass sie sich damit weit aus dem Fenster lehnte, doch warum sollte jemand sie engagieren, wenn sie nicht selbst an sich glaubte?

Sie betrachtete April und griff nach dem Kleid. Es ließ sich tatsächlich nicht schließen.

»Ich bin so fett!«, stöhnte April.

»Nein, bist du nicht, nicht im Geringsten. Du bist gesund, und in den Achtzigern waren die Menschen einfach magerer.« Sie überlegte. »Das Kleid ist so wunderschön, dass du es einfach tragen *musst*. Lindy kann bestimmt ein Wunder vollbringen. Man müsste in der Mitte vielleicht einen Stoffstreifen einfügen. An den Armen und Schultern passt es.«

»Ich würde es liebend gern tragen. Dad würde sich riesig darüber freuen. Und nicht nur, weil es Geld sparen würde.« April zögerte. »Wie viel würde denn ein neues Brautkleid kosten?«

Beth, die vor ihrem Besuch gründlich recherchiert hatte, antwortete: »Im Schnitt tausend Pfund, aber es gibt auch jede Menge günstigere Kleider. Wie hoch ist dein Budget?«

»Ich habe kein genaues Budget, doch Tristam und ich werden uns die Kosten mit Dad und Tristams Eltern teilen. Allerdings hat keiner von uns viel Geld, deshalb muss das Ganze wirklich günstig werden.«

»Na ja, die Änderungskosten für dieses Kleid wären deutlich geringer als alles, was du für das billigste neue Kleid ausgeben müsstest – und das Brautkleid deiner Mutter wird bestimmt fantastisch. Und ich weiß nicht, ob das günstigste Kleid besonders schön wäre. Das hier ist ein wunderbarer Stoff.«

»Es gibt noch mehr davon auf dem Dachboden. Reststücke«, meinte April. »Denn meine Mutter hat das Brautkleid extra von einer Schneiderin anfertigen lassen.«

»Ausgezeichnet! Das ist schon mal ein großer Vorteil. Sollen wir zusammen überlegen, wobei wir dir sonst noch helfen könnten?« Beth war richtig aufgeregt. Zwar gestaltete sie gern Webseiten – etwas, was sie während ihrer Zeit an der Uni gelernt hatte –, doch es machte viel mehr Spaß, mit Menschen zu tun zu haben.

Nachdem sie mit dem Kleid, dem zusätzlichen Stoff und anderem Krimskrams fertig waren, führte April Beth wieder ins Erdgeschoss. Sie setzten sich an den Küchentisch und tranken Tee. April hatte einen Ordner vor sich liegen, der mit Ponys dekoriert war. Beth hoffte insgeheim sehr, dass er alt war und noch aus Aprils Kinderzeit stammte. Sie wollte nicht, dass die erste Kundin mit Mitte zwanzig noch von Ponys besessen war.

»Ich möchte unbedingt mit dem Ponywagen vorfahren«, sagte April da, und Beth lief es kalt den Rücken hinunter. »Aber darum kann sich mein Dad kümmern. Wir haben einen wunderschönen Wagen im Schuppen. Muss ein bisschen sauber gemacht werden, und Charlie kann mich fahren.«

»Super.« Beth strich das Stichwort *Transport* von ihrer Liste. Dann kam ihr ein Gedanke. »Meinst du, dein Vater wäre bereit, uns den Wagen auch für andere Hochzeiten zu leihen?«

April zuckte mit den Schultern. »Wahrscheinlich schon. Wenn wir ihn schon für meine Hochzeit auf Vordermann bringen, könnte er eigentlich auch weiter genutzt werden. Wir haben das perfekte Zugpony, und Charlie ist ein toller Kutscher.«

»Was, wenn es regnet? Schließlich reden wir von einer Hochzeit im Februar.«

April schnitt eine Grimasse. »Dann müssen wir auf Dads Range Rover umschwenken.«

»Na ja, das klingt doch schick, und wir können ihn mit Bändern schmücken.«

»Der Wagen ist nicht schick«, kicherte April, »aber wir könnten ihn trotzdem mit Bändern schmücken.«

»Das ist also der nächste Posten, für den wir nichts ausgeben müssen. Welche Art von Essen stellt ihr euch denn vor?« Die Bewirtung der Gäste war einer der Punkte, über die sie sich noch keine Gedanken gemacht hatten. Sie waren sich einig, dass sie das Essen ebenfalls anbieten mussten, weil es ein wichtiger Bestandteil einer Hochzeitsfeier war, doch weder Lindy noch Rachel hatten große Lust darauf, Häppchen vorzubereiten. Bisher hatten sie noch keine andere Lösung gefunden.

»Wir hätten gern eine richtige Mahlzeit mit mehreren Gängen, aber vielleicht eher als Buffet? Wenn ein Menü am Platz serviert würde, wäre das bestimmt sehr teuer, oder? Natürlich müsste man sich zum Essen hinsetzen. Man kann ja nicht erwarten, dass die Gäste es sich im Stehen schmecken lassen.«

»Welche Art von Essen? Roastbeef und Yorkshire-Pudding? Oder etwas, was sich leichter servieren lässt?«

Beth ging auf, dass sie keine Ahnung von der Küchensituation im Gemeindesaal hatte und dass sie eventuell Warmhalteplatten und Ähnliches würden mieten müssen. Sie machte sich eine entsprechende Notiz. »Wenn ihr euch für die einfachere

Variante entscheidet – die Gäste holen sich das Essen am Buffet –, würde das auf jeden Fall die Kosten für Servicekräfte sparen. Und es gibt viele Frauen im Ort, die fantastisches Essen zubereiten können. Ich war bei einer Veranstaltung im Gemeindesaal, der übrigens bald toll aussehen wird, und die Häppchen waren hervorragend. Wir müssen nur herausfinden, ob man solche leckeren Kleinigkeiten auch bestellen kann.«

»Dad ist sehr beliebt im Ort, vermutlich, weil er Witwer ist. Deshalb finden sich bestimmt genügend Frauen, die für die Hochzeit kochen würden. Natürlich bezahlen wir die Zutaten, und wir können einen Schinken beisteuern. Und meine Tante will die Hochzeitstorte backen.«

»Diese Hochzeitsfeier wird ziemlich günstig!«, sagte Beth erfreut. »Meinst du, deine Tante würde auch Torten für andere Kunden backen?«

»Da muss ich sie mal fragen. Ich bin mir nicht sicher. Aber es gibt immer Leute, die bereit sind, Kuchen zu backen. Bei Mums Beerdigung gab es ganze Tische voller Kuchen. Ich war damals zwar erst zehn, aber das weiß ich noch.«

»Verwendet deine Tante Zuckerglasur für ihre Torten?«

April zuckte mit den Schultern. »Keine Ahnung.«

Beth notierte sich wieder etwas. Das Verzieren von Torten war wie das Catering ein ziemlich wichtiger Punkt, wenn es um die Planung von Hochzeitsfeiern ging.

In dem Moment tauchte Charlie auf. Offensichtlich hatte er das Haus durch die Hintertür betreten. »Ist noch Suppe von gestern da?«

»Nein, tut mir leid«, antwortete April und stand auf. »Du hast dich für mich um die Lämmer gekümmert; ich richte uns schnell was zum Mittagessen. Du kannst dich so lange mit Beth unterhalten.«

Charlie setzte sich zu Beth an den Tisch. »So, erzähl mir alles von dir! Du bist neu in der Gegend, stimmt's? Ich habe dich ganz bestimmt noch nie gesehen.«

»Ich bin erst kürzlich ins Dorf gezogen.«

»Und was hat dich hergeführt? Wohl kaum das fantastische Nachtleben.«

»Eigentlich nur ein glücklicher Zufall. Man hat mir für den Winter ein Haus überlassen – ein Ferienhaus. Aber mir gefällt's hier sehr. Die Gegend ist hübsch, und ich lerne tolle neue Menschen kennen.«

»Ich lerne auch tolle neue Menschen kennen!«, sagte Charlie und zwinkerte ihr zu. »Oder vielleicht auch nur einen tollen Menschen.«

»Charlie!«, rief April, die einige Sandwiches belegte, und lachte. »Lass sie in Ruhe! Sie will nicht angebaggert werden.«

»Nein, ich arbeite«, erwiderte Beth und lächelte, um zu zeigen, dass es ihr nichts ausmachte.

»Was genau arbeitest du denn? Für mich ist alles das reinste Vergnügen, was nichts mit Traktoren oder Vieh zu tun hat.«

Beth lachte leise. »Ich weiß, dass Landwirtschaft wichtig ist, doch es gibt trotzdem noch andere Dinge. Wir – zwei Freundinnen und ich – sind gerade dabei, ein Unternehmen zu gründen. April ist unsere erste Kundin.«

»Beth und ihre Kolleginnen helfen mir mit der Hochzeit«, erläuterte April. »Sarahs Tochter Lindy ist eine von ihnen.«

»Und was genau macht euer Unternehmen?«, wollte Charlie wissen.

Beth stellte fest, dass sie eine einfache und kurze Erklärung brauchten, die die Dienste umriss, die sie anboten.

»Wir bieten Paaren Unterstützung an, die eine schöne Hochzeitsfeier wollen, aber nur über ein sehr knappes Budget verfügen. Im Moment beschränken wir uns noch auf diese Region und nutzen den Gemeindesaal – entsprechend aufgehübscht –, aber wir können auch andere Räumlichkeiten organisieren, zum Beispiel Partyzelte, wenn die Paare sich das wünschen.« Wenn man bedachte, dass sie nicht viel Zeit zum Nachdenken gehabt hatte, klang das gar nicht so übel, fand sie.

»Cool«, kommentierte Charlie. »Und was macht ihr für meine Schwester?«

»Jede Menge!«, antwortete April. »Lindy ändert Mums Brautkleid für mich. Und die Feier findet im Gemeindesaal statt.«

»Ich weiß nicht, warum ihr nicht einfach in der Scheune feiert«, meinte Charlie. »Man müsste sie bloß ein bisschen entrümpeln.«

»Charlie! Das Entrümpeln würde eine Ewigkeit dauern, und außerdem ist die Hochzeit schon nächsten Monat. Im Februar ist es in der Scheune eiskalt. Im Gemeindesaal gibt es wenigstens eine Heizung.«

»Aber wenn ihr die Scheune irgendwann mal ausräumt, könntet ihr sie als Location für Feste vermieten. Das wäre mal was anderes, oder?« Beth' Stift schwebte über ihrem Block. Sie könnte sich vorstellen, dass viele Bräute in einer wunderschön geschmückten Scheune feiern wollten. Ihr selbst würde das auch gefallen.

Charlie nickte. »Keine schlechte Idee. Man müsste die Scheune aber auch noch herrichten. Schade, dass April so überstürzt heiratet!«

»Du kennst doch den Grund dafür. Tristam hat einen Job in den USA, und wir müssen verheiratet sein, damit ich ein Visum bekomme. Ich dachte, das hätte ich dir erzählt.«

»Tut mir leid. Ich glaube, das mit dem Visum habe ich nicht mitbekommen«, entgegnete Charlie.

»Ich möchte nicht, dass Beth glaubt, ich wäre schwanger oder so.«

»Na ja, heutzutage heiraten so viele Menschen erst, wenn sie schon Kinder haben«, sagte Beth.

»Stimmt«, erwiderte April. »Aber Dad würde das nicht gefallen!«

In diesem Moment kam Aprils Dad durch die Hintertür in die Küche, nachdem er sich die Füße abgetreten hatte. »Ganz schön kalt draußen!«, stellte er fest. »Oh, wir haben Besuch!«

»Das ist Beth, Lindys Freundin. Sie hilft mir bei den Hochzeitsvorbereitungen«, erklärte April.

Beth lächelte und stand auf. »Hallo, nett, Sie kennenzulernen, Mr. Williams!«

»Sie können mich ruhig Eamon nennen«, sagte der Landwirt. »Freut mich auch sehr, Sie kennenzulernen. Ich war so dankbar, als Sarah sagte, dass sie jemanden weiß, der April helfen kann.« Er lächelte ein bisschen wehmütig. »Eine Hochzeit mit knappem Budget!«

Beth lächelte. »Das ist unser Spezialgebiet. Und wir haben schon einige Möglichkeiten für Einsparungen gefunden.«

»Mums Kleid, Dad! Lindy kann es so ändern, dass es mir passt!«

»Es wird wunderbar aussehen. So ein entzückendes Kleid!«

Eamon bekam feuchte Augen. »Es war wirklich ein wunderschönes Kleid. Deine Mutter hat eine Menge aufgegeben, um einen Bauern am Ende der Welt zu heiraten.«

»Aber sie hat dieses Leben mit dir geliebt«, meinte April. »Das weißt du.«

»Ja, ich weiß, Mädel. Doch sie hätte eine bessere Partie machen können.«

»Jetzt hört auf, ihr zwei!«, mischte sich Charlie ein. »Lasst uns nicht zu sentimental werden! Hebt euch das für den Hochzeitstag auf! Sind die Sandwiches fertig?«

Beth hätte ihn umarmen können, und das gleich aus mehreren Gründen. Zum einem war sie ihm dankbar, dass er für einen Stimmungswechsel sorgte, bevor alle zu weinen anfingen, und zum anderen ... na ja, sie fand ihn richtig süß.

Nach dem Mittagessen half Beth April beim Abräumen und Spülen, während die Männer über die anstehende Arbeit auf dem Hof sprachen. Dann verabschiedete Eamon sich. »Ich muss weitermachen, aber danke, dass Sie gekommen sind, Beth! April hat ja keine Mutter mehr, die ihr helfen kann ...«

»Sehr gern!«, warf Beth rasch ein, bevor Eamon wieder schwermütig werden konnte. »Das wird ein Heidenspaß.«

Charlie trödelte noch ein bisschen in der Küche herum. »Wie kommst du zurück?«, wollte er wissen.

»Sarah holt mich später ab. So gegen drei.« Sie bemerkte, wie spät das war. Auch wenn sie das Ganze hinauszögerte, würde sie kaum mehr als eine Stunde brauchen, um den Rest mit April zu besprechen.

»Ich könnte dich in einer Stunde absetzen, wenn dir das passt«, schlug Charlie vor. »Falls ihr nicht noch jede Menge zu planen habt.«

Beth schaute April an. Wahrscheinlich hatte sie selbst noch genug Arbeit. »Na ja, der nächste Punkt auf der Liste ist eine Terminvereinbarung mit Lindy wegen der Änderung des Kleides. Wenn es dir also nichts ausmacht, mich mitzunehmen ...«

»Es wäre mir ein Vergnügen«, antwortete Charlie mit einem Grinsen.

»Ich hoffe, es stört dich nicht, dass der Lieferwagen so alt ist«, sagte Charlie kurz darauf.

»Äh, nein, ist doch in Ordnung«, erwiderte Beth, die krampfhaft durch den Mund atmete, um den Gestank nicht in die Nase zu bekommen.

»Er ist ein bisschen klapprig, aber er läuft gut.« Zum Beweis schaltete er einen Gang runter und fuhr röhrend um eine Kurve. »Macht ganz schön Getöse. Hast du auch einen Führerschein?«

»Ja, doch ich habe momentan keinen fahrbaren Untersatz.«

Trotzdem bremste sie gerade heftig mit dem Fuß mit.

Das fiel Charlie auf. »Sorry, fahre ich dir zu schnell?«

»Ja«, antwortete Beth und hielt sich an der Tür fest. »Nur ein bisschen.«

»Das liegt daran, dass ich die Straßen so gut kenne«, erklärte er und drosselte das Tempo. »Ich wollte dir keine Angst einjagen«, fügte er hinzu.

Beth lächelte ihn an. Anfangs hatte sie geglaubt, dass er so schnell fuhr, um sie zu beeindrucken, aber offensichtlich war er ein rücksichtsvoller Mensch.

»Ich bin so froh, dass April mit euch über diese Sachen reden kann«, fuhr er fort. »Es ist nicht leicht für sie, seit Mum tot ist – noch schwieriger für sie als für mich und Dad. Dad vermisst Mum immer noch furchtbar, obwohl es jetzt schon zehn Jahre her ist.«

»Wir helfen gern.«

»Was hast du denn vor dieser Hochzeitssache gemacht?«

Beth lachte leise. »Na ja, die meiste Zeit habe ich als Barmädchen gearbeitet, und heute Abend tue ich das auch. Im *Prince Albert*.«

»Ich komme vorbei!«

»Gut! Aber mein Studienabschluss bezieht sich eigentlich auf Online-Marketing, Webseiten und solche Sachen.«

»Und warum arbeitest du nicht in dem Bereich?«

Beth fühlte sich ein bisschen unter Druck gesetzt und hatte das Bedürfnis, sich zu rechtfertigen. »Ich bin noch nicht lange genug hier, um Kunden zu akquirieren, doch ich hoffe, dass ich durch die Arbeit im Pub Kontakte knüpfen kann. Aber mir gefällt auch die Vorstellung, mit Menschen zu arbeiten. Freiberufliche Arbeit von zu Hause aus ist sehr praktisch, vor allem, weil ich kein Auto habe, doch man ist dabei auch ein bisschen einsam.«

»Wie wäre es, wenn ich das Transportproblem lösen könnte?« Charlie schenkte Beth ein Grinsen, das ihren Magen einen kleinen Salto schlagen ließ. »Vielleicht ist er eher für diese Hochzeitssache als für deinen eigentlichen Job geeignet, aber wenn du möchtest, könntest du den Lieferwagen haben.«

Ganz kurz überlegte sie, ob der Wagen für Vintage-Hochzeiten nicht zu übel roch, doch dann begriff sie, dass diese Sorge unbegründet war. Sie würden den Geruch beseitigen, das Auto gründlich reinigen und vielleicht den Firmenschriftzug *Vintage-Hochzeiten* auf der Seite anbringen. »Wie viel?«

»Dreihundert Pfund müsste ich schon dafür haben. Aber ich sorge dafür, dass der Wagen technisch einwandfrei ist.« Er grinste wieder, und die Wirkung auf Beth' Magen war wieder enorm. »Und ich lasse ihn sogar professionell reinigen!«

Eine halbe Stunde später verabschiedete sich Beth mit einem fröhlichen Lächeln von Charlie. Er hatte versprochen, später im Pub vorbeizukommen, und die Unterhaltung auf der Heimfahrt hatte ihr Spaß gemacht. Sie konnte es kaum erwarten, ihren Freundinnen von Charlies Vorschlag zu erzählen.

6. Kapitel

Als Lindy den Pub betrat, hatte Beth sich schon ganz gut hinter dem Tresen eingearbeitet. Lindy hatte einen Anruf von Beth erhalten und ihre Söhne in der Obhut ihres Großvaters gelassen. Beth sollte arbeiten, wenn Ilana, das andere Barmädchen, nicht da war oder wenn sie beide gebraucht wurden. Der Abend war ruhig, und Beth war froh, dass sie Gelegenheit hatte, sich mit allem vertraut zu machen. Außerdem hatte sie rasch einen Blog-Beitrag über eine bevorstehende Veranstaltung im Pub geschrieben.

Sukey war hocherfreut. »Dafür hätte ich eine halbe Ewigkeit gebraucht!«, sagte sie.

»Erzähl das bitte deinen Gästen! Ich hoffe auch, dass ich ein paar Einheimische dabei unterstützen kann, online zu gehen. Auch wenn ich ihnen das natürlich nicht in Rechnung stellen würde.«

»Hey!«, rief Beth, als Lindy auftauchte, ihre warme Jacke auszog und sich auf einem Barhocker niederließ. »Was kann ich dir bringen? Der Drink geht auf mich. Ich vertrinke meinen Lohn schon im Voraus.«

»Solange du selbst nicht zu viel Alkohol trinkst«, meinte Sukey, »ist es mir egal, wenn du Getränke für Gäste bezahlst. Aber diese Runde geht aufs Haus. Beth hat einen wunderbaren Blog-Beitrag für mich geschrieben, der definitiv ein oder zwei Gläser Wein wert ist. Ihr könnt natürlich auch etwas anderes trinken, wenn ihr mögt.«

»Rotwein, bitte, vielen Dank!«, sagte Lindy.

Während Beth die Flasche aus dem Regal holte, lehnte Sukey sich an den Tresen. »Wie geht's deiner Mum, Lindy?«

»Gut. Sie kommt später noch vorbei. Sie möchte das Quiz organisieren.«

Sukey strahlte. »Ausgezeichnet! Ein Quiz im Pub bringt immer Gäste.«

»Mit diesem Quiz wird die Renovierung des Gemeindesaals unterstützt«, erklärte Lindy. »Natürlich gibt es auch eine Tombola, ohne die eine Wohltätigkeitsveranstaltung nicht vollständig wäre.«

»Ich kann meine Dienste als Preis spenden«, sagte Beth, nachdem sie zwei Gläser gefüllt hatte. »Viele ältere Menschen bekommen alte Laptops von Familienmitgliedern geschenkt und haben keine Ahnung, was sie damit anfangen sollen.«

»Gute Idee!«, lobte Sukey.

Lindy hob ihr Glas. »Ein Hoch darauf! Ich könnte Flick- und Näharbeiten anbieten. Mum hat mich gebeten, mir etwas einfallen zu lassen. Sie möchte gute Preise haben. Dieses Teeservice, das von Raffs Mutter gespendet wurde, war super.«

»Ach, du meinst das Teeservice, das ich mir mit Rachel teile?«, sagte Beth. »Ich glaube, das hat zu großen Dingen geführt.«

»Absolut!«, stimmte Lindy zu. »Was ist das für eine Neuigkeit, von der du uns erzählen willst?«

»Warten wir auf Rachel!«, schlug Beth vor. »Sie müsste jeden Moment hier sein. Ist es in Ordnung für deinen Dad, heute Abend den Babysitter zu spielen, Lindy?«

»Oh ja. Er hat ein paar DVDs bei mir deponiert, die meine Mum nicht mag. Hauptsächlich Actionfilme.«

Mit einem Schwall kalter Luft ging die Tür auf, und Rachel trat hastig ein. »Tut mir leid, dass ich ein bisschen spät komme. Ich hatte noch einiges zu Hause zu erledigen.«

Beth fand, dass sie ein bisschen schuldbewusst aussah, aber sie sagte nichts. »Was möchtest du trinken? Weißwein? Oder lieber einen Roten?«

Rachel überlegte kurz. »Ich glaube, Rotwein. Weil es draußen kalt ist.«

»Du könntest auch Ingwerwein haben«, schlug Beth vor. »Der tut gut, wenn man sich aufwärmen möchte.«

Rachel schüttelte den Kopf. »Nein, nein, Rotwein ist in Ordnung. Ich brenne darauf, deine Neuigkeiten zu hören, Beth!«

»Man hat uns einen Lieferwagen angeboten!«, platzte Beth heraus.

»Einen Lieferwagen?« Rachel rümpfte die Nase.

Als Beth das sah, biss sie sich auf die Unterlippe. »Ja. Und ich muss dazu sagen, dass er im Augenblick noch ein bisschen stinkt. Aber er fährt prima! Und Charlie, Aprils Bruder, hat versprochen, ihn professionell reinigen zu lassen.«

»Das klingt super!«, rief Lindy.

»Ich habe doch ein Auto«, sagte Rachel, die offensichtlich nicht besonders erpicht auf ein Fahrzeug war, das auf einem Bauernhof benutzt worden war.

»Ja, aber du brauchst es für deine Arbeit. Und unser Unternehmen sollte ein eigenes Transportmittel haben«, wandte Beth ein.

»Wie viel will er dafür haben?«, wollte Lindy wissen.

»Dreihundert Pfund«, antwortete Beth.

Schweigen breitete sich aus.

»Ich habe Ersparnisse...«, sagte Rachel.

»Nein, wir greifen unseren Notgroschen nur an, wenn es unbedingt sein muss«, fiel Beth ihr ins Wort. »Ich habe auch ein bisschen was gespart, aber momentan lebe ich von diesem Geld. Davon und von einem kleinen Zuschuss von meinem Dad.«

»Wir wollen doch noch das Kleid auf eBay verkaufen«, sagte Lindy. »Vielleicht bekommen wir dafür dreihundert Pfund?«

Beth nickte. »Das könnte es leicht einbringen. Möglicherweise sogar mehr.«

»Aber Lindy hat jede Menge Arbeit reingesteckt, damit es das wert ist«, erinnerte Rachel. »Sie sollte das Geld bekommen. Abgesehen von dem Betrag, den Helena ursprünglich für das Kleid ausgegeben hat.«

»Helena kann das spenden«, widersprach Beth entschlossen. »Sie ist uns was schuldig.«

»Ich habe nichts dagegen, das Geld in einen Transporter zu stecken«, sagte Lindy. »Wenn ich ihn auch benutzen könnte, wäre das großartig.«

»Na klar könntest du den Wagen benutzen«, meinte Beth. »Und ich auch. Damit wäre es viel leichter, bezahlte Arbeit anzunehmen. Aber bist du dir sicher?«

»Absolut!«, antwortete Lindy.

»Aus unternehmerischer Sicht würde das funktionieren«, sagte Rachel. »Irgendwann sollten wir in der Lage sein, uns selbst ein Gehalt auszuzahlen. Jetzt natürlich noch nicht.«

»Das ist sehr gut.« Beth strahlte. »Ich sag's Charlie. Er kommt später noch vorbei.«

Rachel kniff die Augen zusammen. »Wirst du etwa ein bisschen rot, Beth?«

»Nein! Wahrscheinlich habe ich zu viel Rouge aufgelegt.«

»Warum trägst du überhaupt Make-up?«, wollte Lindy wissen. »Du schminkst dich doch normalerweise nicht.«

»Weil ich heute Abend als Barmädchen arbeite. Warum sonst?« Beth errötete noch mehr. Sie hatte schon mehrere Jobs in Pubs gehabt und sich noch nie dafür geschminkt. Aber das mussten Lindy und Rachel nicht erfahren. »Wollt ihr wissen, wie es mit April gelaufen ist?«

»Oh ja!«, rief Lindy. »Du findest das Kleid ihrer Mutter also fantastisch?«

»Absolut! Leider passt es nicht, doch es gibt noch alte Stoffreste, und du kannst bestimmt was draus machen«, erklärte Beth. »Du mit deinen magischen Händen.«

»Wenn wir als Teil des Vintage-Paketes die Kleider der Brautmütter ändern könnten, wäre das richtig gut«, bemerkte Rachel nachdenklich.

Lindy und Beth betrachteten sie. »Offenbar hast du diese Fernsehserie nie gesehen, in der sie genau das tun«, sagte Beth. »Sie kramen das Brautkleid der Mutter hervor und versuchen, diese reizenden jungen Mädchen dazu zu überreden, diesen altmodischen Ramsch zu tragen, in den man nicht mal seinen Hund stecken würde.«

Rachel nickte. »Okay. Aber das Brautkleid von Aprils Mutter ist wirklich toll?«

»Jep«, sagte Beth. »Es ist entzückend und hat viel Potenzial. Doch obwohl ich es super fände, wenn Lindy mit ihren Zauberkünsten die Kleider der Mütter verwandelte, würde nicht jedes davon zwangsläufig auch wunderschön werden.«

»Ich kann es kaum erwarten, das Brautkleid von Aprils Mutter zu sehen«, sagte Lindy. »Und wenn die Bräute und ihre Mütter bereit wären, die alten Kleider zu spenden, damit ich sie aufhübschen und auf eBay verkaufen könnte, würde das die Kosten senken.«

»Mhm, wir müssen ein bisschen aufpassen«, meinte Beth. »Wir wollen ja nicht zahllose Kleider haben, mit denen wir nichts anfangen können.«

»Okay, dann kaufen wir nur Designer-Kleider auf«, sagte Rachel. Sie runzelte nachdenklich die Stirn. »Ich weiß nicht, ob es mir gefallen würde, wenn das Brautkleid meiner Mutter auf eBay versteigert würde.«

»Das müssen wir natürlich vorab klären. Was müssen wir sonst noch für Aprils Hochzeit bedenken?«

»Na ja, ihre Tante kümmert sich um die Torte, aber April ist sich nicht sicher, ob sie mit raffiniertem Zuckerguss zurechtkommt. Eine von uns sollte das lernen, vielleicht ich. Momentan bin ich nur zu gebrauchen, wenn ich einen Computer als Unterstützung habe.«

»Guter Plan«, erwiderte Lindy. »Es gibt bestimmt viele Brautpaare, die eine Tante oder eine Mutter haben, die gut backen kann – aber die Kuchen müssen auch hübsch aussehen.«

Plötzlich zweifelte Beth, ob sie es lernen könnte, Torten zu glasieren und zu verzieren. »Lindy, wäre das nicht eher eine Aufgabe für dich?«

»Nein«, antwortete Lindy entschieden. »Ich kann ziemlich gut Kuchen mit Wickie und Thomas, der kleinen Lokomotive, backen, doch etwas ... Filigraneres habe ich noch nie zuwege gebracht. Ich forme die Kuchen hauptsächlich mit den Händen und spicke sie mit Süßigkeiten. Aber wisst ihr, was hilfreich wäre: der Lakeland-Katalog.«

»Oh, Lakeland!«, wiederholte Rachel verträumt. »Einer von meinen Lieblingskatalogen.«

»Sie haben fantastisches Koch- und Backzubehör. Meine Mum und Oma haben eine kindische Freude daran.« Mit einem wissenden Lächeln nahm Lindy einen Schluck Wein.

Beth war sich bewusst, dass ihr irgendwie etwas entgangen war, was andere sehr glücklich machte, und fand sich mit ihrer neuen Aufgabe ab. »Okay, mal sehen, was ich über YouTube und mit viel Übung lernen kann!«, sagte sie. »Oh, ein Gast.« Sie drehte sich um. »Was darf ich Ihnen bringen?«

Nachdem Beth ein Glas Bier aus der örtlichen Brauerei gezapft hatte, sagte Rachel: »Ich hätte vielleicht Lust, Zuckerblumen herzustellen. Ich mag Tüftelarbeiten.«

»Wunderbar! Wir kommen gut voran. Ach, da ist ja Charlie!« Beth schenkte ihm zur Begrüßung ein besonders herzliches Lächeln.

Rachel und Lindy wechselten einen Blick. »Sollen wir uns ein bisschen zurückziehen?«, schlug Rachel leise vor. »Damit sie sich nicht unwohl fühlt?«

Als sie sich mit ihren Gläsern in der Hand an einen Tisch gesetzt hatten, sagte Lindy: »Ich glaube, ich erinnere mich noch aus meiner Schulzeit an Charlie, aber er war ein paar Klassen über mir. Beth scheint ihn zu mögen. Mum kennt ihn bestimmt durch ihre Arbeit auf dem Hof. Ich werde ihr mal auf den Zahn fühlen.«

»Gefällt es dir, in der Nähe deiner Familie zu leben, dort, wo du aufgewachsen bist?«, fragte Rachel. »Ich kann mir das gar nicht vorstellen. Aber du hast deine Eltern, deine Oma – mit deinen Söhnen sind das vier Generationen.«

»Ich kenne es nicht anders«, antwortete Lindy. »Ich wünschte, ich hätte Gelegenheit gehabt, mal für eine Weile von hier fortzugehen. Andererseits ist das ein großartiger Ort, um Kinder aufzuziehen. Wie sieht's bei dir aus? Wo wohnt deine Familie? Hast du Geschwister?«

»Nein, ich bin ein Einzelkind. Meine Eltern sind in den Norden gezogen, nachdem Dad früh in den Ruhestand gegangen war, und meine Großeltern lebten immer in Irland. Ich kenne sie nicht sonderlich gut. Ich habe sie als Kind sehr geliebt, aber wir waren bei ihnen immer nur Besucher.«

»Ich bin hauptsächlich hiergeblieben, weil ich in der Falle saß. Eigentlich wollte ich auf die Kunsthochschule gehen, das Studentenleben genießen, all das eben, doch ich wurde schwanger und musste bleiben. Jetzt ist mein wichtigster Tipp für Frauen, die ein Baby erwarten, in der Nähe ihrer Mutter zu wohnen. Und wenn man auch noch eine Oma hat, ist das umso besser.«

»Und die Gegend ist wirklich wunderschön. Jeder würde gern hier leben. Deshalb habe ich mir diese Region ausgesucht.«

Lindy überlegte. »Ich habe Glück, das weiß ich. Trotzdem frage ich mich, wie der Rest der Welt aussieht.«

Rachel lachte leise. »Ich bin ziemlich viel gereist, und ich kann dir sagen, wie der Rest der Welt ist: größtenteils nicht so schön wie diese Gegend hier.«

Lindy musste ebenfalls lachen. »Ich glaube dir, aber irgendwie würde ich es gern selbst herausfinden.«

»Du bist noch sehr jung und hast jede Menge Zeit zu reisen, wenn deine Jungen größer oder gar erwachsen sind. Das ist der Vorteil, wenn man jung Kinder bekommt. Ich habe es ein bisschen zu lange aufgeschoben.« Sie wollte Lindy gegenüber nicht zugeben, dass der Gedanke an Kinder und das Chaos und die Unruhe, die sie mit sich brachten, sie in Angst und Schrecken versetzte.

»Ach, komm! Du bist nicht wirklich alt«, widersprach Lindy. »Du hast noch jede Menge Zeit, um Kinder zu bekommen – aber nur, wenn du willst.«

»Dann glaubst du also nicht, dass jeder Kinder haben sollte?«

Lindy schüttelte den Kopf. »Ich bete meine Söhne an, doch Mutter oder Vater zu sein ist nicht für alle das Richtige.«

»Aber dir gefällt es?«

»Ein Teil von mir fragt sich, ob ich lieber eine fantastische Karriere im Kunstbereich hingelegt hätte, doch ich glaube eigentlich nicht, dass ich etwas vergleichbar Wunderbares wie meine Jungen zustande gebracht hätte.«

»Ach«, sagte Rachel, als ihr plötzlich etwas einfiel. »Ich habe ganz vergessen, mich für das Kleinholz zu bedanken. Ich habe es gefunden, als ich von der Arbeit kam, das ist so nett von dir! Vor allem, weil du doch so viel um die Ohren hast.«

Lindy schüttelte den Kopf. »Ich habe dir kein Holz gebracht, Rachel. Wir wollten es ja ursprünglich zusammen suchen gehen, aber nachdem sich das zerschlagen hatte, bin ich nicht mehr dazu gekommen.«

Rachel seufzte. Es gab nur einen einzigen anderen Menschen, der dafür verantwortlich sein konnte. »Glaubst du, Raff hat es mir gebracht?«

Lindy nickte. »Ich denke, schon. Das würde zu ihm passen. Und er mag dich.«

Rachel ließ sich zurücksinken. »Ich mag ihn nicht.«

»Gut. Er ist so ein Aufreißer. Lass es einfach auf sich beruhen! Ach, da ist Mum!« Sie winkte. »Wir sind hier drüben!«

»Hallo, Mädels! Was kann ich euch zu trinken besorgen? Wein? Soll ich gleich eine Flasche mitbringen?«

»Setz dich doch erst mal, Mum!«

Sarah ließ sich auf einen Stuhl plumpsen. »Ich hatte einen sehr arbeitsreichen Tag, aber heute Nachmittag bin ich auf einem der Bauernhöfe zufällig Eamon Williams begegnet. Er ist jetzt schon sehr zufrieden mit dem, was ihr bisher geplant habt.«

»Das war Beth, sie verdient das Lob«, meinte Rachel.

»Okay, dann will ich gleich mal zu ihr gehen. Also, was wollen wir trinken? Rotwein? Ich hole welchen.« Sarah stand auf und ging zum Tresen.

»Deine Mutter ist großartig«, sagte Rachel. »Sie war so nett, als ich in aller Herrgottsfrühe angerufen habe, weil ich nicht mit Beth zu April fahren konnte.«

»Sie ist lustig. Allerdings engagiert sie sich für zu viele Dinge. Dad macht sich Sorgen, dass sie sich zu viel zumutet.«

Rachel, die zufällig zur Tür sah, als diese geöffnet wurde, sagte plötzlich: »Da ist Raff!« Ihr Herz machte vor Panik einen Satz. Am liebsten hätte sie sich versteckt. »Können wir zu den anderen an den Tresen gehen?«

»Oh, klar«, erwiderte Lindy und griff nach ihrem Glas.

Sie standen an der Theke und waren ins Gespräch vertieft, bevor Raff den Pub betreten hatte. Sie steckten die Köpfe zusammen, und Rachel hoffte, dass Raff sie nicht bemerken würde.

»... wir brauchen so viele Teams wie möglich«, sagte Sarah gerade. »Und es gibt eine Tombola mit vielen schönen Preisen.«

»Ich könnte anbieten, für jemanden die Buchhaltung zu machen«, schlug Rachel vor und wandte Raff eisern den Rücken zu. »Es gibt bestimmt jemanden, der das sehr zu schätzen wüsste. Und, streichen wir an diesem Wochenende den Gemeindesaal?«, fuhr sie fort.

»Ja, hoffentlich haben möglichst viele von uns Zeit!«, entgegnete Lindy. »Wahrscheinlich wäre es besser, wenn ich Dad schicke, um meinen Part zu übernehmen, statt ihn auf die Jungs aufpassen zu lassen.«

»Ihr könnt euch ja abwechseln«, regte Sarah an. »Wenn Dad müde wird, kann er die Jungen von dir übernehmen.«

Raff gesellte sich zu ihnen. »Guten Abend zusammen.«

Rachel nickte in seine Richtung und versteckte sich dann hinter ihrem Glas.

»'n Abend, Rachel.«

Es war schwierig, die durchdringenden blauen Augen, die von langen, geschwungenen Wimpern umrahmt waren und die in dem markanten, unrasierten Gesicht so gut zur Geltung kamen, zu ignorieren.

»Hallo, Raff.« Sie zögerte. »Haben Sie das Kleinholz vor meine Hintertür gelegt?«

Er zog eine Augenbraue hoch. »Mir war klar, dass Sie Ihren Ofen ohne Anzündeholz nicht ans Laufen bekommen, und ich habe jede Menge richtig trockenes Kleinholz.«

»Das war sehr nett«, sagte Rachel. Und da jetzt der richtige Zeitpunkt zu sein schien, um den Stier bei den Hörnern zu packen, fuhr sie fort: »Würden Sie gern hier mal etwas mit mir trinken gehen?«

»Nicht im *Prince Albert*, nein, in einem anderen Pub aber sehr gern.«

Rachel war beunruhigt. »Wohin könnte man denn sonst gehen?« Im Pub fühlte sie sich sicher – sie wollte sich nicht mit einem Mann, der sie so verunsicherte, in einer fremden Umgebung treffen.

»Da Sie aus London stammen, mag es Ihnen zwar seltsam vorkommen, aber es gibt tatsächlich eine ganze Reihe hübscher Lokale auf dem Land, die nicht voller anderer Menschen sind, mit denen Sie plaudern können, statt sich mit mir zu unterhalten.«

Rachel bemerkte, dass Sarah und Lindy ein bisschen von ihr abgerückt waren, und fühlte sich mit einem Mal schutzlos. »Wir könnten uns in die Ecke setzen, wenn Sie darauf bestehen. Aber ich trinke nie Alkohol, wenn ich Auto fahre; also möchte ich nicht an einen Ort, den ich nicht zu Fuß erreichen kann.« Der Punkt ging an sie – auch wenn es nicht zum Sieg reichte –, doch vorerst war sie in Sicherheit.

Sukey stellte unaufgefordert ein Glas Bier vor Raff hin. Er nahm einen Schluck. »Es gibt einen reizenden kleinen Pub direkt hinter dem Hügel. Wir könnten zu Fuß dort hingehen.«

Rachel schüttelte den Kopf. »Ich marschiere nicht in schwärzester Nacht über die Felder.« In Gedanken fügte sie hinzu: Schon gar nicht mit einem Mann, den ich nicht kenne und dem ich nicht im Geringsten traue.

»Dann gehen wir eben mittags etwas trinken. Arbeiten Sie?«
»Ja!«
»Aber Sie sind doch Freiberuflerin«, warf Sarah ein, die sich nicht zurückhalten konnte. »Sie machen es bestimmt wie ich und legen auch mal eine Pause ein, oder?«

»Mum!«, sagte Lindy entsetzt und packte ihre Mutter am Arm.

»Ich will doch nur helfen!«, erwiderte Sarah irritiert.

Rachel hörte, wie Lindy ärgerlich etwas vor sich hin murmelte.

»Okay!«, sagte Rachel. »Wie wär's mit morgen?« Raff auf einen Drink einzuladen wurde zu einem immer größeren Problem für sie. Besser, sie brachte es schnell hinter sich.

Er grinste ein bisschen schief. »Es tut mir furchtbar leid, aber morgen esse ich mit meiner Mutter zu Mittag.«

Rachel strahlte vor Erleichterung. Obwohl sie einen neuen Termin vereinbaren musste, hatte sie fürs Erste ihre Pflicht und Schuldigkeit getan. »Ach, wie schade! Und ich bin nächste Woche sehr beschäftigt. Vielleicht klappt es ja übernächste Woche.« Bis dahin würde ihr bestimmt ein guter Grund für eine Absage einfallen.

»Na ja, eilt ja nicht«, meinte Raff. »Ich kann warten. Jetzt überlasse ich Sie wieder Ihren Freundinnen. Ich habe da drüben einen Bekannten entdeckt.«

Obwohl es sie eigentlich hätte beruhigen müssen, dass er ihren angeblich vollen Terminkalender so gelassen akzeptierte, fühlte Rachel sich noch viel schlechter als zuvor.

»Mein Gott, es tut mir so leid, dass Mum das zu Raff gesagt hat!«, flüsterte Lindy, nachdem Raff auf die andere Seite des Pubs geschlendert war. »Sie will einfach nicht sehen, wie er ist. Sie sagt immer nur, dass er so nett ist. Ja, Mum, ich spreche von dir!«

»Raff *ist* ein netter Mann«, erklärte Sarah mit Nachdruck. »Aber wenn ihr Mädchen ihn miesmachen wollt, gehe ich rüber zu den Dart-Spielern und überrede sie, ein Team beim Quiz zu stellen.«

Rachel, die Raff weder schlechtmachen noch überhaupt an ihn denken wollte, wandte sich an Beth: »Dann erzähl uns mal was über Charlie!«

Beth' Lächeln wirkte eindeutig ein bisschen töricht. »Na ja, ihr wisst ja schon, dass er Aprils Bruder ist. Und ich habe euch von dem Lieferwagen erzählt, den er uns verkaufen will.«

»Ach, du! Du weißt genau, was ich meine!«, konterte Rachel lächelnd.

»Wir müssen das Brautkleid bald verkaufen, um an Geld zu kommen«, sagte Lindy, die sehr praktisch veranlagt war, wenn es um finanzielle Belange ging.

»Wir brauchen ein gutes Foto für eBay, und es wäre vielleicht besser, wenn jemand das Kleid trägt. Es sieht an einer Person besser aus als auf einem Kleiderbügel. Ich denke, mir würde es passen.«

Rachel nickte. »Ich habe eine ganz gute Kamera, und meine Fotos sind normalerweise auch nicht schlecht.«

»Wir können uns bei mir treffen, wenn es fertig ist«, schlug Lindy vor. »Ich möchte meine Familie nämlich nicht so gern als Babysitter einspannen, wenn es sich vermeiden lässt.«

Die anderen beiden waren einverstanden.

»Ich habe mich immer ein bisschen davor gescheut, Sachen auf eBay einzustellen. Ich muss lernen, wie das funktioniert«, fügte Lindy hinzu.

»Ich zeig es dir, das ist nicht schwer«, erwiderte Beth.

»Wir alle müssen viel lernen – auf die eine oder andere Art«, sagte Rachel. Obwohl sie nicht zu Raff hinsah, dachte sie dabei in erster Linie an ihn. Was sie dringend lernen musste, war, wie man mit Menschen wie ihm umging.

Die jungen Frauen plauderten noch ein wenig, dann überließen Lindy und Rachel Beth ihrer Arbeit und gingen nach Hause.

Der Betrieb im Pub nahm im Laufe des Abends zu, und Beth fand sich in ihre neue Aufgabe ein. Ihre Mutter mochte glauben, dass der Job einer Barfrau nicht sonderlich anspruchsvoll war, aber Beth gefiel diese Tätigkeit. Sie freute sich, dass Sukey augenscheinlich sehr zufrieden mit ihr war. Und es war super gewesen, Charlie wiederzusehen, wenn auch nur kurz. Er hatte nicht lange bleiben können, weil es noch etwas auf dem Hof zu regeln gab. Alles in allem war es ein wunderbarer Abend.

7. Kapitel

Es war Samstag, und Beth und Rachel standen vor dem Gemeindesaal; zufällig waren sie gleichzeitig eingetroffen. Heute sollte die Gemeindehalle von Chippingford einen frischen Innenanstrich bekommen.

»Wenigstens sieht man es nicht, wenn Farbe draufspritzt«, kommentierte Beth, die erstaunt Rachels blütenweißen Arbeitsoverall betrachtete. Für sie taten es auch eine alte Jeans und ein ausrangierter Pulli, aber vielleicht besaß Rachel so etwas gar nicht. Beth hielt das durchaus für möglich; ihre neue Freundin wirkte immer so gepflegt und elegant.

Rachel zuckte mit den Schultern. »Das habe ich mir auch gedacht.«

»Ist der neu?«, wollte Beth wissen.

»Nein. Nur sauber. Also, wie sieht unser Plan aus?« Rachel wollte gern so bald wie möglich anfangen.

»Es ist aufgeschlossen, und einige Leute sind schon da. Lindy kommt auch, wenn sie kann. Ich bin nicht sicher, ob ihr Dad Zeit hat, sich um ihre Jungen zu kümmern, oder nicht.«

»Na, dann lass uns mal reingehen!«

Rachel vergewisserte sich, dass Raff noch nicht da war, dann plauderte sie ein bisschen mit den Leuten, die sie kannte. Von der Verlosung neulich erkannte sie Bob wieder, außerdem ein paar Leute, die sie schon mal im Pub gesehen hatte. Dann beschloss sie, endlich den Zustand des Saals genauer unter die Lupe zu nehmen. Die Tatsache, dass es am helllichten Tag trotz eingeschalter Lampen so düster war, verhieß nichts Gutes.

In einem winzigen Kabuff mit einer Spüle und einem defekten Elektroherd, das kaum den Namen »Küche« verdiente, stieß Rachel auf Sarah. »Hallo! Wer ist für das Anstreichen zuständig, wer hält die Fäden in der Hand?«

Sarah, die jetzt schon einen Schmutzklecks im Gesicht hatte, hob die Schultern. »Als Vorsitzende bestimme ich, dass Sie für alles zuständig sein können, wofür Sie zuständig sein wollen. Ich mache mir Sorgen wegen dieser Küche, in der man nicht mal Hundefutter zubereiten würde, wenn man die Wahl hätte.«

»Haben Sie April gesagt, dass zum Gemeindesaal eine Küche gehört?«

Sarah schüttelte den Kopf. »Ich kann mich nicht mehr genau erinnern, was ich ihr erzählt habe. Ich wünschte, ich hätte diesen verrückten Vorschlag nicht gemacht. Dieser Saal ist eine einzige Katastrophe, und daran werden wir in weniger als einem Monat auch nichts ändern können.«

Rachel, die die Lage auch ziemlich pessimistisch einschätzte, hatte sofort das Bedürfnis, das Projekt zu verteidigen und aktiv zu werden. »Machen Sie sich keine Gedanken, wir kriegen das hin! Wenn Raff kommt, frage ich ihn gleich, ob er eine Spritzpistole organisieren kann. In ein paar Tagen sind alle Wände weiß, und das Ganze sieht sauber aus.« Aber sobald sie die Worte ausgesprochen hatte, wurde ihr klar, wie unglaublich hart sie alle würden arbeiten müssen, um dieses Ziel zu erreichen.

Sarah lächelte verlegen. »Lindy sagt, Sie wollen nichts mit Raff zu tun haben, und ich soll ihn auch nicht ermutigen, in Ihre Nähe zu kommen.«

Rachel erwiderte das Lächeln. »Mit Raff werde ich schon fertig, keine Sorge.«

Als sie ging, durchsuchte Sarah gerade die Kontakte auf

ihrem Handy nach einem Elektroinstallateur. Rachel musste über sich selbst lachen. Als sie ihr eigenes Haus renoviert hatte, war sie wochenlang mit den Vorbereitungen beschäftigt gewesen und hatte den Deckanstrich erst aufgetragen, nachdem die Wandoberflächen bis zur seidigen Perfektion abgeschliffen waren. Und jetzt schlug sie unbekümmert etwas vor, was wahrscheinlich bedeutete, über Spinnweben zu streichen, ganz zu schweigen von uraltem Schmutz.

Zum Glück verpuffte ihre merkwürdige Euphorie über die große Herausforderung nicht sofort wieder, als sie sich umdrehte und Raff und Bob mit einem Gerüst durch die Tür kommen sah.

Mit einem bittenden Lächeln ging sie auf Raff zu. »Hi! Ich habe mich gerade mit Sarah unterhalten, und wir glauben, dass wir eine Spritzpistole brauchen, damit wir den Gemeindesaal relativ schnell weiß spritzen können.«

»Guten Morgen, Rachel! Freut mich auch sehr, Sie zu sehen. Ein wunderbarer Tag, nicht wahr?«

»Oh ... hallo. Ja, der Tag ist wirklich schön«, erwiderte Rachel ungeduldig. »Also, was halten Sie von einer Spritzpistole?«

»Mit einer Pistole zu arbeiten ist gar keine schlechte Idee«, sagte er anerkennend.

Rachel freute sich ein bisschen über Raffs Lob. »Und, können Sie so ein Gerät auftreiben?«

Er schien die Frage als Herausforderung aufzufassen. »Ja. Ich habe einen Freund, der eine entsprechende Ausrüstung besitzt. Sie brauchen das Ding aber vermutlich sofort?«

»Wenn es geht, ja. Doch ich denke, im Laufe des Tages wäre auch in Ordnung.«

»Sie sind ganz schön anspruchsvoll. Aber das gefällt mir an einer Frau.«

Rachel zog ein finsteres Gesicht, und Raff lachte wieder. »Okay, ich muss telefonieren. Vielleicht klappt es morgen. Reicht Ihnen das, Miss Ungeduldig?«

»Vollkommen, Mr. Alleskönner!«

Als Raff sich in eine Ecke zurückzog, um seine Telefonate zu erledigen, fragte Beth, die der Unterhaltung mit großen Augen gefolgt war: »Aber was machen wir bis dahin?«

»Alles abwaschen«, sagte Rachel. »Wir müssen so viel Schmutz wie möglich vorab entfernen. Es ist sehr schmuddelig; das heißt, wir haben jede Menge zu tun. Haben alle Gummihandschuhe dabei? Ich habe noch einige Ersatzpaare dabei, wenn jemand welche möchte.« Rachel erklärte nicht, dass sie eine Phase durchgemacht hatte, in der sie sowohl Gummihandschuhe als auch Bettwäsche regelrecht gesammelt hatte. Jetzt holte sie vier Paar aus ihrer Schultertasche.

»Sie haben aber viele Handschuhe da drin«, sagte Raff, der genau im falschen Moment wieder zu ihnen stieß.

Rachel beschloss, in die Offensive zu gehen. »Kennen Sie sich mit Klempnerarbeiten aus? Oder Elektroarbeiten? Falls ja, braucht Sarah Sie in der Küche. Das ist das Kabuff am Ende des Ganges.«

Raff quittierte ihre Bitte mit einem Nicken und machte sich auf die Suche nach Sarah.

»Meine Güte, Rachel! Respekt. Du hast ihn gut im Griff, stimmt's?«, meinte Lindy, die gerade hereingekommen war.

»Danke«, erwiderte Rachel. »Ich bin einfach fest entschlossen, diesen Saal aufzupeppen. Aber mir ist klar geworden, dass wir zunächst alles mit kaltem Wasser abwaschen müssen!«

Sie diskutierten ein bisschen darüber, ob die Dachbalken auch abgewaschen werden mussten, auch wenn man sie nicht richtig sehen könnte, aber Rachel blieb fest. »Wir müssen.

Irgendwann werden wir richtig renovieren – es wäre verrückt, den Schmutz dann zu überstreichen.«

»Und wer klettert da hoch und erledigt das?«, fragte Justin, der es wider Erwarten geschafft hatte, eine Stunde seiner kostbaren Zeit für das Projekt zu opfern.

»Wir haben ein Gerüst, falls es Ihnen noch nicht aufgefallen ist«, merkte Raff an, der alles für Sarah getan hatte, was er konnte.

»Das habe ich gesehen. Aber tut mir leid, Kumpel. Arbeiten in der Höhe sind nichts für mich.«

Einige andere Helfer stimmten ihm zu. Rachel hatte den Verdacht, dass sie nicht mit kaltem Wasser hantieren wollten. »Ich erledige das«, sagte sie. »Ich habe kein Problem mit der Höhe. Und meine Gummihandschuhe sind gefüttert.«

Rachel war das Gerüst bereits mehrmals rauf- und runtergeklettert, um das Wasser in ihrem Eimer zu wechseln. Sie war so auf ihre Aufgabe konzentriert, dass ihr nicht aufgefallen war, dass bis auf Raff alle Helfer verschwunden waren. Mit ihm war sie inzwischen per Du; sie hatte seinen Vorschlag schlecht ablehnen können.

»Oh«, sagte sie verdutzt, als sie ihren Eimer gerade wieder füllen wollte. »Brauchst du das zurück?« Sie deutete auf das Gerüst.

»Nicht sofort. Doch wir müssen jetzt gehen.«

»Nein, schon in Ordnung. Ich habe den Schlüssel und kann abschließen, wenn ich fertig bin. Aber du musst nicht bleiben.«

»Es ist fünf Uhr. Wir sind seit neun heute Morgen hier und haben keine richtige Pause gemacht. Ich habe Hunger; du bestimmt auch.«

»Ich fühle mich gut. Geh nur!«

Er schüttelte den Kopf. »Nicht ohne dich. Ich nehme dich mit zu meiner Mutter.«

Als Rachel das hörte, blinzelte sie ungläubig, doch dann fand sie ihren Humor wieder. »Findest du nicht, dass es dafür in unserer Beziehung noch ein bisschen zu früh ist?«

Er grinste. »Nett, dass du glaubst, wir hätten eine Beziehung.«

Das fand Rachel gar nicht lustig. »Haben wir nicht. Und hast du nicht erst gestern mit ihr zu Mittag gegessen?«

»Ich hab's nicht geschafft, deshalb habe ich ihr versprochen, stattdessen heute vorbeizukommen. Und ich nehme dich mit. Also, möchtest du vorher nach Hause, um dich umzuziehen? Oder bleibst du so, wie du bist?«

Trotz ihrer Müdigkeit, die ihr gerade erst aufgefallen war, fühlte sich Rachel stark. Es hatte ihr tatsächlich Spaß gemacht, die Dachsparren zu schrubben, die wahrscheinlich seit der letzten Renovierung in den Fünfzigerjahren keinen Putzlappen mehr zu sehen bekommen hatten.

»Okay, zählt es denn als Verabredung, die ich dir noch für das Holz schulde, falls ich zustimme, mit dir zusammen deine Mutter zu besuchen?«

»Rachel!« Vorwurfsvoll schüttelte er den Kopf. »Wo denkst du hin?«

Rachel seufzte. Sie hätte es sich ja denken können...

»Also? Umziehen oder so bleiben?«, wiederholte er.

»Duschen und umziehen. Wir treffen uns in einer Stunde irgendwo.«

Er schüttelte den Kopf. »Ich würde lieber bei dir warten.«

»Willst du dich nicht umziehen?«

»Nein. Ich kann bei meiner Mutter duschen und was anderes anziehen.«

»Nun, du kannst nicht zu mir kommen«, sagte Rachel fest. »Warte im Pub!«

»Ach was, warum lässt du mich nicht ins Haus? Hast du Angst, es könnte durch mich unordentlich aussehen?«

Rachel biss die Zähne zusammen. Es gab zwei Gründe, warum sie Raff nicht bei sich zu Hause haben wollte, während sie duschte und sich umzog. Erstens, weil sie ihn nicht gut kannte, wenn auch ihr Verstand ihr sagte, dass sie sich keine Sorgen machen musste: Er war im Ort wohlbekannt; Sarah hielt ihn für einen guten Mann, und obwohl er offenbar ein Schürzenjäger war, hatte niemand angedeutet, dass er gefährlich werden könnte. Der zweite Grund war genau der, den Raff angesprochen hatte: Er ließ ihr Heim unordentlich wirken.

»Hör mal«, sagte er, »ich habe das dringende Bedürfnis...« Er suchte nach Worten. »...dich zu zerzausen.«

Sie keuchte schockiert auf.

»Aber ich verspreche, dass ich es nicht tun werde.«

»Das wäre ein tätlicher Angriff!« Rachel bemerkte, dass sie klang, als hätte sie Angst vor ihm. Doch so war es nicht, stellte sie fest.

»Es wäre kein tätlicher Angriff, wenn du es auch wolltest.«

Rachel fühlte sich, als hätte sie sich darauf gefasst gemacht, einen Schlag aus einer bestimmten Richtung abzuwehren, um dann festzustellen, dass er aus einer ganz anderen Richtung erfolgte. »Das wird nie passieren!«

Er zuckte mit den Schultern. »Ich bin bereit zu warten. Jetzt komm! Es ist Zeit, dass du duschst und dich hübsch machst, während ich in deinem weißen Haus sitze und warte.«

Böse starrte sie ihn an. »Es ist nicht weiß, es ist wevet.«

Sie ließ ihn mit einer Ausgabe der *Country Living*, die sie aus einer Schublade genommen hatte, in ihrem Wohnzimmer zurück. Dann duschte sie und wusch sich das Haar mit einer ihr bis dato nie gekannten Geschwindigkeit. Sie glättete ihre Haare nicht. Das war für Rachel eine große Sache, denn sie mochte ihre rötlichen Locken lieber glatt und unter Kontrolle und hasste es, wenn sie wie feuchte Zuckerwatte um ihren Kopf wogten. Nachdem sie sich abgetrocknet hatte, schlüpfte sie in eine schwarze Samthose und Stiefel und zog einen Pulli und eine Strickjacke an. Ihr fiel auf, dass sie keine Körperlotion verwendet hatte, was so gut wie nie vorkam. Rachel legte nie viel Make-up auf, aber jetzt war es nur ein Hauch; sie trug bloß etwas Grundierung rund um die Nase und ein bisschen Wimperntusche auf. Dann flog sie förmlich die Treppe hinunter.

»Das ging aber schnell!«, sagte Raff, ließ die Zeitschrift sinken und musterte Rachel. »Es eilt nicht sehr. Aber du siehst trotzdem großartig aus. Ich mag deine Haare so.«

»Danke«, antwortete Rachel, die das Gefühl hatte, auf dem falschen Fuß erwischt worden zu sein. Warum hatte sie sich so beeilt? Warum hatte sie sich nicht etwas mehr Zeit genommen und sich sorgfältiger zurechtgemacht? Jetzt wirkte es, als hätte sie es kaum erwarten können, wieder bei ihm zu sein. Dabei war der Grund eigentlich, dass sie es kaum erwarten konnte, ihn aus ihrem Haus zu bekommen.

»Offensichtlich bist du nicht kälteempfindlich«, fuhr er fort.

»Äh ... wie kommst du darauf?« Im Moment fror sie nämlich – feuchte Haare im Winter ließen sie umgehend frösteln. Sie überlegte, wo sie ihre Mütze gelassen hatte, aber es fiel ihr nicht sofort ein. Wie ungewöhnlich für sie!

»Weil du deinen Ofen nicht angemacht hast, obwohl es jetzt trockenes Holz und trockenes Kleinholz gibt.«

»Woher willst du das wissen?«

»Im Ofen ist weder Ruß noch Asche.«

Sie war verlegen. »Für mich allein lohnt es sich irgendwie nicht.«

»Warum trocknest du dir nicht deine Haare richtig, und ich kümmere mich derweil um das Feuer? Dann ist es warm im Haus, wenn du zurückkommst.«

Rachel schüttelte den Kopf. Es war *ihr* Holzofen, *sie* hatte ihn ausgesucht und bezahlt. Daher sollte sie diejenige sein, die ihn zum ersten Mal anzündete. »Nein, ich mache das.«

»Dann mal los!«

»Nein. Nicht, wenn du mir zusiehst.«

»Warum nicht?«

Sie atmete scharf aus. »Weil ich noch nie ein Feuer in einem Ofen angezündet habe!« Sie fühlte sich, als hätte sie verkündet, noch nie Geld gespendet, gelächelt oder einen guten Freund gehabt zu haben. Es war ein schreckliches Geständnis.

Raff wirkte weder schockiert noch überrascht oder besonders beunruhigt. »Möchtest du, dass ich dir helfe?«

Plötzlich war der Druck, unter dem Rachel stand, deutlich geringer. Raff fand es offensichtlich nicht furchtbar, und, noch wichtiger, er wollte nicht wissen, warum sie es noch nicht versucht hatte, obwohl Winter war. Aber Rachel holte tief Luft und straffte die Schultern, um sich auf etwas Schwieriges vorzubereiten. Sie empfand es nicht als schwierig in dem Sinne, dass das Anzünden eines Ofens ihre Fähigkeiten übersteigen könnte – was wahrscheinlich nicht der Fall war. Nein, es war schwierig für sie, weil ein Feuer die Makellosigkeit des Ofens beeinträchtigen würde. Sie hatte bisher verzweifelt Ausflüchte gesucht, um den Ofen nicht anzünden zu müssen – sie musste Holz besorgen, sich über Kleinholz informieren und so weiter –, in Wahrheit jedoch fürchtete sie, dass ein brennendes Feuer den Ofen verderben würde. Aber wenn jemand ihn in Betrieb nehmen würde, dann war sie das.

»Ich glaube, ich weiß über die Grundlagen Bescheid«, sagte sie. »Doch du kannst mich höflich darauf hinweisen, wenn ich völlig auf dem Holzweg bin.«

Er lachte. Rachel stellte fest, dass es ihr gefiel, ihn zum Lachen zu bringen. Dieses Gefühl war befriedigend.

Jetzt kniete sie sich auf den Vorleger vor dem Ofen und öffnete die Tür. Dabei versuchte sie, sich zu erinnern, was Beth und Lindy über das Anzünden eines Feuers gesagt hatten. Da war was mit Kerzenstummeln gewesen – sie hatte welche im Haus –, aber legte man die einfach auf den Feuerrost? Das Anzündeholz war im Schuppen. Sie stand auf. »Ich hole das Kleinholz«, erklärte sie und hoffte, dass sie sich nicht trotzig oder, schlimmer noch, zaghaft anhörte.

»Zuerst brauchen wir Zeitungspapier«, erklärte Raff, als sie schon an der Tür stand.

»Was? Ich habe keins. Ich lese die Zeitung online.« Rachel war verunsichert. Sie hatte kein Papier, das sie einfach so verbrennen konnte. Rachel hatte grundsätzlich nichts im Haus, was sie nicht brauchte. Zeitschriften waren etwas anderes. Aber sie glaubte nicht, dass sie gut brennen würden, und außerdem archivierte sie sie zu Recherchezwecken und um Präsentationen zu erstellen, nicht zum Verbrennen.

Raff zuckte mit den Schultern und spürte offenbar nicht, welche Panik seine beiläufige Anweisung in Rachel ausgelöst hatte. »Wie bitte? Du hast nicht mal das Anzeigenblättchen da? Ich habe ein Exemplar im Wagen. Warte.«

Während er nach draußen ging, stürmte sie die Treppe hinauf und fing an, ihre Haare zu glätten, aber dann wurde ihr klar, dass sie weit unter ihrem üblichen Standard zurückbleiben würde. Sie fuhr sich ein paarmal mit gespreizten Fingern durch die Haare, statt sie zu bürsten. Mit Kamm oder Bürste würde sie sie jetzt ohnehin nicht entwirren können.

»Du hast was mit deinem Haar gemacht«, sagte er, als er mit einer Zeitung unter dem Arm wieder ins Haus schlenderte. Er musterte sie. »Da wir was vorhaben, schlage ich vor, dass ich das Feuer anzünde. Ich kann dir ein anderes Mal beibringen, wie es geht.«

Rachel zuckte mit den Schultern. Sie konnte dafür sorgen, dass es entweder kein anderes Mal geben würde oder, noch besser, vorher lernen, wie es funktionierte. Wenn sie Zeitungspapier brauchte, konnte sie ja welches im Schuppen aufbewahren.

»Gut, meinetwegen. Wir könnten es aber auch einfach jetzt sein lassen.«

Er schüttelte den Kopf. »Es ist Zeit, dass dieser Holzofen seine Jungfräulichkeit verliert.«

8. Kapitel

Rachel sah zu, wie Raff das Feuer vorbereitete. Trotz der verschiedenen Kaschmir- und Wollschichten fröstelte sie wegen ihrer immer noch leicht feuchten Haare. Nach dem harten Arbeitstag im Gemeindesaal fühlte sie sich erschöpft.

Raff arbeitete sorgfältig, wählte Zweige aus dem Stapel aus, prüfte ihre Stärke und baute eine Konstruktion aus dünnen Stöckchen, auf die er dann etwas dickere legte. Rachel war fasziniert.

»Hast du Streichhölzer?«, fragte er.

Rachel hatte eine Schachtel mit besonders langen, französischen Zündhölzern und ein Feuerzeug. Sie gab ihm das Feuerzeug. Die Streichhölzer waren nicht zum Gebrauch bestimmt, sondern sollten schön aussehen.

Sie sah zu, wie das Feuer zum Leben erwachte und zu prasseln begann. Für sie fühlte es sich an, als wäre es das erste Feuer ihres Lebens. Allerdings hatte Raff für eine ganz schöne Unordnung gesorgt. Zwar hatte er die Holzstücke sorgfältig ausgewählt, aber nicht auf den Dreck geachtet, der dabei auf ihren Läufer gefallen war. Doch seltsamerweise kümmerte es sie nicht.

Raff legte mehr Holzscheite auf und fummelte an dem Drehknopf unter dem Ofen herum. Rachel erkannte, dass sie die Bedienung des Knopfes lernen musste. Raff schloss die Ofentür. Das Feuer flackerte fröhlich vor sich hin.

»Mit ein bisschen Glück kannst du, wenn du nach Hause kommst, die Luftzufuhr öffnen, und das Feuer brennt wieder.« Er machte eine Pause. »Ich komme mit rein und zeige es dir.«

Sofort war sie wieder auf der Hut. »Das schaffe ich schon allein. Ich habe dir ja genau zugesehen.«

Er lächelte sein schiefes Lächeln. »Wir werden sehen. Jetzt komm, wir fahren zu meiner Mum!«

Rachel saß auf dem Beifahrersitz von Raffs Pick-up und fragte sich, ob sie wohl von allen guten Geistern verlassen war. Warum fuhr sie ausgerechnet in einem solchen Wagen mit? Ein Pick-up war nun wirklich kein Fahrzeug, in dem sie sich je gesehen hätte. Und weshalb besuchte sie die Mutter eines flüchtigen Bekannten? Angenommen, seine Mum würde glauben, dass etwas zwischen Rachel und ihrem Sohn lief? Das wäre so peinlich! Und beschämend! Raff und sie? Mal ehrlich, ein unpassenderes Paar konnte es wohl kaum geben. Ich bin ein Snob, dachte sie und krümmte sich innerlich bei der Erkenntnis. Dennoch konnte sie ihre Meinung, dass Raff ein grober Klotz war, nicht einfach ändern. Warum hatte sie sich nur dazu überreden lassen, in seinen Truck zu steigen? Sie war wohl nicht ganz bei sich gewesen.

»Ähm . . . ich glaube nicht, dass das eine gute Idee ist«, sagte sie und versuchte, die leere Bierdose zu ignorieren, die im Fußraum hin- und herrollte. »Deine Mutter kennt mich gar nicht. Sie will sicher nicht, dass ich sie besuche.«

»Sie kann dich nicht kennenlernen, wenn du nicht mitkommst, und sie mag Menschen. Sie hat eine Cottage Pie im Ofen. Ich weiß nicht, wie's dir geht, aber ich bin verdammt hungrig.«

»Verständlich. Doch du musst mich nicht mitschleppen. Sie hat bestimmt eine Pastete für zwei Personen vorbereitet, nicht für drei.«

Raff lachte. »Tut mir leid, aber meine Mutter kocht nie für

zwei. Sie findet, die Arbeit lohnt sich erst, wenn man für mindestens ein halbes Dutzend Leute kocht.«

»Aber es ist doch keine Dinner-Party, oder? Ich bin nicht für ... «

Raff fand diese Vorstellung so urkomisch, dass er vor lauter Lachen kaum noch Auto fahren konnte. »Ich sag ja nicht, dass wir die Einzigen sein werden. Ich weiß es nicht. Vielleicht ja, vielleicht nein. Aber es ist auf jeden Fall keine Dinner-Party.«

Rachel ließ sich verlegen tiefer in den Sitz sinken. Wahrscheinlich war seine Mutter eine einfache Frau vom Lande, die für ihren Jungen gesunde, bodenständige Speisen zubereitete. Bestimmt hatte sie ein überzogenes Bedürfnis, ihren Sohn zu beschützen (weil sie es nicht besser wusste). Und dann würde Rachel, eine ziemlich speziale Frau aus der Großstadt, in ihr bescheidenes (aber peinlich sauberes) Heim einfallen.

»Ich gehe davon aus, dass du deine Mum liebst, oder etwa nicht?« Rachel versuchte, die Sache aus einer anderen Richtung anzugehen.

»Natürlich. Sie ist die Beste.«

»Warum mutest du ihr dann eine fremde Frau zu?«

Er ließ sich beunruhigend lange Zeit mit der Antwort. »Weil ich glaube, dass ihr beide euch mögen werdet.«

Zwanzig Minuten später bog Raff in eine Einfahrt ein, die holprig und schlammig, aber recht lang war. Offensichtlich führte sie zu einem größeren Anwesen. Als der Pick-up um eine Kurve bog, konnte Rachel erkennen, wie riesig das Haus tatsächlich war.

»Bewohnt deine Mutter das ganze Haus?«, fragte sie. »Oder nur eine Wohnung?« Unwillkürlich hatte sie ein Bild einer Frau vor Augen, die sich in den Dienst der Familie gestellt hatte und jetzt als Belohnung für jahrelange treue Dienste zwei Zimmer bewohnen durfte.

»Alle Teile, die wasserdicht sind. Zum Glück ist es bei einem Haus dieser Größe einfach, einen Raum aufzugeben und in einen anderen zu ziehen.«

Rachel konnte ihr Entsetzen nicht verbergen. »Ich könnte nicht in einem Haus leben, das nicht vollständig bewohnbar ist«, sagte sie. Sofort wurde ihr bewusst, dass sich das wahrscheinlich verrückt anhörte. Und warum wohnte seine Mutter in so einem Riesenkasten? Hatte sie es geerbt?

»Trotzdem glaube ich immer noch, dass ihr euch gut verstehen werdet, ihr beiden. Komm, lass es uns rausfinden!«

Raff führte sie seitlich ums Haus herum zur Hintertür. »Mum!«, rief er. »Wir sind da!«

Ein alter schwarzer Spaniel tauchte auf und trottete auf sie zu. Er wirkte mäßig erfreut, Raff zu sehen. Rachel ignorierte er völlig.

»In der Küche, Darling!«, rief jemand – eine sehr vornehme Stimme, wie Rachel auffiel, bevor sie Raff durch den Flur folgte und den Raum an seinem Ende betrat.

Es war eine Küche, aber ganz kurz dachte Rachel, es hätte auch ein Filmset sein können. Sie war schwach beleuchtet, höhlenartig und sehr, sehr vollgestopft. Wohin man auch sah, gab es Möbel, Zierrat, Geschirr und Glas. Die Wandfarbe war nicht zu erkennen, denn überall, wo die Wand nicht von Schränken oder Regalen verdeckt war, hingen Bilder. Bevor Rachel einem Anfall von Reizüberflutung erleiden konnte, tauchte Raffs Mutter hinter einer überladenen Arbeitsfläche auf.

»Hallo!«, sagte sie voller Wärme.

Sie hatte üppige weiße Haare, die sie auf dem Kopf zu einem Dutt zusammengefasst hatte, und trug Kleidung in verschiedenen Lila- und Blauschattierungen, doch es fiel schwer, die einzelnen Kleidungsstücke auseinanderzuhalten. Verschiedene

Lagen von Rock, Strickjacke und Schultertuch verschmolzen zu einer gefälligen Farbmischung. In der Hand hielt Raffs Mutter einen Holzkochlöffel, doch ganz kurz stellte Rachel sich vor, es wäre ein Zauberstab. Als sie ihren Sohn sah, warf sie den Kochlöffel über die Arbeitsfläche, wo er in der Spüle landete. Dann nahm sie Raff in die Arme und drückte ihn fest an sich. Er erwiderte ihre Umarmung, bevor er Rachel zu sich zog.

»Das ist Rachel. Sie ist sich nicht sicher, ob sie willkommen ist.«

»Aber Liebes!« Rachel wurde ebenfalls herzlich umarmt. »Warum sollten Sie nicht willkommen sein? Es ist immer jede Menge zu essen da. Wenn ich eines nicht ausstehen kann, dann ist es, wenn zu wenig gekocht wird.« Ihre vergissmeinnichtblauen Augen waren forschend auf Rachel gerichtet. In ihrem Blick lag etwas, was ihr gemütliches Aussehen Lügen strafte. »Raff!«, fuhr sie fort. »Kümmerst du dich um die Getränke? Ich heiße übrigens Belinda.«

»Angenehm. Wie geht es Ihnen?«, sagte Rachel und wünschte, sie würde sich nicht so förmlich anhören.

»Wunderbar, Liebes. Jetzt setzt euch bitte, dann trinken wir etwas und plaudern, während wir darauf warten, dass die Pastete braun wird.« Sie sah, wie Rachel den dampfenden Topf auf dem Herd musterte. »Das ist Suppe für morgen. Ich besuche einen alten Mann und nehme sie mit.«

Rachel zog sich einen Stuhl unter dem Tisch hervor und setzte sich. Als sie sich umschaute, stellte sie fest, dass sie noch nie in ihrem Leben einen dermaßen überladenen und unordentlichen Raum gesehen hatte, außer bei Lindy. Aber dort konnte als Ausrede gelten, dass die Wohnung so winzig war und Kinder im Haus lebten. Wenn Rachel ihre eigenen Habseligkeiten alle auf diesen Tisch legte, würden sie in dem Berg an Sachen, die daraufstanden, einfach untergehen.

»Raff! Nimm ihr den Mantel ab, schenk ihr ein Glas Wein ein und erzähl mir, was ihr gemacht habt!«

Rachel wollte nicht unhöflich sein und sich allzu neugierig umsehen, aber der überladene Tisch machte es ihr beinahe unmöglich.

Belinda, die ihre Verwirrung vermutlich spürte, sagte: »Ich möchte ausmisten, Liebes, deshalb habe ich ein paar Schränke ausgeräumt.«

Raff fand einen freien Platz, um Rachels Weinglas abzustellen. Als ihr Blick auf das Glas fiel, stellte sie fest, dass es sich wahrscheinlich um eine Antiquität handelte. »Wirklich, Mum?«

Sein Akzent war nun weniger ausgeprägt und hörte sich eher wie der geschliffene Ton seiner Mutter an, bemerkte Rachel. Sie war sich nicht sicher, ob es ihr gefiel, wie er sich anpassen konnte. Bedeutete das vielleicht, dass er noch raffinierter war, als sie ohnehin schon vermutete? Die Tatsache, dass er weniger ungehobelt war, als sie ursprünglich geglaubt hatte, verunsicherte sie noch mehr.

»Schatz, ich weiß, du glaubst, ich bin mit meinem Besitz verheiratet, aber das stimmt wirklich nicht! Ich habe es nur bisher nie geschafft, mich um die Sachen zu kümmern.«

»Und warum jetzt?«

»Ich dachte mir, es wäre Zeit, mich ›gesundzuschrumpfen‹.«

»Meine Güte, Mutter! Was für ein Wort aus deinem Mund! Und warum ausgerechnet jetzt? Ich glaube übrigens nicht, dass du das Konzept verstanden hast.«

»Natürlich verstehe ich es!«, konterte Belinda entrüstet. »Ich hatte nur immer interessantere Dinge zu tun, als zu entrümpeln. Was das Gesundschrumpfen angeht, na ja ... ich geistere hier ein bisschen rum. Oder ich würde es tun, wenn die Wände nicht komplett mit Möbeln und Bildern bedeckt wären.« Sie zwinkerte Rachel zu, als spürte sie, dass diese in eine ihr sehr unbekannte Welt geraten war. »Raffs Vater ist sehr jung gestorben, und ich bin möglicherweise ein bisschen exzentrisch geworden, weil ich so lange eine alleinerziehende Mutter war.«

»Du wärst in jedem Fall exzentrisch geworden, auch wenn alles ganz anders gekommen wäre«, meinte Raff, der anscheinend sehr entspannt damit umging, ohne Vater aufgewachsen zu sein.

»Na ja, vielleicht«, sagte Belinda, bevor sie zu dem Aga-Herd ging und die Backofentür öffnete, um hineinzuspähen. »Hmm. Braucht noch ein paar Minuten.«

Sie setzte sich zu Rachel und Raff an den Tisch. »Erzählen Sie mal, Rachel, wohnen Sie schon lange in der Gegend?«

»Ich habe das Haus schon eine Weile, doch hergezogen bin ich erst vor Kurzem.«

»Und gefällt es Ihnen bei uns? Kommen Sie aus London?«

»Ja zu beiden Fragen«, antwortete Rachel. »Es ist noch ein bisschen neu und fremd für mich, aber ich wollte schon seit einer Ewigkeit fest hier wohnen.«

»Was ist es für ein Haus?«

Rachel zögerte, während sie das Gefühl zu verdrängen versuchte, ausgefragt zu werden. Belinda meinte es sicher gut.

»Ihr Haus ist sehr ...«, Raff unterbrach sich, und Rachel verkrampfte sich, während sie darauf wartete, dass er sie als zwangsgestört und neurotisch bloßstellte, »... sehr *wevet*«, sagte er.

Rachel seufzte. »Er meint, weiß.«

»Warum sagt er dann ›wevet‹?« Belinda wirkte verwirrt.

»Es ist weiß«, erklärte Rachel. »›Wevet‹ ist ein gebrochener Weißton auf den Farbkarten von Farrow and Ball. Das ist ein altes Wort aus der Grafschaft Dorset und heißt ›Spinnwebe‹.«

Nur unter Folter würde sie zugeben, wie lange sie gebraucht hatte, um sich für diese spezielle Farbschattierung zu entscheiden. Und sie würde auch niemandem erzählen, dass das Anschauen von Farbkarten sie beruhigte und sie viele der Farbnamen auswendig kannte.

»Ich habe nicht gewusst, dass es bei Weiß verschiedene Schattierungen gibt«, meinte Belinda.

Raff grinste. »Ich auch nicht, bis ich Rachel kennengelernt habe.«

Ganz kurz hatte Rachel das Gefühl, dass etwas Besonderes an der Art und Weise war, wie er das sagte, doch dann riss sie sich zusammen.

»Warum schenkst du Rachel nicht ein bisschen Wein nach und führst sie schnell durchs Haus, bis die Pastete fertig ist?«, schlug Belinda vor.

»Hast du Lust?«, fragte er.

»Ja bitte! Sehr gern.« Als Rachel aufstand, fühlte sie sich ein bisschen seltsam. Es konnte nicht am Wein liegen, denn sie hatte nicht viel getrunken. War die Unordnung um sie herum der Grund dafür? Trotzdem war sie vollkommen ruhig, vielleicht, weil sie jetzt Lindy kannte und durch sie an Chaos gewöhnt war, oder vielleicht auch, weil dieses Haus ihr eher wie ein Museum vorkam als wie ein richtiges Zuhause.

»Dann komm mal mit!«

Raff führte sie aus der Küche durch einen Korridor. »Das ist die Eingangshalle.« Er schaltete die Deckenbeleuchtung ein, die einen gespenstischen Schein über die großen, dunklen Möbel warf. »Es ist alles ein bisschen düster.«

»Es sind einige entzückende Stücke darunter, glaube ich«, sagte Rachel. »Aber wahrscheinlich muss die Elektrik des Hauses erneuert werden.«

»Ich weiß sehr gut, dass das nötig ist! Doch Mum lässt nicht zu, dass ich mich darum kümmere, weil zu viele Sachen dafür umgeräumt werden müssten.«

»Wenn sie umziehen will, wird sie sich nicht die Mühe machen wollen, vorher noch die elektrischen Leitungen zu erneuern. Oder meinte sie mit ›gesundschrumpfen‹ keinen Umzug?«

»Ich bin mir nicht sicher wegen dieses Umzugs. Ich sage ihr immer, sie sollte besser einen Teil des Hauses verkaufen und hierbleiben. Sie hat ihr ganzes Leben hier verbracht – es war ihr Elternhaus, und davor hat es ihren Großeltern gehört.« Raff öffnete eine Tür und ließ Rachel eintreten. Wieder trug das Licht einer trüben Glühbirne nur wenig dazu bei, den großen Raum zu erhellen. Dennoch war das Durcheinander gut zu erkennen.

Sämtliche Oberflächen mit Ausnahme der Sitzflächen der Stühle waren mit Gegenständen bedeckt. Es gab jede Menge Tische in verschiedenen Größen, und jeder war belagert. Rachel entdeckte stapelweise Zeitschriften, Ausgaben der *Country Life* aus mehreren Jahrzehnten. Auf einem anderen Tisch lagen Bücher: Kunstbände, große illustrierte Bücher über Landhäuser, Garten-, Blumen- und Vogelbücher.

»Ach, du lieber Himmel!«, sagte Rachel und ging von Tisch zu Tisch. »Das ist ja die reinste Buchhandlung!«

»Meine Großeltern haben sie gesammelt, und meine Eltern haben die Sammlung fortgeführt. Ich glaube, meine Mutter hat jetzt mit dem Büchersammeln aufgehört.«

Auf den Flächen, auf denen keine Bücher lagen, stand Porzellan: kleine Figuren, Teller, Krüge, Schüsseln, ganze Tafelservices und Teegeschirr. Alles war gestapelt und staubig.

An den Stirnseiten des Raumes gab es Glasvitrinen, die ebenfalls voller Porzellan waren. Rachel hätte gern eine Taschenlampe oder eine Tischleuchte gehabt, um alles ganz genau zu inspizieren.

»Ich glaube, falls deine Mutter sich wirklich verkleinern will, sollte sie ihr Haus einfach in einen Antiquitätenladen verwandeln, bis der ganze Kram verkauft ist. All diese Sachen müssen ein Vermögen wert sein!«

»Ich denke nicht, dass Mum damit zurechtkäme, wenn überall Leute durchs Haus spazierten und über Preise feilschten.«

»Nein! Das wäre auch schrecklich. Du müsstest das für sie übernehmen. Und wenn du die Sachen in deinem eigenen Gebrauchtwarenhof verkaufen würdest.«

Er grinste. »Vielleicht sollte ich das mal vorschlagen. Der Gedanke, dass ihr antikes Porzellan neben Regenrinnen und Kaminaufsätzen verkauft wird, würde ihr bestimmt gefallen.«

»Oder man könnte die Sachen auf eBay einstellen und auf diesem Weg veräußern. Beth würde sich bestimmt für sie darum kümmern, vermutlich gegen eine kleine Vergütung. Oder du machst eine separate Abteilung auf, in der du die kleineren Teile verkaufst. Beth könnte eine Rubrik auf deiner Webseite entwerfen und die Dinge wunderbar in Szene setzen. Du hast doch eine Webseite?«

Raff runzelte die Stirn. »Ja, aber die könnte bestimmt eine Auffrischung gebrauchen. Ich spreche mal mit Beth darüber. Ist sie gut in ihrem Job?«

»Sie ist großartig. Sie entwirft auch bald eine Webseite für Vintage-Hochzeiten. Kein Unternehmen kann heutzutage ohne Online-Auftritt überleben.«

Belinda kam ins Zimmer; sie hatte offenbar Rachels letzte Bemerkung gehört. »Sie wollen ein Unternehmen gründen, Rachel?«

»Ja, zusammen mit zwei Freundinnen. Vielleicht kennen Sie Lindy, Sarah Woods Tochter? Die zweite im Bunde ist Beth, die genau wie ich neu in Chippingford ist.«

»Warum essen wir nicht jetzt, und Sie erzählen mir davon?

Ich möchte gern etwas über Frauen hören, ›die die Dinge selbst in die Hand nehmen‹.« Belinda warf ihrem Sohn einen herausfordernden Blick zu. Er lachte.

Eine Ecke des Küchentisches war frei geräumt worden. Der Platz reichte gerade zum Essen für drei Leute. Rachel setzte sich und trank wieder von ihrem Wein. Sie fühlte sich merkwürdig zufrieden – als hätte sie einen Freizeitpark besucht und wäre völlig unerwartet mit der Achterbahn gefahren. Das Durcheinander war so groß, dass es sie nicht mehr störte. Es war wie eine Therapie.

»Fangen Sie bitte an!«, forderte Belinda sie auf und schenkte Wein nach.

Rachel warf einen Blick auf Raff, der schon seine Gabel mit Cottage Pie beladen und zu essen begonnen hatte. Hatte er sie etwa hierhergebracht, um sie »auf die harte Tour« von etwas zu heilen? Falls ja, dann wäre das unerhört. Sie befeuchtete die Lippen, um etwas zu sagen, ließ es dann aber und probierte stattdessen die Pastete. »Das ist die köstlichste Cottage Pie, die ich je gegessen habe«, erklärte sie. Das war die Wahrheit, und die Worte waren einfach aus ihr herausgesprudelt.

»Danke, Liebes«, antwortete Belinda. »Wir hatten dieser Tage eine Riesenkeule, und diese Pastete ist aus dem übrig gebliebenen Fleisch zubereitet. Das und Butter und Kartoffeln ergeben eine wundervolle Pastete, wenn ich das so sagen darf.«

Die Teller waren glühend heiß und hatten Risse und Verfärbungen. Sie waren einmal von sehr guter Qualität gewesen, doch wenn Belinda sie regelmäßig so stark erwärmte, würden sie sicher bald zerbrechen.

»Erzählen Sie mir mehr über das Unternehmen, das Sie mit den anderen jungen Frauen gründen wollen.«

Rachel erklärte die Idee so kurz und bündig wie möglich. Sie hatte noch nie einen Menschen wie Belinda kennengelernt und fand sie einschüchternd. Sie wirkte seltsam, sogar ein wenig unberechenbar. Ihre Wertvorstellungen waren ganz anders als die der Leute in Rachels Umfeld. Offensichtlich war sie nett und gastfreundlich, aber die Unordnung? Was war das für ein Mensch, der so ein Chaos zuließ? Eigenartig!

Als Nachspeise bot Belinda Schokoriegel an. Sie warf einfach eine Auswahl davon auf den Tisch. »Nehmt euch, sie waren im Angebot! Möchten Sie einen Kaffee oder Tee? Oder einen Brandy, Rachel?«

»Äh, Tee bitte.«

Raff und seine Mutter schlossen sich ihr an.

Während sie am Tisch saßen, Schokolade aßen und Tee tranken, tauschten Belinda und Raff sich über verschiedene Themen aus.

Dann fragte Belinda: »Nun, Rachel, was machen Sie beruflich? Abgesehen von dieser Hochzeitsgeschichte?« Der Blick aus den vergissmeinnichtblauen Augen war intensiv. Rachel stellte fest, dass Mutter und Sohn sowohl die Augenfarbe als auch den Ausdruck teilten.

»Nun, ich arbeite als Buchhalterin.«

»Dann können Sie Ihre Kenntnisse also bei der Sanierung des Gemeindesaals einsetzen?«

»Ja. Es ist so, dass bald eine Hochzeit im Saal stattfinden soll. Das heißt, wir müssen uns mit der Renovierung beeilen und dafür sorgen, dass er vorzeigbar ist.«

»Wir werden morgen mit einer Farbspritzpistole Farbe auftragen«, erklärte Raff.

»Ich nehme an, Weiß? Sehr minimalistisch«, sagte Belinda.

Rachel vermutete, dass sie die Farbe missbilligte. »Fürs Erste ja. Vielleicht bringen wir später ein bisschen Farbe ins Spiel.« Natürlich nicht, wenn sie etwas zu bestimmen hatte, aber sie war ja eigentlich nicht zur Innenausstatterin ernannt worden, wie Rachel einfiel.

»Das klingt doch gut. Ich tendiere auch zu Minimalismus«, sagte Belinda. »Daher auch der Wunsch, mich zu verkleinern. Ich möchte alles loswerden, was ich nicht brauche.«

»Vielleicht meinen Sie ja Entrümpeln?«, fragte Rachel mutig.

Belinda schüttelte den Kopf. »Nein. Das würde ja bedeuten, dass meine Sachen Gerümpel wären.« Die blauen Augen verengten sich, und Rachel war überzeugt, sie beleidigt zu haben. »Und das denke ich nicht, denn vieles davon ist wunderschön. Ich habe sogar einige Sachen, die vielleicht für Ihr neues Unternehmen nützlich sein könnten. Kommen Sie mal mit!«

Rachel war immer noch unsicher, ob Belinda verärgert war. Sie folgte ihr einen dunklen Gang entlang. Belinda öffnete eine Tür und schaltete das Licht ein. Sie standen in einem Esszimmer. Der Tisch bog sich förmlich unter Porzellanstapeln. Das Geschirr war hinreißend – von der Art, die dem Wort »Vintage« alle Ehre machte.

»Es gehört alles Ihnen, wenn Sie es haben wollen, aber Sie müssen es abholen«, erklärte Belinda. »Ich habe angefangen, das Geschirr zu sortieren, doch dann habe ich aufgegeben.«

Rachel trat näher und betrachtete das Porzellan. Sie war verblüfft, dass es noch mehr gab als das, was sie schon gesehen hatte. Es war entzückend: alt, elegant, nicht in bestem Zustand, aber trotzdem wunderschön. »Sie könnten das Geschirr doch auf eBay verkaufen«, schlug Rachel vor.

»Sie auch. Ich habe keine Lust, Sachen zu verkaufen. Ich habe genug zum Leben, ich brauche nicht mehr Geld.«

Das war eine erstaunliche Bemerkung. »Aber Raff könnte sich für Sie darum kümmern.«

»Hören Sie, Liebes, wenn Sie das Geschirr nicht wollen,

brauchen Sie es bloß zu sagen. Raff kann bestimmt jemanden auftreiben, der alles mitnimmt.«

»Ich ... äh ... wir möchten es haben«, erklärte Rachel. »Ich muss nur überlegen, wo wir es aufbewahren können.«

»Sie haben doch ein Haus.«

»Schon, aber ...«

»Na also, Problem gelöst. Ich sage Raff, er soll das Porzellan vorbeibringen.«

Rachel atmete zur Beruhigung ein paarmal tief ein und aus. Sie hätte das Geschirr nicht ablehnen können, es war ein außerordentlich großzügiges Geschenk. Aber der Gedanke, dass ihr Gästezimmer voller Teller und Unterteller, Suppentassen und Terrinen sein könnte, versetzte sie in Panik. Rachel zwang sich, vernünftig zu sein. Einen Teil davon konnte sie in dem anderen Schuppen unterbringen, und außerdem wäre es nicht für lange Zeit. Wahrscheinlich verkaufte Beth einen großen Teil davon und verdiente Geld damit. Also war alles in Ordnung.

»Das ist so unglaublich nett von Ihnen«, sagte sie und fügte zu ihrer eigenen Überraschung hinzu: »Wenn wir mit dem Gemeindesaal fertig sind, kann ich gern vorbeikommen und Ihnen bei Ihrer Neuordnung helfen.«

Belinda strahlte. »Vielen Dank, Liebes! Das wäre wunderbar!«

9. Kapitel

Lindy hatte ein schlechtes Gewissen, als sie die Arbeitsgruppe verließ, um zu ihren Söhnen zu gehen. Rachel schrubbte noch die Dachbalken, die anderen die Sockelleisten und die Wände. Ihr Vater hatte ungefähr eine Stunde auf die Jungen aufgepasst, und jetzt waren sie bei Lindys Großmutter. Lindy wusste, dass sie zusammen backen wollten. Also würden heißer Tee und Kuchen auf sie warten. Sie freute sich darauf, danach mit ihren Kindern nach Hause zu gehen, sie zu baden und sich später mit ihnen auf das Sofa zu kuscheln, um einen Film anzusehen. Sie überlegte gerade, welche ihrer DVDs sie zum x-ten Mal ertragen konnte, als sie nicht weit vom Gemeindesaal entfernt beinahe mit einem Mann zusammengestoßen wäre.

»Oh! Tut mir leid, ich war mit den Gedanken ganz woanders!«, sagte Lindy, als sie aufblickte. Der Mann erschien ihr fremd und gleichzeitig vertraut. Erst als sie bemerkte, dass er sie an ihre eigenen kleinen Jungen erinnerte, begriff sie, wen sie vor sich hatte.

Er starrte auf sie herunter und runzelte ebenfalls die Stirn. »Lindy?«

Sie lachte. »Hallo, Angus!«

Er betrachtete sie lange. »Es wäre klischeehaft zu sagen: ›Meine Güte, bist du groß geworden!‹ Aber du hast dich tatsächlich ... sehr verändert.«

»Das war zu erwarten, es ist Jahre her, seit wir uns zuletzt gesehen haben. Vieles ist anders geworden.« Und vieles nicht, dachte sie. »Du bist nicht zur Hochzeit gekommen.«

»Nein. Ich hätte kommen sollen. Aber ich war so weit weg, und ... meine Eltern hielten es für keine gute Idee.«

»Mach dir keine Gedanken! Es wäre die Reise ohnehin nicht wert gewesen. Die Ehe hat nicht lange gehalten.«

Er schüttelte den Kopf und wusste offenbar nicht, ob er lachen oder sie bedauern sollte. »Ich weiß.«

Lindy räusperte sich und wurde unter seinem prüfenden Blick auf einmal verlegen. »Lass dich nicht aufhalten! Du hattest anscheinend ein Ziel. Das Gemeindezentrum, nehme ich an.«

»Ich wollte zu der Arbeitsgruppe. Ich habe im Geschäft davon gehört. Ist die Aktion für heute schon vorbei? Gehst du schon?«

»Meine Oma passt auf meine Söhne auf. Ich bin früher gegangen. Aber die anderen arbeiten noch.«

»Ich bin nach einer langen Zeit in die Gegend zurückgekommen und möchte gern mithelfen. Mein erstes Pfadfinder-Treffen hat in diesem Saal stattgefunden.«

Lindy lachte. »Ach, du meine Güte! Nun, wenn du helfen willst – meine Mutter ist da. Sie wird sich bestimmt riesig freuen, dich an Bord zu haben.«

»Kann schon sein. Ich bin Architekt.«

Lindy nickte. Sie erzählte nicht, dass sie das schon wusste. »Das könnte tatsächlich nützlich sein – später irgendwann. Im Moment richten wir den Saal nur her, damit er vermietet werden kann, um Geld für Reparaturen einzunehmen. Das Dach ist in einem schlechten Zustand. Doch das wirst du alles erfahren, wenn du mit Mum sprichst.«

Er nickte. »Dann gehe ich besser mal hinein. Aber, Lindy, wir sehen uns doch noch, oder? Ich habe meine Neffen seit Jahren nicht mehr zu Gesicht bekommen, nicht seit jenem Tag, an dem Edward mit ihnen einen Ausflug gemacht hat.«

Lindy nickte. Sie erinnerte sich noch gut an den Tag, an dem die Jungen mit Edward unterwegs gewesen waren und er sie erst mitten in der Nacht zurückgebracht hatte. Sie war vor Sorge fast gestorben. Zum Glück für sie hatte er kein Interesse daran gezeigt, die beiden noch einmal abzuholen. Kurz danach hatte er das Land verlassen.

»Billy war noch ein Baby«, sagte sie.

»Ich möchte sie gern kennenlernen. Ihnen ein Onkel sein.«

»Das wird ihnen gefallen.«

»Und würde es dir gefallen?«

Sie lächelte. »Na ja, du wärst ja nicht mein Onkel.« Zwar wäre sie gern noch geblieben und hätte sich mit ihm unterhalten, aber sie war schon spät dran. »Ich mache mich nun besser auf den Weg und hole die beiden ab. Geh rein und sprich mit Mum!«

Lindy spazierte mit einem Lächeln auf dem Gesicht zu ihrer Großmutter. Sie dachte daran, dass Beth sie gefragt hatte, ob sie ihre Schwärmerei überwunden hatte. Sie war der Frage ausgewichen. Nachdem sie Angus jetzt wiedergesehen hatte, war sie nicht überzeugt, ob sie mit dieser Sache abgeschlossen hatte. Offensichtlich stimmte es, dass die Liebe mit der Entfernung wuchs. Sie musste lachen. Was dachte sie sich bloß!

Als sie später ihre Söhne badete, ihnen unzählige Male den *Grüffelo* vorlas und andere Einschlafrituale vollzog, überlegte sie, wie es wohl wäre, bei alldem einen Partner zur Seite zu haben. Der Gedanke ließ sie leise seufzen. Selbst als Edward noch mit ihnen zusammengelebt hatte, hatte er sich nie als engagierter Vater gezeigt. Edward und sie hatten Billy mit der schwachen Hoffnung bekommen, dass das Baby ihre Beziehung kitten würde. Lindy hatte die zweite Schwangerschaft nie bereut, doch als Beziehungsretter hatte Billy nicht getaugt. Und insgeheim war sie dankbar, dass Edward mit seiner Affäre für das Ende ihrer

Ehe gesorgt hatte. Dadurch hatte sie die Kinder und die moralische Überlegenheit behalten können. Aber trotz der großen Unterstützung durch ihre Familie war es nicht einfach, die Jungen allein großzuziehen.

Beth beeilte sich, um rechtzeitig fertig zu werden. Sie musste in zehn Minuten im Pub sein und war viel zu lange im Gemeindesaal geblieben. Weil sie Rachel und die anderen nicht hatte hängen lassen wollen, war sie jetzt in Eile.

Gerade noch rechtzeitig, erhitzt und mit feuchten Haaren, erschien sie im Pub.

Sukey stand hinter dem Tresen und lächelte ihr entspannt entgegen. »Sie haben sich Mühe gegeben, pünktlich zu sein, Beth«, sagte sie und stellte ein Glas ins Regal. »Ich weiß, dass Sie im Gemeindesaal geputzt haben.«

Sie grinste schief. »Na ja, ich bin noch nicht lange genug hier, um mir erlauben zu können, unpünktlich zu sein.«

»Wie Sie sehen, ist noch nicht so viel los. Das kommt später noch. Richten Sie sich erst mal häuslich ein! Ich habe noch ein paar Dinge zu erledigen. Klingeln Sie einfach, wenn Sie Hilfe brauchen! Ilana kommt auch später.«

Beth löste Sukey hinter der Theke ab und schaute sich um. Es war so ein einladendes Lokal – sie hatte wirklich Glück, hier arbeiten zu können. Sie verdiente Geld, hatte Gesellschaft und konnte sich im Warmen aufhalten. Das Feuer prasselte, und momentan genossen vier Hunde die Wärme. Beth wusste noch nicht, welcher Hund welchem Gast gehörte. Sie war sich ziemlich sicher, dass zwei Hunde hier wohnten, aber die anderen mussten mit Stammgästen gekommen sein.

Ein junger Mann kam zu ihr und bestellte ein Glas Albert Memorial.

»Das habe ich nicht gekannt, bevor ich hier angefangen habe«, meinte Beth, während sie das Bier zapfte.

»Das ist auch was ganz Besonderes. Es wurde zum hundertjährigen Bestehen des Pubs eingeführt. Es ist richtig gut.« Er grinste. »Ich war im Verkostungsgremium. Ich bin übrigens Pete, ich bin oft hier.«

Nach und nach kamen immer mehr Gäste, und Beth hatte ganz schön zu tun. Wo blieb nur Ilana? Beth hielt dem Ansturm gerade eben noch stand, obwohl sie mit dem Gläserspülen nicht mehr hinterherkam, als Sukey wieder auftauchte. »Sie haben sich gut geschlagen! Ilana hat angerufen und sich krankgemeldet, und ich hätte früher runterkommen sollen. Aber ich war mir ziemlich sicher, dass Sie wunderbar zurechtkommen. Jetzt habe ich den Papierkram fast komplett erledigt. Ich bin ein bisschen in Rückstand geraten, weil wir für ein paar Nächte einen Übernachtungsgast haben.«

»Es gibt nicht viele Übernachtungsgäste im *Prince Albert*, oder? Soll ich nachher auch das Frühstück vorbereiten?«

Sukey schüttelte den Kopf. »Nein, nein, im Augenblick ist nur der eine Pensionsgast da. Wir haben ohnehin nicht viele Übernachtungen. Ich bewerbe die Gastzimmer auch nicht aktiv. Nur wenn Leute wirklich hier schlafen wollen, überlasse ich ihnen eines der Zimmer. Da ich größtenteils allein arbeite, habe ich nicht so viel Zeit.«

Beth nickte. »Wenn es Ihnen recht ist, sammle ich die schmutzigen Gläser ein und spüle sie.«

»Tun Sie sich keinen Zwang an!«, sagte Sukey. »Normalerweise muss ich die Angestellten immer ans Einsammeln der Gläser erinnern.«

Nachdem Beth die Gläser abgeräumt hatte, wischte sie alle Tische ab. Es gefiel ihr sehr, dass jeder Tisch ein Einzelstück war und nichts in diesem Pub »von der Stange« kam. Das sorgte für viel Gemütlichkeit. Sie mochte auch den nackten Holzboden, die wenigen abgenutzten Läufer im Eingangsbereich und das alte Ledersofa, das dazu einlud, es sich darauf gemütlich zu machen.

Als die Tür das nächste Mal geöffnet wurde, blickte Beth auf und wünschte, sie hätte vor ihrem Dienst im Pub mehr Zeit auf ihr Äußeres verwendet. Der neue Gast war Charlie. Sie errötete vor Freude.

Beth wartete, bis ihre Hautfarbe sich wieder normalisiert hatte, und näherte sich dem Tresen. »Hi!«, sagte sie lässig, bevor sie hinter die Theke schlüpfte. Warum hatte sie ihre Haare nur gewaschen und nicht auch noch ein wenig gestylt? Die Kurzhaarfrisur war mit ein wenig Frisierschaum leicht aufzupeppen.

»Hi!«, erwiderte er. »Ich bin froh, dass du hier bist. Ich wollte dich sehen.«

Ein Wonneschauer überlief sie. »Ach?«

»Yeah. Es geht um den Lieferwagen. Ich habe ihn ein bisschen hergerichtet und wollte dich fragen, ob du vielleicht morgen vorbeikommen und ihn dir ansehen willst.«

Beth prüfte ihr Gewissen. Soweit sie informiert war, wurde der Gemeindesaal am nächsten Tag mit der Spritzpistole gestrichen, und dabei wurde sie nicht gebraucht. »Müsste in Ordnung gehen«, sagte sie und hoffte, er würde glauben, sie wäre im Geiste ihre vielen Verabredungen durchgegangen. »Was möchtest du trinken?«

Charlie betrachtete sie mit einem Blick, der Beth sagte, dass er sich sehr für sie interessierte. Sie wagte nicht, ihn zu lange anzusehen, und griff nach einem Glas. »Ein Albert Memorial?«

»Cool. Aber bitte nur ein kleines, ich muss ja noch fahren.«

Versonnen zapfte sie das Bier. Charlie war wirklich süß. Das war zwar nicht genug, um ihn in den Augen ihrer Mutter als geeigneten Schwiegersohn zu qualifizieren, doch das war Beth gleichgültig. Ihre Mum würde an seinem Ohrring und dem Armband Anstoß nehmen. Ihrer Meinung nach trugen Männer außer ihrem Ehering allenfalls einen Siegelring. Aber nach allgemeinen Maßstäben war Charlie umwerfend. Es war schon eine ganze Weile her, seit Beth ein Mann wirklich gefallen hatte.

»Dann komme ich also und hole dich ab, und wenn du mit dem Lieferwagen zufrieden bist, kannst du gleich damit zurückfahren.«

»Was ist mit der Versicherung?«

»Ach, mach dir da mal keine Sorgen.« Er zog eine Augenbraue hoch. »Du hast doch einen Führerschein?«

»Ja! Das hast du mich schon mal gefragt.« Sie zögerte und hatte plötzlich Zweifel – nicht nur, weil sie den Lieferwagen ohne Versicherung fahren sollte, auch wenn es nur eine kurze Strecke war. »Der Wagen ist doch verkehrstüchtig, oder?«

»Klar! Das weißt du doch.« Er lächelte, um zu zeigen, dass er nicht beleidigt war. »Er sieht vielleicht nicht super aus, aber technisch ist er in einwandfreiem Zustand.« Aus seinem Lächeln wurde ein freches Grinsen. »Ich habe den Wagen auch innen geputzt, doch ich hänge noch einen Wunderbaum rein, um den Geruch zu vertreiben, wenn du glaubst, dass es noch nötig ist.«

»Hm.« Beth war skeptisch, ob Rachel diesen künstlichen Duft billigen würde. Wahrscheinlich würde sie etwas Hochwertigeres vorziehen. Aber Charlie gab sich wirklich Mühe.

Ihr wurde klar, dass er glauben musste, sie stellte die Tauglichkeit seines Lieferwagens infrage.

»Ich mach dir einen Vorschlag: Du siehst dir den Wagen morgen an, und wenn er dir gefällt, kümmere ich mich um alles, was dich noch stört.«

Sein Lächeln ließ sie wünschen, er würde mit ihr über etwas ganz anderes als ein Auto reden.

»Und, ist auf dem Hof viel zu tun?«, fragte Beth. Sie polierte Gläser und gab sich betont geschäftig.

»Wir haben immer viel Arbeit. Momentan halten uns die Schafe auf Trab.«

Sofort sah Beth flauschige Lämmer vor sich, die sich vor goldenen Strohballen blökend an ihre Mütter schmiegten. Das Bild war idyllisch. »Wie entzückend!«

Charlie lachte. »Mal sehen, wie entzückend du das morgen finden wirst, wenn du ein bisschen Zeit auf dem Hof verbringst! Ich hole dich um neun Uhr ab. Oder ist das zu früh?«

»Nein, in Ordnung.«

»Bis dann also!«

Beth konnte gerade eben ein Seufzen unterdrücken, als Charlie einige Münzen auf den Tresen legte und sich zum Gehen wandte.

10. Kapitel

Am nächsten Morgen rief Sarah ihre Tochter ziemlich früh an. »Wie sieht's mit dem Mittagessen aus? Mögt ihr zu uns kommen?«, fragte sie unbekümmert, als stünde an diesem Sonntag nicht die dringende Renovierung der Gemeindehalle auf dem Programm.

»Würde ich sehr gern, Mum, aber müssen wir nicht in den Gemeindesaal? Wir haben nicht mehr viel Zeit.«

»Raff will heute mit der Spritzpistole arbeiten, also können wir nicht viel ausrichten, bevor er fertig und die Farbe trocken ist. Wir können gemütlich zu Mittag essen. Dad hat gestern eine riesige Lammkeule gekauft. Er wäre enttäuscht, wenn er sie heute nicht zubereiten könnte.«

»Na, wenn du sicher bist. Wann soll seine Souschefin denn erscheinen?«

»Angus kommt um ein Uhr, wenn du gegen halb elf hier wärst, hättet Dad und du noch jede Menge Zeit.«

»Angus?« Das traf sie völlig unvorbereitet. Aber eigentlich hätte sie damit rechnen müssen, dass ihre Mutter ihn zum Essen einlud. Angus' und Edwards Eltern lebten nicht mehr in der Gegend, und wenn Sarah auch nur den vagen Verdacht hegte, jemand könnte an einem Sonntagmittag nichts zu essen bekommen, lud sie ihn umgehend zu sich nach Hause ein. Lindy wusste nicht so recht, was sie davon halten sollte. Natürlich hatte sie Angus am vergangenen Abend schon getroffen, aber beim Mittagessen würden auch ihre Söhne anwesend sein. Sie wäre im »Mama-Modus«, und sie war sich nicht sicher, ob sie sich ihm so präsentieren wollte. Allerdings hatte er gesagt, er wollte den Jungen ein Onkel sein ... Lindy seufzte. Das Wiedersehen hatte alle möglichen Gefühle in ihr wachgerufen, und sie wusste nicht, ob ihr das gefiel. Zwar empfand sie ihr Leben gelegentlich als eine Art ruhigen Mühlenteich und sehnte sich manchmal nach ein paar kleinen Wellen. Aber ob Angus die Abwechslung war, die ihr im Augenblick guttat, wusste sie nicht.

»Ja. Er hat gestern im Gemeindesaal kräftig mitgeholfen, alles für das Anstreichen vorzubereiten – da war die Einladung zum Essen das Mindeste, was ich tun konnte. Er übernachtet im Pub, weil er gerade erst ein Haus gekauft hat, das noch nicht bewohnbar ist. Und bei Sukey gibt's momentan sonntags kein Mittagessen ...«

»Also hast *du* ihn eingeladen.« Lindy hatte ihrer Mutter nie von ihren Gefühlen für Angus erzählt, doch selbst wenn sie es getan hätte, wäre dadurch das Verhalten ihrer Mutter nicht beeinflusst worden. Sarahs größter Wunsch war es, ihre Tochter zu verkuppeln, und kein junger Mann – nicht einmal der Bruder des unzuverlässigen Edward – entkam ihren Bemühungen.

»Es ist okay. Gehst du dann wie immer mit Oma und den Jungen zu den Schaukeln?«

»Und lasse Dad und dich schälen und schnippeln? Unbedingt! Und ich habe ein neues Puzzle gekauft, das wir danach zusammensetzen können.«

Nachdem sie alles besprochen hatten, suchte Lindy ein paar saubere Kleidungsstücke für ihre Söhne heraus. Das gemeinsame Mittagessen am Sonntag war inzwischen für sie alle zu einem lieb gewordenen Ritual geworden. Ihr Vater kochte, und sie assistierte ihm und kümmerte sich um die Nachspeise, während ihre Söhne eine fröhliche Stunde mit ihrer Großmutter und Urgroßmutter verbrachten und wie verrückt rumtobten.

Mit ein bisschen Glück hatten die Erwachsenen später mithilfe einer DVD dann Ruhe, um ein Mittagsschläfchen zu halten. Aber wenn Angus kam, würde es anders ablaufen – Rumgammeln wäre da nicht angebracht. Und es war ja auch schön, sich auszutauschen. Lindy hatte keine Ahnung, was Angus in letzter Zeit so getrieben hatte. Sie telefonierte nur gelegentlich mit ihrem Exmann, und da Edward nicht der Typ war, der ausgiebig über Familienangelegenheiten plauderte, erfuhr sie nicht viel. Fairerweise musste sie ihm zugestehen, dass er sich teilweise auch aus Rücksicht auf sie zurückhielt: Er wusste, dass sie empfindlich auf den Mangel an Interesse reagierte, den seine Familie den Jungen entgegenbrachte. Aber Angus wollte sich offensichtlich mehr einbringen. Sie musste sich nur darauf einstellen, dass er eine langjährige Freundin oder gar Lebensgefährtin erwähnte. Kinder hatte er wahrscheinlich keine; das hätte er bestimmt erwähnt, als sie über ihre Söhne gesprochen hatten.

»Opa!«, jubelten die Jungen, als er die Tür öffnete. Sie stürzten sich auf ihn, und irgendwie schaffte er es, beide auf den Arm zu nehmen, obwohl Ned für einen Sechsjährigen sehr groß war.

»Irgendwann werden diese Kinder bemerken, dass ich auch ziemlich nett zu ihnen bin«, kommentierte Sarah etwas verhalten.

»Sie vergöttern dich, Mum«, sagte Lindy, der die offenkundige Bevorzugung des Opas immer ein bisschen peinlich war.

»Das weiß ich doch. Wahrscheinlich vermissen sie einfach eine Vaterfigur«, meinte Sarah. Der dreijährige Billy lief auf sie zu und umarmte ihre Beine. Sie hob ihn hoch. »Und? Wer kommt mit zu den Schaukeln? Juhu! Wir treffen uns da mit eurer Uroma.«

»Können wir Plätzchen backen, Granny?«, fragte Billy, der immerzu backen wollte.

»Vielleicht später. Jetzt gehen wir erst einmal zu den Schaukeln, zur Uroma. Sie kommt sich sonst albern vor, wenn sie allein spielen muss.«

Lindys Vater James sagte: »Wir beide machen uns besser an die Arbeit. Wenn du einen raffinierten Nachtisch zubereiten möchtest, weil wir einen Gast haben, solltest du bald anfangen.« James war ein begeisterter Koch und liebte es, große Mahlzeiten für Familie und Freunde zuzubereiten. Aber er führte auch ein strenges Regiment und wollte das Essen zur festgesetzten Zeit auf den Tisch bringen.

»Ich plane nichts wirklich Raffiniertes, doch wenn noch Äpfel da sind, backe ich einen Apfelkuchen«, erwiderte Lindy.

Als Lindy später den Tisch deckte, stellte sie fest, dass sie nervös war. Was, wenn Ned und Billy sich danebenbenahmen? Dann würde Angus vielleicht gehen und sie nie wiedersehen wollen. Die beiden sahen ihren Vater schon so gut wie nie. Auch wenn Lindy nicht glaubte, dass ihre Söhne den Opa der Oma vorzogen – hatte ihre Mutter vielleicht doch recht damit, dass sie sich nach einer Vaterfigur sehnten? Bisher hatte Lindy es sich nicht vorstellen können, einen anderen Mann in ihr Leben zu lassen. Sie würde es hassen, wenn jemand anderes ihre Kinder erziehen wollte. Sie konnte es ja kaum ertragen, wenn ihre heiß geliebten Eltern ärgerlich auf die Jungen waren und mit ihnen schimpften. Aber ein Onkel würde ihnen bestimmt guttun. Sie selbst hatte als Kind immer viel Spaß mit ihren Onkeln gehabt. Doch wäre es auch gut für sie selbst, Angus in ihr Leben zu lassen – den Mann, den sie einmal angehimmelt hatte? Als sie ihren Apfelstreusel aus dem Ofen zog, hoffte sie, dass Angus auch ganz leicht angebrannten Apfelkuchen mochte.

Lindy entdeckte bald, dass Angus kein Freund von Smalltalk war. Er hatte vor all diesen Jahren schon reserviert gewirkt, doch das war in Anbetracht der Umstände ziemlich normal gewesen. Er war damals einundzwanzig gewesen und sie die sechzehnjährige Freundin seines Bruders. Unwillkürlich musste Lindy an Raff denken: Er mochte zwar einige Fehler haben, aber mit ihm entstand nie ein unbehagliches Schweigen. Angus, der für ein Sonntagsessen mit zwei kleinen Kindern ein bisschen zu elegant gekleidet war, begnügte sich damit, Fragen mit einem höflichen Ja oder Nein zu beantworten.

Lindy hätte gern gewusst, ob er länger in der Gegend bleiben würde, aber ihr fiel keine Formulierung ein, die nicht allzu neugierig klingen würde. Fairerweise musste man sagen, dass Angus sich bei James nach dem Garten erkundigt hatte, aber da Lindys Vater sich nicht für Gartenarbeit interessierte und dieses Terrain seiner Frau überließ, war dieses Thema nicht sonderlich ergiebig.

Nach einer besonders langen Gesprächspause fragte Lindy mutig: »Hast du in letzter Zeit deine Eltern oben in Northampton besucht? Geht's ihnen gut?«

»Ja«, antwortete Angus. »Sie sind beide gut in Form. Dad spielt immer noch drei- oder viermal die Woche Golf. Meine Mutter leitet eine ganze Reihe Wohltätigkeitsorganisationen, die sich hauptsächlich im Umweltschutz engagieren. Sie hält sehr viel von Recycling.«

»Oh, wir auch!«, sagte James.

Lindy hatte schon einige Recyclinggeschenke von Angus' Mutter bekommen und war weniger begeistert, doch sie schwieg. Angus' Eltern, Neds und Billys Großeltern väterlicherseits, vertraten die Auffassung, dass »Kinder heutzutage viel zu viele Spielsachen besäßen«. Lindy, die ihre Söhne mit dem gesetzlich festgelegten Mindestunterhalt ihres Vaters großzog, fand nicht, dass das in ihrem Fall zutraf. Glücklicherweise kamen Edwards Eltern nur selten zu Besuch.

Die beiden Familien verstanden sich nicht gut. Sehr zur Empörung von Lindys Großmutter Eleanor waren Edwards Eltern von Anfang an der Meinung gewesen, Lindy wäre nicht gut genug für ihren Sohn. Eleanor wieder fand, dass der einzige gesellschaftliche Unterschied zwischen den beiden Familien im Geld lag. Edwards Familie hatte jede Menge davon, Lindys dagegen sehr wenig. Aber Bildung? Eleanor, die normalerweise keineswegs snobistisch veranlagt war, behauptete, die Fredericks wären neureich und nicht annähernd so fein, wie sie selbst annahmen.

Es herrschte die allgemeine Auffassung, die Fredericks seien weggezogen, um der Schande zu entgehen, dass ihr Sohn ein Mädchen hatte heiraten müssen, das »nur« einen Gesamtschulabschluss hatte. Seitdem kritisierten sie Lindy aus der Ferne.

Aber Angus hatte Lindy bisher nie richtig kennengelernt. Er war nett, höflich und fleißig. Jetzt fragte sie sich, warum sie ihn früher so angehimmelt hatte, obwohl sie ihn doch kaum gekannt hatte. Sie hatte ihn einfach großartig gefunden, und er war auch immer noch höflich. An diesem Tag hatte er einen guten Wein und Blumen für Sarah mitgebracht. Er war nur einfach kein Freund von Smalltalk.

Lindy, ihr Vater und Angus standen eine gefühlte Ewigkeit im Wohnzimmer und hielten sich an ihren Gläsern fest, bis sie endlich die Ankunft der Jungen hörten. Die Haustür flog auf, und mit lautem Gebrüll stampfte eine kleine Elefantenherde durch den Flur und stürmte ins Zimmer. Schlagartig verstummten die Jungen. Einen Augenblick später brach Billy in Tränen aus und versteckte sich hinter seiner Mutter. Ned blieb wie angewurzelt mitten im Raum stehen und schaute sich nervös um, als überlegte er, wohin er sich am besten flüchten könnte. Was hatte ein Fremder in Omas und Opas Wohnzimmer zu suchen?

»Meine Güte, es tut mir so leid!«, sagte Sarah, die den Jungen gefolgt war. »Normalerweise veranstalten sie nicht so einen Lärm.«

Lindy schämte sich für ihre Söhne und ärgerte sich gleichzeitig, dass ihre Mutter sich für sie entschuldigte. Sie sagte: »Billy ist gleich wieder okay. Er hat nur nicht mit dir gerechnet, Angus, das ist alles. Billy, Ned, das ist euer Onkel Angus – Daddys älterer Bruder.« Billy klammerte sich immer noch an sie, und Ned blickte unbehaglich von seiner Mutter zu dem unbekannten Onkel.

»Hallo, Angus! Wie schön, dass du da bist! Lindy, Billy war sauer, dass die Uroma doch nicht mitgekommen ist«, fuhr Sarah fort. »Sie isst mit einem Freund zu Mittag.«

»Ich weiß nicht, ob das nicht alles noch schlimmer macht, aber ich habe Geschenke mitgebracht.« Angus steckte die Hände in die Taschen. »Natürlich habe ich keine Ahnung, was für Jungen in diesem Alter geeignet sein könnte, also kannst du die Sachen ruhig wegräumen, wenn sie unpassend sind.«

Lindy hoffte bloß, dass er ihnen keine Feuerwerkskörper besorgt hatte.

Angus überreichte jedem ein Päckchen. Ned öffnete seins zuerst. Lindy sank das Herz. Was er da auspackte, sah ganz nach einem Taschenmesser aus. Aber als Ned es genauer untersuchte, erkannte sie, dass es zwar jede Menge technischer Finessen besaß, die jedoch alle nicht besonders gefährlich wirkten.

»Das ist wie ein Schweizer Messer, nur nicht so scharf«, erklärte Angus.

»Cool! Danke!«, sagte Ned lächelnd.

Billy riss ebenfalls das Papier herunter und beförderte eine Taschenlampe zutage. »Cool! Danke!«, sagte er ebenfalls und klang dabei so ähnlich wie sein großer Bruder. »Ich liebe Taschenlampen!«

»Ach, du lieber Himmel, Ned!«, meinte James. »Das ist ja ein richtig nützliches Werkzeug. Darf ich mal sehen?«

»Und das ist eine wunderschöne Taschenlampe«, sagte Sarah, wie immer diplomatisch.

»Wenn du am Ende drehst, verändert sich die Farbe«, erläuterte Angus.

Für kurze Zeit lief alles gut, dann aber begannen die Jungen zwangsläufig zu streiten, weil jeder mit dem Geschenk des anderen spielen wollte.

Sarah griff ein. »Kommt mal mit mir in die Küche, ihr zwei! Ich habe ein Spezialgetränk für euch.«

»Ich kümmere mich darum«, sagte James. »Ich will sowieso nach den Kartoffeln sehen. Auf geht's, ihr Burschen!«

Nach minimaler Diskussion über den Inhalt des »Spezialgetränks« wurden die Jungen von ihren Großeltern aus dem Raum getrieben.

»Tut mir leid!«, meinte Angus. »Offensichtlich habe ich nicht die richtigen Sachen mitgebracht und einen Aufruhr verursacht.«

»Überhaupt nicht. Ehrlich gesagt, manchmal bekommen sie richtig langweilige Sachen wie Handschuhe und Schals und streiten trotzdem noch darüber.« Sie verstummte, als ihr einfiel, wer ihnen die Handschuhe und Schals geschenkt hatte.

»Sie vergessen diese Streitereien ganz schnell wieder. Meistens jedenfalls.« Lindy wollte nicht, dass Angus sich davon abschrecken ließ, ein engagierter Onkel zu sein. Es bedeutete ihr viel, dass er sich so viel Mühe gab.

»Deinen Eltern gefällt es offensichtlich, sich als Großeltern zu engagieren.«

»Ja, Gott sei Dank! Ohne sie wäre ich aufgeschmissen. Und ohne meine Oma ebenfalls.«

»Meine Eltern sind zu sehr mit ihrem eigenen Leben beschäftigt, um sich Gedanken um ihre Enkel zu machen, glaube ich.«

Lindy stimmte ihm im Stillen voll und ganz zu, sagte jedoch: »Na ja, fairerweise muss man einräumen, dass man einfach so zu Großeltern gemacht wird und gar keine Wahl hat.« Ihr war bewusst, welche Auswirkungen ihre Mutterschaft auf ihre ganze Familie gehabt hatte. Ihre Eltern und ihre Großmutter waren wunderbar, aber trotzdem musste es für sie ein Schock gewesen sein, so jung schon zu Großeltern und Urgroßmutter zu werden. Sie selbst hatte sich auch erst einmal an den Gedanken gewöhnen müssen, Mutter zu werden, doch wenigstens war es das Ergebnis ihrer eigenen Handlungen.

Angus öffnete den Mund, um etwas zu sagen, aber dann überlegte er es sich offenbar anders. In dem Moment stürmten die Jungen wieder ins Zimmer. Billy versuchte, sich Neds Geschenk zu schnappen, wurde jedoch von seinem älteren Bruder zur Seite gestoßen. Sie sprangen durch das Zimmer und stritten sich lauthals, während Sarah ihnen hinterherlief. Schließlich gelang es ihr, sie zu beruhigen. Als sie auf das Sofa sank, versteckte Billy sich sofort hinter ihr. Ned schnappte sich ein Feuerzeug und fing an, damit zu spielen.

Lindy versuchte, ihn mit einem seiner Lieblingsspielzeuge abzulenken, aber er ließ sich das Feuerzeug nicht abnehmen. »Das ist meins«, sagte er stur. »Du kannst es nicht haben!«

»Es gehört nicht dir, sondern Opa«, erwiderte Lindy, nach außen hin ruhig. »Jetzt gib es mir!«

»Neeeiiin!«

»Ned!« Lindys Stimme bekam einen warnenden Unterton. »Schätzchen. Denk bitte daran, dass du ein Schuljunge bist, kein Baby.«

»Ich benehme mich ja auch nich' wie ein Baby«, erklärte Ned. »Ich will das Feuerzeug nur haben.«

Hätte er es nicht in diesem Augenblick angemacht, hätte Lindy es wohl dabei belassen. Aber angesichts der Möglichkeit, dass das Haus in Flammen aufging, musste sie handeln.

»Bitte lass das! Gib es mir – sofort!«

Meine Güte, was mochte Angus von ihnen allen halten? Billy zeigte kaum einmal sein Gesicht, und wenn doch, dann zankte er sich mit seinem Bruder, und Ned benahm sich einfach abscheulich. Und sie musste so aussehen, als hätte sie ihre eigenen Kinder nicht im Griff. Angus mochte zwar nicht gerade ein Unterhaltungskünstler sein, aber vielleicht könnte er irgendwann mal mit den Jungen angeln gehen – etwas, wozu sie selbst nicht die geringste Lust verspürte. Sie konnte nur hoffen, dass er jetzt nicht völlig abgeschreckt war.

»Ich will es«, wiederholte Ned. Wieder ließ er die Flamme des Feuerzeugs aufzucken.

»Ich mach dir einen Vorschlag«, sagte Angus. »Wenn du das deiner Mum gibst, zeige ich dir mein echtes Schweizer Taschenmesser. Es hat zwölf Funktionen. Einige davon können richtig fatal sein, wenn man nicht aufpasst.«

Lindy war sich nicht sicher, ob Ned wusste, was »fatal« bedeutete, aber anscheinend hatte er begriffen, dass das Messer gefährlich war. Und deshalb war es auch sehr begehrenswert für ihn. Prompt ließ er das Feuerzeug fallen. Lindy war dankbar, dass Angus erreicht hatte, was ihr selbst nicht gelungen war. Er schien ungeahnte Onkelqualitäten zu besitzen. Angus lächelte ihr zu, als sie das Feuerzeug aufhob und damit in der Küche verschwand. »Ist das Essen gleich fertig, Dad? Die Jungen – na ja, vor allem Ned – sind heute ein einziger Albtraum.«

Irgendwie ging das Sonntagsessen vorüber. Billy und Ned hatten sich beruhigt, wahrscheinlich waren sie ausgepowert, und Ned hatte sogar darauf bestanden, neben Angus zu sitzen. Lindy hörte mit halbem Ohr zu, wie sich ihre Mutter und Angus über den Zustand des Gemeindesaals unterhielten. Doch die meiste Zeit plauderte er mit seinem Neffen. Angus wirkte jetzt viel gesprächiger – aber diese Wirkung hatte ihre Mutter immer auf andere Menschen. Lindy hörte nicht mehr zu und hing ihren eigenen Gedanken nach. Als sie Angus vor dem Gemeindesaal begegnet war, hatte ihr Herz schneller geschlagen. Sie war eine junge, gesunde Frau; es war normal, dass sie auf attraktive Männer reagierte, vor allem, wenn es sich um die erste Liebe handelte. Allerdings war es eine Sache, für jemanden zu schwärmen – eine andere war es, auch eine richtige Beziehung mit einem Mann zu führen. Konnte sie das? Eine feste Beziehung würde ihre Söhne miteinschließen. Mal abgesehen von ihrer Familie, waren sie und die Jungen jetzt schon so lange eine kleine eingeschworene Gemeinschaft ... Würde sie sich wohlfühlen, wenn jemand Neues dazustieß? Und was, wenn die beiden mit einer neuen Situation nicht glücklich wären und das auch zeigten? Sie könnte es nicht ertragen, sich zwischen einem Mann und ihren Söhnen hin- und hergerissen zu fühlen. Ihre Kinder müssten ihr immer wichtiger sein, was, realistisch betrachtet, bedeutete, dass sie keinen Mann haben konnte. Und Jungen hatten bekanntlich einen ausgeprägten Beschützerinstinkt, wenn es um ihre Mutter ging. Lindy kam zu dem

Schluss, dass sie so alt wie ihre Mum heute sein würde, also Ende vierzig, bis ihre Söhne mit Sicherheit aus dem Haus sein würden. Das war ziemlich spät, um sich auf romantisches Neuland zu begeben. Bis dahin war sie wahrscheinlich faltig und unansehnlich. Sie lachte über sich selbst und wandte sich Billy zu, der die grünen Bohnen verweigerte, zu denen sein Großvater ihn überreden wollte.

»Bohnen quietschen immer so«, behauptete Billy steif und fest. Es war ein hoffnungsloser Fall.

»Möchte noch jemand Nachtisch?«, fragte Sarah und ließ den Blick gespannt über die Menschen am Tisch schweifen.

»Auf die Gefahr hin, unglaublich gierig zu wirken – ich hätte sehr gern noch etwas«, sagte Angus. »Ich habe von Hotelessen gelebt, bevor ich mein Haus fand, und momentan wohne ich im Pub. Sukey kocht super, aber hausgemachter Apfelkuchen ist ein besonderer Leckerbissen.«

Sarah legte ihm den Rest auf den Teller und reichte ihm die Sahne und das Eis. »Wie lange wird es dauern, bis du in dein eigenes Haus ziehen kannst?«

»Die Küche werde ich ziemlich bald nutzen können. Doch die Renovierung des restlichen Hauses wird noch eine Weile in Anspruch nehmen.«

»Wie die des Gemeindesaals«, sagte James.

»Aber wir kommen gut voran«, warf Lindy ein, die das Gefühl hatte, das Vorhaben verteidigen zu müssen. »Raff und Rachel bringen heute mit der Spritzpistole eine frische Farbschicht auf.«

Billy ließ seinen Dessertlöffel in die Äpfel klatschen. Lindy nahm ihm den Löffel weg. »Ich glaube, ihr zwei dürft jetzt aufstehen.«

»Cooool!«, riefen die beiden im Chor und rannten ins Wohnzimmer.

»Du bist eine hervorragende Köchin, Sarah«, sagte Angus.

»Na ja, das stimmt natürlich, absolut hervorragend«, erwiderte Sarah, »aber James hat den Hauptgang gekocht, und Lindy hat für den Nachtisch gesorgt.«

Angus warf Lindy einen Blick zu. »Alle Achtung! Es hat köstlich geschmeckt!«

»Danke! Ich brühe mal Kaffee auf«, sagte sie.

»Lass nur! Das mache ich!«, widersprach Sarah.

Lindy schüttelte den Kopf. Sie wusste ganz genau, was Sarah vorhatte – sie wollte, dass Angus und Lindy sich weiter unterhielten. Zwar war Lindy durchaus daran interessiert, doch die Kuppelversuche ihrer Mutter waren ihr peinlich. »Warum holst du nicht dieses neue Puzzle, von dem du erzählt hast?«

»Oh, ich liebe Puzzles!«, sagte Angus.

»Ich auch«, warf Ned ein und blickte von seinem Spiel im angrenzenden Wohnzimmer auf. »Aber Messer mag ich noch lieber.« Dann wurde er rot. »Dein Geschenk hat mir gut gefallen«, sagte er zu Angus. Offensichtlich wusste er nicht, wie er ihn nennen sollte.

Das sollte Angus entscheiden. Die Bezeichnung »Onkel« beinhaltete so viel. Lindy verließ den Raum. Als sie mit dem Kaffee und ein paar Puffreiskeksen zurückkehrte, nahm sie an, dass die Angelegenheit geklärt war. Sie würde ihre Söhne später danach fragen.

Ob er nun »Onkel« genannt wurde oder nicht, Angus erwies sich als begabter Puzzle-Spieler. Er reichte Billy die Teile so an, dass dieser gleich sehen konnte, wohin sie gehörten. Die Teile waren recht groß, und allein hätte Ned das Puzzle ziemlich schnell fertig bekommen. Aber er war ein guter großer Bruder, wenn er dem Jüngeren nicht gerade das Spielzeug wegnehmen wollte, und sorgte dafür, dass Billy mit einbezogen wurde. Alles lief so gut, dass Lindy ganz beruhigt beschloss, die Küche aufzuräumen und die Spülmaschine zu füllen. Angus hatte zwar gesagt, dass er die Jungen öfter sehen wollte, doch von ihr hatte er in diesem Zusammenhang nicht gesprochen.

Schließlich war es Zeit, nach Hause zu gehen. Die Puzzleteile wurden weggeräumt, der Kaffee war getrunken, und die diversen Sweatshirts, Jacken und Matschhosen der Jungen hatten sich wiedergefunden.

»Angus kann dir bestimmt helfen, Billy und Ned nach Hause zu bringen«, sagte Sarah.

»Das schaffe ich schon, Mum! Ich bringe sie jetzt schon seit ein paar Jahren allein nach Hause.«

Sarah konnte es einfach nicht lassen! Und wie offensichtlich sie bei ihren Kuppelversuchen vorging! Nach einem heiklen Beginn war der Tag gut gelaufen, doch Lindys Gefühle für Angus waren noch so widersprüchlich. Als sie sich vor Jahren in ihn verknallt hatte, war sie ein anderer Mensch gewesen. Es war eine gute Sache, dass die Jungen ihn kennenlernten, aber für Lindy war es viel komplizierter. Das Letzte, was sie jetzt brauchte, war die Einmischung ihrer Mutter. Natürlich tat Sarah alles in bester Absicht, doch wenn sie sich erst mal was in den Kopf gesetzt hatte, gab sie keine Ruhe mehr.

Angus stand auf. »Eigentlich kann ich euch ein Stück begleiten, wenn es dir recht ist, Lindy. Ich will noch im Gemeindesaal nachsehen, wie der Stand der Dinge ist. Es hat Spaß gemacht mitzuhelfen. Und ich habe einen Schlüssel. Sarah hat mir netterweise einen gegeben.«

Lindys Mutter nickte. »Da die Renovierungsarbeiten so vielschichtig und aufwendig sind, wollte ich nicht die Einzige mit einem Schlüssel sein, daher habe ich welche nachmachen lassen und verteilt.«

»Das macht das Abschließen fast überflüssig, oder?«, meinte James schmunzelnd. »Wenn sowieso so viele Leute reinkönnen.«

»Die Einheimischen werden schon nichts anstellen«, erwiderte Sarah. »Ich habe nur ausgewählten Personen einen Schlüssel gegeben.«

Lindy lachte. »Höchstwahrscheinlich ist Raff noch da. Er wollte sich um den Sprühnebel kümmern. Wahrscheinlich passiert gerade nicht viel, aber wir können trotzdem mal hingehen«, fügte sie hinzu. »Jungs! Los geht's!«

»Kommt er mit?«, fragte Billy und blickte zu Angus auf.

Unsicher, ob sie einen Fehler beging, antwortete Lindy: »Ein Stück bestimmt.«

»Oh, gut«, antwortete Billy zufrieden. Offenbar hatten die Jungen Angus sehr schnell akzeptiert.

Schließlich waren alle aus dem Haus und spazierten auf den hell erleuchteten Gemeindesaal zu. »Ich glaube, dass Raff immer noch mit der Farbpistole hantiert. Ob es wohl klug ist, da jetzt reinzugehen?« Lindy sah ihre Söhne an und stellte sie sich von oben bis unten mit weißer Farbe überzogen vor, als wären sie in einen großen Sack Mehl gefallen.

»Ich bin bereit, das Risiko einzugehen«, meinte Angus. »Ich würde mir gern das Dach genauer ansehen. Dazu bin ich gestern nicht gekommen.«

»Dann komme ich mit. Ich möchte unbedingt wissen, wie es jetzt aussieht.«

Angus öffnete die Tür, und sie traten ein. Der Saal war sehr verändert. »Wie ... wie ein Märchenland!«, sagte Lindy zu

Rachel, die ihren schneeweißen Overall trug. Offensichtlich hatte sie Raff nicht zugetraut, den Saal ohne ihre Aufsicht zu spritzen.

»Es sieht toll aus, nicht wahr? Was für eine Verbesserung! Ich wünschte bloß, es könnte so bleiben, doch ich glaube nicht, dass die anderen einen weißen Gemeindesaal wollen.«

»Ich weiß nicht«, meinte Angus und sah sich aufmerksam um. »Vielleicht können wir sie vom ›Strawberry Gothic‹-Stil überzeugen. Das könnte hier super wirken.«

Lindy runzelte die Stirn. »Was ist das denn?«

»Gebäude im gotischen Stil werden in hellen Farben gestrichen, mehr oder weniger«, erklärte Rachel. »Ich zeig dir mal ein paar Fotos auf meinem Handy.«

Während Rachel im Internet nach Beispielen suchte und Lindy ihre Jungen im Auge behielt, stieß Raff zu ihnen.

»Kennen wir uns vielleicht noch aus der Schulzeit?«, fragte er Angus. Raff war unterwegs gewesen, um die Spritzpistole abzuholen, als Angus am Vortag im Gemeindesaal geholfen hatte.

»Meine Eltern haben bis vor sieben Jahren hier gelebt«, antwortete Angus. »Aber ich habe ein Internat besucht und war selbst in den Ferien nicht oft zu Hause. Doch du kommst mir auch bekannt vor.«

Raff nickte, und langsam breitete sich ein Grinsen auf seinem Gesicht aus. »Jetzt weiß ich's wieder! Du bist immer mit uns Skateboard gefahren. Wir haben dich ›Schnösel‹ genannt.«

Angus lächelte ein bisschen wehmütig. »Stimmt. Aber dann hat mein Knie nicht mehr mitgespielt, und ich musste das Skateboardfahren aufgeben.«

»Schön, dass du wieder hier bist!«, sagte Raff. »Wir müssen mal zusammen ein Bier trinken gehen.«

Lindy, die sich die Aufnahme einer weiß gestrichenen Kirche

in Herefordshire angesehen hatte, die prächtig aussah, beschloss, dass ihre Söhne ihren Vorrat an gutem Benehmen aufgebraucht hatten und nun wirklich nach Hause mussten.

»Nun, ich bin für ›Strawberry Gothic‹«, erklärte sie. »Jungs! Zeit zu gehen.«

»Wir sollten auch aufbrechen, Rachel«, sagte Raff.

»Ich bleibe noch ein bisschen«, meinte Angus. »Ich kann später abschließen.«

»Kommst du klar?«, fragte Lindy. Dann schüttelte sie den Kopf, weil sie sich über sich selbst ärgerte. »Tut mir leid. So ist das, wenn man Mum ist. Es lässt mich ein bisschen ... na ja, gluckenhaft wirken.«

»Nicht das Schlechteste, Lindy«, sagte Raff.

»Solange ich nicht das Essen für andere Erwachsene klein schneide, ist es wohl okay. Husch, husch, Jungs, auf geht's!«

11. Kapitel

Unterdessen verbrachte Beth auch einen ganz anderen Sonntag als normalerweise. In der vergangenen Nacht war sie kurz nach Mitternacht völlig erschöpft nach Hause gekommen, nachdem sie unzählige Gläser gespült und weggeräumt hatte. Sie hatte bei Sukey unbedingt einen guten Eindruck hinterlassen wollen, um möglicherweise bald öfter für eine Schicht im *Prince Albert* eingeteilt zu werden. Sie brauchte das Geld, und sie liebte die Arbeit. Und sie wusste jetzt, dass Charlie ziemlich regelmäßig im Pub vorbeischaute, auch wenn er dann nie mehr als ein Bier trank.

Sie stellte sich den Wecker auf acht Uhr und fiel ins Bett. Obwohl es sich nicht um ein Date handelte, wollte sie doch am nächsten Tag so gut aussehen, wie es in Jeans und Pulli möglich war.

Beth zog sich am Sonntagmorgen die Trapper-Mütze mit den Ohrenschützern über die feuchten Haare und wartete. Dabei vermied sie es, ungeduldig aus dem Fenster zu schauen, um nicht von Charlie dabei ertappt zu werden, und zog sich in die Küche zurück. Als es an der Haustür klopfte, ließ sie sich bewusst viel Zeit, bevor sie ihm öffnete.

»Hallo!«, begrüßte sie ihn fröhlich und hoffte sofort, dass ihre mädchenhafte Begeisterung ihn nicht abschrecken würde.

»Hallo!« Er stupste den Bommel auf ihrer Mütze an. »Gut, dass du richtig für das Wetter angezogen bist! Hast du Gummistiefel?«

»Jep.« Sie deutete auf die Tüte in ihrer Hand. »Ich dachte

mir, ich könnte sie vielleicht brauchen.« Sie grinste. »Ich bin kein völliger Stadtmensch, weißt du!«

»Du siehst übrigens super aus.« Er gab ihr ein Küsschen auf die Wange. »Super und wie eine Arbeiterin.«

»Muss ich denn heute arbeiten? Ich dachte, wir sehen uns nur den Lieferwagen an?«

Er lachte. »Man kann nie wissen, worum man gebeten wird, wenn man einen Bauernhof besucht...«

Freundschaftlich nahm er sie am Arm und führte sie um die Ecke, wo der Lieferwagen parkte.

»Da ist er«, sagte Charlie stolz, als sie vor dem leuchtend roten Fahrzeug standen. »Ich habe ihn sauber gemacht. Und er sollte wunderbar funktionieren.«

»Wow!«, sagte Beth, der nichts Besseres einfiel.

»Gefällt er dir?«

»Er ist... sehr rot.« Jetzt, da Charlie den Wagen gewaschen hatte, sah man, dass der Lack an manchen Stellen ziemlich verblasst war. Was Rachel wohl dazu sagen würde? Ob sie vorschlagen würde, ihn weiß zu lackieren?

»Er wird auch nicht schöner, wenn du ihn weiter so anstarrst. Steig ein!«

Beth lachte und ging auf die Beifahrertür zu.

»Nein.« Charlie öffnete die Fahrertür. »Diesmal fährst du.«

Beth verbarg ihr Entsetzen. Sie hatte nicht nur Bedenken wegen der Versicherung. Aber darum konnte sie sich bei ihrer Rückkehr kümmern. Momentan bestand ihr Problem darin, dass sie seit einer ganzen Weile nicht mehr Auto gefahren war und lieber ein bisschen Fahrpraxis mit einem kleineren Auto gewonnen hätte. Und hatte Charlie den Geruch in den Griff bekommen? Sie ging auf die Fahrerseite und stieg ein.

Ihr blieben ein paar Sekunden, sich mit dem Auto vertraut zu machen, bevor Charlie sich neben sie setzte. Der unangenehme

Geruch war nicht mehr so stark wie zuvor – das war schon mal hilfreich.

»Los geht's!«, sagte er.

»Willst du nicht meinen Führerschein sehen?«, fragte sie, um Zeit zu gewinnen.

»Das ist kein Fahrtest, es ist eine Testfahrt.«

»Okay«, erwiderte sie und seufzte. »Dann mal los!«

Beth nahm sich Zeit, um Sitz und Rückspiegel einzustellen. »Die Rundumsicht ist nicht so gut, wie ich es kenne«, sagte sie.

»Du wirst dich rasch daran gewöhnen, die Außenspiegel zu benutzen.« Er wartete kurz. »Dann schalte den Motor an und bieg am Ende der Straße rechts ab!«

Beth fand allmählich Gefallen an der Sache. Der Lieferwagen ließ sich leicht lenken. Der Geruch störte sie fast gar nicht mehr. Es war ein schöner Tag, perfekt dafür geeignet, die Gegend zu erkunden. »Das macht Spaß!«, sagte sie. »Der Hof liegt in dieser Richtung, stimmt's?« Sie war sich ziemlich sicher, dass Sarah bei Beth' erstem Besuch auf dem Bauernhof an dieser Kreuzung links abgebogen war.

»Wir wollen nicht zu unserem Hof. Fahr einfach noch ein Stück geradeaus! Ich weise dir den Weg.«

»Okay!«

»Und, wie gefällt dir das Leben auf dem Land?«, fragte er kurz darauf.

»Es ist super! Und ich finde es noch viel besser, seit ich einen Job und ein paar Freunde gefunden habe. Natürlich brauche ich eine richtige Arbeit – ich habe dir doch erzählt, dass ich Webseiten entwerfe und mich mit Online-Marketing beschäftige, oder? Aber wenn der Lieferwagen sich als zuverlässig erweist – und es sieht bislang ganz so aus –, könnte ich ihn mir von unserer Firma ausleihen und mir auch Kunden suchen, die nicht zu Fuß erreichbar sind.« Sie lachte fröhlich.

»Dann unterstützen deine Eltern dich nicht beim Kauf eines eigenen Autos?«

»Nein. Fairerweise muss ich sagen, dass sie mir Geld gegeben haben, aber ich habe es benutzt, um vor ihnen Reißaus zu nehmen. Na ja, jedenfalls bin ich nicht an die Uni zurückgekehrt, wie sie es wollten.«

»Reißaus zu nehmen? Das klingt aber dramatisch!«

Sie lachte. »Meine Mutter ist ein schlimmer Kontrollfreak. Das ist auch der Grund, warum ich die Hochzeit meiner Schwester organisiere, nicht Mum. Aber vermutlich willst du davon nichts hören!«

»Nein. Mir wird schon der Trubel um die Hochzeit meiner Schwester ein bisschen viel.«

»Erzähl mir mal, was auf eurem Hof so los ist!«

»Die Schafe fangen bald mit dem Lammen an; im Augenblick herrscht aber noch die Ruhe vor dem Sturm«, erklärte Charlie. »Deshalb können wir uns auch heute freinehmen.«

»Und eine Fahrt ins Blaue unternehmen? Du hast mir immer noch nicht erzählt, wo wir hinfahren.«

»Wir sehen uns einen Widder und ein paar seiner Nachkommen an. Ich interessiere mich für eine seltene Schafrasse und denke darüber nach, sie vielleicht zu züchten.«

»Und da hast du dir gedacht, ich wäre der ideale Chauffeur?«

Er grinste. »Genau. Ich denke, du könntest für alles Mögliche die Idealbesetzung sein.«

Beth hielt den Blick auf die Straße gerichtet, die inzwischen schmal und recht holprig geworden war, und gab sich große Mühe, ihn nicht anzustrahlen.

Schließlich fanden sie den Bauernhof am Fuße eines Hügels. Das kleine Steinhaus war von Nebengebäuden umgeben, die unterschiedlich alt waren. Einige davon wirkten baufällig. Das letzte Stück des Weges war voller Schlaglöcher und Steine, und Beth fuhr ganz langsam. Ihr war, als gehörte der Wagen bereits ihr und ihren Freundinnen, und sie war entschlossen, vorsichtig damit umzugehen.

Ein in Tweed gekleideter Mann trat zusammen mit einem Schäferhund aus dem Haus.

Beth und Charlie stiegen aus. Beth hielt sich dicht neben Charlie, denn der Hund war ihr nicht ganz geheuer, obwohl er völlig ruhig blieb. Als Charlie ihr den Arm um die Schulter legte, fühlte sie sich gleich besser.

»Mr. Williams? Sie wollen sich den Widder anschauen?«, fragte der Mann, ohne sich lange mit dem Austausch von Höflichkeiten aufzuhalten.

»Das ist richtig«, antwortete Charlie. »Und ein paar seiner Nachkommen, wenn ich darf. Ich möchte mich vergewissern, ob Balwens die richtige Rasse für mich sind.«

»Hier entlang, bitte!«, sagte der Bauer.

Der Schäferhund folgte der kleinen Gruppe. Beth ließ die Männer vorausgehen. Charlie hätte bestimmt nichts dagegen, sie in seiner Nähe zu haben, doch sie spürte, dass der Bauer nicht an junge Frauen gewöhnt war und sich in ihrer Gegenwart ein bisschen gehemmt fühlte.

»Was sind denn die besten Eigenschaften der Balwens?«, wollte Charlie wissen.

»Sie haben bestimmt schon selbst über die Rasse recherchiert. Diese Schafe haben gute Klauen, lammen problemlos, und ihr Fleisch ist ausgezeichnet. Sie sind nicht zu groß und verkaufen sich gut.«

»Klingt prima.«

Die beiden Männer begannen zu fachsimpeln, und Beth hörte nicht länger zu. Sie fragte sich, wie ihr das Leben auf einem Bauernhof wohl gefallen würde. Würde sie es mögen? Würde sie eine dieser Frauen werden, die verwaiste Lämmer in der Küche am Ofen großzogen und eine Schar Hühner hinter dem Haus hielten und ihnen Namen wie Esmeralda, Philomena und Cleopatra gaben? Das war ein angenehmer Tagtraum, aber sie fragte sich auch, ob sie sich tagaus, tagein auf Charlies Hof nicht einsam fühlen würde.

Schließlich war die Besichtigung der Schafe vorüber (es waren außergewöhnlich hübsche Tiere, dem stimmte Beth zu, als sie gefragt wurde), und sie hatten sich auch einige »Vintage«-Traktoren angesehen, für die sie erfolgreich Begeisterung geheuchelt hatte. Jetzt war es Zeit, den Bauern seinen Sonntagsbraten genießen zu lassen.

»Du fährst«, sagte sie zu Charlie und gab ihm die Wagenschlüssel. »Ich möchte die Landschaft bewundern.«

»Okay. Was hältst du von einem Mittagessen? Hast du nach deiner Schicht gestern die Nase voll von Pubs? Doch ich kenne einen, in dem man sonntags sehr gut zu Mittag essen kann.«

Sie freute sich sehr, dass er so aufmerksam war, sich darüber Gedanken zu machen. »Was wäre denn die Alternative?«

Er grinste ein bisschen kleinlaut – und ließ damit Beth' Herz schneller schlagen. »Ich weiß nicht!«

»Ein Pub ist in Ordnung«, sagte sie.

Das Lokal hatte viel mehr von einem Gastronomiebetrieb als der *Prince Albert*. Trotzdem gefiel ihr Sukeys Pub viel besser. Allerdings war sie sich darüber im Klaren, dass einfach ihre Loyalität der Grund sein könnte.

»Also, was möchtest du trinken, Schätzchen?«, fragte er.

Beth wurde es warm ums Herz. »Ein Glas Rotwein zum Essen, bitte.«

Als er unterwegs zum Tresen war und sie nicht mehr hören konnte, seufzte sie glücklich.

Nachdem sie ihren Wein zur Hälfte getrunken hatte, bot sie Charlie an, auf den Rest zu verzichten und zu fahren, damit er mehr als ein Glas Lager trinken konnte. Aber davon wollte er nichts hören. »Das ist dein freier Tag.«

Nach dem Essen fuhren sie noch ein Stück, dann unternahmen sie einen Spaziergang zu einem Aussichtspunkt, von dem aus man einen Ausblick über das ganze Tal des Severn und die Malvern-Hills hatte. Charlie legte ihr den Arm um die Schultern, während sie die Aussicht bewunderten. »Sieh mal, da ist Wales«, sagte Charlie. »Meine Mutter stammte aus Wales. Ich komme gern hierher und schaue zu ihrer Heimat hinüber.«

»Du musst noch sehr jung gewesen sein, als sie starb.« Beth, die noch ein zweites Glas Wein getrunken hatte, war in sentimentaler Stimmung.

»Ich war zwölf.«

»Es tut mir so leid!«, sagte sie.

»Mach dir keine Gedanken. Inzwischen kommen wir klar.« Dann nahm er sie in den Arm und küsste sie.

Zuerst war der Kuss etwas unbeholfen, aber dann wurde er schnell intensiver. Beth war atemlos, leidenschaftlich und sehr glücklich. Aber aus irgendeinem Grund zog sie sich zurück, als Charlies Hand sich unter ihr T-Shirt schob und am Verschluss ihres BHs nestelte.

»Du hast recht, hier ist es viel zu kalt. Ich bringe dich nach Hause.«

Auf dem Heimweg fühlte sich Beth hin- und hergerissen. Ihr Körper sagte: Ja, ja, bitte! Aber der Kopf fand, dass es einfach noch zu früh wäre, mit Charlie zu schlafen.

Als sie ihre Haustür erreichten, war Beth immer noch unentschlossen. Sie schloss die Tür auf.

»Möchtest du einen Tee oder vielleicht etwas anderes?«, fragte sie.

Er lachte. »Was glaubst du wohl? Komm her!«

Ihr Körper befahl ihrem Kopf, endlich still zu sein. Sie führte Charlie ins Schlafzimmer. Eine Weile saßen sie auf der Bettkante und küssten sich, während er ihren Oberkörper entkleidete. Schließlich schob er sie sanft aufs Bett und konzentrierte sich darauf, sie mit seinen Küssen um den Verstand zu bringen.

Da klingelte auf einmal das Handy in seiner Jeanstasche. Seufzend zog er es hervor und meldete sich.

»Dad! Gibt's ein Problem?«

Beth konnte die Antwort seines Vaters nicht hören, doch sie begriff rasch, dass es sich um einen Notfall handelte und Charlie sofort losmusste.

»Tut mir leid, Beth. Ein Mutterschaf hat beim Lammen Probleme, und Dad möchte mich dabeihaben. Ich muss los.« Er küsste sie noch einmal voller Leidenschaft, dann zog er seinen Pulli wieder an. »Ich melde mich!«

Langsam schlüpfte Beth in T-Shirt und Pulli. Sie war ganz durcheinander. War sie jetzt tief enttäuscht oder eher erleichtert?

Später unter der Dusche erkannte sie, dass es Enttäuschung war, was sie empfand.

12. Kapitel

Es war eine Woche vor Aprils Hochzeit. Lindy, Beth und Rachel hatten sich alle fleißig in die Vorbereitungen gestürzt und bisher keine Gelegenheit mehr gehabt, sich richtig auszutauschen. Jetzt saßen sie abends in Lindys überfülltem Wohnzimmer zusammen. Es war sieben Uhr, und Lindy war mit ihren Gedanken nur halb bei der Sache. Billy schlief, aber wenn sie nicht aufpasste, würde Ned ihn aufwecken, der noch wach war, wie man eindeutig hörte.

»Tut mir leid, ihr zwei!«, sagte Lindy jetzt. »Warum fangt ihr nicht schon ohne mich an?« Flink lief sie die Treppe hinauf und hoffte, dass Neds lauter Gesang seinen Bruder nicht schon aus dem Schlaf gerissen hatte.

Fünf Minuten später war sie wieder unten und fragte sich – wie so oft –, ob Bestechung als Erziehungsmethode wirklich so schlimm war, wenn sie doch funktionierte.

»Okay. Jetzt sollte alles in Ordnung sein. Ned liegt mit einem Buch in meinem Bett. Ich trage ihn später in sein eigenes hinüber. Also, wie ist der Stand?«

»Gut«, sagte Rachel, die ihr allgegenwärtiges Moleskine-Notizbuch auf den Knien balancierte, »wir konnten schon ein paar Punkte der To-do-Liste abhaken. Sie sind jetzt komplett erledigt.«

»Bitte lasst es viele Häkchen sein!«, meinte Lindy. »Ich habe eine ziemlich lange Liste von Dingen, die noch offen sind.« Sie freute sich nicht darauf, auf den wichtigsten noch offenen Punkt zu sprechen zu kommen.

»Okay, na ja, der Saal ist gewissermaßen fertig gestaltet«, sagte Rachel. »Nicht richtig renoviert, aber...«

»Er sieht umwerfend aus!«, entgegnete Beth. »Er ist kaum wiederzuerkennen, wenn man bedenkt, wie er bei unserem ersten Treffen aussah. Alles weiß: die Wände, die Balken, die Holzarbeiten. Wie eine Schneelandschaft.«

»Stimmt!«, sagte Lindy. »Es sieht wunderschön aus.«

»Ja, aber wahrscheinlich müssen wir noch etwas ändern«, wandte Rachel ein. »Die Wände brauchen eine andere Farbe. Vielleicht blassgrau...« Sie hielt inne, als ihr bewusst wurde, dass die beiden anderen sie ansahen.

»Ist Blassgrau wirklich eine Farbe?«, fragte Lindy.

»Egal, jedenfalls haben wir jetzt keine Zeit mehr für Malerarbeiten. Wir müssen für Aprils Hochzeit mit Blumen und Bändern arbeiten«, erklärte Beth.

»Aber...« Rachel war anderer Meinung.

»Es ist wirklich keine Zeit mehr«, sagte Beth energisch.

»Also, das wäre der Saal.« Lindy wusste, dass der Punkt »Blumen und Bänder« in ihren Zuständigkeitsbereich fiel. »Wie sieht's mit dem Catering aus?«

»Das ist alles organisiert«, antwortete Beth. »Viele Dorfbewohner spenden ihre Zeit und sogar Zutaten. Da April keine Mutter mehr hat, wollen viele einfach helfen.«

»Was gibt es denn zu essen?« Rachel hatte anscheinend das Bedürfnis, sämtliche Gerichte zu notieren.

»Eine Frau bereitet ein paar große Schweinefleischpasteten zu und backt ungefähr fünf Biskuitkuchen mit Marmelade oder Quark- und Sahnefüllungen. Mit einigen habe ich Tauschgeschäfte vereinbart, zum Beispiel habe ich einer älteren Dame gezeigt, wie man E-Mails schreibt – dafür steuert sie eine Platte mit Wurstbrötchen bei. Nicht *nur* Wurstbrötchen«, fügte sie hinzu, als sie Rachels Gesichtsausdruck sah.

»Cool.« Rachel hakte etwas ab. »Ach, wie sieht's mit der Hochzeitstorte aus?«

»Die Böden werden rechtzeitig gebacken. Aber die Glasur fehlt noch«, sagte Beth. »Ich habe wie verrückt geübt. Inzwischen bin ich ziemlich gut geworden, finde ich jedenfalls.«

»Prima gemacht, Beth!«, lobte Lindy. »Rachel hat übrigens Wein mitgebracht. Möchte jemand ein Glas?«

»Oh ja, bitte!«, antwortete Beth. »Soll ich ihn holen, Lindy? Du siehst aus, aus solltest du mal ein Weilchen sitzen bleiben; du hast so hart gearbeitet.«

»Das haben wir alle«, erwiderte Lindy, »doch wenn es dir nichts ausmacht ... Und wenn du zurückkommst, muss ich euch was gestehen.«

»Prost!«, sagte Beth fröhlich, nachdem sie mit den Gläsern und dem Flaschenöffner zurückgekommen war und ihnen allen eingeschenkt hatte.

»Also, was musst du beichten, Lindy?«, fragte Rachel besorgt.

Lindy seufzte. »Das Kleid ist noch nicht fertig.«

»Aber die Hochzeit ist in einer Woche!«, rief Beth.

Lindy nickte zerknirscht. »Ich weiß! Doch das Problem ist, dass April und ihr Verlobter eine Schnäppchenreise gebucht haben und für ein paar Tage in die Sonne geflogen sind. Tristam fängt sofort an zu arbeiten, sobald sie in Amerika eintreffen, also sind das jetzt so etwas wie vorgezogene Flitterwochen.«

»Direkt vor der Hochzeit?«, meinte Rachel. »Wie ungewöhnlich!«

»Sie hat mich sozusagen um Erlaubnis gefragt, aber ich konnte ja kaum Nein sagen. Jedenfalls war sie nicht da, um das Kleid anzuprobieren. Als ich sie dann endlich mal erwischt habe, haben wir festgestellt, dass ich sämtliche Knöpfe versetzen muss – das bedeutet, es müssen neue Knopflöcher genäht werden. Das ist ziemlich aufwendig. Nicht, dass ich das nicht hinbekommen kann«, fuhr sie fort und unterdrückte einen Anflug von Panik, »doch ich habe nicht viel Zeit. Und Ned hat schulfrei und ist viel zu Hause.«

»Natürlich hast du viel um die Ohren«, räumte Beth ein. »Du bist Mutter, und das ist dein wichtigster Job.«

»Warum überlässt du die Dekoration des Saals nicht mir?«, schlug Rachel vor. »Ich könnte dir wenigstens das abnehmen.« Sie runzelte die Stirn. »Ich weiß zwar nicht genau, wann ich das einschieben kann, aber ...«

»Nein!«, wehrte Lindy ab. »Es ist in Ordnung. Ich liebe es, Blumengestecke zu arrangieren und andere Dekorationen zu machen, und es entspannt mich bestimmt, wenn ich mit dem Kleid fertig bin. Allerdings kann ich mich erst am Tag vor der Hochzeit darum kümmern, und wenn das Kleid bis dahin nicht fertig sein sollte, kommen wir in die Bredouille.«

»Das klappt sicher!«, erwiderte Beth beschwingt. »Ich freue mich richtig darauf, die Torte zu dekorieren. Das kann ich sicher ein, zwei Tage vor der Hochzeit erledigen.«

»Oh Gott! Beth!« Lindy biss sich auf die Lippe. »Das habe ich ganz vergessen. Ich habe April gesagt, man könnte für die Torte die Spitze des Kleides aus Zuckerguss nachbilden.«

Beth' optimistische Stimmung erhielt einen Dämpfer. »Ich habe nur das Anfertigen von Rosen geübt – die Lieblingsblumen ihrer Mutter. Dabei war ich richtig froh, dass es keine Orchideen oder Hyazinthen oder sonst was Kompliziertes war.« Beth' Glücksgefühl, für das Charlie verantwortlich war, wurde etwas getrübt.

»Ich kann ihr sagen, dass es mit der Spitze doch nicht funktioniert, doch sie wäre bestimmt enttäuscht«, meinte Lindy. »Sie hat es sich in den Kopf gesetzt, weil ihre Mutter auch eine solche Hochzeitstorte hatte. April trägt das Kleid ihrer Mum, sie möchte auch die Torte genauso haben.«

Beth seufzte. »Dann soll sie sie bekommen.«

»Aber man schafft es doch bestimmt nicht auf Anhieb, ein Spitzenmuster auf eine Torte zu übertragen, oder?« Rachel klang skeptisch und besorgt.

»Es gibt nichts, was man sich nicht auf YouTube ansehen und auf diese Art lernen kann«, erklärte Beth. »Ich habe eine ziemlich ordentliche Handschrift, und natürlich werde ich vorher üben. Lindy, ich brauche vielleicht deine Hilfe, um das Muster zu übertragen, doch das kriegen wir schon hin.« Sie machte eine Pause. Niemand sagte etwas. »Als ich noch studiert habe, haben meine Mitbewohner und ich oft Kuchen gebacken. Und wie gesagt, ich werde noch üben.«

»Na ja, wenn es mit der Spitze nicht klappt, muss April eben mit den Rosen vorliebnehmen.« Rachel machte sich eine Notiz. »Wann kommt sie zur nächsten Anprobe?«

»Ich vereinbare bald einen Termin mit ihr. Wir bekommen das hin«, antwortete Lindy.

»Gut«, sagte Rachel. »Übrigens, ich muss euch was erzählen. Es geht um etwas, womit wir ein bisschen Geld verdienen können.«

»Fantastisch!«, jubelte Lindy. »Wir brauchen gute Neuigkeiten.«

Erwartungsvoll sahen Lindy und Beth Rachel an.

»Und?«, hakte Beth nach, als sie immer noch auf die Folter gespannt wurden.

»Wenn es allerdings etwas mit Table Dance zu tun hat«, meinte Lindy, »dann ohne mich. Nur, dass du es weißt.« Doch als sie Rachels Miene sah, erkannte sie, dass die Freundin nicht in der Stimmung für flapsige Bemerkungen war.

»Es hat mit Raff zu tun«, begann Rachel schließlich.

Lindy stöhnte. »Oh Gott! Es tut mir so leid, Rachel! Meine Mutter ist schuld, sie meint es gut, aber ...«

»Schon in Ordnung«, erwiderte Rachel. »Deine Mutter ist nicht schuld, sondern Raffs.«

»Raffs Mutter?« Lindy war verblüfft.

Rachel nickte. »Raff selbst kann auch nichts dafür. Ich hätte ihn nicht zum Essen zu seiner Mutter begleiten müssen.«

Lindys Augen wurden groß und rund. »Du hast bei seiner Mutter gegessen?«

»Wie ist sie denn?«, wollte Beth wissen. »Und warum hast du sie besucht? Bring uns mal auf den aktuellen Stand, Rachel! Ich wusste nicht mal, dass du mit Raff zusammen bist.«

»Nein!« Rachel schüttelte heftig den Kopf. »Bin ich nicht! Wir sind nicht zusammen. Nachdem wir an dem einen Sonntag zusammen im Gemeindesaal gearbeitet hatten, hat er mich eingeladen, mit ihm bei seiner Mutter zu essen.«

Lindy war überrascht. »Ich habe angenommen, du magst ihn gar nicht.«

»Ich mag ihn als Freund!«, sagte Rachel abwehrend. »Wir waren mal was trinken und sind spazieren gegangen, doch ich habe ihn immer ... na ja, ihr wisst schon ... auf Abstand gehalten. Aber nach der Arbeit im Gemeindesaal waren wir so müde und hungrig. Und Raff war so ... hilfsbereit. Und er hat mich auch die Spritzpistole benutzen lassen. Das war himmlisch«, schwärmte sie. »Ich liebe es, Dinge weiß anzustreichen. Ich glaube, ich war in einem früheren Leben die Schneekönigin höchstpersönlich.«

»Wir haben das Ergebnis gesehen. Versuch jetzt nicht, vom Thema abzulenken. Wie ist seine Mutter?«

»Ihr Haus ist verblüffend! Wie ein Museum! Seit Generationen ist dort nichts mehr weggeworfen worden. Na ja, in dem Fall sind es wahrscheinlich nur ein paar Jahrzehnte.«

»Trotzdem lange genug«, sagte Lindy. »Ich bin Raffs Mutter ein paarmal begegnet, und sie hat Stil, finde ich. Sie macht nicht den Eindruck, sammelwütig oder gar ein Messie zu sein.«

Rachel überlegte. »Nein, nein, das meine ich auch nicht! Vielleicht war ich unfair. Das Haus ist nicht mit wertlosem Zeug vollgestopft, aber trotzdem ist es sehr voll. Ich glaube, ich habe sie beleidigt, als ich von ›Entrümpelung‹ gesprochen und damit angedeutet habe, das alles sei Gerümpel.«

»Meine Mutter ist zimperlich«, sagte Beth. »Also, *richtig* zimperlich, doch damit wäre sie nicht zu beleidigen.«

»Ach!«, rief Rachel. »Du weißt, was ich meine! Jedenfalls steht in Belindas Esszimmer ein riesengroßer Esstisch, der über und über voller Porzellan ist. Sie sagte, wir könnten es haben.«

»Was für Porzellan? Nippesfiguren?«, fragte Beth. »Schäferinnen und Hunde?«

»Nein. Essgeschirr. Alles Mögliche. Ganze Tafelservices – und Teegeschirr –, wir brauchen nie wieder irgendetwas für Hochzeiten zu kaufen, und wahrscheinlich können wir eine ganze Menge davon verkaufen. Es sind richtig gute Marken darunter: Minton, Wedgwood, Crown Derby – sämtliche große Namen.«

»Warum verkauft Raff die Sachen nicht für sie?«, wollte Lindy wissen. »Ich dachte immer, er kümmert sich gut um seine Mutter.«

»Das habe ich auch vorgeschlagen, doch Belinda hat keine Lust, irgendwelche Stücke zu verkaufen, auch nicht, wenn Raff es ihr abnehmen würde«, erklärte Rachel. Sie machte eine Pause. »Ich habe ihr natürlich angeboten, ihr beim Aussortieren zu helfen.«

Die anderen beiden nickten. »Das ist ein tolles Angebot«, sagte Beth. »Und stellt euch mal vor, wenn wir das Essen auf Vintage-Porzellan servieren können! Richtiges Vintage-Porzellan, nicht nur Flohmarktgeschirr, das als ›Vintage‹ bezeichnet wird, weil es nicht mehr neu ist.«

»Im Gemeindesaal gibt es Geschirr«, bemerkte Lindy. »Es ist praktisch, aber nichts Besonderes.«

»Sogar meine Mutter wäre beeindruckt, wenn sie ihre Räucherlachshäppchen von einem Vintage-Derby-Teller isst.«

Alle lachten, doch dann sagte Rachel: »Wenn es allerdings wirklich Derby-Geschirr gibt, hätten wir wahrscheinlich mehr davon, wenn wir es verkaufen.«

»Wann willst du hingehen, um dir die Sachen noch mal anzusehen?«, fragte Lindy. »Wenn es ein Wochentag ist, Billy nicht im Kindergarten ist und meine Großmutter auf ihn aufpasst, kann ich dann mitkommen?«

»Ich finde, wir sollten alle drei gemeinsam hingehen«, erwiderte Rachel. »Es ist so viel. Aber ich habe Belinda gesagt, dass wir uns erst nach der Hochzeit darum kümmern können.«

»Das wird lustig!« Lindy strahlte. »Darauf können wir uns nach dem Hochzeitsstress freuen.«

»Okay«, meinte Rachel und schaute wieder in ihr Notizbuch. »Was gibt Neues vom Lieferwagen?«

»Er muss nur noch einmal sauber gemacht werden, dann ist er fertig«, antwortete Beth und wurde rot. »Charlie hatte keine Zeit.«

»Ich habe vor ein paar Tagen das Geld abgehoben«, berichtete Rachel und nahm einen Umschlag aus ihrer Handtasche. »Bitte schön. Verlier es nicht!«

Beth steckte den Umschlag in ihre Tasche und zog sorgsam den Reißverschluss zu. »Ich passe gut darauf auf. Darauf kannst du dich verlassen.«

»Und, gibt es vielleicht sonst noch etwas, was du uns gern erzählen möchtest, Beth?«, fragte Lindy sanft. »Um zu erklären, warum du rot wirst? Vermutlich willst du nicht mit unserem Geld durchbrennen und es für Süßigkeiten ausgeben.«

Beth kicherte nervös. »Nein! Aber Charlie und ich haben einen wunderbaren Tag zusammen verbracht. Und wir sind einmal was trinken gegangen. Zurzeit lammen die Schafe rund um die Uhr, deshalb ist es schwierig, uns zu treffen. Und wir sind natürlich noch ganz am Anfang, doch ich mag ihn.«

»Junge Liebe«, seufzte Lindy. »Wie schön!«

»Ich muss zugeben, dass ich ein bisschen eifersüchtig auf meine Schwester war«, erzählte Beth, die offensichtlich gern über Charlie sprechen wollte. »Sie ist so verliebt. Ich habe schon geglaubt, dass mir das nie passieren wird. Aber wie gesagt, Charlie und ich stehen erst ganz am Anfang, da kann noch jede Menge schieflaufen.« Sie seufzte.

»Warum sollte es schieflaufen?«, fragte Lindy. »Du bist entzückend. Jeder Mann wäre stolz, dich an seiner Seite zu haben.« Sie hielt inne. »Oh, habe ich mich jetzt wie meine eigene Großmutter angehört?«

Die anderen beiden nickten. »Aber das ist in Ordnung«, meinte Beth. »Ich habe sie vor Kurzem im Laden getroffen, und sie war ganz reizend.«

»Und du bist ein bisschen zu jung, um so pessimistisch über die Liebe zu denken«, fügte Rachel hinzu. »Das passiert normalerweise erst in meinem Alter.«

»Na ja, du bist auch jung«, erwiderte Beth. »Und du hast Raff.«

»Ich ›habe‹ Raff ganz und gar nicht!«, widersprach Rachel. »Wir passen so wenig zusammen, dass nicht einmal die Andeutung lustig ist, zwischen uns könnte etwas laufen!«

»Wie sagt meine Oma immer? ›Mich dünkt, die Dame protestiert zu sehr.‹ Ich glaube, das ist von Shakespeare«, meinte Lindy.

Rachel schüttelte den Kopf. »Nein, ganz ehrlich. Er ist mir viel zu ... ungepflegt. Ich mag es, wenn Männer auf ihr Äußeres achten ...«

»Und gut betucht sind?«, schlug Lindy vor.

»Nicht unbedingt! Aber einen richtigen Beruf sollten sie schon haben.«

»Raff hat doch eine Firma«, sagte Lindy. »Ist das nicht in Ordnung?«

»Lindy! Du warst diejenige, die meinte, ich soll mich nicht mit ihm einlassen!«, protestierte Rachel.

»Aber nicht, weil er einen Gebrauchtwarenhof hat, sondern weil er in Bezug auf Frauen unzuverlässig ist«, erwiderte Lindy, die plötzlich befürchtete, dass Rachel ein Snob sein könnte.

»Wie auch immer, ich muss dann mal los«, verkündete Beth. »Ich muss einen Gang zulegen, um meine Tortendekorationskünste weiter zu verbessern. Wie bald könntest du das Spitzenmuster für mich abzeichnen, Lindy?«

»Wenn du noch kurz Zeit hast, mache ich es gleich«, erwiderte Lindy. »Und Rachel, es tut mir leid, wenn ich mich ein bisschen so angehört haben sollte, als verurteilte ich Raff.«

»Nein, nein«, sagte Rachel. »Mir ist bewusst, wie es rübergekommen sein muss. Aber ich versichere euch, dass meine Probleme mit Raff nichts damit zu tun haben, dass er ein etwas besserer Schrotthändler ist.«

Die anderen beiden lachten und tranken ihre Gläser leer. Dann verabschiedeten sie sich.

Als Beth nach Hause ging, hatte sie ein Stück Backpapier dabei, auf dem das Spitzenmuster abgezeichnet war. Das Papier steckte in einem Roman, den sie sich ausgeliehen hatte. Hoffentlich hat Lindy nicht das Gefühl gehabt, sitzen gelassen zu werden, als Rachel und ich davongehastet sind!, dachte Beth. Aber sie hoffte, dass Charlie anrufen würde, und wollte ungestört mit ihm telefonieren.

Allerdings würde sie nicht einfach nur herumhängen und auf einen Anruf warten, sondern auf YouTube nachsehen, ob sie auf die Weise wirklich das Dekorieren von Torten vervollkommnen konnte.

Um elf Uhr brannten ihr die Augen, weil sie die ganze Zeit auf ihren Laptop gestarrt und Glasurmeisterinnen dabei zugesehen hatte, wie sie mit unglaublichem Geschick Blumen und filigrane Muster mit dem Spritzbeutel kreierten. Seufzend beschloss sie, ins Bett zu gehen. Charlie hatte nicht angerufen. Sie war stark versucht, ihm eine SMS zu schreiben, doch ihr fiel nichts Passendes ein. Ein *Gute Nacht!* fand sie in diesem frühen Stadium ihrer Beziehung ein wenig zu intim. Vielleicht *Gibt's was Neues vom Lieferwagen?* Sie verwarf den Gedanken. Charlie war Landwirt. Wahrscheinlich stand er rund um die Uhr den lammenden Mutterschafen bei, und eine SMS würde ihn so spät nur stören. Nein, lieber nicht. Aber Beth wünschte sich so sehr, dass er ihr schreiben würde. Sie war immer noch ein bisschen enttäuscht über den Ausgang ihres gemeinsamen Tages. Seitdem hatte sie ihn nur im Pub gesehen, und anscheinend war alles in Ordnung zwischen ihnen, er war so nett wie immer. Dennoch machte sie sich Sorgen, dass er glauben könnte, sie hätte ihn abblitzen lassen – auch wenn es tatsächlich der Anruf auf seinem Handy gewesen war, der den Abend allzu früh beendet hatte. Und obwohl sie immer noch enttäuscht war, fand sie inzwischen, dass zwischen ihnen alles ohnehin ein bisschen zu schnell ging.

Beth befand sich noch im Tiefschlaf, als sie von einem heftigen Klopfen an der Haustür geweckt wurde. Es hörte sich so dringend an, dass sie buchstäblich aus dem Bett fiel und blinzelnd die Treppe hinunterlief. Es musste sich um einen Notfall handeln – vielleicht war jemand krank oder hatte einen Autounfall gehabt. Jedenfalls war sie in höchster Alarmbereitschaft und stellte sich darauf ein, Unterstützung leisten zu müssen. Kurz überlegte sie, anstandshalber in ihre Jeans zu schlüpfen. Aber dann verwarf sie den Gedanken. Es konnte sein, dass jede Sekunde zählte.

Der Mann auf der Türschwelle grinste breit und ließ einen Autoschlüssel am Zeigefinger baumeln. Es war Charlie. Beth war sich so sicher gewesen, dass ein Polizist oder ein aufgeregter Hilfesuchender vor der Tür stehen würde, dass sie einen Moment brauchte, um ihn zu erkennen.

»Was machst du denn hier?«, fragte sie heiser und überlegte, ob sie vielleicht eine Verabredung vergessen hatte. Hatten sie vereinbart, dass er so wahnsinnig früh vorbeikommen wollte, nachdem er irgendwo in der Nähe etwas ausgeliefert hatte?

Er lachte. »Ich bringe dir den Lieferwagen vorbei, nachdem ich ihn ein zweites Mal grundgereinigt habe. Jetzt kann sich nicht einmal die hochnäsige Rachel über den Geruch beschweren. Willst du mich nicht reinbitten?«

Sie zuckte innerlich zusammen, als er Rachel beleidigte, verkniff sich aber eine Bemerkung. »Natürlich, komm rein!« Sie schloss die Tür hinter ihm. »Ich ziehe mir nur schnell was an.«

»Ich finde, du siehst sehr hübsch aus, so wie du bist«, sagte Charlie. Er schenkte ihr einen langen, vielsagenden Blick, der andeutete, dass er durchaus bereit war, dort anzuknüpfen, wo sie letztes Mal aufgehört hatten.

Beth wusste nicht, was sie davon halten sollte, und schwieg. »Es dauert nicht lange«, versprach sie dann und verschwand in ihrem Schlafzimmer.

Vielleicht wollte sie sich umziehen, weil sie ein übergroßes Hello-Kitty-T-Shirt trug, das ihr als Nachthemd diente, seit sie zwölf war. Davon abgesehen wollte sie jetzt noch nicht mit Charlie schlafen. Sie hatte das Bedürfnis, ein bisschen umworben zu werden.

Beth verschwendete nicht viel Zeit, sondern zog mehr oder weniger das an, was sie am Vorabend getragen hatte, putzte sich die Zähne, fuhr sich mit den Händen durch die Haare und ging zu Charlie ins Wohnzimmer. »Guten Morgen!«, sagte sie fröhlich. Nachdem sie sich ein wenig frisch gemacht hatte, fühlte sie sich besser.

»Guten Morgen, meine Schöne! Ich bin ein bisschen enttäuscht, weil du das Gefühl hattest, dich anziehen zu müssen. Doch vielleicht verzeihe ich dir, wenn wir jetzt zusammen frühstücken.« Er zog sie an sich und küsste sie so leidenschaftlich, dass sie sich fragte, ob sie das Frühstück nicht verschieben sollten.

»Du hast doch bestimmt schon lange gefrühstückt, als Bauer steht man ja bereits in der Morgendämmerung auf«, stichelte sie, als er sie losließ.

»Ich habe Kaffee getrunken und ein bisschen Brot mit Butter gegessen, aber jetzt brauche ich etwas Richtiges.«

Beth verschwand in ihrer winzigen Küche. Zufällig hatte sie eine Packung Schinkenspeck da, und einer ihrer neu gewonnenen älteren Freunde hatte ihr als Dankeschön einen Karton mit frischen Eiern geschenkt. Sie kramte ihre Bratpfanne hervor.

Ein hungriger Landwirt musste etwas Deftiges zu essen bekommen! Sie selbst wäre mit einem Toast zufrieden gewesen, aber Charlies Teller belud sie mit mehreren Scheiben Schinkenspeck, einem ganzen Berg Rührei, gebratenen Pilzen, Tomaten und geröstetem Brot. In den Semesterferien hatte sie eine Zeit lang in einem Hotel gearbeitet und war dort für das Frühstück zuständig gewesen – daher wusste sie, dass viele Menschen einen gut gefüllten Teller sehr schätzten. Mit einer schwungvollen Geste und nicht ohne Stolz stellte sie das Frühstück vor Charlie hin.

»Spitze!«, sagte er. »Du bist genial!« Er nahm sie in die Arme und ließ die Hand zärtlich ihre Wirbelsäule hinunterwandern.

Während Beth ihren Tee holte, überlegte sie, warum diese unschuldige kleine Geste ihr das Gefühl gegeben hatte, ein bisschen ... verrucht zu sein.

»Das war hervorragend«, meinte Charlie und seufzte zufrieden. »Wenn du mir sonst nichts anbieten kannst, dann solltest du mich vielleicht jetzt nach Hause fahren.« Er trank seinen Tee aus und ließ sie dabei nicht aus den Augen, um sicherzugehen, dass sie ihn nicht missverstand.

Beth lächelte. Sie wollte Charlie keinen Korb geben, doch um ihn in ihr Schlafzimmer einzuladen, war es noch zu früh. »Toast? Erdnussbutter?«

Mit einem frechen Grinsen schüttelte er den Kopf. »Nicht ganz das, was ich im Sinn hatte. Aber Schwamm drüber. Ich muss zum Hof zurück. Es ist wieder Zeit, Dad bei den Schafen zu unterstützen.«

Beth erwiderte das Lächeln. Es gefiel ihr, dass er sie nicht unter Druck setzte. Sie war nicht prüde, doch sie besaß eine innere Uhr, die ihr sagte, wann die richtige Zeit für Intimitäten war. Charlie und sie hatten diesen Punkt noch nicht ganz erreicht.

Sie zog die Jacke über und ging mit ihm zum Lieferwagen. Als sie die Tür öffnete, schnupperte sie. Der Wagen roch immer noch ein bisschen unangenehm – es ließ sich kaum leugnen –, aber viel weniger als zuvor. Rachel (die Beth nicht als hochnäsig betrachtete) konnte ihr eigenes Auto benutzen. Lindy war es bestimmt egal, wenn der Wagen noch eine Weile nach Landwirtschaft roch.

»Fantastisch! Hiermit erkläre ich das Auto für geruchsfrei!«, sagte sie. »Ich hole schnell das Geld.«

Sie huschte ins Haus und nahm den Umschlag mit den Geldscheinen, den sie unter ihrem Koffer auf dem Schrank versteckt hatte.

»Bitte schön. Die Scheine sind gebraucht, aber nicht fortlaufend nummeriert«, witzelte sie und gab ihm das Geld. »Zähl nach!«

Charlie warf kaum einen Blick auf das Bündel. »Ich vertraue dir, Beth. Und wenn das Geld knapp wird, na ja...« Er grinste wieder. »Ich weiß ja, wo welches zu holen ist.«

In dem Augenblick entschied Beth, dass sie viel zu zurückhaltend gewesen war und ihn nicht hätte zurückweisen sollen. Jetzt war es zu spät, ihre Entscheidung zurückzunehmen, schade! Sie gab Charlie einen sehr langen Abschiedskuss, nachdem sie ihn mit dem Lieferwagen nach Hause gebracht hatte.

Am Abend dachte Beth zum zigsten Mal darüber nach, wie pflegeaufwendig kurze Haare doch waren. Sie waren zwar leicht zu waschen und trockneten schnell, aber ohne jede Menge Hilfsmittel machte die Frisur nicht viel her. Außerdem musste das Haar schrecklich oft nachgeschnitten werden. Vielleicht konnte Lindy das übernehmen. Sie war so vielseitig begabt, dass sie bestimmt auch Haare schneiden konnte.

Beth stand im *Prince Albert* hinter dem Tresen, während oben im ersten Stock ein Meeting zum Thema »Gemeindesaal« stattfand. Sie polierte Gläser und lauschte, ob das Trampeln von Füßen auf der Treppe das Ende des Meetings ankündigte.

Sie wollte auf den plötzlichen Ansturm vorbereitet sein und war gespannt zu hören, ob das Komitee mit der Dekoration des Saals zufrieden war. Alle wussten natürlich von der Hochzeit und dass schnell etwas passieren musste, aber wie würden die anderen zu dem Weiß stehen, nachdem sie an Kastanienbraun und Dunkelgrün gewöhnt waren? Beth hatte erfahren, dass viele Leute sich den Saal vor dem Treffen angesehen hatten.

Sie hoffte für Rachel, dass es keinen Aufstand gegeben hatte. Denn obwohl Rachel sagte, sie wüsste, dass der Saal nicht weiß bleiben konnte, hoffte sie im Stillen auf eine ähnlich helle, kühle Farbe.

Rachel tauchte als Erste unten im Gastraum auf. »Ein großes Glas Weißwein, Beth, und auch eins für dich, wenn du darfst.«

Beth zögerte. »Zum Feiern oder zum Mitleiden?«

Rachel grinste. »Zum Feiern. Im Großen und Ganzen hat der Saal allen gefallen, und sie lassen mich die Farben aussuchen. Der Architekt hat einen schriftlichen Bericht über ein paar bautechnische Sachen geschickt, aber zu der Farbgestaltung hat er sich nicht geäußert.« Rachel runzelte die Stirn. »Offensichtlich ist Angus der Architekt. Ich bin ihm kurz begegnet, als wir angestrichen haben.«

»Ja, stimmt, Lindys Schwager. Ich muss ihn verpasst haben.« Beth stellte ein Glas Wein auf den Tresen, das rasch beschlug. »Ich trinke jetzt nichts, danke. Ich habe Angst, dass ich sonst das Wechselgeld falsch rausgebe.«

Lindy und ihre Mutter gesellten sich zu ihnen. »Also, das ist ja gut gelaufen!«, meinte Sarah.

Sukey kam vorbei. »Warum machen Sie nicht eine Pause, wenn dieser Schwung Gäste bedient ist, Beth? Ihr wollt euch doch sicher über das Meeting und die anstehende Hochzeit austauschen.« Sie seufzte. »Hoffentlich fällt für mich dadurch ein zusätzliches Geschäft ab!«

»Ganz bestimmt«, erwiderte Rachel. »Wie Sie ja wissen, gibt es auf der Hochzeit je ein kleines Fass Bier, Apfelwein und Wein, doch wenn die leer sind, werden alle in den Pub kommen.«

»Oh, gut. Beth, kümmern Sie sich bitte noch zusammen mit mir um diese Gäste!«, sie deutete auf eine kleine Schlange. »Dann können Sie sich kurz ausklinken.«

Rachel stürzte sich auf den großen Tisch, und die anderen folgten ihr. Es dauerte nicht lange, bis auch Beth sich mit einem Bitter Lemon zu ihnen setzte.

Sie stießen mit ihren Getränken an, und Sarah bot Rachel und Beth das Du an. Die beiden waren sofort einverstanden.

»Der Grund, warum ich mich einmische«, erklärte Sarah verlegen, »ist ein Anruf von April.«

»Worum ging es?«, fragte Rachel besorgt.

»Sie hat Probleme mit der Sitzordnung. Sie wollte es Lindy gegenüber bei der Anprobe nicht erwähnen. Sie hofft, dass ihr ihr helfen könnt.«

»Hm«, sagte Rachel. »Wir kennen die Gäste doch gar nicht. Darum müssen sich Braut und Bräutigam kümmern. Und ihre Familie.«

Sarah legte ihre Hand auf Rachels. »Das Problem ist, dass ihr Vater mit dem Bauernhof im Augenblick so eingespannt ist, dass er sie nicht unterstützen kann. Und ihr Verlobter ist in die Hochzeitsplanung kaum involviert. Deshalb braucht sie euch drei.« Sie zögerte und wirkte wieder verlegen. »Ich fürchte, ich habe ihr gesagt, dass ihr sie auch in dem Punkt gern unterstützt.«

»Na ja, das bekommen wir sicher hin«, meinte Beth, die alles für Sarah tun würde, weil sie so anders als ihre eigene Mutter war.

»Aber wir kennen die meisten Gäste doch nicht«, wiederholte Rachel, die sich bei dem Gedanken offensichtlich unwohl fühlte. »Was, wenn wir Exfrauen am selben Tisch wie ihre Exmänner platzieren?« Als ihr auffiel, dass sie sich ein bisschen hysterisch anhörte, hatte sie das Bedürfnis, ihre Besorgnis zu erläutern. »Tut mir leid, ich hasse es, eine Aufgabe zu übernehmen, die ich nicht perfekt erledigen kann.«

Sarah lachte leise. »Ihr müsst euch keine Gedanken um Exfrauen machen, sondern eher darum, wer in dieser Familie vielleicht seit fünfzig Jahren nicht mehr miteinander spricht.«

Beth stimmte in das Lachen ein. »Nun ja, dann ist es doch ein Kinderspiel.«

»Wir müssen uns irgendwo zu einer Abschlussbesprechung mit April treffen, um die letzten Problemchen auszuräumen«, sagte Lindy. »Aber bei mir geht es im Augenblick nicht. Da ist alles voll mit dem Hochzeitskleid und dem vielen Stoff für Bänder und Wimpel.«

»Bänder?« Rachel war sofort alarmiert. »Ich dachte, wir dekorieren mit grünen Zweigen! Bänder sind doch eher für den Sommer geeignet!«

»Ich weiß, tut mir leid! Mach dir keine Sorgen!«, erwiderte Lindy. »Ich nähe Schärpen für die Brautjungfern, damit sie einheitlich aussehen. Die habe ich gemeint.«

Rachel schob sich die Haare aus dem Gesicht, als wäre ihr plötzlich zu heiß. »Okay, wahrscheinlich gerate ich nur gerade in Panik. Es ist noch so viel zu tun!«

»In meinem Cottage ist auch nicht genug Platz. An den Tisch passen nur drei Personen, wenn er ausgezogen ist.«

»Vielleicht stellt Sukey uns den Raum im Obergeschoss zur Verfügung?«, schlug Lindy vor. »Da ist es zwar ein bisschen kalt, doch wir hätten jede Menge Platz.«

»Warum trefft ihr euch nicht bei dir, Rachel?«, fragte Raff, der plötzlich hinter ihnen auftauchte.

Alle Blicke richteten sich auf Rachel. Beth fiel auf, dass sie noch nie in Rachels Haus gewesen war, obwohl sie einander schon so gut kannten.

»Ähm...«

»Nun? Ich glaube, den Mädels würde es gefallen«, fuhr Raff fort. »Zumal du ja jetzt auch den Ofen anzünden kannst.« Mit einem frechen Zwinkern sah er sich um. »Es ist sehr... äh... weiß in Rachels Haus.«

»Es ist wevet!«, erklärte Rachel knapp. »Die Farbe heißt Wevet!«

»Oh, tut mir leid«, entgegnete Raff. »Aber ihr solltet euer Treffen bei dir abhalten. Du hast jede Menge Platz.« Er war schon wieder verschwunden, bevor Rachel etwas erwidern konnte.

»Ich würde dein Haus wirklich sehr gern mal sehen«, sagte Lindy.

»Ja, gut.« Rachel war ein bisschen blass geworden. »Dann treffen wir uns morgen, wenn euch das passt. Hast du jemanden, der auf deine Kinder aufpassen kann, Lindy?«

»Ja«, antwortete Sarah, »hat sie.«

Lindy legte eine Hand auf Rachels Rechte. »Wir müssen uns nicht bei dir treffen, wenn du nicht möchtest. Ich verstehe es vollkommen, wenn man niemanden im eigenen Haus haben will. Oft geht es mir auch so.«

»Es ist in Ordnung. Ich liebe mein Haus, und ich bin stolz darauf, aber manchmal fühle ich mich... beurteilt, wenn Besuch kommt.«

»Keiner von uns will dich beurteilen«, versicherte Beth. »Und es kann bei dir gar nicht so unordentlich sein wie bei Lindy.«

Rachel lachte, und die anderen stimmten in das Lachen ein. »Bei mir ist es kein bisschen unordentlich!«

13. Kapitel

Rachel nahm die frisch gebügelte Tischdecke aus antikem irischen Leinen fort, die sie gerade erst auf den Esstisch gelegt hatte. Trotz ihres starken Drangs, das dunkle Ulmenholz mit einer sauberen Auflage zu schützen, war ihr klar, dass das des Guten zu viel wäre. Sorgfältig faltete sie die Tischdecke zusammen. Beth und Lindy wussten, dass sie von Weiß besessen war, doch es war nicht nötig, es ihnen noch einmal so offensichtlich auf die Nase zu binden.

Sie nahm ihre Weißweingläser aus dem Karton und füllte Käsestangen und Kartoffelchips in weiße Schalen. Dann musste sie kichern. Die Art Abend, die sie vorbereitete, unterschied sich so sehr von den Treffen bei Lindy, wo sie sich irgendeinen Platz in dem winzigen Wohnzimmer gesucht und aus irgendwelchen Bechern und Kelchen das getrunken hatten, was eben zufällig gerade da gewesen war. Anfangs war Rachel ein bisschen entsetzt gewesen, aber jetzt fiel eher ihr eleganter Lebensstil aus der Reihe.

Das Gästezimmer im oberen Stockwerk war für Aprils letzte Anprobe des Brautkleides vorbereitet. Gleichzeitig konnten sie sich um die Sitzordnung kümmern.

Rachel fühlte sich beinahe beschwingt. Es war keine einfache Aufgabe gewesen, weil die Zeit so knapp gewesen war, doch sie fand, dass sie alles gut in den Griff bekommen hatten.

Als es an der Haustür klingelte, standen Beth und Lindy gemeinsam auf der Schwelle. Normalerweise war Rachel skeptisch, wenn Leute in ihren privaten Bereich eindrangen und für Unordnung sorgten, diesmal jedoch wollte sie ihr Werk gern vorzeigen.

»Oh, mein Gott! Das ist umwerfend!«, sagte Beth und sah sich um. »Wie in einem Wohnmagazin.«

»Rachel«, meinte Lindy, »wenn ich das hier sehe, ist es mir so peinlich, dass du bei mir gewesen bist.«

»Nein, Lindy! Ich liebe dein Haus«, widersprach Rachel und drückte ihr ein Glas Weißwein in die Hand. »Es ist ... normal. Meins ist eine Art weißes Museum.« Sie reichte auch Beth ein Glas. »Es ist genau so, wie ich es haben will, aber wer hat schon so ein Haus? Niemand, der noch ganz dicht ist, würde Raff sagen. Nehmt euch Knabberzeug, ihr beiden, und beachtet bitte, dass ich euch keinen Teller dazu gebe. Für mich ist das schon ein Fortschritt.«

April tauchte wenige Minuten später auf, nervös und zerzaust. Sie hatte ein paar Unterlagen dabei.

»Hallo! Ich bin so froh, dass ich das richtige Haus gefunden habe! Ich hatte Angst, mich zu verlaufen.«

Rachel bat sie ruhig und gelassen ins Haus. »April, wir freuen uns sehr, dass Sie kommen konnten. Setzen Sie sich doch hierhin, ans Kopfende! Möchten Sie ein Glas Wein?«

»Meine Güte, ja!«, antwortete April. »Charlie hat mich abgesetzt und holt mich später wieder ab – ich kann mir also richtig einen antrinken, wenn's sein muss.« Sie warf Beth einen Blick zu. »Er hat gesagt, er würde dich gern später noch im Pub treffen.«

»Das wäre super, nachdem wir hier alles geschafft haben.«

»Ich habe die Gästeliste mitgebracht«, sagte April. »Meine Leute, Tristams Leute. Könnt ihr mir mit der Sitzordnung helfen?«

»Na klar«, erwiderte Rachel und hoffte, dass sie recht behalten würde. »Also, wer soll am oberen Ende des Tisches sitzen?«

Am Tag vor der Hochzeit ließ Lindy ihre schlafenden Söhne in der sicheren Obhut ihrer Großmutter zurück. Sie schob eine Notiz unter der Zimmertür hindurch, auf der sie erklärte, was sie vorhatte. Mit dem Autoschlüssel in der Tasche verließ sie das Haus so leise wie möglich.

Das Brautkleid war perfekt, die Kleider der Brautjungfern hatte sie mit geschickter Nadel moderner gestaltet, sie hatte in aller Eile sogar noch Outfits für Beth, Rachel und sich selbst gezaubert, die sie beim Bedienen während der Feier tragen würden. Nun ging Lindy auf Hamstertour.

Obwohl der Tag sehr arbeitsreich werden würde, wäre es nicht notwendig gewesen, die Hecken und Sträucher noch vor Tagesanbruch zu plündern. Aber es war ihr lieber, nicht dabei beobachtet zu werden, wie sie beispielsweise Waldreben schnitt; im Grunde genommen stahl sie die Deko.

Lindy hatte zuvor schon des Öfteren für verschiedene Anlässe Zweige von den Hecken geschnitten, aber bisher hatte sie nie so viel gebraucht. Sie wollte auf keinen Fall jemandem begegnen, den sie kannte.

Sie parkte den Lieferwagen in einer Haltebucht und nahm die Astschere ihres Vaters, eine Rosenschere und eine Rolle Müllsäcke für die Pflanzen mit. Lindy hoffte, irgendwo Zweige mit Beeren zu finden, war jedoch darauf eingestellt, künstliche benutzen zu müssen, um den Girlanden Farbe zu verleihen. Sie hatte gerade eine wunderbar lange Efeuranke abgeschnitten und wollte sie in ihre Tüte stecken, als sie ein Geräusch hinter sich hörte.

»Entschuldigung! Was zum Teufel tun Sie da?«

Lindy fuhr herum. Die Stimme war laut und zornig. Panik erfasste sie. Eine große Gestalt in einer Wachsjacke zeichnete sich im Nebel ab.

»Ich pflücke Efeu. Es gehört niemandem, es wächst hier wild. Oh, du bist das!«

Angus' vorwurfsvolle Miene wurde von einem Lächeln aufgehellt. »Na ja, streng genommen gehört es doch jemandem. In dem Fall mir.«

Lindy fehlten die Worte. Jetzt war sie ganz bewusst in eine abgelegene Gegend gefahren, um Material für ihre Girlanden zu suchen, und ausgerechnet hier traf sie Angus! »Wirklich?«

Er nickte. »Mir gehört das Land, das an diese Hecke grenzt.«

Lindy starrte ihn an und suchte nach Worten. Das Ganze war ihr schrecklich peinlich. Er sollte nicht wissen, dass sie seit jenem Sonntagsessen oft an ihn gedacht hatte, aber sie hatte das Gefühl, dass es ihr in Leuchtfarben auf die Stirn geschrieben stand. Sie fühlte sich regelrecht ertappt, so als hätte sie Äpfel aus einem Garten gestohlen und nicht wildes Blattwerk von einer Hecke geschnitten, das ohnehin niemand vermissen würde. Lindy konnte nicht sagen, wie er dazu stand. Seine Miene war unergründlich – wie eigentlich meistens.

»Wofür brauchst du das ganze Zeug?«

»Für Aprils Hochzeit. Wir dekorieren den Gemeindesaal mit Girlanden.«

Seine Gesichtszüge wurden weicher. »Ach, die Hochzeit! Natürlich. Die hatte ich ganz vergessen. Die Feier, die die Leute ermuntern soll, den Saal als Veranstaltungsort zu buchen?«

Lindy entspannte sich ebenfalls ein bisschen. »Genau. Der Saal wird fantastisch aussehen, wenn wir fertig sind.«

»Wie viel von dem Grünzeug brauchst du noch?«

»Massenweise. Du wärst erstaunt, wie viel Material man benötigt, um Girlanden zu flechten, die lang genug für so einen

Saal sind. Und sie sollen rundherum aufgehängt werden ... und auch noch ein paar quer.«

»Dann helfe ich dir besser mal.«

Lindy biss sich auf die Lippe. Sie konnte wirklich Unterstützung gebrauchen, aber es kam ihr nicht fair vor. Angus hatte offensichtlich ein Ziel gehabt; sie wollte ihn nicht aufhalten. Bestimmt schaffte sie es auch allein. »Du würdest dich schmutzig machen. Außerdem kann man bei diesem Licht nicht richtig sehen und läuft Gefahr, sich an dem Dornengestrüpp die Hände aufzureißen. Man braucht Handschuhe, sonst ist es zu gefährlich.«

»Anscheinend machst du das nicht zum ersten Mal.«

»Stimmt, hin und wieder stelle ich Girlanden für die Schule oder die Kirche her, aber normalerweise brauche ich nicht so viel Grünzeug dafür.« Sie gestattete sich ein kleines, entschuldigendes Lächeln. »Ich komme immer hierher. Es ist so weit von zu Hause entfernt, dass mich kein Bekannter erwischt, wenn ich die Hecken plündere.«

»Pech für dich, dass ich vorbeigekommen bin. Ich habe den Lieferwagen in der Haltebucht gesehen und dachte mir, du hättest vielleicht eine Panne. Ich habe ein paar Schafen, die auf meinem Land grasen, ein bisschen Heu gebracht.«

»Du hast gewusst, dass der Wagen uns gehört?«

Er nickte. »Euer Lieferwagen ist in der Gegend bekannt. Aber fairerweise muss ich sagen, dass diesmal die Abziehbilder und der ausgefallene Schriftzug meine Aufmerksamkeit erregt haben, nicht das Loch im Auspuff.«

Lindy, die dazu neigte, rasch ein schlechtes Gewissen zu bekommen, runzelte die Stirn. »Wir lassen den Auspuff bald reparieren, wirklich. Das ist gerade erst passiert. Beth hat geschworen, dass noch alles in Ordnung war, als sie den Wagen übernommen hat.« Sie ging nicht darauf ein, wie ärgerlich es war, dass so kurz nach dem Kauf schon etwas kaputtgegangen war. Beth war das schrecklich peinlich gewesen, weil sie sich verantwortlich fühlte. »Die Jungs haben mir beim Dekorieren des Vans geholfen.«

»Das sieht man.«

Vielleicht zog Angus sie auf, doch sie konnte seinen Mund nicht richtig sehen, weil er einen Schal trug, den er sich höher ins Gesicht gezogen hatte. »Ich mache besser mal weiter.«

»Ich hole mir im Haus ein Paar Handschuhe und helfe dir. Das ist das Mindeste, was ich tun kann, damit du das Efeu so schnell wie möglich bekommst.«

Als er davonging, fragte sie sich, was er wohl tatsächlich dachte. Hielt er sie für eine fürchterliche Nervensäge und half ihr nur, damit sie schneller wieder verschwand? Oder wollte er ihr wirklich helfen? Ihre Mutter sagte, dass Angus sich im Gemeindesaal richtig nützlich gemacht und viel Zeit aufgewendet hatte, um die Renovierungsarbeiten aufzulisten, die nötig waren. War er anders als der Rest seiner Familie? Anders als seine hochnäsige Mutter und sein Bruder, der nur wenig Verantwortungsbewusstsein besaß? Lindy hatte stark das Gefühl, dass es so war, aber wie konnte sie es sicher wissen?

Sie arbeitete schneller, entschlossen, ihr Bestes zu geben, bevor er zurückkam, denn sie wollte ihn nicht ausnutzen.

Lindy hatte den nächsten Müllsack gefüllt, als Angus zurückkehrte. Er brachte eine Leiter mit und trug jetzt Gummistiefel.

»Es ist sehr nett von dir, dass du mir hilfst«, sagte sie. »Du hast natürlich das Recht, mich dein Efeu auch ohne deine Hilfe stehlen zu lassen.«

Angus lachte. »Schon in Ordnung.« Er lehnte die Leiter an die Hecke und testete ihre Standfestigkeit.

»Musst du denn nicht zur Arbeit?«

»Es ist noch früh. Willst du raufklettern?«, schlug er dann vor und deutete auf die Leiter. »Da oben sind sehr schöne Ranken.« Er lächelte. »Ich halte die Leiter fest.«

»Das ist sicher nicht nötig«, erwiderte sie.

»Doch, ist es, das kannst du mir glauben.« Wieder lächelte er. »Ich bin ein Architekt, der die Höhe nicht besonders mag. Ich fühle mich deutlich besser, wenn ich die Leiter festhalte.«

Dafür hatte Lindy Verständnis und kletterte die Sprossen hinauf. Dort oben gab es tatsächlich ein paar besonders schöne Efeufranken mit gleichmäßig gewachsenem, gesundem Laub – genau das, was sie für ihre Girlanden brauchte. Sie sammelte so viel wie möglich davon und reichte es hinunter.

Dann kletterte sie die Leiter hinab und an einer anderen Stelle wieder hinauf. Sie schnitt und zupfte an den Ranken und füllte einen schwarzen Sack nach dem anderen.

»Wo sind die Jungen?«, wollte Angus wissen, als sie den letzten Müllsack gefüllt hatte.

»Bei meiner Oma«, antwortete sie. »Wir haben bei ihr übernachtet, damit ich mich heute Morgen rausstehlen konnte, ohne jemanden zu stören.«

»Dann hast du Zeit zum Frühstücken?«

Jede Faser ihres Körpers war in Alarmbereitschaft. Lindy war sich sicher, dass sie sich von Angus loseisen und so bald wie möglich mit ihrer Beute nach Hause fahren sollte – sie fand ihn viel zu attraktiv –, doch zu ihrer eigenen Überraschung hörte sie sich sagen: »Ja, hab ich.« Als ihr klar wurde, dass sie eine Einladung angenommen hatte, die sie hätte ausschlagen müssen, fügte sie schnell hinzu: »Ich würde sehr gern dein Haus sehen.«

Er lachte. »Ich muss noch verdammt viel Arbeit reinstecken, aber ich führe dich gern herum.«

Als sie mit dem letzten Sack zu ihren Autos in der Haltebucht zurückkehrten, empfand Lindy überraschenderweise ein

Gefühl der Kameradschaft mit Angus. Er war damals der ältere Bruder gewesen, derjenige, den sie angehimmelt und in den sie sich verliebt hatte, doch nun war er jemand, mit dem sie gern etwas zusammen unternahm. Sie wollte wirklich liebend gern sein Haus sehen. Es war lange her, seit Lindy etwas gemacht hatte, was nichts mit ihren Söhnen, dem Gemeindesaal oder Aprils Hochzeit zu tun hatte. Sie freute sich darauf.

Lindy parkte den Lieferwagen hinter Angus' Auto vor einem großen Haus im georgianischen Stil. Es war komplett eingerüstet.

»Ach, du meine Güte!«, rief sie, als sie ausstieg. »Reif für eine Komplettsanierung, was?«

Angus lachte. »In der Tat!« Er blickte zu dem Gebäude auf. »Wahrscheinlich hätte ich es gar nicht kaufen sollen.« Er hielt inne. »Ach, was rede ich? *Ganz sicher* hätte ich es nicht kaufen sollen! Ich habe mich einfach verliebt. Ich meine...« Er lächelte ein bisschen kläglich. »Ich habe das Potenzial erkannt. Ich glaube nicht, dass Architekten sich verlieben sollten.«

Lindy brauchte einen Moment, bis sie verstand: Architekten sollten sich nicht in *Häuser* verlieben, weil das unprofessionell war. Das hatte er gemeint. Irgendwie war sie unwillkürlich enttäuscht.

Er schloss die große Haustür auf und ließ Lindy den Vortritt.

»Ach, du meine Güte!«, stieß sie wieder hervor.

Der Eingangsbereich war riesig. Eine Doppeltreppe führte nach oben, und an beiden Seiten der Treppenaufgänge gab es offene Kamine. Die Dimensionen waren prachtvoll – das wäre der perfekte Rahmen für eine Hochzeit –, aber erst nachdem man zwei Millionen Pfund investiert hatte. Das Haus war eine wunderschöne Ruine.

»Korrigier mich bitte, wenn ich falschliege – du bist der

Architekt –, doch wäre der Fachbegriff für so ein Haus nicht ›Millionengrab‹?«

»Stimmt genau. Es ist ein Millionengrab, ein Fass ohne Boden. Und, nein, ich habe es meinen Eltern nicht gezeigt und habe es auch vorerst nicht vor. Das hole ich nach, wenn ich einige Jahre Arbeit und mehrere hunderttausend Pfund hineingesteckt habe.«

»Sie könnten über die Heizkostenrechnung murren«, meinte Lindy mit einem Lächeln.

»Sie würden viel mehr tun als murren.«

»Kann ich noch weitere Räume sehen?« Lindy bemerkte, dass sie sich geschmeichelt fühlte. Angus zeigte ihr etwas, was er seiner Familie vorenthielt.

»Dann komm, aber bevor du mich fragst: Nein, ich weiß nicht, was ich damit anfange, wenn es mal fertig ist. Es ist auf jeden Fall viel zu groß für einen Junggesellen wie mich.«

»Na ja, da kann ich dir helfen – es wäre die perfekte Location für Hochzeitsfeiern! Und ein Ort für Wochenendseminare und Ähnliches, wenn du nicht nur darin wohnen willst?«

Er schüttelte den Kopf. »Nein, dieses Haus muss selbst für seinen Unterhalt sorgen. Als Steckenpferd könnte ich es mir nicht leisten.«

Angus öffnete eine Tür und führte Lindy in einen prachtvollen Salon, dessen Wände mit Schimmel überzogen waren. Aber die Stuckdecke war in Ordnung.

»Gütiger Himmel«, sagte Lindy. »Es tut mir leid, dass ich unhöflich bin, doch wie kannst du es dir leisten, dieses Haus zu renovieren?«

»Ich renoviere es in Etappen. Es ist geplant, erst ein paar Räume nutzbar zu machen und zu sehen, ob sich damit ein bisschen Geld verdienen lässt. Dann kommt der nächste Schritt. Ich habe nicht viel dafür bezahlt. Im Bericht des Gutachters ist eine Reihe von Problemen aufgeführt, die den Preis stark gedrückt haben.« Er schwieg, während er ein Stück Holztäfelung inspizierte, das sich gelöst hatte. »Mein erstes Projekt ist das Kutscherhaus – ich will es bewohnbar machen, damit ich darin wohnen kann und keine Miete mehr zahlen muss. Aber ich habe dir ein Frühstück versprochen. Komm mal mit in den Dienstbotentrakt!«

Die Küche war eine wahre Wonne. »Ich liebe das Haus!«, rief Lindy und sah sich entzückt um. »Der alte Herd ist noch da! Und diese Einbauanrichte! Und ein Sofa! Du könntest auch hier wohnen – du bräuchtest nur ein bisschen häuslichen Komfort und einen Fernseher. Ich wollte immer schon eine Küche haben, die groß genug für ein Sofa und einen Fernseher ist. Momentan habe ich ein *Haus*, das kaum groß genug für ein Sofa und einen Fernseher ist, jedenfalls nicht, wenn Billy und Ned zu Hause sind.« Sie stockte, denn sie wollte nicht den Eindruck erwecken, als beklagte sie sich über ihr Los. »Ich meine ... ich liebe mein kleines Cottage, doch du müsstest nur diesen Raum herrichten – du könntest darin wohnen, wenn du willst.«

»Ich glaube, ich fände es ein bisschen unheimlich, allein in diesem Riesenhaus zu leben«, erwiderte er düster.

Lindy wusste nicht, ob er sie aufzog oder nicht. »Vielleicht könnte man es in Wohnungen aufteilen und nur die Haupträume und einen kleinen Gästebereich behalten?«

Er nickte. »Das habe ich mir auch überlegt. Ein Haus wie das hier könnte ein Zuhause für viele Menschen sein. Sie könnten sich den Garten teilen.«

»Dann bist du kein großer Gärtner?«

»Nein! Übrigens auch kein großer Koch, aber ein Schinkenspeck-Sandwich bekomme ich hin. Ist das in Ordnung?«

»Wundervoll«, antwortete Lindy, die im Geiste die Möglichkeiten durchspielte, die dieses Haus bot. Sie war froh, dass es nicht ihr gehörte – das Millionengrab –, doch es machte Spaß, das Potenzial auszuloten. »Soll ich mich um den Tee kümmern?«

Wenig später aßen sie ihre Sandwiches auf dem alten Sofa neben dem großen Gasofen. Es war sehr gemütlich. Lindy war überrascht, wie entspannt sie sich in Angus' Gegenwart fühlte. Anscheinend interessierte er sich wirklich für ihr Leben und wollte auch etwas über Vintage-Hochzeiten hören, aber sie konnten auch schweigend dasitzen und essen; beides fühlte sich ungezwungen an.

»Warum hast du dieses Haus gekauft?«, fragte sie nach einer Weile. »Abgesehen davon, dass du dich in es verliebt hast. Einfach nur, weil du es dir leisten konntest?«

»Na ja, da ich mich verliebt hatte, ist es mir gelungen, den Kauf zu rechtfertigen. Im Grunde genommen ist die Substanz des Hauses gar nicht so übel. Es ist ein wunderschönes Haus, das man nicht verfallen lassen sollte. Und ich wollte ein privates Projekt, ein Haus, das ich für mich selbst herrichten kann – nicht nur für Kunden.«

»Also ist es kein Spekulationsobjekt? Du willst es nicht renovieren, um es zu verkaufen?«

»Nein. Vielleicht irgendwann mal, falls ich je damit fertig werde und nicht in einer Location für Hochzeitsfeiern oder was auch immer wohnen möchte. Aber bis dahin ist es noch ein weiter Weg.«

»Und die Aussicht auf die viele Arbeit und die hohen Kosten entmutigt dich nicht?«

Er dachte kurz nach. »An manchen Tagen schon. An anderen sehe ich einfach nur das Potenzial und bin ganz euphorisch. Wie jetzt. Wahrscheinlich, weil du auch siehst, was man alles aus dem Haus machen könnte.«

Lindy nahm den Teebecher, der so angeschlagen und fleckig war, dass sie ihn nicht einmal in ihrem Haushalt geduldet hätte, und trank einen Schluck. Sie freute sich. Dann warf sie einen Blick auf ihre Armbanduhr. »Oh, mein Gott! Ich kann nicht glauben, wie spät es ist. Ich muss meine Großmutter anrufen.«

Als sie Angus' Haus überstürzt verließ, hatte sie ihren Tee nur zur Hälfte getrunken.

»Du hast da was in den Haaren«, sagte Beth, als sie später gemeinsam den Gemeindesaal begutachteten.

»Ist es lebendig?«, fragte Lindy.

»Ich glaube nicht.« Beth zog eine Fluse aus Lindys Ponyfransen. »Das wäre eine ziemlich seltene Spezies einer Raupe.«

Lindy lachte. »Ich bin völlig erschöpft! Vielen Dank, dass du mir geholfen hast, Beth. Ohne dich hätte ich das nie und nimmer geschafft.«

Beth lachte. »Es hat Spaß gemacht. Aber du hast recht, du hättest diese Girlanden unmöglich allein aufhängen können. Sie sind sehr schwer.«

»Und es hat eine Ewigkeit gedauert, sie zu binden.«

»Doch die Mühe hat sich gelohnt.« Sie starrten nach oben und bewunderten die Wirkung.

Da gesellte sich jemand zu ihnen.

»Hi, Lindy.« Angus sah Beth an und stellte sich vor.

»Ich bin Beth, ich gehöre auch zum Team von Vintage-Hochzeiten.«

»Oh, die Hochzeitstorten-Königin?«

Beth lachte. »Momentan bin ich nur für die Glasur zuständig, aber das ist schon schwierig genug.«

»Das glaube ich gern.« Angus schaute sich um. »Ich wollte mir das Endergebnis ansehen«, erklärte er. »Und ich muss sagen, es sieht super aus.«

Lindy lächelte. Es sah tatsächlich wunderschön aus. Die

üppigen Girlanden aus Efeu, Waldreben und sonstigem Grün waren mit zarten Lichterketten umwunden (eines von Beth' eBay-Schnäppchen) und wirkten vor den weißen Wänden und Balken wie im Märchen. »Ich muss zugeben, dass wir zufrieden sind. Die Dekoration ist gut gelungen.«

»Das stimmt. Und meine Hecken sehen auch nicht anders aus als vorher, obwohl wir so viel abgeschnitten haben.«

»Das wächst sowieso nach«, meinte Lindy. »Wenigstens hoffe ich das, sonst kann ich sie nächstes Mal nicht wieder plündern.«

Er lachte. »Dann gehe ich jetzt mal. Doch wir sehen uns morgen.«

»Wirklich?«

Angus nickte. »Ich stehe hinter der Theke. Sarah hat die meisten Komitee-Mitglieder eingespannt. Es wird lustig, mit Audrey zusammen Bier zu zapfen.«

Wieder lachte Lindy. »Audrey hat vor Jahren mal im *Prince Albert* gearbeitet. Wahrscheinlich ist sie eine Koryphäe im Bierzapfen.«

»Oh, das will ich sehen!«, sagte Beth. »Vielleicht kann ich Sukey überreden, sie noch mal für eine Schicht zu engagieren.«

Angus lachte leise. »Ich erzähl dir, wie sie sich geschlagen hat. Es wird auf jeden Fall amüsant.«

»Ich bin froh darüber ... dass die Bar gut besetzt ist«, fügte Lindy schnell hinzu, damit er nicht glaubte, sie freue sich, dass *er* hinter dem Tresen stehen würde.

Es war an diesem Morgen schön gewesen. Sie wollte diese Unbeschwertheit zwischen ihnen nicht verderben, indem sie ihre Jugendschwärmerei wieder aufleben ließ. Meine Güte, das Leben war ganz schön kompliziert!

14. Kapitel

Beth ging an ihr Telefon. Es war der Tag der Hochzeit, und sie versuchte gerade, gleichzeitig eine Banane zu essen und sich die Haare zu föhnen. Es war Rachel, die anrief.

»Beth? Kannst du vielleicht vorbeikommen?«

»Bitte? Zu dir? Warum? Gibt es ein Problem?« Ihr wurde plötzlich ganz heiß. »Bitte sag nicht, dass April kalte Füße bekommen hat!«

Rachel lachte kurz. »Nein, nein, aber sie ist völlig durcheinander. Kannst du kommen?«

»Natürlich, wenn du mich brauchst. Aber warum ist sie denn durcheinander?«

»Weil ihre Mutter nicht bei ihrer Hochzeit dabei sein kann. So was in der Richtung.«

Beth seufzte. »Oje, wie traurig! Weißt du, was, ruf Sarah an! Sie soll kommen. Sie ist ein großartiger Mutterersatz. Aber ich bin auch schon auf dem Weg!«

Als Beth eintraf, saß April in einer schmuddeligen Reithose und einem zerrissenen Rugby-Shirt auf Rachels mit weißem Leinen bezogenen Sessel im Wohnzimmer und weinte.

Das war ganz und gar nicht das, was Beth sich für ihre erste Vintage-Hochzeit vorgestellt hatte.

»Es tut mir so leid!«, schluchzte die Braut. »Ich kann nichts dafür.«

»Schon in Ordnung«, erwiderte Rachel ganz ruhig. »Ich verstehe dich. Wir alle verstehen dich.«

»Es ist ganz normal, dass man an seinem Hochzeitstag seine

Mutter dabeihaben möchte«, sagte Beth, die auch den Tränen nahe war. Wie schwierig eine Mutter-Tochter-Beziehung auch sein mochte, sie würde ihre Mum trotzdem bei ihrer Hochzeit dabeihaben wollen.

»Ich dachte, ich wäre darüber hinweg. Ihr wisst schon, ich habe geglaubt, ich hätte den Tod meiner Mum überwunden und mich daran gewöhnt, keine Mutter mehr zu haben«, erklärte April. »Aber mit dem Gedanken, dass ich ihr Kleid tragen werde, ist alles wieder zurückgekommen.«

»Hast du mit Tristam darüber gesprochen?«, fragte Rachel.

April nickte, aber sie konnte ein paar Minuten lang nichts sagen. Dann stammelte sie zwischen Schluchzern: »Ja ... ein bisschen, doch er hat die Nase voll davon, dass ich immer von Mum rede. Er sagt, er weiß nicht, wie er mir helfen kann.«

»So sind Männer«, meinte Rachel. »Sie mögen es nicht, wenn man Probleme hat, die sie nicht lösen können.« Sie klang, als spräche sie aus Erfahrung.

»Ich weiß, dass ich müde und emotional bin – was auch immer das heißt«, schluchzte April. »Doch ich kann nicht aufhören zu weinen!«

»Ich denke, ich koche uns mal einen Tee.« Rachel legte Beth die Hand auf die Schulter und gab ihr so ein Zeichen, die Trösterrolle zu übernehmen.

»Irgendwann hörst du auf zu weinen, Schätzchen«, meinte Beth, »weil du so nicht vor den Traualtar treten kannst. Es würde nicht gut aussehen. Aber noch brauchst du dir keinen Zwang anzutun. Du musst dich erst später fertig machen, sagen wir, in ...« Sie warf einen Blick auf ihre Uhr. »Na ja, wir fangen in einigen Minuten an.«

Eigentlich hatten sie noch jede Menge Zeit, doch Beth sorgte sich wegen Aprils verheultem Gesicht. Ihre Augen und ihre Nase waren rot und verquollen, und sie sah nicht gerade wie eine strahlende Braut aus. Aber vielleicht konnte ein geschicktes Make-up Abhilfe schaffen.

»Tristam sagt, ich muss den Verlust überwinden. Mum ist tot, und daran wird sich nichts ändern.«

Darauf fiel Beth keine Antwort ein. Sie beugte sich vor und nahm April in den Arm. »Es ist nicht zu spät, die Hochzeit abzublasen«, sagte sie.

Zu ihrer Überraschung musste April lachen. »So schlimm ist Tristam gar nicht! Ich liebe ihn wirklich. Er hat nur etwa so viel Feingefühl wie Dads alter Ziegenbock.« Sie zog ein gebrauchtes Papiertaschentuch aus der Tasche und schnäuzte sich, aber das Taschentuch reichte nicht aus.

Rachel kam mit einem Tablett zurück, auf dem Teebecher, eine Teebox mit verschiedenen Teesorten in Beuteln, Schälchen für benutzte Teebeutel sowie Zucker und ein kleines Milchkännchen standen. »Also, welchen Tee möchtest du haben? Das Wasser kocht jeden Moment, ihr müsst euch nur eine Sorte aussuchen, dann brühe ich den Tee auf.«

Die Auswahl verwirrte April offensichtlich.

»Ich glaube, ganz normalen schwarzen Tee, Rachel«, sagte Beth. »Für mich bitte auch.«

»Gut. Beth? Da steht eine Schachtel mit Papiertüchern.«

Als Rachel mit den vollen Tassen zurückkam, reichte sie April eine davon und bot ihr eine kleine Schale an. »Zucker?«

April schüttelte den Kopf. »Nein danke. Aber zu einem Keks oder etwas in der Art würde ich nicht Nein sagen. Ich habe nicht gefrühstückt.«

»Um Gottes willen! Warum denn nicht? Ohne Frühstück geht bei mir gar nichts«, gestand Beth, während Rachel noch mal in Küche eilte, um nach etwas Essbarem zu suchen.

»Bei mir normalerweise auch nicht«, erklärte April, »aber ich musste sehr früh aufstehen, um das Pony für das Verladen in den Anhänger vorzubereiten, und dann habe ich auch noch geholfen, den Ponywagen auf den Tieflader zu bekommen...«

»April! Das alles hättest du an deinem Hochzeitstag doch nicht tun müssen! Was haben denn dein Dad und ... äh ... Charlie gemacht?« Beth war es ein bisschen peinlich, Aprils Bruder zu erwähnen. Sie wusste nicht, ob April mitbekommen hatte, dass sie ein paarmal mit Charlie ausgegangen war und etwas für ihn empfand.

»Na ja, ich komme am besten mit Poppy zurecht – das ist das Pony –, und Dad und Charlie haben die schwere Arbeit erledigt. Tristam wird helfen, den Wagen zu schmücken.« Sie schaute auf ihre Uhr. »Sie werden gerade dabei sein.«

»Das ist ja süß! Dann verzeihe ich ihnen, dass sie dich haben arbeiten lassen«, meinte Beth. Sie stand auf, froh, dass April offensichtlich wieder zu ihrer üblichen unkomplizierten Art zurückgefunden hatte.

Rachel kehrte mit einem Teller mit Butterkeksen zurück. April nahm sich einen. »Ich weiß nicht, ob diese Plätzchen das beste Frühstück sind, aber ansonsten habe ich nur Müsli mit Nüssen und Körnern – vielleicht nicht das Richtige.« Sie stellte den Teller neben April und verschwand wieder.

»Äh, Beth?«, sagte April, nachdem sie ein paar Kekse gegessen hatte. »Könnte ich dich vielleicht um einen Gefallen bitten?«

Beim näheren Hinsehen erkannte Beth, dass April immer noch nahe am Wasser gebaut hatte. Vielleicht hatte sie sich noch nicht so gut erholt, wie Beth angenommen hatte. »Na klar! Worum geht's?«

»Würdest du mich schminken?«

Das traf Beth völlig unvorbereitet. »Ich dachte, eine der Brautjungfern kümmert sich darum?« Das war eine der größeren

Einsparungen: keine Kosmetikerin. Alle waren begeistert gewesen.

»Ja, aber wir haben ein Probeschminken gemacht, und ich habe das Ergebnis gehasst. Ich fand's wirklich furchtbar. Ich habe überhaupt nicht mehr wie ich selbst ausgesehen! Tristam würde mich nicht wiedererkennen, und Dad würde mich bestimmt enterben!«

»Nein, sicher nicht. Nicht an deinem Hochzeitstag. Und Tristam wird dich sowieso nicht wiederkennen, wenn du ein wunderschönes Kleid trägst statt deiner schmutzigen alten Reithose und seines abgelegten Sweatshirts!« Beth lächelte, um sicherzugehen, dass April das als Scherz auffasste – sie wollte sie unbedingt davon überzeugen, dass sie sich mit den Schminkkünsten der Brautjungfer arrangierte, damit Beth den Job nicht übernehmen musste.

April schüttelte den Kopf. »Warte. Ich habe ein Foto auf meinem Handy.«

Beth betrachtete das Bild. »Mhm, ich verstehe, was du meinst«, sagte sie nach wenigen Sekunden. April war zurechtgemacht wie eine Frau, die die Blüte ihrer Jugend längst überschritten hatte und auf Männerfang gehen wollte: dicke, kräftige Augenbrauen, Wimpern wie Klappscheinwerfer, orangefarbenes Make-up und viel zu viel Eyeliner.

Beth wählte ihre Worte mit Bedacht. »Es sieht nicht sonderlich natürlich aus. Aber wird deine Freundin nicht schrecklich beleidigt sein, wenn sie dich nicht schminken darf?«

»Das habe ich schon geregelt. Ich habe ihr gesagt, dass es mir nicht gefällt und ich mir jemand anderen für das Make-up suchen werde. Zuerst war sie kurz davor, ihr Amt als Brautjungfer niederzulegen – aber da sie auf Charlie steht, wollte sie die Hochzeit nicht verpassen.«

»Oh.« Beth unterdrückte einen plötzlichen Anflug von

Eifersucht auf die unbekannte Brautjungfer, und ihre Laune besserte sich wieder. Jemand, der die wirklich hübsche April so verunstalten konnte, war keine echte Konkurrenz.

»Jetzt hoffe ich darauf, auszusehen wie ich selbst, nur besser. Ich habe meine Schminkutensilien mitgebracht«, erklärte April, die nicht bemerkte, wie Beth litt.

»Lass mich mal gucken!«

Aprils Schminkset bestand aus einem eineinhalb Zentimeter langen Kajalstift, eingetrockneter Wimperntusche und etwas altem Make-up, das vielleicht die Orangefärbung beim Probeschminken erklärte.

»Hm«, sagte Beth. »Ich frage Rachel mal, was sie so hat.«

Sie fand Rachel in der Küche. »Es ist ein Albtraum! April will, dass ich ihr Braut-Make-up übernehme, und sie hat quasi nichts an Schminkutensilien. Hast du welche?«

Rachel schluckte. »Ja, ein paar.« Sie atmete langsam durch die Nase ein und durch den Mund wieder aus. Beth erkannte, dass es sich um eine spezielle Atemtechnik zur Beruhigung handelte, und drängte sie nicht. »Ich stelle die Sachen gern zur Verfügung.«

»Aber du wirst sie danach nicht mehr selbst verwenden?«

»Die Stifte schon, weil ich sie neu spitzen kann, doch den Lidschatten und das Make-up nicht. Es ist beides Puder, verstehst du? Ich werde die Pinsel für April auswaschen. Ich könnte sie auch später wiederverwenden. Glaube ich.«

»Wasch sie jetzt aber besser nicht. Sie müssen trocken sein.«

»Frag April mal, ob es ihr nichts ausmacht, meine schmutzigen Pinsel zu benutzen«, sagte Rachel. »*Ich* würde ausflippen.«

»Ich glaube nicht, dass sie so empfindlich ist wie du«, erwiderte Beth und lächelte, denn sie wollte Rachel nicht verletzen. »Zuerst muss ich mich um ihre verquollenen Augen kümmern.«

Sofort sah Rachel zufriedener aus. »Da kann ich helfen, ich habe feuchte Wattepads im Gefrierfach.«

»Du bist genial. Und können wir uns deinen Laptop ausleihen, um auf YouTube eine Anleitung für ein Braut-Make-up rauszusuchen? Ich habe mein iPad zu Hause am Ladekabel gelassen.«

»Klar. Ich bringe ihn mit.«

April verschlang erstaunlich viele Kekse und dann Toast mit Marmite, das Rachel noch irgendwo aufgetrieben hatte. Danach lag sie eine Weile mit Kühlpads auf den Augen auf Rachels Sofa, bis Beth das Gefühl hatte, dass sie den Augenblick der Wahrheit nicht länger aufschieben konnten.

»Also, wir suchen jetzt auf YouTube nach einem Look, der dir gefällt, dann kopieren wir ihn Schritt für Schritt. Kinderleicht, wie Malen nach Zahlen.« Ihr war klar, dass es nicht so einfach werden würde, aber sie fand, dass es schon mal ein guter Anfang wäre, die Braut zuversichtlich zu stimmen.

Ein bisschen später wurde ihnen klar, dass man für die Vorschläge der Visagistinnen ein ganzes Sortiment an Pinseln und Unmengen verschiedener Make-up-Schattierungen benötigte. Außerdem brauchte man viel mehr Make-up, als ihnen zur Verfügung stand.

»Wir könnten Lindy bitten, ihre Schminkutensilien mitzubringen«, schlug Beth vor. »Wenn wir sie gleich anrufen, erwischen wir sie noch, bevor sie aufbricht. Aber vermutlich hat sie auch nicht viel, sie schminkt sich ja kaum.«

»Na ja, fang doch einfach an!«, meinte April. »Ich mache die Augen zu, und du legst los. Es wird bestimmt gut.«

Rachel klappte ihren Laptop zu.

»Hey!«, sagte Beth. »Ich dachte, ich könnte mich an

YouTube orientieren, statt ohne Anleitung draufloszuschminken!«

»Jetzt komm schon!«, meinte Rachel. »Wir haben uns genug Schminkvideos angesehen – mach es einfach!«

Beth warf ihr einen Blick zu. Das klang so gar nicht nach Rachel. Sie war beeindruckt.

»Okay, dann mal los!«

Es war viel einfacher als erwartet. Rachels Make-up war hochwertig, und sie besaß eine gute Auswahl an Pinseln. Man musste nicht viel machen, um Aprils jugendlich frische Haut zum Strahlen zu bringen.

»Was meinst du?«, fragte Beth die Braut, nachdem diese die Augen aufgeschlagen hatte.

»Oh, das ist super!«

»Finde ich auch«, meinte Rachel. »Wann soll Lindy April in das Kleid helfen?«

»Du bist doch die Königin des Klemmbretts«, sagte Beth augenzwinkernd. »Steht das nicht auf deiner Liste?«

»Okay, in einer halben Stunde«, antwortete Rachel, nachdem sie nachgesehen hatte. »Ich mache den Ofen an. Es ist ziemlich kühl hier, aber bald wird es wärmer.«

»Mhm«, murmelte Beth, die sich auf April konzentrierte und nicht richtig zuhörte. »Ich kann mich nicht mehr erinnern. Was kommt als Nächstes?«

»Sei froh, dass die Klemmbrett-Königin sich Notizen gemacht hat«, konterte Rachel, die sich jetzt auf sicherem Terrain bewegte. »Grundierung, Make-up, Concealer, Highlighter, Bronzer, Puder und Rouge. Was hast du jetzt schon aufgetragen, Beth?«

»Nur ein bisschen Puder-Make-up«, antwortete Beth.

»Wenn du das alles noch auf mein Gesicht pinselst, dann breche ich unter dem Gewicht zusammen!«, stöhnte April und beäugte Rachels Liste.

»Die Gefahr besteht nicht«, sagte Beth. »Wir nehmen ein bisschen Rouge, und dann ist es gut. Ich glaube nicht, dass du Concealer und den anderen Kram brauchst.«

»Was ist mit meinen Sommersprossen?«, fragte April. »Sollen wir die nicht abdecken?«

»Nein«, antwortete Beth energisch, die selbst auch Sommersprossen hatte. »Mein Dad hat immer gesagt: ›Ein Gesicht ohne Sommersprossen ist wie ein Himmel ohne Sterne.‹«

»Oh, wie süß!«, meinte Rachel.

»So, jetzt ist der Lidschatten an der Reihe!« Beth griff nach einem Pinsel.

Eine halbe Stunde später stürzten Sarah und Lindy herein. »Es tut mir so leid, dass ich nicht früher kommen konnte!«, sagte Sarah. »Ich musste noch ein paar Probleme auf einem Hof am anderen Ende der Grafschaft lösen. Geht's April gut?«

»Überzeuge dich selbst!«, antwortete Rachel. »Sie ist im Wohnzimmer.«

»Wow!«, sagte Lindy, als sie sie in dem gemütlich warmen Raum fanden, in dem inzwischen ein Feuer brannte. »Tolles Make-up! Deine Freundin hat wirklich Talent. Wo steckt sie? Ich wollte sie vor den anderen Brautjungfern treffen.«

»Sie ist nicht hier«, erwiderte April. »Sie hat einen miserablen Job gemacht, und ich habe das Ergebnis gehasst. Das ist Beth' Werk.«

»Wow!«, rief Lindy. »Wirklich, Beth? Ich dachte, du hättest gesagt, du wärst nicht geschickt mit den Händen. Und dann erst die Torte und jetzt das Make-up. Übrigens, ich habe die Hochzeitstorte im Gemeindesaal gesehen. Sie sieht fantastisch aus. Make-up für den schönsten Tag des Lebens! Noch ein Service, den wir unseren Bräuten anbieten können!« Anerkennend tätschelte sie Beth die Schulter.

»Nein! Nicht noch mal«, sagte Beth. »Das war viel zu nervenaufreibend.«

»Aber es sieht so gut aus!«, meinte Sarah.

»Weil April wirklich hübsch ist und wunderbare Haut hat!«, protestierte Beth, aber die anderen schenkten ihr keine Beachtung.

»Ich finde, darauf müssen wir anstoßen«, sagte Rachel. »Ich hole die Flasche.«

Beth grinste. »Wo finde ich die Gläser?«

Es entstand eine winzige Pause. »Sie sind in einem Karton im zweiten Schrank, wenn du reinkommst.« Rachel atmete geräuschvoll aus. »Ich bin inzwischen so entspannt, wenn ihr bei mir seid. Ich kann es selbst kaum glauben.«

Rachel schoss ein Foto von der Braut in Rachels Bademantel, fertig geschminkt, während sie darauf wartete, in das Brautkleid zu schlüpfen. Es gab keinen offiziellen Fotografen, und die Gäste waren gebeten worden, so viel zu fotografieren wie möglich.

Als April das Kleid anhatte, machte Rachel weitere Fotos. Lindy kniete neben der Braut, zupfte den Schleier zurecht und kontrollierte, ob alles so war, wie es sein sollte.

»Was für eine schöne Idee!«, meinte Sarah, die gerade bei ihrem zweiten Glas Sekt angekommen war. »Fotos von diesen Abläufen. Das wird eine entzückende Erinnerung.«

»Ich stelle daraus ein Fotoalbum zusammen«, erklärte Rachel, »und ich werde mal sehen, ob auch Gäste mir ihre Bilder mailen können, damit April eine richtige Dokumentation hat.«

»Das ist so nett!«, sagte Sarah und klang ein bisschen, als würde sie jeden Moment in Tränen ausbrechen.

»Bitte nicht weinen!«, rief April. »Dann fange ich auch gleich wieder an und ruiniere mein Make-up.

»Ich habe noch mehr Wattepads im Tiefkühlfach, für alle Fälle«, sagte Rachel.

Beth grinste. »Man kann auch überorganisiert sein.«

»Oh nein, das gibt es nicht«, erwiderte Rachel fröhlich und strich einen Punkt von ihrer Liste.

»Ich verschwinde in Richtung Gemeindesaal«, verkündete Sarah. »Ich will sichergehen, dass alles für den Empfang bereit ist. Dann gehe ich in die Kirche. Wir treffen uns da!«

Die Brautjungfern trafen ein, damit Lindy sie bei ihrem Outfit unterstützen konnte. Beth war es ein bisschen unangenehm, das Mädchen zu treffen, das April eigentlich schminken sollte. Und nicht nur deshalb, sondern auch, weil diese Frau für Charlie schwärmte. Sie war ziemlich groß und kräftig, und sie war so geschminkt, wie sie es auch für April angemessen gehalten hatte: die dunklen Augenbrauen, die ein bisschen zu eng beieinanderstanden, die »Smokey Eyes«, die eher aussahen, als hätte sie sich eine Prügelei geliefert, dunkles, verschmiertes Make-up. Ihre Lippen waren blass und glänzten.

»Das nennst du Make-up, April?«, fragte sie verächtlich. »Man sieht ja kaum, dass du überhaupt geschminkt bist!«

»Genau so soll es aussehen«, sagte Beth, die das Gefühl hatte, April vor dieser Amazone beschützen zu müssen. Sie reichte ihr ein Glas Sekt.

Das Mädchen trank das Glas in einem Zug aus und hielt es Beth zum Nachschenken hin.

Nachdem sie die andere Brautjungfer versorgt hatte, goss Beth nur ein kleines bisschen Sekt in das Glas, das ihr vor die Nase gehalten wurde. Diese Frau war schon nüchtern ein Albtraum, die Vorstellung, wie sie betrunken sein mochte, war zu schrecklich.

»Ja, mir gefällt mein Make-up«, sagte April ein bisschen trotzig. »Es wirkt natürlich.«

»Auf den Fotos wirst du total farblos rüberkommen. Du wirst schon sehen.«

Beth schluckte und fragte sich, ob das stimmte, doch dann griff Rachel ein.

»Also«, sagte sie und schaute auf das Display ihrer Kamera, »ich finde, sie sieht entzückend aus. Ganz und gar nicht farblos.«

»Lassen Sie mal sehen!«, forderte Smokey Eye.

»Tut mir leid«, erwiderte Rachel knapp. »Erst, wenn die Bilder richtig nachbearbeitet sind und Braut und Bräutigam sie gesehen haben. So, wenn die beiden Brautjungfern jetzt nach oben ins Schlafzimmer auf der rechten Seite gehen könnten, kommt Lindy gleich nach und hilft mit den Schärpen. Beth kann auch beim Schminken helfen, wenn jemand Bedarf hat. Auf jeden Fall sollten wir jetzt weitermachen.«

Sie klang so souverän und tüchtig, dass niemand zu widersprechen wagte. Die zwei jungen Frauen trotteten gehorsam die Treppe hinauf.

»Ich weiß nicht, warum ich sie gebeten habe, meine Brautjungfer zu werden«, sagte April und ließ keinen Zweifel daran aufkommen, wen sie meinte. »Sie hat mich schon in der Schule schikaniert, und jetzt probiert sie es wieder. Charlie hat nichts für sie übrig«, fügte sie hinzu.

»Vergiss sie einfach!«, sagte Beth fröhlich. »Lass Rachel noch ein paar Fotos von dir allein machen, bevor die anderen wieder runterkommen!«

Nur April hatte trockene Augen, als ihr Vater sie mit dem kleinen Pony-Wagen abholen kam, der mit Girlanden geschmückt war, etwas zierlicheren Exemplaren als jene im Gemeindesaal. In die Mähne des Ponys waren weiße Bänder geflochten, und das dunkle Fell glänzte wie Lack.

»Sie sieht so entzückend aus!«, sagte Rachel, schniefte ein bisschen und schoss ein Foto nach dem anderen.

»Es ist wirklich tragisch, dass ihre Mutter das nicht miterleben kann!«, meinte Lindy und drückte sich ein durchweichtes Taschentuch an die Nase.

»Ach, ihr zwei!«, sagte Beth ein bisschen heiser. »Kommt, trinken wir eine Tasse Tee zur Beruhigung, bevor wir zum Gemeindesaal gehen! Wir haben nur ungefähr eine Stunde, bis die Hochzeitsgesellschaft dort eintrifft, hungrig und voller Sehnsucht nach einem Drink.«

»Wenigstens müssen wir uns nicht ums Essen kümmern«, meinte Lindy. »Aber wir sollten uns trotzdem vergewissern, dass alle über alles Bescheid wissen.«

»Dann kommt! Eine Tasse Tee, und dann geht's weiter«, sagte Rachel und ging voraus ins Haus.

»Hat es dir etwas ausgemacht, dein Zuhause voller fremder Leute zu haben, die in Unterwäsche rumlaufen?«, wollte Lindy wissen, während sie die Sektgläser einsammelte. »Das war doch sicher ein bisschen schwierig für dich.«

»Na ja, stimmt«, antwortete Rachel, die gerade das Teetablett belud, »aber irgendwann erreicht man einen Punkt, an dem man sich einfach nicht mehr darüber aufregen kann. Und es gefällt mir, wenn die Leute mein Haus mögen. Es ist nicht so befriedigend, wenn es zwar schön ist, doch niemand es sieht.« Jetzt schaute sie sich um. Es war immer noch ein bisschen unordentlich, aber das war in Ordnung.

»Und Beth, hör mal!«, sagte Lindy, die die Gläser in die Küche gebracht hatte und weiter aufräumte. »Dein Make-up: Da schlummert ein verborgenes Talent in dir!«

»Es ist nicht mehr verborgen«, warf Rachel ein. »Ich habe mir eine Notiz gemacht. Den Service können wir jetzt auch anderen Bräuten anbieten.«

Beth stöhnte. »Ach, du und deine Notizen, Rachel!«

»Wie viel verdienen wir denn jetzt an dem Ganzen?«, wollte Lindy wissen. »Ich habe das schreckliche Gefühl, dass meine Mum April die Planung für quasi nichts angeboten haben könnte.«

»Keineswegs!«, antwortete Rachel. »Aprils Dad hat mir einen Umschlag mit einem Scheck über tausend Pfund zugesteckt!«

»Was? Das ist ja eine Riesensumme!«, sagte Beth. »Ich dachte, wir hätten fünfhundert vereinbart.«

»Es ist immer noch preiswert«, meinte Lindy. »Bedenkt nur, was alles inklusive ist: das Brautkleid, die Umgestaltung der Kleider der Brautjungfern, der Veranstaltungsort, Catering, Schminken – und so weiter.«

»Natürlich sind viele Dinge gespendet worden«, sagte Rachel, »doch was mich wirklich berührt hat, war die Tatsache, dass Eamon mehr als den vereinbarten Betrag bezahlt hat, weil wir ›sein armes, mutterloses kleines Mädchen unterstützt haben‹.«

»Hör auf!« Lindy schniefte.

»Ach, werdet jetzt bloß nicht sentimental!«, sagte Rachel. »Wir müssen uns jetzt gleich umziehen. Übrigens, ich habe mir das Geld für den Lieferwagen schon ausgezahlt.«

»Ich hoffe, dass Helenas Hochzeit genauso gut wie diese hier läuft. Offensichtlich haben wir ein gutes Paket geschnürt, das wir voller Stolz anderen Brautpaaren anbieten können, nicht nur meiner Schwester.«

»Ja, das stimmt, nicht wahr?«, pflichtete Rachel ihr bei. »Ich bin so stolz auf uns.«

»Ich auch«, sagte Lindy. »Kommt, wir ziehen uns um – hoffentlich passen die Schürzen!«

15. Kapitel

Lindy war hocherfreut zu sehen, wie gut alles lief. Eamon und April hatten ihnen unabhängig voneinander dafür gedankt, dass sie alles so perfekt organisiert hatten. Der ganze Ort hatte auf die eine oder andere Weise mitgeholfen, und alle waren begeistert, wie toll der Saal aussah.

Das Catering-Team hatte es gut mit April gemeint, und die Hochzeitsgäste amüsierten sich prächtig. Und die Bar mit den Getränken, die zu bezahlen waren, lief bestens – das würde Sukey freuen. Allerdings stellte Lindy fest, dass die Gäste an der Bar hauptsächlich helfende Einheimische waren: Sie arbeiteten an der Bar, servierten Essen oder suchten sich andere nützliche Tätigkeiten. Normalerweise hätten sie ohnehin im Pub etwas getrunken, doch jetzt konsumierten sie sicherlich mehr als sonst. Alles war gut.

Die Outfits des Teams von Vintage-Hochzeiten waren wirklich sehr ansprechend. Mit den weiten Röcken, den breiten Gürteln und eng anliegenden Oberteilen, den Halstüchern und den flachen Ballerinas sahen sie ein bisschen wie Audrey Hepburn aus – vor allem Beth mit ihren kurzen Haaren und den riesigen Augen.

Während sie sich angezogen und ein wenig Make-up aufgelegt hatten, hatten sie beschlossen, einen Teil ihrer Einnahmen für die Renovierung des Gemeindesaals zu spenden. Schließlich hatte die Gemeinde so viel unentgeltlich zur Hochzeitsfeier beigesteuert, dass es nur fair war, wenn sie auch profitierte.

Lindy blickte auf ihr Leben im vergangenen Jahr zurück: Es war zufriedenstellend gewesen, aber nicht besonders ereignisreich. Viele Tätigkeiten wiederholten sich Tag für Tag. Ihre Jungen machten ihr natürlich viel Freude, und ihre Familie war warmherzig und unterstützte sie, doch es war mühsam, immer jeden Penny zweimal umdrehen zu müssen.

Lindy war klar, dass sie wahrscheinlich am härtesten dafür gearbeitet hatte, dass diese Hochzeitsfeier mit so wenig Vorlauf stattfinden konnte, aber sie hatte jede Minute geliebt, die sie in die Vorbereitungen investiert hatte. Zum ersten Mal hatte sie das Gefühl, dass ihre Fähigkeiten wirklich gebraucht wurden. Obwohl sie abends so lange aufgeblieben und morgens so früh aufgestanden war, um alles zu schaffen, zeigte das Ergebnis, dass es sich gelohnt hatte: April trug ein wunderschönes Kleid. Und sie, Lindy, hatte es möglich gemacht. Vintage-Hochzeiten würde ihr das geben, was bisher in ihrem Leben gefehlt hatte. Dann drängte sich ungefragt Angus in ihre Gedanken. Schnell verbannte sie ihn wieder daraus. Sie durfte nicht zu viel in die eine schöne Stunde hineininterpretieren, in der sie in seinem baufälligen Haus aus einer angeschlagenen Tasse Tee mit ihm getrunken hatte.

»Lindy!« Eine Stimme unterbrach ihre Gedanken. Es war eine Frau, die sie schon von klein auf kannte. »Du hast ein Wunder mit diesem alten Saal vollbracht! So schön habe ich ihn noch nie gesehen. Sogar in alten Zeiten war es immer ein düsteres Gebäude.«

»Ich habe das aber nicht allein vollbracht, Mrs. Jenkins!«, protestierte Lindy. »Ich bin nur für die Girlanden und die Dekoration mitverantwortlich.«

»Sag nicht ›nur‹! Es sieht fantastisch aus. Ich finde eigentlich, wir sollten hier eine Tanzveranstaltung organisieren – einen ›Schwof‹, wie wir das früher genannt haben –, solange der Saal so toll aussieht.« Mrs. Jenkins war Rentnerin, aber trotz ihres Alters hatte sie offensichtlich Lust auf eine Tanzparty.

»Es könnte ein bisschen kurzfristig für die Organisation sein, Mrs. Jenkins«, sagte Lindy, die sich angesichts der Aussicht auf eine weitere Veranstaltung so bald nach der Hochzeit überfordert fühlte.

»Der Frauenverein könnte sich darum kümmern. Ein finanzieller Beitrag für die Renovierung des Daches.« Sie runzelte die Stirn. »Ich wäre ja auch dem Komitee beigetreten, aber ich habe wegen meinem Eric und seinem Bein so viel zu tun. Ist deine Oma Mitglied?«

»Nein. Sie wäre sicher gern dabei, doch sie ist ziemlich oft mit meinen Jungs eingespannt«, erklärte Lindy.

»Ach, ich bin sicher, dass sie von hinter den Kulissen Unterstützung leistet.« Mrs. Jenkins schaute wieder zur Decke. »Ich sehe schon die Plakate für diese Tanzveranstaltung vor mir: *Wir bringen die Wände zum Wackeln, um das Dach zu retten* ... oder so ähnlich.«

Lindy blickte Mrs. Jenkins lächelnd nach, als sie sich ins Getümmel stürzte und auf die Vorsitzende des Frauenvereins zusteuerte, die gerade eine große Teekanne schwang. Lindy erinnerte sich an etwas, was ihre Mutter gesagt hatte: »Wenn du willst, dass etwas getan wird, musst du den Frauenverein auf deine Seite bringen – er scheitert nie.«

Sarah tauchte genau in dem Moment auf, in dem Lindy an sie dachte. »Oh, hallo, Mum!«

»Schatz! Ich bin so stolz auf euch alle. Der Saal sieht prächtig aus. Das habt ihr fantastisch hinbekommen. Die Zweige mit den Lichterketten sind umwerfend. Ich habe schon überlegt, ob wir das Quiz nicht bald organisieren können, solange es hier noch so toll aussieht.«

Lindy lachte. »Damit habe ich schon gerechnet, aber du

musst mit Mrs. Jenkins um einen Termin kämpfen. Sie möchte aus demselben Grund, dass der Frauenverein eine Tanzveranstaltung im Gemeindesaal organisiert.«

»Gute Idee!«, meinte Sarah. »Doch wahrscheinlich meint sie eher einen ›Tanztee‹, wie Oma es nennen würde. Wir können das Quiz am selben Tag abends abhalten.«

Lindy schüttelte den Kopf. »Denk mal an das Aufräumen! Außerdem wären deine Quizteilnehmer erschöpft vom Tanzen. Ein anderer Abend wäre besser. Die Zweige und die Girlanden halten eine Weile. Es ist immer ziemlich kalt hier drin, wenn die Heizung nicht eingeschaltet ist, deshalb werden sie nicht so schnell welken.«

»Stimmt, du hast recht. Kommst du in unser Quiz-Team? Übernächster Samstag wäre vielleicht ein guter Termin. Ich habe Angus gefragt, er sagt, er liebt Quizveranstaltungen.«

Lindy mochte sie ebenfalls, doch sie hoffte sehr, dass Angus nicht glauben würde, ihre Mutter wolle sie beide verkuppeln. Es war so schon schlimm genug, aber wenn er das Gefühl hatte, bedrängt zu werden, wäre das für Lindy so peinlich, dass sie ihm nicht mehr in die Augen blicken könnte. »Nein, Mum, ich kann die Jungen nicht schon wieder bei Oma lassen, sie hat sich in letzter Zeit so oft um sie gekümmert. Oma soll an meiner Stelle teilnehmen.«

Sarah schüttelte den Kopf. »An einem Samstagabend will sie nicht.«

»Warum denn nicht?« Lindy machte sich plötzlich Sorgen, dass ihre Großmutter ihr Alter plötzlich spüren könnte und abends nicht mehr ausgehen wollte. »Ihr geht's doch gut, oder? Es war nicht zu anstrengend für sie, dass sie so oft auf die Kinder aufgepasst hat?« Im selben Moment ging ihr auf, dass ihre Mutter die Großmutter wohl kaum als Babysitter vorschlagen würde, wenn das der Fall wäre.

»Ihr geht's gut, sorg dich nicht! Sie steht nur auf diese Skandinavien-Krimis mit Untertiteln. Und sie fiebert der nächsten Folge schon förmlich entgegen.«

Lindy lachte voller Zuneigung. »Typisch Oma! Aber du solltest trotzdem erst mal nicht auf mich zählen. Ich möchte vorher rausfinden, was die Jungs davon halten. Sie müssen mal wieder in ihren eigenen Betten schlafen und wissen, dass sich ihre Mum im Nebenzimmer aufhält.«

»Na gut.« Sarah nickte. »Ach, sieh mal, da ist Bob! Ich frage ihn mal, was er davon hält, das Quiz vorzuverlegen.«

Lindy machte sich auf die Suche nach Rachel. Sie hatte Raff nirgendwo entdecken können, wie schade! Zwar hatte sie ihre Mutter für verrückt gehalten, als sie den Kontakt zwischen Raff und Rachel herstellen wollte und ihn dazu genötigt hatte, Rachel nach dem ersten Komitee-Treffen nach Hause zu begleiten, aber er schien tatsächlich einen guten Einfluss auf ihre Freundin zu haben. Sie ging inzwischen mit vielen Dingen deutlich entspannter um. Obwohl sie immer noch unglaublich effizient war und penibel auf jedes Detail achtete, regte sie sich offensichtlich nicht mehr so sehr über Kleinigkeiten auf, die nicht hundertprozentig perfekt waren.

»Das Ganze ist großartig!«, sagte Rachel. »Es sieht aus wie eine Szene aus einem Kostümfilm.«

»Aus einem zeitgenössischen Kostümfilm«, wandte Lindy ein. »Die Leute tragen moderne Kleidung.«

»Findest du?«

Lindy lachte. »Okay, aus Sicht einer Londonerin ist sie vielleicht nicht wirklich modern, doch wir Landeier sind damit zufrieden. Aber mal im Ernst, der Saal sieht mit den vielen Leuten super aus.«

»Das stimmt«, pflichtete Rachel ihr bei. »Jetzt werden gleich die Reden gehalten, danach räumen wir die Tische und Stühle zur Seite, damit die Leute tanzen können. Glaubst du, die Gäste gehen in den Pub, solange wir umräumen?«

»Ich denke, sie helfen dabei!«, meinte Lindy. »Jeder scheint sich für diese Hochzeitsfeier verantwortlich zu fühlen, und alle wollen mit anpacken.«

»... und schließlich«, sagte Eamon, der seine Rolle als Vater der Braut offensichtlich genoss, »wollen wir alle unsere Gläser heben und einen Toast auf die wunderbaren jungen Frauen ausbringen, die das alles möglich gemacht haben. Ohne sie hätten April und Tristam in unserer alten Scheune heiraten müssen. Und jetzt haben wir diesen prächtigen Saal als Veranstaltungsort. Also, auf Beth, Lindy und Rachel von Vintage-Hochzeiten!«

Der Beifall war vielleicht teilweise auch dem konsumierten Alkohol geschuldet, aber die drei Hochzeitsplanerinnen nahmen ihn anmutig entgegen – sogar ein bisschen gerührt.

»Es war uns ein großes Vergnügen, eine Hochzeit für so eine entzückende Braut zu arrangieren«, sagte Rachel, nachdem die Gäste offensichtlich auf eine Reaktion warteten. Großer Jubel folgte.

»Los geht's!«, rief Eamon. »Lasst uns feiern!«

Lindy behielt recht: Die Gäste halfen nur allzu gern beim Tragen von Tischen und Stühlen mit. Beth, Rachel und sie trafen sich zu einer kurzen Besprechung.

»Ich habe Joan gebeten, das Essen ein bisschen zu rationieren, damit es reicht«, sagte Lindy.

»Wir sollten besser ein paar Teller für die Bandmitglieder herrichten. Sie kommen jeden Moment«, meinte Beth.

»Sie sind Freunde von Aprils Dad, nicht wahr?«, sagte Rachel.

»Stimmt. Die Band ist ein Hochzeitsgeschenk für April, aber wenn wir nett zu ihnen sind, machen sie uns vielleicht einen guten Preis, wenn wir sie demnächst einmal engagieren wollen.«

»Hm«, machte Rachel. »Hören wir uns erst mal an, wie sie überhaupt sind! Ich weiß nicht, ob ich so viel für eine Band vom Land übrighabe.«

Lindy zwinkerte ihr zu. »Du wirst dich schon noch an unsere ländlichen Gebräuche gewöhnen, meine Liebe.«

Rachel versetzte ihr einen Stoß und drückte ihr einen Stapel Teller in die Hand. »Du versorgst die Band mit Kohlenhydraten. Sie brauchen eine Grundlage für eine lange Nacht mit viel Alkohol.«

»Wäre es schlimm, wenn ich nach Hause ginge, wenn wir die Band verköstigt haben?«, wollte Lindy wissen.

»Natürlich nicht! Du warst schließlich bereits vor Tagesanbruch hier«, sagte Beth.

»Na ja, nicht ganz – auch wenn ich wirklich schon lange auf den Beinen bin. Aber es ist wegen Billy und Ned. Sie übernachten bei meiner Großmutter. Ich schlafe auch da; ich weiß, dass Oma sich nicht entspannt und nicht gut einschlafen kann, bevor sie mich nicht kommen hört.«

»Das ist völlig in Ordnung, geh nur! Wir haben schließlich jede Menge Helfer. Es läuft alles so gut.« Rachel seufzte glücklich. »Ich liebe Vintage-Hochzeiten! Das Projekt stellt eine richtige Herausforderung für mich dar, vor allem wegen meiner Neurose. So habe ich das bisher noch nie genannt, aber es gefällt mir, das Leben ein bisschen entspannter anzugehen.«

»Ich liebe es auch! Vintage-Hochzeiten, meine ich«, sagte

Beth. »Wer hätte gedacht, dass die Hochzeit meiner Schwester so eine positive Wirkung auf unser aller Leben haben würde?«

Lindy nickte. »Das Ganze hat meinem Leben eine neue Richtung gegeben.«

Die drei umarmten einander, dann begann Lindy, die Teller für die Band zu füllen.

Nachdem sie den sehr dankbaren Bandmitgliedern, die nach einer langen Anreise gerade durch die Tür gekommen waren, die Teller mit Schweinefleischpastete, Sandwiches und Hähnchenschenkeln gebracht hatte, organisierte sie die Getränke. Sie wusste nicht genau, was für eine Art von Musik die Männer in ihrem Repertoire hatten, aber wahrscheinlich hatte Rachel recht: Vermutlich würden sie traditionelle Volksmusik spielen und sich ein bisschen betrinken. Und alle würden die Musik lieben. Niveauvollere Musik kam in Chippingford bestimmt nicht so gut an.

Nachdem die Musiker hastig etwas gegessen hatten, stimmten sie das erste Stück an.

»Oh, ich liebe diesen Song!«, flüsterte Lindy, die neben Beth stand. »*The Way You Look Tonight.*«

Beth nickte. »Dazu haben Aprils Eltern zum ersten Mal miteinander getanzt. Wie süß!«

Das Brautpaar hielt sich aneinander fest und schwebte durch den Raum. Die beiden versuchten sich nicht an raffinierten Schrittfolgen, sondern tanzten ganz versunken im Kreis und zeigten allen ihre Liebe. Lindy suchte nach einem Taschentuch und putzte sich verstohlen die Nase, bevor sie auf die Tür zusteuerte, als alle anderen sich zu April und Tristam auf die Tanzfläche gesellten.

Aber Lindy konnte die Feier nicht sofort verlassen. Als sie nach ihrer Jacke suchte, wurde sie von einem Freund ihrer Großmutter auf die Tanzfläche gezogen. Er war definitiv ein

Kandidat für den Tanztee, denn er tanzte sehr gut. Das Lied endete, und Lindy dankte ihm überschwänglich, bevor er auf die Idee kommen konnte, sie zum nächsten Tanz aufzufordern. Doch schon wurde sie von einem anderen Tänzer geschnappt und fand sich erneut auf der Tanzfläche wieder. Sie stellte fest, dass es ihr gefiel, obwohl sie nicht gut tanzen konnte.

Als sie sich die Handflächen an ihrem Rock abwischte, entdeckte sie Rachel, die genauso wild herumgeschwenkt wurde. Ihr Lächeln wirkte zwar ein wenig angestrengt, doch es schien ihr einigermaßen gut zu gehen. Beth tanzte etwas ruhiger mit Charlie. Sie sah sehr glücklich aus. Beth hatte nicht viel darüber gesprochen – offensichtlich wollte sie nichts beschreien –, aber Lindy wusste, dass die beiden schon Zeit miteinander verbracht hatten und Beth ein wenig verliebt in Charlie war. Sie freute sich für die Freundin. Sie würde eine gute Bauersfrau abgeben. Dann lächelte Lindy über sich selbst – sie war genau wie ihre Mutter, eine Kupplerin!

Sie brauchte dringend ein Glas Wasser, bevor sie aufbrach. Also ging sie zur Bar. Lindy war ein bisschen perplex, als Angus sie nach ihren Getränkewünschen fragte.

»Wasser ist kostenlos«, sagte er und stellte einen Glaskrug vor sie hin.

»Danke.« Sie trank gierig und wünschte sich, nicht so verlegen zu sein. Sah sie sehr verschwitzt aus? Hatte er beobachtet, wie sie von ein paar älteren Don Juans im Kreis geschwenkt worden war? Und sie trug ein Kostüm, in dem sie sich auf einmal ein bisschen unsicher fühlte.

»Du siehst hübsch aus«, meinte Angus. »Ich glaube nicht, dass ich dich schon mal in etwas anderem als Jeans gesehen habe.«

Das konnte nur geflunkert sein! Es war unmöglich, dass sie hübsch aussah – sie schwitzte schrecklich, ihr Make-up war bestimmt verlaufen, und ihre Haare hatten sich aus dem ehemals eleganten Knoten gelöst. »Wirklich?«

»Ja. Ich glaube, ich habe dich noch nie in einem Rock gesehen.«

Lindy fühlte sich herausgefordert. Sie stemmte die Hände in die Hüften und sah zu ihm auf. »Na ja, ich habe dich auch noch nie im Schlafanzug gesehen«, konterte sie knapp. »Was jedoch nicht heißt, dass du grundsätzlich keinen trägst!«

Er lächelte sie entschuldigend an. »Um ehrlich zu sein, ich trage tatsächlich nie einen.«

Lindy fiel spontan keine bissige Erwiderung ein. Stattdessen blinzelte sie kurz und ertappte sich dabei, wie sie sagte: »Prima!«

Schrecklich verlegen nahm sie ihr Glas mit Wasser und verließ den Barbereich. Sie wollte nicht wissen, was – oder was nicht – Angus im Bett trug. Aber nachdem er es ihr erzählt hatte, bekam sie das Bild nicht mehr aus dem Kopf.

Obwohl sie an jenem Tag viel Spaß gehabt hatten, als sie gemeinsam in den Hecken herumgekrochen waren und Efeu und anderes Grün geschnitten hatten, fühlte sie sich jetzt schrecklich. Sie hatte den Rock und das schlichte schwarze Oberteil ihres Kostüms gemocht; sogar der Hauch von Eyeliner und die Wimperntusche, die Beth mit frisch gewonnenem Selbstvertrauen aufgetragen hatte, hatten ihr gefallen, aber das war nicht wirklich sie. Es fühlte sich traurig und falsch an, wenn jemand es gut fand, wenn sie ein Kostüm trug. Jeans und Pulli waren ihre normale Kleidung.

Außerdem hatte ihr so lange kein Mann mehr ein Kompliment gemacht, dass es ihr beinahe wie Kritik vorkam. Und warum spielte es überhaupt eine Rolle für sie, was Angus von ihrer Kleidung hielt? Die Sache hatte sie so aus dem Gleichgewicht gebracht, dass sie beschloss, jetzt wirklich nach Hause zu gehen.

Lindy brauchte eine Viertelstunde, um sich von ihren Freunden und Bekannten zu verabschieden, zu denen an diesem Abend auch die Familie der Braut gehörte.

Als sie die Hälfte des Weges über den Dorfanger zurückgelegt hatte, hörte sie Schritte hinter sich. Sie drehte sich um und entdeckte Angus.

»Tut mir leid«, sagte er. »Habe ich dich erschreckt? Ich weiß nie richtig, wie ich mich verhalten soll, wenn ich im Dunkeln hinter einer Frau hergehe. Wie soll man sie wissen lassen, dass man keine Bedrohung darstellt?«

Lindy zuckte mit den Schultern. Sie wollte nicht zugeben, dass ihr Herz wegen der Schritte in ihrem Rücken schneller geschlagen hatte, obwohl es mehr als unwahrscheinlich war, von einem der Hochzeitsgäste überfallen zu werden. »Ich weiß nicht.« Sie kam sich vor wie eine vierzehnjährige Schülerin, die sich in Gegenwart eines älteren Jungen schrecklich nervös fühlte.

»Kann ich dich nach Hause begleiten?«

Wie altmodisch! »Wenn du möchtest, aber ich komme auch so zurecht.«

»Das weiß ich, doch ich habe eine Gelegenheit gesucht, mit dir zu reden. Und eine Ausrede, um mich davonstehlen zu können. Audrey hat meine Fähigkeit im Bierzapfen infrage gestellt.«

Lindy lachte und entspannte sich. »Vielleicht sollte Sukey sie tatsächlich engagieren, wenn im Pub mal besonders viel los ist.«

»Na ja, wenn ich dich nicht zu Tode erschreckt habe, will ich dich fragen, ob es mehr Gelegenheiten gibt, mich als Onkel zu zeigen.« Sie starrte ihn an. »Du weißt schon«, fuhr er fort, »ich möchte Billy und Ned öfter sehen. Ihnen ein richtiger Onkel sein.«

Lindy fühlte sich mit einem Mal unglaublich dumm. Für ein paar Minuten hatte sie völlig vergessen, dass Angus mit ihren Söhnen verwandt war. Sie hatte geglaubt, er wolle mit ihr flirten, und entsprechend reagiert. Dabei wollte er offensichtlich nur mit ihr reden, weil sie die Mutter seiner Neffen war. Auf einmal spürte sie eine große Leere in sich.

»Ich bin sicher, dass sie das toll fänden. Mein Dad gibt sich große Mühe, aber obwohl er das prima macht, könnten sie einen Mann in ihrem Leben gebrauchen, der ... na ja, ein bisschen fitter ist. Sie vermissen es, keinen Vater zu haben.« Sobald sie diese Worte ausgesprochen hatte, begriff sie, dass sie damit ungewollt Angus' Bruder kritisiert hatte. Das hatte sie nicht beabsichtigt – auch wenn es stimmte.

»Ich bin kein großer Fußballspieler, aber ich kann gut Basketball spielen«, sagte er.

»Weil du groß bist.« Lindy lächelte ihn an.

»Deshalb habe ich mir diesen Sport ausgesucht.«

»Leider gibt es im Ort keinen Basketballkorb, also müsstet ihr dribbeln üben oder wie auch immer das heißt. Aber mal im Ernst, wenn du mit ihnen angeln gehen oder etwas in der Richtung unternehmen möchtest, sag einfach Bescheid!« Plötzlich seufzte sie. Sie wollte nicht nur, dass Angus sich als Onkel engagierte; sie selbst wollte auch etwas von ihm.

Offenbar hatte er ihren Seufzer gehört. »Lindy? Ist alles in Ordnung?«

Sie täuschte ein Gähnen vor, aus dem ein echtes wurde. »Mir geht's gut, ich bin bloß müde. Diese Hochzeit hat jede Menge Arbeit mit sich gebracht, vieles davon in letzter Minute. Nachdem der Stress nun vorbei ist, ist bei mir plötzlich die Luft raus, und ich bin völlig erschöpft.«

Angus lächelte verständnisvoll. »Das glaub ich dir gern. Ich habe mir einen schlechten Moment ausgesucht. Kann ich deine Nummer haben? Dann rufe ich dich zu einem besseren Zeitpunkt an, und wir machen was aus?« Erwartungsvoll nahm er sein Handy aus der Tasche.

Lindy gab ihm ihre Nummer.

»Danke«, sagte er und steckte sein Telefon wieder ein. Dann streckte er den Arm aus. »Also, darf ich dich nach Hause bringen?«

Sie nahm seinen Arm. »Danke für die Unterstützung. Ich bin ehrlich völlig k.o. Aber ich gehe zu meiner Großmutter; bis zu ihr ist es ein bisschen weiter.«

»Ich könnte dich tragen, wenn du möchtest, oder dich Huckepack nehmen.«

Er lachte, doch ihr fiel plötzlich ein, wie eine ganze Gruppe von ihnen mal nach einem Grillabend herumgealbert hatte. Angus hatte sie damals Huckepack genommen, und Lindy hatte sich wie im siebten Himmel gefühlt.

»Besser nicht«, antwortete sie, »obwohl meine Füße das sicher zu schätzen wüssten. Jemand könnte uns sehen und glauben, ich wäre betrunken. Sehr schlecht für das Image unserer Firma!« Sie war sehr zufrieden, dass es ihr gelang, so flapsig zu klingen.

»In dem Fall versuche ich, dich so gut wie möglich zu stützen, ohne dich von den Beinen zu reißen.«

Dafür ist es schon ein bisschen spät, dachte Lindy, die allmählich erkannte, dass sie sich – wenn sie nicht sehr gut aufpasste – wieder in ihn verlieben könnte.

»Ich kann dich aber nicht auf einen Kaffee ins Haus bitten, das würde meine Großmutter aufwecken.«

»Dann verabschieden wir uns eben ganz brav am Gartentor. Irgendwie macht das die Situation umso entspannter. Ich persönlich finde ja, dass altmodische Sitten einen gewissen Charme haben.«

Jetzt musste sie richtig lachen. Er war richtig nett und unkompliziert. Wenn sie jetzt unterwegs zu ihrem eigenen Häuschen wären, hätte sie ihn wahrscheinlich wirklich auf einen Kaffee eingeladen.

»Wenn das Wetter besser wird, würde ich dich, deine Eltern und deine Großmutter an einem Sonntagmittag gern zum Essen in einen Pub einladen. Damit möchte ich mich für das Sonntagsessen von neulich bedanken.«

»Und die Jungen?«

»Die natürlich auch! Im Garten des Pubs, den ich im Sinn habe, gibt es einen tollen Abenteuerspielplatz.«

»Klingt perfekt!«

Schweigend gingen sie weiter. Er hatte ihr den Arm um die Schulter gelegt, und seine Schritte hatten sich ihren angepasst. Viel zu schnell erreichten sie das Törchen zum Garten von Lindys Großmutter.

»Da sind wir«, sagte sie.

»Oh, schade! Ich habe gehofft, der Weg wäre weiter.«

»Nun, ich kann es kaum erwarten, ins Bett zu fallen.« Sie war tatsächlich todmüde, allerdings wäre sie trotzdem noch gern ein bisschen länger mit Angus spazieren gegangen.

»Dann müssen wir uns also jetzt Gute Nacht sagen.«

»Richtig.« Verschiedene Szenarien schossen ihr durch den Kopf. Konnte sie ihn auf die Wange küssen? War er der Typ Mann, der daran gewöhnt war? Manche Männer küssten jede Frau, mit der sie Umgang pflegten, das bedeutete nichts weiter. Aber Angus' Familie agierte nie besonders körper- und gefühlsbetont. Für Edward war ein Kuss keine ungezwungene Geste, sondern gehörte zum Vorspiel für Sex.

Aber bevor sie länger darüber nachdenken konnte, beugte er sich zu ihr und gab ihr einen Kuss auf die Wange, der so gar nichts Flüchtiges hatte. »Gute Nacht, Lindy.«

»Gute Nacht, Angus«, antwortete sie, ohne seine Geste zu erwidern. »Vielen Dank, dass du mich nach Hause gebracht hast.«

»Gern geschehen. Ich melde mich.« Damit drehte er sich um und ging davon.

Während sie vor der Haustür nach ihrem Schlüssel suchte, wünschte sie sich, Angus wäre noch ein bisschen geblieben. Aber als sie den Haustürschlüssel endlich ins Schloss schob, blickte sie auf und entdeckte, dass er nur ein paar Schritte weit gegangen war. Offenbar wollte Angus sich überzeugen, dass sie sicher ins Haus gelangte. Sie seufzte.

Nachdem die Hochzeitsfeier offensichtlich gut in Schwung gekommen war und wunderbar lief, entspannte Beth sich allmählich und konnte sich selbst auch amüsieren. Alle hatten die Hochzeitstorte bewundert, die auch tatsächlich prachtvoll aussah. Ein ganz kleines bisschen laienhaft, aber das trug zu ihrem »rustikalen Charme« bei, wie Rachel es ausgedrückt hatte. Beth war insgeheim entschlossen, dass die nächste Torte, die sie verzierte, nichts Rustikales an sich haben würde, doch sie war trotzdem sehr zufrieden. Das zarte Spitzenmuster hatte sie ziemlich gut hinbekommen.

Beth mochte es, wenn sie richtig viel zu tun hatte, schnell reagieren und von Aufgabe zu Aufgabe eilen musste. Sie half gerade, die riesigen Schweinefleischpasteten in vernünftig große Stücke zu schneiden, als jemand sie mit ihrem Namen ansprach.

»Beth? Sind Sie das?« Sie blickte auf und brauchte einen Moment, bis sie die Frau erkannte – ihre ehemalige Kunstlehrerin aus der Schulzeit.

»Oh, hallo, Mrs. Patterson! Ich wusste gar nicht, dass Sie

April kennen.« Allerdings wäre es auch ein Wunder gewesen, wenn sie es gewusst hätte.

»Oh nein, wir sind alte Freunde von Tristams Familie. Aber meine Liebe! Sie sehen so anders aus. Sie haben sich die Haare abgeschnitten.«

Reflexartig fasste Beth sich an den Hinterkopf. »Na ja, mir war nach einer Veränderung.«

»Es sieht toll aus!«, meinte Mrs. Patterson. »Sie hatten immer entzückende Haare, aber als sie noch so lang waren, hat man sonst nichts von Ihnen wahrgenommen – nur die tollen Haare. Jetzt sieht man Ihre riesigen Augen und Ihre schönen Gesichtszüge. Die Frisur steht Ihnen wirklich gut.«

»Danke! Das höre ich gern«, sagte Beth glücklich. Ihre Mutter hatte immer darauf beharrt, dass ihr langes Haar das Anziehendste an ihr wäre. Deshalb war Beth stets davon ausgegangen, dass ein Kurzhaarschnitt ihr nicht stehen würde.

»Ich fand immer, dass Sie mit diesen langen Haaren Ihr Licht unter den Scheffel stellen.«

Das Kompliment gab Beth das Selbstvertrauen, Charlie zuzulächeln, als sie ihn sah. Er schenkte ihr ein Grinsen und einen beifälligen Blick.

Als das Tanzen begann, ließ Beth sich von einem Bekannten aus dem Pub auffordern. Charlie absolvierte ein paar Pflichttänze mit einigen weiblichen Gästen, zwinkerte Beth allerdings jedes Mal zu, wenn sie sich auf der Tanzfläche begegneten. Daher war sie zuversichtlich, dass er wieder ganz für sie da sein würde, sobald er mit allen Frauen getanzt hatte, die das von ihm erwarteten.

Für eine Weile dachte sie nicht an ihn, aber dann fiel ihr irgendwann auf, dass Charlie nicht mehr da war. Zuletzt hatte sie ihn mit der Amazone gesehen, die jetzt viel besser aussah, nachdem ihr Make-up sich größtenteils in Wohlgefallen aufgelöst hatte.

Kurz darauf wurde ihr Tanzpartner ein bisschen zudringlich, und Beth entschuldigte sich. Sie ging zur Toilette, die kaum luxuriöser war als bei Beth' erster Besichtigung. Jetzt jedoch war der Raum voller Blumen, und Rachel hatte wunderbar duftende Handseife, Handcreme und eine Duftkerze organisiert. Obwohl keine Zeit gewesen war, um mehr zu verändern, machten diese Kleinigkeiten schon eine Menge aus. Beth hatte natürlich auch beim Dekorieren Hand angelegt, aber es war Rachel gewesen, die den Dingen den letzten Schliff verliehen hatte.

Beth überprüfte ihr Make-up und kam zu dem Schluss, es ein bisschen auffrischen zu müssen. Ihr Schminktäschchen steckte in ihrer Jacke, und die befand sich in einem kleinen Raum voller Dekorationsmaterialien, die Beth und Lindy dort verstaut hatten. Sie hatten eine behelfsmäßige Garderobe für die Gäste eingerichtet, aber da sie ein bisschen klein war, hatte Beth den für die Gäste bestimmten Platz nicht mit ihren Sachen belegen wollen.

Sie fand das richtige Räumchen, doch die Tür klemmte ein bisschen. Als sie kräftig daran zog, hörte sie etwas knacken, dann flog die Tür plötzlich auf. Sie schaltete das Licht ein. Neben den Abdecktüchern, abgelegten Arbeitsoveralls und Farbdosen entdeckte sie Charlie und die Amazone. So schnell wie möglich knallte Beth die Tür wieder zu. Dennoch hatte sie Charlies Kehrseite und die Amazone gesehen, die auf einem Stapel zusammengeklappter Tische saß. Es war eindeutig, was da vor sich ging.

Als Beth klar wurde, dass sie nicht ohne ihre Jacke nach Hause gehen wollte, klopfte sie und öffnete die Tür wieder. »Entschuldigung!« Sie gönnte Charlie keinen Blick; sie wollte ihm nicht die Gelegenheit geben, irgendwelche Ausreden zu erfinden. Beth nahm ihre Jacke vom Haken und ging – dabei ließ sie die Tür offen stehen und das Licht brennen. Die beiden waren selbst schuld, wenn die Hochzeitsgäste sie bei ihrem Schäferstündchen sahen!

»Meine Güte! Was ist denn los?«, fragte Rachel, als Beth fluchtartig zur Tür stürmte und Rachel dabei beinahe umgerannt hätte.

»Ich möchte nicht darüber reden. Macht es dir was aus, wenn ich schon nach Hause gehe?«

»Nein, natürlich nicht. Aber bist du okay? Möchtest du, dass ich mitkomme?«

»Nein! Danke – wirklich, es ist in Ordnung. Ich muss einfach nur weg von hier.«

»Was ist denn passiert?«

Beth schüttelte den Kopf. Sie wollte wirklich nicht darüber reden. Dennoch hatte sie das Gefühl, Rachel müsste es erfahren. »Charlie und die dicke Brautjungfer! In diesem Abstellraum. Eindeutiger hätte es nicht sein können!«

Dann bahnte sie sich einen Weg durch die Leute, wich dem Blick ihres letzten Tanzpartners aus und stürmte aus der Tür.

Beth war völlig durcheinander, aber sie war absolut sicher, dass sie nach Hause wollte.

Obwohl sie versuchte, die Tränen zurückzuhalten, liefen sie ihr jetzt schon über die Wangen. Immer neue traten ihr in die Augen, sodass sie halb blind aus dem Gebäude stolperte. In der Tür stieß sie mit jemandem zusammen, und da ihre Ballerinas ihr keinen Halt boten, geriet sie bedenklich ins Schwanken.

»Vorsicht!«, sagte ein Mann und fing sie auf.

Sie brauchte einen Moment, um wieder Fuß zu fassen. Dabei musste sie sich an ihm festklammern. Er trug eine dunkle Fleece-Jacke, einen dicken Schal und eine weit ins Gesicht gezogene Schiebermütze. Seine Stimme klang weich und hatte einen leichten irischen Akzent. Sie wusste, dass sie vor fremden Männern, die aus dem Nichts auftauchten, auf der Hut sein sollte, doch im Augenblick fand sie, dass sie gerade das Schlimmstmögliche erlebt hatte. Die jetzige Situation war lediglich unangenehm, nichts weiter.

Beth schniefte laut und hoffte, er sah nicht, dass sie geweint hatte. Sie wollte kein Mitgefühl. »Danke. Das hätte peinlich werden können!«

»Oder schmerzhaft.«

»Mhm.« Sie sehnte sich danach, sich die Nase zu putzen, entschied sich aber dagegen. Genauso gut hätte sie eine Flagge mit der Aufschrift *Ich weine* schwenken können.

Da der Mann nicht sofort in den Gemeindesaal ging und sie ihn gern loswerden wollte, fragte sie: »Kann ich Ihnen helfen? Sind Sie ein Gast? Die Hochzeit ist in vollem Gange, und es gibt noch jede Menge zu essen.«

»Wird hier eine Hochzeit gefeiert? Nein, ich bin kein Gast. Ich wollte mir nur die Halle ansehen.«

Obwohl Beth gerade nicht in der Lage war, klar zu denken, kam ihr das seltsam vor. »Um diese Uhrzeit? Ein bisschen spät, um einen Veranstaltungsort zu besichtigen.«

Er lachte. Sie stellte fest, dass seine Stimme sehr angenehm klang. »Stimmt, doch ich habe die Lichter gesehen und dachte mir, ich nutze die Gelegenheit.«

»Na ja, dann nur zu! Es wird niemandem auffallen, wenn Sie reingehen und sich umschauen.«

»Sie verlassen das Fest gerade?«

Zögernd blieb er stehen, sodass sie nicht an ihm vorbeikam. »Ja. Hab keinen Grund, länger zu bleiben.« Sie räusperte sich. »Ich habe sowieso gearbeitet, und jetzt werde ich nicht mehr gebraucht.«

»Was haben Sie denn gearbeitet?«

»Meine Freundinnen und ich organisieren Hochzeiten. Das

hier ist unsere erste. Aber jetzt sind wir fertig; die Arbeit ist erledigt. Ich bin müde und will heim. Doch gehen Sie ruhig in den Saal und sehen sich um!« Und gehen Sie mir vor allem aus dem Weg!, hätte sie am liebsten hinzugefügt, wenn sie mutiger gewesen wäre.

»In Ordnung. Also dann ...« Endlich bewegte er sich.

Beth schenkte ihm ein kurzes Lächeln und schlug den Weg über die Dorfwiese ein.

Ein Strudel der Emotionen drohte, sie mit sich zu reißen, und Beth wusste nicht, welches Gefühl vorherrschte. Sie stolperte in ihren unbequemen Schuhen den Weg entlang. Beth konnte es kaum erwarten, die Haustür hinter sich zu schließen, um zu weinen und ihrer Enttäuschung freien Lauf zu lassen.

Im Haus ließ sie sich in ihrer Jacke aufs Sofa sinken und starrte auf den dunklen Fernsehbildschirm. Dann stand sie auf und schaltete den Fernseher ein, damit das Bild in ihrem Kopf durch andere ersetzt wurde. Egal, was es war, alles war besser, als den Mann vor sich zu sehen, den sie für ihren Freund gehalten hatte, wie er in der Besenkammer mit diesem Mädchen schlief.

Schon zwei Sekunden später ging ihr das Fernsehprogramm so auf die Nerven, dass sie wieder aufstand und das Gerät ausschaltete. Dann lief sie ins Bad, um zu duschen.

Während das warme Wasser über ihren Körper strömte, versuchte Beth, ihre Gefühle zu ordnen. Sie war wütend und fühlte sich betrogen. Schließlich stellte sie das Wasser ab und hüllte sich in ihren Bademantel und ein Handtuch. Danach ging sie in die Küche und bereitete sich eine heiße Milch zu.

Während sie die Milch kurz darauf in ihrem Bett in kleinen Schlucken trank, fragte sie sich, ob es auch zu dieser schrecklichen Szene im Abstellraum gekommen wäre, wenn sie mit Charlie geschlafen hätte. Doch sie war unendlich dankbar, dass sie es nicht getan hatte. Beth vergrub den Kopf in den Kissen und betete um Schlaf.

Hatte Charlie ihr tatsächlich das Herz gebrochen? Oder fühlte sie sich nur so elend, weil er ihrem Stolz einen solchen Hieb versetzt hatte?

16. Kapitel

Da die anderen kurz vor der Teestunde eintreffen würden, beschloss Rachel zu backen. Die Hochzeit lag drei Tage zurück, und es regnete in Strömen. Beth und Lindy wollten vorbeikommen, um eine Nachbesprechung abzuhalten.

Bevor Rachel aufs Land gezogen war und gelernt hatte, ein bisschen lockerer zu werden, hatte sie nur selten gekocht und gebacken – dabei entstand so viel Unordnung. Doch jetzt hatte sie Lust, ihre Rührschüsseln, ein Backbuch und ihre Waage hervorzuholen und sich als Bäckerin zu betätigen.

Sie backte Madeleines in Spezialförmchen und legte sie auf eine Platte, dann bestäubte sie sie leicht mit Puderzucker. Es war ihr immer noch ein Bedürfnis, die Dinge ansprechend zu präsentieren, aber Durcheinander stresste sie nicht mehr so sehr, und ihr Drang aufzuräumen war nicht mehr so zwanghaft. Rachel stellte fest, dass es sehr zufriedenstellend war, aus wenigen Zutaten mithilfe eines Backofens etwas so Elegantes und Köstliches herzustellen. Ein Klopfen an der Hintertür riss sie aus ihren Gedanken.

»Oh! Hier duftet es ja so köstlich!«, sagte Lindy, als sie draußen ihre Gummistiefel auszog. »Du hast gebacken. Ich wusste gar nicht, dass du gern backst.«

»Habe ich bisher auch nicht. Aber lass uns erst mal probieren, wie die Madeleines schmecken, bevor wir uns zu früh freuen«, erwiderte Rachel.

»Sie sehen aus wie aus einem Backbuch«, rief Lindy. »Du hast ein herausragendes Talent, die Dinge hübsch zu arrangieren.«

»Darin habe ich viel mehr Übung als im Backen, doch es hat mir wirklich Spaß gemacht.«

»Kann ich eins haben?«

»Noch nicht! Erst wenn Beth auch da ist.« Rachel runzelte die Stirn. »Ich mache mir ein bisschen Sorgen um sie. Hast du sie seit der Hochzeit mal gesehen?«

»Nein«, antwortete Lindy. »Warum, was ist denn passiert?«

»Ich weiß nicht, ob es ihr recht ist, wenn ich es dir erzähle ...«

»Ganz bestimmt!«, sagte Lindy ungeduldig.

»Bei der Feier hat sie Charlie und die dicke Brautjungfer in einer Abstellkammer angetroffen, als die beiden ... äh ... du weißt schon.«

»Oh Gott!«, stöhnte Lindy. »Wie furchtbar! Ich glaube, Beth hat ihn wirklich gemocht. Das ist absolut schrecklich. Dieser Mistkerl.«

Rachel nickte. »Abscheulich. Und jetzt weiß ich nicht, ob es in Ordnung war, dass ich es dir erzählt habe.«

»Wenn du willst, kann ich so tun, als wüsste ich nichts«, schlug Lindy vor, die offensichtlich ebenfalls Zweifel hegte. »Und wie ist es dir auf der Hochzeitsfeier ergangen? Hattest du Spaß? Ich habe Raff gar nicht gesehen.«

»Ich bin nicht seine Aufpasserin!«, begehrte Rachel auf, dann seufzte sie. »Er hat vorher schon gesagt, dass er vielleicht nicht kommen kann. Er hat einen alten Kaminofen am anderen Ende des Landes abgeholt.«

»Aber du magst ihn?« Lindy wollte anscheinend mehr Details hören.

Rachel biss sich auf die Lippe. »Ich mag ihn tatsächlich. Er ist lustig und nett, doch ich bin nicht bereit für eine Beziehung. Und ganz bestimmt nicht für eine Beziehung mit ihm.« Und bevor Lindy etwas erwidern konnte, fügte sie hinzu: »Es ist nicht wegen seines Aussehens oder seiner Kleidung; es ist, weil er so viel dem Zufall überlässt und nicht zielstrebig ist. Ich brauche ein bisschen Sicherheit in meinem Leben.«

»Mit zwei Leuten, die man gerade erst kennengelernt hat, ein Unternehmen wie Vintage-Hochzeiten zu gründen ist auch nicht gerade eine sichere Sache.«

Rachel musste schmunzeln. »Nein. Und trotzdem ist es das Beste, was mir seit Jahren passiert ist.«

»Mir auch!«, sagte Lindy. »Das Beste, abgesehen von meinen Jungs.«

Bevor es wieder an der Tür klopfte, hatte Rachel kurz Zeit zu überlegen, dass Lindys berufliche Laufbahn bestimmt ganz anders ausgesehen hätte, wäre sie nicht schwanger geworden – viel erfüllender. Aber dennoch fand sie, dass ihre Söhne das Beste in ihrem Leben waren.

Nachdem auch Beth eingetroffen war, kochte Rachel Tee und ließ ihre Gäste am Tisch im Esszimmer Platz nehmen.

»Dieses Küchlein ist wunderbar«, sagte Beth. »Ich hatte kein Mittagessen.«

»Ach, Liebes!«, sagte Lindy. »Rachel hat mir erzählt, was auf der Hochzeitsfeier noch passiert ist. Ich hoffe, du bist ihr nicht böse.«

Beth zuckte mit den Schultern und nahm sich noch eine Madeleine. »Nein, nein. Meine Freundinnen können ruhig davon wissen. Wahrscheinlich kann ich in zehn Jahren sogar darüber lachen, wenn ich an diese Sache denke.«

»Warte nicht zehn Jahre mit dem Lachen«, meinte Lindy. »Vielleicht zehn Monate, aber wenn du es in zehn Tagen schon weniger schwernehmen würdest, wäre es noch besser.«

»Ach, ich weiß nicht! Ich fühle mich so gedemütigt.«

»Ich verstehe nicht, warum *dir* das so peinlich ist«, sagte Rachel. »Schließlich bist nicht *du* mit heruntergelassener Hose in einer Abstellkammer erwischt worden.«

Beth sah bedrückt vor sich hin. »Was soll ich nur zu ihm sagen, wenn er im Pub auftaucht?«, fragte Beth.

»Willst du dein Bier in einem Glas oder gleich ins Gesicht?«, schlug Lindy vor.

Ein schwaches Lächeln huschte über Beth' Gesicht. »Ich weiß nicht, ob ich ihm eine Wahl lassen soll.«

»Er kommt bestimmt eine Weile nicht in den Pub«, meinte Rachel. »Nicht, wenn er ein bisschen Verstand besitzt.«

»Na ja, wenn er diese fette Kuh mir vorzieht, hat er offensichtlich keinen Verstand«, erklärte Beth.

»Und wer will schon mit einem Idioten ausgehen?«, brummte Rachel.

»Ich nicht, so viel ist sicher«, erwiderte Beth. Dann runzelte sie die Stirn. »Ich habe eigentlich keine Lust, ihn wegen des Lochs im Auspuff des Transporters anzusprechen.«

»Mach dir keine Gedanken!«, sagte Rachel. »Ich frage Raff deswegen. Er kennt bestimmt jemanden, der es zu einem vernünftigen Preis reparieren kann.«

»Danke, ihr zwei! Ich habt dafür gesorgt, dass es mir jetzt deutlich besser geht«, sagte Beth. »Natürlich tut es immer noch verdammt weh, doch es ist nicht mehr ganz so schlimm wie vorher. Aber lasst bitte icht zu, dass mir das noch einmal passiert!«

»Was denn? Dass du dich in einen Idioten verliebst?«, fragte Lindy.

»Dass ich mich überhaupt in jemanden verliebe«, erwiderte Beth. »Nie wieder! Doch es freut euch bestimmt zu hören, dass ich ein bisschen an unserer Webseite gearbeitet habe. Ich musste mich ablenken.«

»Wirklich?«, staunte Rachel. »Das ist ja fantastisch! Nicht mal ein Workaholic wie ich hätte das geschafft.«

»Ich weiß, aber ich habe mir gedacht: Warum soll ich zulassen, dass dieser Mistkerl alles kaputtmacht, einschließlich der Zufriedenheit, die mir Vintage-Hochzeiten gegeben hat?«

Lindy ging zu Beth und umarmte sie fest. »Du bist wunderbar. Weißt du das?«

»Ja, das bist du«, bestätigte Rachel. Sie nahm ihr Klemmbrett in die Hand. Die Lage hatte sich entspannt, Beth schien fast wieder ganz die Alte zu sein. Rachel war klar, dass es in Wirklichkeit nicht so war, aber offensichtlich wollte Beth die Episode abhaken und sich dem Tagesgeschäft zuwenden.

»Okay, Mädels. Nun noch einmal zu Aprils Hochzeit: Wie war sie für euch?« Sie zückte ihren Stift und war bereit, sich Notizen zu machen.

»Ich fand, alles ist hervorragend gelaufen«, meinte Lindy. »Der Saal hat uns alle Ehre gemacht, alle haben ihn geliebt. Die Familie war völlig begeistert, wie viel wir auf die Beine gestellt haben.«

»Es war supernett von Eamon, sich in aller Öffentlichkeit bei uns zu bedanken«, sagte Rachel.

»April war entzückt von ihrem Kleid«, erklärte Lindy.

»Auf ihrer Facebook-Seite sind unzählige Fotos«, sagte Beth. »Sie sieht einfach toll aus.«

»Ich fand unser Outfit gut«, meinte Lindy. »Dir hat es besonders gut gestanden, Beth, du hast den Geist von Audrey Hepburn heraufbeschworen...«

»Na ja, offensichtlich turnt Audrey Hepburn Charlie nicht an!«, sagte Beth und verzog das Gesicht. Ihre Miene brachte die anderen beiden zum Lachen.

»Noch ein Indiz dafür, dass er ein Idiot ist«, sagte Rachel. »Aber weiter im Text...«

»Mum sagt, alle halten uns für Wundertäterinnen«, erklärte Lindy.

»Das sind wir nicht gerade«, antwortete Rachel ein bisschen besorgt. »Wir haben so viel Unterstützung von allen Seiten bekommen.«

»Aber wir haben auch jede Menge gelernt«, fügte Lindy hinzu. »Wir verfügen jetzt über Fähigkeiten, die wir vorher noch nicht hatten.«

»Wir können einen Schmink-Service anbieten«, sagte Beth. »Allerdings müsste ich mir dann professionelle Schminkutensilien anschaffen.«

»Wir müssen uns Gedanken über das Catering für künftige Feiern machen«, meinte Rachel. »Die Einheimischen haben sich diesmal nur so engagiert, weil April von hier stammt und wegen ihrer Mutter und so. Wir sollten recherchieren, welches Unternehmen dafür infrage kommt.«

»Oder wir lernen, das Essen selbst vorzubereiten«, schlug Lindy vor. »Sonst geht unser Gewinn für das Catering drauf.«

»Wir könnten die Kosten dafür in Rechnung stellen«, sagte Beth. »Wir können nicht alles selbst machen.«

Rachel seufzte. »Das stimmt. Aber das Essen ist so wichtig. Ich hasse es, wenn wir nicht die Kontrolle darüber haben.« Dann wurde sie plötzlich verlegen. »Tut mir leid, ja, ich bin ein Kontroll-Freak. Ich bekomme das noch in den Griff!« Die beiden anderen lachten, und Rachel fuhr fort: »Und es ist so viel leichter, neurotisch zu sein, wenn man es nicht ständig verbergen muss. Ich bin so froh, dass ihr Bescheid wisst.«

»Wir finden einen Caterer, auf den wir uns verlassen können«, versprach Lindy. »Und was mich angeht, ich bin so froh, dass wir uns keine Gedanken um Hochzeiten mehr machen müssen – wenigstens vorübergehend. Ich habe momentan mehr als genug davon.«

»Ich auch!«, pflichtete ihr Rachel bei. »Obwohl mir die Arbeit sehr gefallen hat und das Ergebnis fantastisch war, will ich es nicht sofort noch mal machen. Sofern wir keinen zahlenden Kunden haben, natürlich.« Sie sah ihre Kolleginnen an. »Also, lasst uns eine Liste zusammenstellen, worauf wir uns jetzt konzentrieren müssen!«

»Erst mal müssen wir diesen Geruch vollständig aus dem Transporter bekommen«, sagte Beth. »Ich habe mich bis jetzt damit abgefunden, aber damit ist nun Schluss. Der Geruch erinnert mich zu sehr an Charlies Hof.«

Rachel krauste die Stirn. »Ich glaube, es gibt da einen Trick mit Natron.«

»Ich recherchiere das«, versprach Beth. »Nächster Punkt?«

»Wir müssen die Halle fertig renovieren«, sagte Rachel. »Ich weiß, sie hat gut ausgesehen – mehr als gut –, doch die Renovierung ist alles andere als abgeschlossen. Und dann ist da noch die Küche. Selbst als Servierbereich ist sie widerlich. Ich bin sicher, dass der Saal aus hygienischen Gründen gesperrt wird, wenn jemand herausfindet, dass wir ihn vermieten und dort Essen servieren wollen.«

Lindy nickte. »Okay. Setz den Punkt auch auf die Liste! Aber wir sollten nicht nur selbst mit anpacken, sondern auch dafür sorgen, dass alle den Fonds für die Dachreparatur unterstützen. Zum Beispiel, indem sie am Quiz teilnehmen«, fügte sie hinzu. »Meine Mutter will, dass ich mitmache.«

»Bist du gut in so was?«, fragte Rachel.

»Nicht wirklich. Doch sie hat Angus gebeten, unser Team zu verstärken. Sie wird bestimmt wieder ihre üblichen Verkupplungsversuche unternehmen. Na ja, wie auch immer, ihr beide müsst auch mitmachen!«

»Ich arbeite wahrscheinlich«, entgegnete Beth.

»Vielleicht schenkt Sukey Getränke aus, und du arbeitest an

der Bar, dann kannst du uns heimlich die Antworten verraten«, schlug Rachel vor.

Beth lachte und wirkte jetzt wirklich fröhlich. »Hast du eine Ahnung, wie wenig ich über Sport weiß?«

Rachel winkte ab. »Jeder hat ein Spezialthema. Meins besteht darin, Unordnung zu vermeiden und hässliche Flecken zu beseitigen. Leider wird in einem Quiz nie nach diesen Dingen gefragt.« Ein Pfeifton war zu hören.

Beth griff nach ihrem Handy. »Helena hat mir eine Nachricht geschickt. Sie hat einen Termin für die Hochzeit: der zwölfte April.«

Ein kurzes Schweigen entstand, dann meinte Rachel. »Das ist in weniger als zwei Monaten.«

»Gibt es da keinen Terminkonflikt mit Ostern?« Lindy klang, als hoffte sie darauf. »Wir könnten auf sie einwirken, den Termin ein bisschen zu verschieben.«

Rachel rief den Kalender ihres Mobiltelefons auf. »Nein, Ostern liegt dieses Jahr spät.« Sie sah Beth an. »Das ist sehr kurzfristig. Kannst du sie fragen, ob sie den Termin noch schieben kann? Schon ein Monat würde helfen.«

Beth schrieb eine Nachricht.

Es entstand eine Pause, während sie auf eine Antwort warteten. Beth nahm eine Ausgabe der Zeitschrift *Interiors* in die Hand, die auf einem Beistelltisch lag, und blätterte darin. Dann sagte Lindy. »Das wird langsam frustrierend. Warum versuchen wir nicht, mit Helena zu skypen? Es wäre gut, wenn Rachel und ich wüssten, wie sie aussieht.«

»Gute Idee – falls sie irgendwo ist, wo sie skypen kann. Ich frag sie mal.«

Wieder warteten sie auf eine Antwort von Helena.

»Nur so ein Gedanke«, sagte Beth. »Du hast doch Skype, oder?«

Rachel nickte und grinste. »Mein Haus ist mit allem erdenklichen Schnickschnack ausgestattet.«

Während sie Skype einrichtete, brachte Lindy Tassen und Teller in die Küche und spülte sie ab.

»So, ich bin so weit«, sagte Rachel nach einer Weile.

Beth und Lindy gesellten sich zu ihr. Auf dem Bildschirm erschien wenig später eine junge Frau, die Beth ziemlich ähnlich sah.

»Hey, Helena!«, sagte Beth voller Freude. »Wie schön, dich zu sehen! Warum hast du es so eilig mit der Hochzeit? Bist du etwa schwanger?«

»Kein Witz«, antwortete Helena. »Ich bin wirklich schwanger. Und es würde Mum das Herz brechen, wenn ich mit einem dicken Bauch vor den Altar treten würde.«

Es entstand ein kurzes, spannungsgeladenes Schweigen. Rachel räusperte sich und stupste Beth an, die den Hinweis sofort verstand.

»Aber das ist doch wunderbar! Ich freue mich so! Ja, also...«, sagte sie dann, »ich stelle dich besser mal dem Team vor.« Während sie die drei Frauen miteinander bekannt machte, versuchte sie, sich von dem kleinen Schock zu erholen, den die Neuigkeit ihrer Schwester ihr versetzt hatte. Sie würde noch in diesem Jahr Tante werden!

»Also, Helena!«, meinte Beth dann. »Noch einmal zurück zur Hochzeit: Das alles kommt nun doch ein bisschen unerwartet. Ich dachte, es interessiert dich nicht, was Mum über die Hochzeit denkt – deshalb wollten *wir* uns ja auch um die Organisation kümmern und nicht sie.«

»Ja, ich weiß. Aber seit ich von zu Hause weg bin, ist mir aufgegangen, dass ich sie vermisse. Und es ist auch nicht wirklich fair, dir alles aufzuhalsen.«

»Aber sie will doch die Hochzeit ganz anders gestalten als du.

Du weißt schon, das Riesenhotel? Die acht Brautjungfern, die du seit Jahren nicht mehr gesehen hast? Der Chor, der Stücke ihrer Wahl singt? Ich dachte, du hasst diese Vorstellung.«

»Mum und ich haben uns einige Male lange unterhalten, und sie hat verstanden, dass es mein Tag ist und nicht ihrer. Ich glaube, dadurch, dass wir beide unser Zuhause verlassen haben, ist ihr klar geworden, wie herrschsüchtig sie gewesen ist, und hat sich geändert.«

»Hmph!«, machte Beth. »Ich weiß nicht, ob das möglich ist. Bist du sicher, dass du nicht nachgibst und zulässt, dass sie alles übernimmt? Weil es bequemer ist?«

»Nein, wirklich nicht.« Helena beugte sich vor. »Es gibt einen Vorschlag von ihr, den ich kategorisch abgelehnt habe.«

»Ja?«

»Sie will, dass ich ihr Brautkleid und den Schleier trage – um Geld zu sparen und weil sie es so schön fände. Ich habe ihr gesagt, dass das nicht infrage kommt.«

»Na ja, Helena, das ist ein Punkt, in dem sie recht haben könnte. Wenn ich an die Fotos denke, könnte ich mir gut vorstellen, dass ihr Kleid ... hm ... ein kleines Bäuchlein gut kaschieren könnte.« Verblüfft hielt sie kurz inne. »Hey – du glaubst doch nicht, dass Mum schwanger w...«

»Nein«, unterbrach Helena ihre Schwester. »Ich habe nachgerechnet. Ich bin erst ein gutes Jahr nach der Hochzeit auf die Welt gekommen.«

»Hast du ihr schon erzählt, dass du ein Baby bekommst?«

»Ja. Und Mum freut sich! Ich war richtig überrascht, aber ich glaube, der Gedanke an ein Enkelkind hat sie sanftmütiger werden lassen. Sie hat wohl begriffen, dass sie es vielleicht nie zu sehen bekommt, wenn sie sich weiter so aufführt wie in den vergangenen Jahren.«

»Ach, nein! Mir gefällt die Vorstellung, wie Mum vor Rührung zerfließt. Wir haben jetzt einen Transporter, ich sollte ihr mal einen Besuch abstatten.«

Helena zögerte. »Das musst du nicht. Sie kommt dich besuchen. Sie möchte sich bei der Hochzeitsplanung einbringen – doch zu deinen Bedingungen, nicht zu ihren.«

Beth schwieg so lange, dass Rachel sich verpflichtet fühlte einzugreifen. »Das ist ja wunderbar! Wir sind für jede Unterstützung dankbar.«

»Bei mir kann sie nicht wohnen, das steht schon mal fest«, erklärte Beth. »Ich habe keinen Platz! Also muss sie in einer Pension übernachten. Doch es müsste schon eine gute sein. Lindy? Du kennst doch bestimmt eine, oder? Meine Mum ist ein bisschen ... pingelig.«

Lindy zuckte zusammen. »Im Ort gibt's keine vernünftige Pension, fürchte ich.«

»Es müsste ja nicht direkt in Chippingford sein.« Beth' Stimmung hellte sich bei dem Gedanken, dass ihre Mutter nicht im selben Dorf übernachten würde, sofort wieder auf. »Es könnte ja auch außerhalb sein – wenn dir was einfällt.« Sie drehte sich zu Lindy um, die den Kopf schüttelte.

Helena schaltete sich wieder ein. »Beth! Ich könnte bestimmt über das Internet eine Pension in der Region finden. Aber Mum will vor Ort sein.«

Ganz kurz dachte Beth an den Pub, aber die beiden Zimmer waren zurzeit belegt, wie sie von Sukey wusste. Außerdem waren sie sehr einfach und entsprachen sicher nicht den Erwartungen ihrer Mutter.

Rachel ertappte sich dabei, wie sie den Mund öffnete und merkwürdige Worte herauskamen: »Sie kann bei mir wohnen. Ich biete ihr Übernachtung mit Frühstück an.«

»Cool!«, rief Helena, die nicht wissen konnte, was für ein großes Opfer das für Rachel war.

»Äh, Helena, wir müssen noch mal darüber nachdenken«, sagte Beth. »Wir müssen noch einiges klären. Können wir uns wieder bei dir melden?«

»Oh, na klar«, antwortete Helena zu Rachels großer Erleichterung, denn sie stand noch unter Schock. »Ach, übrigens, Beth, Mum hat erfahren, dass du deine Haare abgeschnitten hast. Sie hat Mrs. Patterson getroffen, die es ihr erzählt hat. Mrs. Patterson hat Mum vorgeschwärmt, wie toll du aussiehst.«

»Na super!«, erwiderte Beth schwach.

»Mum hat gemeint, dass Mrs. Patterson ein Künstlertyp sei – offensichtlich hat sie ihr nicht geglaubt.«

»Okay«, mischte sich Rachel ein. »Lindy und ich lassen euch Mädels noch ein bisschen plaudern...«

In der Küche biss Rachel sich auf den Fingerknöchel. »Was habe ich bloß getan? Warum habe ich gesagt, dass Beth' Mutter bei mir wohnen kann?«

»Ich weiß es nicht, aber ich finde die Idee ganz prima!«

»Ich lasse keine fremden Leute bei mir wohnen. Vor allem keine schwierigen wie Beth' Mum.«

Lindy lachte. »Jetzt offenbar schon!«

Rachel runzelte die Stirn. »Weißt du, was? Ich liebe diese kleinen Details in einer Pension. Frische Milch, nicht diese Tetrapacks. Schöne Bettwäsche, gute Seife, verstehst du? Ich glaube, einem Teil von mir würde es sogar gefallen, ein Gästehaus zu eröffnen!«

Wenn Lindy überrascht war, so ließ sie es sich nicht anmerken.

»Aber nun zurück zum Catering: Ich dachte, wir hätten ein paar Monate Zeit, um Helenas Hochzeit zu planen, doch das ist jetzt ja wohl nicht so.«

Lindy nickte. »Wir können nicht erwarten, dass die Frauen der Gemeinde das Essen für ihre Feier liefern. Ich frage Mum, ob sie jemanden kennt.«

»Ach, da ist ja Beth!«, sagte Rachel. »Wir haben gerade über das Catering gesprochen. Du hast nicht zufällig eine Ahnung, wie Helena sich das Essen vorstellt?«

»Doch, habe ich«, erwiderte Beth. »Kanapees, dann ein am Platz serviertes Dreigangmenü und Käse.«

»Ist das jetzt Helenas Wunsch oder der eurer Mutter?«, wollte Lindy wissen.

»Ach, Mums natürlich! Helena sagt zwar, sie wird nicht das machen, was unsere Mutter will, aber ich weiß, dass sie unter Dauerdruck einknicken wird.«

»Gut, dass Helena uns hat, um ihre Wünsche durchzusetzen!«, meinte Rachel. »Ich weiß ja nicht, wie es euch geht, aber ich hätte jetzt gern ein Glas Wein.«

»Super Idee«, sagte Beth. »Ich hole die Gläser.«

17. Kapitel

»Also, Rachel«, sagte Beth, »denkst du, du könntest meine Mutter, Mrs. Oberpenibel, tatsächlich bei dir aufnehmen? Sozusagen als Wirtin einer Frühstückpension?«

Rachel nickte. »Ja. Ich mag Herausforderungen; ich merke, dass sie mir dabei helfen, über mich selbst hinauszuwachsen. Ich ziehe ins Gästezimmer und vermiete mein Zimmer – es hat nämlich ein eigenes Bad. Könnte eine hübsche kleine Einnahmequelle für uns sein.« Sie überlegte kurz. »Ich würde es aber nur Leuten anbieten, die mit der jeweiligen Hochzeit zu tun haben, die wir gerade organisieren. Und möglicherweise nur Frauen.«

»Du kannst doch nicht dein Schlafzimmer aufgeben!« Lindy war entsetzt. »Wenn du das tatsächlich durchziehen würdest, wäre es allein dein Geld. Das Unternehmen hätte nichts damit zu tun.«

Rachel überlegte, wie sie das erklären sollte. »Ich würde es nicht machen, wenn es das Unternehmen nicht gäbe. Ich brauche das Geld nicht, ich habe ein ziemlich regelmäßiges Einkommen.« Sie dachte darüber nach, wie es wohl sein mochte, eine Fremde in ihrem perfekten Schlafzimmer zu beherbergen, und seufzte. »Aber jeder muss Opfer bringen, wenn er ein Unternehmen gründet. Ich wünsche mir wirklich sehr, dass unser Unternehmen ans Laufen kommt, und bin bereit, alles dafür zu tun. Das ist das allererste Mal, glaube ich, dass mir meine Arbeit wirklich Spaß macht. Ich bin überzeugt, dass man in ein eigenes Geschäft seine ganze Energie stecken muss. Nur so kann es funktionieren.«

»Ähm, wenn wir den Wein getrunken haben«, sagte Lindy, »können wir uns dann mal dein Zimmer ansehen?«

Rachel überlegte kurz. Es war Weißwein. »Ihr könnt euren Wein mitnehmen, ihr verschüttet bestimmt nichts.«

Sie zwang sich, ganz gelassen zu bleiben, als ihre Kolleginnen auf ihr Schlafzimmer zusteuerten. Es war stets ihr Heiligtum gewesen. Jetzt war sie bereit, es zu vermieten. Wie die Zeiten sich geändert hatten – oder, besser gesagt, wie sie selbst sich verändert hatte!

Niemand sprach, während sie den Raum betrachteten. Ein antikes Messingbett stand im rechten Winkel zu den Fenstern. Ihm gegenüber befand sich ein antiker Kiefernholz-Kleiderschrank. Ein alter Waschtisch aus dem gleichen blassen Holz nahm den Platz zwischen den Fenstern ein. Darauf standen ein Krug und eine Schüssel. Eine gerahmte antike Stickerei hing über dem Bett, und die Truhe unter dem Fenster vervollständigte den Eindruck, dass der Raum in ein anderes Jahrhundert gehörte.

»Tut mir leid, dass es so unordentlich ist«, sagte Rachel. Als sie am Morgen aufgestanden war, hatte sie nicht damit gerechnet, dass außer ihr noch jemand den Raum sehen würde.

Lindy sah einen Augenblick verwirrt aus. »Ich glaube nicht, dass es als Unordnung zählt, wenn deine Hausschuhe unter dem Bett nicht ganz parallel ausgerichtet sind. Du hast mein Haus gesehen – *das* nennt man ›unordentlich‹!«

Rachel, die wusste, dass ihre Jeans vom Vortag auf dem hübschen Lloyd-Loom-Stuhl hing – nicht zu sehen, wenn man nicht ganz ins Zimmer trat, war anderer Meinung. »Dein Haus ist ... gemütlich, und wenn es dir so gefällt, dann ist es in Ordnung.«

»Ich mag die Gemütlichkeit, doch das Chaos stört mich. Es passiert mir einfach immer wieder«, erklärte Lindy forsch.

»Meine Mutter hat so viel genörgelt, weil ich unordentlich war, dass ich mir geschworen habe, das meinen Kindern später einmal nicht anzutun«, erklärte Beth. Sie schwieg kurz. »Können wir jetzt das Badezimmer sehen?«

»Okay. Wir fangen mit dem Bad an, das zum Schlafzimmer gehört – das würde dann deine Mutter benutzen.«

Es war viel moderner, aber dennoch minimalistisch und elegant. Es gab eine Reihe von Glasgefäßen mit silbernen Deckeln, in denen sich alles befand, was man zum Schminken oder Abschminken benötigte.

»Ich liebe diese Gläser!«, rief Lindy aus.

»Meiner Mutter werden sie auch gefallen«, sagte Beth verzückt. »Sie sind stilvoll und gleichzeitig praktisch.« Sie runzelte die Stirn. »Mum ist recht anspruchsvoll und hat eine ziemlich lange Liste von Must-haves, da muss ich dich vorwarnen.«

Rachel nickte. »Ich auch. Als Hotelgast bin ich ein Albtraum. Ich brauche zum Beispiel ein Radio direkt neben dem Bett. Ich muss noch eins besorgen, damit ich selbst auch ein Radio habe, wenn deine Mutter bei mir übernachtet.«

»Und anständige Kleiderbügel«, sagte Beth.

»Frische Milch – entweder in einem kleinen Kühlschrank oder in einer Thermoskanne«, fügte Rachel hinzu.

»Ich bin schon zufrieden, wenn die Bettwäsche sauber ist und es einen Wasserkocher gibt und die Kissen nicht zu schlecht sind«, meinte Lindy. »Und wenn ausnahmsweise keine kleinen, zappelnden Quälgeister das Bett mit mir teilen wollen.«

»Meine Kissen sind alle mit Gänsedaunen gefüllt«, sagte Rachel. »Und mein persönliches Kopfkissen hat einen Überzug aus Seide.« Sie runzelte die Stirn. »Glaubt ihr, ich sollte auch für Gäste so einen besorgen?«

»Nein«, antworteten Beth und Lindy einstimmig. »Auf keinen Fall.«

Nachdem die beiden anderen gegangen waren, hatte Rachel sich vor dem Fernseher niedergelassen (der normalerweise hinter einem Sichtschirm verborgen war), als das Telefon klingelte. Auf Anhieb erkannte sie Belindas Stimme.

Nach einem kurzen Austausch von Höflichkeiten sagte Raffs Mutter: »Liebes, wann kommen Sie, um mein Geschirr zu sichten? Es wird langsam Zeit. Ich kann auch problemlos eine Firma für Haushaltsauflösungen engagieren, wenn Sie zu beschäftigt sind.«

Rachel hätte beinahe einen Schrei ausgestoßen, doch dann holte sie tief Luft. »Nein! Ich möchte es unbedingt selbst sichten. Wir hatten so viel mit dieser Hochzeit zu tun. Ich wünschte, ich hätte vorher schon Zeit zum Sortieren Ihres Geschirrs gehabt.« Belindas Stimme hatte sehr forsch geklungen, und Rachel hoffte, dass die ältere Dame nicht beleidigt war.

»Ich weiß, wie beschäftigt ihr Mädchen gewesen seid. Der ganze Ort spricht davon, wie wunderbar die Hochzeit gewesen ist. Ich wollte Ihnen kein schlechtes Gewissen machen, weil Sie noch nicht hier waren. Ich ziehe es bloß vor, wenn jemand den Job übernimmt, den ich kenne und der so etwas gern macht.«

Rachel fühlte sich unglaublich geschmeichelt und ging im Geiste ihren Kalender durch. »Ich könnte morgen kommen, wenn Sie möchten«, schlug sie vor.

»Prima! So gegen neun? Oder ist das zu früh? Zu spät?«

»Perfekt«, antwortete Rachel. Sie konnte ihren Termin für

den nächsten Tag verschieben – der Kunde war bestimmt dankbar, ein bisschen mehr Zeit zu haben, um die Belege zusammenzusuchen.

»Mir passt das auch sehr gut«, sagte Belinda. »Finden Sie den Weg allein, oder soll Raff Sie abholen?«

»Wird er auch da sein?«

»Aber natürlich, Liebes! Für eine Person ist viel zu viel zu tun!«

Rachel schluckte. »Eine Wegschreibung wäre gut. Sie wissen schon – für alle Fälle. Falls ich mich doch nicht mehr so gut an die Strecke erinnere und mein Navi mich auf den kleinen Straßen nicht leiten kann.«

Während sie sich zu Belindas Erklärungen Notizen machte, fragte sie sich, warum diese es so eilig hatte, ihr Haus auszuräumen. Wollte sie es vielleicht verkaufen? Rachel war entschlossen, diesmal herauszufinden, warum Belinda ausmistete.

Bis zu dem Moment war es ihr gelungen, nicht zu oft an Raff zu denken. Sie hatte im Zusammenhang mit der Hochzeit so viele Dinge bedenken müssen. Jetzt musste sie sich mit ihm auseinandersetzen. Ihre Gefühle waren völlig durcheinandergeraten. Die Vernunft sagte ihr, dass sie nichts mit ihm zu tun haben wollte. Er war nicht gut für sie. Allerdings fühlte sie sich wider Willen von ihm angezogen. Warum? Sie fürchtete sich beinahe vor ihm, weil sie so stark auf ihn reagierte.

Während sie ihre Empfindungen einer genaueren Prüfung unterzog, wurde ihr klar, dass sie grundsätzlich auf Raff stand. Aber das war in Ordnung. Man durfte sich von unpassenden Menschen angezogen fühlen, man musste nur genug Verstand haben, es dabei zu belassen. Sie würde dafür sorgen, dass ihr Kopf die Oberhand behielt, und Raff auf Abstand halten. Genau das würde sie tun.

Am nächsten Morgen war sie bereit, sich der Herausforderung zu stellen. Raff hatte ihr eine Nachricht geschickt und vorgeschlagen, sie auf dem Weg zu seiner Mutter abzuholen. Doch Rachel hatte höflich abgelehnt. So konnte sie nach Hause fahren, wann sie wollte. Sie trug alte Kleidung und packte ihren Arbeitsoverall in eine Tasche, für den Fall, dass sie ihn brauchen würde. Am liebsten hätte sie ihn gleich angezogen, doch sie wollte auf keinen Fall unhöflich wirken, so als käme sie in »Schutzkleidung«, um Belindas Geschirr zu sortieren.

Sie hatte die Rückbank ihres Autos umgelegt und nützliche Dinge in den Kofferraum gepackt: Bananenkisten, die sie in Supermärkten gesammelt und sorgsam für Umzüge aufbewahrt hatte, weil sie so robust waren und sich leicht tragen ließen, Luftpolsterfolie in rauen Mengen und ein paar Umzugskartons. Außerdem einen Klebebandabroller und mehrere Rollen Klebeband sowie eine Box mit Klebeetiketten und Stiften. Rachel hielt sich für eine erfahrene Packerin und Umzugskraft. Sie war nicht nur selbst schon einige Male umgezogen, sondern hatte auch oft Freunden dabei geholfen. Jetzt hatte sie das Gefühl, dass sie einige von ihnen einmal zu sich einladen könnte. Bisher hatte der Gedanke ihr Angst gemacht.

Während der Fahrt stellte sie fest, dass sie aufgeregt war. Das Sortieren dieser Porzellanberge war eine echte Herausforderung und würde ihr Freude machen.

Sie war auch ganz gespannt darauf, was sie vorfinden würde. Belindas Aussage, das Geschirr verschenken zu wollen, konnte sie nicht ganz ernst nehmen. Vielleicht stießen sie auf wertvolle Dinge, die sie unmöglich als Geschenk annehmen könnte. Außerdem waren die Leute oft sehr großzügig, wenn sie glaubten, die Gegenstände wären wertlos – aber diese Stimmung konnte rasch umschlagen, wenn sie eines Besseren belehrt wurden.

»Ich habe ein paar Sachen mitgebracht, die hilfreich sein könnten«, erklärte Rachel, nachdem sie herzlich begrüßt worden war und eine Tasse sehr guten Kaffee getrunken hatte. »Ein paar Kisten und Kartons, Luftpolsterfolie, Etiketten.«

»Hört sich an, als wären Sie gut vorbereitet«, erwiderte Belinda.

Rachel war sich nicht ganz sicher, ob das als Kompliment gemeint war, und trank einen Schluck Kaffee. »Möchten Sie, dass wir zusammen arbeiten? Dass ich Ihnen helfe?«

»Großer Gott, nein!«, sagte Belinda. »Nein, nein. Übernehmen Sie das Aussortieren! Wenn es mir überlassen bliebe, würde nie was passieren. Und es muss erledigt werden.«

»Verzeihung, aber darf ich fragen, warum Sie es jetzt relativ eilig damit haben? Es wäre hilfreich, wenn ich den Zeitrahmen kennen würde.«

»Raff wollte es auch wissen, aber ich glaube nicht, dass er mit meiner Antwort zufrieden war«, sagte Belinda. Doch zu Rachels großer Erleichterung wirkte sie nicht verärgert. »Dieses Haus ist viel zu groß für mich allein, und trotzdem bringe ich es nicht über mich, es zu verlassen. Lächerlich, ich weiß.«

»Also ...«, hakte Rachel nach.

»Ich dachte mir, ich richte mir in einem Teil des Hauses eine Wohnung ein und vermiete den Rest.«

»Oh, aber wäre das nicht schwierig? Sie müssten sich das Haus mit Fremden teilen. Meine Güte, ich habe mich gerade erst an den Gedanken gewöhnt, dass jemand für ein paar Tage bei mir übernachtet!« Sie zog ein Gesicht. »Aber ich muss zugeben, dass ich in dieser Hinsicht ein bisschen seltsam bin.«

»Es hängt wohl davon ab, an wen ich vermiete.«

Rachel musterte Belinda und kam zu dem Schluss, dass diese Frau längst einen Plan hatte. Doch sie wollte nicht weiter in sie dringen. »Dann lege ich mal los.«

Bisher war Raff noch nicht eingetroffen. Von seinem Truck war auf dem Vorplatz nichts zu sehen gewesen, und auch im Haus deutete nichts auf seine Anwesenheit hin. Deshalb hatte Rachel das Gefühl, sich vorerst entspannen zu können.

»Ich habe gewusst, dass Sie die Richtige für diese Aufgabe sind«, meinte Belinda und gab ein bisschen Sahne in ihren Kaffee. »Sofort, als ich Sie kennengelernt habe. Raff musste es mir gar nicht erst sagen.«

Rachel nickte verständnisvoll. »Ich mag es auch nicht, wenn man mir Dinge sagt, die ich schon weiß. So, wo soll ich denn anfangen?«

»Im Esszimmer«, erwiderte Belinda. »Wie wollen Sie vorgehen?«

»Ich schlage vor, dass ich drei Stapel mache: wertvolle Dinge, die Sie vielleicht verkaufen wollen, Stücke, die Sie als Schenkung an einen Wohltätigkeitsverein geben können, und Dinge, deren Aufbewahrung sich nicht lohnt. Ich ordne alles zu, und dann können Sie entscheiden, ob ich richtigliege oder ob ich eine wertvolle Antiquität oder etwas von großem Erinnerungswert auf den Wegwerfstapel gelegt habe.« Sie hielt kurz inne. »Natürlich werden es nicht wirklich Stapel sein. Ich packe alles in Kisten. Wenn Sie sich eine Meinung gebildet haben, spüle ich alles und verpacke es richtig.«

»Ach, du lieber Himmel! Dann lasse ich Sie allein, damit Sie anfangen können.«

Rachel war im siebten Himmel. Sie hörte Radio 4, trug ihren Arbeitsoverall und Gummihandschuhe und hatte alles um sich herum vergessen.

Sie wusste nicht viel über Geschirr, daher orientierte sie sich an den bekannten Markennamen in der Welt des Porzellans.

Jemand hatte jede Menge Stücke von Mason Ironstone gesammelt, und es gab ziemlich viel von Clarice Cliff.

Rachel begann damit, alles nach Sets zu sortieren, und beschloss, Macken und kleinere Mängel nicht zu beachten. Nach ungefähr einer halben Stunde war ihr klar, dass sie mehr über das wissen musste, womit sie es zu tun hatte. Deshalb machte sie sich auf die Suche nach Belinda und fand sie in der Küche. »Haben Sie vielleicht eine Art Nachschlagewerk über Porzellan? Das wäre sehr hilfreich bei meinen Entscheidungen.« Sie sah, dass Belinda mehrere Muffin-Formen auf der Arbeitsfläche verteilt hatte. Sie balancierten auf Bücherstapeln, Tellern und einer Obstschale.

»Oh ja.« Belinda wischte sich die Hände an ihrer Schürze ab. »Ich habe bestimmt irgendwo so ein Buch.«

Rachel lächelte, doch sie fragte sich, wie Raffs Mutter in dem Chaos irgendetwas finden wollte. Aber zu ihrer Überraschung griff Belinda zielbewusst in ein Bücherregal und zog das Buch heraus.

»Danke«, sagte Rachel und hoffte, dass man ihr die Überraschung nicht ansah. »Das ist bestimmt sehr nützlich. Darf ich fragen, wie Sie zu dieser großen Geschirrsammlung gekommen sind?«

»Ja, natürlich. Größtenteils haben meine Eltern es gesammelt, und dann haben Onkel und Tanten noch mehr beigesteuert. Wenn man ein großes Haus hat, glauben die Leute, dass es in Ordnung ist, wenn sie Sachen bei einem abladen – selbst wenn man sie nicht wirklich haben will.« Sie lächelte. »Aber manche Stücke sind ganz entzückend. Wenn ich meinen Hausstand verkleinert habe, behalte ich nur die besten Dinge.«

»Es gibt bestimmt ein paar schöne Teile, die Sie behalten wollen, und wenn ein bestimmtes Design oder eine Marke

Ihnen besonders gefällt, könnte ich die Sachen für Sie von vornherein beiseitestellen.«

Belinda schüttelte den Kopf. »Ach, ich glaube nicht, dass ich nach Design aussuchen würde.« Sie schien diese Vorstellung sehr seltsam zu finden. »Jetzt machen Sie mal weiter! Wenn ich die Muffins im Ofen habe, koche ich das Mittagessen. Sie werden eine Stärkung brauchen!«

Rachel kehrte mit dem Buch in der Hand ins Esszimmer zurück und arbeitete weiter. Die Aufgabe machte ihr großen Spaß. Sie liebte es, Dinge zu sortieren und Mitglieder derselben Porzellanfamilie zu suchen, um sie in Gruppen zusammenzustellen. Rachel merkte gar nicht, wie schmutzig und müde sie war, während sie stapelweise Teller und Schüsseln hin und her räumte.

Ihr bester Fund – den sie annehmen würde, wenn man ihn ihr anbot – waren weitere Stücke des Shelley-Porzellans in dem Design, das Beth und sie bei der Tombola gewonnen hatten. Das Service befand sich immer noch bei Beth, aber bislang hatten sie noch keine Gelegenheit gehabt, es zu benutzen. Der Tag ihrer ersten Begegnung schien schon so lange zurückzuliegen.

Rachel lernte automatisch mehr über Geschirr und wusste bald, was ihr gefiel und was nicht. Das Clarice-Cliff-Geschirr sagte ihr so gar nicht zu. Also packte sie es in eine Kiste. Es gehörte eine Teekanne dazu, die bestimmt eine anständige Summe einbringen würde. Belinda hatte bekräftigt, dass sie sich nicht damit belasten wollte, Dinge zu verkaufen. Rachel sollte alles mitnehmen, was sie wollte. Aber sie konnte dieses großzügige Angebot nicht annehmen, sie würde sich etwas einfallen lassen.

Sie streckte sich gerade, um ihren Rücken zu entlasten, als Belinda zum Mittagessen rief. Rachel freute sich auf eine Pause und ging in die Küche. Als sie den Raum betrat, kam Raff gerade durch die Hintertür herein.

»Hallo, meine beiden Lieblingsfrauen!«, sagte er und küsste seine Mutter auf die Wange.

Rachel erschrak, als er ihr auch einen Kuss auf die Wange gab.

»Hey, Miss Staubgesicht!«, meinte er und betrachtete sie anerkennend. »Tut mir leid, dass ich so spät komme. Ich bin noch aufgehalten worden.«

»Bist du hier, um zu helfen, oder nur wegen des Mittagessens?«, fragte Rachel. Sie bemerkte selbst, wie kritisch ihre Worte klangen, und hätte sie am liebsten wieder zurückgenommen.

»Erst habe ich vor zu essen, danach werde ich dir helfen. Was hast du denn da Feines im Ofen, Mum?«

Belinda lachte leise. »Muffins. Zum Mittagessen gibt es Suppe und Salat. Rachel, ich nehme an, Sie wollen sich die Hände waschen. Den Gang runter, dann ist es gleich die erste Tür auf der rechten Seite.«

Belinda war taktvoll gewesen, als sie nur Rachels Hände erwähnt hatte. Sie war so schmutzig! Ihr Gesicht war voller Staub, und in ihren Haaren hingen Spinnweben. Rachel konnte sich nicht vorstellen, wie sie da hingekommen waren. Verflixt, sie hatte ihre Handtasche in der Küche gelassen und wollte nicht zurückgehen, um sie zu holen. Dabei hätte sie sich gern die Wimpern nachgetuscht. Jetzt musste sie sich mit Wasser und dem kleinen Handtuch begnügen. Rachel war mit einem Mal gereizt. Während sie gearbeitet hatte, war sie so entspannt und glücklich gewesen, aber jetzt war Raff da, machte dumme Bemerkungen und küsste sie auf die Wange! Und schon war sie wieder so angespannt und empfindlich wie eh und je. Es konnte keine Rede davon sein, dass sie diese Überreaktionen und die Kratzbürstigkeit hinter sich gelassen hatte.

Zurück in der Küche, drückte Belinda ihr ein Glas Wein in die Hand. Rachel nahm einen großen Schluck. Der Wein schmeckte köstlich.

»Kommen Sie, setzen Sie sich!«, bat Belinda. »Schieben Sie einfach die Bücher zur Seite, dann ist genug Platz.«

Rachel tat, wie ihr geheißen. »Sortieren Sie Ihre Kochbücher auch aus?«

»Aber nein, die brauche ich noch.« Belinda stellte einen riesigen Suppenteller vor Rachel. Darin befand sich eine Suppe mit jeder Menge Gemüse. Sie duftete himmlisch. Ein Korb mit Brot, offenbar selbst gebacken, stand schon auf dem Tisch.

»Kochen Sie häufig?«, wollte Rachel wissen und versuchte, Raff mit ihren Gedanken dazu zu bringen, sich ebenfalls zu setzen, damit sie essen konnten.

»Nicht, wenn ich allein bin. Ich lebe von Toast und Marmite, doch ich koche gern für andere Leute. Fangen Sie doch bitte schon an, warten Sie nicht auf Raff!«

Rachel tauchte den Löffel in die Suppe und führte ihn zum Mund. Die Gemüsesuppe schmeckte köstlich. »Geben Sie gern Dinnerpartys?«

»Inzwischen nur noch selten, aber bei einer Freundin findet demnächst eine Überraschungsparty statt. Ich kümmere mich um das Essen und habe eine diebische Freude, dass sie so gar keine Ahnung hat.« Sie drehte sich zu ihrem Sohn um. »Beeil dich mal, Raff! Deine Suppe wird kalt.«

Als er sich zu ihnen an den Tisch setzte und zu essen begann, wurde Rachel klar, dass er sich die Hände in der Spüle gewaschen haben musste – wahrscheinlich, weil sie im Bad so lange gebraucht hatte.

»Und, Rachel, macht dir die Räumerei Spaß?«, fragte er.

Ob es am Wein lag oder an der köstlichen Suppe, konnte sie nicht sagen, aber plötzlich hatte sie nicht mehr das Bedürfnis, die Stacheln auszufahren. »So viel Spaß hatte ich ganz ehrlich seit Langem nicht mehr.«

»Hey! Das hast du auch gesagt, als wir im Gemeindesaal mit der Spritzpistole gearbeitet haben.«

»Das war genauso großartig, aber auf andere Art.«

»Haben Sie denn schon etwas gefunden, was für Ihr Unternehmen nützlich sein könnte?«, wollte Belinda wissen.

Rachel ließ den Löffel sinken. »Sie haben da einen Schatz, den ich nicht als Geschenk annehmen kann.«

Raffs Mutter seufzte. »Sie räumen die Sachen aus dem Haus, meine Liebe. Damit nehmen Sie mir eine Bürde ab, ich will den Kram nicht mehr.«

»Sie müssen das Porzellan ja nicht behalten«, erwiderte Rachel. »Ich nehme alles mit und verstaue es in meinem Schuppen, und dann kann meine Kollegin Beth es nach und nach für Sie auf eBay verkaufen.« Nach einer kurzen Pause fuhr sie fort: »Vintage-Hochzeiten würde alles nehmen, was nicht Teil eines größeren Sets ist und was nicht zu wertvoll ist.« Sie griff nach ihrem Glas, um einen Schluck zu trinken.

»Ach, Liebes!« Belinda war verärgert. »Das war so nicht abgemacht. Für mich ist es in Ordnung, weil ich das Zeug loswerde. Ich will kein Geld dafür.«

»Sicher, aber...«, setzte Rachel an. Sie hatten diese Diskussion schon einmal geführt, doch nachdem Rachel jetzt die Menge und den potenziellen Wert besser abschätzen konnte, fühlte sie sich verpflichtet, erneut zu protestieren.

»Na ja«, warf Raff ein, »wenn du das Geld nicht haben willst, könnte Beth das Geschirr verkaufen, und der Erlös könnte in den Fonds für die Renovierung des Gemeindesaals fließen. Der könnte es weiß Gott gebrauchen.«

Rachel sah ihn an. »Eine hervorragende Idee! Und falls Sie Ihre Meinung ändern, Belinda, könnten Sie das Geld immer noch bekommen. Oder zumindest einen Teil davon«, fügte sie hinzu, als ihr einfiel, welche Riesensumme allein die Reparatur des Daches verschlingen würde.

»Das klingt doch gut«, meinte Belinda. »Haben Sie genug Platz, um alles zu lagern?«

»Wir müssen die Sachen, die verkauft werden sollen, ziemlich bald anbieten«, antwortete Rachel. »Aber bevor wir irgendetwas aus dem Haus bringen, müssen Sie sich einen Überblick verschaffen und entscheiden, was Sie behalten wollen.«

»Große Servierplatten möchte ich nicht weggeben«, sagte Belinda. »Falls wir Feiern veranstalten.«

»Rauschende Partys hier, Mum?« Raff runzelte leicht die Stirn.

»Oder sonst irgendwo. Weißt du, Feste wie diese Überraschungsparty, für die ich das Catering übernehme.«

Belinda hatte die Party zuvor schon erwähnt, aber erst die Verwendung des Begriffs »Catering« brachte Rachel auf eine Idee. »Kümmern Sie sich gern um das Catering?«

»Ich liebe es, solange ich es nicht zu häufig mache. Warum?« Belindas blaue Augen, die denen ihres Sohnes so ähnlich waren, blitzten.

»Wir brauchen einen Caterer für Hochzeiten.«

»Nun«, antwortete Belinda nach längerer Überlegung, »ich würde das nicht zu oft machen wollen, und ich bräuchte ein oder zwei Galeerensklaven als Unterstützung, ansonsten jedoch denke ich, es könnte mir Spaß machen.«

»Das wäre fantastisch! Wenn ich einen guten Caterer aufgetrieben habe ...«, setzte Rachel an.

»Du weißt gar nicht, ob Mutter gut ist«, warf Raff ein.

»Oh doch, das bin ich!« Belinda war empört. »Also wirklich, Raff! Du weißt ganz genau, dass ich für Veronicas goldene

Hochzeit gekocht habe, und jede Menge Leute haben mich gebeten, auch das Catering für ihre Feiern zu übernehmen.«

»Ich weiß das, ja«, erwiderte Raff ruhig, »aber du hättest es Rachel nicht erzählt, wenn ich dich nicht gedrängt hätte.«

»Wir würden natürlich etwas anderes organisieren, wenn Sie keine Lust haben, aber wir haben beispielsweise eine Hochzeitsfeier im April. Beth' Schwester heiratet, und wir brauchen jemanden, der richtig gut kocht.« Bestimmt würde Belinda es schaffen, Helena und ihre Mutter von einem Menü zu überzeugen, das relativ leicht zuzubereiten und dennoch beeindruckend war.

Die ältere Dame lächelte. »Das klingt nach einer Herausforderung, der ich mich gern stellen würde.«

»Ich wollte Sie noch um einen Gefallen bitten«, sagte Rachel. »Es gibt Porzellan mit demselben Muster wie das Teeservice, das ich zusammen mit Beth bei der Tombola gewonnen habe. Kurz nach meinem Umzug hierher. Wenn ich die Sachen haben könnte, wäre ich völlig begeistert. Und Beth bestimmt auch.«

»Natürlich könnt ihr die Sachen haben!«, rief Belinda. »Ich dachte, ich hätte mich klar ausgedrückt!« Wahrscheinlich um ihren Worten jeden möglichen Stachel nehmen, fuhr sie fort: »Also, morgen schmeckt diese Suppe nicht mehr so gut. Ich bestehe darauf, dass ihr noch einen Nachschlag nehmt.«

18. Kapitel

»Ich glaube, es ist Zeit, dass Sie nach Hause fahren, Liebes«, meinte Belinda. »Es ist dunkel, trotz der Straßenlaternen. Und Sie müssen erschöpft sein!«

»Es bleibt nur noch dieser große Schrank da drüben, den ich noch nicht durchgesehen habe...«, setzte Rachel an, dann legte sie die Hand ins Kreuz. »Aua. Zu viel gebückt.«

»Sie sollten nach Hause fahren und ein heißes Bad nehmen.«

»Das klingt himmlisch.« Nachdem der Gedanke sich einmal in ihrem Kopf festgesetzt hatte, ließ er Rachel nicht mehr los: Sie wollte so bald wie möglich in der Badewanne liegen.

»Okay, Raff hat den meisten Kram in seinen Truck geladen, aber ich empfehle nicht, dass er heute Abend noch alles in Ihren Schuppen trägt. Sie haben schon genug Kisten geschleppt.«

»Und vielleicht muss ich die Sachen auch hin- und herräumen, bis alles hineinpasst.«

Endlich war der Konvoi startbereit. Rachel fuhr voraus, und Raff folgte in seinem Truck voller Geschirr. Rachel gab *Heimatadresse* in ihr Navi ein, und während sie über die Landstraßen fuhr, träumte sie von heißem Wasser und Wein – in beliebiger Reihenfolge.

Sie war richtig müde, doch der Tag war so gut gewesen. Neben wunderschönem Geschirr hatten sie mindestens acht große Servierplatten gefunden, die sehr nützlich für Veranstaltungen sein würden: für Belinda selbst und für Vintage-Hochzeiten. Es gab auch Dutzende von Tellern, die nicht zu einem bestimmten Service gehörten; Rachel hatte kein Problem damit gehabt, sie als Geschenk anzunehmen.

Während Rachel sortiert und gespült hatte (es hatte sie ein bisschen Zeit gekostet, Belinda davon zu überzeugen, dass die guten Teile nicht in die Spülmaschine gehörten), hatten sie auch Gelegenheit gehabt, über Belindas Catering zu reden. Rachel war sich sicher, dass die ältere Dame es schaffen konnte, Beth' Mutter zu begeistern. Die antiken Servierplatten würden auf jeden Fall dazu beitragen. Und insgeheim glaubte Rachel, dass Belindas imposante Erscheinung auch hilfreich sein würde. Wenn die Gäste bei Helenas Hochzeit von Spode-Tellern aßen (neben anderem hochwertigen Geschirr), würde ihre Mutter das bestimmt als Erfolg verbuchen, selbst wenn es kein Dreigangmenü mit serviertem Essen am Platz geben würde, wie sie sich das vorgestellt hatte.

Rachel konnte sich nicht erinnern, zuvor schon einmal das Gefühl gehabt zu haben, dass alles in ihrem Leben stimmte. Momentan sehnte sie sich nicht danach, woanders zu leben, einen anderen Job und einen anderen Mann zu haben. Sie befand sich am richtigen Ort, hatte eine erfüllende Beschäftigung, und wenn es in dem Truck hinter ihr einen Mann gab, der mitunter ein bisschen Stress verursachte – na ja, man konnte nicht nur auf Rosen gebettet sein. In ihrem Fall hieß der Wermutstropfen eben Raff.

Anders als ursprünglich beabsichtigt, verstauten sie das Porzellan aus Rachels Wagen und Raffs Truck sicher im Schuppen.

»So, das wäre geschafft«, sagte Rachel, als sie die Tür abschloss. »Vielen Dank für deine Hilfe. Du musst nicht länger warten.«

Raff schüttelte den Kopf. »Mum hat gesagt, ich soll mich vergewissern, dass du sicher ins Haus kommst. Außerdem soll ich dir ein Bad einlassen. Sie hat ein schlechtes Gewissen, weil du so viel für sie gearbeitet hast – ohne einen Lohn dafür erhalten zu haben, wie sie es sieht.«

Rachel lachte. Das Angebot erschien ihr harmlos. »Okay, lass mir das Badewasser ein, wenn du darauf bestehst! Aber du musst gehen, bevor ich in die Wanne steige.« Sie steckte den Schlüssel ins Haustürschloss und registrierte überrascht, dass das Flurlicht nicht brannte. Sie musste vergessen haben, es einzuschalten.

»Oh«, sagte sie, als sie den Schalter betätigte und nichts passierte.

»Kein Strom?« Raff trat hinter ihr in den Flur.

»Offensichtlich nicht. Was da wohl passiert ist?« Sie fand die kleine Taschenlampe an ihrem Schlüsselring.

»Soll ich die Sicherungen überprüfen?«

»Damit müsste eigentlich alles in Ordnung sein.« Rachel ging voraus in den hinteren Teil des Hauses. »Ich habe alle Stromkabel austauschen lassen.«

»Nun, die Hauptsicherung ist rausgeflogen«, erklärte Raff, der ihr die Taschenlampe aus der Hand genommen hatte.

»Dann drehe ich sie wieder rein«, sagte Rachel. »Du musst dich nicht um mich kümmern, ich komme schon klar.«

»Du machst Witze, oder? Wenn meine Mutter rausfindet, dass ich dich im Dunkeln allein gelassen habe, ändert sie ihr Testament zugunsten eines Esel-Gnadenhofs.«

Rachel lachte. »Ich werde es ihr nicht erzählen.«

Er ignorierte sie und drehte die Sicherung wieder rein.

Das Licht ging an. »Hurra!«, rief Rachel. »Vielen Dank für deine Hilfe! Nun komme ich allein zurecht.«

Raff sah auf sie herunter und schüttelte den Kopf. »Wir müssen herausfinden, warum die Sicherung rausgeflogen ist. Was hattest du noch eingeschaltet, abgesehen vom Flurlicht?«

»Na ja, eigentlich nichts. Ich bin sehr gewissenhaft und schalte immer alle Elektrogeräte aus, nachdem ich sie benutzt habe. Heute habe ich nicht einmal mein Haar geglättet, weil ich wusste, dass ich arbeiten werde.« Sie seufzte, denn sie war nicht nur müde und schmutzig, sondern fror auch noch. »Ich rufe so bald wie möglich den Elektriker. Jetzt will ich nur noch in die Badewanne – oder vielleicht dusche ich auch nur – und dann ins Bett.« Sie merkte, dass sie den Tränen nahe war, und wollte, dass Raff so schnell wie möglich verschwand.

»Dein Holzofen sorgt nicht für heißes Wasser, oder doch?« Raff musterte immer noch die Sicherungen im Kasten.

»Nein. Das Wasser wird elektrisch erhitzt – oh.« Eine Welle der Verzweiflung brandete über sie hinweg. Kein heißes Wasser, keine Möglichkeit, den Schmutz des Tages auf angenehme Art und Weise loszuwerden. Sie konnte nicht schmutzig ins Bett gehen, sie konnte einfach nicht. Rachel dachte verzweifelt an ihre sauberen weißen Laken. Sie würde Wasser im Wasserkocher erhitzen und sich in ihrem kalten Badezimmer notdürftig waschen müssen – wobei das schmutzige Wasser überall hinspritzen würde. Es würde ihr auf keinen Fall gelingen, sich richtig zu säubern, und das Bad würde hinterher entsetzlich aussehen. Rachel biss sich auf die Lippe. Sie wollte nicht vor Raff in Tränen ausbrechen. In letzter Zeit hatte sie ihre Zwangsneurose richtig gut im Griff gehabt, jetzt jedoch kam sie an ihre Grenzen.

Raff ahnte offenbar nichts von ihrem inneren Aufruhr. »Ich sehe mal nach. Warum suchst du dir nicht in der Zwischenzeit ein paar Sachen zusammen?« Und damit machte er sich auf die Suche nach der Ursache des Problems.

Sie betete, dass er die Tränen nicht hörte, die in ihrer Stimme mitschwangen. »Was für Sachen?«, rief sie ihm hinterher.

»Schlafanzug, Kulturbeutel, elektrische Zahnbürste. Du

kommst mit und übernachtest bei mir. Irgendwas ist hier eindeutig nicht in Ordnung. Ich sehe mir das morgen mal genauer an. Du kannst heute Nacht nicht hierbleiben«, fügte er hinzu und trat wieder zu ihr in den Flur.

Ganz kurz malte Rachel sich aus, was das bedeuten würde. Wärme, heißes Wasser und das angenehme Gefühl, umsorgt zu werden. Aber dieser Gedanke versetzte sie sofort in Panik. Es wäre Raff, der sich um sie kümmern würde ...

Dann dachte sie an die Alternative: verschwitzt und schmutzig zwischen ihren dicht und fein gewebten Laken zu liegen, die sie an diesem Morgen erst frisch aufgezogen hatte ... »Nein.«

Er sah sie irritiert an, denn er wusste ja nicht, worauf sich ihr Nein bezog. »Würdest du lieber hierbleiben?«

»Nein.« Ihre Stimme klang kleinlaut und piepsig. Sie zwang sich, ruhig und logisch zu agieren. »Aber ich habe Freundinnen, zu denen ich gehen kann.« Dann fiel ihr ein, dass Beth kein Gästezimmer hatte – und Rachel schlief ungern auf Sofas. Und Lindy? Na ja, bei ihr kamen ebenfalls nur die Couch oder der Fußboden infrage. »Ich könnte auch in ein Hotel gehen ...« Die Diskussion darüber, wo sie Beth' Mutter unterbringen könnten, fiel ihr wieder ein – und dass es keine Unterkunft in der Nähe gab, die sie akzeptabel finden würde. Rachels eigene Maßstäbe waren wahrscheinlich sogar noch höher. Und außerdem könnte sie ohnehin nirgendwo nach einem Zimmer fragen – so schmutzig und unordentlich, wie sie war.

»Meine Süße«, sagte Raff sanft und trotzdem energisch. »Ich weiß, dass das schwierig für dich ist, doch ich habe ein Gästezimmer, heißes Wasser und was zu essen. Ich verspreche, dass ich nichts tun werde, was du nicht willst, und morgen helfe ich dir, dich um deine Heizung zu kümmern. Jetzt sei einfach vernünftig und komm mit mir! Ich kümmer mich um dich.«

Es war das Kosewort, das ihr den Rest gab. Sie brach in Tränen aus. Raff nahm sie in die Arme und streichelte ihr den Rücken, während sie vor sich hin schluchzte. Als das Schlimmste vorbei war, löste sie sich von ihm, schluckte und schniefte. »Okay«, sagte sie leise. »Das ist wirklich sehr nett von dir, aber...« Sie unterbrach sich. »Woher weißt du, dass ich eine elektrische Zahnbürste habe?«

Er zog ein kariertes Taschentuch aus der Tasche und hielt es ihr hin, damit sie sich die Nase putzen konnte.

»Ich kenne dich«, sagte er. Und dabei schaute er sie auf eine Art und Weise an, die Rachel das Gefühl gab, sehr geschätzt zu werden; gleichzeitig machte sein Blick sie aber auch sehr nervös.

Raff wohnte in einem lang gestreckten, niedrigen Haus direkt neben seinem Gebrauchtwarenhof. Am liebsten hätte Rachel sofort eine Astschere gezückt und das Gewächs zurückgeschnitten, das beinahe die gesamte Vorderseite des Gebäudes bedeckte und das Vordach fast niederdrückte, das völlig überwuchert war. Sie sah, dass das Haus einen Anstrich benötigte, vielleicht musste sogar der Putz erneuert werden. Aber es hatte eindeutig Charme. Wenn man das Durcheinander ignorierte, das sich von dem eigentlich dafür vorgesehenen Bereich bis vor das Haus ausdehnte. Wie die Mutter, so der Sohn, dachte sie und unterdrückte ein Seufzen.

Er schloss die Haustür auf, und sie folgte ihm ins warme, hell erleuchtete Innere des Hauses.

Es gab einen ziemlich schmalen Flur mit Türen an beiden Seiten, aber Raff führte sie in den hinteren Bereich des Hauses in die Küche. Sie war neu, und wenn man den Blick auf den Hof ignorierte, war es ein entzückender Raum. Das war eine Überraschung.

»Ein schönes Zuhause hast du!«, sagte sie.

»Ich freue mich, dass es dir gefällt! Komm, ich bringe dich nach oben!«

Am hinteren Ende der Küche befand sich eine Treppe, und dem Schnitt des Gebäudes nach zu urteilen, war sie bestimmt nicht die einzige. »Die Treppe führt zu meinem Schlafzimmer und zum Badezimmer«, erklärte Raff, als sie die Treppe hinaufstiegen. »Hier wirst du schlafen. Ich werde in die Gästeunterkunft am anderen Ende ziehen.«

»Das klingt ja richtig hochherrschaftlich.«

»Eigentlich ist es ein winziger Raum, aber das ist in Ordnung. Ich hole mal frische Bettwäsche.« Er öffnete einen Schrank und nahm die Wäsche heraus. »Warum siehst du dir nicht schon mal das Bad an? Diese Tür musst du nehmen.«

Rachel trat ein und sah in den Spiegel. Sofort wünschte sie, sie hätte es gelassen. Die Tränen hatten helle Bahnen in die Schmutzschicht gezogen. Aber es war zu spät, etwas dagegen zu unternehmen. Raff hatte sie so gesehen, und wenn sie sich jetzt fieberhaft wusch, würde das ihre Unsicherheit nur noch mehr hervorheben.

Um sich abzulenken, konzentrierte sie sich auf das Bad. Es war ebenfalls frisch renoviert. Es war ein bisschen moderner gestaltet als ihr eigenes Badezimmer, und die Ausstattung war von guter Qualität. Es fehlten die hochwertigen Toilettenartikel, die es in ihrem Badezimmer gab, aber zwischen den eher zweckmäßigen Produkten entdeckte sie eine Flasche teures Eau de Toilette. Ob das wohl ein Geschenk von Belinda war? Oder eher von einer Freundin? Oder hatte Raff es sich selbst gekauft?

Rachel kehrte ins Schlafzimmer zurück, wo er gerade die Bettdecke frisch bezog. »Willst du zuerst essen oder dich waschen?«

Sie zögerte. Solange sie sich so schmutzig fühlte, wollte sie sich nicht an den Tisch setzen, aber sie hatte auch keine Lust, sich nach dem Bad wieder anzuziehen. »Ich weiß nicht...«

»Es dauert ein bisschen, bis das Essen fertig ist. Warum badest du nicht zuerst und kommst dann im Schlafanzug runter?«

Das klang sehr verlockend. »Ich habe keinen Bademantel dabei...«

»Ich leih dir meinen. Kannst du vielleicht mal auf die andere Seite des Bettes gehen und dieses Laken feststopfen?«

Es war merkwürdig, mit ihm zusammen das Bett zu beziehen. Es war eine Aufgabe, die man normalerweise mit einer anderen Frau oder einem Lebenspartner erledigte, nicht mit jemandem wie Raff. Was war er eigentlich für sie? Rachel wusste es nicht. Er war weder ihr Partner noch ihr Freund, aber auch kein guter Freund.

Nachdem das Bett fertig bezogen war, ließ sie das Badewasser ein, während Raff die Treppe hinunter verschwand. Als Rachel in die Wanne stieg, fragte sie sich nicht zum ersten Mal, ob es einen größeren Luxus gab, als seinen kalten, schmutzigen Körper in angenehm warmes Wasser gleiten zu lassen.

Sie konnte nicht widerstehen, mit dem Kopf unterzutauchen, bis nur noch ihr Gesicht über Wasser war, wusch sich dann von Kopf bis Fuß und blieb in der Wanne, bis ihr zu warm wurde.

Obwohl Rachel Make-up mitgebracht hatte, beschloss sie, sich nur ganz leicht die Wimpern zu tuschen, um sich nicht so nackt zu fühlen, und schlüpfte in Raffs Bademantel.

Er fühlte sich an wie eine warme männliche Umarmung. Der Mantel war dunkelgrün kariert und bestand aus sehr weicher, dicker Wolle. Ein bisschen roch er nach ihm: teils nach dem teuren Eau de Toilette, teils nach Raff selbst. Wäre der Bademantel nicht so warm und bequem gewesen, hätte sie ihn lieber wieder ausgezogen – er verunsicherte sie mit einem Mal. Doch sie riss sich zusammen, zog noch ihre Kaschmir-Bettsocken an, die sie in weiser Voraussicht eingepackt hatte, und bereitete sich darauf vor, zu Raff hinunterzugehen.

Er war in der Küche und setzte gerade den Deckel auf eine Kasserolle.

»Hallo!«, sagte sie.

Raff drehte sich um und lächelte. »Hey, sieh mal einer an! Du siehst toll aus.« Dann runzelte er die Stirn. »Vergiss meine Bemerkung! Ich habe mir vorgenommen, nichts zu sagen oder zu tun, was dir Unbehagen bereiten könnte. Aber trotzdem muss ich noch etwas hinzufügen: Ich wollte dich immer schon mal ein bisschen zerzauster sehen.«

Es fiel ihr schwer einzuschätzen, wie sie das auffassen sollte. »Ich bin nicht zerzaust, ich bin sauber.«

»Und du riechst wunderbar.«

»Ich rieche nach einem sehr teuren Eau de Toilette.«

Er lachte. »Mum hat es mir geschenkt. Sie meinte, sie wäre es leid, dass ich immer nach Teeröl und alten Gebäuden stinke.«

»Ich kann verstehen, was sie meint.«

»Hier, nimm das!« Er reichte ihr ein großes Glas Rotwein, legte ihr die Hand auf die Schulter und schob sie aus der Küche in den Flur. »Mach es dir bequem. Ich bringe das Essen mit, wenn es fertig ist. Wir essen vor dem Feuer.«

Gehorsam öffnete Rachel die Tür, auf die er zeigte, und betrat den Raum.

Ein paar Sekunden lang blieb sie auf der Schwelle stehen und nahm den Eindruck in sich auf. Das Zimmer war warm und nur schwach beleuchtet. Die Wärmequelle war leicht auszumachen: eine große Baumwurzel glühte im Feuer, das offensichtlich schon eine ganze Weile brannte. Das schwache Licht rührte daher, dass der Raum anscheinend nur von Kerzen erhellt wurde.

Sie ging zur Couch neben dem Feuer und setzte sich. Auf dem Sofa lagen weiche Schaffellüberwürfe. Schon bald zog sie die Füße hoch und lehnte sich zurück. Dann nahm sie einen großen Schluck Wein und schaute sich um.

Nach wenigen Sekunden erkannte sie, dass Raff ein kreativer Mann war. Alles in diesem Raum schien von seinem Gebrauchtwarenhof zu stammen, aber nichts war perfekt. Der riesige offene Kamin aus wunderschönem hellen Stein hatte Risse und war mit etwas repariert worden, was den Schaden nicht verbarg. Der Bereich um den Kamin war gekachelt – Rachel erkannte, dass die Kacheln William-de-Morgan-Kacheln waren –, aber sie waren mosaikähnlich zusammengewürfelt worden. Daneben stand ein Bücherregal, das aus mindestens drei unterschiedlichen Teilen zusammengebaut war. Nichts passte zusammen, und die Regalbretter schienen noch einen anderen Ursprung zu haben.

Sie stellte ihr Glas auf einer Tischplatte ab, die von einer Putte getragen wurde, die eher in eine Kirche gepasst hätte. Rachel stand auf, um sich die Sachen aus der Nähe anzusehen. Es war wie ein Buch, das sie unbedingt lesen musste. Sie wollte alles genau unter die Lupe nehmen.

Als sie hörte, dass Raff sich der Tür näherte, flüchtete sie zum Sofa und nahm ihr Weinglas in die Hand, damit er nicht merkte, wie neugierig sie gewesen war. Während sie sich völlig entspannt hinsetzte, dachte sie darüber nach, dass absolut nichts in diesem Raum perfekt war, zusammenpasste oder einem Thema untergeordnet war. Eigentlich müsste das für eine Perfektionistin wie sie ein Albtraum sein, doch der Gesamteindruck des Zimmers war irgendwie homogen – ähnlich wie bei einer Patchworkdecke.

»Hoffentlich hast du Hunger!«, sagte Raff und stellte ein Tablett auf dem Puttentisch ab.

Rachel lachte. »Ich sterbe vor Hunger. Dieser Eintopf riecht köstlich.«

»Ich hoffe, er schmeckt auch so. Ich habe das Rezept von Mum. Das Gericht war den ganzen Tag im Ofen. Mir ist irgendwann aufgegangen, dass ich gut darin bin, schnelle Gerichte wie Pasta oder Aufläufe zu kochen, doch mir fehlten die Grundkenntnisse des Kochens. Jetzt habe ich mir einen besonderen Herd zugelegt, einen Range Cooker, in dem ich spezielle Gerichte lange und langsam garen kann.«

Der Gedanke, dass es vielleicht noch andere Dinge gab, die er lange und langsam machte, schoss Rachel durch den Kopf wie ein Dartpfeil. Nur gut, dass Raff keine Gedanken lesen konnte!

Er gab ihr eine Zeitung. »Leg sie dir auf den Schoß! Das Essen ist ziemlich heiß.« Als Nächstes reichte er ihr ihren Suppenteller und einen Löffel. »Fang ruhig schon an! Ich hole das Brot.«

Da das Sofa ziemlich groß war und sie sich den Tisch wegen der Weingläser und des Brotes teilen mussten, machte es Rachel nicht viel aus, dass Raff neben ihr saß.

Ein Teil von ihr wünschte sich, dass ihr Exmann sie jetzt so entspannt sehen könnte. Inzwischen fragte sie sich, ob ihr verzweifeltes Streben nach Ordnung und Sauberkeit ihrem Wunsch entsprang, das Scheitern ihrer Ehe zu rechtfertigen. Ihr Ex war kein schlechter Mann, aber er war einfach nicht der Richtige für sie gewesen. Auf emotionaler Ebene hatte er so gar nicht zu ihr gepasst.

Raff hatte klassische Musik aufgelegt. Sie war nicht laut genug, um eine Unterhaltung zu unterbinden, und trug zur gemütlichen Stimmung bei.

»Noch Eintopf?«, fragte Raff.

»Nein danke, aber es hat köstlich geschmeckt. Hast du das Brot selbst gebacken?«

Er fühlte sich geschmeichelt. »Oh ja! Mum hat bis vor Kurzem immer Brot gebacken. Neuerdings meint sie, es lohnt sich nicht mehr, weil sie nicht genug davon isst. Also backe ich es jetzt und gebe ihr einen Laib ab. Mir macht es Spaß.«

Rachel trank von ihrem Wein. »Und meinst du, es ist wirklich in Ordnung für sie, das Essen für die Hochzeit von Beth' Schwester vorzubereiten?«

»Aber ja. Sie freut sich schon darauf. Möchtest du Käse?«

»Äh – lieber nicht...«

»Ach, komm schon! Dann können wir auch noch ein Glas Wein trinken.«

Rachel lächelte. »In Ordnung.« Sie fühlte sich wohl, zusammengerollt auf dem Schaffell vor dem Feuer inmitten all der zusammengewürfelten Möbel; sie wollte noch nicht schlafen gehen.

Er kehrte mit einem Teller mit verschiedenen Käsesorten, einer Packung salziger Kekse und Messern zurück. »Ist es dir recht, wenn wir uns einen Teller teilen?«, fragte er und reichte Rachel ein Messer.

»Oh, ich kenne jemanden, der da Abhilfe schaffen könnte.« Unwillkürlich überlegte Rachel, welches Service sie Raff gern überlassen würde.

Er lachte. »Ich habe gemeint, dass ich keine sauberen Teller mehr habe. Ich habe seit ein paar Tagen nicht mehr abgewaschen.«

»Das erledige ich morgen für dich«, sagte Rachel, ohne nachzudenken.

Er schüttelte den Kopf. »Ich sollte vermutlich beeindruckt sein, dass du nicht sofort losstürmst, um den Abwasch zu erledigen.«

Rachel war selbst von sich überrascht. »So besessen bin ich nicht, weißt du.« Dann wunderte sie sich, warum es ihr überhaupt wichtig war, was er über sie dachte. Sie beschloss, das Thema zu wechseln. »Ich habe Belinda gefragt, warum sie ihr Haus ausmisten will, und sie hat mir erzählt, dass sie sich selbst eine Wohnung einrichten und den Rest des Hauses vermieten will. Weißt du, ob sie einen bestimmten Plan hat?«

»Ich glaube schon, aber sie hat es nicht so direkt ausgesprochen. Ich habe allerdings eine Vermutung.«

»Und die wäre?«

Er warf ihr einen nachdenklichen Blick zu. »Ich glaube, sie möchte, dass ich in das Haus einziehe.«

»Aber du hast doch dieses hier. Und du hast offensichtlich viel Arbeit hineingesteckt.«

Er nahm das Kompliment mit einem kleinen Grinsen entgegen. »Stimmt, doch ich glaube sie denkt, ich könnte es verkaufen und das Geld dazu verwenden, ihr Haus in Ordnung zu bringen.«

»Das finde ich ziemlich unvernünftig. Warum solltest du dein ganzes Geld in ein Haus stecken, in dem du gar nicht wohnen willst?«

»Aber vielleicht will ich ja darin wohnen, mit der richtigen Person.«

Rachel wusste nicht, wo sie hinschauen sollte. »Oh, na ja, es ist ein entzückendes Haus. Ich dachte nur... deine Unabhängigkeit wäre dir wichtig.«

»Das stimmt, und ich versichere dir, dass sie nicht beeinträchtigt wäre, wenn ich in einen Teil meines Elternhauses ziehen würde.«

Immer noch verlegen, aber unsicher, warum das so war, sagte Rachel: »Ich mache eine Frühstückspension aus meinem Haus – nur zeitweise –, damit wir besondere Gäste der

Leute unterbringen können, für die wir Hochzeitsfeiern ausrichten.«

»Ach? Wird dir das gefallen?«

Rachel nickte. »In gewisser Weise schon. Ich liebe die Kleinigkeiten, die mit der Arbeit einer Pensionswirtin verbunden sind, und es wäre eine Herausforderung.« Sie lächelte. »Wahrscheinlich tut es mir gut, ab und zu Fremde in meinem Haus zu haben. Das macht einen besseren Menschen aus mir.«

»Ich finde dich gut, so wie du bist.«

Rachel warf ihm einen kurzen Blick zu und sah direkt wieder weg. Sein Gesichtsausdruck verunsicherte sie zutiefst. »Manche Leute finden, ich bin ein bisschen ... pingelig.«

Jetzt warf er den Kopf zurück und lachte laut. Rachel fand den Anblick sehr anziehend.

»Du bist pingelig«, sagte er dann, »aber auch sehr mutig.«

Rachel merkte, wie sie rot wurde. »Bisher geht es nur um Beth' Mutter, die bei mir wohnen wird.«

»Trotzdem mutig. Noch ein bisschen Wein?«

Er schenkte ihr nach, und sie protestierte nicht.

»Erzähl mal«, sagte sie in dem Versuch, die Aufmerksamkeit von sich wegzulenken. »Wie bist du der Besitzer eines Gebrauchtwarenhofes geworden? Ich nehme mal an, dass du grundsätzlich nicht besonders pingelig bist.«

»Willst du damit sagen, dass mein Haus unordentlich ist?«

»Auf keinen Fall, aber niemand mit einer Zwangsneurose hätte so ein Haus. Nichts gehört zusammen, es gibt keine Sets; für Perfektionisten ist es ein Albtraum.«

Ein Anflug von etwas wie Besorgnis huschte über sein Gesicht. »Ich dachte, es gefällt dir? Du hast eben doch nette Dinge darüber gesagt.«

»Das ist ja das Überraschende daran. Ich liebe es, und es funktioniert. Aber ich hätte es niemals selbst so eingerichtet.«

Er lachte. »Ich bin erleichtert.«

Fragend sah sie ihn an. »Warum?«

»Ich möchte nicht, dass du dich unwohl fühlst, das ist alles.« Sein Lächeln war unverbindlich.

»Also – um auf meine Frage zurückzukommen: Wie bist du zu dem Gebrauchtwarenhof gekommen?«

»Er gehörte meinem Onkel, Mums Bruder. Ich habe in den Ferien hier gearbeitet, ich hatte immer ein Händchen dafür, und – was noch wichtiger ist – ich hasse es, wenn Dinge weggeworfen werden, vor allem schöne Dinge.«

»Und all die Sachen, die du hier hast...« Sie machte eine allumfassende Handbewegung.

»Das sind Ladenhüter, die niemand kaufen wollte.«

Rachel warf ihm einen Blick zu. »Was ist dein Lieblingsobjekt in diesem Raum?«

»Möchtest du gern ein Kompliment hören?«

»Nein!«, erwiderte sie heftig, obwohl sie tief in ihrem Inneren wusste, dass sie nicht ganz aufrichtig war. »Ich habe nicht von lebenden Objekten gesprochen, sondern von Dingen, die du gesammelt und in dein Haus gebracht hast.« Und das weißt du, fügte sie im Stillen hinzu.

Er neigte den Kopf zur Seite, als glaubte er ihr nicht. »Tja, wenn du mich drängst, würde ich sagen, der Puttentisch.«

»Warum?«

»Weil er so unschuldig ist, aber an den Rändern auch ein bisschen schmutzig.«

»Ach?«

»Ja. Schmutzige Unschuld hat etwas ausgesprochen Verführerisches.«

Eine gute Stunde später lag Rachel im Bett. Sie konnte es nicht fassen, dass Raff nicht den geringsten Versuch unternommen hatte, sie zu küssen! Was stimmte nicht mit ihm? Und, was noch wichtiger war, was stimmte nicht mit ihr? Da hatte sie den ganzen Abend neben ihm auf dem Sofa gesessen, praktisch nackt, wenn man Höschen, Schlafanzug, Bademantel und Bettsocken außer Acht ließ, und er hatte nicht den geringsten Annäherungsversuch unternommen.

Ihre Empörung und wahrscheinlich der Alkohol ließen sie kichern. Er hatte gesagt, er würde nichts tun, was ihr unangenehm war – aber wirklich, es war möglich, es mit der »Zurückhaltung eines Gentlemans« zu weit zu treiben!

19. Kapitel

Einige Tage, nachdem Rachel Belindas Geschirr sortiert hatte, bat Beth um ein Treffen mit ihren Freundinnen von Vintage-Hochzeiten. Ihre Mutter hatte angerufen und wollte das Catering für die Hochzeit besprechen. Rachel hatte den anderen beiden am Telefon bisher nur erzählt, dass die Sache geregelt war.

Jetzt schloss Beth, die gemeinsam mit Sukey schon einige Vorbereitungen getroffen hatte, die Tür auf, um den Pub für die Mittagszeit aufzumachen. Wie geplant trafen wenig später auch Rachel, Lindy und der kleine Billy ein.

»Wer hatte gedacht, dass nette Mädels wie ihr so dringend einen Drink brauchen?«, sagte Sukey, die hinter dem Tresen stand.

»Stört es dich, dass ich Billy mitgebracht habe?«, fragte Lindy. »Ich habe niemanden gefunden, der auf ihn aufpassen könnte.«

»Kein Problem«, antwortete Sukey. »In der Ecke dort drüben steht eine Kiste mit Spielsachen, Billy, magst du sie durchstöbern?«

Während der Kleine die Kiste nach einem wirklich guten Auto durchsuchte, fuhr Sukey fort: »Außerdem ist momentan noch niemand hier; der Probus-Klub kommt erst zum Mittagessen. Das ist ein Klub für Geschäftsleute im Ruhestand. Sie verabreden sich hier einmal im Monat zum Lunch. Ihr könnt euer Treffen also gern abhalten.«

»Das ist sehr nett«, sagte Rachel. »Wir halten Beth auch nicht lange von der Arbeit ab.«

Sukey ging einfach über den Dank hinweg. »Ach, übrigens ... Habe ich nicht kürzlich gesehen, dass Raff Sie morgens bei Ihrem Haus abgesetzt hat?«

Rachel sah aus, als wollte sie es abstreiten, aber dann sagte sie nur: »Stimmt. Meine Heizung war kaputt. Ich musste bei ihm übernachten.«

Beth und Lindy schnappten überrascht nach Luft.

Sukey fuhr fort: »Also sind Raff und Sie ...«

Auch die beiden anderen sahen Rachel gespannt an. Beth fragte sich, wie Raff es geschafft hatte, sich in Rachels Augen vom Dämonenkönig in jemanden zu verwandeln, bei dem sie übernachtete, wenn sie überraschend ein Bett für die Nacht brauchte.

»Wir sind nur Freunde«, sagte Rachel mit Nachdruck. »Was wollt ihr trinken?«

»Kann ich dir eine Wahrheitsdroge bringen, Rachel?«, fragte Beth.

Rachel seufzte. »Ich erzähle euch alles, was ihr wissen wollt, wenn du mir nur ein Mineralwasser mit Kohlensäure, Eis und Zitrone bringst. Die Getränke gehen auf Vintage-Hochzeiten. Das ist eine Besprechung, und die Firma sollte bezahlen – solange ihr keinen doppelten Single-Malt-Whisky wollt.«

Als Beth die Getränke organisiert hatte – einschließlich eines Orangensaftes für Billy –, forderte Sukey die jungen Frauen auf, sich an einen Tisch zu setzen.

»Außer euch ist ohnehin noch niemand da«, erklärte sie. »Ich kann die Pasteten im Ofen im Auge behalten, und ihr könnt euer Meeting abhalten.«

Beth protestierte schwach, bevor sie versprach, nach ihrem Dienst eine zusätzliche Stunde zu arbeiten und abzuspülen, dann trugen sie ihre Gläser an einen Tisch.

»Eine von euch könnte ein Feuer anzünden«, schlug Sukey

vor, »dann könnt ihr euch danebensetzen. Es ist im Gastraum noch recht kalt.«

»Ich mache das«, sagte Rachel begeistert.

Beth fragte sich, ob ihre Freundin wohl hoffte, ihnen nicht erzählen zu müssen, was mit Raff gelaufen war, wenn sie sich mit dem Feuer beschäftigte. Sie empfand mit einem Mal etwas wie Neid. Zwar erholte sie sich allmählich von der Enttäuschung über Charlie, aber sie hatte sich noch nicht daran gewöhnt, dass es keinen Mann mehr gab, an den sie denken und von dem sie träumen konnte.

»Das ist eine der Fähigkeiten, die ich in letzter Zeit erworben habe«, erklärte Rachel stolz und untersuchte die Kiste mit dem Kleinholz.

Was auch immer mit Raff gelaufen ist, dachte Beth, es hat kein schluchzendes Häufchen Elend aus ihr gemacht – das ist schon mal gut.

Während Rachel vor dem Kamin kniete, Stöckchen in kleine Stücke zerbrach und Zeitungspapier zerknüllte, fragte Lindy: »So, dann erzähl uns mal von Raff und dir! Hättest du uns überhaupt ins Vertrauen gezogen, wenn Sukey dich nicht sozusagen verpetzt hätte?«

»Natürlich hätte ich das!«, erwiderte Rachel, als wäre sie nie auf die Idee gekommen, ihnen irgendetwas zu verschweigen.

»Wir sollten uns zuerst um das Geschäftliche kümmern«, sagte Beth, die ein schlechtes Gewissen hatte. Sie hatte ein Treffen während ihrer Arbeitszeit im Pub angesetzt, und jetzt redeten sie nur über Rachels Liebesleben. Allerdings war sie auch ganz heiß darauf, Einzelheiten zu erfahren. »Ich sollte ja eigentlich arbeiten.« Sie warf Sukey einen entschuldigenden Blick zu.

»Schon in Ordnung«, sagte Sukey. »Ich will die Geschichte auch hören. Belinda möchte ja unbedingt, dass Raff eine Familie gründet und Kinder in die Welt setzt.« Sie machte eine Pause, als die anderen drei sie mit offenem Mund anstarrten. »Was ist? Warum seht ihr mich so erstaunt an? Ich bin die Wirtin eines Pubs. Da schnappe ich natürlich so einiges auf. Aber Moment! In einer Minute will ich alles erfahren!« Damit verschwand Sukey in der Küche, um einen Blick auf die für das Mittagessen des Probus-Klubs vorbestellten Pasteten zu werfen.

»Also?«, fragte Beth, als alle sich niedergelassen hatten. »Lasst uns zuerst über das Catering reden! Dann müssen wir alles über Raff hören.«

»Belinda wird sich darum kümmern, Raffs Mutter. Sie hat schon öfter für Veranstaltungen gekocht, und nach Aussage von Raff ist sie richtig gut.«

»Großartig!«, rief Beth. »Also kann ich Mum sagen, dass alles arrangiert ist.« Da kam ihr ein Gedanke. »Verdammt! Sie will doch morgen kommen, richtig? Hast du dann wieder warmes Wasser?«

Rachel nickte. »Ja, Raff hat sich um die Heizung gekümmert, es ist wieder alles in Ordnung.«

Beth entspannte sich sichtlich.

»Okay«, sagte Rachel. »Um auf Belinda und das Catering zurückzukommen, wir müssen vielleicht für ein paar Stunden eine mobile Küche mieten, doch die Einzelheiten sind noch nicht besprochen. Wir sollten zuerst herausfinden, welches Menü Helena überhaupt haben will.«

»Ich spreche mit ihr«, sagte Beth.

»Hast du erfahren, dass Belinda Catering für Festlichkeiten macht, als du ihr Porzellan sortiert hast?«, wollte Lindy wissen. »Wie ist das überhaupt gelaufen?«

»Fantastisch! Sie hat so viel Porzellan. Wir behalten, was wir brauchen können – sie besteht darauf –, und den Rest verkaufen wir zugunsten des Gemeindesaal-Fonds. Sollte ein hübsches Sümmchen zusammenkommen.«

»Großartig«, kommentierte Lindy. »Gut gemacht!«

»Ich bin aber noch nicht ganz fertig geworden«, sagte Rachel.

»Ich helfe dir, wenn ich nicht gerade die älteren Dorfbewohner schule, die sogenannte ›Silver Surfer‹ werden wollen«, schlug Beth vor. »Aber einige von ihnen brauchen eine Weile, bis sie den Bogen am PC raushaben.«

»Es ist nett von dir, dass du ihnen hilfst«, sagte Lindy. »Meine Oma war sehr beeindruckt, als ich ihr erzählt habe, was du vorhast. Sie ist selbst eine ziemlich geschickte Silver Surferin. Sie kauft oft online ein und schreibt ihren Freunden E-Mails.«

»Das ist super«, meinte Rachel. »Wann erfahren wir denn, was Helena bei ihrer Hochzeit zu essen anbieten möchte? Belinda braucht eine Menge Vorlauf.«

»Rachel!«, sagte Lindy. »Du wolltest uns von Raff und dir erzählen.«

Rachel seufzte, doch man merkte, dass sie sehr wohl darüber sprechen wollte. »Na ja, ich habe den ganzen Tag lang Geschirr sortiert ...«

»Kannst du bitte auf den Punkt kommen?«, fiel Sukey ihr ins Wort, die wieder zu ihnen gestoßen war. »Meine Pasteten brauchen nur noch rund zehn Minuten.«

»Im Grunde genommen hat Belinda darauf bestanden, dass Raff mich sicher nach Hause begleitet, und dann hat sich herausgestellt, dass meine Elektroheizung, die auch für die Warmwasserbereitung zuständig ist, kaputt war. Ich hatte also kein warmes Wasser.«

»Elektroheizungen funktionieren immer«, sagte Lindy, die offensichtlich aus Erfahrung sprach.

»Und ich fürchte, ich bin mit der Situation nicht gut zurechtgekommen. Ich würde gern berichten, dass ich meinen magischen Schraubendreher gezückt und den Schaden repariert habe. Stattdessen hatte ich einen kleinen Zusammenbruch. Ich war so müde! Und völlig verdreckt. Der Gedanke, nicht baden zu können ... hm, jedenfalls bin ich in Tränen ausgebrochen.«

»Mach dir keine Vorwürfe!«, warf Beth ein.

»Also hat er mich zu seinem Haus gebracht«, fuhr Rachel fort. »Es ist erstaunlich.«

Lindy runzelte die Stirn. »Was? Dass er dich mit nach Hause genommen hat? Ich will ja deine Illusionen nicht zerstören, doch ich glaube, er nimmt ziemlich oft Frauen mit zu sich nach Hause.«

»Ich habe gemeint, sein Haus ist erstaunlich«, erwiderte Rachel. »Was den Frauenbesuch angeht, hast du sicher recht.« Sie trank einen Schluck Wasser. »Wie auch immer, ich habe jedenfalls ein wundervolles Bad genommen, er hat etwas gekocht, und wir haben auf dem Sofa neben dem Feuer gesessen. Und er hat mich nicht angerührt!«

Beth runzelte die Stirn. »Aber ich dachte, du magst ihn nicht.«

»So war es auch. Doch ich habe meine Meinung geändert. Ich habe natürlich nicht gerade gut ausgesehen, mit an der Luft getrockneten Haaren und so gut wie ungeschminkt, aber trotzdem habe ich ihm offensichtlich gefallen. Doch er hat mir nicht mal einen Gutenachtkuss gegeben. Ich war richtig sauer.«

Sukey kicherte wissend. »Er ist nicht dumm, der gute Raff. Er weiß, wie er eine zurückhaltende Frau auf behutsame Weise sanft umgarnt und dazu bekommt, dass sie ihn will.«

»Hm, ich weiß nicht, ob ich mich sanft umgarnt fühle, doch er ist sehr ... «

»Attraktiv?«, schlug Lindy vor.

Rachel nickte. »Und er kann gut Dinge reparieren.«

Lindy seufzte. »Ich liebe Männer, die handwerklich begabt sind. Das liebe ich auch an meinem Dad.«

»Ich hab Opa auch lieb«, sagte Billy ernsthaft, der zu ihnen gekommen war, ohne dass sie es bemerkt hatten.

»Und er dich, Billy«, sagte Rachel. »So, genug zu meinem Privatleben. Ich freue mich viel mehr darüber, dass ich jemanden gefunden habe, der das Catering übernimmt.«

»Belinda ist ein Ass«, kommentierte Sukey. »Sie kocht nicht für viele Veranstaltungen und nur für Leute, die sie mag, aber sie kann auf jeden Fall wunderbar kochen.«

»Klingt perfekt!«, sagte Beth. »Und wohnt sie nicht in einem prächtigen Haus? Meine Mutter wird sie lieben!«

»Wir alle lieben sie«, entgegnete Rachel. »Vor allem, weil sie dieses ganze wunderschöne Geschirr loswerden will. Beth? Könntest du ein paar Sachen davon auf eBay verkaufen? Das meiste Zeug steht in meinen Schuppen.«

»Ich komme vorbei und fotografiere es, sobald ich kann«, antwortete Beth. »Das ist aufregend. Das Einzige, was noch aufregender ist, als Dinge auf eBay zu kaufen, ist der Verkauf. Auch wenn wir das Geld nicht selbst bekommen.«

»Hoffentlich bringt es viel für den Gemeindesaal ein!«

»So wie das Quiz«, sagte Lindy. »Ich hoffe doch sehr, dass ihr beide auch dabei seid. Ich komme aus der Nummer nicht mehr raus, und ich bin ein hoffnungsloser Fall, was Ratespiele angeht.«

Nachdem Rachel, Lindy und Billy sich verabschiedet hatten, ging Beth ihrer Arbeit im Pub nach. Dabei dachte sie über Rachel und Raff nach. Es schien ziemlich wahrscheinlich zu sein, dass die beiden zusammenkommen würden. Sie freute sich sehr für ihre Freundin, aber sie sehnte sich selbst auch nach einer Beziehung.

Aus jetziger Sicht war klar erkennbar, dass Charlie ein hoffnungsloser Fall gewesen war. Und sie fragte sich auch nicht mehr, ob er ihr treu geblieben wäre, wenn sie mit ihm geschlafen hätte. Warum hätte er? Er besaß keinen Anstand, sonst wäre er nie und nimmer auf die Avancen der Amazone eingegangen – schon gar nicht auf der Hochzeitsfeier seiner Schwester! Beth seufzte. Wie dumm sie war! Obwohl sie es besser wusste, wünschte sie sich, dass die Dinge anders lägen.

»Sind Sie in Ordnung, Schätzchen?«, fragte Sukey. »Sie wirken nicht so fröhlich wie sonst.«

»Ach, es ist nichts«, erwiderte Beth gewohnheitsmäßig. Dann sah sie ein, dass Sukey es ohnehin erfahren würde, und vielleicht tat es ja auch gut, darüber zu reden. »Na ja, es ist wegen Charlie. Ich dachte ... wissen Sie ... ich dachte, wir kommen gut miteinander aus, aber bei der Hochzeitsfeier hat er sich mit einer Brautjungfer eingelassen. Mit der unsympathischen, dicken, die April schon schikaniert hat, als sie noch zur Schule gingen.« Beth bemerkte, dass es sich ziemlich lustig anhörte, wenn sie es laut aussprach, und musste selbst grinsen. »Seitdem schickt er mir pausenlos Nachrichten, aber ich lösche sie einfach.«

»Gutes Mädchen! Sie haben einen viel Besseren verdient«, erwiderte Sukey. »Glauben Sie mir!«

Sukey war zur ihren Pasteten zurückgekehrt und bereitete nun Kartoffelpüree für die Geschäftsleute im Ruhestand vor, und Beth war mit dem Geschirrspüler beschäftigt, als die Tür aufging. Als sie aufblickte, sah sie einen Mann mit einer Mütze, einem Schal und aufgestelltem Jackenkragen. Angesichts des relativ milden Wetters heute war er ziemlich warm eingepackt.

»Es muss draußen wieder ganz schön kalt geworden sein!«, sagte sie fröhlich, als er sich der Theke näherte. Er kam ihr irgendwie bekannt vor, aber sie wusste nicht mehr, wann und wo sie ihm schon einmal begegnet war.

»Hallo«, grüßte er. »Könnte ich bitte ein Glas Porter haben?«

Beth runzelte fragend die Stirn. »Wie bitte?«

»Ich meine ein Glas Stout, tut mir leid.« Er zog die Augenbrauen hoch. »Habe ich Sie nicht schon mal gesehen? Sind Sie nicht die junge Frau, die vor ein paar Tagen abends aus dem Gemeindesaal gelaufen ist?«

Beth hatte ihn ungefähr zur selben Zeit wiedererkannt. Sie hielt ein Glas unter den richtigen Zapfhahn. »Ja, die bin ich.«

»Nett, Sie wiederzusehen!«

Sie stimmte ihm insgeheim zu, sagte aber nichts. Irgendetwas an ihm hatte ihr Interesse geweckt, sogar schon an jenem Abend, als sie wegen Charlie so außer sich gewesen war. Sie musterte ihn unauffällig. Ohne sein Gesicht richtig sehen zu können, fiel es ihr schwer zu schätzen, wie alt er sein mochte – vielleicht Anfang dreißig? Und sie konnte auch nicht erkennen, ob er gut aussah oder nicht, aber er hatte eine angenehme Stimme.

»Treten hier auch schon mal Bands auf?«, fuhr er fort.

»Ja. Möchten Sie etwas arrangieren? Ich kann Sukey fragen, die Wirtin.«

»Na ja, das muss nicht sofort sein.« Er lächelte und nahm seinen Schal und die Mütze ab. Jetzt konnte Beth sehen, dass er ein umwerfendes Lächeln besaß.

»Als wir uns getroffen haben, wollten Sie sich den Gemeindesaal ansehen. Hat er Ihnen zugesagt? Als Veranstaltungsort?«

»Er war okay, doch ich weiß nicht, ob ich ihn für einen ersten Auftritt haben möchte. Ich glaube, der Saal ist zu groß.«

»Wegen der Akustik?«

»Die Akustik kann ich nicht beurteilen – die Hochzeitsfeier war ziemlich laut, als ich die Nase in den Raum gesteckt habe. Ich müsste das überprüfen, aber ich dachte eher daran, dass wir als neue Band vielleicht nicht genügend Zuschauer haben werden, um den Saal zu füllen. Chippingford ist ein bisschen abgelegen.«

Beth lächelte. »Nicht gerade der Mittelpunkt der musikalischen Welt. Wie haben Sie uns hier in der Pampa überhaupt gefunden?«

»Ein Freund hat zufällig auf der Durchreise hier angehalten, war im Pub und hat den Gemeindesaal gesehen. Er hat vorgeschlagen, dass ich ihn mir mal anschaue.«

»Hm, wir könnten bestimmt für genug Publikum sorgen, wenn Sie im Saal auftreten wollen«, sagte Beth. »Wir versuchen gerade, genügend Mittel aufzutreiben, um das Dach zu reparieren – eigentlich muss noch viel mehr renoviert werden –, deshalb würden wir die Location nur zu gern vermieten. Wir würden auch für Ihr Konzert Werbung machen.«

Er lachte. »Das klingt reizvoll, aber ich würde lieber an einem Ort auftreten, an dem es schon ein ausreichend großes Publikum gibt.«

»Was für eine Art von Musik machen Sie denn?«

Er legte den Kopf zur Seite, als müsste er überlegen, wie er sie beschreiben sollte. »Das ist ziemlich schwierig zu erklären.«

»Na ja, vermutlich spielt es keine Rolle, solange sie nicht schrecklich ist.«

»Ich verspreche Ihnen, dass unsere Musik nicht schrecklich ist.«

»Wenn Sie Ihren Gig hier hätten, würden wir alle von selbst herausfinden, welche Musik Sie machen. Ich sehe mal nach, ob Sukey Zeit hat, dann können Sie das mit ihr besprechen.« Als

Beth in die Küche ging, dachte sie darüber nach, dass der Fremde eine sehr angenehme Sprechstimme hatte.

Nach einer Weile kehrte Beth aus der Küche in den Gastraum zurück. Sukey lehnte an der Theke, lauschte dem Fremden und seinen Konzertplänen und sah ganz hingerissen aus.

»Ich glaube, die ehemaligen Geschäftsleute sind vorgefahren. Sollen wir schon einige Getränke vorbereiten?«

Sukey nickte, ließ aber den Mann nicht aus den Augen, der mit leiser, sanfter Stimme auf sie einredete. »Ja...« Doch sie rührte sich nicht vom Fleck.

»Werden Sie später die Getränke servieren? Und soll ich die Pastete und das Kartoffelpüree auftragen?« Sukey hörte ihr immer noch nicht zu.

Als ein älterer Herr den Pub betrat, fasste Beth die Wirtin leicht am Arm. »Der Probus-Klub ist da! Wir müssen das Essen servieren.«

»Ach ja, natürlich.« Endlich schien Sukey aus ihrem Trancezustand zu erwachen. »Dann mal los!« In der Küche sagte sie: »Wissen Sie, wer das ist?«

»Sollte ich?« Beth begriff, dass ihr etwas Entscheidendes entgangen war.

»Das ist Finn! Von den McCools!«

»Hm... Muss ich die Band kennen?«

»Ja! Sie waren megatoll. Sie müssen sich doch erinnern!« Sukeys Stimme klang eindringlich.

»Ach ja...«, antwortete Beth langsam. »War das nicht eine irische Boygroup?«

»Richtig. Sie hatten sieben große Hits, dann haben sie sich getrennt und sind von der Bildfläche verschwunden. Und das hier ist Finn. Er war damals schon umwerfend, aber jetzt – zehn

Jahre später – sieht er noch viel besser aus! Es ist so unfair, dass Männer mit den Jahren immer attraktiver werden.«

Beth nickte. »Er hat eine neue Band gegründet und würde hier gern auftreten.«

»Ich weiß! Das wäre fantastisch!« Dann warf Sukey einen Blick aus dem Fenster. »Ach Gott, da kommt der Rest der Geschäftsleute! Kümmern wir uns um das Essen!«

In den nächsten Minuten war zu viel los, um sich zu unterhalten, aber Beth bemerkte, dass Sukey vor Aufregung brannte. Als sie endlich wieder einen Moment Ruhe hatten, fragte Beth: »Und, kann er hier auftreten?«

»Ich würde sogar zusagen, wenn er im Pub eine Pyjama-Party veranstalten wollte! Zapfen Sie ihm ruhig noch ein Bier und halten Sie ihn noch eine Weile fest, damit ich ihn weiter anhimmeln kann. Donnerwetter!« Sie wischte sich die Stirn ab. »Jetzt rasch!«

Beth ging zurück in den Schankraum. »Möchten Sie noch ein Bier? Es geht aufs Haus«, sagte sie zu Finn.

»Ja bitte.«

Beth stellte ein Glas unter den Zapfhahn. »Und es tut mir leid, dass ich Sie nicht sofort erkannt habe.«

Er lachte leise. »Sie waren noch ein Kind, als ich aufgetreten bin. Kein Grund für eine Entschuldigung.«

Beth lachte. »Wahrscheinlich bin ich die Einzige, die nicht von Ihnen gehört hat. Als Sie – Sie wissen schon ...«

»Als ich berühmt war?«

»Nein!« Beth war verlegen. »Als Sie auf dem Zenit Ihres Ruhmes waren!«

Jetzt lachte er laut. »Welcher Ruhm sollte das denn gewesen sein?«

Beth bemerkte, dass er wunderschöne tiefbraune Augen mit ausgesprochen langen Wimpern hatte. Er war wirklich immer noch überdurchschnittlich attraktiv. Sie war einerseits aufgeregt, weil sie sich mit ihm unterhielt und er sie auf eine Art und Weise betrachtete, die ihr sagte, dass sie ihm gefiel. Andererseits hatte sie Angst, Finn könnte sich wie Charlie als große Enttäuschung entpuppen. Als ehemaliger Popstar war er wahrscheinlich ein Herzensbrecher. Er hatte bestimmt in jeder Stadt, in der sie aufgetreten waren, ein Mädchen gehabt. »Ich habe gemeint, als Sie in den Charts ganz oben standen.« Sie schwieg kurz. »Schon gut. Ich werde Sie googeln, wenn ich nach Hause komme.«

»Kann ich Sie auch googeln? Sonst müsste ich jede Menge Fragen stellen, angefangen bei Ihrem Namen.«

»Ich heiße Beth. Aber sagen Sie mal: Flirten Sie etwa mit dem Barmädchen?« Sie konnte mutig sein, weil sich die Theke zwischen ihnen befand.

»Durchaus nicht. Ich würde nicht mit Ihnen flirten.«

Sie stellte ihm das fertig gezapfte Bier hin. Was meinte er? Dass sie nicht hübsch genug war, um mit ihr zu flirten? »Muss ich jetzt beleidigt sein?«

»Nicht im Geringsten. Man flirtet nur mit Menschen, an denen einem nicht viel liegt. Ich würde Sie gern richtig kennenlernen.«

Beth schluckte. Sie hob die Klappe des Durchgangs in der Theke an und ging hinaus, um andere Gäste zu bedienen. Dabei gab sie sich große Mühe, sich von seinen Worten nicht geschmeichelt zu fühlen.

Als sie mit ihrem Tablett zurückkam, freute sie sich, dass Finn noch da war. Es machte Spaß, mit ihm zu plaudern, weil sie nicht mehr als ein nettes Gespräch erwartete. Er hatte bestimmt jede Menge Groupies gehabt und sollte wissen, dass sie nicht dazugehören wollte.

Dieser Gedanke ließ sie lächeln, und obwohl er den Grund

nicht kannte, erwiderte er das Lächeln. Auf jeden Fall war er eine Bereicherung in ihrer Mittagsschicht.

Sukey war wieder aus der Küche aufgetaucht und unterhielt sich mit Finn und ein paar Einheimischen, die inzwischen gekommen waren, über Bands und Musik. Die Unterhaltung wurde lebhafter. Beth konnte sich vorstellen, dass Sukey ihre ganze Energie und ihre Beziehungen einsetzen würde, um so viele Zuschauer wie möglich für diesen Auftritt zu mobilisieren. Finn und seine Band konnten mit einem beträchtlichen Publikum rechnen.

Sie war gerade hinter dem Tresen und räumte die Spülmaschine ein, als die Tür aufging. Bei dem Geräusch drehte sie sich automatisch um und traute ihren Augen kaum. Ihre Mutter!

Das verschlug Beth aus zwei Gründen die Sprache. Erstens sollte sie erst morgen eintreffen, und jetzt musste sie so bald wie möglich Rachel anrufen, um sie vorzuwarnen. Zweitens fühlte es sich schrecklich falsch an, ihre Mutter in dieser Umgebung zu sehen. Pubs waren nicht Vivien Scotts normales Umfeld, und sie schaute sich misstrauisch um. Dann entdeckte sie ihre Tochter und kam mit großen Schritten auf sie zu.

»Beth! Mein Gott! Ich habe schon gehört, dass du dir die Haare geschnitten hast. Aber was für ein Schock, du siehst furchtbar aus. Und du arbeitest in einem Pub! Kein Wunder, dass du keinen Freund hast!«

Beth lächelte unwillkürlich und stellte fest, dass sie ihre Mutter trotz allem vermisst hatte, sogar ihre grenzenlose Taktlosigkeit. »Hey, Mum! Ich freu mich auch, dich zu sehen. Ich habe eigentlich erst morgen mit dir gerechnet.«

Mrs. Scott beugte sich über den Tresen und küsste Beth auf die Wange. »Tut mir leid, Schatz. Das hat sich jetzt vielleicht ein bisschen unfreundlich angehört, aber ich kann nicht so tun, als gefielen mir deine Haare so, wenn es nicht stimmt.«

»Viele Leute finden sie toll«, erwiderte Beth. »Ich selbst auch.« Sie machte eine Pause. »Möchtest du etwas trinken?«

Ihre Mutter runzelte fragend die Stirn.

»Ich bin ein Barmädchen, wie du weißt«, erklärte Beth. »Es ist mein Job, Gästen Getränke anzubieten.« Sie wollte deutlich machen, dass sie unabhängig war und dass ehrliche Arbeit keine Schande war, selbst wenn diese Arbeit unter anderem aus Bierzapfen bestand.

Ihre Mutter kniff die Augen zusammen und betrachtete die Reihe der Zapfhähne. »Äh ...«

»Wie wär's mit einem Gin Tonic? Mit viel Eis und Zitrone, wie zu Hause.«

»Normalerweise trinke ich vor achtzehn Uhr nichts, das weißt du.«

»Ach, komm! Normalerweise besuchst du auch nicht deine verschollene Tochter in einem Pub!«

Beth spürte, wie ihre Mutter ihr zusah, während sie den Drink vorbereitete. Wie immer fühlte sie sich von ihr beurteilt. Sie bemerkte, wie ihre Mum misstrauisch einen Barhocker beäugte. Dann fiel ihr Finn auf, der das Gespräch amüsiert verfolgte.

Bevor Beth sich überlegt hatte, wie sie am besten helfen konnte, war er von seinem Hocker gesprungen und hatte Beth' Mutter am Ellbogen gefasst. »Kommen Sie, ich helfe Ihnen! Diese Dinger sind nicht für Frauen mit Röcken ausgelegt.« Nachdem er sie sicher auf den Hocker bugsiert hatte, sagte er: »Hey, Beth, Sie haben mir gar nicht erzählt, dass Sie so eine hübsche Mutter haben!«

Beth stellte den Gin Tonic auf den Tresen. Sie hatten kaum lange genug geplaudert, um ihre Namen auszutauschen, ganz zu schweigen von einer Unterhaltung über ihre Eltern. Er wollte ihr mit der Bemerkung helfen, und sie war ihm dankbar dafür.

Ihre Mutter setzte sich ein bisschen gerader hin. »Wer sind Sie denn?«

»Ich bin ein Mann – einer von vielen übrigens –, der Beth' Frisur einfach großartig findet. Sie betont ihre wunderschönen Augen – die sie, wie ich sehe, von Ihnen hat.«

Beth biss sich auf die Lippe, um ihr Grinsen zu unterdrücken. Respekt, er war gut! Der sprichwörtliche irische Charmeur.

»Sie haben mir noch nicht gesagt, wie Sie heißen.« Beth' Mutter erlag sofort seinem Charme.

»Ich bin Finn.«

»Und meine Tochter und Sie...«, sie machte eine Handbewegung in Beth' Richtung, »... sind ein Paar?« Sie betonte das letzte Wort, als wäre das ganz und gar unmöglich. »Sie erzählt mir nie etwas, wissen Sie?«

Beth wäre am liebsten im Erdboden versunken. Wie peinlich! Offensichtlich wusste ihre Mutter nicht, dass Finn eine Art Musikgott und ehemaliger Superstar war... Aber ihr war klar, dass sie die Situation noch verschlimmern würde, wenn sie jetzt mit einer Ausrede das Thema wechselte.

»Ach, schön wär's!«, erwiderte Finn. »Dafür ist es noch ein bisschen zu früh, doch sagen wir mal, ich arbeite daran.«

Beth hätte ihn am liebsten geküsst. Nicht, weil er so attraktiv war, sondern wegen seiner Freundlichkeit. Er scheute keine Mühe, für sie einzutreten. Was für ein netter Mann!

Dankbar lächelte sie ihm zu. Sein Lächeln erinnerte Beth daran, dass er seinerzeit einer der heißesten Popstars gewesen war, und sie verstand auch Sukeys Bemerkung, dass er mit den Jahren noch attraktiver geworden war. Wahrscheinlich war es ganz gut, dass sie erst vor Kurzem eine große Herzensenttäuschung erlebt hatte und sich deshalb erst gar keine Hoffnungen machte.

»Nun«, sagte Mrs. Scott. »Wenigstens ist die Lage nicht ganz so schlimm, wie ich dachte. Meine Jüngste ist viel zu früh aus dem Nest geflüchtet, und ich habe die Vorstellung gehasst, dass sie einsam sein könnte.«

Beth beschloss einzugreifen. »Also, Mum, erzähl mal! Warum bist du einen Tag früher gekommen?«

»Ich dachte, das wäre mehr als klar! Ich werde Helenas Hochzeit organisieren! Als Erstes muss die Kirche reserviert werden.«

Nach ihrem nächsten Gin Tonic und nachdem sie Finn ein Getränk spendiert hatte, sagte Vivien Scott: »Ich brauche eine Übernachtungsmöglichkeit für heute. Wo sind Sie untergebracht?« Fragend sah sie Finn an.

Beth hoffte inbrünstig, dass er in einem kleinen Luxushotel abgestiegen war, das nicht zu nahe gelegen war, aber ihrer Mutter allen gewünschten Komfort bieten würde. Dann könnte sie sie ebenfalls dort hinschicken, und Rachel konnte sich entspannen.

»Ich wohne bei Freunden ein Stückchen entfernt«, antwortete Finn.

Vivien Scott richtete ihre Aufmerksamkeit wieder auf ihre Tochter. »Sieht so aus, als müsste ich in dieser Frühstückspension übernachten, die du für mich gebucht hast.«

20. Kapitel

Lindy hatte Billy bei ihrer Oma abgeliefert und war dann zu Rachel gegangen, um einen Blick auf das Geschirr zu werfen, das im Schuppen verstaut war. Daher bekam sie einen Teil des Telefongesprächs mit, das sie mit Beth führte.

»Was ist los?«, fragte sie, sobald Rachel aufgelegt hatte.

Rachel befeuchtete sich die Lippen. »Vivien Scott ist schon da! Einen Tag zu früh. Sie ist im Pub und muss heute schon bei mir übernachten.«

»Oh...«

»Ja! Ich habe mich vollkommen darauf verlassen, dass ich morgen den ganzen Tag Zeit habe, um das Zimmer vorzubereiten.«

»Ich helfe dir natürlich.«

»Danke, du bist ein Schatz.« Rachel klammerte sich kurz an ihren Arm, als müsste sie Halt suchen. »Beth hat versucht, sie zu überreden, in ein Hotel in Bath zu gehen. Aber sie versteht nicht, warum sie nicht einfach einen Tag früher hier bei mir auftauchen kann.« Sie straffte sich. »Egal! Da muss ich jetzt durch. Es ist eine Herausforderung, und ich werde mich ihr stellen.«

Lindy hatte das Gefühl, die Zahnrädchen in Rachels Gehirn arbeiten zu sehen; wahrscheinlich suchte sie in Gedanken bereits die richtige Bettwäsche aus. Beth warf einen Blick auf die Uhr. »Was soll ich machen? Aber ich habe nur noch eine halbe Stunde Zeit.«

»Ich brauche ungefähr eineinhalb Stunden, um alles perfekt vorzubereiten«, sagte Rachel. »Wenn du zu Beth gehen und sicherstellen könntest, dass sie ihre Mutter noch so lange festhält, wäre das super. Und vielleicht könntest du für mich ein paar Vorräte einkaufen?«

»Klar. Was brauchst du?«

»Croissants, frisch gepressten Orangensaft, gute Butter – aus der Region, wenn möglich –, das Gleiche gilt für Schinkenspeck, Würstchen und Eier ...« Sie zögerte. »Glaubst du, Beth' Mutter mag Blutwurst?«

»Ganz bestimmt nicht«, erwiderte Lindy spontan, und sie lachten beide. Sie hatte das gesagt, ohne die geringste Ahnung von Viviens kulinarischen Vorlieben zu haben – doch der Instinkt sagte ihnen, dass sie recht hatte. »Ich besorge die anderen Sachen, aber keine Blutwurst. Übrigens, ich könnte einen Laib Brot beisteuern – fantastisches, selbst gebackenes Vollkornbrot von meiner Oma.«

»Großartig! Croissants sind schreckliche Dickmacher, und Beth' Mutter wird sie bestimmt nicht essen, doch ich glaube, ich muss trotzdem welche anbieten. Wie sieht's mit Konfitüre und Marmelade aus? Deine Oma kocht sie nicht zufällig selbst ein?«

»Doch! Und wenn sie keine dahat, gibt sie uns bestimmt ein Marmeladenglas mit einem hübschen, handgeschriebenen Etikett, in das wir gekaufte Marmelade umfüllen können.«

Rachel schüttelte den Kopf. »Lindy! Ich stelle doch nicht das Glas auf den Tisch. Ich habe spezielle Servierschüsselchen. Die Butter wird in Form von Röllchen serviert – nicht in diesen hässlichen Päckchen. Oder wären kleine Stücke besser? Oder Kugeln?«

»Süße, ich gehe einkaufen. Du hast noch jede Menge andere

Sachen zu erledigen, bevor du dir Gedanken über die Form der Butter machen musst.«

Lindy rief ihre Großmutter an, um sich zu vergewissern, dass Billy sie nicht erschöpft hatte, und um zu fragen, ob er noch ein bisschen länger bleiben konnte. Dann bat sie sie ganz lieb, Ned von der Schule abzuholen, und erklärte ihr den Grund. »Natürlich bezahlen wir dir die Konfitüre, die Marmelade und das Brot. Du kannst Höchstpreise verlangen.«

Ihre Großmutter, die sich geschmeichelt fühlte, weil ihre hausgemachten Produkte in einer exklusiven kleinen Pension Einsatz finden würden, erklärte sich gern bereit, ihre köstlichsten Konfitüren und einen der schönsten Laibe Brot herauszusuchen, das sie am Morgen frisch gebacken hatte. Außerdem versprach sie, ihren Enkel von der Schule abzuholen.

Als Lindy ihre Söhne am Abend gerade in die Badewanne stecken wollte, klingelte das Telefon. Sie zog kurz in Erwägung, nicht dranzugehen, aber dann lief sie doch die Treppe hinunter. Es könnte Rachel sein, die eine Krise mit Beth' Mutter hatte. Lindy wollte sie nicht im Stich lassen.

Doch es war Angus, der sich meldete.

»Oh, hi!« Lindy war erfreut – wenn auch gleichzeitig schrecklich befangen. Sie hatte mehr an ihn gedacht, als gut für sie war. Jetzt fühlte es sich an, als wäre das der Grund für seinen Anruf.

»Ist das Onkel Angus?«, wollte Ned wissen, als sie wieder ins Bad trat. »Kann ich mit ihm sprechen? Bitte!«

Ohne eine Antwort abzuwarten, schnappte Ned sich das Telefon und rannte aus dem Badezimmer. Da Billy gerade in die Wanne geklettert war, konnte Lindy Ned nicht hinterherlaufen, um das Telefon zurückzuerobern. Wenn sie ihren Jüngsten jetzt aus der Badewanne hob, würde er bestimmt in Protestgebrüll ausbrechen.

»Ned!«, rief sie. »Bring mir sofort das Telefon zurück!«

Keine Antwort. Sie konnte den Jungen reden hören, aber sie verstand nicht, was er sagte. Sie war vollkommen hilflos. Wenn sie wieder schimpfte, hörte Angus sie möglicherweise und hielt sie für eine Rabenmutter. Wenn sie Billy hochhob, würde er brüllen, und allein lassen konnte sie den Kleinen auch nicht. Er könnte ausrutschen und ertrinken, während sie um das Telefon kämpfte. Sie nahm einen Becher und goss Wasser über Billys Rücken. Das beruhigte ihn, und sie hoffte, dass die Tätigkeit auch ihr helfen würde, sich zu entspannen.

Schließlich kehrte Ned ins Bad zurück. »Hier, bitte. Aber Angus ist nicht mehr dran. Er kommt vorbei.«

»Wann kommt er?«, fragte sie.

»Heute Abend«, antwortete Ned. »Er hat gesagt, wenn ich dir das Telefon zurückgebe, liest er uns eine Geschichte vor. Sogar fünf Geschichten.«

Lindy schwieg. So schnell wie möglich wusch sie die Kinder und holte sie aus der Wanne. Dann half sie ihnen beim Zähneputzen.

»Er bringt Spielsachen mit«, verkündete Ned mit Zahnpasta im Mund.

»Ach, du lieber Himmel! Ihr habt's gut«, sagte Lindy, während sie überlegte, ob Ned wohl alles richtig verstanden hatte.

Sobald ihre Söhne sauber und trocken in ihren Schlafanzügen steckten und außerplanmäßig vor dem Fernseher saßen, versuchte Lindy, Angus zurückzurufen. Sie wollte herausfinden, was da vor sich ging. Hoffentlich kam er wirklich vorbei!

Andernfalls wären die Jungen bitter enttäuscht. Sie musste daran denken, wie oft sie schon Geschichten über verspätete Flugzeuge und verpasste Züge hatte erfinden müssen, weil Edward mal wieder nicht pünktlich erschienen war. Sie hoffte sehr, dass Angus anders war. Und das, wie sie zugab, nicht nur ihrer Söhne wegen.

Glücklicherweise klopfte es in diesem Moment an der Haustür. Lindy hatte sie schon aufgerissen, als ihr aufging, dass sie wahrscheinlich ein bisschen zu strahlend lächelte. Schließlich handelte es sich nur um einen zwanglosen Besuch, in den sie besser nichts hineininterpretierte.

Sein Lächeln wirkte ebenfalls begeistert, wenn auch gleichzeitig ein bisschen überrascht.

Lindy hatte das Gefühl, sich rechtfertigen zu müssen. »Oh, hi! Ich bin so froh, dich zu sehen. Die Jungs sind schon schrecklich aufgeregt. Ich fürchtete bereits, Ned hätte etwas falsch verstanden und du kämst an einem anderen Tag oder gar nicht ...« Sie verstummte allmählich.

»Kann ich reinkommen?«

Angesichts der Art, wie er bei diesen Worten auf sie hinunterblickte, begann ihr Magen zu kribbeln. Sofort fühlte sie sich wieder wie das Schulmädchen, das hoffnungslos in den älteren Bruder eines Schulkameraden verliebt war.

»Klar – geh doch schon mal durch ins Wohnzimmer! Soll ich Teewasser aufsetzen?« Als sie merkte, wie aufgeregt sie vor sich hin plapperte, atmete sie tief ein und versuchte, ganz ruhig zu werden.

Angus stellte den alten Rucksack ab, den er mitgebracht hatte, und ging zu den Jungen, die auf dem Sofa saßen. Sofort vergaßen sie das Fernsehprogramm und blickten zu ihm hin, ihrem neuen Lieblingsonkel.

»Onkel Angus!«, riefen sie und stürmten auf ihn zu.

»Hi, Jungs! Wie wär's mit ein paar Geschichten?«

»Jaaaaa!«, schrien sie.

»Dann beruhigt euch jetzt erst mal.« Sie setzten sich alle drei aufs Sofa, er nahm in der Mitte Platz. Angus warf Lindy einen Blick zu. »Sollen wir hier unten lesen? Was meint eure Mum?«

Lindy hatte sich inzwischen wieder in eine vernünftige junge Mutter zurückverwandelt. »Zwei Geschichten hier unten und zwei oben, wenn ihr im Bett liegt.«

Sie räumte die Küche auf und hörte zu, wie Angus vorlas. Aber als die beiden ersten Geschichten zu Ende waren und er die kleinen Burschen die Treppe hinaufscheuchte, folgte sie ihnen.

»Los, Jungs, ab ins Bett mit euch!« Sie schaltete die Nachtleuchten ein, zog die Vorhänge zu und arrangierte die Stofftiere auf den Kissen. Zu ihrer großen Erleichterung kletterten die beiden gehorsam in ihre Betten.

»Okay, welches Buch?«, wollte Angus wissen.

Sie gab ihm das derzeitige Lieblingsbuch ihrer Söhne und ließ sich am Fußende von Billys Bett nieder. Angus setzte sich so hin, dass beide Jungen die Bilder sehen konnten. Mit ruhiger, einschläfernder Stimme las er vor. Lindy dankte der Göttin der Mütter, dass Ned und Billy sich so gut erzogen präsentierten, wenn auch nur für diese paar Minuten. Dann fügte sie ein Gebet hinzu, dass dies bitte so weitergehen möge. Als die Geschichte zu Ende war, küsste sie ihre Söhne und deckte sie richtig zu.

»Wir gehen nach unten, um eine Tasse Tee zu trinken, aber ich komme gleich noch mal zu euch. Wer als Erster schläft, bekommt morgen einen Preis!«

»Was für einen Preis, was für einen Preis?«, wollte Ned wissen.

»Etwas Besonderes aus meinem Rucksack«, sagte Angus.

»Aber was ist es?«, hakte Ned hartnäckig nach.

»Wenn ihr schnell einschlaft, werdet ihr es gleich morgen erfahren!«, entgegnete Angus. »Und wenn ihr beide gleichzeitig eingeschlafen seid, gibt es einen Preis für jeden von euch.« Er schaute auf seine Uhr. »Könnt ihr in zehn Minuten eingeschlafen sein?«

»Ja!«, antwortete Ned, der ruhig dalag und die Augen zusammenkniff.

»Und du, Billy«, fügte Lindy hinzu. »Du schaffst das bestimmt auch in zehn Minuten!«

Die Erwachsenen verließen das Kinderzimmer.

Lindy sprach erst wieder, als sie unten waren. »Also, das war das beste Ins-Bett-Bringen überhaupt! Normalerweise ist das nicht so einfach, das kann ich dir versichern!« Sie hätte natürlich auch so tun können, als liefe immer alles so glatt, aber es hätte sich wie eine Lüge angefühlt.

»Ich glaube, sie wollten ihren Onkel Angus beeindrucken.«

Sie lachte. »Ja, ich glaube, das hat viel dazu beigetragen. Vielen Dank fürs Vorlesen.«

»Ich fand es toll. Wahrscheinlich würde es weniger Spaß machen, wenn ich es jeden Abend täte, aber die Geschichten waren auch sehr gut.«

»Ach!«, sagte Lindy. »Und die Jungs waren es nicht?«

Er nickte. »Doch, sie waren sogar sehr gut! Du hast prima Söhne.«

Ihr war klar, dass er sie aufziehen wollte, und es gefiel ihr. Sie lächelte ihn an. »Dann setze ich mal das Wasser für den Tee auf. Oder möchtest du lieber Kaffee? Die andere Alternative wäre heißer Früchtepunsch.«

»Ich habe Wein mitgebracht«, erwiderte er und holte seinen Rucksack. »Weiß oder rot?«

Wein würde die Stimmung des Abends verändern und aus einem einfachen Onkel-Besuch eine Art Date machen. Lindy hatte noch nie ein Date mit einem Mann bei sich zu Hause gehabt. Ein paarmal war sie mit Männern ausgegangen – Freunde und Familie hatten sie quasi dazu gezwungen –, aber noch nie hatte sie Herrenbesuch in ihrer Wohnung empfangen. Eine Mischung aus Freude und Nervosität erfasste sie. Sie versuchte, beides zu unterdrücken. Das hier war kein Date, Angus stand nicht auf sie (oder doch?), und sie war inzwischen kein dummer Teenager mehr, sondern eine erwachsene Frau.

»Rotwein, bitte«, sagte sie. »Ich hole Gläser. Geh schon mal vor ins Wohnzimmer!«

Sie schüttete eine Tüte Kartoffelchips in eine Schale und trug sie zusammen mit den Gläsern ins Wohnzimmer. Dann zündete sie rasch ein paar Kerzen an und schaltete das Deckenlicht aus. »Das mache ich abends immer. Dann nehme ich das Chaos nicht so wahr.«

Er lachte und schenkte Wein ein. Sie öffnete den Ofen und legte Holz nach. Dann nahm sie das angebotene Glas und warf einen sehnsüchtigen Blick in Richtung Sofa.

»Das ist nett«, sagte sie. »Doch ich muss noch mal nach den Jungs sehen. Wahrscheinlich schlafen sie schon, aber man weiß ja nie.«

»Ich packe die Preise aus«, erklärte Angus. »Dann können wir uns beide entspannen.«

Während Lindy die Treppe hinauflief, sprudelte die Begeisterung in ihr hoch. Ein entspannter Abend bei Kerzenschein und Wein mit Angus lag vor ihr, ein wunderbarer Gedanke!

»Gut«, sagte er, als Lindy wieder auftauchte und berichtete, dass ihre Söhne tief und fest schliefen. »Dann wollen wir mal sehen, was wir hier haben. Die Sachen waren auf dem Speicher. Es gab auch ein paar wunderschön angemalte Soldaten aus reinem Blei, die erst geeignet sind, wenn Ned und Billy mit Sicherheit nichts mehr in den Mund stecken. Die habe ich nicht mitgebracht.«

»Darüber bin ich froh. Ich müsste sie sonst wegräumen, bis Billy alt genug ist, und Stauraum ist wirklich ein Problem.« Sie deutete auf das Zimmer; es war ziemlich aufgeräumt, aber Kisten standen in den Ecken. Einer der Stapel diente sogar gelegentlich als Tisch.

»Na ja, in meinem Haus sind die Sachen gut aufgehoben. Ich räume den Speicher aus, damit ich ans Dach komme. Dabei habe ich die Spielsachen gefunden, doch es bleibt noch jede Menge Stauraum.«

»Was für wunderbare Worte!«, sagte Lindy. »Ich kann mir im Moment keine schöneren vorstellen.«

Er lachte und warf ihr einen Blick zu. »Du bist leicht zufriedenzustellen. Nun, wie wäre es hiermit? Ein Werkzeugset für Kinder, richtiges Werkzeug, nur kleiner.«

Lindy nahm den Kasten. »Es ist wunderbar! Und in so einem guten Zustand!«

»Mein Großvater hatte ähnliches Werkzeug, aber wir durften nie damit spielen.«

»Zu gefährlich? Wahrscheinlich ist es das wirklich.«

»Ich glaube nicht, dass das der Grund war. Mein Großvater wollte einfach nicht, dass jemand damit spielte.«

»Oh, das ist traurig.« Lindy trank einen Schluck Wein, der viel besser war als der, den sie sonst im Haus hatte. Dabei dachte sie daran, dass ihr eigener Vater es liebte, seinen Enkeln Dinge beizubringen. »Aber vielleicht hast du ja kein Interesse an dem Werkzeug gezeigt?«

»Oh doch. Er hat uns jedoch mit Nachdruck klargemacht, dass es nicht für kleine Jungen gedacht wäre – dabei war es eindeutig Werkzeug für Kinder!« Angus lachte, doch Lindy vermutete, dass ihn das in der Vergangenheit bestimmt verletzt hatte. »Ich liebe Tischlern«, fuhr er fort. »Bis heute. Und ich würde Billy und Ned liebend gern zeigen, wie man das Werkzeug richtig benutzt.«

»Das würde ihnen gefallen! Allerdings fänden sie es auch großartig, wenn du ihnen das Einmaleins beibringen würdest – so wie sie auf dich stehen. Irgendwann später könntest du das vielleicht wirklich tun!«

Angus lachte. »Hoffentlich denke ich daran. Und sie haben natürlich einen Opa, der viel praktischer veranlagt ist als meiner.«

»Aber er hat kein perfektes Miniatur-Werkzeugset. Und seine Schreinerfähigkeiten sind auch nicht überragend. Doch er lässt sie gern Dinge selbst bauen. Edward hat es nie gemocht, wenn Ned mit seinen Sachen rumhantiert hat. Er ist dann immer richtig sauer geworden.«

»Na ja, vermutlich hätten sie sich verletzen können...«

»Nein«, kicherte Lindy, obwohl sie es damals nicht lustig gefunden hatte. »Ich habe von Lego gesprochen.«

Angus grinste. »Ich erinnere mich. Er konnte noch nie gut teilen.«

»Dafür hatte er andere gute Eigenschaften«, fügte Lindy eilig hinzu, weil sie Edward nicht vor seinem Bruder kritisieren wollte.

»Zum Beispiel?«

»Er war lustig – zumindest am Anfang. Die Verantwortung als Vater hat ihn erwischt, als er noch viel zu jung war.«

»Das ging dir genauso. Du warst noch jünger.«

»Ich weiß, aber ich bin ein Mädchen! Wir werden früher erwachsen.« Sie lächelte, um ihm zu zeigen, dass sie scherzte. Dennoch war sie der Meinung, dass es stimmte. Weil sie sich mit der Richtung, die das Gespräch nahm, unwohl fühlte – sie wollte nicht über ihren Exmann herziehen, schon gar nicht gegenüber seinem Bruder –, sagte sie: »Hast du schon gegessen?«

»Du?«

»Eigentlich nicht. Die Jungs haben bei meiner Oma gegessen. Ich richte mir dann normalerweise nur irgendeine Kleinigkeit, wenn ich allein bin.«

»Kann ich einen Vorschlag machen? Ich könnte uns Fish and Chips holen gehen.«

»Das wäre super, doch im Ort gibt es keinen Imbiss.«

»Da ich in ein Haus gezogen bin, das über keine richtige Küche verfügt, habe ich ziemlich bald herausgefunden, wo es eine Imbissbude gibt.«

Nachdem sie besprochen hatten, was sie essen wollten, machte er sich auf den Weg.

Während er weg war, ging Lindy nach oben und sah noch mal nach den Jungen, dann putzte sie sich die Zähne. Als sie unten ein bisschen aufräumte, dachte sie an Rachel. Raff hatte sie nicht einmal geküsst, aber sie war sich sicher, dass das noch passieren würde.

Sie wäre ausgesprochen überrascht, wenn Angus überhaupt daran gedacht hatte, sie zu küssen. Er war als netter Onkel der Jungen hier – ein großartiger Onkel –, und nicht, weil ihm etwas an ihr lag. Wahrscheinlich tat sie ihm leid: die mutige kleine Lindy, die zwei Söhne von seinem Bruder bekommen hatte und sie jetzt allein großzog. Und er dachte sich, es wäre gut für die Jungen, einen Mann in ihrem Leben zu haben, nicht nur einen Opa, der sich zwar große Mühe gab, aber trotzdem eine Generation älter war.

Ein grässliches Szenario huschte ihr durch den Kopf: Angus, du must mal nach den Jungen sehen. Vergewissere dich, dass sie nicht zu kleinen Rabauken mit schrecklichem Akzent werden! Es kann nicht gut für sie sein, von diesem Mädchen großgezogen zu werden. Konnte es sein, dass seine Eltern ihn geschickt hatten? Nein, diesen Gedanken verwarf Lindy gleich wieder.

Anders als Rachel würde sie sich also nicht abgewiesen fühlen, wenn Angus keinen Annäherungsversuch unternahm. Sie wollte es – sie war ehrlich genug, sich das einzugestehen – aber sie rechnete nicht damit.

Seit Edward gegangen war, hatte sie keinen Freund mehr gehabt. Als Teenager hatte sie heftig für Angus geschwärmt, und er kam prima mit ihren Söhnen zurecht. Außerdem war er ein gut aussehender, sehr netter Mann. Jede Frau in ihrer Situation – alleinerziehend, ohne Freund und ziemlich jung – würde sich von ihm angezogen fühlen.

Sie hatte ziemlich viel nachgedacht. Als Angus schließlich mit dem Essen zurückkehrte, war sie bereit für ihn.

»Ich habe die Teller vorgewärmt«, sagte sie. »Essen wir in der Küche oder vor dem Feuer?«

»Vor dem Feuer, bitte. Ich habe bisher keinen Ofen oder Kamin, deshalb klingt das in meinen Ohren einfach wunderbar.«

»Es war so nett von dir, den Jungs vorzulesen«, sagte Lindy, als sie Fish and Chips verspeist hatten und Tee tranken. »Du machst das sehr gut.«

»Ich habe immer Jungen und Mädchen in einem Kinderheim vorgelesen, als ich in Kanada war. Ich bin über einen Freund dazu gekommen, er ist Schauspieler; er hat mir auch beigebracht, wie ich vorlesen soll. Ausdrucksvoll, aber nicht zu sehr – nicht, wenn die Kinder wenig später schlafen sollen.«

»Nun, du machst es perfekt. Mein Dad ist auch ziemlich gut darin. Ich erinnere mich daran, wie er mir früher immer vorgelesen hat. Allerdings wollte er nur Sachen lesen, die er selbst mochte – manchmal war ich noch nicht alt genug dafür.«

»Was waren das denn für Bücher?«

»*Das Dschungelbuch, Old Peter's Russian Tales, Der Wind in den Weiden*. Die Bücher stehen da drüben im Regal und warten darauf, dass Ned und Billy alt genug sind, um sie zu schätzen.«

Angus stand auf, ging zu dem Regal und zog ein Buch heraus. »*Old Peter* kenne ich nicht«, sagte er.

Sie lachte. »Du kannst es dir ruhig ausleihen, jederzeit.«

»Ich werde es dir vorlesen«, erklärte er. »Mach es dir auf dem Sofa bequem und leg die Füße hoch! Und dann hör zu!«

Zufrieden schob Lindy sich Kissen zurecht, deckte sich mit einer Decke zu und machte es sich richtig gemütlich. »Ich liebe es, wenn jemand mir vorliest. Das ist so nett von dir. Aber du darfst nicht beleidigt sein, falls ich einschlafe.«

»Natürlich nicht. Jetzt hör zu!«

Sie ließ seine schöne, warme Stimme über sich hinwegfließen. Sein Freund hatte ihn gut geschult. Er wählte unterschiedliche Stimmlagen für die verschiedenen Personen, aber er übertrieb es nicht. Es klang, als wäre es ein Theaterstück. Lindy schloss die Augen.

Sie wachte auf, als Angus ihren Kopf sanft gegen ein Kissen drückte.

»Tut mir leid, dass ich dich aufwecke«, sagte er, »aber ich dachte, du bekommst einen steifen Nacken, wenn dein Kopf so nach vorne hängt.«

Sie reckte sich, um richtig wach zu werden, und fand sich Auge in Auge mit Angus wieder. Im nächsten Moment legte er ihr die Hand hinter den Kopf und senkte die Lippen auf ihren Mund.

Es war himmlisch, so sanft, aber gleichzeitig intensiv geküsst zu werden. Sie war jetzt seit drei Jahren allein und hatte diese Art von Körperkontakt vermisst. Obwohl sie ihre entzückenden, verschmusten Söhne hatte, die sich ständig an sie kuschelten und sie mit ihren kleinen Armen und Beinen umschlangen, und ihre liebevollen Eltern, die sie auch oft in den Arm nahmen, hatte ihr das gefehlt. Sie wollte es. Und sie würde es jetzt nicht beenden.

Bald lagen sie nebeneinander auf dem Sofa, und die Küsse wurden fordernder. Lindy merkte schnell, dass er viel besser küsste als sein jüngerer Bruder.

»Ich wollte das nicht.« Angus löste sich von ihr. Es klang fast, als hätte er ein schlechtes Gewissen. »Ich meine, ich bin sehr froh, dass es passiert ist, aber es fühlt sich ein bisschen ... ich weiß nicht ...«

Sie legte ihm den Finger auf die Lippen. »Es ist in Ordnung, du musst dich nicht entschuldigen. Ich hätte es dir gesagt, wenn ich nicht einverstanden gewesen wäre.«

Das Lächeln in seinen Augen war wie Sonnenschein nach einem langen, trostlosen Winter. Sie fühlte sich, als wäre sie die begehrenswerteste Frau unter der Sonne. Dabei hatte sie schon geglaubt, dieses Gefühl nie wieder zu empfinden. Sie beschloss, aufs Ganze zu gehen und geschehen zu lassen, was geschehen sollte. Mit den Konsequenzen würde sie sich später auseinandersetzen. Es fühlte sich so richtig an.

Schließlich sagte sie mutig: »Meinst du nicht, es wäre besser, wenn wir das nach oben verlegen?«

Er kniff sie sanft ins Hinterteil, auf dem seine Hand gerade zufällig ruhte. »Das fände ich sogar sehr viel besser.«

Sie wachte vom Geräusch eines davonfahrenden Autos auf und stellte fest, dass sie allein war. Aber der Platz neben ihr war noch warm. Ein Blick auf den Wecker sagte ihr, dass es fünf Uhr war. Sie seufzte. Er hatte den Zeitpunkt gut gewählt – eine Stunde später, und Ned und Billy könnten jeden Augenblick ins Zimmer platzen.

Erleichterung und Bedauern rangen in Lindy miteinander und bildeten eine Art glückliche Melancholie. Es wäre wunderbar gewesen, gemeinsam mit Angus aufzuwachen, doch sie wollte nicht gierig sein. Es war wunderschön gewesen, aber es wäre nicht vernünftig, mehr zu verlangen. Sie hatte immer gesagt, dass sie keinen Stiefvater für ihre Söhne suchte, und daran hatte sich nichts geändert. Angus war ein großartiger Onkel, doch sie wollte ihn nicht als Vater für ihre Söhne. Das wäre viel zu kompliziert.

Sie stand auf, um nach den Jungen zu sehen, dann lief sie die Treppe hinunter. Auf dem Küchentisch lag eine Notiz.

Ich wollte dich eigentlich nicht allein lassen, aber ich dachte, dass es für Ned und Billy wahrscheinlich so am besten ist. Bitte ruf an oder schick eine SMS, damit ich weiß, dass es dir gut geht! Du bist wundervoll. A. x

Was auch immer passieren würde, diesen Zettel würde sie wie einen Schatz hüten.

Irgendwie war es ihr peinlich, Angus anzurufen. Obwohl er ihr diese süße Nachricht hinterlassen hatte, machte es sie verlegen, dass sie ihren Verstand bewusst ausgeschaltet hatte und einfach ihren Gefühlen gefolgt war. Wäre sie ein vernünftiger Mensch, hätte sie niemals mit jemandem geschlafen, den sie erst vor Kurzem wiedergetroffen hatte und mit dem sie noch nie ausgegangen war. Es war verrückt.

Lindy haderte mit sich selbst – obwohl sie die Entscheidung bewusst getroffen hatte. Sie hatte nicht versehentlich mit ihm geschlafen. Jetzt machte sie sich Sorgen, wie eine verzweifelte, alleinerziehende Mutter zu wirken – wahrscheinlich war sie genau das! Sie beschloss, ihm eine SMS zu schreiben, statt anzurufen.

Mir geht's gut. Ich hoffe, dir auch. L. x

Sie hatte wegen des Kusses überlegt, denn sie hatte Angst, ausgehungert zu wirken.

Plötzlich wurde sie von Zweifeln überfallen – das Tief, das unweigerlich auf einen wunderbaren Höhepunkt folgte. Angenommen, er glaubte, sie wolle ihn in die Falle locken? Dass sie einen alleinstehenden Mann gesehen hatte und dachte: Hier ist ein Versorger für uns? Sollte sie ihm erzählen, dass sie die Pille nahm? Hatte sie das letzte Nacht erwähnt? Sie konnte sich nicht mehr erinnern.

Als sie vernünftiger darüber nachdachte, sah sie ein, dass Angus das wahrscheinlich nicht glauben würde, doch der Zweifel blieb – wie ein Steinchen im Schuh, winzig, aber trotzdem quälend und schmerzhaft.

Lindy war dankbar, dass Billy und Ned an diesem Tag im Kindergarten beziehungsweise in der Schule sein würden, und konzentrierte sich darauf, sich so normal wie möglich zu verhalten. Sie hatte es gerade noch rechtzeitig geschafft, die Tüten mit den Spielsachen außer Sichtweite zu bringen. Sie legte die Kit-Kat-Riegel bereit, die Belohnung für ihre Söhne, weil sie am vergangenen Abend so schnell eingeschlafen waren.

Ihre Gefühle für Angus waren so unglaublich verwirrend. Ein Teil war dabei, sich in ihn zu verlieben. Angus sah super aus, war liebenswürdig, fürsorglich, sexy – und ein wunderbarer Liebhaber. Der Rest von ihr schämte sich. Bei Angus hatte es nicht lange gedauert, bis sie ihn in ihr Bett eingeladen hatte. Okay, er hatte sie zuerst geküsst, aber es war eindeutig sie gewesen, die den nächsten Schritt getan hatte. Der Gedanke daran ließ sie zusammenzucken, und sie musste sich sehr konzentrieren, um Billy beim Frühstück dazu zu bewegen, ein paar Shreddies zu essen.

Sie hatte Billy zum Kindergarten gebracht und war gerade wieder zu Hause angekommen, als ihr Handy klingelte. Ihr Herz machte einen hoffnungsvollen Satz, gleichzeitig befürchtete sie, dass es Angus sein könnte. Aber es war Rachel, die anrief. Sie klang entspannt und zufrieden.

»Hi, Lindy. Hast du Zeit?«

»Ja – die Kinder sind beide nicht da«, antwortete Lindy und überlegte, ob ihre Freundinnen merken würden, dass sich in ihrem Leben etwas Wunderbares ereignet hatte, seit sie sich zuletzt gesehen hatten. Bestimmt. Man konnte unmöglich so etwas Schönes erleben und genauso aussehen wie vorher, oder doch? Wenn sie es errieten, müsste sie allerlei Erklärungen abgeben, aber sie war sich selbst noch nicht im Klaren über die ganze Situation.

»Großartig. Dann komm vorbei und hilf mir mit dem übrig gebliebenen Essen. Beth' Mutter ist eine Weile weg. Beth ist auch schon auf dem Weg hierher, also komm, sobald du kannst! Ich möchte euch erzählen, wie sie und Helena sich die Hochzeit wünschen. Natürlich kann sich alles ändern, wenn wir direkt mit der Braut sprechen, aber ich dachte, wir sollten vorbereitet sein.«

Von ihrem Pensionsgast war keine Spur im Haus zu entdecken, aber Rachel wirkte sehr aufgedreht, als Beth und Lindy eintrafen.

Sie servierte ihnen Kaffee in großen weißen Tassen und bot ihnen eine Schale Croissants, einen Teller mit Butterröllchen und Marmelade an. »Greift zu!«

Rachel schob Lindy die Croissants zu. »Mir war klar, dass Vivien sie nicht essen würde, aber sie sahen auf dem Tisch wunderschön aus.«

»Ihr redet euch schon mit Vornamen an?«, sagte Lindy. »Ein gutes Zeichen.« Sie nahm sich ein Croissant und streckte die Hand nach der Butter aus.

»Dann erzähl mal!« Beth war sichtlich erleichtert, dass Rachel nach der ersten Nacht mit ihrer Mutter im Haus kein Nervenbündel war.

»Oh Gott, ich fand's toll! Ich bin dazu bestimmt, eine Frühstückspension zu führen.«

»War Mum nicht furchtbar anspruchsvoll?«, wollte Beth wissen.

»Doch, aber ich habe mich der Herausforderung gestellt. Und ich habe sehr gute Bettwäsche und Daunendecken. Damit konnte ich gleich punkten. Sie hat das Brot deiner Oma geliebt, Lindy. Falls ich das regelmäßig machen würde, müsste ich es vorbestellen, damit ich es immer anbieten kann.«

Da Rachel großzügig für den Laib Brot bezahlt hatte, dachte Lindy, dass das wohl in Ordnung ginge.

»Und die Marmelade! Hervorragend! Was Vivien richtig gut gefallen hat, war die Tatsache, dass alles aus der Region stammt. Vielen Dank, dass du dich darum gekümmert hast, Lindy. Du musst mir noch sagen, wo du die Sachen herhast. Und, Beth, ich sollte eine Homepage haben, wenn ich weiterhin Pensionsgäste haben will. Kannst du sie für mich einrichten?«

»Na klar. Ich kann sofort damit anfangen, wenn du möchtest. Aber hasst du es nicht, dein Schlafzimmer aufgeben zu müssen?«, fragte Beth.

»Nicht wirklich. Es war die Zubereitung des Frühstücks, die ich am schwierigsten fand – und die mir gleichzeitig am meisten Spaß gemacht hat. Zum Glück hatte ich schon mal vorab Würstchen und Schinkenspeck gebraten. Die Eier habe ich dann erst zubereitet, als Vivien zum Frühstück herunterkam. Das hat prima funktioniert.«

»Wie viel hast du ihr in Rechnung gestellt?«, wollte Beth wissen.

»Na ja, ich musste ihr einen Familienpreis anbieten, da sie ja deine Mutter ist, Beth.«

»Aber sie kann es sich leisten...«

»Das hat sie auch gesagt und mir hundertfünfzig Pfund gegeben. Sagte, das wäre es durchaus wert. Ich muss auf jeden Fall ein weiteres Bad einbauen lassen. Wenn ich drei Zimmer zu vermieten hätte, die wir unseren Hochzeitskunden anbieten könnten, wäre das ein wunderbarer Service.«

»Aber nicht rentabel, wenn du nicht ständig Zimmer mit Frühstück vermieten willst«, sagte Lindy. »Sogar ich kann mir das ausrechnen.«

»Ich glaube, es würde mir gefallen. Natürlich wären nicht alle Gäste so wunderbar fordernd wie Vivien, doch wenn ich hohe Preise verlange, locke ich nur anspruchsvolle Kunden an. Und darauf stehe ich.« Rachel grinste schief. »So, genug davon. Ich muss euch berichten, wie Vivien sich die Hochzeit vorstellt. Sie kommt bald wieder, und sie bringt Helena mit! Sie ist von ihrer Weltreise zurück. Aber der strahlende Bräutigam wird nicht kommen, er ist noch damit beschäftigt, ihr künftiges Leben zu organisieren.«

Bei dieser Neuigkeit zog Beth die Augenbrauen hoch. »Ich

habe ein paar Ideen für die Homepage von Vintage-Hochzeiten. Doch vielleicht ist es noch ein bisschen zu früh, um sie einzurichten?«

»Ich hätte gedacht, du könntest es schon machen, wenn du willst«, erwiderte Lindy. »Ich möchte gern als Brautkleid-Beraterin Erwähnung finden.«

»Und ich als Frühstückspensionsinhaberin und allgemeine Erbsenzählerin«, lachte Rachel. »Aber jetzt lasst mich euch von Vivien berichten! Wir wissen ja, dass sie eigentlich eine Trauung in der Kathedrale wollte; offensichtlich hätte sie das in die Wege leiten können – mit dem Chor der Kathedrale und großem Geläut, alten Bäumen statt Blumen, wie bei der Hochzeit von Kate und William – also das volle Programm.«

Beth stöhnte. »Da seht ihr, warum Helena mich gebeten hat, die Vorbereitungen zu übernehmen.«

»Aber Helena hat es sich anders überlegt, jedenfalls laut Vivien. Sie habe begriffen, dass Einiges für eine schicke Hochzeit spricht.«

»Sie macht doch keinen Rückzieher von Vintage-Hochzeiten, oder etwa doch?«, fragte Lindy erschrocken. »Ich meine, ich weiß, dass noch nicht viel festgelegt wurde, aber wir haben uns wegen Helenas Hochzeit zusammengetan, um sie zu organisieren. Hat Mum was zu dir gesagt, Beth?«

»Kein Wort. Und keine Panik«, entgegnete Beth. »Vielleicht möchte Helena das Ganze tatsächlich ein bisschen größer haben als ursprünglich geplant, nachdem sie das Geld für die Feier schon ausgegeben hat. Aber die Sache mit der Kathedrale und den echten Bäumen will sie bestimmt nicht, vertraut mir!«

»Das hat Vivien auch gesagt«, bestätigte Rachel. »Sie geben sich mit der Kirche St. Mary's zufrieden, die praktischerweise hier in der Nähe ist.« Sie atmete aus. »Vivien wollte, dass wir alle nach Little Netherbourne kommen oder wo auch immer sie wohnt, um alles dort zu organisieren, aber ich habe ihr erklärt, dass das nicht möglich ist.«

»Na, da bin ich aber froh!«, meinte Lindy.

»Und ich hoffe, ich konnte sie von den vielen schicken Häppchen abbringen. Die sind sehr aufwendig zuzubereiten, und ich kann mir nicht vorstellen, dass Belinda sich dazu bereit erklären würde.« Rachel wirkte ziemlich zuversichtlich. »Ich habe ihr erklärt, dass wenige Häppchen und dann ein Essen, das am Platz serviert wird, viel besser sind, viel moderner.«

»Ist das denn so?«, fragte Beth.

»Ich hab keine Ahnung! Aber noch viel wichtiger ist, dass auch Vivien keine Ahnung hat, und darauf kommt es doch an.«

Lindy kam nicht umhin zu bemerken, dass Rachel von innen heraus strahlte. Wirkte sie selbst auch so? Und falls ja, würden sie erraten, warum? Nein, sagte sie sich entschieden, sie war ja schon neurotisch.

»Also gibt es nichts, was wir sofort machen können?«, fragte Beth. »Dann kann ich eigentlich eine Homepage für dich einrichten, Rachel, und eine für Vintage-Hochzeiten. Ich habe ein paar entzückende Fotos von Aprils Hochzeit, die ich verwenden kann – ihr wisst schon, Hintergrundaufnahmen. Ich muss noch nachfragen, ob ich Fotos mit Personen benutzen darf. Ich könnte auch ein paar Bilder für deine Homepage verwenden, Rachel!«

»Super!«

»Und wenn wir ein Logo und eine Seite haben, die uns gefallen, und alle damit einverstanden sind, lasse ich Visitenkarten und Broschüren drucken. Kann ich kurz nach oben springen, um ein paar Fotos von Schlafzimmer und Bad zu schießen?«, fuhr Beth fort.

»Nur zu! Es sieht alles toll aus. Die Blumen, die ich für Vivien besorgt habe, sind noch frisch.«

Nachdem Beth ihre Fotos im Kasten hatte und alle Reste aufgegessen waren, brachen Lindy und Beth wohlgesättigt in verschiedene Richtungen auf. Alle drei machten sich Gedanken, welchen Einfluss Helenas Anwesenheit wohl auf die Hochzeitsplanungen haben würde.

Lindy sorgte sich weniger darum als ihre Freundinnen – es gab genügend andere Dinge, die sie beschäftigten – und freute sich, als sie zufällig ihrer Mutter über den Weg lief.

»Hi, Mum! Was machst du hier? Musst du nicht arbeiten?«

»Nein, heute Vormittag nicht. Wie geht's dir? Du siehst toll aus, du strahlst so. Gibt's einen bestimmten Grund dafür?«

Lindy wusste, dass ihre Mutter keine Ahnung von Angus haben konnte, aber trotzdem wurde sie verlegen. »Wahrscheinlich, weil ich gerade bei Rachel gefrühstückt habe.« Sie erklärte die Sache mit Beth' Mutter und Rachels neu entdeckter Leidenschaft, Gastgeberin in einer Frühstückspension zu sein. »Ich wollte dir noch erzählen, dass Angus gestern Abend vorbeigekommen ist.«

»Wirklich? Gab's einen bestimmten Grund dafür?«

»Er war gerade in der Nähe, aber er war so nett. Er hat Billy und Ned vorgelesen, und sie waren ganz brav – wahrscheinlich, weil sie ihn so bewundern!«

»Sie können ja auch sehr brav sein«, meinte Sarah.

»Stimmt, doch wir wissen beide, dass es nicht immer so ist. Ich hoffe, dass Angus jedes Mal diese Wirkung auf sie hat.«

Sarah lachte. »Ja. Es wäre auch zu viel verlangt, dass dieser Zustand von Dauer ist.« Nachdenklich musterte Sarah ihre Tochter. »Angus ist ein netter Bursche. Er ist ganz anders als sein Bruder.«

Warum hatte sie ihrer Mutter bloß von Angus' Besuch

erzählt? Weil sie geglaubt hatte, es wäre vernünftig, falls die Jungen etwas erwähnen würden. Aber es hatte ihre Mutter nur noch mehr angespornt.

»Ich muss weiter, Mum. Ich habe noch ein paar Näharbeiten zu erledigen. Wegen der Hochzeit und allem bin ich ein bisschen in Verzug geraten, und ich möchte Mrs. Jenkins' Vorhänge abliefern, bevor alles von vorne beginnt. Die Braut kommt bald vorbei, und offensichtlich hat sie sich der Meinung ihrer Mutter angeschlossen, wie ihre Hochzeit werden soll. Hoffentlich wird sie nicht zu anspruchsvolle Wünsche äußern! Und hoffentlich heißt es nicht, dass ich mich nicht um ihr Kleid kümmern darf!«

Ihre Mutter runzelte die Stirn. »Aber ich dachte, sie wollte, dass ihr die Hochzeit für wenig Geld arrangiert?«

Lindy zuckte mit den Schultern. »Ich bin nicht sicher, ob das immer noch der Fall ist. Nachdem ihre Mutter jetzt doch involviert ist, hat sich das Budget wahrscheinlich erhöht. Sie brauchen uns immer noch, damit wir uns um alles kümmern, das Essen, die Blumen und diese ganzen Sachen.«

»Zu meiner Zeit waren Hochzeiten einfacher«, meinte Sarah.

»Ich weiß! Na ja, jedenfalls muss ich jetzt los. Wir sehen uns beim Quiz.«

»Oh ja. Und bring deine Freundinnen mit! Wir brauchen so viel Unterstützung und so viele Teams wie möglich. Viele Leute werden kommen, die erst an dem Abend Teams bilden.« Sie zog eine Grimasse. »Wie schade, dass Angus es nicht schafft! Er hat mir eine Nachricht auf der Mailbox hinterlassen. Es tut ihm sehr leid.«

Das traf Lindy hart. »Oh, wirklich schade. Aber Dad hat ja auch ein richtig gutes Allgemeinwissen. Es wird schon funktionieren.« Irgendwie schaffte sie es, ihre Worte beiläufig klingen zu lassen – so als machte es ihr nichts aus. »Ich muss los.«

Lindy ging nach Hause, so schnell sie konnte. Sie wollte die Nachrichten auf ihrem Handy nicht auf der Straße checken.

Sobald sie die Tür hinter sich geschlossen hatte, schaute sie aufs Display. Sie hatte eine neue SMS.

Ich bin zu einem Rettungseinsatz wegen eines architektonischen Notfalls. Komme so bald wie möglich zurück. Wollte es dir eigentlich früher sagen, bitte fühl dich nicht im Stich gelassen! A. x

Nachdem Lindy kurz über die Bedeutung von »im Stich gelassen« nachgedacht hatte, beschloss sie, dass sie damit im Reinen war. Wenn er anderweitig beschäftigt war, gut. Sie könnte das Quiz durchaus auch ohne ihn genießen – natürlich konnte sie das!

Ihre Familie durfte nicht erfahren, dass sie mit Angus geschlafen hatte. Sie würden sich nur Sorgen machen, dass sich die Geschichte mit Edward wiederholen könnte, oder, schlimmer noch, sie könnten Angus als Lösung für Lindys Probleme betrachten: winziges Haus, schmaler Geldbeutel, vaterlose Söhne. Lindy hingegen dachte noch genauso wie bisher über einen Stiefvater für ihre Söhne: Angus war sehr nett, das war er wirklich, doch sie würde nicht das Risiko eingehen, für einen Mann ihr ganzes Leben umzukrempeln.

21. Kapitel

Als die drei jungen Frauen am Samstagabend im Gemeindesaal auftauchten, herrschte wildes Stimmengewirr. Die Leute bildeten Teams und kauften Lose. Sie folgten Lindy zum Tisch ihrer Eltern und stellten, sehr zu Lindys Empörung, fest, dass diese sich schon mit einem anderen Paar zusammengetan hatten.

»Mach dir keine Gedanken, Lindy!«, sagte Rachel. »Wir können ein eigenes Team bilden. Du hast gesagt, es können bis zu sechs Mitglieder sein, und vielleicht finden wir noch jemanden, der sich mit Sport auskennt.«

»Woran erkennen wir denn einen passenden Kandidaten?«, fragte Beth scherzhaft. »An muskulösen Beinen? Den Armen eines Dart-Werfers? Oder nur an einem Fußball-Trikot?«

»Fußball-Trikot«, erwiderte Rachel. »Wo sollen wir uns hinsetzen?«

»Ich habe nichts gegen Quizveranstaltungen«, meinte Beth, als sie einen freien Tisch gefunden hatten. »Aber ich hasse das Gefühl, gewinnen zu müssen. Ich weiß nie etwas.«

»Ach, wir werden ohnehin nicht gewinnen«, erwiderte Lindy gleichmütig. »Es gibt ein paar Familien im Ort, die wahnsinnig ehrgeizig sind – sie gewinnen immer.«

»Cool!«, sagte Beth. »Dann genieße ich meinen freien Abend und betrinke mich ein bisschen.«

»Du wirkst wieder ein bisschen munterer, Beth«, stellte Lindy fest. »Gibt's dafür einen bestimmten Grund?«

»Nein, nicht wirklich. Na ja, ja und nein«, antwortete Beth. »Vor ein paar Tagen ist ein sehr netter Mann in den Pub gekommen. Finn Sowieso. Er war Mitglied einer Boygroup namens McCools.«

Rachel dachte nach. »Ich glaube, ich erinnere mich an sie. Sie waren super!«

»Ja, und er hatte einen Gig im Pub geplant, aber nicht in nächster Zeit, weil Sukey zuerst ein Comedy-Festival veranstalten lässt. Doch er hat sich den Saal hier angesehen und findet ihn besser. Könnt ihr euch das vorstellen? Ein Bandauftritt – hier im Gemeindesaal!«

»Das wäre ja großartig!«, rief Rachel. »Noch eine Gelegenheit, unseren tollen Anstrich zu bewundern.« Sie blickte zur Decke und runzelte die Stirn. »Diese Stelle muss nachgestrichen werden.«

»Ach, mach dir keine Gedanken!«, sagte Lindy. »Es ist alles in Ordnung.«

»Du scheinst in der richtigen Stimmung zu sein, um dich zu amüsieren, Lindy«, sagte Beth.

»Oh ja! Wahrscheinlich, weil meine Kinder bei meiner Großmutter schlafen. Oma kann sich in Ruhe ihren skandinavischen Krimi anschauen, und ich gehe mit meinen Freundinnen aus.« Sie zuckte mit den Schultern. »Ich komme nicht so oft raus.«

Rachel zog die Augenbrauen hoch. »Das stimmt. Lasst uns mal sehen, was es heute für Gewinne bei der Verlosung gibt!« Sie studierte die Liste, die auf allen Tischen auslag. »Oh, es gibt wieder ein Teeservice. Das stammt bestimmt auch von Belinda.«

»Hübsch«, meinte Beth. »Diesmal musst du es bekommen, Rachel. Und ich biete einen Computerkurs an, obwohl ich nicht davon ausgehe, dass jemand ihn haben will – schließlich wissen die meisten, dass ich so was ohnehin kostenlos anbiete.«

»Oh nein!«, sagte Lindy. »Es kommen auch Leute von außerhalb – ein paar jedenfalls, sie möchten den Kurs bestimmt gewinnen. Auf jeden Fall ist es gute Werbung.«

»Das habe ich auch gedacht. Es dauert bestimmt nicht lange, bis Rachel eine Nacht in ihrem Bed & Breakfast als Preis anbietet.«

»Gute Idee«, erwiderte Rachel. »So, jetzt müssen wir nach herumirrenden Personen Ausschau halten, die Ahnung von Sport haben könnten. Ich fürchte, ich bin ein klitzekleines bisschen ehrgeizig und möchte nicht gern Letzte werden.«

»Da ist die Familie, die immer gewinnt«, verkündete Lindy und zeigte auf eine kleine Gruppe, die gerade eingetroffen war. »Und sie haben ihren Sohn aus dem Forest of Dean mitgebracht. Er ist Ringer und kennt sich mit Popmusik und Sport aus – ihre einzigen Schwachstellen. Verdammt!«

»Ich dachte, es ist uns egal, wenn wir nicht gewinnen?«, meinte Beth. »Ich gehe sofort nach Hause, wenn es doch eine Rolle spielt.«

»Es spielt keine Rolle«, erwiderte Lindy. »Es ist nur ein bisschen langweilig, wenn jedes Mal dieselben Leute die Gewinner sind.«

»Nun, ich habe bei den Olympischen Spielen vor dem Fernseher geklebt«, erzählte Rachel. »Aber ich weiß nichts über Fußball oder wann welche Meisterschaft war. Ich hole uns besser mal Wein.«

»Das wäre hilfreich«, stimmte Beth zu.

Quizprotokolle waren ausgeteilt worden, auf denen die Themen aufgeführt waren. Es gab auch eine Seite mit Fotos prominenter Personen, die sie gleich an Beth weiterreichten. Rachel und Lindy gingen die verschiedenen Kategorien durch.

»Sport – na ja, hoffen wir mal, dass es nur um Olympia geht, aber das ist bestimmt nicht der Fall«, meinte Rachel. »Musik? Ist eine von euch gut darin?«

»Ich kann die Songs im Radio immer mitsummen«, erwiderte Beth, »doch ich kann nicht zuverlässig bestimmen, von wem welcher Hit war.«

»Geschichte«, fuhr Lindy fort. »Da weiß Dad immer alles.«

»Wenn es über mein Schulabschlusswissen hinausgeht, habe ich keine Chance«, sagte Rachel. »Die Tudors und die Stuarts. Wie sieht es mit Kunst aus, Lindy?«

»Ich habe es bei den Abschlussprüfungen in der Schule genommen, und wir haben ein paar Galerien besucht«, antwortete Lindy. »Ich würde *Die Sonnenblumen* von Van Gogh erkennen, wenn es sein müsste.«

»Das könnte der Rest der Welt auch, mich eingeschlossen. Beth, wie kommst du mit diesen Prominenten zurecht?«

»Ganz gut, aber ich könnte ein bisschen Hilfe gebrauchen.«

Lindys Mutter kam vorbei, um Lose zu verkaufen. »Ich bin begeistert, dass so viele Leute hier sind«, sagte sie. »Ein Pfund pro Los. Sie haben sich große Mühe gegeben, Teams zu bilden. Diese Neuen – erinnert ihr euch? Justin und Amanda –, sie haben Bekannte aus London mitgebracht. Sie haben richtig Feuer gefangen. Danke, Rachel.« Sie nahm den Fünfer und gab Rachel fünf Lose. »Sie haben die Flasche Schampus als Tombola-Preis gespendet. Dad hat letzte Woche tatsächlich als Vorbereitung den Sportteil in der Zeitung gelesen. Ich weiß nicht, warum er plötzlich so ehrgeizig ist.«

»Uns ist es egal, wenn wir nicht gewinnen«, meinte Lindy, »solange wir einen anständigen Preis bei der Tombola bekommen.«

Kurz vor Beginn der Quizveranstaltung brüteten Beth und Lindy über den Bildern der Promis, als Rachel aufsah. »Hallo! Da ist Raff. Und er hat zwei Freunde mitgebracht. Ist das Angus? Und – hey, Beth – ist das der Typ von der Boygroup, den du erwähnt hast?«

»Oh, mein Gott!«, stießen Beth und Lindy einstimmig hervor. »Die könnten unsere Kavallerie sein!«

»Nur, wenn sie sich mit Sport auskennen«, murmelte Rachel.

Raff trat an ihren Tisch. »Sukey hat uns erzählt, dass ihr hier seid. Was dagegen, wenn wir uns zu euch setzen?«

»Ich hab dich seit einer Ewigkeit nicht mehr gesehen!«, flüsterte Rachel.

Raff küsste sie auf die Wange. »Ich war unterwegs, aber jetzt bin ich zurück.«

»Mum hat gesagt, du könntest nicht zum Quiz kommen«, sagte Lindy zu Angus. Plötzlich war sie schrecklich aufgeregt.

»Ich war auch unterwegs«, antwortete er. »Doch jetzt bin ich zurück. Ich wollte das Quiz nicht verpassen.«

Aber der Ausdruck in seinen Augen sagte Lindy, dass es nicht das Quiz war, weswegen er so schnell zurückgekommen war.

»Und ich bin die ganze Zeit im Pub gewesen«, sagte Finn.

Als Lindy Beth musterte, die glücklich lächelte, begriff sie, dass ihre Freundin wahrscheinlich nicht mehr über Charlie nachgrübelte und eine sehr nette Ablenkung gefunden hatte.

Beth sagte: »Mädels, ihr kennt Finn noch nicht. Er ist ... na ja, ihr wisst schon. Wir sind uns im Pub begegnet.« Sie geriet ins Stocken.

»Kennen sich sonst alle?«, fragte Rachel.

Raff nickte. »Angus und ich kennen uns seit der Schulzeit, als wir beide noch im Ort gewohnt haben, und Finn, nun ja, er ist eine Art Berühmtheit ...«

»Wir haben uns im Pub kennengelernt«, fügte Finn rasch hinzu. Offensichtlich wollte er lieber der Mann aus dem Pub als ein Mitglied einer ehemaligen Boygroup sein.

»Da Sie ja eine Art Berühmtheit sind, können Sie uns bestimmt hiermit helfen«, sagte Beth, die rot geworden war.

Er nahm die Quizprotokolle in die Hand und sah die Themen durch. »In Musik bin ich ganz gut.«

Raff warf einen Blick über Finns Schulter. »Ich kenne mich einigermaßen mit Sport aus.«

Angus fügte hinzu: »Von den beiden Themen verstehe ich nicht viel, aber Geschichte, Zeitgeschehen und Wirtschaftsbeziehungen sollten in Ordnung sein.«

Bei dem Wort »Beziehungen« durchlief Lindy ein wohliger Schauer. Wie oft musste man mit jemandem schlafen, bevor man von einer Beziehung sprechen konnte?

»Letzte Gelegenheit, um Getränke zu kaufen!«, rief der Quizmaster und sah zu ihrem Tisch hin. »Dann fangen wir an. Haben sich alle entschieden, in welcher Runde sie ihre Joker einsetzen wollen?«

Lindy beugte sich vor. »Okay, Jungs und Mädels. Ich kenne viele dieser Leute. Mein Dad wird auf jeden Fall wollen, dass sein Team sich für Geschichte entscheidet, und die Familie da drüben – mit dem blassen Sohn, der aussieht, als säße er ständig über den Hausaufgaben – wird Musik wählen, weil der Junge ein musikalisches Wunderkind ist und sie glauben, dass niemand ihn schlagen kann.«

»Nun mach aber mal halblang!«, sagte Finn. »Wenn ich die Runde nicht überstehe, habe ich mein Leben vergeudet!«

»Kommt drauf an, wie du das Wort ›vergeudet‹ definierst«, warf Raff ein.

»Wir können unseren Joker in derselben Runde wie andere Leute einsetzen«, sagte Lindy. »Solange wir die Fragen richtig beantworten, gibt es dafür doppelte Punkte.«

»Lasst uns Musik auswählen!«, schlug Finn vor. »Gemeinsam können wir es schaffen.«

»Vergesst nicht, den Namen eures Teams zu euren Jokern zu schreiben!«, rief der Quizmaster.

»Wie heißen wir denn?«, fragte Lindy mit gezücktem Stift.

»Vintage-Hochzeiten natürlich!«, antwortete Rachel spontan. »Wenn ihr Männer nichts dagegen habt?«

»Nur zu!«, sagte Finn.

Lindy unterhielt sich prächtig, und Beth und Rachel ging es, ihren Mienen nach zu urteilen, genauso. An der Art und Weise, wie Finn Beth immer wieder ansah, erkannte Lindy, dass er sie mochte. Aber wahrscheinlich würde es ihr nach der Enttäuschung mit Charlie schwerfallen, wieder einem Mann zu vertrauen. Vor allem einem, der so gut aussah und zudem prominent war. Und sie schlugen sich richtig gut! Angus kannte die Antworten auf die Fragen zum Thema Allgemeinwissen, und dank Finn und Beth beantworteten sie auch alle Musik- und Promifragen richtig. Mit Sport konnten sie dank Rachel und ihrem Wissen über die Olympischen Spiele und dank Raff punkten.

Jemand hatte einen Laptop mitgebracht, sodass es auch eine Anzeigetafel gab, von der man den Spielstand ablesen konnte. Drei Teams lagen Kopf an Kopf. Die clevere Familie mit dem Ringer-Sohn, die sich »Wilson Clan« nannte, das Team mit den Londonern namens »WestEnders« und »Vintage Hochzeiten«. Lindys Familie kam direkt dahinter.

»Oh, mein Gott, das ist so aufregend!«, rief Lindy. »Ich wusste gar nicht, wie viel Spaß mir das macht.«

»Wenn wir jetzt nicht gewinnen, dann sterbe ich«, murmelte Rachel.

»Dann hoffe ich, dass wir gewinnen«, warf Raff ein. »Meine Mutter würde mir die Schuld in die Schuhe schieben, wenn dir was zustößt.«

»Popkultur!«, verkündete der Quizmaster, woraufhin alle Intellektuellen laut aufstöhnten.

»Kommt, Leute!«, sagte Finn. »Wir können es schaffen. Wir müssen uns nur konzentrieren.«

»Du musst das mit Beth zusammen machen«, sagte Rachel. »Ich höre nur die *Archers* und schaue mir *Countryfile* an.«

Anfangs waren die Quizfragen relativ einfach, und dann kam die entscheidende Frage. »Nennt alle Mitglieder der Band Boystars und welche Instrumente sie spielten! Und um einen Zusatzpunkt zu gewinnen – es könnte zum Gleichstand kommen –, was war ungewöhnlich an ihnen?«

Die Mitglieder der derzeit führenden Teams schrien entsetzt auf – auch die von Vintage-Hochzeiten –, bis Finn sich vorbeugte. »Ich weiß es!«

»Du hast aber nicht zu den Boystars gehört, oder doch?«, fragte Raff.

»Nein! Aber wir haben sie in der Anfangszeit unterstützt«, erklärte Finn. »Das Ungewöhnliche an ihnen war, dass der Schlagzeuger gleichzeitig auch der Leadsänger war.« Er begann, die Namen aufzuschreiben.

»Oh Gott, ich will unbedingt gewinnen!«, sagte Rachel.

»Was gibt es als Preis, weißt du das?«, wollte Beth wissen.

»Normalerweise ist es eine Schachtel Süßigkeiten und ein Gutschein für eine Runde Getränke für das Siegerteam«, erklärte Lindy. »Sukey spendet den Preis. Allerdings wird das Quiz auch für gewöhnlich im Pub abgehalten«, fügte sie für Angus und Finn hinzu.

»Also gibt es keine Urlaubsreise für zwei in die Karibik zu gewinnen?«, meinte Finn.

Lindy schüttelte den Kopf. »Tut mir leid.«

»Gebt alle eure Zettel ab!«, rief der Quizmaster. »Mal sehen, wer diesen sehr engen Kampf gewonnen hat!«

Lindy warf Angus einen verstohlenen Blick zu.

Er hatte ihr keine besondere Aufmerksamkeit geschenkt, aber ab und zu hatte sie gespürt, dass er sie ansah. Sie musste ständig daran denken, was zwischen ihnen vorgefallen war, und überlegte, ob es ihm auch so ging. Lindy hatte sich vorgenommen, dass es nicht noch einmal passieren würde – sie konnte nicht zulassen, dass ein Mann ihr sorgfältig ausbalanciertes Leben störte. Aber vielleicht sollte ich doch noch mal mit ihm schlafen, überlegte sie dann und grinste innerlich. Dann wäre es wenigstens kein One-Night-Stand mehr.

»Auf dem dritten Platz ...« Der Quizmaster zögerte quälend lange.

»Machen Sie schon!«, rief Lindys Dad. »Das hier ist ja keiner von diesen verdammten Talentwettbewerben im Fernsehen!«

»Wir haben ein Unentschieden.« Er nannte zwei Teams, zu denen auch das von Lindys Eltern gehörte.

Lindy klatschte wie wild.

»Auf dem zweiten Platz gibt es ebenfalls ein Unentschieden, wir haben hier die WestEnders und den Wilson-Clan, also ist unser Gewinner ... Trommelwirbel bitte – tut mir leid, den müssen Sie sich vorstellen ... das Team Vintage-Hochzeiten!«

Donnernder Applaus brandete auf, auch unter den Mitgliedern des Siegerteams.

»Geh und hol uns den Preis, Rachel!«, sagte Lindy und stupste ihre Freundin an. »Los!«

Rachel trat auf die Bühne und nahm den Preis entgegen. Dann wurden die Gewinner der Tombola gezogen. Leider gewann ihr Tisch das Teeservice nicht.

Während die Leute sich sammelten und Lindys Eltern schon mit dem Aufräumen begannen, kam der Anführer des Wilson-Clans an den Tisch von Vintage-Hochzeiten.

»Entschuldigung, aber seid ihr Burschen aus dem Ort? Das hier ist traditionell ein Quiz für Einheimische – oder für Familienangehörige von Ortsansässigen.«

»Kommen Sie, John!«, sagte Raff. »Sie kennen mich doch.«

»Ich stamme von hier«, sagte Angus, »und ich kenne Lindy, seit sie zwölf war.«

»Und ich bin zum Quiz gekommen, weil meine Mutter ein Teeservice gespendet hat, außerdem wollte sie, dass ich Rachel beim Quiz unterstütze. Wenn man seiner Mutter nicht gehorcht, ist man immer in Schwierigkeiten«, sagte Raff und zwinkerte Mr. Wilson verschwörerisch zu.

»Ich habe Sie nicht gemeint, Raff«, fuhr Wilson senior fort. »Ich meine diesen Herrn hier, den ich noch nie im Leben gesehen habe und der anscheinend über sehr spezielles Wissen auf dem Gebiet Popkultur und Musik verfügt.«

Stille trat ein. Dann räusperte sich Beth. »Ich bin mit ihm zusammen«, sagte sie und sah Finn bedeutungsvoll an, damit er mitspielte.

Er legte ihr den Arm um die Schulter, als wollte er ihre Aussage bestätigen. »Und falls Sie glauben, dass wir beide nur wegen dieser Quizveranstaltung vorgeben, ein Paar zu sein, dann liegen Sie falsch. Beth hat mich vor Kurzem endlich ihrer Mutter vorgestellt. Und wie Raff Ihnen bestätigen kann, bedeutet das, dass die Sache ziemlich ernst ist.« Er zwinkerte Beth so unmerklich zu, dass nur sie und Lindy es bemerkten.

Mr. Wilson trat ein bisschen verlegen zurück. »Na ja, nichts für ungut. Ich weiß, dass diese drei jungen Frauen schon viel für diesen Saal getan haben. Ich habe mich nur gefragt ... aber ich verstehe jetzt, dass ich falschgelegen habe.«

»Mein lieber Schwan! Was für eine Frechheit!«, kommentierte Rachel, als er weg war. »Kommt, lasst uns in den Pub gehen!«

Nachdem sie ihre Freigetränke und eine weitere Runde getrunken hatten, meinte Lindy: »Ich mache mich jetzt lieber auf den Weg. Meine Oma wartet bestimmt schon auf mich.«

»Ich begleite dich. Mein Auto steht in der Richtung, und ich muss morgen sehr früh raus.«

Lindy begriff, dass Angus wahrscheinlich meilenweit gefahren war, um am Quiz teilzunehmen, obwohl er ihrer Mutter eigentlich schon abgesagt hatte. Dieser Gedanke brachte ihr Herz für ein paar Sekunden zum Rasen.

»Rachel«, fragte Raff, »kann ich dich nach Hause bringen?«

»Oh, okay«, erwiderte sie und wirkte mädchenhaft aufgeregt.

»Wo wohnst du, Beth?«, wollte Finn wissen. »Sollte ich besser meine Wanderschuhe anziehen?«

»Direkt auf der anderen Seite der Dorfwiese«, erwiderte sie. »Du kannst mich gern heimbringen, aber rechne nicht damit, dass ich dich auf einen Kaffee hereinbitte!«

Lindy und Angus traten hinaus in die Nacht. Er hakte sich bei ihr unter und hielt sie fest. »Du, wegen der Nacht neulich ...«

Lindy unterbrach ihn eilig. Sie wollte nicht hören, wie er höflich erklärte, dass es sich nur um eine einmalige Sache handelte und sie nicht zu viel hineininterpretieren sollte. »Ach, du lieber Gott, nein! Ich verstehe vollkommen. Es war nur ...« Irgendwie brachte sie das Wort »One-Night-Stand« nicht über die Lippen. Ihr einziger anderer One-Night-Stand hatte eine Schwangerschaft zur Folge gehabt.

»Warte mal«, fiel er ihr ins Wort. »Was glaubst du, was ich sagen wollte?«

Lindy begriff, dass sie sich geirrt hatte. Aus Angst, dass er so sein könnte wie sein Bruder, der sie niemals geheiratet hätte, wäre sie nicht schwanger gewesen und hätte die Familie keinen Druck ausgeübt, konnte sie keinen klaren Gedanken mehr fassen. »Ich weiß nicht! Vielleicht, dass du den Jungen nur ein

Onkel sein willst und nicht – du weißt schon – mit ihrer Mutter anbändeln willst?«

»Ich wollte vorschlagen, dass wir uns erst besser kennenlernen sollten.«

»Oh ...«

»Ich hatte nicht vor ... na ja, dass wir so schnell im Bett landen. Ich hoffe, ich habe dich nicht abgeschreckt.« Sie hatte sich Sorgen wegen dieser Unterhaltung gemacht, seit sie aufgewacht war und festgestellt hatte, dass er nicht mehr neben ihr lag. Jetzt lachte sie leise. »Ganz ehrlich, ich hätte mehr Geld darauf gesetzt, dass ich im Lotto gewinne, als darauf, dass das passieren könnte.«

»Wie meinst du das? Dass es je passiert? Oder dass es in dieser Nacht passiert?«

»In dieser Nacht«, erwiderte sie sanft.

»Du hättest eher damit gerechnet, dass wir einander besser kennenlernen und eine Beziehung aufbauen, bevor wir miteinander schlafen?«

»Absolut.«

»Aber es hat dir keine Angst gemacht?«

Lindy seufzte tief auf. »Angus, ich möchte ehrlich zu dir sein. Ich fand wunderbar, was zwischen uns passiert ist, wirklich wunderbar. Aber ich sehe mich nicht in der Lage, eine richtige Beziehung zu beginnen.«

»Warum nicht?«

»Wegen meiner Söhne. Sie werden immer Priorität für mich haben.«

»Ich würde nicht erwarten, dass sich daran etwas ändert.«

»Aber ich weiß nicht, was sie davon halten würden, wenn ich mit ihrem Onkel Angus zusammen wäre.« Trotz der Dunkelheit wurde sie rot. »Ich bin auch nicht sicher, was ich dabei empfinden würde. Es ist ein bisschen merkwürdig.«

»Es ist nur merkwürdig, weil du mich ›Onkel Angus‹ nennst. Es klingt ... falsch.«

»Stimmt.«

»Aber es ist nicht falsch, das wäre es auf jeden Fall nicht, wenn wir den normalen Weg gegangen wären. Du weißt schon, ein paar Verabredungen zum Essen, ein Spaziergang in der freien Natur mit den Jungen und dann vielleicht ein Wochenende in einem Hotel weit entfernt von allem.«

»Das klingt himmlisch!« Dann merkte sie, dass sie sich vielleicht übertrieben begeistert anhörte, und fügte rasch hinzu: »Ich kann mich nicht erinnern, wann ich zuletzt in einem Hotel übernachtet habe.«

»Dann machen wir es doch so. Wir lassen die Dinge langsam angehen, in der Reihenfolge, wie sie passieren sollten, und schlafen nicht mehr miteinander, bis der richtige Zeitpunkt gekommen ist. Aber nur, wenn du willst.«

»Perfekt«, sagte Lindy. Doch in Wahrheit hoffte sie, dass die Phase der Verabredungen zum Essen und der Spaziergänge mit Ned und Billy schnell vorübergehen würde. Am liebsten würde sie direkt bei dem Punkt »Ein Wochenende in einem Hotel« einsteigen. »Das Haus meiner Oma ist gleich da drüben.«

»Dann sollten wir uns jetzt verabschieden.« Er zögerte. »Ein Kuss auf die Wange wäre doch in Ordnung, oder nicht?«

»Natürlich«, erwiderte Lindy. »Ein Kuss auf die Wange geht immer.«

Aber irgendwie bewegten sie sich beide gleichzeitig, ihre Lippen trafen sich, und dann lagen sie sich in den Armen.

Lindy löste sich von ihm. »Hoppla!«

»In der Tat«, sagte er ernst.

»Und jetzt sage ich: Gute Nacht und vielen Dank für deine Hilfe beim Quiz. Ohne dich hätten wir keine Chance gehabt.«

»Es war Teamarbeit.«

»Na ja, du hast entscheidend dazu beigetragen.«

»Keineswegs. Ach, übrigens, eine Sache noch ... Du bist ganz entzückend.«

Dann drehte er sich um und ging zu seinem Wagen.

Als Raff neben ihr herschlenderte, traf Rachel eine Entscheidung. Und sie musste schnell handeln – vom Gemeindesaal bis zu ihrem Haus war es nicht weit. Sie hatte keine Zeit, sich erst genau zu überlegen, was sie sagen sollte.

»Ich mache mir ein bisschen Sorgen wegen meiner Elektroheizung; ich habe das Gefühl, sie könnte jeden Moment wieder kaputtgehen. Ich weiß, dass sie wunderbar funktioniert hat, als Vivien bei mir übernachtet hat, doch ich mache mir ständig Gedanken.« *Mein Gott, bitte geh darauf ein! Ich höre mich verrückter an als je zuvor.*

Raff blieb stehen. »Wirklich?«

»Ja, und sie ist in meinem Schlafzimmer«, fuhr Rachel rasch fort. »Äh ... ich weiß, dass das hier unglaublich schlecht und offensichtlich ist, aber besser kriege ich es nicht hin. Ich kenne mich mit dieser Verführungssache nicht aus. Das ist mir ... zu schwierig.«

»Du musst mich nicht verführen, Süße. Ich bin schon längst verführt.«

Viel später lagen sie in Rachels antikem Messingbett zwischen gebügelten, hochwertigen Laken. Sie seufzte voller Wonne.

»Das war wunderschön. Vielen Dank.«

Raff lachte. »Fast hätte ich gesagt: ›Das Vergnügen war ganz meinerseits‹, aber ich bin sehr froh, dass ich mich gerade noch zurückgehalten habe.«

»Ich war bisher nie ein großer Fan von Sex. Ich hasste die Vorstellung, die Kontrolle zu verlieren, weißt du? Aber jetzt – na ja, jetzt scheint mir das doch eine gute Sache zu sein.« Sie hielt kurz inne. »Natürlich nur im Schlafzimmer. Der Rest meines Lebens muss sehr unter Kontrolle sein.«

»Wenn du glaubst, dass Sex nur im Schlafzimmer stattfindet, hast du noch ein bisschen was über Kontrollverlust zu lernen«, sagte er zärtlich und küsste sie auf die Schulter, »doch wir haben noch jede Menge Zeit, die anderen Möglichkeiten zu erkunden.«

»Wie viel Zeit, was meinst du?« Rachel versuchte, entspannt und cool an die Zukunft zu denken, aber es gelang ihr nicht richtig.

»Ich denke, ungefähr alle Zeit der Welt – plus/minus ein paar Jahre.«

Sie kicherte. »Guter Hinweis!«

22. Kapitel

Beth stellte zwei Gläser mit Mineralwasser auf den Tisch. »Vielen Dank, dass ihr heute Morgen gekommen seid, Mädels! Ich weiß, es ist sehr kurzfristig. Aber Mum und Helena haben gestern Abend geskypt. Mum hat ein paar Planungseinzelheiten bestätigt, die wir besprochen hatten, als sie hier war. Im Hinblick auf andere Details war sie ein bisschen durcheinander. Es ist inzwischen ziemlich dringend.«

»Natürlich ist es das!«, meinte Rachel. »Zehn Tage noch!«

»Wissen wir inzwischen, ob ich die Kleider für die Brautjungfern nähen soll oder – bitte, lieber Gott, bloß nicht – auch ein Hochzeitskleid?« Lindy trank einen Schluck Wasser.

»Mein Gott, habe ich euch das nicht erzählt? Keine Sorge, Lindy! Mum zahlt für ein Hochzeitskleid – vorausgesetzt, sie bekommen so kurzfristig noch eins. Es ist ja schließlich nicht so, dass man einfach in ein Geschäft geht und mal eben eins kaufen kann. Da sind ja immer viele Änderungen nötig.« Beth seufzte. »Ich habe mir alle Mühe gegeben, indem ich das Internet durchforstet habe. Aber man hat nur eine Chance, wenn man ein Kleid ergattert, das schon für jemanden geändert wurde, und derjenige es dann doch nicht genommen hat.«

»Das gibt's doch nicht!«, sagte Lindy.

»Doch«, fuhr Beth fort. »Der Zeitrahmen beträgt normalerweise ein paar Monate.«

»Ach, du meine Güte!«, sagte Rachel. »Dann hoffen wir mal, dass Vivien mit ihrem großen Portemonnaie das hundert Mal so schnell hinbekommt!«

Lindy runzelte die Stirn. »Helena nimmt also die Unterstützung deiner Mutter an?«

Beth nickte niedergeschlagen. »Die beiden sind jetzt offiziell beste Freundinnen. Helena ist vorher schon ein bisschen eingeknickt, doch nachdem Mum jetzt das Kleid bezahlt, folgt Helena ihren Vorstellungen von der Hochzeitsfeier. Das Gute daran ist, dass unsere Mutter ein Fan von Vintage-Hochzeiten geworden ist, vor allem dank Rachel.«

Beth sorgte sich, dass ihre große Schwester und ihre Mutter sich gegen sie verbünden könnten. Das konnte leicht passieren, da Helena sich in die pflichtbewusste Tochter einer dominanten Mum verwandelt hatte. Zum Glück ahnten die beiden nicht, wie viel sie an Finn dachte, denn dann hätten sie wirklich eine Ausrede, sie abzuservieren. Sie wollte nicht zugeben, dass sie sich in ihn verliebt hatte; es wäre viel zu früh nach der Geschichte mit Charlie. Und nach dieser unschönen Episode war sie sich auch nicht sicher, ob sie ihren Instinkten noch trauen konnte, aber so wie jetzt hatte sie noch nie für jemanden empfunden. Kein Vergleich zu dem, was sie für Charlie gefühlt hatte. Ihre Gefühle für Finn schienen das einzig Wahre zu sein. Doch in den Augen ihrer Mutter wäre Finn trotzdem ein »böser Junge«, auch wenn er sie mit seinem Charme bezaubert hatte. Leider hatte dieser Zauber wahrscheinlich zeitgleich mit dem Gin seine Wirkung auf Vivien verloren.

»Also, was ist mit den Kleidern für die Brautjungfern?«, fragte Lindy. »Ich habe da was im Sinn, doch wenn sie lieber welche kaufen wollen, wäre ich auch nicht böse.«

Beth schüttelte den Kopf. »Leider nicht, Lindy. Mum war begeistert, dass du etwas Besonderes für einen Schnäppchenpreis designen kannst.«

»Bei der nächsten Hochzeit müssen wir unsere Preise erhöhen«, erklärte Rachel und notierte sich das.

»Macht es dir was aus, Lindy?«, fuhr Beth fort. »Das Dumme ist nur, dass Mum Fotos von Aprils Kleid gesehen hat und sehr beeindruckt war. Ich weiß, dass das eine Menge Arbeit für dich bedeutet.«

»Jetzt hast du mir so geschmeichelt, dass ich die Kleider entwerfen will. Aber es ist eine große Verantwortung in der knapp bemessenen Zeit. Und Rüschen sind sehr zeitaufwendig. Ich mein ja nur.«

Beth lachte. »Keine Angst! Ich verspreche dir, dass es keine Rüschen geben wird. Ich bin eine der Brautjungfern, und alles Gerüschte werde ich boykottieren. Abgesehen davon will Helena vielleicht Kleider mit Korsagen und einer Million Häkchen.«

»Meine Güte, Beth, mal im Ernst, mach keine Witze! Ich habe nur eine Chance, rechtzeitig fertig zu werden, wenn die Kleider wirklich schlicht sein dürfen.« Lindy trank noch einen Schluck Wasser. »Aber es wäre ein wunderbares Projekt.«

»Okay. Ich plädiere für schlichte Kleider. Was genau bedeutet das? Mum und Helena möchten deine Vorschläge hören.«

»Ich ... habe in den letzten Tagen nicht so gut geschlafen und hatte deshalb viel Zeit, mir darüber Gedanken zu machen...« Lindy zögerte.

Beth wusste, dass Angus unterwegs war und fragte sich, ob Lindy deshalb nicht gut schlafen konnte. Sie hatte den Freundinnen gestanden, dass ihre Schwärmerei wieder zum Leben erwacht war, und Beth war sich nicht sicher, ob da nicht noch mehr war. »Also?«

»Eine Art romantisches Tutu – aber lang. Hier, ich habe ein paar Bilder.«

Sekunden später beugten sich die drei Frauen über Lindys Handy.

»Mir gefällt die Idee!«, sagte Beth. »Irgendwie wieder à la Audrey Hepburn.«

»Es hat dir so gut gestanden, Beth, und da ich die andere Brautjungfer nicht kenne, dachte ich mir, ich könnte dir das Kleid auf den Leib schneidern«, erklärte Lindy.

»Das ist ja großartig!« Beth war begeistert. Vielleicht konnte sie es deichseln, dass Finn auch eine Einladung bekam, damit er sie in dem Outfit sehen konnte.

»Aber würde es nicht eine Ewigkeit dauern, die Kleider zu nähen?«, wandte Rachel ein. »Diese eng anliegenden Mieder? Und die vielen Lagen Tüll?«

»Ich würde einen Gymnastikanzug als Basis nehmen. Damit wäre der zeitraubende Teil schon entschärft, nämlich das Oberteil. Wenn das Mieder schon vorgefertigt ist, geht der Rest ziemlich einfach.« Lindy lächelte. »Wie viele Brautjungfern hat Helena denn? Ich weiß, dass sie ständig ihre Meinung ändert.«

»Na ja, inzwischen sind es nur noch ich und Helenas beste Freundin, Nancy. Sie hat ungefähr die gleiche Größe wie ich«, sagte Beth.

Rachel krauste die Stirn. »Werden die Mieder nicht nach Nylon aussehen, wenn du Gymnastikanzüge verwendest?«

»Nicht, wenn wir keine glänzenden kaufen. Es gibt auch viele matte. Aus Velours, Samt – aus solchen Materialien. Ich habe das schon recherchiert«, erläuterte Lindy.

»Ich finde die Idee ganz wunderbar!«, sagte Beth. »Ich werde versuchen, Helena davon zu überzeugen.«

»Hervorragend!«, sagte Rachel. »So, nun zum nächsten Punkt. Was hast du uns sonst noch zu berichten?«

»Ach ja, das ist schlimmer als das Kleiderthema«, erwiderte Beth. »Mum und Helena kommen morgen hierher. Sie bleiben bis zur Hochzeit, denn sie möchten vor Ort sein.«

Rachel schluckte. »Wo wollen sie denn übernachten?«

»Nicht bei dir, mach dir keine Sorgen! Ich habe ihnen gesagt, dass das nicht geht, und Mum hat auch eingesehen, dass du nicht für sie beide Platz hast. Sukey hat zwei Zimmer, die sie haben können. Eins davon muss noch ein bisschen renoviert werden. Ich streiche es an und vergewissere mich, dass beide Zimmer nutzbar sind, doch es wäre super, wenn du dem Ganzen den letzten Schliff verleihen könntest, Rachel. Du kennst die Ansprüche meiner Mutter. Helena ist nicht ganz so schlimm.«

Rachel machte sich Notizen und seufzte dann glücklich. »Sehr gern! Und wenn du Hilfe beim Anstreichen brauchst, nehme ich mir die Zeit dafür. Dann geht es also nur um Deko und gute Bettwäsche? Weißt du, was, ich sehe mir das gleich mal an.«

»Großartig, vielen Dank!« Beth warf einen Blick auf ihre Liste. »Okay, wenn sie ankommen, möchte Mum sich mit den Lieferanten treffen.«

»Oh Gott, da fällt mir was ein!«, rief Lindy. »Backst du die Hochzeitstorte, Beth?«

»Gott sei Dank nicht«, erwiderte Beth. »Mum hat einen schicken Laden in London aufgetan, der sich darum kümmert. Die Torte kostet zwar eine Stange Geld, aber so will meine Mutter es eben.«

»Verflixt«, sagte Lindy. »Wer sind denn die Leute, die sie treffen will?«

»Den Caterer, den Floristen, dann natürlich Lindy. Mum hat organisiert, dass ihr Chor kommt, damit ist das erledigt. Das Catering ist ihr am wichtigsten.« Beth kontrollierte ihre Liste, um nichts zu vergessen.

»Der Caterer ist Belinda«, sagte Rachel. »Raffs Mum.«

»Bist du rot geworden, als du ihn erwähnt hast, oder habe ich mir das nur eingebildet?«, wollte Lindy schmunzelnd wissen.

»Vielleicht ein bisschen«, erwiderte Rachel und errötete noch tiefer.

»Also habt ihr...« Lindy war hartnäckig. »Ich hätte es ja nicht angesprochen, aber Mum hat gesagt, sie hätte Raffs Auto ziemlich früh am Morgen vor deinem Haus gesehen.«

Rachels Gesichtsfarbe war jetzt tiefrot. »Wenn du meinst, ob wir miteinander geschlafen haben – ja, das haben wir. Ich wollte es noch für mich behalten, denn natürlich stehen wir noch ganz am Anfang. Wissen wir, welches Essen Vivien sich vorstellt?«

Lindy war ganz offensichtlich enttäuscht. »Wenn du uns nichts erzählen willst...«

»Das ist es nicht!«, erwiderte Rachel. »Aber das hier ist ein geschäftliches Treffen, und wir haben noch viele Punkte zu besprechen.« Trotz dieser sachlichen Aussage war ihr immer noch ein bisschen heiß.

Beth betrachtete ihre Freundin. Sie hatte eine verliebte Frau vor sich, Beth kannte die Anzeichen. Rachel bemühte sich offensichtlich, nicht ständig an Raff zu denken und sich durch die Hochzeitsvorbereitungen abzulenken. Beth ging es mit Finn ähnlich. Dabei schien es keine Rolle zu spielen, dass sie ihn gerade erst kennengelernt hatte – sie musste trotzdem andauernd an ihn denken. Er war ein paarmal im Pub gewesen, und sie war sich ziemlich sicher, dass er sich für sie interessierte, aber war es auch wirklich so?

Rachel schrieb etwas in ihr Notizbuch. »Ich begleite Vivien zu Belinda. Ich glaube, sie wird überwältigt sein.«

»Das Wort ›vornehm‹ beschreibt Raff ja so gar nicht«, meinte Lindy. »Belinda hingegen schon. Irgendwie kommt einem Raff nie wie ihr Sohn vor.«

»Er ist ein ungeschliffener Diamant«, sagte Rachel.

Beth grinste. »Und du bist diejenige, die ihn aufpolieren wird?«

»Nein«, erwiderte Rachel, und ein glückliches Lächeln verdrängte die geschäftsmäßige Fassade. »Ich liebe ihn so, wie er ist.«

»Ich freue mich sehr für dich«, sagte Lindy. »Doch wir sollten wirklich unsere Besprechung fortsetzen. Ich muss Billy bald abholen.«

»Der nächste Punkt auf der Liste betrifft den Blumenschmuck«, sagte Beth. »Kümmerst du dich darum, Lindy?«

»Nein, auf keinen Fall! Ich setze Mum darauf an. Sie kennt alle Mitglieder des Frauenvereins und die Frauen des Komitees, das für den Blumenschmuck in der Kirche zuständig ist. Das wird schon klappen.«

Beth war noch nicht ganz überzeugt. »Du weißt schon, dass Mum sich aufwändige Blumengestecke vorstellt? Ein paar Chrysanthemen mit einem bisschen Grün reichen da nicht aus.«

Lindy wirkte ein bisschen beleidigt. »Mach dir keine Sorgen! Diese Frauen haben jede Menge Talent und Erfahrung. Manche von ihnen haben schon die Blumendeko für die Cloucester Cathedral arrangiert!«

Beth seufzte und wandte sich wieder ihrer Liste zu. »Ich glaube nicht, dass Mum sonst noch etwas von uns erwartet.« Sie blickte auf. »Ich frage Sukey mal, ob Rachel und ich rasch einen Blick in die Zimmer werfen können. Wenn du losmusst, Lindy, nur zu!«

Lindy stand auf und drückte ihren Freundinnen ein Küsschen auf die Wange. »Sag mir bitte so bald wie möglich Bescheid wegen der Farbe der Kleider!«

Ein paar Minuten später hatte Sukey ein Auge auf den Pub, und Beth zeigte Rachel die Gästezimmer. »Und, was meinst du?«

Rachel nahm gerade das größere Zimmer in Augenschein, zu dem auch ein eigenes Badezimmer gehörte. »Grundsätzlich ist es in Ordnung, wie du gesagt hast. Ein neuer Anstrich würde dem Raum guttun.«

»Wenn ich dabei nicht deinen unglaublich hohen Maßstab erreichen muss, kann ich das übernehmen. Welche Farbe, was denkst du?«

»Wir haben noch Farbe vom Gemeindesaal übrig«, antwortete Rachel.

»Dann also Weiß?«

»Nur aus Gründen der Sparsamkeit, Beth!«, sagte Rachel abwehrend. »Wir können mit den Dekoartikeln Farbakzente setzen. Ich habe ein paar dekorative Thermosflaschen für frische Milch, entzückende Dosen für Watte und noch ein paar andere Sachen fürs Badezimmer. Hat Sukey Wasserkocher? Weiß sie, dass sie beim Frühstück keine abgepackte Butter und Marmelade servieren darf?«

»Weißt du, was?«, meinte Beth. »Ich glaube, du solltest mit ihr darüber sprechen, nicht ich. Du kennst Mums Wünsche ja. Sukey hat bisher nur gelegentlich mal ein Zimmer an Männer vermietet, die ziemlich genügsam waren. Angus zum Beispiel hat keine Umstände gemacht.«

Später bekam Beth zufällig mit, wie Rachel sagte: »Wissen Sie, was richtig hübsch wäre? Ein Fläschchen Lavendelöl neben dem Bett, um den Gästen beim Einschlafen zu helfen...«

Beth bedauerte, dass sie Sukeys Antwort nicht hören konnte.

Finn hatte Beth nach dem Quiz erzählt, dass er für eine Weile nicht in der Gegend sein würde. Die Tatsache, dass er nicht einfach verschwunden war, sondern ihr seine Pläne mitgeteilt hatte, machte ihr Mut. Um die Band auf die Beine zu stellen, musste er viele Reisen unternehmen. Sie beneidete ihn. Obwohl ihr das Dorfleben gefiel, war Beth durchaus reiselustig, doch bisher hatte sie kaum etwas von der großen weiten Welt gesehen.

Daher war sie sehr überrascht, als Finn und zwei weitere Männer kurz vor Ende ihrer Schicht den Pub betraten.

»Du kennst ja das Sprichwort vom Täter, den es zum Tatort zurücktreibt«, scherzte er und küsste sie auf die Wange. »Aber die Jungs wollten den Saal selbst sehen. Sie sind nicht überzeugt, dass ein Gemeindesaal die geeignete Location für einen Neustart ist. Auch wenn ihnen der Vorschlag besser gefällt als ein Pub.«

»Wollt ihr zuerst was trinken?«, schlug Beth vor.

Sukey tauchte auf. »Sie wollen den Schlüssel«, erklärte sie. »Finn hat vorhin angerufen. Warum begleiten Sie sie nicht, Beth? Passen Sie auf, dass sie nichts kaputtmachen...«

»Ich arbeite doch noch«, wandte Beth ein.

»Gehen Sie ruhig«, erwiderte Sukey. »Ich halte hier die Stellung. Wir übernehmen den Barbetrieb, wenn der Gig stattfindet, also suchen Sie bitte einen guten Standort für uns aus. Es soll auch für den Pub gut laufen.«

Beth nahm den Schlüssel und ging voraus. Sie freute sich unglaublich, Finn wiederzusehen. Ihr war klar, dass sie ihre Gefühle besser kontrollieren sollte, doch es gelang ihr nicht. Er war so nett zu ihr – so höflich. Finn hatte sie den Bandkollegen vorgestellt, als wäre sie eine wichtige Persönlichkeit und nicht nur das Barmädchen.

»Ich weiß ja, dass wir für unseren ersten Auftritt einen kleineren Ort suchen«, sagte Seamus, eines der Bandmitglieder. »Es ist ja ganz hübsch hier, aber ist der Ort nicht vielleicht doch ein bisschen zu abgelegen? Werden wir genug Publikum haben?«

Beth, die gerade am anderen Ende des Saals nachsah, wie viele Stühle es gab, hörte aufmerksam zu.

»Ich glaube schon«, antwortete Finn. »Ich habe ein paar Leute aus dem Ort kennengelernt, die dafür sorgen werden, dass genug Zuhörer kommen.« Er hielt inne und blickte in ihre Richtung. Beth war zu weit weg, um seinen Gesichtsausdruck zu deuten, doch er lächelte. »Außerdem gibt es einen Musikproduzenten und Agenten in der Gegend, der richtig nützlich sein könnte. Dieser Raff, dessen Bekanntschaft ich gemacht habe, kennt ihn und bringt ihn mit, wenn er Zeit hat. Das könnte für uns sehr gut sein.« Nach einer kurzen Pause fuhr er fort: »Wir wollen keinen haben, der uns immer noch als Boygroup betrachtet. Für diesen Burschen wären wir eine neue Band.« Er seufzte. »Das heißt, falls wir gut genug sind. Andernfalls wäre das Ganze ziemlich peinlich.«

»Komm schon, Mann! Wir werden gut sein. Das wäre cool. Wer ist er?«

Beth zählte weiter. Sie freute sich, dass er so begeistert von dem Gemeindesaal war. Und sie bekämen ein gutes Publikum. Dafür würden Sukey und sie und wahrscheinlich auch Raff schon sorgen.

Nachdem die Band ihren Rundgang beendet hatte, kam Finn zu ihr. »Hey, Beth! Würde dir es was ausmachen, Sukey den Schlüssel zurückzugeben? Wir müssen los.«

»Kein Problem«, erwiderte Beth, doch sie fühlte sich unerklärlicherweise verletzt.

»Ich wünschte, ich hätte mehr Zeit«, fuhr Finn fort. Beth betete, dass er ihre Enttäuschung nicht bemerkt hatte. »Wenn wir unseren ersten gemeinsamen Gig hinter uns haben und es so aussieht, als könnte es funktionieren, möchte ich dich richtig kennenlernen. Im Moment kann ich immer nur auf Stippvisite vorbeikommen, doch irgendwann wird es sicher einfacher.«

Beth zuckte mit den Schultern. Sie wusste nicht, was sie sagen sollte.

Dann legte er ihr die Hand an die Wange. »Du bist süß, Beth. Bitte lauf nicht weg, bis ich Zeit habe, dir richtig Aufmerksamkeit zu schenken.«

Beth würde am kommenden Morgen sehr früh aufstehen müssen, um zu dekorieren, und freute sich gerade auf einen gemütlichen Fernsehabend mit einem Teller Nudeln. Daher war sie alles andere als begeistert, als sie die fröhliche Melodie von Skype hörte, die ihr sagte, dass ihre Schwester mit ihr sprechen wollte.

Sie nahm das Gespräch an und sah, dass Helena weinte. Sie war völlig aufgelöst. »Oh Gott, Beth!«, schluchzte sie. »Es ist alles so furchtbar! Es gibt kein schönes Brautkleid für mich. Sie müssen alle speziell angefertigt werden, und wir haben keine Zeit mehr. Mum wird ausflippen. Ich muss in einem Müllsack vor den Altar treten! Und ich traue mich nicht, es Mum zu sagen! Sie wird explodieren, du weißt ja, wie sie ist.«

»Keine Panik! Es gibt bestimmt eine Lösung.«

»Du weißt nicht, wovon du sprichst! Hast du mal versucht, ein Brautkleid zu kaufen, wenn die Hochzeit in zehn Tagen stattfindet?«

»Nein, und ich weiß, dass es schwierig ist – sehr schwierig –, doch bleib trotzdem ganz ruhig! Wir finden eine Lösung.« Sie wies ihre Schwester nicht darauf hin, dass es ihre eigene Schuld war, weil sie sich nicht früher darum gekümmert hatte.

»Was?«

Meine Güte, manchmal trieb Helena sie wirklich fast in den Wahnsinn. Aber Beth versuchte, ihr die Aufregung wegen der bevorstehenden Hochzeit zugutezuhalten, die – wie Rachel behauptete – jede Braut bis zu einem gewissen Grad erfasste.

»Aus dem Stegreif fällt mir da nichts ein, Helena, doch vertrau mir, wir lösen das Problem!«

»Du hast gut reden, du wirst nicht heiraten. Und du bist auch nicht schwanger.«

Beth erinnerte ihre Schwester ganz bewusst nicht daran, dass sie schon seit einer ganzen Weile von der Hochzeit wusste und dementsprechend auch schon viel früher etwas wegen des Kleides hätte unternehmen können. Stattdessen sagte sie: »Ich rufe Lindy an. Vielleicht kann ich zu ihr gehen, und dann könnt ihr skypen und überlegen, ob sie vielleicht Ideen hat.«

»Glaubst du, ihr fällt was ein?«

»Ja. Sie hat schon einen großartigen Vorschlag für die Kleider der Brautjungfern gemacht. Aber das kann sie dir besser selbst erklären.«

»Oh danke, Beth! Jetzt fühle ich mich besser. Ich habe übrigens schon eine ganz reizende Korsage gekauft. Sie ist wunderschön. Ziemlich teuer, aber damit werde ich fantastisch aussehen. Und ich konnte das Teil einfach anprobieren und mitnehmen – ich musste nicht ein halbes Jahr warten, bis es fertig ist.«

»Ich verstehe, dass das beruhigend ist. Hör mal, du hast Mum doch schon gesagt, dass du kein Kleid kaufen konntest, oder nicht?«

Helena schwieg und zupfte an einem Fingernagel.

»Oh mein Gott, sie weiß es wirklich noch nicht! Ich kann es nicht fassen, dass du allein losgezogen bist, um ein Brautkleid zu kaufen!« Ausnahmsweise wünschte sich Beth, dass ihre herrische Mutter in dem Fall noch herrischer gewesen wäre.

»Sie wäre mitgekommen, aber das wollte ich nicht. Ich wollte zuerst sehen, was mir gefällt, und mir nicht ihre Meinung aufdrücken lassen.«

Beth seufzte. »Das verstehe ich. Pass auf, ich esse jetzt schnell was, und dann skypen wir noch mal, wenn ich bei Lindy bin.«

Eine Stunde später saßen Lindy und Beth vor dem Computer in Lindys Wohnzimmer, um mit Helena zu sprechen, die wieder ganz aufgelöst war.

»Du brauchst also ein Brautkleid«, stellte Lindy ganz pragmatisch fest.

»Ich könnte was im Internet auftreiben, secondhand, ganz bestimmt«, schlug Beth vor, die es peinlich fand, wie hysterisch Helena sich aufführte.

»Ich trage kein bereits getragenes Brautkleid! Auf keinen Fall!« Inzwischen kreischte Helena regelrecht.

»Wahrscheinlich finde ich auch ein neues Kleid«, sagte Beth. »Ein entzückendes Kleid, in dem du gern vor den Altar treten wirst...«

Helena riss sich mühsam zusammen und schniefte laut. »Nicht mit unserem Budget. Mum hat gesagt, sie gibt mir dafür höchstens einen Tausender. Ich weiß, es ist eine lumpige Summe, aber wir haben ja das Geld, das sie uns ursprünglich gegeben hat, für die Reise ausgegeben.«

»Warte mal«, sagte Lindy, »tausend Pfund sind gar nicht so wenig. Bist du sicher, dass du dafür kein Kleid bekommst?«

Helena schüttelte den Kopf. »Nicht in der kurzen Zeit, und keins, das ich tragen möchte.«

»Hast du nicht gesagt, du hättest eine Korsage gekauft? Können wir die mal sehen?«

Sie brachte Helena dazu, die Korsage anzuziehen und damit vor die Kamera zu treten.

»Wunderschön!«, sagte Beth.

»Stimmt, sie ist perfekt«, sagte Lindy. »Würde es dir etwas ausmachen, wenn ich daraus ein Brautkleid mache? Dazu würde die Zeit noch reichen. Es würde wunderbar zu den Kleidern für die Brautjungfern passen, die ich im Sinn habe. Soll ich dir davon erzählen?«

»Gut, dass Skype nichts kostet«, sagte Lindy eine Weile später. »Jetzt haben wir eineinhalb Stunden geredet. Ich sehe mal eben nach den Jungen.«

Bis sie wieder hinunterkam, hatte Beth Tee gekocht.

»Sie schlafen beide, puh! Oh, es gibt Tee! Du bist genial, Beth.«

»Ich dachte, ich sollte was für dich tun – meine Familie ist ein absoluter Albtraum«, erwiderte Beth. Sie fühlte sich verantwortlich für die Riesenschwierigkeiten, mit denen Lindy sich jetzt auseinandersetzen musste.

»Ach was, du musst dich nicht entschuldigen. Ich liebe es«, sagte Lindy. »Genau so mag ich es am liebsten. Wir haben schrecklich wenig Zeit, und du musst für mich den Stoff besorgen. Doch es wird super.«

Prüfend sah Beth ihre Freundin an und suchte nach Anzeichen für eine Geistesstörung. »Bist du sicher?«

»Ja! So liebe ich es. Und du warst fantastisch!«

»Was hab ich denn gemacht?«, fragte Beth.

»Du hast Helena dazu gebracht, sich für die Farben sowohl für die Brautjungfernkleider als auch für ihr eigenes Kleid zu entscheiden. Du kannst den Tüll bestellen, und sobald er eintrifft, lege ich los.« Lindy runzelte die Stirn. »Wann kommen deine Mutter und Helena?«

Beth warf einen Blick auf ihre Uhr. Es kam ihr vor, als wäre seit ihrem Treffen am Morgen im Pub schon eine halbe Ewigkeit vergangen. »Morgen, aber Gott sei Dank erst am Abend. Rachel und ich streichen die Schlafzimmer an. Nur die Wände.«

»Ach ja, stimmt, das hatte ich ganz vergessen.« Lindy interessierte sich dafür offensichtlich nicht besonders. »Ich freue mich, ich kann es gar nicht erwarten, endlich anzufangen.« Sie hielt kurz inne. »Ganz ehrlich, Beth, diese Hochzeitssache, die du ins Rollen gebracht hast, hat uns allen Auftrieb gegeben. Dank dir sind wir im Internet präsent. Rachel liebt das Ganze. Sie gewinnt bestimmt bald Auszeichnungen für ihre Dienstleistungen in der Bed-and-Breakfast-Branche. Und ich habe so viel Spaß. Bevor du gekommen bist, habe ich hauptsächlich Flicken auf Schulhosen genäht und Jeans gekürzt. Und wenn du jemals Jeansstoff genäht hast, dann weißt du, wie viel Spaß das macht.«

Beth seufzte tief. »Ich bin so froh. Manchmal finde ich, meine Familie ist eine echte Belastung.«

»›Herausforderung‹ ist das Wort dafür. Aber hey, was hältst du davon, dass Rachel und Raff sich zusammengerauft haben? Erstaunlich, was?«

»Oh mein Gott!«, stimmte Beth zu. »Was hat dieses Mädel für einen Lernprozess durchlaufen! Sie hat sich völlig verändert, seit sie ihn kennengelernt hat.«

»Und was ist mit dir und Finn?«, fragte Lindy. »Er ist sehr attraktiv.«

Unwillkürlich seufzte Beth. »Na ja, ich weiß nicht, ob daraus wirklich was wird, doch immerhin bin ich jetzt ganz über Charlie hinweg.«

»Das überrascht mich nicht! Umwerfendes keltisches Mitglied einer Ex-Boygroup gegen Landwirt ohne Selbstbeherrschung? Ein ungleicher Kampf.«

»Und ich glaube, er mag mich, aber er ist nie lange genug hier, damit wir mal ausgehen könnten oder so.«

»Es ist trotzdem schön, an ihn zu denken, oder? Oder hast du zu viel Sehnsucht?«

»Ein bisschen, aber nicht zu viel«, erwiderte Beth. Sie war dankbar, dass Lindy sie anscheinend verstand. »Ich hoffe, dass wir wenigstens einmal zusammen ausgehen, selbst wenn wir nicht den Rest des Lebens miteinander verbringen sollten. Der Gedanke gefällt mir natürlich, doch mir ist auch klar, wie unwahrscheinlich das ist. Aber es ist in Ordnung.« Plötzlich seufzte Lindy. »Was ist denn mit Angus und dir?«

»Offen gesagt, ist alles ein bisschen aus dem Ruder gelaufen.«

»Aus dem Ruder gelaufen? Mit Angus? Kann ich mir nicht vorstellen!« Beth war erstaunt.

»Ich habe die Kontrolle verloren, um ehrlich zu sein. Doch wir haben beschlossen, es jetzt deutlich langsamer angehen zu lassen.«

Beth lachte. »Du bist mir ja ein stilles Wasser! Aber wie wunderbar!«

Als sie kurz darauf nach Hause ging, dachte sie darüber nach, dass es in der Tat wunderbar war. Lindy arbeitete so fleißig, sie verdiente einen tollen, zuverlässigen Mann wie Angus an ihrer Seite. Hoffentlich funktionierte die Sache mit den beiden!

23. Kapitel

»Ich fasse es einfach nicht, dass meine Tochter in nichts als einem Büstenhalter und einem bisschen Tüll vor den Altar treten wird. Man kann ihre Beine sehen!«

Obwohl sie noch nicht mal einen Tag im Dorf waren, sorgten Vivien und Helena schon jetzt dafür, dass alle im Dreieck sprangen.

Lindy dagegen blieb ganz ruhig. Sie kauerte vor Helenas Füßen und nahm Maß für die Länge des Kleides. Bisher war sie sehr zufrieden mit den Fortschritten, die ihre Arbeit machte. Sie befanden sich in Rachels Wohnzimmer, wohin Vivien sie schon früh zitiert hatte. Sie war immer noch sauer auf ihre Tochter, weil diese eine Korsage und kein Brautkleid gekauft hatte. »Es werden viele Lagen Tüll sein«, erklärte Lindy. »Bis jetzt hatte ich nur Zeit für diese wenigen Lagen.«

»Der Stoff ist erst am Morgen eingetroffen«, fügte Beth hinzu. »Es ist super, wie viel Lindy schon geschafft hat – es ist gerade mal zehn Uhr.«

Rachel hatte Kaffee und von Lindys Oma gebackene Kekse serviert, als alle eingetroffen waren. Nun griff sie nach Helenas Haaren, die ihr auf die Schultern fielen, und steckte sie mithilfe eines Haargummis und Haarnadeln hoch.

Lindy nahm ein Band und legte es Helena um den Hals. »*Voilà*«, sagte sie. »Der Degas-Look.«

»Oh«, sagte Vivien, der völlig der Wind aus den Segeln genommen war.

»Kann ich auch mal sehen?«, verlangte Helena.

Als Rachel einen großen Spiegel vor sie gestellt hatte, betrachtete die zukünftige Braut aufmerksam ihr Spiegelbild. »Oh, wie schön! Das sieht toll aus.«

Vivien trat neben ihre Tochter und schaute ebenfalls. »Tatsächlich«, sagte sie nach langer Zeit, »ich glaube, es könnte funktionieren.«

Beth und Lindy klatschten Beifall. »Ich habe eine Flasche Prosecco im Kühlschrank«, verkündete Rachel.

»In erstklassigen Brautmodegeschäften bekommt man auch immer Sekt oder Prosecco«, sagte Rachel.

»Ich glaube, dafür ist es ein bisschen zu früh«, sagte Lindy. »Außerdem muss ich noch das Kleid fertig machen.«

»Helena könnte meinen Schleier tragen«, sagte Vivien unvermittelt und räusperte sich.

Helena fuhr herum. »Hattest du das schon erwähnt, Mum?«

»Was für eine tolle Idee!«, meinte Lindy. »Wie außergewöhnlich. Was für ein Schleier ist es denn?«

»Aus Seide und Spitze, ziemlich kurz, und ich wäre hocherfreut, wenn du ihn tragen würdest, Helena.«

Lindy schaute die Brautmutter an, die bis jetzt so anstrengend und unvernünftig gewesen war, wie es ihrer klischeehaften Rolle entsprach. Aber plötzlich wirkte sie verletzlich und zaghaft.

Helena drehte sich um. »Ich werde ihn auf jeden Fall anprobieren.«

»Haben Sie ihn dabei?«, wollte Lindy von Helenas Mutter wissen.

»Ja.« Vivien ging zu ihrer riesigen Handtasche, zog eine Tüte heraus und packte vorsichtig ein in Seidenpapier eingeschlagenes Päckchen aus. »Hier ist er.«

»Aber Mum!«, sagte Helena. »Der Schleier ist gelb!«

»Die Farbe hat sich leider mit der Zeit verändert«, seufzte Vivien.

»Könnte man den Tüllstoff färben, damit er dazu passt?«, schlug Helena vor.

Lindy räusperte sich. Beth und sie hatten lange gebraucht, bis sie das zarte Cremeweiß gefunden hatten, das zu der Korsage passte. Auf keinen Fall würde sie versuchen, den Stoff zu färben. »Darf ich den Schleier mal sehen? Sollen wir ihn wegen der Größe anprobieren?«

Der kurze, bauschige Schleier ließ Helena noch mehr wie eine Ballerina wirken. »Er ist perfekt«, verkündete Lindy.

»Die Farbe nicht.« Vivien klang deprimiert. »Vielleicht könnten wir ihn nachmachen.«

»Wäre es für Sie in Ordnung, wenn wir versuchten, ihn zu reinigen?«, fragte Lindy. »Natürlich könnte ich aus dem Tüllstoff des Kleides einen Schleier nähen, aber es wäre doch schade, wenn Helena diesen hier nicht tragen würde. Etwas Altes und gleichzeitig Geliehenes.«

»Sie wären sehr vorsichtig...?«, vergewisserte sich Vivien.

»Ich bitte meine Großmutter um Hilfe«, erwiderte Lindy. »Sie kennt bestimmt ein altmodisches Bleichmittel, das den zarten Stoff nicht beschädigt.«

»Ich glaube, das ginge in Ordnung«, sagte Vivien immer noch zögernd.

»Da kommt der Prosecco!«, rief Helena. »Ich könnte nun wirklich ein Glas vertragen, darf aber leider nur ein winziges Schlückchen trinken.«

Nachdem sie den Prosecco getrunken und die Gläser gespült hatten, sammelte Lindy ihre Siebensachen inklusive Schleier ein und machte sich auf den Weg zu ihrer Großmutter.

»Hallo, Schatz«, sagte Eleanor. »Was kann ich für dich tun?«

Lindy gab ihrer Oma einen Kuss und erklärte ihr, wobei sie ihre Hilfe benötigte.

»Bring den Schleier mal ins Wohnzimmer, da ist das Licht besser!«, bat Eleanor.

»Wir wollen ihn sehr gern verwenden«, erklärte Lindy. »Und Vivien würde es viel bedeuten, wenn ihre Tochter ihn tragen würde.«

Eleanor ging mit dem Schleier zum Fenster. »Ich glaube, ich kann das Problem für dich lösen. Lass mir ein Stückchen des Materials für den Rock da, dann schaue ich mal, was ich machen kann!«

»Das wäre toll. Doch wie lange wird das dauern? Du weißt ja, wie wenig Zeit wir haben...«

»Na ja, wenn ich die richtigen Kräuter gesammelt habe, wenn Neumond herrscht und die Nachtigallen singen...«

»Oma! Ich meine es ernst!«

»Komm heute Nachmittag wieder. Ned und Billy sind ja heute bei mir. Bis du sie abholst, dürfte ich fertig sein.«

Lindy war überwältigt, als sie den Schleier später am Nachmittag betrachtete. Ihre Söhne schauten *Scooby-Doo*. »Er ist cremeweiß wie der Tüll! Wie hast du das geschafft?«

»Zuerst war er viel zu weiß«, sagte ihre Großmutter. »Aber dann habe ich ihn in Tee getaucht, damit er die gleiche Farbe wie der Tüll annimmt, den du für das Brautkleid verwendest.«

»Okay.« Lindy beschloss, dass das eine gute Sache war, solange Vivien es nicht erfuhr. »Wie hast du ihn gewaschen?«

»Mit einem Öko-Waschmittel und ein bisschen Bleichmittel. Hat prima funktioniert. Was ist?«

»Vivien stirbt, wenn sie das hört. Ich muss ihr irgendetwas anderes erzählen.«

Ihre Großmutter zuckte mit den Schultern. »Früher hat man Stoffe immer gebleicht. Jetzt mach dir keine Sorgen, alles wird gut. Wenn Vivien feststellt, wie entzückend ihre Tochter mit dem Schleier aussieht, ist ihr alles andere egal.«

»Meinst du?«

»Ja, da bin ich mir wirklich sicher. Deine Mum hat meinen Schleier getragen. Ich habe geweint, als ich sie damit gesehen habe.«

Lindy nahm ihre Oma in den Arm und drückte sie.

»Und ich werde wieder weinen, wenn du den richtigen Partner für dich gefunden hast.«

Plötzlich hatte Lindy ein schlechtes Gewissen. Sie hatte einen tollen Mann gefunden, doch war er auch als Lebensgefährte geeignet? »Du weißt, wie ich über einen Stiefvater für die Jungen denke.«

»Ja, ich weiß, und ich verstehe dich vollkommen, aber vielleicht solltest du deine Regeln ein bisschen lockern. Sonst wachsen sie ohne Vater auf, und das ist nicht gut.«

»Sie haben einen wunderbaren Opa.«

»Stimmt, doch das ist nicht das Gleiche. Ned und Billy brauchen einen Papa. Und du bist ein sehr nettes, sehr junges Mädchen. Zu jung, um als Nonne zu enden.«

Lindy ging mit dem Schleier und dem Stoffmuster nach Hause und dachte über die Bemerkung über die Nonne nach. Sie überlegte, ob sie sich nicht lächerlich machte und einfach zulassen sollte, dass ihre Beziehung zu Angus sich entwickelte, wie ihre Großmutter ihr geraten hatte. Wovor hatte sie Angst? Aber die Trennung von Edward war schwierig gewesen – und sehr schlimm für Ned. Billy war noch zu klein gewesen, um es richtig mitzubekommen. Aber falls sie mit Angus zusammenkam und die Sache dann schiefging, wäre es ein Desaster, weil die Kinder schon größer und verständiger waren.

Zufällig wartete eine E-Mail von Edward auf sie, als sie nach Hause kam.

Hi, ich komme für ein paar Wochen nach England. Natürlich möchte ich die Jungen dann gern sehen.

Lindy fand das ganz und gar nicht selbstverständlich. Schließlich war er schon einige Male zu Besuch in England gewesen und hatte seine Söhne kein einziges Mal besucht. Sie wusste das, weil seine Mutter es aus Versehen erwähnt hatte. Normalerweise schickte er nur Geburtstagsgeschenke – falls er daran dachte –, und das war's. Lindy las weiter.

Ich werde bei Angus wohnen, daher kann ich mit Ned und Billy Ausflüge unternehmen, und vielleicht können sie auch in Angus' Haus übernachten.

War das Haus schon für Gäste geeignet? Was Edward machte, war ihr egal, aber sie wollte nicht, dass ihre Söhne sich auf einer Baustelle aufhielten.

Ich melde mich, wenn ich nächste Woche ankomme.

Nächste Woche? Unmittelbar vor der Hochzeit? Das hatte ihr gerade noch gefehlt! Sie hatte viel zu viel zu tun und keine Lust, sich Gedanken um die Sicherheit der kleinen Burschen in der Obhut ihres Vaters machen zu müssen. Lindy wusste immer noch nicht, ob Ed recht hatte, der sie für eine überängstliche Mutter hielt, oder ob er einfach zu leichtfertig und unvorsichtig war. Und dann war da noch Angus – die Situation könnte richtig peinlich werden. Angenommen, Ned und Billy erzählten, dass er ihnen vorgelesen hatte? Edward könnte das durchaus seltsam finden. Sie vermutete sogar, dass er seine Söhne jetzt nur treffen wollte, weil Angus irgendetwas erwähnt hatte.

Rasch schrieb sie eine Antwort.

Die Jungen würden dich sehr gern sehen, aber könntest du deinen Besuch bitte verschieben? Zurzeit geht es hier einfach zu hektisch zu.

Sie überlegte, ob sie erklären sollte, dass sie ein Brautkleid und Kleider für die Brautjungfern nähen musste, entschied sich aber dagegen. Er würde ohnehin kein Verständnis für sie haben. Als sie die E-Mail abschickte, fragte sie sich, ob sie in der Tat neurotisch war.

Dann packte sie den Tüllstoff aus und begann zu nähen.

Die Farbe für die Brautjungfernkleider war ein sanftes Türkis, und sie würde breite Schärpen aus Satin nähen. Beth hatte die Gymnastiktrikots und den Stoff besorgt, und Lindy war zuversichtlich, dass das Ergebnis sensationell sein würde.

Das Nähen des Brautkleides würde mühsamer werden, denn die Korsage war aus einem steifen Material. Das Unterteil war ein separater Rock, und Lindy hatte Angst, dass es so aussehen könnte, als gehörten die beiden Teile nicht zusammen. Sie nähte und nähte, bis schließlich ihre Großmutter anrief und vorschlug, mit den Jungen zu Abend zu essen und sie über

Nacht bei sich zu behalten. Mit schlechtem Gewissen nahm Lindy das Angebot an und arbeitete weiter, bis Beth zu einer ersten Anprobe ihres Kleides auftauchte.

Beth war ganz aufgeregt, weil sie gleich zum ersten Mal das Kleid anziehen durfte. Außerdem freute sie sich darauf, Zeit mit Lindy zu verbringen, die so unkompliziert und unterhaltsam war. Nachdem sie den ganzen Tag mit ihrer Mutter und ihrer Schwester verbracht hatte, war ihr Bedarf an Gesprächen über die Hochzeit vorerst mehr als gedeckt.

Lindy riss die Tür auf, bevor Beth klopfen konnte. »Oh Gott! Zum Glück bist du hier! Gerade hat deine Mum angerufen, völlig panisch. Und sie kommen gleich vorbei.«

»Worum geht's?«, fragte Beth ruhig, die sich mit den Panikattacken ihrer Mutter auskannte.

»Ich weiß es nicht.« Lindy flog im Wohnzimmer hin und her und schob Kisten mit Sachen unter die Stühle. »Aber es war schlimm. Sie hat regelrecht geflucht.«

Jetzt war Beth doch betroffen. »Meine Mutter? Geflucht? Das kann ich mir nicht vorstellen.« Auf einmal war ihr ganz mulmig zumute. »Es hat offensichtlich mit der Hochzeit zu tun, und es ist schlimm. Hm ... Hoffentlich hat Jeff nicht alles abgeblasen! Er ist ein netter Mann – er passt richtig gut zu Helena.«

Lindy zog den Staubsauger unter der Treppe hervor. Der Schlauch löste sich aus dem Gerät, und sie trat danach. »Es wäre furchtbar, vor dem Altar sitzen gelassen zu werden. Aber warum sollte sie mich dann sehen wollen?«

»Komm, lass mich saugen! Du solltest schon mal Tassen bereitstellen. Wahrscheinlich wollen sie Tee oder Kaffee trinken.«

Lindy hatte gerade die Tür des Schranks, hinter der sich der Staubsauger befand, zugedrückt, als es an der Haustür klopfte. Beth öffnete und ließ ihre Mutter und ihre Schwester ins Haus.

Offensichtlich hatte sich Vivien seit dem Telefonat mit Lindy schon deutlich beruhigt. Zumindest fluchte sie nicht mehr.

»Ich fasse es nicht, das kann einfach nicht passiert sein! Das ist eine absolute Katastrophe.«

»Ach, komm schon, Mum!«, sagte Helena. »Es ist schlimm, aber immerhin ist niemand gestorben!«

»Ich bin erleichtert«, sagte Beth. »Was ist denn los?« Was in aller Welt konnte es sein, was so eine Panik verursacht hatte?

»Mum hat die Kirche für das falsche Datum reserviert.«

Beth schlug sich die Hand vor den Mund.

»*Ich* habe die Kirche nicht für das falsche Datum reserviert«, fauchte Vivien. »Der Pastor ist es gewesen, er muss betrunken gewesen sein oder unter Drogen gestanden haben, als wir die Vereinbarung getroffen haben. Er hat den Termin für Freitag und nicht für Samstag eingetragen!«

»Ich brühe mal Tee auf«, sagte Lindy, die der Situation offensichtlich entkommen wollte.

»Ich möchte keinen Tee!«, zischte Vivien. »Ich brauche einen Brandy!«

Beth vermutete, dass Lindy so etwas nicht im Haus hatte, und sagte: »Atme ganz ruhig, Mum! Setz dich auf den Stuhl da, atme durch die Nase ein und durch den Mund aus.«

Nachdem sie ein Spielzeug-Feuerwehrauto, dessen Alarmsirene losging, von der Sitzfläche geräumt hatte, setzte sich

Vivien auf den Stuhl. Beth konnte sich nicht erinnern, dass ihre Mutter je schon einmal getan hatte, was sie ihr vorgeschlagen hatte. Doch nun schloss Vivien die Augen und atmete gleichmäßig ein und aus.

Lindy kam mit einem Tablett ins Zimmer. Darauf standen vier Becher und eine Flasche. »Schlehenschnaps«, erklärte sie. »Von allem, was ich habe, kommt der einem Brandy am nächsten.« Sie füllte ein Glas bis zur Hälfte mit dem Schnaps. »Bitte, Mrs. ... Vivien, runter damit, wie mein Dad sagen würde.«

Vivien nahm das Glas und trank einen Schluck. »Meine Güte!«, rief sie aus. »Ist der stark!«

»Das ist purer Gin«, erläuterte Lindy. »Mit Schlehen und Zucker. Meine Großmutter setzt den Schnaps jedes Jahr an. Ich habe noch eine Flasche, falls Sie gern eine mit nach Hause nehmen möchten.«

»Schon gut«, antwortete Vivien. »Obwohl er wirklich beruhigt, das muss man schon sagen.« Sie entspannte sich sichtlich.

»Also, Mum«, sagte Beth, »wir müssen überlegen, was wir wegen des falschen Datums unternehmen. Steht es auf allen Einladungen?«

Vivien nickte.

»Na ja, das geht schon, Dad und ich rufen einfach alle Gäste an und geben das korrekte Datum durch. Vielleicht kommen dann weniger Gäste, das wäre doch gut.«

»Solange es deine Freunde sind, die nicht kommen können, Mum, bin ich sehr zufrieden«, meinte Helena spitz. »Du hast den halben Golfklub eingeladen.«

»Wenn ich zahle«, erwiderte Vivien mit zusammengebissenen Zähnen, »ist es zumutbar, dass ich auch mitbestimmen kann, wer kommt. Als ich geheiratet habe, hatte ich nicht das geringste Mitspracherecht bei der Gästeliste! Meine eigenen

Freunde wurden nur eingeladen, wenn sie Töchter der Freunde meiner Eltern waren.«

Beth seufzte. »Gibt es eine Liste der Gäste, die eingeladen wurden?«

»Selbstverständlich. Im Computer.«

»Mit Telefonnummern und E-Mail-Adressen?«

»Natürlich nicht«, erwiderte Vivien heftig. »Wir haben geprägte Einladungskarten verschickt. Sie haben fünf Pfund pro Stück gekostet.«

»Ich werd verrückt!«, sagte Lindy. »Ich dachte, diese Hochzeit sollte günstig werden.«

Vivien warf ihr einen langen Blick zu. »Über manche Dinge hatte *ich* die Kontrolle.«

»Also«, sagte Beth. »Hast du mit Dad darüber geredet?«

»Wann war dein Vater in so einer Situation schon jemals von Nutzen?«

Beth mochte ihren Vater sehr und fand, dass er genau der Fels in der Brandung war, den sie brauchen würde, wenn sie so am Boden zerstört war wie ihre Mutter jetzt. »Ich rufe ihn an.«

Sie verschwand in der Küche und führte ein recht ruhiges Telefonat mit ihm. Ihr Vater versprach, ihr sofort sämtliche Telefonnummern und E-Mail-Adressen zu schicken, die er auftreiben konnte. Dann würden sie die Liste aufteilen, damit er die eine Hälfte der geladenen Gäste und Beth die andere anrufen konnte.

»Da ist noch eine Sache, Dad«, sagte Beth und wand sich innerlich ein bisschen. »Ich muss von meinem Handy aus anrufen, und ...«

»Ich zahle die Rechnung, Liebes. Du hast schon genug mit deiner Mutter zu kämpfen.«

Zufrieden kehrte Beth ins Wohnzimmer zurück. »Es ist in Ordnung, Mum. Dad und ich werden Kontakt mit ...« Sie unterbrach sich, als sie sah, dass ihre Mutter aufstand und durch den Raum ging. Sie wirkte, als hätte sie etwas Unfassbares entdeckt.

»Ist das mein Schleier?«

»Ja«, antwortete Lindy nervös.

»Was in Gottes Namen ist damit passiert?«

»Mum! Du hast Lindy gebeten, den Schleier zu ihrer Großmutter zu bringen, damit sie ihn wäscht«, sagte Helena. »Alles ist in Ordnung. Worüber regst du dich auf?«

»Dieser Schleier war – ist – ein antikes Stück. Und er ist nun fast weiß! Was hat sie damit gemacht?«

Lindy sah nervös, aber entschlossen aus. »Sie wollten, dass er gereinigt wird, und genau das hat meine Großmutter getan. Dann hat sie ihn gefärbt, damit er perfekt zum Tüllstoff des Kleides passt.«

»Super, danke, Lindy«, sagte Helena.

Vivien überhörte den anerkennenden Kommentar ihrer Tochter einfach. »Sie hat ihn *gefärbt*? Sie hat meinen Brautschleier gefärbt?«

»Sie hat ihn in Tee getaucht«, erklärte Lindy, die sich in die Defensive gedrängt sah. »Und jetzt passt er farblich haargenau zum Kleid.«

»Ich weiß nicht, was ich sagen soll«, meinte Vivien und ließ sich seufzend auf ihren Stuhl sinken.

Beth schnappte sich die Flasche Schlehenschnaps, schenkte ein gutes halbes Glas voll und reichte es ihrer Mutter. »Sag einfach nichts! Trink das und beruhige dich wieder!«

»Du klingst genau wie dein Vater«, murmelte Vivien in ihr Glas.

»Gut! Dad ist großartig, und er wird uns aus diesem Schlamassel raushelfen.« Beth hob ihre Teetasse. »Auf Dad!«

Als sie sich auf eine Formulierung geeinigt hatten, die nicht den Eindruck vermittelte, dass Vivien an dem geänderten Datum schuld war – »wegen eines verwaltungstechnischen Versehens«, was Beth ein bisschen sperrig fand –, begann Beth zu telefonieren.

24. Kapitel

Zwei Tage später begleitete Rachel Vivien um zehn Uhr morgens zu einem Treffen mit Belinda. »Ich habe das Gefühl, ich muss jedes Detail selbst überprüfen«, hatte Vivien erklärt und dabei die Tatsache ignoriert, dass sie selbst das Fiasko mit dem falschen Datum verursacht hatte. »Ich weiß, dass wir uns auf ein Menü geeinigt haben und Sie sich darum kümmern, dass alles funktioniert, aber ich muss mich trotzdem vergewissern.«

Rachel war sehr nervös, doch sie sah es als ihre Pflicht an, Vivien zu Belinda zu fahren. Beide Frauen waren starke Persönlichkeiten, und obwohl sie selbst auch stark war, wusste sie nicht, ob sie vermitteln konnte, falls es zum Streit kommen sollte. Immerhin hatte Raff ihr gesagt, dass er beschäftigt war und keine Zeit hatte – sonst hätte er mit seiner Anwesenheit die ohnehin schwierige Situation noch komplizierter gemacht. Der Nachteil am Verliebtsein war, dass man nicht mehr klar denken konnte. Sie musste in Bestform sein, und wenn Raff da wäre, würde sie nur an ihn denken. Sie räusperte sich. »Belinda freut sich sehr, Sie kennenzulernen.«

»Ganz meinerseits. Sie klingt ...«, Vivien wählte ihre Worte mit Bedacht, »ziemlich exzentrisch.«

Rachel nickte. Das ließ sich tatsächlich nicht leugnen. »Wie gefällt es Ihnen im Pub?«

»Nun, Sukey gibt sich alle Mühe, aber sie ist nicht mit dem Herzen dabei, wenn es um das Übernachtungsgeschäft geht. Ihr Fokus liegt nicht auf den Details, anders als bei mir und bei Ihnen.«

Rachel gefiel der Gedanke nicht, sie könnte wie Vivien sein, doch gewisse Ähnlichkeiten waren nicht von der Hand zu weisen.

»Nein, der Pub ist ihr Kerngeschäft, das ihr wirklich wichtig ist«, erwiderte Rachel.

Kurz darauf bog sie in Belindas Einfahrt ein.

»Was für ein schönes Haus!«, rief Vivien aus. »Aber warum ist es so vernachlässigt?«

Das hatte Rachel sich auch schon gefragt, und sie vermutete, dass Geldmangel der Grund war. Dennoch wollte sie Raffs Mutter in Schutz nehmen. Schließlich war das allein Belindas Sache. »Es ist in Arbeit. Belinda hat vor Kurzem einige Zimmer ausgeräumt. Vermutlich wird sie entscheiden, wie es weitergehen soll, wenn sie damit fertig ist.« Sie erklärte nicht, dass Belinda im Haus eine Wohnung abtrennen wollte, weil das Vivien nichts anging.

»Das wäre ein fantastisches Projekt. Ob sie das Haus wohl verkaufen würde?« Bei der Vorstellung begannen Viviens Augen zu funkeln.

Zum Glück erschien Belinda in diesem Augenblick an der Hintertür, sodass Rachel nicht antworten musste.

»Liebes!«, sagte Belinda zu Rachel und küsste sie auf die Wange.

Hinter seiner Mutter tauchte Raff auf. Er küsste Rachel aber auf den Mund.

Zögernd löste sie sich von ihm. Sie hatte Raff seit ein paar Tagen nicht mehr gesehen und vermisste ihn schrecklich. »Ich dachte, du hättest zu tun!«, murmelte sie.

»Ich habe meine Pläne geändert«, flüsterte er ihr ins Ohr.

Rachel riss sich zusammen. »Belinda! Darf ich Ihnen Vivien Scott vorstellen, die Mutter der Braut? Vivien, das ist Belinda McKenzie.«

»Wie schön!«, sagte Belinda. »Kommen Sie doch herein!«
Rachel wollte Vivien und Belinda ins Haus folgen, aber Raff hielt sie am Arm fest. »Komm, ich will dir was zeigen!«

Rachel verdrängte den Anflug eines schlechten Gewissens, das sie befiel, weil sie Vivien nicht begleitete, und ließ sich von Raff mitziehen und um die Ecke führen.

Hinter dem Haus lagen die ehemaligen Stallungen, die in Werkstätten umgewandelt worden waren. Offensichtlich befand sich darüber eine Wohnung.

»Oh! Was ist das denn?«

»Da habe ich gewohnt, bevor ich mir etwas Eigenes leisten konnte. Die Wohnung ist hübsch, doch ein bisschen klein. Mum sollte sie vermieten.«

»Kann ich sie mal sehen?«

»Klar, aber das ist es nicht, was ich dir zeigen wollte.«

»Kann ich die Wohnung nicht trotzdem zuerst sehen?«

Er grinste. »Nein. Wenn wir jetzt da reingehen, kommen wir auf falsche Gedanken.«

»Das glaube ich nicht!«, erwiderte Rachel. »Ich arbeite ja eigentlich gerade.«

Er warf ihr einen Blick zu. »Trotzdem. Komm mal mit.« Er öffnete die Tür eines der zahlreichen Nebengebäude.

Sobald sie im Haus waren, nahm er sie in die Arme und küsste sie ausgiebig. Rachel reagierte auf der Stelle und sah ein, dass er recht damit gehabt hatte, sie nicht in die Wohnung zu bringen. Mit einem Sofa oder einem Bett in der Nähe hätte sie für nichts garantieren können.

Bisweilen fragte sie sich, ob sie in Raff verliebt war oder ob es sich nur um körperliches Verlangen handelte. Und wie sah Raff die Sache zwischen ihnen? Bis jetzt hatte keiner von ihnen von Liebe gesprochen, und es schien auch keine Rolle zu spielen. Fakt war, dass sie die Finger nicht voneinander lassen konnten.

Aber wenn Rachel allein war, überlegte sie schon, was sie mit einem zigeunerhaften Frauenheld mit dunklen Locken und funkelnden Augen wollte, der eine Frau mit einem bloßen Fingerschnippen verführen konnte.

»Ich wollte, dass du dir die hier ansiehst«, sagte er, nachdem sie ihre Kleidung wieder in Ordnung gebracht hatten. Er nahm sie an der Hand und führte sie zu Kisten über Kisten voller Fliesen. »Ich dachte, die könnten als Einfassung rund um deinen Ofen super aussehen. Was meinst du?«

»Sie sehen wie Delfter Fliesen aus.«

Er nickte. »Ich glaube, sie kommen aus England. Sie sind nicht perfekt, doch ich dachte mir, sie könnten dir gefallen.«

Rachel erinnerte sich kurz an die Frau, die den zarten, blau gemalten Quadraten mit den abgeschlagenen Ecken und nicht zusammenpassenden Mustern neue, vollkommene Fliesen vorgezogen hätte. Sie nahm eine in die Hand. »Schau mal, ein Hase.«

»Sie sind entzückend, stimmt's? Als ich sie gesehen habe, musste ich sofort an deinen Holzofen denken. Wenn du sie magst, kann ich sie für dich verlegen.«

»Aber sie müssen teuer gewesen sein!«, sagte Rachel und betrachtete eine Kachel mit einer winzigen Blüte in der Mitte. »Sie sind in einem ziemlich guten Zustand.« In einer stummen Geste der Dankbarkeit legte sie ihm die Hand auf den Ärmel.

»Mach dir darüber keine Gedanken!«, erwiderte er und zog sie wieder an sich. »Gefallen sie dir?«

»Ich liebe sie!«, antwortete sie und drehte sich in seinen Armen zu ihm um.

Wieder küsste er sie. »Gut. Dann lass uns mal nachsehen, was meine Mutter so treibt!«

25. Kapitel

Nach dem albtraumhaften Abend, als Lindys winziges Haus voller nervöser Menschen und Tüll gewesen war, nutzte sie die Abwesenheit ihrer Söhne, um die Kleider fertigzustellen. Sie nähte jetzt schon zwei Tage lang fast ununterbrochen und verbrachte die Nächte im Haus ihrer Oma, damit sie wenigstens kurz ihre Söhne sehen konnte. Sie schliefen zusammen in dem großen Doppelbett. Zwar wollte sie die beiden wegen des großen Arbeitspensums nicht zu Hause haben, allerdings mochte sie nicht darauf verzichten, ihre weichen kleinen Gliedmaßen zu fühlen und ihr leises, entspanntes Atmen zu hören.

Sie kam gerade von ihrer Großmutter und schaute auf dem Heimweg im Lebensmittelgeschäft vorbei, um ihre Vorräte ein wenig aufzustocken. In dem Moment trat Rachel aus dem Laden.

»Hallo, Lindy! Ich bin froh, dich zu sehen«, sagte sie. »Vivien möchte sich noch mal mit uns treffen. Beth hat irgendeinen EDV-Notfall auf einer Farm und hat sich aus dem Staub gemacht. Also müssen wir beide uns um Vivien kümmern. Ich habe sie gestern übrigens zu Belinda begleitet.«

»Oh, und wie ist es gelaufen?«

»Eigentlich ganz gut. Wenn Vivien ein bisschen zu forsch wurde, hat Belinda sie gleich in ihre Schranken gewiesen und sie davon überzeugt, dass alles prima wird. Vivien hat zufällig eine Dankeskarte von einer Lady auf dem Kaminsims entdeckt, und obwohl sie sich einen Kommentar verkniffen hat, lief es danach deutlich besser.«

»Warum will sie uns denn treffen? Die Kleider sind fertig, und das Catering ist organisiert. Warum also eine weitere Besprechung?«

Rachel zuckte mit den Schultern. »Diesmal geht es um die Blumen.«

Lindy, die noch erschöpft war von ihrem Nähmarathon, seufzte. »Ach! Ich dachte, darum kümmert sich das Blumenkomitee, sie machen das immer bei Hochzeiten. Mum hat gesagt, die Frauen wären fest gebucht. Und ich finde, wir haben genug getan!«

»Finde ich auch«, entgegnete Rachel, »aber ich glaube, du bist diejenige, die ihr das sagen muss. Das Treffen ist um zehn bei mir. Du hast das mit den Kleidern so super hinbekommen, und du stammst aus dem Ort. Du kannst Vivien davon überzeugen, dass das Blumenkomitee den Job prima machen wird. Ich verfüge nicht über dieses Wissen, und das weiß Vivien wiederum ganz genau. Ich habe übrigens Teekuchen gebacken«, fügte sie hinzu.

Lindy lächelte schwach. »Na ja, dann sollte ich wohl besser kommen.«

Lindy tätigte rasch ihre Einkäufe, ging nach Hause und rief ihre E-Mails ab. Edward hatte wieder geschrieben.

Ich möchte Ned und Billy unbedingt diese Woche sehen – wahrscheinlich morgen. Ich wohne bei Angus. Das wird schon klappen.

Dieser verdammte Edward! Warum musste er die Kinder so kurzfristig sehen? Und warum übernachtete er ausgerechnet bei Angus? Angus war ihr Freund – in gewisser Weise sogar ihr Geliebter. Wie peinlich und unangenehm! Die Tatsache, dass die beiden Männer Brüder waren, war nur ein Zufall. Und so wie sie Edward kannte, würde er eifersüchtig werden, wenn die Jungen ihm erzählten, dass sie Angus mochten. Ed war schrecklich wettbewerbsorientiert, vor allem in Bezug auf seinen Bruder; daran konnte sie sich noch gut erinnern. Und angenommen, er würde rausbekommen, dass sie mit Angus geschlafen hatte? Das könnte in einer wahren Katastrophe enden.

Trotzdem konnte sie sich jetzt keine weiteren Gedanken mehr darüber machen, sie musste sich auf das Meeting mit Vivien vorbereiten. Sie warf einen Blick auf die Uhr – sie hatte kaum noch Zeit, sich umzuziehen und zurechtzumachen, bevor sie aufbrechen musste.

Typisch, dass Helena nicht da war! Offenbar packte sie gerade ihre Sachen und würde später zu ihrem Verlobten fahren, wie Rachel zu berichten wusste. Aber Vivien war da und thronte bereits am Kopfende des Tisches, als Lindy in Rachels Wohnzimmer trat. Ein Teller mit frischen Teekuchen stand in der Mitte, die bislang aber niemand angerührt hatte.

»Also«, sagte Vivien. »Wer kümmert sich um die Blumen?« Sie hielt ein Klemmbrett in der Hand und gab sich sehr geschäftsmäßig. Ihr Selbstvertrauen hatte unter der Tatsache, dass sie die Kirche für das falsche Datum reserviert hatte, offenbar nicht gelitten. Lindy begriff, dass Vivien sofort wieder in die Rolle der Organisatorin geschlüpft war und das Kommando führte.

Rachel, die ebenfalls mit ihrem Notizbuch bewaffnet war, sagte: »Lindy wohnt immer schon hier im Ort, und daher weiß sie über alles Bescheid. Sie wird Ihnen über das Blumenkomitee Bericht erstatten.«

Lindy war sich darüber im Klaren, dass Vivien befürchtete, eine kleine Gruppe Frauen könne wahrscheinlich nichts auf die Beine stellen, was ihren hohen Ansprüchen genügen würde.

Aber Lindy war nicht in der Stimmung, sich herumkommandieren zu lassen. »Unser Blumenkomitee ist hervorragend. Es genießt großes Ansehen im Umkreis«, erklärte sie. »Manche der Frauen haben sogar schon bei besonderen Anlässen die Blumendekoration für die Kathedrale geliefert.«

Vivien runzelte die Stirn. »Woher beziehen sie ihre Blumen?«

Lindy schüttelte den Kopf. »Ich habe keine Ahnung.«

»Denn man kann auch noch so gut sein – wenn nicht das richtige Material zur Verfügung steht, ist nicht viel zu machen.«

Da Lindy daran gewöhnt war, eine ganze Menge mit Materialien auf die Beine zu stellen, die sie in Gärten und Hecken sammelte, erwiderte sie: »Wirklich? Ich bin eher der Meinung, dass das Ergebnis vor allem vom Talent des Floristen abhängt.«

Rachel warf Lindy einen scharfen Blick zu. Sie war doch sonst so umgänglich. Rasch sorgte sie für Beschwichtigung. »Ich bin sicher, dass wir das für Sie herausfinden können, Vivien. Meinst du, deine Großmutter weiß das, Lindy?«

Lindy zuckte mit den Schultern. »Oder meine Mutter, ja. Aber können Sie den Frauen nicht einfach vertrauen?«, fragte sie Vivien.

»Ich habe Ihrer Großmutter vertraut, Lindy, und sehen Sie nur, was sie mit meinem Schleier angestellt hat!«

Das wollte Lindy nicht auf sich sitzen lassen. »Er passt perfekt zum Kleid! Das mussten sogar Sie zugeben.« Also wirklich! Sie hatte sich so große Mühe mit den Kleidern gegeben, und sie waren so schön geworden.

Vivien merkte wahrscheinlich, dass sie zu weit gegangen war, und nickte hoheitsvoll. »Der Schleier ist viel besser geworden, als ich erwartet habe. Und die Kleider sind wunderschön. Wirklich entzückend. Und weil sie so ein geübtes Auge haben, möchte ich nicht auf Ihre Hilfe bei den Blumenarrangements verzichten.«

Lindy fand das sehr befriedigend und erkannte, dass sie unnötig gereizt reagiert hatte. »Ich finde natürlich heraus, mit wem Sie reden können, Vivien.«

Helenas Mutter beugte sich vor. »Eigentlich wäre es ausgesprochen sinnvoll, Lindy, wenn Sie mich am Mittwoch auf den Blumenmarkt begleiten könnten. Ich glaube nicht, dass die Vorsitzende des Blumenkomitees den Zeitgeist der Hochzeit so erfassen würde wie Sie.«

»Ach, ich bin überzeugt, sie begreift es, wenn Sie es ihr erklären.«

»Nein, nicht um vier Uhr morgens«, widersprach Vivien.

»Warum so früh?«, fragte Lindy verblüfft. »Wenn die meisten Menschen schlafen?«

Vivien wirkte ein bisschen verlegen. Ganz offensichtlich waren ihre Gesichtszüge nicht an diesen speziellen Ausdruck gewöhnt. »Dann öffnet der Blumenmarkt in Birmingham. Mein Ziel ist es, gegen fünf dort einzutreffen. Ich schätze, es ist ungefähr eine Stunde von hier entfernt. Wir fahren ein paar Tage vor der Hochzeit in meinem Auto hin. Okay, das wäre dann geklärt. Hat sich schon jemand um Konfetti gekümmert?«

»Wie bitte?«, sagte Rachel. »Habe ich Sie richtig verstanden? Sie erwarten, dass Lindy um vier Uhr morgens aufsteht, um mit Ihnen Blumen kaufen zu fahren?«

»Sie muss ein bisschen früher aufstehen«, erwiderte Vivien, als wäre dieses Ansinnen keine Zumutung. »Ich hole sie um vier Uhr ab.«

»Aber warum ich?«, protestierte Lindy. »Ich habe die Kleider genäht.«

»Weil Sie den Blick einer Künstlerin haben, meine Liebe.

Ohne Ihre Unterstützung würde ich mich nicht trauen, die Blumen zu kaufen.« Vivien legte eine juwelengeschmückte Hand auf Lindys Arm.

»Oh, verstehe.«

Als Lindy nach Hause ging, fragte sie sich, warum sie sich das hatte aufschwatzen lassen. Vor vier Uhr in der Früh aufzustehen, um mit Vivien zusammen einen Markt zu besuchen? Die Vorstellung war ganz schrecklich. Vivien hatte sie durch Schmeichelei dazu gebracht zuzustimmen. Sie hätte niemals darauf hereinfallen dürfen. Doch vielleicht würde es ja sogar Spaß machen. Lindy wollte gern sehen, wie Vivien mit ihrer selbstherrlichen Art mit den Händlern auf dem Markt zurechtkam. Natürlich stammten sie nicht aus Londons Arbeiterviertel East End – sie fuhren nach Birmingham –, aber trotzdem könnte es amüsant werden. Die E-Mail ihres Exmannes hatte dem Tag ein bisschen den Glanz genommen, doch was die Hochzeitsfeier anging, sah alles gut aus.

Beth arbeitete im Pub, und Helena lehnte an der Theke. Die zukünftige Braut versuchte, wenigstens ein bisschen zerknirscht zu wirken. Sie hatte ihrer Schwester gerade verkündet, dass sie die »Hölle der Hochzeitsvorbereitungen« verlassen würde, um sich mit ihrem Verlobten zu treffen.

»Mir ist klar geworden, dass wir für den Brauttanz üben müssen, Beth, ganz ehrlich«, sagte sie. »Es wäre superpeinlich, wenn wir den vermasseln würden.«

»Ich finde, du hättest uns das vorher sagen müssen, statt einfach so abzuhauen! Rachel und Lindy müssen sich jetzt wegen der Blumen allein mit Mum rumschlagen.« Sie bedachte ihre Schwester mit einem finsteren Blick – immerhin besaß Helena den Anstand, ein bisschen kleinlaut zu wirken. »Was sagt Mum denn dazu, dass du abhaust, um euren Tanz zu üben?«

»Es ist ihr egal. Sie hat ja den Tanz gesehen.«

»Und was hält sie davon?«

Helena holte tief Luft. »Sie hat vorgeschlagen, wir sollten für Jeffs Part einen Profitänzer anheuern.«

»Nein!« Beth konnte sich nicht entscheiden, ob sie entsetzt oder erheitert sein sollte.

»Ich weiß nicht, ob sie das ernst gemeint hat, aber ich glaube, wenn das wirklich zur Debatte gestanden hätte, hätte sie gern Anton du Beke engagiert.«

Beth entschied sich für die komische Seite. »Ich bin mir nicht so sicher, ob Jeff Anton du Beke sehr ähnlich sieht.«

Helena zuckte mit den Schultern. »Na ja, du kennst ja Mum. Sie hätte bestimmt einen anderen Profitänzer aufgetrieben, der besser passt.«

»Aber jetzt mal im Ernst, Helena: Hat Mum sich wirklich nicht aufgeregt, weil du hier alles stehen und liegen lässt?«

»Sie meinte, ich hätte ein Riesenglück, dass Vintage-Hochzeiten alles für mich organisiert – und sie natürlich. Übrigens danke, dass du dich um meine Hochzeitswunschliste gekümmert hast! Ich komme mit diesem Online-Zeug nicht zurecht.«

»Das gehört alles zum Service«, erwiderte Beth. »Eigentlich brauchst du uns ja nicht, nachdem Mum doch mit an Bord ist.«

»Mein Gott, doch, auf jeden Fall! Ich brauche jemanden, der mich vor dem Muttermonster beschützt.«

»Du brauchst jemanden, der die Arbeit für dich erledigt, während du deine Fußtechnik verfeinerst.«

»Weil ich heimlich mit Anton du Beke übe, meinst du . . .«

»Hm, wenn ich meinen Verlobten mit einem Turniertänzer

betrügen wollte, würde ich mir jemanden wie Brendan Cole aussuchen«, meinte Beth. Sie kicherte. Es war nett, mal mit Helena allein zu sein, nur unter Schwestern. »Er ist jünger und hat mehr Sexappeal.« Dann musste sie plötzlich an Finn denken und seufzte. Sie hatte sich Mühe gegeben, es nicht zu tun, aber manchmal machten sich ihre Gedanken einfach selbstständig.

Ihre Schwester hörte sie seufzen. »Du wirst auch jemanden finden. Da draußen wartet ein toller Mann auf dich...« Sie hielt inne. »Obwohl du kurze Haare hast.«

Beth versetzte ihr einen spielerischen Stoß. »Raus hier!« Dann hörte sie plötzlich auf zu lachen. »Hey, wann feiern wir eigentlich deinen Junggesellinnenabschied, wenn du dich jetzt verziehst?«

»Weißt du, was? Darüber habe ich auch schon nachgedacht.«

»Und? Was willst du unternehmen? Durch die Klubs ziehen? In ein Spa gehen? Es könnte auch nur für einen Abend sein. Es wird zeitlich ohnehin schon eng.«

»Ich möchte warten, bis das Baby da ist.«

»Was?«

»Das ist nicht so verrückt, wie es sich anhört, Beth. Momentan kann ich nichts trinken, und ich kann nicht mal alle Spa-Anwendungen haben. Daher habe ich mir gedacht: Warum sollte ich es nicht richtig machen? Ein Wochenende mit den Mädels irgendwohin fahren – aber wenn ich was trinken darf und alle Massagen und so weiter genießen kann.« Sie zog eine Grimasse. »Außerdem bin ich manchmal ziemlich müde.«

Beth, die sich schon Gedanken wegen der Organisation des Junggesellinnenabschieds ihrer Schwester gemacht hatte, war gleichzeitig erleichtert und ein bisschen enttäuscht. »Glaubst du nicht, dass du das Baby vermissen wirst, wenn du es ein Wochenende allein lässt?«

Helena zuckte mit den Schultern. »Falls ja, mieten wir ein Haus in der Nähe eines Spa-Zentrums und lassen das Baby dort bei Jeff. Aber jetzt bin ich wirklich nicht scharf auf so eine Aktion.«

»Wahrscheinlich hast du recht.«

Helena zog ihr Handy aus der Tasche, um auf die Uhr zu sehen. »Ich muss los! Mum bringt mich zum Bahnhof, und du weißt ja, dass sie immer eine halbe Stunde zu früh da sein muss.«

Beth lachte und wurde von einer Welle der Zuneigung für ihre ein bisschen verrückte Schwester erfasst. »Okay, Madam, du gehst jetzt und übst mit Jeff deinen argentinischen Tango.«

Kurz darauf war Beth allein im Pub, als auf einmal das Telefon läutete. Ihr Herz machte einen Satz, weil sie dachte, es könnte Finn sein. Dann hörte sie, dass die Stimme älter klang und der Akzent sich eher schottisch als irisch anhörte.

»Mein Name ist Mickey Wilson«, sagte der Mann. »Könnten Sie vielleicht Finn etwas von mir ausrichten?«

»Ich weiß nicht, wann er noch mal kommt«, antwortete Beth ausweichend.

»Er hat doch einen Auftritt bei Ihnen im Ort.«

»Ja, am Samstag.«

»Stimmt. Aber können Sie ihm ausrichten, dass ich dann nicht kommen kann, weil ich für ein paar Wochen in die Vereinigten Staaten fliege? Es ist schade. Ich habe mich darauf gefreut, mir die Band anzuhören. Doch Finn soll nicht glauben, ich würde einfach so nicht kommen.«

Beth räusperte sich. »Können Sie mir bitte noch mal Ihren Namen sagen?«

»Mickey Wilson. Ich bin Musikmanager. Ich wollte mir ein

Bild von der Band machen, doch meine Pläne haben sich geändert. Ich glaube, sie könnten in dieser Konstellation großartig sein, aber natürlich muss ich sie zuerst mal hören.«

»Und jetzt können Sie wirklich nicht herkommen?«

»Keine Chance. Ich habe versucht, ihn anzurufen, bin aber sofort auf seiner Mailbox gelandet. Deshalb rufe ich jetzt im Pub an, um Finn mitzuteilen, dass es mir sehr leidtut. Ich hasse den Gedanken, einen tollen Auftritt zu verpassen. Früher oder später werde ich das nachholen.«

Beth befeuchtete sich die Lippen mit der Zunge. »Hören Sie, tut mir leid, wenn sich das komisch anhört – eigentlich geht es mich ja nichts an –, doch wenn ich die Band dazu bringe, stattdessen am Freitag zu spielen, würden Sie dann kommen?«

»In der Tat! Ich glaube nämlich, mit ihnen könnte ich mein Glück machen.« Er lachte bedauernd. »Das Konzert würde ich mir deshalb nur ungern entgehen lassen.«

»Okay. Überlassen Sie das mir! Ich werde alles tun, was in meiner Macht steht, damit dieser Gig am Freitag stattfindet.« Beth hoffte, dass Sukey Verständnis haben und ihr verzeihen würde, wenn sie ihre Schicht im Pub nicht übernehmen konnte und statt Samstag am Freitag eine Bar im Gemeindesaal betreiben würde. Sie wagte gar nicht, daran zu denken, ob die Genehmigung vielleicht ein Thema sein könnte.

»Das ist ja großartig«, sagte er. »Ich wäre hocherfreut, wenn Sie das erreichen könnten. Auf Wiedersehen!«

Sukey kam gerade herein, als Beth den Hörer auflegte. »Was ist los, Mädel? Du machst so ein seltsames Gesicht.«

»Es geht um den Gig! Ein Musikmanager wollte kommen, um den Auftritt zu sehen und die Band zu begutachten. Ein gewisser Mickey Wilson.«

»Von dem habe ich schon gehört!«, rief Sukey. »Er gehört zu

den ganz Großen der Branche. Er könnte der Band tatsächlich zum Durchbruch verhelfen.«

»Äh, wir müssen Finn und den anderen sagen, dass sie schon am Freitag spielen müssen, nicht erst am Samstag, sonst kann er nicht kommen. Er fliegt in die Staaten.«

»Das ist allerdings schade. Aber ich kann mir nicht vorstellen, dass Vivien von der Idee begeistert sein wird, dass sich ihre Hochzeitsgäste während der Feier ein Konzert von Finn und den McCools anhören.«

Entsetzt schlug Beth sich die Hand vor den Mund. »Verflixt! Die Hochzeit! Wie konnte ich bloß diese verflixte Hochzeit vergessen!«

Sukey zuckte mit den Schultern und warf ihr einen wissenden Blick zu. »Ein Interessenskonflikt?«

»Es muss einen Weg geben. Bestimmt. Ich muss bloß darüber nachdenken. Oh, die Hochzeit an einen anderen Ort verlegen, ganz einfach.«

»Das geht nicht, fürchte ich. Die Location für eine große Hochzeit zu wechseln, weniger als eine Woche vor dem Termin, wäre eine kleine Katastrophe. Liebes, ich bin auf Ihrer Seite, ich fände es fantastisch, wenn Finns Band vor Mickey Wilson spielen könnte. Er bringt Stars hervor. Aber die Hochzeit Ihrer Schwester an einen anderen Ort zu verlegen? Die Chancen dafür sind gleich null.«

Beth ergriff Sukeys Hände. »Wenn ich eine neue Location finde, können Sie dann sicherstellen, dass wir genügend Zuhörer für die Band bekommen?«

»Das ist nicht der schwierige Teil. Schließlich gibt es Twitter und Facebook; die Band hat überall einen Account, da können wir die Nachricht verbreiten. Darum würde ich mich kümmern. Aber wie wollen Sie eine andere Location finden? In weniger als einer Woche? Ihre Mutter hatte ja praktisch schon einen Herzinfarkt wegen des falschen Datums. Wollen Sie ihr das wirklich antun?«

Beth biss sich auf die Lippe. »Bitte erzählen Sie es niemandem, aber ich finde, dass Finns Gig wichtiger ist. Die Hochzeit wird ja nicht abgesagt, sie findet nur nicht im Gemeindesaal statt.«

»Also, mich haben Sie überzeugt«, sagte Sukey seufzend. »Aber wie sieht es mit Ihnen selbst aus? Und ja, Sie können jetzt verschwinden, ich komme hier allein zurecht.« Sie lächelte. »Was wollen Sie jetzt als Erstes unternehmen? Eine neue Location suchen oder Finn informieren?«

Beth schluckte. »Ich frage Rachel und Lindy, was sie davon halten, und dann suche ich Finn. Wissen Sie zufällig, wo er steckt?«

Sukeys aufmunterndes Lächeln verblasste. Sie seufzte. »Ich kann Sie nicht anlügen, ich weiß es tatsächlich, aber ... es ist momentan nicht einfach, ihn zu erwischen.«

»Wie meinen Sie das?«

»Er geht nicht ans Handy, und sie ignorieren auch das normale Telefon.«

»Das hat Mickey Wilson auch schon gesagt. Aber Sie wissen, wo er steckt?« Warum tat Sukey so geheimnisvoll?

»Ja, doch ich musste schwören, dass ich es niemandem verrate. Er hatte nur das Gefühl, dass jemand für den Notfall Bescheid wissen sollte. Sie proben in einer Scheune und haben schreckliche Angst davor, dass die Neuigkeit von ihrem Comeback sich zu früh verbreitet. Wenn sie nicht gut genug sind, können sie das Ganze immer noch abblasen. Ehrlich gesagt finde ich, dass sie sich ein bisschen divenhaft aufführen. Doch es haben sogar schon Journalisten bei mir angerufen, die wissen wollten, ob an den Gerüchten über die Neugründung der Band etwas Wahres dran ist. Der Himmel allein weiß, wie sie von meinem kleinen Pub gehört haben.«

»Aber das hier ist wirklich wichtig, Sukey. Mir können Sie es doch sicher sagen.« Sie zog ihren Bestellblock und den Stift hinten aus ihrer Hosentasche.

Sukey kratzte sich hinter dem Ohr. »Ich muss ja wohl, oder? Aber wenn Sie Finn davon überzeugen könnten, dass Sie die Adresse aus den Tarot-Karten oder dem Kaffeesatz gelesen haben, wäre ich Ihnen sehr dankbar.«

Beth grinste und nickte. Endlich sah Sukey ein, dass sie ihr Versprechen Finn gegenüber aus einem sehr guten Grund brach. Sie nahm den Block und begann zu schreiben. »Es ist ungefähr dreißig Meilen von hier entfernt, aber nicht schwer zu finden, glaube ich. Zumindest das Dorf nicht. Viel Glück! Wahrscheinlich ist es ein großes Gebiet und nur von einer einzigen Postleitzahl abgedeckt.«

Beth lächelte. »Kein Problem. Der Lieferwagen hat sowieso kein Navi. Ich werde mich durchfragen müssen.«

»Okay«, sagte Sukey. »Sie kriegen das schon hin. Finns Handy- und Festnetznummer stehen hier unten. Vielleicht haben Sie ja Glück, und er nimmt Ihren Anruf irgendwann an oder hört wenigstens die Mailbox ab. Aber ich bezweifle es.«

Beth warf einen Blick auf ihre Uhr. Es war kurz nach vier. Mit ein bisschen Glück hatte Lindy ihre Söhne schon abgeholt, war zu Hause und kannte noch andere Veranstaltungsorte in der Gegend.

Allerdings hatte Beth nicht damit gerechnet, bei ihrer Freundin auch Vivien anzutreffen!

»Liebes! Ich bin gerade gekommen, um mir das Kleid noch einmal anzusehen. Ich habe noch eine Brosche in einem Antiquitätenladen gefunden. Sie wird an dem Kleid entzückend aussehen!«

Lindy schenkte Beth ein Lächeln, das nicht schwer zu deuten

war. »Gott sei Dank bist du hier!«, sagte es. Und: »Kannst du bitte dafür sorgen, dass sie wieder verschwindet?«

»Ich glaube, dass könnte ein bisschen zu viel sein, weil die Korsage ziemlich aufwendig verziert ist«, erklärte Lindy rasch, während sie versuchte, ihre hungrigen Söhne aus dem Wohnzimmer zu scheuchen. »Beth!«, flüsterte sie eindringlich, als sie die beiden zur Tür bugsiert hatte. »Sei so gut und gib ihnen was zu trinken! Sie können Schokoladenkekse haben, weil heute so ein besonderer Tag ist. Aber natürlich nicht im Wohnzimmer.«

»Meine Güte, es tut mir so leid, dass sie dir einfach so ins Haus geschneit ist! Was für ein Albtraum!« Beth hielt kurz inne. »Warum ist es ein besonderer Tag?«, flüsterte sie zurück.

»Weil deine Mutter gleichzeitig mit Ned und Billy hier ist und die Jungen vor Hunger sterben. Sie können jeden Moment ausrasten. Und ... ich muss sie morgen zu ihrem Dad bringen.«

Mitfühlend legte Beth ihr die Hand auf die Schulter. »Ich weiß Bescheid. Kommt, Jungs! Zeigt mir, wo ich KitKat finden kann!« Eine ordentliche Dosis Schokolade würde ihr selbst jetzt auch guttun.

Sie hatte gerade herausgefunden, was die Jungen gern tranken, und griff soeben nach der Keksdose, als aus dem Nachbarzimmer ein lauter Schrei ertönte; irgendetwas hatte Vivien ernsthaft verstimmt – wieder einmal.

Beunruhigt sagte Beth: »Bleibt mal kurz hier, ihr zwei, ich schaue schnell nach, was nebenan los ist.«

»Wir werden den Veranstaltungsort nicht verlegen! Auf keinen Fall!«, rief Vivien aufgebracht ins Telefon, als wäre ihr Gesprächspartner sowohl Ausländer als auch taub. Sie knallte den Hörer auf, als Beth im Zimmer erschien.

»Ich weiß nicht, was in Sukey gefahren ist«, sagte Vivien.

»Sie scheint eine Art Anfall zu haben, sie glaubt, dass wir die Hochzeit an einen anderen Ort verlegen wollen. Ist sie komplett verrückt geworden?«

»Äh ... nein, Mum«, erwiderte Beth. Sie legte ihrer Mutter beruhigend die Hand auf den Arm. »Das wollte ich dir gerade erzählen: Wir ändern die Location. Aber mach dir keine Sorgen, alles wird gut!«

Lindy raufte sich die Haare. »Wir feiern woanders? Seit wann das?«

Jetzt musste Beth sich gleich mit zwei aufgelösten Frauen herumschlagen. »Seit ... seit Kurzem.«

»Warum?«, fragte Lindy, die jetzt wenigstens nicht mehr an ihren Haaren zerrte.

»Die Sache ist die, Finns Band ... Ein großer Agent, ein Manager, möchte sie sich ansehen. Aber am Samstag kann er nicht kommen, deshalb brauchen Finn und die McCools den Saal am Freitag. Es ist wirklich wichtig, dass dieser Mann bei dem Konzert dabei ist.« Sie fand selbst, dass sich das pathetisch anhörte; kein Wunder, dass ihre Mutter es nicht gut aufnahm.

»Nichts, NICHTS ist so wichtig wie die Hochzeit deiner Schwester!«

»Ich weiß, Mum«, erwiderte Beth beschwichtigend. »Aber es ist doch die Zeremonie, die wichtig ist, nicht die Party! Die können wir doch überall abhalten!«

»Ich muss schon sagen, Beth«, schaltete sich Lindy ein. »Wir haben alle so hart gearbeitet, um Geld aufzutreiben und den Saal zu renovieren, damit Helena ihre Hochzeit da feiern kann.«

»Aber sie *muss* nicht zwingend dort feiern. Die Hochzeit wird fantastisch. Sie kann auch in einem großen Zelt fantastisch werden. Es gibt wunderschöne Zelte«, sagte Beth in einem Anflug von Verzweiflung. Es würde schwierig werden, sowohl

Lindy als auch ihre Mutter davon zu überzeugen. »Manche Zelte sehen aus wie Ballsäle.«

Damit drang sie zu Vivien durch. »Ein Zelt? Hm, das könnte vermutlich funktionieren. Ehrlich gesagt gefällt mir diese Idee. Der Gemeindesaal ist definitiv ein bisschen... rustikal für meinen Geschmack. Aber was ist mit dem Wetter?«

»Kein Grund, sich Sorgen zu machen. Sie bauen überdachte Gänge auf und stellen auch eine Heizung zur Verfügung. Das funktioniert gut. Erinnerst du dich nicht mehr an Samantha Edwards Hochzeit? Die Feier fand mitten im Winter in einem Zelt statt und war genial!«

Vivien nickte, und Beth begann zu hoffen, dass sie sie vielleicht überzeugt hatte. »Das war eine schöne Hochzeit. Sie hat einen sehr reichen Mann geheiratet.«

»Wir müssen natürlich einen Ort finden, an dem wir das Zelt aufstellen können«, meinte Beth, die sich durch die Reaktion ihrer Mutter ermutigt fühlte.

»Oh!«, sagte Lindy. »Ich glaube, ich hätte da eine Idee.«

»Wir müssen sicherstellen, dass wir so kurzfristig ein Zelt mieten können«, sagte Vivien warnend. »Wenn nicht, dann gehört diese Halle mir!« Sie zögerte kurz. »Ich meine natürlich Helena.«

»Ich werde sofort im Internet recherchieren«, erwiderte Beth. »Ich bin sicher, dass ich was Tolles finden werde. Mum? Vielleicht solltest du zum Pub zurückgehen? Lindy muss ihren Söhnen bestimmt ein Abendessen zubereiten und sie ins Bett bringen.«

»Na schön. Aber Beth, du kennst mich. Ich lasse mich nicht mit etwas Unangemessenem abspeisen. Wenn ihr kein schönes Zelt findet, das an einem entzückenden Ort aufgebaut wird, nicht zu weit weg von der Kirche entfernt – oh, mein Gott! Ich muss dem Chor eine Wegbeschreibung geben, sonst finden sie den Weg nicht. Ich muss sofort lossausen. Ich kann nicht bleiben, um noch zu plaudern.« Und weg war sie.

»Ach, Lindy, das mit meiner Mutter tut mir ehrlich leid!«

»Na ja, diesmal bist du es, die mir das Leben schwermacht!« Aber weil Lindy lächelte, fühlte Beth sich nicht wirklich schlecht.

»Ich weiß, sorry. Warum hat Sukey Mum eigentlich davon erzählt, was meinst du?«

Lindy zuckte mit den Schultern. »Vivien ist ans Telefon gegangen. Vermutlich ist Sukey vor lauter Schreck, ihre Stimme zu hören, damit rausgeplatzt.«

»Ich gehe dann besser mal und mache mich auf die Suche nach einem passenden Zelt.«

»Warum fragst du nicht Rachel? Raff kennt bestimmt jemanden, der helfen kann«, schlug Lindy vor. »In der Richtung müsste er eigentlich Beziehungen haben. Und ich frage Angus, ob wir sein Feld nutzen können. Allerdings müssen wir es mieten. Er braucht jeden Penny für die Renovierung seines Hauses.«

Ganz kurz fragte sich Beth, ob Lindy mehr für Angus empfand, als sie zugeben wollte, aber sie war zu beschäftigt, um jetzt weiter darüber nachzudenken. Schließlich hatte sie eine Mission. »Natürlich, das regeln wir schon. Kann ich den Lieferwagen haben? Ich möchte mich auf die Suche nach Finn und der Band machen, um ihnen zu sagen, dass sie ihren Auftritt auf Freitag vorverlegen müssen.« Plötzlich runzelte Beth die Stirn. »Aber du brauchst das Auto selbst, oder? Du möchtest doch zu Angus fahren, um zu sehen, ob er einen geeigneten Platz hat.«

»Darum kümmere ich mich erst morgen. Und mach dir keine Gedanken! Edward holt die Jungen morgen ab, und ich fahre dann einfach mit. Ich komme schon irgendwie wieder zurück.

Außerdem kann ich mir im Notfall auch ein Auto von meinen Eltern leihen. Nimm du den Lieferwagen – aber ich fürchte, du musst vorher tanken!«

Eine Stunde später hatte Beth das Problem mit dem Zelt an Rachel weitergegeben und tankte den Lieferwagen auf. Sie war dankbar, dass ihr Vater Geld auf ihr Konto überwiesen hatte. Kurz fragte sie sich, ob ihre Mutter wohl wusste, dass er sie von Zeit zu Zeit finanziell unterstützte, und es einfach ignorierte. Beth war immer schon besser mit ihrem Vater als mit ihrer Mutter ausgekommen. Aber seit sie gemeinsam die Hochzeit vorbereiteten, verstand sie sie irgendwie ein bisschen besser. Und da sie nicht länger bei ihren Eltern wohnte, fühlte sie sich nicht mehr so von ihrer Mutter bevormundet.

Beth war ein bisschen nervös, als sie aufs Land aufbrach. Um halb sechs am Nachmittag wurde es schon allmählich dunkel, und sie schätzte, dass ihr noch ungefähr eineinhalb Stunden Tageslicht blieben. Im Wagen gab es eine Landkarte, und sie wusste ungefähr, in welche Richtung sie fahren musste. Allerdings war es immer schwierig, in der Dunkelheit einen unbekannten Ort zu finden. Es würde noch schwieriger werden, wenn sie Newberry Parva erreichte. Wahrscheinlich musste sie jemanden fragen – hoffentlich traf sie noch Leute draußen an! Aber noch größere Sorgen machte sie sich darum, wie man sie empfangen würde. Sukey hatte ihr die Adresse nur sehr widerwillig verraten. Finn könnte sehr verärgert reagieren. Schließlich steckte sie ihre Nase in eine Angelegenheit, die sie eigentlich nichts anging. Hoffentlich hatte er Verständnis und freute sich, wenn sie es ihm erklärte; darauf verlassen konnte sie sich jedoch nicht.

Endlich fand sie den Ort. Es handelte sich um eine Ansammlung von Bauernhäusern, die offensichtlich in etwas Lukrativeres als Viehställe verwandelt worden waren. Es gab ein großes verschlossenes Tor mit zwei Flügeln und eine Türsprechanlage. Sie betrachtete die Sprechanlage und kam zu dem Schluss, dass es viel zu kompliziert war zu erklären, wer sie war, wenn jemand anders als Finn sich melden würde.

Sie stellte den Lieferwagen in einer Haltebucht ab und kletterte kurzerhand über das Tor.

Beth rechnete mehr oder weniger damit, dass ein Rudel gut abgerichteter Dobermänner sich auf sie stürzen würde, und war erleichtert, als nichts passierte. Sie war auf dem Grundstück. Jetzt musste sie nur noch herausfinden, in welchem Gebäude die Band sich aufhielt. Plötzlich war aus der größten Scheune ein dumpfes Dröhnen zu hören. Beth holte tief Luft und ging darauf zu.

Als sie näher kam, stieg der Geräuschpegel. Sie bemerkte dicke Stromkabel, die unter der Tür hindurchliefen. Das war eindeutig das richtige Gebäude. Aber wie sollte sie jetzt vorgehen? Sollte sie klopfen? Würde man sie hören? Sie beschloss, einfach die Tür zu öffnen.

Drinnen war es dunkel und laut, und Beth sah, dass nur die Bühne beleuchtet war; der Rest des Raumes lag im Dunkeln. Weil sie nicht wie ein einsamer Fan zur Bühne stolpern wollte, beschloss sie, sich eine Ecke zu suchen und auf eine Pause zu warten. Wahrscheinlich gab es einen Grund, warum es so dunkel war, und bald würde das Licht angehen. Sie fühlte sich ein bisschen wie Goldlöckchen, die ins Haus der drei Bären einbrach, während sie zu Hause waren.

Beth tastete sich zu ein paar alten Stühlen vor, die um einen niedrigen Tisch gruppiert waren. Sie zog einen heraus und drehte ihn in Richtung Bühne; dann ließ sie sich nieder, um zuzuhören.

Anfangs bekam sie kein Gefühl für die Musik. Als sie sich an die Lautstärke gewöhnt hatte, fand sie, dass es sich großartig anhörte.

Sie hatte sich auf YouTube über Finns Boygroup informiert, und die Musik gefiel ihr, aber das hier klang wesentlich vielschichtiger und ausgefeilter.

Plötzlich hörte die Musik auf. Sie erschrak. Sollte sie jetzt nach vorne gehen? Oder einfach hoffen, dass jemand sie entdeckte? Sie räusperte sich laut, aber das Geräusch ging in einem Gitarrenakkord unter. Niemand hörte sie.

Sie beschloss, sich zu entspannen und einfach der Musik zu lauschen. Irgendwann würde es jemandem auffallen, dass eine Fremde in der Scheune war, und mit ein bisschen Glück konnte sie dann alles erklären, bevor man sie hinauswarf.

Beth fand es leichter, sich zu konzentrieren, wenn sie die Augen schloss, und ging ganz in der Musik auf. Finn, Leadgitarrist und Sänger, war richtig gut. Seine Stimme war melodisch, aber ein ganz kleines bisschen rau, was außerordentlich sexy klang. In der Scheune war es warm, und während sie sich immer mehr entspannte, verstand sie die Worte besser. Auf einmal dachte sie, sie hätte ihren eigenen Namen gehört. Das bildest du dir ein, sagte sie sich. Aber da war es wieder: ihr Name, gesungen von Finns leicht kratziger Stimme. Dann hörte die Musik plötzlich auf, aber sie konnte ihren Namen immer noch hören.

»Hey, Beth«, sagte Finn. »Was machst du denn hier?«

26. Kapitel

Beth fuhr zusammen. »Oh mein Gott! Ich kann es nicht fassen, dass das passiert ist. Ich bin eingeschlafen.« Um sie herum war es dunkel und laut, und sie war kurzzeitig völlig verwirrt. Sie hatte ihren Namen gehört, und da war Finn. Aber er war nicht der Finn, von dem sie gerade geträumt hatte. Er war anders. Mit gerunzelter Stirn blickte er auf sie herunter. Offensichtlich freute er sich nicht im Geringsten, sie zu sehen – im Gegenteil, er war ziemlich sauer.

Finn nickte. »Aber das ist eigentlich nicht das Seltsame an der Situation, richtig? Warum bist du hier? Vermutlich bist du nicht gekommen, weil du ein bisschen müde warst und ein Nickerchen machen wolltest.«

»Nein, nein«, pflichtete Beth ihm bei und stand auf.

»Dann gibt es also einen Grund? Denn wir sind hier, um zu arbeiten, und nicht, um Kontakte zu pflegen. Und dieser Ort sollte geheim bleiben. Sukey hat mir geschworen, niemandem davon zu erzählen. Warum hat sie dir verraten, wo wir sind?«

Beth seufzte. »Es gibt einen Grund, ein sehr guten sogar, und wenn wir irgendwo hingehen könnten, wo es nicht so dunkel und so laut ist ...« Ein dröhnender Gitarrenakkord erklang, während sie sprach. »Dann könnte ich es dir erklären.«

Sie begriff, dass Finn sehr wütend war und sich beherrschen musste. Beth hatte ihn noch nicht in seinem Umfeld erlebt. Bisher hatten sie sich immer im Pub oder im Beisein anderer gesehen. Jetzt war sie in seinen Bereich eingedrungen. Allerdings war sie verletzt, weil er ihr offensichtlich nicht vertraute;

vor seinem Aufbruch hatte er noch gesagt, er wolle sie gern besser kennenlernen.

»Wir gehen ins Haus«, sagte er. Dann kehrte er kurz zur Bühne zurück und erklärte wahrscheinlich seinen Bandkollegen, was passiert war.

Den Weg von der Scheune zum Haus legten sie schweigend zurück. Beth fragte sich allmählich, ob sie besser nicht gekommen wäre.

Dabei war sie so überzeugt gewesen, das Richtige zu tun, wenn sie ihm die Nachricht überbrachte. Sie war im Lieferwagen durch die Gegend gefahren, damit die Band ihre große Chance beim Schopf ergreifen konnte. Jetzt sah es so aus, als hätte sie einen schrecklichen Fehler begangen. Und wenn das so war, hätten buchstäblich Hunderte von Leuten allen Grund, richtig sauer auf sie zu sein.

Zum einen ihre Mutter. Außerdem Lindy und Rachel, die wegen des Wechsels des Veranstaltungsortes jede Menge zusätzliche Arbeit haben würden. Belinda, Raffs Mutter, musste noch mehr Sachen transportieren – auch wenn Rachel Beth davon überzeugt hatte, dass es viel leichter war, in einem Zelt mit gemieteter Ausstattung zu kochen als in einer Küche, die in Wirklichkeit nur eine Kochnische war. Zum anderen waren das die Gäste, die sich schon auf einen anderen Tag einstellen mussten. Jetzt wurde die Feier auch noch an einen anderen Ort verlegt. Was für ein schrecklicher Albtraum! Und an allem war nur sie schuld. Sie würden es den Gästen in der Kirche erklären und sie mit Landkarten ausstatten müssen.

Finn öffnete eine Tür, die in die Küche eines Hauses führte, das den Eindruck einer Ferienunterkunft machte. Die Wohnung war wesentlich größer und komfortabler als Beth' Domizil, aber die entsprechenden Gebrauchsspuren waren zu entdecken. Man sah, dass eine Gruppe Männer hier wohnte, die

Besseres zu tun hatten, als ständig aufzuräumen. Die Arbeitsfläche war mit schmutzigen Tassen übersät, und in einer Ecke lag ein Haufen leerer Bierdosen. Einige leere Whisky- und Rumflaschen standen aufgereiht neben den Bierdosen; außerdem gab es leere Flaschen, in denen sich alkoholfreie Getränke zum Mischen befunden hatten. Zwar war es nicht so schmutzig, als hätte sich hier eine Gruppe betrunkener Jugendlicher ausgetobt, doch zu den Bewohnern gehörte auch eindeutig niemand, der übertrieben ordentlich war. Wäre sie nicht so durcheinander gewesen, hätte sie gelacht – Rachel hätte bei dem Anblick einen hysterischen Anfall bekommen!

»Ich koche besser mal Tee«, sagte er. Aber während er den Wasserkocher füllte und einschaltete, Teebeutel suchte und den Kühlschrank öffnete, um Milch herauszunehmen, war seine Miene immer noch grimmig.

Beth setzte sich an den großen Küchentisch, auch wenn Finn sie nicht dazu aufgefordert hatte. Obwohl sie immer noch verlegen war und ein schlechtes Gewissen hatte, wurde sie allmählich ein bisschen sauer. Finn war aufgebracht, nur weil sie da war und die Sicherheitsabsperrung durchbrochen hatte, die er anscheinend für notwendig hielt. Warum wartete er nicht einfach ab, bis er ihre Seite der Geschichte gehört hatte, und entschied dann, ob es tatsächlich so schlimm war, wie er jetzt glaubte?

Er gab ihr einen Becher Tee, in dem noch der Teebeutel schwamm, und nahm sich dann ebenfalls einen Stuhl. Er schob ihr die Milchtüte zu. Dann schien er sich offensichtlich seiner guten Manieren zu besinnen. »Oh, tut mir leid. Brauchst du Zucker?« Ohne ihre Antwort abzuwarten, stand er auf und brachte Zucker, der von Tee- und Kaffeetropfen ganz hart geworden war.

»Danke.« Sie angelte den Teebeutel aus der Tasse und ließ

ihn auf dem Löffel liegen, dann gab sie Milch in den Tee. Sie hätte sehr gern an der Tüte geschnuppert, um sicherzugehen, dass der Inhalt nicht sauer war, aber das fand sie zu unhöflich.

»Also, warum bist du hier?«, fragte er.

Obwohl sie sich danach sehnte, ihm alles zu erzählen und die Dinge zwischen ihnen wieder geradezurücken, fand sie diese Aufforderung ziemlich abrupt. Sie trank einen Schluck Tee, bevor sie antwortete. »Ich habe im Pub einen Anruf angenommen. Er kam von Mickey Wilson.«

Er wandte ihr den Kopf zu, und sie musste unwillkürlich an einen Löwen denken, der ganz plötzlich sein Opfer erblickte. Verunsichert redete sie weiter. »Er hat gesagt, dass er am Samstagabend nicht kommen kann, um die Band zu hören. Er fliegt in die Vereinigten Staaten. Er kommt dafür am Freitag vorbei.«

Finn reagierte nicht sofort. Anscheinend musste er die Nachricht erst verdauen. Beth begriff, dass sie mehr als nur eine einfache Telefonnachricht überbracht hatte.

»Mickey Wilson? Hat mich angerufen? Im Pub? Woher hat er die Nummer?« Er stand auf und tigerte auf und ab. Dabei trat er gegen die leeren Dosen in der Ecke. Beth hatte das Gefühl, dass nur die tief verinnerlichte Regel, in Gegenwart von Frauen nicht zu fluchen, ihn von einer heftigen Schimpftirade abhielt.

Beth zuckte zusammen. Das hatte sie nicht erwartet. Sie hatte damit gerechnet, dass er überrascht wäre, verärgert, dass der Termin für den Auftritt verlegt werden musste, und vielleicht ein bisschen ungehalten, weil sie persönlich hergekommen war, um die Nachricht zu überbringen. Aber sie war nicht darauf gefasst gewesen, dass er so einen Wirbel wegen des Anrufs veranstalten würde.

»Nun, das kann ich dir nicht sagen.« Er sah sie an, als traute er ihr nicht. »Ich weiß ja gar nicht richtig, wer Mickey Wilson überhaupt ist!«

Finn seufzte tief. »Er ist ein außerordentlich wichtiger, einflussreicher Mann. Mit ihm als Unterstützung könnten wir ganz nach oben kommen. Sofort, ohne Umwege.«

»Und trotzdem bist du böse, dass er dich angerufen hat. Dass er kommen will und euch statt Samstag am Freitag spielen hören will.«

»Ich bin tatsächlich verdammt sauer. Wie ist er darauf gekommen, im Pub anzurufen?«

Beth zuckte mit den Schultern. »Du gehst nicht ans Handy. Mickey Wilsons Anrufe sind direkt auf deiner Mailbox gelandet.«

»Ich habe mein Handy ausgeschaltet – es lenkt nur ab, genau wie Besucher«, sagte er.

»Okay, das erklärt, warum ich hier bin. Ich musste vorbeikommen, weil es keine andere Möglichkeit gab, mit dir in Kontakt zu treten. Und bevor du – wieder – in die Luft gehst, erzähle ich dir gleich, was ich Mickey gesagt habe, nämlich dass ihr den Gig am Freitag macht.«

»Ist das nicht der Hochzeitstag deiner Schwester?«

»Doch!«, rief Beth. »Aber wir haben die Feier an einen anderen Ort verlegt. Ihr könnt den Gemeindesaal haben.«

Er runzelte die Stirn. »Kannst du das noch mal erklären?«

»Meine Schwester feiert ihre Hochzeit jetzt in einem Zelt.« Sie drückte sich im Geiste die Daumen, dass das auch klappte. »Der Saal gehört euch. Ich habe Mickey Wilson gesagt, dass er euch hören kann. Sukey hat gemeint, man kann dank Twitter und Facebook sicherstellen, dass trotzdem genug Publikum kommt. Alles wird gut. Der einzige Nachteil besteht darin, dass ihr einen Tag weniger zum Proben habt als gedacht.«

Finn lehnte sich zurück. »Das könnte ein verfluchtes Desaster werden.«

Beth hätte zu gern nach dem Grund dafür gefragt, aber sie spürte, dass die Antwort laut ausfallen und mit Flüchen gespickt sein könnte. Stattdessen stand sie auf und brühte sich noch eine Tasse Tee auf.

»Ich muss mit den anderen Jungs darüber reden«, sagte er und stand auf. Dann verließ er den Raum und schloss mit Nachdruck die Tür hinter sich.

Beth wusste nicht, was sie jetzt tun sollte. Sie fand ein kleines Bad, wusch sich die Hände und fuhr sich mit nassen Händen durch die Haare. Dann kehrte sie in die Küche zurück.

Ein Teil von ihr – der Teil, der als Barmädchen arbeitete und der es gern ordentlich hatte – wollte hier aufräumen. Aber der Rest von ihr weigerte sich, in die Frauenrolle zu schlüpfen. Wenn Finn sich gefreut hätte, sie zu sehen, und dankbar gewesen wäre, dass sie ihm die Nachricht persönlich überbracht hatte, wäre sie, ohne zu zögern, bereit gewesen, das Chaos zu beseitigen. Aber so, wie die Dinge jetzt lagen, würde sie wie ein Groupie rüberkommen, ein Fan, der alles tat, um in der Nähe seines Idols zu sein.

Seufzend zog sie eine drei Tage alte Ausgabe der *Daily Mail* heran. Sie hätte auch einfach verletzt und traurig nach Hause fahren können, aber sie war neugierig, weil sie wissen wollte, wie die Geschichte ausging.

Wenig später wurde die Tür geöffnet, und die Bandmitglieder marschierten in die Küche. Sie waren zu viert, Finn mit eingerechnet. Er übernahm es, sie miteinander bekannt zu machen. »Liam und Seamus kennst du ja schon, und das ist Pat.«

Die drei Männer, die etwa so alt waren wie Finn, grinsten sie an. Sie sahen gut aus, und Beth überlegte, ob sie alle Mitglieder der ehemaligen Band waren oder ob jemand jetzt erst kürzlich dazugestoßen war. Sie hörten sich ein bisschen wie Bob Geldorf an, was Beth verunsicherte.

»Pat, das ist Beth«, stellte Finn vor.

»Das ist Beth?«, fragte der Mann namens Pat und warf den anderen beiden einen Blick zu. Sie zuckten nur mit den Schultern.

»Ja«, sagte Finn kurz angebunden. »Sie hat Neuigkeiten mitgebracht.«

»Sollen wir Pizza bestellen? Ich sterbe vor Hunger«, schlug Seamus vor.

Finn starrte Löcher in die Luft, während die anderen mit dem Pizzaservice telefonierten. Sie bestanden darauf, dass Beth auch eine nahm. Dann holten sie neues Bier aus dem Kühlschrank und verteilten die Dosen.

»Okay, dann mal raus mit den Neuigkeiten!«, sagte Liam, der das Sagen zu haben schien.

Beth, die gern ein Glas für ihr Bier gehabt hätte, räusperte sich. »Es geht um Mickey Wilson...«

»Um den großen Mickey Wilson höchstpersönlich?«, kommentierte Pat.

»Er hat in dem Pub, in dem ich arbeite, angerufen und nach Finn gefragt. Wilson hat gesagt, er könne am Samstag nicht kommen, um sich euren Auftritt anzusehen, doch er hätte am Freitag Zeit.«

»Aber ich dachte, wir könnten den Gig wegen irgendeiner Hochzeit nicht am Freitag machen.«

»Ich habe die Feier an einen anderen Ort verlegt«, erklärte Beth. »Es ist die Hochzeit meiner Schwester. Sie feiert jetzt in einem Zelt auf einem Feld.«

»Das haben Sie gemacht?«, sagte Liam. »Damit wir den Termin am Freitag haben können? Damit Mickey Wilson uns hören kann?«

»Ja«, antwortete Beth und wünschte sich nicht zum ersten Mal, dass sie sich nicht eingemischt hätte. Finn hatte kein Problem damit gehabt, dass Raffs Freund, dieser Musikproduzent, möglicherweise kommen würde. Was hatte er gegen Mickey Wilson?

»Aber das ist ja verblüffend!«, rief Seamus.

»Was ich verblüffend finde«, warf Finn ein, »ist, wie Mickey Wilson überhaupt von uns erfahren hat.« Er klang nicht gerade begeistert.

»Mensch! Warum bist du denn so sauer? Das ist doch fantastisch! Hab 'ne halbe Ewigkeit gebraucht, um ihn aufzuspüren! Ich habe sämtliche Gefallen eingefordert, um an seine Kontaktdaten zu kommen.«

»Dann warst du das, Seamus?«, fragte Finn.

»Ja, genau! Und du solltest entzückt sein und dieser reizenden jungen Frau danken, weil sie dafür gesorgt hat, dass er uns tatsächlich hören wird«, fuhr Seamus fort. Wenigstens machten die anderen einen zufriedenen Eindruck, doch dieser Sieg war wertlos für Beth, weil Finn so verärgert war.

»Aber sind wir denn schon so weit?«, fragte Finn. »Ging es nicht darum, einen Gig in einem winzig kleinen Eckchen von England zu haben, um herauszufinden, wie wir ankommen?«

»Wir wissen, wir sind gut«, entgegnete Liam.

»Aber sind wir gut genug für Mickey Wilson? Wenn er uns hört und wir noch nicht so weit sind, wird er uns keine zweite Chance geben. Er wird weiterziehen, und wir haben unsere Chance für immer vergeben.«

»Ach, komm schon, sei nicht so melodramatisch! Wir sind gut. Das wissen wir. Und wir werden noch besser.«

»Aber wir haben nicht mehr das, was wir früher hatten. Wir

sind nicht mehr siebzehn, und wir sehen nicht mehr umwerfend aus!«, schimpfte Finn weiter.

Hätte jemand Beth um ihre Meinung gebeten, hätte sie ihnen gesagt, dass sie alle viel besser aussahen als mit siebzehn.

»Jetzt geht es nur noch um die Musik«, fuhr Finn fort. »Und ist die Musik gut genug?«

Beth schaute sehnsüchtig zur Tür. Sie sollte nicht hier sein. Sie hatte nichts zu der Diskussion beizutragen. Aber trotzdem wollte sie wissen, ob sie die Hochzeitsfeier ihrer Schwester wenigstens nicht grundlos in ein Zelt verlegt hatte.

Die Pizzen wurden gebracht, bezahlt und gegessen, viele Dosen Bier geleert. Ein Ergebnis erzielten die vier Musiker nicht. Um ihre Unruhe zu bekämpfen, räumte Beth schließlich doch noch auf. Sie füllte die Geschirrspülmaschine, drückte die leeren Bierdosen platt und suchte einen Karton dafür.

Dann ging sie. Als sie gerade die Tür hinter sich schloss, sagte einer der Männer – sie konnte nicht sehen, wer es war: »Oh, ist Beth fort?« Dann wurde die Diskussion fortgesetzt.

Sie stieg in den Lieferwagen und fuhr nach Hause. Finn hatte sie angeschrien, und während die anderen sich offensichtlich über ihren Einsatz freuten, teilte er die Freude seiner Bandkollegen nicht. Beth' Hoffnungen hatten sich zerschlagen.

27. Kapitel

Als Lindy am nächsten Morgen aufwachte, war sie sich vage bewusst, dass am Vortag etwas Schlimmes passiert war. Dann fiel ihr ein, dass die Hochzeit nun doch nicht im Gemeindesaal stattfinden konnte – und das, nachdem sie sich so viel Mühe gegeben hatten, ihn anzustreichen und zu dekorieren! Na ja, das war schlimm, aber keine Katastrophe.

Der Saal musste renoviert werden, es gab ein Komitee, um das Geld dafür aufzutreiben, und es spielte nicht wirklich eine Rolle, wo Helenas Hochzeitsfeier stattfand. Wenn der Plan mit dem Zelt gut funktionierte, wäre das für Vintage-Hochzeiten auch eine gute Lösung. Sie waren nicht an eine bestimmte Location gebunden. Und wenn sie nicht so unter Zeitdruck gestanden hätten, wäre der Saal jetzt noch nicht in diesem deutlich verbesserten Zustand.

Dann fiel ihr ein, dass Edward heute kommen würde, um Ned und Billy abzuholen, und dass die beiden auch bei ihm übernachten würden. Es war das erste Mal, dass sie ohne ihre Mutter bei ihm bleiben würden. Das war der Grund für ihre gedrückte Stimmung, erkannte Lindy.

Dass er im Ausland lebte, machte Besuche schwierig – das hielt sie Edward zugute –, und er sprach hin und wieder über Skype mit seinen Söhnen. Aber für die Jungen war es trotzdem eine große Sache, bei ihrem Vater zu übernachten, ohne ihre Mutter in der Nähe zu haben.

Lindy versuchte, sich selbst aus ihrer niedergeschlagenen Stimmung zu befreien. Es würde ihnen gut gehen. Sie waren jetzt schon älter und daran gewöhnt, bei ihren Großeltern und ihrer Uroma zu übernachten. Und sie würde sie ja begleiten, sich vergewissern, dass sie einen geeigneten Schlafplatz hatten und etwas Gesundes zu essen bekamen. Und dass es keine größeren Sicherheitsrisiken gab, derentwegen sie sich sorgen musste.

Schlimmer wäre es, wenn Edward wollte, dass sie zu ihm nach Deutschland kämen, wo er mit seiner derzeitigen Freundin lebte. Irgendwann würde es dazu kommen, das musste sie akzeptieren, aber sie würde sich dagegen verwehren, bis die Jungen ein gutes Stück älter waren.

Und wenigstens kümmerte sich Angus um die praktische Seite. Sie vertraute ihm. Wahrscheinlich würde sie ihn tatsächlich lieben, wenn sie den Gedanken überhaupt nur zulassen könnte.

Jetzt dachte sie darüber nach. Was sie empfand, fühlte sich stark nach Liebe an. Allerdings fand sie, dass es momentan zu gefährlich war, jemanden zu lieben. Angenommen, Angus und sie trennten sich, dann wären die Jungen am Boden zerstört. Es wäre besser für sie, wenn er nicht zu große Nähe zu ihnen aufbaute und keine feste Konstante in ihrem Leben wurde. Dann wäre eine Trennung weniger schlimm.

Aber ob sie ihn nun liebte oder nicht – ob sie ihn lieben *wollte* oder nicht –, so oder so musste sie Kontakt zu ihm aufnehmen. Sie brauchte ein Feld, wo sie das Zelt aufbauen konnten, und musste sichergehen, dass Angus es ihr zur Verfügung stellte. Sie hatte es nur durch die Hecke gesehen, als sie die Ranken für Aprils Hochzeit geschnitten hatte.

Ihre Söhne schliefen noch, und in dem kleinen Haus war es still. Dieser selige Zustand würde allerdings nicht lange anhalten, also stand Lindy auf, um Tee zu kochen, bevor das Chaos wieder losging. Ned und Billy waren am vergangenen Abend erst spät ins Bett gekommen; daher blieb ihr mit etwas Glück noch eine Stunde.

Sie trank ihren Tee und räumte auf. Dabei wanderten ihre Gedanken wieder zu Angus. Ja, es war eine Tatsache, dass sie ihn liebte. Sie wollte es zwar nicht, aber es war so.

Eigentlich sollte sie das nicht überraschen. Schon vor Jahren war sie bis über beide Ohren in ihn verliebt gewesen. Aber Liebe? Wie hatte sie zulassen können, dass sich ein so starkes Gefühl entwickelte?

Edward war unpünktlich. Lindy wusste nicht, warum sie das überraschte – schließlich war Pünktlichkeit noch nie seine Stärke gewesen. Aber trotzdem ärgerte sie sich. Ihre Söhne hatten gepackt und waren fix und fertig angezogen. Allmählich hatten sie die Nase voll vom Warten und wurden unruhig.

Lindy hatte sich große Mühe gegeben, optimale Voraussetzungen für sie zu schaffen, und ihnen viel von ihrem Papa erzählt, den sie in letzter Zeit nur vom Computerbildschirm kannten. Die letzte Begegnung lag schon eine ganze Weile zurück. Der kleine Billy hielt seinen Dad daher für zweidimensional.

Aber richtig überzeugt waren sie erst, als sie erfuhren, dass Onkel Angus auch da sein würde. Die beiden kleinen Burschen hüpften begeistert auf und ab und packten sofort ihre Lieblingssachen in ihre Taschen. Jetzt waren sie gespannt und bereit, und es war sehr ärgerlich, dass von Edward noch nichts zu sehen war.

Ein Telefonat mit Rachel hatte Lindy allerdings ein wenig aufgeheitert. Raff hatte in der Tat Beziehungen zu einem Zeltverleih, der ihm noch einen Gefallen schuldete und auch für Freitag ein geeignetes Zelt zur Verfügung stellen konnte.

»Es klappt, weil jetzt keine Saison ist«, hatte Rachel erklärt. »Und sie können auch für alle hübschen Details sorgen. Für Teppiche, Tische, Lichterketten, Heizung, das ganze Programm. Und...«, Rachel hatte eine Pause gemacht und tief Luft geholt, »...für Luxustoiletten. Sie sind durchaus teuer, kosten aber lange nicht so viel wie regulär. Ich bin sicher, dass Vivien bereit ist, dafür zu zahlen. Sie wird nicht wollen, dass Helena oder die Gäste Toiletten aufsuchen müssen, die nicht in jeder Hinsicht angenehm sind.«

»Oh, gut gemacht, Rachel!«

»Es könnte sein, dass nicht mehr genug Zeit für Blumenschmuck bleibt«, Rachel hatte einen Seufzer durch die Leitung geschickt, »weil es so kurzfristig ist. Daher habe ich auch ein paar runde Spiegel bestellt, auf die wir Kerzen stellen können. Günstig und effektvoll.«

»Vivien wird wahrscheinlich wollen, dass Jasmin und Rosen um die Zeltpfosten gewunden werden«, hatte Lindy ein bisschen gereizt erwidert.

»Vivien bekommt das, was möglich ist.« Rachel hatte entschlossen geklungen, aber Lindy wusste, dass sie alles tun würde, um Beth' Mutter bei Laune zu halten.

»Vergiss nicht, dass wir zum Blumenmarkt fahren«, meinte Lindy. »Da können wir Material kaufen.«

»Es geht nicht nur um das Material«, wandte Rachel ein. »Sondern um Zeit. Du könntest den ganzen Markt aufkaufen, aber mehr Zeit kannst du nicht kaufen. Aber wir schaffen das! Ich rufe Sarah an und frage sie, ob das Blumenkomitee oder sonst jemand kleine Blumensträuße binden und in Gläsern arrangieren kann, aber wir müssen natürlich Viviens Erwartungen erfüllen.«

»Wenn Beth nicht auf ihrer Rettungsmission für die Band wäre, könnte sie mit ihrer Mutter reden.«

»Ach, weißt du, Vivien und ich verstehen uns. Es ist sowieso besser, wenn das alles von mir kommt.«

Als sie ihr Telefonat beendeten, wusste Lindy, dass auf jedem Tisch Blumen stehen würden, selbst wenn die Zeltstützen nicht unter Blumenranken verborgen sein würden.

Lindy hatte Billy gerade zum neunundsiebzigsten Mal geantwortet, dass sie jetzt nicht zusammen Kuchen backen konnten, als Edward endlich auftauchte.

»Hi! Tut mir leid, dass ich ein bisschen später bin. Hat eine verdammte Ewigkeit gedauert, die Autositze einzubauen. Bist du sicher, dass sie wirklich notwendig sind?«

Lindy hatte vergessen, dass Edward sich immer in ein Gespräch stürzte, als wäre nicht viel Zeit seit der letzten Unterhaltung vergangen. Das konnte einen einerseits in den Wahnsinn treiben, andererseits entspannte es stets die Situation.

»Ja, die Sitze sind notwendig. Hallo, Edward, du hast eine gute Farbe! Würde es dir was ausmachen, mich mitzunehmen? Ich muss Angus etwas fragen.«

»Oh, tut mir leid, Lindy.« Unbeholfen gab er ihr einen Kuss auf die Wange. »Du siehst auch gut aus. Und warum solltest du nicht mitkommen können? Aber du könntest Angus auch einfach anrufen, um deine Frage zu stellen.«

»Es geht um einen großen Gefallen, deshalb muss ich ihn persönlich sprechen.«

»Er freut sich bestimmt, dich zu sehen. Er hält dich anscheinend für eine Art Engel: die tapfere, kleine, alleinerziehende Mutter, die von einem ungehobelten Ehemann im Stich gelassen wurde. Das wäre dann wohl ich.«

Edward sagte das ohne Groll. Lindy fragte sich, wie viel

davon wohl stimmte. Hielt Angus tatsächlich so viel von ihr? Bei dem Gedanken wurde ihr vor Freude ganz warm.

Da die Jungen schon den ganzen Vormittag herumgehangen hatten und völlig überdreht waren, weil sie Zeit mit ihrem Dad und ihrem Onkel verbringen würden, war es nicht leicht, sie ins Auto zu bekommen. Als Billy sich weigerte, sich anschnallen zu lassen, schlug Edward großzügig vor, dass es doch in Ordnung wäre, diesen Teil zu überspringen.

»Auf keinen Fall!«, erwiderte Lindy. »Billy, Schätzchen, du weißt ganz genau, dass wir nie unangeschnallt Auto fahren. Und das halten wir auch in Daddys Wagen so. Übrigens verstößt es gegen das Gesetz, sich nicht anzuschnallen. Daddy könnte dafür schlimmstenfalls ins Gefängnis kommen.« Momentan gefiel ihr diese Vorstellung, aber ihre Söhne würden das sicher anders sehen.

»Daddy sagt, ich muss nicht«, maulte Billy.

»Aber ich sage, du musst«, erwiderte Lindy ruhig.

Billy fing zu weinen an. »Daddys sind immer der Chef!«

»Wer hat dir das denn erzählt?« Lindy verlor allmählich die Geduld, wenn nicht mit Billy, dann auf jeden Fall mit ihrem Exmann. »So einen Blödsinn habe ich ja noch nie gehört!« In dem Augenblick gelang es ihr endlich, das Gurtschloss mit einem befriedigenden Klacken zu schließen. »Na bitte! So, jetzt steige ich auch ein, lege den Sicherheitsgurt an, und dann fahren wir los.«

»Bleibst du die ganze Zeit bei uns?«, wollte Ned wissen. Offensichtlich wollte er, dass sie Ja sagte.

»Ich bleibe eine Weile da, weil ich Onkel Angus etwas fragen möchte.« Plötzlich klang es in ihren Ohren seltsam, einen Mann ›Onkel‹ zu nennen, mit dem sie geschlafen hatte.

»Um Himmels willen!«, rief Edward aus. »Du hast eine richtige Zimperliese aus dem Jungen gemacht!«

Lindy räusperte sich und schaute aus dem Fenster. Das war nicht der richtige Zeitpunkt, um dem Vater ihrer Kinder zu sagen, dass nicht sie schuld am Fehlen eines männlichen Vorbilds für die Jungen war. Und gleichzeitig verstand sie, dass er nicht allein die Schuld trug.

Als sie Angus wiedersah, war sie außerordentlich verlegen. Sie hatten ein paar süße Textnachrichten ausgetauscht, aber ihn in natura zu sehen, erinnerte sie unwillkürlich an ihre gemeinsame Nacht. Würde Edward erraten, was passiert war? Allein der Gedanke ließ sie vor Schreck erröten. Die Tatsache, dass die Kinder sich an sie klammerten, machte die Sache auch nicht besser.

»Hallo!«, sagte sie betont fröhlich und tat so, als wäre die Situation nicht unglaublich peinlich.

»Hi, Jungs!«, sagte Angus vergnügt.

Aber den beiden war gerade nicht nach Fröhlichkeit zumute. »Hallo, Onkel Angus«, murmelten sie.

Edward warf ihnen einen gereizten Blick zu. »Wollt ihr was trinken? Ich habe besondere Getränke besorgt.«

Lindy fiel ein, dass sie nicht erwähnt hatte, er solle ihnen nichts mit zu viel Zucker geben – sie waren dann immer so aufgedreht. Aber jetzt war nicht der richtige Zeitpunkt. Zum Glück schüttelten die beiden den Kopf.

»Soll Daddy euch ein bisschen rumführen?«, schlug sie vor und versuchte, sie von sich zu schieben. Aber sie wollten sich nicht von ihr trennen.

»Das ist eine gute Idee!«, sagte Angus.

»Ja«, meinte Edward. »Kommt mit, seht euch mal das Baumhaus an, das wir für euch gebaut haben!«

Nachdem Billy und Ned endlich zu ihrem Vater gegangen waren und nicht mehr an ihr klebten, begriff Lindy, dass Angus den größten Teil der Arbeit am Baumhaus allein erledigt haben musste. Edward war noch nicht lange genug da, um viel Zeit für Sägearbeiten gehabt zu haben.

Die Jungen liefen mit ihrem Vater voraus, und Lindy und Angus folgten etwas langsamer. Sie musste ihn jetzt um den großen Gefallen bitten.

»Angus?«

»Lindy? Geht's dir gut?« Er war beunruhigt, wahrscheinlich weil sie so gequält klang.

»Ja, ich bin okay. Ich muss dich nur um einen Gefallen bitten, um einen ziemlich großen.«

»Was immer du brauchst, jederzeit – frag einfach!«

»Du bist so nett. Aber es ist nicht für mich persönlich. Es geht um Vintage-Hochzeiten.«

»Vermutlich brauchst du nicht plötzlich einen Architektenplan für einen Hochzeitspavillon, oder etwa doch?«

Sie lachte. »Nein. Etwas viel Fantasieloseres!«

»Und?«

»Wir brauchen eine flache Wiese. Und du hast eine.«

»Stimmt, aber wofür brauchst du sie? Natürlich kannst du sie haben, obwohl zurzeit ein Baumhaus darauf steht – doch warum?«

Lindy erklärte ihm die Sache mit dem Zelt. »Können wir deine Wiese mieten? Ich bestehe darauf, dass du dafür bezahlt wirst.«

»Wenn du glaubst, dass sie geeignet ist, kannst du sie natürlich haben. Aber möglicherweise müssen wir vorher ein bisschen aufräumen, abgesehen von dem Baumhaus, das vielleicht woanders aufgebaut werden muss.«

Sie hatten das Baumhaus noch nicht erreicht, doch Lindy konnte ihre Söhne hören, die offensichtlich schon angekommen waren. »Das wäre furchtbar. Du hast dir so viel Mühe mit dem Bau gemacht.«

»Na ja, es steht ziemlich am Rand des Feldes. Vielleicht kann es dort bleiben. Haben wir schon ein Zelt?«

Das »wir« gefiel ihr. »Haben wir. Raff kümmert sich darum. Es muss bald aufgestellt werden.«

»Dann lass uns mal sehen, ob wir das Baumhaus demontieren müssen.«

Lindy sah, dass es in einer entfernten Ecke stand, weit weg vom Tor. Also konnte es dort bleiben. Die Wiese war ziemlich eben, und da das Zelt sicher einen Boden hatte, spielten kleine Unebenheiten keine Rolle. Es gab so viel Platz, dass auch für ausreichend Parkflächen gesorgt war.

Weniger gut waren die zahlreichen Schösslinge und das Gestrüpp, die vielleicht zu groß waren, um unter dem Zeltboden zu verschwinden.

»Glaubst du, man kann ein Zelt auf diesen Schösslingen und den Büschen aufstellen?«, fragte sie.

»Ich weiß nicht. Vermutlich sind die Büsche kein Problem, die Bäumchen aber schon.«

»Aber es ist ein ganz entzückendes Fleckchen Erde«, meinte Lindy. »Stell dir hier mal eine richtige Sommerhochzeit vor...«

Angus lachte leise.

Edward hatte die Jungen im Baumhaus zurückgelassen und gesellte sich zu ihnen.

»Ich glaube, wir müssen wahrscheinlich diese kleinen Bäume beseitigen«, sagte Angus.

»Warum?«, wollte Edward wissen. »Das kommt mir ein bisschen überflüssig vor!«

»Wir müssen ein Zelt auf diesem Feld aufstellen. Bis Freitag. Für eine Hochzeit«, erklärte Lindy.

»Guter Gott! Warum hast du mir das nicht erzählt? Glückwunsch! Wenigstens musst du deinen Nachnamen nicht ändern, Lindy-Lou.«

»Sehr lustig«, sagte Angus und warf Lindy einen raschen Blick zu.

»Nicht wir sind es, die heiraten«, erwiderte sie in unbeschwertem Ton.

»Diesmal jedenfalls nicht«, warf Angus ein.

»Was?«, sagte Edward.

»War ein Scherz!«, antwortete sein Bruder.

Edward machte ein finsteres Gesicht.

»Ich habe mit zwei anderen Frauen eine Agentur, die Hochzeiten plant«, sagte Lindy und versuchte, die leichte Missstimmung zwischen den Brüdern zu zerstreuen. »Ich habe dir davon erzählt. Wir richten die Hochzeitsfeier einer ganz reizenden Braut aus.«

»Wann soll denn die Hochzeit sein?«

»Diesen Freitag.«

»Dann seid ihr aber verdammt spät dran, oder irre ich mich da?«

Schließlich ließ Lindy ihre Kinder bei Edward und ging mit Angus zurück zum Haus.

»Nennt er dich immer Lindy-Lou?«, fragte er, als sie außer Hörweite waren.

»Nur, wenn er mich runterputzen will.«

»Dann werde ich dich nie so nennen.«

Ohne nachzudenken, erwiderte Lindy: »Wenn du mich mit Lindy-Lou anreden würdest, fände ich es in Ordnung!«

Wenig später betraten sie Angus' Küche, die etwas weniger behelfsmäßig wirkte als bei ihrem letzten Besuch, und Lindy bereitete sich darauf vor, Angus zu bitten, sie nach Hause zu fahren. Es war so besprochen, aber aus irgendeinem Grund wollte sie noch nicht aufbrechen.

Gerade als sie den Mund aufmachen wollte, klingelte ihr Handy. Es war Rachel. Raff und der Mann von der Zeltverleih-Firma waren in der Gegend und wollten sich gern den Standort für das Zelt ansehen. Lindy konnte mit Raff zurückfahren.

Nachdem sie gemeinsam über das Feld gewandert waren, sagte der Zeltverleiher schließlich: »Kein Problem. Der Fußboden kann größtenteils darüber verlegt werden. Das Zelt wird dann morgen geliefert.«

Lindy wurde einmal mehr bewusst, wie schrecklich spät sie dran waren. Vielleicht hatte sie deshalb immer noch ein ungutes Gefühl, das ihr beinahe körperliche Schmerzen bereitete.

Doch mit Raff zusammen zu sein war immer wieder aufmunternd. Sie saß neben ihm in seinem Truck und überlegte, dass er einer dieser Menschen war, die stets eine Lösung fanden, die Dinge zum Laufen brachten oder jemanden kannten, der dafür sorgen konnte. Er passte perfekt zu Rachel. Sie war sehr organisiert und effizient, und er war jemand, der jedes Problem löste. Sie ergänzten sich perfekt.

»Ist die Miete für das Zelt hoch, Raff?«, fragte sie. »Als ich deinen Freund darauf ansprechen wollte, ist er schon in seinen Wagen gesprungen und davongebraust.«

Er legte den Kopf schief. »Na ja, es ist ein Freundschaftspreis, und es ist noch nicht Hauptsaison für Festzelte, also liegt das Zelt im Augenblick nur rum. Aber Mike braucht eine Menge Arbeitskräfte, um es aufzustellen. Also, ja, es wird teuer.«

Lindy schluckte. »Na, die Mutter der Braut muss es bezahlen.«

»Es ist nicht ihre Schuld, dass sie den Gemeindesaal nicht haben können, richtig?«

Lindy korrigierte ihre gute Meinung von Raff. Er konnte wirklich beunruhigende Dinge sagen. »Nein, aber Beth ist schuld daran, und Vivien kann natürlich nicht damit rechnen, dass Beth bezahlt. Oder Vintage-Hochzeiten. Deshalb denke ich, das geht klar.«

»Rachel glaubt, dass Vivien insgeheim das Zelt vorzieht, weil es schicker ist als der Saal. Der Gemeindesaal ist urig, und wir mögen ihn, doch er macht nicht viel her. Und ein Zelt kann edel wirken.«

»Oh, Gott segne Rachel! Jetzt fühle ich mich schon besser.«

»Sie ist ein gutes Mädchen«, meinte Raff.

Lindy lächelte ihn an. »Das ist sie!« Sie dachte an Beth, die sich offensichtlich heftig in Finn verliebt hatte. Warum sollte sie sonst so große Mühen auf sich nehmen, damit ein Agent oder Manager die Band hören konnte? Sie hoffte bloß, dass Finn ihre Freundin nicht enttäuschen würde. Wenn man es realistisch betrachtete, standen ihre Chancen nicht so gut.

Lindy räumte auf und war ein bisschen traurig, als sie im Zimmer der Jungen auf ein paar Spielsachen stieß, die sie im Eifer des Gefechts vergessen hatten. Es kam ihr so vor, als wäre sie gerade erst nach Hause gekommen, als das Telefon klingelte. Oh bitte, lass es Rachel oder Beth sein, die mit einer Flasche Wein vorbeikommen wollen oder vorschlagen, in den Pub zu gehen! Ausnahmsweise müsste sie keinen Babysitter organisieren.

Mit einem Lächeln hob sie ab. Doch es war Angus, der sich meldete.

»Es tut mir leid, Ned hatte einen Unfall. Es ist nichts Lebensbedrohliches, aber ich glaube, er sollte ins Krankenhaus.«

Schlagartig wurde Lindys Mund trocken. »Was ist passiert?« Sie war überrascht, dass sie sich relativ ruhig anhörte, denn innerlich bebte sie.

»Er ist aus dem Baumhaus gefallen.«

Lindy schluckte. Das war jetzt nicht der richtige Zeitpunkt, um gegen Baumhäuser zu wettern, auch wenn sie tatsächlich gefährlich waren. »Ist er auf den Kopf gefallen?«

»Nein, auf den Arm. Ich glaube, er ist gebrochen. Ich habe Sarah angerufen. Sie kommt gleich und kümmert sich um Billy. Edward ist ... na ja ...«

Lindy unterbrach Angus, der sich damit abmühte, den Gemütszustand seines Bruders zu beschreiben. »Hast du Hilfe gerufen? Einen Arzt? Einen Krankenwagen?«

»Ja, wir haben den Rettungsdienst angerufen, haben aber beschlossen, dass es schneller geht, wenn wir Ned mit dem Auto ins Krankenhaus fahren. Ich hole dich auf dem Weg dorthin ab.«

»Angus, könntest du warten, bis Mum kommt? Ich kann Billy einfach nicht ...« Konnte sie sagen, dass sie ihren dreijährigen Sohn nicht einmal für eine halbe Stunde mit seinem Vater allein lassen wollte? Sie hatte keine Sicherheitsbedenken, doch sie fürchtete, dass Billy sich unbehaglich fühlen könnte. Edward war ja beinahe ein Fremder für ihn.

»Klar, wenn dir das lieber ist. Sarah ist zum Glück ganz in der Nähe. Sie müsste in etwa zehn Minuten eintreffen.«

»Dann warte ich hier.«

»Alles wird gut. Vertrau mir! Schlimm für den Moment, aber langfristig ohne Folgen.«

Plötzlich hätte Lindy am liebsten geweint. »Danke«, flüsterte sie. Hoffentlich hörte er nicht, wie dicht sie davor war, in Tränen auszubrechen!

28. Kapitel

Am Ende dauerte es zwanzig Minuten, bis sie ankamen. Lindys Haus war noch nie so sauber und aufgeräumt gewesen. Um sich zu beruhigen, hatte sie sich mit Putzen und Saugen abzulenken versucht. Sie wollte gerade die Fußleisten wischen, als es an der Tür klingelte.

Mit einer kurzen Entschuldigung eilte sie an Angus vorbei zum Auto und riss die Tür auf.

»Mir geht's gut, Mum, wirklich«, sagte Ned sofort.

Er sah leider nicht so aus. Er war grün im Gesicht, als müsste er sich jeden Moment übergeben. Lindy schlüpfte neben ihn, stieg aber sofort wieder aus. »Ich hole einen Eimer«, erklärte sie. Während sie davonlief, fiel ihr auf, dass auf dem Beifahrersitz jemand saß: Edward. Es war albern, doch sie empfand seine Anwesenheit als zusätzliche Komplikation, die sie gerade gar nicht gebrauchen konnte.

»Deine Mutter ist bei Billy, daher bin ich mitgekommen, um Ned zu unterstützen«, sagte Edward, als sie mit dem Eimer zurückkam.

Lindy setzte sich neben Ned.

Als sie losfuhren, erklärte Angus: »Wir haben ihm nichts zu essen oder zu trinken gegeben, falls sie ihn operieren müssen.«

»Gut.« Lindy konzentrierte sich darauf, Ned zuliebe ruhig zu klingen.

»Sie werden nicht operieren!«, sagte Edward. »Er ist bloß aus einem Baumhaus gefallen. Kinder haben ständig kleinere Unfälle. Wahrscheinlich ist sein Arm einfach nur geprellt.«

Angus ignorierte ihn. »In der Notaufnahme ist gerade nicht viel los. Sarah kennt eine der diensthabenden Schwestern, und sie hat gesagt, es wäre gut, wenn wir jetzt kommen.«

»Das ist einer der Vorteile, in der Nähe einer Kleinstadt zu wohnen«, meinte Lindy. »Die Notaufnahme ist nicht so ein Albtraum wie in größeren Städten.«

Sie war froh, als es allmählich dunkel wurde, sodass niemand, vor allem Ned nicht, sehen konnte, wie besorgt sie trotz ihres ruhigen Auftretens war. Lindy atmete langsam ein und aus und stellte fest, dass es tatsächlich half. Sie drückte die kleine Hand, die ihre fest umklammerte. »Alles wird gut, Neddy, wirklich.«

»Natürlich wird es das!«, warf Edward ein. »Du machst viel zu viel Aufhebens um ihn, Lindy!«

Sie sah, dass Ned das Gesicht verzog – ob vor Schmerz oder weil er nicht weinen wollte, konnte sie nicht erkennen. »Es ist in Ordnung zu weinen«, flüsterte sie ihm zu und hoffte, dass sein Vater es nicht hörte. »Manchmal tut es einem richtig gut. Es könnte helfen.«

Vom Beifahrersitz war ein lautes Ausatmen zu hören.

»Was noch helfen könnte«, sagte Angus leise zu seinem Bruder, »wäre, wenn du den Mund halten und es Lindy überlassen würdest, sich um Ned zu kümmern. Sie kann viel besser mit ihm umgehen als du.«

»Ich bin so froh, dass du hier bist, Mum«, murmelte Ned und umklammerte ihre Hand. »Muss ich wirklich nicht tapfer sein?«

Lindy verfluchte ihren Exmann innerlich mit jeder Faser ihres Herzens. »Nein, Liebling. Du musst nichts sein, was du nicht sein willst.«

Die Krankenschwester erwartete sie schon, als sie eintrafen. Es war Sue Haslam, die Lindy schon sehr lange kannte. Lindy musste sich sehr zusammenreißen, nicht vor Erleichterung in Tränen auszubrechen, so tröstlich war das vertraute Gesicht.

»Na, junger Mann, was ist passiert? Wahrscheinlich warst du ein bisschen zu wild, stimmt's?«, sagte die Schwester. »Ihr jungen Kämpfer tobt immer herum, als wärt ihr Bear Grylls.«

Edward nahm es als Kompliment. »Das stimmt! Ned ist ein richtig harter Bursche, was, mein Sohn?«

Obwohl Lindy sich sehr über seinen Kommentar ärgerte, war sie Sue sehr dankbar. Ned liebte Bear Grylls, und Lindy hätte die Schwester für ihre Bemerkung umarmen können.

»Dann lass uns mal sehen, was eigentlich los ist!« Sie zog einen Rollstuhl heran. »Schon mal in so einem Ding gesessen?«

»Nein«, antwortete Ned.

»Dann hüpf mal rein! Zeit für eine kleine Spazierfahrt.«

»Er kann bestimmt gehen!«, wandte Edward ein.

»Bestimmt kann er das, ja«, stimmte Sue ihm zu, »aber er ist ziemlich blass um die Nase, und wir wollen doch nicht, dass er sich auf meinen sauberen Fußboden übergibt.«

»Ich besorge uns mal was Warmes zu trinken. Da vorn steht ein Automat«, sagte Angus. »Wir müssen nicht alle bei Ned bleiben.«

Lindy hätte es schön gefunden, Angus bei sich zu haben, aber das behielt sie für sich. Edward hatte so wenig Mitgefühl. Er mochte zwar ein lausiger Vater sein, aber eigentlich liebte er seine Kinder. Warum konnte er nicht ein bisschen einfühlsamer sein? Wahrscheinlich hatte er Schuldgefühle.

»Wie ist das denn passiert, junger Mann?«, fragte die Krankenschwester.

Ned schaute zu seinem Vater. »Wir haben im Baumhaus gespielt.«

»Ich habe ihnen auf dem Grundstück meines Bruders ein

Baumhaus gebaut. Seine Mutter und ich«, er warf Lindy einen kurzen Blick zu, »sind leider nicht mehr zusammen, und ich wollte, dass meine Zeit mit den Kindern etwas Besonderes ist.«

Meine Güte, dachte Lindy, er hört sich an, als zitierte er aus einer Broschüre zum Thema »Scheidungskinder«!

»Also, was ist passiert, Liebling?« Lindy kniete sich vor Ned, damit ihr nichts entging, was er vielleicht nur andeutete. Angesichts der Haltung Edwards war sie sicher, dass es etwas geben musste, das ihr Exmann verschwieg.

»Daddy hat gesagt, ich soll runterspringen und nicht die Leiter nehmen. Leitern sind was für Weicheier.« Ned flüsterte und wich ihrem Blick aus. Lindy wusste, dass er die Wahrheit sagte.

»Stimmt das, Edward?«, fragte sie. Sie sah ihm an, dass er es abstreiten und aufbrausen wollte.

»Na ja, Ned hat das natürlich ein bisschen falsch verstanden. Ich habe nicht direkt ...«

»Hast du wirklich gesagt, Leitern sind was für Weicheier?«

Er überlegte kurz. »Kann sein. Aber um Himmels willen! Ich habe ihn nicht aufgefordert, runterzufallen und sich den Arm zu brechen!«

»Okay, das ist jetzt nicht der richtige Zeitpunkt für Schuldzuweisungen«, mischte sich Sue ein. »Würde es Ihnen etwas ausmachen, wenn nur die Mutter bei dem Jungen bliebe? Es wäre besser, wenn nicht so viele Leute um Ned wären.«

Ohne ein Wort ging Edward hinaus. Lindy kochte vor Wut. Sie hatte schon den Verdacht gehabt, dass er etwas mit Neds Unfall zu tun hatte; jetzt sah sie sich bestätigt.

»Du hast großes Glück gehabt, junger Mann«, sagte der Arzt nach einer gefühlten Ewigkeit, in der Ned ein Schmerzmittel bekommen hatte und geröntgt und untersucht worden war. Gerade wurde ihm ein Gips angelegt.

»Es ist ein unkomplizierter Bruch, der ziemlich schnell heilen sollte. Du gehst in die Orthopädie, dann wird beobachtet, was dein Bein macht.« Nun wandte er sich an Lindy. »Geben Sie ihm weiter Schmerzmittel, wenn er sie braucht! Sie bekommen noch einen Kontrolltermin.«

Nachdem Lindy sich bei den Ärzten und Schwestern überschwänglich bedankt hatte, machten Ned und sie sich auf die Suche nach Angus. Edward war nicht mehr da.

»Er ist mit einem Taxi zu mir gefahren. Ich bringe euch nach Hause«, sagte Angus auf Lindys Frage hin. »Ich habe mir erlaubt, Sarah anzurufen, und ihr versprochen, dass du dich meldest, sobald ihr aus der Notaufnahme kommt, Ned und du.«

»Vielen, vielen Dank! Ich rufe sie mal eben an.«

Sarah berichtete ihr, dass Billy auf dem Sofa eingeschlafen war und sie ihn gleich mit zu sich nach Hause nehmen würde. Edward war ein bisschen früher als ursprünglich geplant zu seinen Eltern aufgebrochen – er hatte offenbar das Gefühl, hier nicht mehr gebraucht zu werden, weil Lindy in solchen Dingen viel besser war als er. *Er lässt uns wieder im Stich, weil ihm klar geworden ist, dass es vorerst keine lustigen Spiele im Baumhaus mehr geben wird*, dachte Lindy ärgerlich. Gleichzeitig jedoch war sie auch froh. Und sehr erleichtert, weil ihre Söhne beide in Sicherheit waren. »So, jetzt bringen wir dich nach Hause, Ned. Wie fühlst du dich denn?«

»Es tut nicht mehr weh. Aber das liegt vielleicht nur an den Tabletten.«

»Und wir haben noch mehr davon, wenn du sie brauchst, Schatz. Alles wird gut.«

»Ich habe einen Riesenhunger, Mum«, sagte Ned. »Darf ich jetzt was essen?«

»Fish and Chips auf dem Heimweg?«, fragte Angus. »Kommt, fahren wir!«

Als Lindy mit Ned im Auto wartete, während Angus das Abendessen besorgte, piepste ihr Handy. Eine Nachricht von Vivien war eingegangen.

Vergessen Sie nicht, dass ich Sie morgen früh um 4.00 h abhole. Blöde Uhrzeit, ich weiß! Vivien X

Vor lauter Aufregung hatte Lindy die Verabredung völlig vergessen. Sie würde absagen müssen. Ihr Sohn hatte sich den Arm gebrochen. Ursprünglich war geplant gewesen, dass die Jungen bei ihrem Vater bleiben sollten – daher wäre es kein Problem gewesen, sich so früh am Morgen aus dem Haus zu stehlen. Jetzt müsste sie einen Babysitter auftreiben. Zwar würde ihre Großmutter wahrscheinlich einspringen, aber dann müsste sie Ned sofort zu ihr bringen. Allerdings hatte sie das Gefühl, dass der Junge nun seine Mutter um sich brauchte. Plötzlich überfielen Lindy die vertrauten Schuldgefühle, weil ihre Mum und ihre Großmutter so oft auf die Kinder aufpassten.

Aber sollte sie versuchen, Beth oder Rachel als Ersatz zu organisieren? Dann jedoch fiel ihr wieder ein, dass die beiden bei Belinda zum Schneiden und Schälen eingeteilt waren. Sie mussten Backöfen und Herdplatten für die Veranstaltung mieten, doch Rachel hatte gesagt, es wäre viel einfacher als das Kochen einer warmen Mahlzeit in der Küche des Gemeindesaals. Vivien hatte diese als »Kitchenette« bezeichnet und ihrer Meinung darüber deutlich Ausdruck verliehen.

Lindy bemerkte, dass sie an andere Dinge dachte, um dem aktuellen Problem aus dem Weg zu gehen. Vivien musste allein fahren, und das musste sie ihr mitteilen.

Sie hatte gerade angefangen zu schreiben: *Tut mir leid, mein Sohn ist gefallen und hat sich den Arm gebrochen*, als Angus zurückkehrte und ihr drei warme Pakete reichte.

»Probleme?«, fragte er, als er Lindys angespannte Miene sah. »Bist du okay, Ned?«

»Mir geht's gut«, antwortete der Junge, und das stimmte offensichtlich auch.

»Ich habe gerade eine Nachricht von Vivien bekommen. Ich hatte ganz vergessen, dass ich morgen ganz früh mit ihr zum Blumenmarkt nach Birmingham fahren sollte. Ich wollte ihr gerade antworten. Ich hasse es, sie zu enttäuschen, außerdem habe ich mich wirklich auf den Ausflug gefreut.«

Er ließ den Motor an. »Antworte nicht sofort! Warte, bis wir zu Hause sind! Es ist die Hölle, in einem fahrenden Auto auf dem Handy zu schreiben.«

»Stimmt. Und vielleicht fällt mir bis dahin auch ein, wie ich die Absage am besten formuliere.«

»Wenn du absagen musst, wird Vivien das bestimmt verstehen«, sagte Angus und fuhr los.

Bei ihrer Ankunft zu Hause freute Lindy sich, weil alles so sauber und ordentlich war.

Schon bald saßen sie zu dritt gemütlich um den Küchentisch und aßen Fish and Chips. Ned gab sich alle Mühe mit seiner einen Hand.

Lindy sagte: »Ich muss Vivien jetzt Bescheid geben, dass ich nicht mitkommen kann. Wahrscheinlich hat sie kein Problem damit, allein zu fahren. Sie wird Hilfe brauchen, um die Blumen zu tragen, doch sie muss bestimmt nur mit den Fingern schnippen, und schon taucht ein Träger auf!« Sie tunkte eine Pommes in den Ketchup. »Ich kann natürlich ein anderes Mal zum Blumenmarkt fahren, doch irgendwie ist es die Art Ausflug, die man nur unternimmt, wenn es einen richtig guten Grund dafür gibt oder wenn einen jemand dazu drängt.«

»Warum kannst du denn nicht fahren, Mummy?«

Lindy zerzauste Ned die Haare. Sie war gerührt, dass er sich Gedanken machte, weil sie eine schöne Unternehmung verpasste. »Weil jemand hierbleiben und sich um dich kümmern muss. Ich würde zu früh morgens aufbrechen müssen, sodass Gran nicht kommen könnte. Und Sarah auch nicht.«

»Warum kann Onkel Angus denn nicht bei mir bleiben? Billy ist bei Oma, also wäre nur ich da.«

»Schätzchen! Onkel Angus muss morgen arbeiten!«

»Um ehrlich zu sein, habe ich momentan nicht so viel zu tun. Ich könnte hier arbeiten«, sagte Angus.

»Wirklich? Du könntest bei mir zu Hause arbeiten?«

»Warum bist du so erstaunt? Du hast einen Tisch und einen Internet-Zugang, sodass ich E-Mails abrufen kann. Ich könnte hier sogar besser arbeiten als bei mir auf der Baustelle. Ich würde mich nicht davon ablenken lassen, dass ich mir Gedanken mache, was die Handwerker wohl gerade tun.«

»Wenn du dir ganz sicher bist«, sagte sie. »Und du, Ned, es würde dir nichts ausmachen?«

Der Junge schüttelte den Kopf. »Ich fänd's cool.«

Angus fühlte sich offensichtlich geschmeichelt. »Gut, dann wäre das ja geregelt.« Er zögerte. »Ich müsste allerdings hier übernachten. Ich habe keine große Lust, mir den Wecker auf drei Uhr nachts zu stellen.«

»Wärst du wirklich dazu bereit? Das ist so nett! Und bist du sicher, dass es für dich in Ordnung ist, Ned? Ich könnte Gran bitten, dass sie am Morgen rüberkommt. Du wirst wahrscheinlich viel schlafen.« Sie machte eine Pause. »Das ist wirklich süß von euch Männern, mir mein Vergnügen zu ermöglichen.«

»Das ist schon okay, Mummy«, sagte Ned. »Auch Mummys verdienen mal ein Vergnügen.«

Da er damit Lindy wortwörtlich zitierte, konnte sie ihm wohl kaum widersprechen!

Die Erleichterung darüber, dass es so eine einfache Lösung für ihr Problem gab, machte sie lächerlich glücklich. Oder lag es an der Aussicht, dass Angus bei ihr übernachten würde?

Er war kurz in den Pub gegangen, um eine Flasche Wein zu kaufen, während Lindy ihre Mutter und ihre Oma telefonisch auf den neuesten Stand brachte.

»Meinst du, es ist in Ordnung, Wein zu trinken?«, fragte Lindy ihn nach seiner Rückkehr und betrachtete sehnsüchtig die Flasche. Ned schlief inzwischen. Sie hatte ihn mit Kissen hochgelagert, um seinen Arm zu stützen. »Ich denke bloß, ich sollte im Notfall in der Lage sein, klar zu denken, falls mit Ned etwas ist.«

»Es wird nichts mit ihm sein«, erwiderte Angus energisch. »Aber du musst furchtbar früh aufstehen, deshalb würde ich es bei einem Glas belassen. Ich trinke nichts, falls es doch einen Notfall gibt und ich fahren muss.«

»Du bist sehr verantwortungsbewusst.« Lindy nahm das Glas, das er ihr reichte. »Ich bin dir sehr dankbar.«

Angus lachte. »Das klingt nicht gerade, als wäre ich ein aufregender Mensch.«

»Manchmal ist Aufregung gar nicht gut«, sagte Lindy und fügte in Gedanken hinzu, dass Angus genau auf die richtige Art und Weise aufregend war.

»Vermutlich liegt es daran, dass ich der Ältere von uns Brüdern bin. Ich war immer für ihn verantwortlich. Edward durfte viel mehr Unsinn machen. Er ist kein schlechter Vater, weißt du, aber er hat einfach nicht viel Übung darin. Und seine Freundin, die elf- und zwölfjährige Schüler unterrichtet, hat dafür gesorgt, dass er völlig falsche Vorstellungen von Kindern in Neds und Billys Alter hat.« Sein Lächeln fiel etwas kläglich aus. »Ich habe gesehen, dass er Neddy zu mehr Waghalsigkeit angestachelt hat, und mir war klar, dass das irgendwann in Tränen enden würde. Aber ich wusste nicht, wie ich das beenden sollte, ohne Edward anzumeckern.«

»Meckern nützt bei Ed nichts. Vielleicht hätte es geholfen, wenn du ihm eine Schaufel über den Kopf gezogen hättest. Doch das kam natürlich vor den Kindern nicht infrage.«

»Da hätte ich ein wahrhaft schlechtes Vorbild abgegeben.«

Lindy legte ihm die Hand aufs Handgelenk. Sie war hin- und hergerissen zwischen extremer Befangenheit und Vertrautheit. Einerseits fühlte sie sich vollkommen sicher mit ihm, andererseits war sie zu nervös, um ihre Gefühle auszusprechen. Zu ihrer großen Verlegenheit musste sie ausgiebig gähnen.

»Zeit fürs Bett«, sagte Angus. »Du musst morgen sehr früh wieder aus den Federn.«

Sie diskutierten eine ganze Weile, wer wo schlafen sollte. Lindy gewann. Sie würde in Billys Bett schlafen, damit sie Ned hören konnte, falls er aufwachte. Angus fand, sie solle in ihr eigenes Bett schlüpfen, weil sie darin besser schlafen würde. Lindy suchte ihm eine neue Zahnbürste heraus, und es gab ein peinliches Hin und Her, wer als Erster ins Bad gehen sollte.

Zu keinem Zeitpunkt während dieser leicht unangenehmen Phase unternahm Angus den Versuch, ihr einen Gutenachtkuss zu geben. Es war, als hätte es jenen gemütlichen, wunderbaren Abend, an dem sie schließlich in Lindys Bett gelandet waren, nie gegeben. Einerseits gefiel es ihr, dass er nicht davon ausging, sie würden einfach wieder miteinander schlafen, andererseits war sie ein wenig verstimmt.

Sie sah ein, dass es dafür eine Reihe von Gründen gab – und die meisten davon waren vollkommen vernünftig. Wegen Neds

Unfall waren sie beide ein wenig in der Elternrolle; sie musste um vier Uhr morgens aufstehen; der ganze Abend war einfach anders verlaufen.

Aber als sie im nur schwach von einem Buzz-Lightyear-Nachtlicht erhellten Kinderzimmer in Billys kleinem Bett lag und sich an seinen Dinosaurier schmiegte, fühlte sie sich ein bisschen einsam. Sie hatte einen Tag voller Anspannung und Sorge verbracht und hätte gern Angus' starke, warme Arme um sich gespürt, damit der Stress von ihr abfiel. Doch diesmal wollte sie nicht die Initiative ergreifen. Das hatte sie schon einmal gemacht, und es war ihr sehr peinlich gewesen. Allerdings war es ein schöner Gedanke, dass Angus nebenan in ihrem Bett schlief.

Lindy konnte nicht einschlafen.

Nachdem sie im Geiste sämtliche Namen der Kinder in ihrer ersten Grundschulklasse durchgegangen war, hatte sie Kopfschmerzen und beschloss aufzustehen. Im Badezimmerschrank verwahrte sie Kopfschmerztabletten. Sie würde sich eine heiße Milch zubereiten, eine Tablette einnehmen, und innerhalb von Sekunden würde sie eingeschlafen sein.

Lindy schlich auf Zehenspitzen durchs Haus, um Angus nicht aufzuwecken, öffnete den kindersicheren Medizinschrank und nahm eine Kopfschmerztablette ein. Dabei fiel ihr das Fläschchen mit dem Schmerzmittel aus der Hand und polterte mit einem Getöse, das selbst Dornröschen aufgeweckt hätte, ins Waschbecken.

Einen Moment lauschte sie, ob Ned oder Angus wach geworden waren. Dann ging sie, ohne nachzudenken, zu ihrem Schlafzimmer und blieb in der Tür stehen.

Angus drehte sich um. Offenbar hatte er auch noch nicht geschlafen.

»Ich kann nicht einschlafen«, sagte Lindy. »Kann ich zu dir ins Bett kommen?«

Er schlug die Decke zurück. »Auf jeden Fall. Ich dachte schon, du würdest nie fragen!«

Lindys Handywecker musste Ned aufgeweckt haben, was gut war, da sie ihn nicht gehört hatte. Er kam ins Zimmer getappt und schaltete das Licht an. »Oh. Hallo, Onkel Angus!«

Lindy und Angus kniffen in der plötzlichen Helligkeit die Augen zusammen.

»Wirst du jetzt immer in Mummys Bett schlafen? Oder nur manchmal?«

Angus räusperte sich. »Nur manchmal. Wenn Mummy es will.«

Lindy versuchte, einen klaren Kopf zu bekommen. »Gut. Ja. Ich glaube, das wäre völlig in Ordnung.«

»Cool«, antwortete Ned. »Solange Billy und ich auch zu euch ins Bett können, wenn wir einen Albtraum haben.«

»Natürlich!«, sagte Lindy. »Ihr könnt immer kommen.«

Angus zwinkerte ihr zu. »Aber dann brauchen wir vielleicht ein größeres Bett.«

29. Kapitel

»Hey!«, rief Rachel, als sie Lindy am Zelteingang entdeckte. Es war der Morgen von Helenas Hochzeit. »Komm mal hier rüber und hilf mir mit diesen Marmeladengläsern!«

Rachel hatte nicht nur jede Menge dieser Gläser zu dekorieren, sie hatte auch schon Belinda tatkräftig unterstützt und Vivien im Zaum gehalten. Aber Beth' Mutter hatte erwähnt, dass Lindy sehr gut ausgesehen hatte, als sie mit ihr nach Birmingham zum Blumenmarkt gefahren war. »Sie hat regelrecht gestrahlt«, hatte sie gesagt. Rachel wollte gern den Grund dafür erfahren. Sie war sich ziemlich sicher, dass Angus etwas damit zu tun hatte. Warum sonst sollte die Mutter eines Kindes, das sich den Arm gebrochen hatte, so strahlen?

Lindy stellte einen weiteren Karton mit Marmeladengläsern auf dem Boden neben dem Tisch ab. »Die sind von Oma. Und hier sind die Reste der Spitze, die sie noch hatte. Hast du genug Schleifenband?«

»Millionen von Metern. Aus dem Internet«, erwiderte Rachel. »Beth hat sie besorgt. Zum Glück war das noch, bevor Sukey und sie inoffizielle PR-Managerinnen für Finns Band wurden. Hoffentlich haben sie das Datum für den Gig verlegt, sonst hätten sie die ganze Arbeit umsonst gemacht. Und natürlich ist Beth inzwischen voll und ganz im Brautjungfern-Modus.«

»Und was machen wir jetzt?«

»Die Spitze wird um die Gläser gewunden und mit doppelseitigem Klebeband befestigt. Hier.« Rachel gab Lindy eine

Rolle. »Aber manche bekommen auch zusätzlich Bänder. Fünf Marmeladengläser pro Tisch, das macht fünfzig.«

»Wow, Rachel! Kein Wunder, dass du Buchhalterin bist, so wie du rechnen kannst!«

»Werd bloß nicht frech, du! Setz dich lieber hin und fang an!« Rachel freute sich, mit der Freundin zusammenzuarbeiten. Wenn Lindy bei ihr war, konnte sie sie selbst sein. Vivien gegenüber musste sie sich sehr professionell geben, und Belinda behandelte sie inzwischen wie ihre zukünftige Schwiegertochter. Daher hatte Rachel das Gefühl, dass sie ihren Erwartungen gerecht werden musste. Aber mit Lindy konnte sie sich einfach entspannen.

Rachel grinste schief. »Auf dem Blumenmarkt hast du zugelassen, dass die Brautmutter vollkommen über die Stränge geschlagen hat!«

»Hm, ja, das stimmt. Aber um ehrlich zu sein, sie war so ... peinlich, dass ich das Gefühl hatte, ich müsste sie ermutigen, viel zu kaufen. Sie hat alle rumkommandiert und mit den Fingern geschnippt.« Lindy, die sich inzwischen gesetzt hatte, kratzte einen Etikettenrest von dem Glas, der sich nicht gelöst hatte. »Und all diese Kisten voller Blumen waren so wunderbar, dass ich mich auch nicht mehr bremsen konnte. Der Duft war betörend.«

»Dann hat es dir gefallen?«

»Oh ja! Sehr! Hast du das von Ned und Angus gehört?«

»Ich hab's gehört. Also war Angus ein Held?«

Lindy biss sich mit verträumtem Blick auf die Lippe. »Ich glaube, er ist immer noch ein Held.«

Rachel klatschte in die Hände. »Ich habe es gewusst! Ihr passt so gut zusammen. Erzähl mir, was passiert ist! Habt ihr ...?«

Lindy nickte schüchtern.

»Gut so! Aber wie hast du es geschafft, deine eigenen Bedenken zu zerstreuen? Du wolltest doch erst wieder an eine Beziehung denken, wenn deine Söhne das Haus verlassen haben.«

»Na ja, ich habe dagegen angekämpft. Ich meine, Angus und ich haben schon einmal miteinander geschlafen – vor dem Quiz.«

»Beth und ich haben gewusst, dass du ihn magst, und es war von Anfang an offensichtlich, dass er dich auch gern hat. Aber warum hast du es mir nicht erzählt?«

»Weil es nichts war – nicht zu dem Zeitpunkt. Es war nur ... na ja ... Sex.«

»Ach«, seufzte Rachel. »Wunderbarer Sex.«

Lindy schluckte; anscheinend stimmte sie mit Rachel in dem Punkt überein.

»Und wie kam es, dass du deine Meinung geändert hast und nun doch bereit für eine Beziehung bist?« Rachel war selbst ziemlich verliebt und wollte nicht zulassen, dass Lindy irgendetwas ausließ.

»Eigentlich war Ned der Grund. Wir lagen in meinem Bett, und ich hatte vergessen, dass ich meinen Handywecker auf halb vier gestellt hatte, für den Blumenmarkt. Ned wachte davon auf, kam zu mir, und da waren wir beide. Er hat es völlig locker aufgenommen.«

»Ach, Lindy, ich freue mich so! Ich finde, er sieht umwerfend aus, und er passt super zu dir. Aber ...« Sie zog eine Grimasse. »Raff passt überhaupt nicht zu mir, und sieh dir uns an!«

»Er tut dir richtig gut.«

»Erzähl mal, wie es auf dem Blumenmarkt war!«

Bei der Erinnerung lächelte Lindy. »Ich war total geschafft –

ich bin auf der Fahrt eingeschlafen –, aber es war wie ...« Lindy zögerte und suchte nach der richtigen Beschreibung. »Wie im besten Süßwarenladen überhaupt, wo alles so richtig verlockend ist, und man darf nicht bloß ein Stück haben, sondern eine ganze Schachtel oder eben einen Eimer voll, wie auch immer.«

»Seid ihr aufgefallen wie bunte Hunde, Vivien und du?«, wollte Rachel wissen. Sie versuchte, sich Beth' Mutter vorzustellen: auch schon um vier Uhr dreißig in der Früh perfekt gestylt, umgeben von Männern in Arbeitskleidung, die mit starkem Birminghamer Dialekt sprachen. Viviens klare, leicht näselnde Vokale mussten wie Kristalle in einem Sandkasten gewirkt haben.

»Erstaunlicherweise nicht so sehr, wie ich erwartet hätte! Vivien ist schon mal da gewesen, und es waren auch noch ein paar andere Frauen wie sie auf dem Markt. Sogar zu so einer unchristlichen Uhrzeit!«

»Es hört sich an, als würde so ein Blumenmarktbesuch Spaß machen, allerdings weiß ich nicht, ob ich dafür so früh aufstehen würde.«

»Ich würde es noch mal machen. Es war wie ein Geschäft, aber ein riesengroßes. Eine gewaltige Lagerhalle mit Unmengen an Kisten voller exotischer Blumen an Ständen auf Rädern, die wie Geschäfte aussahen – Kisten und Eimer voll mit den schönsten Pflanzen. Ehrlich, Rachel, da würde jeder gern Blumenhändler werden.« Sie lächelte.

»Nun, du solltest das nicht der Liste deiner Fertigkeiten hinzufügen, bevor wir noch jemanden gefunden haben, der Kleider nähen kann. Du hast einen ausgeprägten Kunstverstand.«

»Das hat Vivien auch gesagt. Deshalb habe ich ihr auch verziehen, dass sie einen Standbesitzer mit ›mein guter Mann‹ angeredet hat. Okay!« Lindy betrachtete zufrieden ihr Marmeladenglas. »Kann ich ein Band in einer beliebigen Farbe anbringen? Oder gibt es einen bestimmten Schlüssel?«

»Nein, wir machen es willkürlich. Wenn es meine Hochzeit wäre, würde ich nur verschiedene Cremetöne wählen...«

»Echt?«, rief Lindy. »Sicher nicht! Ich meine, man braucht wenigstens ein bisschen Farbe.« Sie hielt inne und sah Rachel von der Seite an. »Planst du tatsächlich deine Hochzeit?«

Rachel, die immer so tat, als plante sie ihre eigene Hochzeit, wenn sie fand, dass Helena und Vivien etwas machten, was nicht ihrem eigenen ästhetischen Empfinden entsprach, zuckte mit den Schultern. »Nicht im echten Leben. Dafür ist es ein bisschen zu früh.« Doch dann seufzte sie ganz unvermittelt. »Aber Raff ist einfach süß.«

»Das ist er. Wir haben wirklich großes Glück.«

»Wissen wir, was mit Beth passiert ist?«, fragte Rachel. »Abgesehen davon, dass sie uns hier allein lässt?« Sie deutete auf das Zelt, um das herum geschäftiges Treiben herrschte. Es versprach, sensationell zu werden.

»Na ja, dieser Gig findet heute Abend statt. Arme Beth – sie wäre auf jeden Fall dabei, wenn heute nicht ihre Schwester heiraten würde!«

Lindy war auf einmal ganz besorgt. »Ich hoffe sehr, dass es mit Finn und ihr klappt. Sie hat ihn offenbar richtig gern, sonst hätte sie sich nicht so reingekniet, damit die Band diesen Impresario beeindrucken kann – oder wer auch immer sie hören muss, damit sie ihr Comeback in Schwung bringen können. Sie hat zugegeben, dass es wahrscheinlich eine verrückte Idee war, doch sie kam nicht dagegen an, weil sie Finn wirklich mag. Ich hoffe sehr, dass es diesmal nicht so endet wie mit Charlie.«

»Ich fürchte, es geht vielleicht nicht gut, denn das Letzte, was ich von ihr gehört habe, war eine sehr knappe Nachricht. Sie hat geschrieben, sie wisse nicht, ob der Gig überhaupt stattfindet, und es sei ihr auch egal. Und sie hätte wissen müssen, dass Finn wie Charlie sei. Sie klang ziemlich traurig, wenn ich jetzt darüber nachdenke. Ich hab sie seitdem nicht erreicht.«

»Oje. Und ich habe auch nichts von ihr gehört. Ich denke, sie ist in Ordnung – wenigstens wissen wir, dass sie lebt. Sie hat den Lieferwagen vor meinem Haus abgestellt und den Schlüssel in den Briefkasten geworfen«, sagte Lindy. »Es ist beunruhigend«, fuhr sie fort. »Aber sie ist schließlich erwachsen und muss ihr Leben selbst leben.«

Die beiden dekorierten einige Marmeladengläser mit Spitze und Bändern, bevor Lindy, die offensichtlich an etwas Amüsanteres als Beth' Liebeskummer denken wollte, sagte: »Und, Rachel, wenn du im Geiste deine Hochzeit planst, wo findet sie statt? In einem Hotel? Auf einem herrschaftlichen Anwesen? In einem Zelt auf einer Wiese?« Lindy blickte sich um und bewunderte das elegante Zelt.

Rachel schluckte. »Im Gemeindesaal«, antwortete sie. »Im Gemeindesaal im Dorf. Das ist der einzige Ort, der für mich infrage kommt.«

Lindy legte unvermittelt ihre Hand auf Rachels und drückte sie. Rachel fand es wunderbar, dass Lindy ohne Erklärung verstand, warum sie, die pingelige, zwangsneurotische Rachel, ihre Hochzeit einmal in einem kleinen, derzeit ziemlich heruntergekommenen Gemeindesaal feiern wollte. Und das, obwohl sie überall heiraten könnte, wenigstens in der Theorie.

»Ich empfinde genauso«, erklärte Lindy. »Er hat uns zusammengebracht, dieser Gemeindesaal, seinetwegen haben wir Vintage-Hochzeiten gegründet – das ist für mich ganz wundervoll.«

Rachel nickte und räusperte sich. »Das sind wir der Sache an sich schuldig. Nicht, dass Raff mir einen Antrag gemacht hätte. Vielleicht wird er das auch nie tun!«

Lindy war auf einmal ein bisschen gerührt. »Was machen wir denn mit den Gläsern, wenn wir sie fertig dekoriert haben?«

»Wir bringen sie zu diesen Frauen da drüben. Sie sind vom Blumenkomitee und vom Frauenverein. Sie haben ihre Gärten geplündert und jede Menge Grünzeug besorgt; sie leisten hervorragende Arbeit. Bring ihnen diese Gläser und sieh dir an, was sie damit machen!«

Die Frauen hatten einige große runde Tische in Beschlag genommen und gestalteten perfekte kleine Blumenarrangements für jedes Glas. Wie sich herausstellte, kannte Lindy einige der Frauen. Es waren Freundinnen ihrer Großmutter oder ihrer Mutter. Sie bewunderten die kleinen Gläser, und Lindy staunte, wie schnell sie Material auswählten, es mit Blumendraht zusammenbanden und etwas sehr Hübsches daraus kreierten.

»Diese Frühlingsblumen sind so entzückend, Lindy«, sagte eine Frau. »Ich liebe diese kleinen Wordsworth-Narzissen.«

»Stimmt«, meinte eine andere Dame. »Ich stehe allerdings eher auf die King Alfreds.«

»Verzeihung«, sagte Rachel. »Aber was sind Wordsworth-Narzissen?«

»Oh! Sie wissen schon, aus dem Gedicht von Wordsworth. *I wandered Lonely as a Cloud.* Diese Narzissen sind wie wilde Narzissen«, erklärte die Frau. »Die King Alfreds sind die reingelben Trompetennarzissen, die man oft bei offiziellen Anlässen sieht.«

Rachel nickte. »Ich stimme voll und ganz zu. Ihr Frauen seid einfach unglaublich! So, Lindy, wir müssen nun kontrollieren, ob die Backöfen eingetroffen sind, damit alles für Belinda für später bereit ist. Und ich bin sicher, du musst noch ein oder zwei Swarovski-Kristalle korrigieren.«

Lindy lachte. »Ganz bestimmt!«

30. Kapitel

Inzwischen hatte Beth drüben in Chippingford die Augen aufgeschlagen und festgestellt, dass es zumindest nicht regnete. Das stimmte mit der gestrigen Wettervorhersage auf ihrem Handy überein. Gut. Die ganze Familie sowie Lindy und Rachel verfolgten schon seit Tagen die Wettervorhersagen auf verschiedenen Webseiten, und jede lautete anders. Beth' Wetterdienst versprach einen wundervollen Tag. Sie würde einfach daran glauben.

Ein paar Sekunden lang blieb sie noch liegen und versuchte, sich vorzustellen, wie Helena, Jeff und ihre Mutter sich gerade fühlten. Waren sie angespannt? Aufgeregt? Oder wollten sie bloß, dass es endlich losging? Dann fragte Beth sich, wie es Finn und der Band wohl ging. Es war auch ihr großer Tag. Es könnte der Beginn einer neuen Karriere für sie werden. Oder einfach nur irgendein Gig in einem kleinen Ort mit wenigen Zuschauern, zusammengetrommelt von Sukey und ihr. Beth überlegte, warum ihr das alles so wichtig war, vor allem, da Finn ihr sehr deutlich zu verstehen gegeben hatte, dass ihm nicht viel an ihr lag. Aber man konnte seine Gefühle für jemanden nicht auf Knopfdruck ausschalten – nicht, wenn dieser Jemand einem wirklich etwas bedeutete. Sie gestand sich ein, dass Finn ihr tatsächlich wichtig war. Und deshalb wünschte sie ihm nur das Beste.

Beth stand auf und stellte sich unter die Dusche. Sie fühlte sich hin- und hergerissen zwischen den beiden Veranstaltungen. Voller Leidenschaft wünschte sie sich, dass beide gut laufen würden.

Sie beschloss, ihre Haare selbst zu stylen und nicht die Dienste der Friseurin in Anspruch zu nehmen, die ihre Mutter engagiert hatte.

Während sie sich mit dem wunderbaren Duschgel einseifte, das Vivien Nancy und ihr als Brautjungferngeschenk überreicht hatte, beschloss sie, dass nichts, vor allem nicht ihr eigener Kummer, ihrer Schwester den Tag verderben durfte.

Sie gab sich Mühe, ihre Gedanken positiveren Dingen zuzuwenden und sich wegen Finn nicht allzu elend zu fühlen. Dabei wurde ihr klar, wie glücklich sie sich schätzen konnte, dass Jeffs Eltern ein großes Haus in der Nähe gemietet hatten, statt Beth aus ihrem Ferienhaus zu vertreiben oder, schlimmer noch, es mit ihr teilen zu wollen. Jeffs Großeltern, seine Tanten und Schwestern übernachteten ebenfalls in dem gemieteten Haus.

Ein Bandmitglied hatte Sukey informiert, dass sie am Freitag auftreten würden – heute Abend! –, aber von Finn hatte Beth nichts gehört. Wenigstens wusste sie jetzt Bescheid. Er machte sich nichts aus ihr, er wollte sie nicht in seinem Leben haben. Welchen Grund sollte es sonst geben, warum er sich nicht bei ihr meldete? Wie lange dauerte es, eine Kurznachricht zu schreiben? Nur wenige Worte... Aber nein. Nun, sie würde damit fertigwerden. Es war schließlich nicht das erste und wahrscheinlich auch nicht das letzte Mal. Aber sie war ja auch verrückt gewesen – Finn spielte in einer ganz anderen Liga als sie. Er sah in ihr bestimmt nur einen verrückten Fan, nicht jemanden, mit dem er sich eine ernsthafte Beziehung vorstellen konnte.

Offensichtlich hatte sie kein gutes Händchen bei der Wahl ihrer Männer. Doch sie würde auf jeden Fall eine gute Brautjungfer abgeben, und sie leistete hervorragende Arbeit bei Vintage-Hochzeiten. Wenigstens hatten ihre Freundinnen offenbar nette Männer gefunden, von denen sie geliebt wurden. Lindy und Angus hatten ziemlich rasch zueinandergefunden –

Beth hatte eine begeisterte Nachricht von ihr erhalten –, und das war richtig süß. Schließlich war er ihre erste Liebe.

Hübsch zurechtgemacht, wenn auch nicht so munter, wie ihre äußere Erscheinung vermuten ließ, traf sie gleichzeitig mit der Friseurin und der Visagistin vor Rachels Haus ein.

Das wird Mum beruhigen, dachte Beth, als sie sich bekannt machten. Ihre Mutter legte großen Wert auf Pünktlichkeit, und fairerweise musste Beth zugeben, dass das bei einer Hochzeit auch tatsächlich eine große Rolle spielte. Sie war außerdem dankbar, dass ihre Mutter mehr Geld beisteuerte, als Helena ursprünglich zur Verfügung gestanden hatte, denn sonst hätte Beth sich um das Make-up kümmern müssen, und das wäre sicher eine heikle Sache gewesen.

Ihre ältere Schwester hatte bestimmte Vorstellungen, ihre Mutter andere, und niemand hätte auf sie, die kleine Beth, gehört.

Allerdings hatte sich durchaus etwas in ihrer Beziehung verändert. Ihre Mutter und ihre Schwester hatten jetzt deutlich mehr Respekt vor ihr. Falls die Visagistin plötzlich die Flucht ergriff, würde Beth sich an Helenas Make-up versuchen. Und da die Braut und die Brautmutter dunkle Wimpernverlängerungen hatten, war gar nicht so viel zu tun.

Als auch nach mehrmaligem Anklopfen niemand öffnete, versuchte Beth, die Tür zu öffnen, und stellte fest, dass sie nicht verschlossen war. Offensichtlich hatte Rachel beschlossen, ihre Furcht vor Axtmördern angesichts des besonderen Tages abzulegen. Heute würde den ganzen Vormittag ein ständiges Kommen und Gehen herrschen.

»Hallo! Einen schönen Hochzeitstag!«, rief Beth die Treppe hinauf, nachdem sie das Haus betreten hatten. »Ich habe Anna und Sophie bei mir, die sich um Haare und Make-up kümmern.«

»Hi, Beth!«, antwortete Rachel von oben. »Geht schon mal ins Wohnzimmer, ich komme gleich! Ich hole nur schnell noch was.«

Beth führte die beiden anderen jungen Frauen in Rachels Wohnzimmer. Es sah aus, als wäre es für eine Vorstandssitzung vorbereitet worden. Rachels Esstisch stand in der Mitte, rundherum Stühle. Drei Spiegel waren vorhanden, sodass drei Personen sich gleichzeitig betrachten konnten.

»Sehr zweckmäßig«, sagte Sophie, die Visagistin. »Ich schminke vier Frauen, richtig?«

Beth wollte gerade erklären, dass sie kein Make-up wollte, als sie von einem lauten Poltern auf der Treppe unterbrochen wurden.

Es war Rachel, die den Wandspiegel aus ihrem Schlafzimmer die Stufen hinunterbugsierte. Beth lief ihr entgegen, um ihr zu helfen. »Ich finde es wichtig«, sagte Rachel ein bisschen außer Atem, »dass ausreichend Spiegel vorhanden sind. Der hier ist schwerer, als ich dachte. Und natürlich ist im Wohnzimmer mehr Platz. In meinem Schlafzimmer würde es ganz schön eng werden, wenn drei Leute sich gleichzeitig fertig machen wollten. Und jetzt – wie wäre es mit Kaffee? Oder Tee, Orangensaft? Ich habe Croissants im Backofen, falls jemand Hunger bekommen sollte. Und es gibt frischen Obstsalat und Vollkorntoast.«

Beth, die wusste, dass Rachel den Orangensaft selbst gepresst hatte, sagte: »Ich bin erstaunt, dass du nicht mit einem kompletten englischen Frühstück aufwartest!«

Rachel schlug sich die Hand vor den Mund. »Meinst du, das hätte ich tun sollen? Ich könnte schnell Schinken kaufen gehen, sobald der Laden öffnet. Ich habe ein paar Bio-Eier von frei laufenden...«

»Ich hab dich doch bloß auf den Arm genommen!«, sagte Beth. »Wir wollen vor der Feier nichts essen, was uns schwer im

Magen liegen könnte.« Sie nutzte die Gelegenheit, um Sophie und Anna vorzustellen.

»Huhu!«, rief Vivien und kam zur Tür herein. »Achtung, Braut und Brautmutter im Anmarsch!«

»Hi, Mum, hi Helena! Was habt ihr mit Dad gemacht?«, fragte Beth und umarmte die beiden.

»Er ist im Pub und erledigt in letzter Minute noch ein paar Dinge«, antwortete Vivien.

Da die Kirche ganz in der Nähe von Rachels Haus lag, hatten sie beschlossen, kein Auto für die Braut zu organisieren. Ein zweiminütiger Spaziergang über den Dorfanger, und schon war man da.

Vivien hatte das zuerst für reinen Unsinn gehalten, dann aber zur allgemeinen Erleichterung eingelenkt.

»Also«, sagte Anna. »Wer ist zuerst an der Reihe?«

»Die Braut«, antwortete Rachel, »sie ist am wichtigsten. Die Handbrause im Bad reicht bis zum Waschbecken, und ich habe einen Stuhl bereitgestellt.«

»Machen Sie sich keine Gedanken«, entgegnete Anna. »Wir kommen zurecht. Solange es fließendes Wasser gibt ...«

Rachel hatte kaum Zeit, über diesen Scherz zu schmunzeln, bevor Vivien sagte: »Sollte die Fotografin nicht inzwischen hier sein?«

»Ich glaube, sie ist erst ab halb neun gebucht, Mum«, sagte Helena, »und ich möchte auch lieber nicht mit Lockenwicklern auf dem Kopf fotografiert werden.«

Mehrstimmiges Lachen erklang.

Anna stieg mit ihrer Kundin die Treppe hinauf. Als Helena mit Lockenwicklern so groß wie Konservendosen in den Haaren am Esstisch saß, traf die Fotografin ein.

»Hallo, Leute!«, sagte sie fröhlich. »Ich bin Chrissie. Vergesst einfach, dass ich hier bin! Aber ich fange nicht an, bevor ich nicht einen Kaffee bekommen habe«, fügte sie hinzu und nahm sich einen Becher von dem Tablett, das Rachel gerade hereingebracht hatte. »Wer ist wer? Die Brautmutter, eine Brautjungfer?«, fragte sie und sah sich um.

»Richtig«, sagte Beth. »Die andere Brautjungfer kommt noch.«

Anna hatte die Braut unter eine Trockenhaube gesetzt.

»Jetzt brauche ich nur noch eine Ausgabe der *Hello!* und eine Tasse Tee«, sagte Helena.

»Oh«, murmelte Rachel. »Ich habe keine *Hello!*, dafür aber eine *Grazia*...«

»Das war ein Witz!«, erwiderte Helena. »Aber ich hätte tatsächlich gern eine Tasse Tee, wenn es geht.«

»Schon unterwegs! Was für einen denn? Earl Grey? Lapsang? Builders? Ich hätte auch verschiedene Kräutertees, Rooibos...«

Beth befürchtete, dass ihre Mutter und ihre Schwester Rachel ausnutzen könnten. Hoffentlich musste sich nicht eingreifen und sie beschützen! Doch wenigstens war sie jetzt in der Lage, ihnen Paroli zu bieten.

Zusammen mit Helenas Tee servierte Rachel Kaffee und Croissants.

»Ihr werdet das nicht haben wollen, wenn ihr eure Kleider anhabt und euer Make-up fertig ist. Deshalb solltet ihr sie besser jetzt essen«, sagte sie.

Gehorsam nahm Beth sich einen Teller und ein Croissant. Sie wusste, dass Rachel sich große Mühe gegeben hatte, richtig gute Croissants zum Aufbacken aufzutreiben, und dass im Kühlschrank noch Champagner für später stand. Sie hatte sich wirklich um jede Einzelheit gekümmert.

Beth bemerkte, dass Rachel sie musterte, und konnte sich auch denken, warum. Beth wollte nicht ausgerechnet heute über ihre Demütigung sprechen. Ob es wohl einen Weg gab, der Freundin das ohne Worte zu verstehen zu geben?

Anna schwenkte Helenas Trockenhaube zur Seite und betastete die Lockenwickler. »Hm, immer noch nicht trocken. Ich hole schnell den anderen Trockner für Ihre Mutter rein.«

Beth half Anna dabei. »Rachel, du hast verblüffend viele Steckdosen.«

Rachel nickte. »Und heute zahlt sich das endlich einmal aus.«

Sophie wischte sich mit der Serviette, die Rachel ihr gegeben hatte, die Krümel von den Fingern und schaute sich nach einem potenziellen Opfer um. Ihr Blick blieb an Beth hängen. »Die Haare haben Sie sich ja offenbar schon selbst gestylt. Soll ich Sie denn jetzt schminken?«

Beth war entsetzt. Sie hatte sich einmal in einem Kaufhaus schminken lassen und danach schrecklich künstlich ausgesehen. »Ach nein, ich trage nie viel Make-up. Ich schminke mich einfach selbst ein bisschen. Ich kann das ganz gut.«

»Ach, kommen Sie! Lassen Sie mich doch ein bisschen üben«, drängte Sophie. »Sie werden feststellen, wie entspannend das ist. Und Sie können sich auch jederzeit wieder abschminken, wenn es Ihnen nicht gefällt.« Sie warf einen Blick auf Helena und Vivien, deren Haare immer noch nicht trocken waren. »Die zwei brauchen noch eine Weile.«

»Es kommt ja noch eine Brautjungfer ...«

»Setzen Sie sich einfach!« Sophie führte sie mit sanften Händen zu einem Stuhl. Und irgendwie fand sich Beth vor einem Spiegel wieder, und ihr Gesicht wurde mit einem feuchten Schwamm abgetupft.

Anna schwenkte Helenas Trockenhaube zur Seite und föhnte ihr Haar, in dem noch Lockenwickler steckten, mit einem Handföhn weiter. »Dauert es immer so lange, Ihre Haare zu trocknen?«

»Ich fürchte, ja«, erwiderte Helena.

»Sie hätten mal die Haare ihrer Schwester trocknen sollen, bevor sie sie abgeschnitten hat«, mischte sich Vivien ein. »Das hat eine Ewigkeit gedauert, das kann ich Ihnen sagen. Sie hatte so wunderbare Haare.«

»Die hat sie jetzt auch noch«, erklärte Sophie. »Sehen Sie mal, wie sie glänzen!«

»Oh, das sieht ja super aus!«, rief Beth aus, als Sophie fertig war. »Ich wirke einfach ein bisschen mehr wie ich selbst.«

»Genau das ist das Ziel. Aber Sie haben auch ein tolles Gesicht. Riesige Augen und großartige Haut. Und diese wunderschönen glänzenden Haare!«

Vivien betrachtete ihre jüngere Tochter. »Ich muss zugeben, nachdem ich Zeit hatte, mich daran zu gewöhnen, finde ich deine Frisur richtig stilvoll. Und du siehst entzückend aus.«

Ganz kurz war Beth überwältigt. Sie ging zu ihrer Mutter und gab ihr einen Kuss.

Sophie lächelte und freute sich, dass sie gute Arbeit geleistet hatte. Als die Tür geöffnet wurde, klatschte sie in die Hände. »Hurra! Noch eine Brautjungfer. Ich kümmere mich um Ihr Make-up, bevor Anna Sie sich schnappt, wenn's Ihnen recht ist.«

Rachel stieß dazu, als Beth gerade Tassen in die Spülmaschine räumte. »Beth? Geht's dir gut?«

»Ja, ich bin in Ordnung. Aber ich will heute nicht darüber reden!« Beth betete, dass Rachel die Botschaft verstehen und sie nicht drängen würde. »Die Band tritt heute Abend auf. So viel weiß ich. Sukey hat versprochen, mir im Laufe des Abends eine Nachricht zu schicken, um mich wissen zu lassen, wie es läuft.«

»Glaubst du nicht, du könntest irgendwann die Hochzeitsfeier verlassen und in den Gemeindesaal gehen?«

»Nein. Ehrlich gesagt, bin ich nicht sicher, ob ich willkommen wäre. Finn war richtig sauer auf mich. Er sagte, ich hätte mich in etwas eingemischt, was mich nichts angeht. Ich habe wirklich geglaubt...« Beth hob die Hand, als Rachel ihrer Empörung Ausdruck verleihen wollte. »Bitte, nicht jetzt!«

»Okay, ich verstehe.«

Aber ihre Stimme klang mitfühlend, und Beth wusste, dass Mitgefühl sie momentan zum Weinen bringen konnte. »Sagst du bitte auch Lindy Bescheid? Ich möchte mich auf die Hochzeit konzentrieren und vergnügt und unbeschwert sein. Wenn ich jetzt anfange, über meine Gefühle zu reden, gelingt mir das vielleicht nicht.«

Rachel tätschelte Beth die Schulter. »Verstanden. Ich sag's ihr.«

Kurz darauf erschien Lindy mit Nähzeug und allem Zubehör, um sicherzustellen, dass die Kleider perfekt saßen. »Hi!«, grüßte sie fröhlich in die Runde. »Geht's allen gut? Ich habe Notfalltropfen dabei, falls jemand nervös sein sollte.«

»Wir sind alle schrecklich aufgeregt«, entgegnete Vivien. »Ich baue auf ein Glas Champagner.«

»Schon unterwegs«, sagte Rachel und tauchte wenig später mit einer Flasche wieder auf, um die sie eine Stoffserviette geschlungen hatte.

»Warum bist du nervös, Mum?«, fragte Helena, deren Frisur immer noch nicht fertig war. »Du hast doch jetzt nichts mehr zu tun, du bist fertig mit allem. Vielen, vielen Dank für alles!«

Plötzlich musste Vivien schlucken und griff nach der Box mit den Kosmetiktüchern, die auf dem Tisch stand. »Ich habe Angst, dass ich zu viel weine und alle glauben, ich wäre nicht glücklich über deine Wahl. Anfangs habe ich mir tatsächlich Sorgen gemacht, aber ich weiß, dass Jeff ein richtig netter Bursche ist und sich gut um mein kleines Mädchen und mein erstes Enkelkind kümmern wird.« Sie schnäuzte sich. »Und ihr Mädchen habt mir gezeigt, dass es möglich ist, Spaß zu haben – selbst wenn man gut organisiert ist.«

Rachel und Beth brachten so schnell wie möglich Champagnergläser herbei. Ein »Plopp« war zu hören, und Sekunden später hielt Vivien ein Glas Champagner in der Hand. »Jetzt geht's mir schon besser«, sagte sie, nachdem sie die Hälfte getrunken hatte. »Ja, jetzt ist es gut.«

Während des ganzen Vormittags herrschte fieberhaftes Treiben. Dinge wurden geliefert – Blumen, Geschenke, Schuhe für die Brautjungfern, die von der Post verspätet zugestellt wurden, die Musik für den ersten Tanz –, und dann herrschte auf einmal Stille. Anna nahm sich viel Zeit und steckte gerade Blüten in Helenas Haare. Chrissie war auf einen Sprung zu Raffs Haus gefahren, wo sich der Bräutigam und die männlichen Gäste umzogen. Sie hatten beschlossen, dass es bei Raff lustiger war als in dem gemieteten Haus. Jetzt genossen alle Frauen den plötzlichen Moment der Ruhe.

Beth strich mit den Händen über ihren Rock. Lindy hatte die Kleider toll hinbekommen. Nancy und sie sahen aus wie Balletttänzerinnen, würdige Begleiterinnen der Hauptattraktion: Helena in ihrer atemberaubenden Korsage mit den vielen Lagen hellen Tülls, in dem Kristalle glitzernd das Licht reflektierten.

»Darf ich an dieser Stelle mal sagen, wie fantastisch ihr alle seid? Mum, Beth, meine Brautjungfer Nancy und natürlich auch Dad.« Sie hob ihr Glas Orangensaft. »Tut mir leid, dass ich nicht mit Champagner anstoßen kann, darauf verzichte ich wegen der Schwangerschaft, doch es hat *so* viel Spaß gemacht.«

»Das stimmt«, sagte Beth.

Lindy, die die ganze Zeit völlig gelassen geblieben war, nickte. »Ich fand es einfach super!«

»Es war das Beste, was mir passiert ist seit ... na ja.« Rachel schien gar nicht richtig zu wissen, was angesichts der vielen positiven Ereignisse in den letzten Wochen das Beste gewesen war. »Ich bin einfach begeistert.«

Gerade als alle ein bisschen rührselig wurden, traf Helenas Vater ein. »Komm, Liebes, Zeit zu gehen!«

Helena warf einen Blick auf Rachels alte Bahnhofsuhr, die gleichmäßig vor sich hin tickte. »Noch nicht, Dad. Zum einen ist meine Frisur noch nicht ganz fertig, zum anderen wären wir eine Viertelstunde zu früh, wenn wir jetzt schon aufbrechen! Bis zur Kirche brauchen wir nur wenige Minuten.«

»Und ich muss zuerst da sein, Ted!«, sagte Vivien. »Und Lindy. Damit wir das Kleid der Braut arrangieren können.«

»Wir Brautjungfern sollten auch da sein!«, warf Nancy ein.

»Und es wäre gut, wenn die Frisur fertig wäre«, meinte Anna. »Tut mir leid, dass es so lange dauert.«

Beth fiel plötzlich etwas ein. »Was hast du denn Blaues, Helena? Ich weiß, dass du Mums Schleier hast – er ist alt und geliehen –, und alles andere ist neu, aber was ist denn blau?«

»Ach, komm schon, Liebes!«, sagte ihr Dad. »Das ist doch bloß Aberglaube! Du brauchst nichts Blaues.«

»Doch!«, riefen alle Frauen im Chor.

Lindy begann, in ihren Nähutensilien zu kramen. »Äh – ich habe bestimmt noch ein blaues Band, das ich ...«

»Schon gut!«, sagte Sophie. »Blauer Nagellack tut's auch. An den Zehen. Geht ganz schnell. Oh, sie trägt doch keine Sandaletten, oder?«

»Ballerinas«, antwortete Rachel. »Von Anello & Davide. Einer von Beth' eBay-Funden.«

»Also dann, beeilt euch!«, sagte Ted und sah nervös auf die Uhr.

»Entspann dich, Dad!« Helena, deren Fußnägel gerade lackiert wurden, lachte. »Wir haben noch jede Menge Zeit!«

»Um ehrlich zu sein, das haben wir nicht«, warf Vivien ein. »Können wir die Nägel mit einem Föhn trocknen? Ich weiß, dass niemand sie sehen wird, aber es wäre trotzdem besser, wenn der Lack nicht verschmiert. Und jetzt müssen wir los! Ach, Darling! Deine Haare sehen fantastisch aus. Lasst uns den Schleier feststecken!«

»Normalerweise bin ich ja die Ruhe selbst«, sagte Ted, »doch könntet ihr jetzt bitte alle rauskommen?«

Rachel ging zum vorderen Fenster. »Oh mein Gott!«

31. Kapitel

Vor Rachels Haustür auf der Dorfwiese stand etwas, was Georgette Heyer als »Equipage« bezeichnet hätte: ein Pferd mit einem Wagen. Dieser Wagen allerdings war auf Hochglanz poliert und in jeder Hinsicht elegant.

Zwei schwarze Pferde standen bereit, die genauso glänzten wie Beth' Haare, und warteten auf Befehle. Auf dem Kutschbock saßen zwei Männer, die, soweit Rachel sehen konnte, wie Colin Firth in *Stolz und Vorurteil* Melonen als Kopfbedeckung trugen. Einer von ihnen sprang herunter, als er sah, dass die Haustür geöffnet wurde. Es war Raff.

Rachel wusste ganz genau, wie gut er ihr gefiel, aber trotzdem war es ein Schock für sie, ihn in enger Reithose und perfekt sitzendem Gehrock zu sehen – als wäre es ihm bestimmt, Kleidung zu tragen, die seiner Figur derart schmeichelte. Sie spürte, wie ihr die Knie weich wurden.

»Ich würde gern sagen: ›Ihr Wagen steht bereit, Mylady‹, aber genau genommen ist es Helenas Wagen«, erklärte er, nachdem er sich verbeugt und mit der Peitsche an den Hut getippt hatte.

Rachel brachte keinen Ton hervor; sie musste die Überraschung erst verarbeiten. Was konnte sie sagen, was nicht verraten würde, wie umwerfend sie ihn fand? War er nicht ohnehin schon eingebildet genug? Wahrscheinlich schon. Sie räusperte sich. »Ich gebe ihr Bescheid«, sagte sie und fügte hinzu: »Diese Hose ist ... super, Raff.«

Mit zwei großen Schritten hatte er das Tor erreicht und

nahm sie schwungvoll in die Arme. Als er aufhörte, sie zu küssen, murmelte er: »Das ist besser.«

Zu Rachels Glück hielt er sie noch einen Augenblick fest, ehe er sie freigab. Leider gab es großen Applaus von einigen Hochzeitsgästen, die sich vor dem Haus versammelt hatten, als sie wieder zu sich kam. Und wahrscheinlich hatte Chrissie auch den ein oder anderen Schnappschuss gemacht.

»Ist der Pferdewagen für mich?«, fragte Helena, die so gerührt war, dass sie kaum sprechen konnte. »Oh, Mum! Ich habe immer davon geträumt, mit Pferd und Kutsche zu meiner Hochzeit zu fahren!«

»Ich weiß, Schätzchen«, erwiderte Vivien.

»Aber ich hätte nie gedacht, dass es dazu kommen würde!«

»Nun, jetzt steig ein!«, sagte Ted, der in seiner gestreiften Hose und dem Frack auch sehr gut aussah.

Rachel und Lindy sahen zu, wie die Kutsche abfuhr. Die anderen eilten zu Fuß zur Kirche. Chrissie joggte neben dem Wagen her und machte Fotos, auch von der Brautmutter, die ihren prächtigen Hut mit der weiten Krempe festhielt und sich mit Beth unterhielt.

»Tut mir leid, wenn ich mich ordinär anhöre«, sagte Lindy, »doch sieht Raff in seinem Kutscher-Outfit nicht supersexy aus – mir fällt kein anderes Wort ein?«

»Stimmt. Ich hatte keine Ahnung, dass er was von Pferden versteht.«

»Er hat jede Menge Talente«, meinte Lindy. »Und eins davon besteht darin, sich wie Mr. Darcy rauszuputzen und trotzdem so gut auszusehen.«

»In der Tat«, sagte Rachel nicht ohne Stolz.

Lindy schmunzelte. »Ich flitze besser mal rüber, damit ich das Kleid und den Schleier in Ordnung bringen kann. Kommst du auch?«

»Ja, wenn ich Zeit habe. Ich muss noch mal zum Zelt, um mich zu vergewissern, dass alles in Ordnung ist.«

Lindy warf einen Blick auf ihre Uhr. »Ich schätze, ich habe noch ungefähr fünf Minuten, bevor ich zur Kirche laufe. Konntest du mit Beth sprechen? Ich hatte keine Gelegenheit dazu. Wie geht's ihr?«

Rachel seufzte und stieg von ihrer Wolke sieben hinunter. »Nicht so gut, um ehrlich zu sein. Sie hat erfahren, dass die Band heute Abend spielt und nicht morgen, aber sie hat immer noch nichts von Finn gehört. Offensichtlich war er wütend auf sie. Sie ist natürlich am Boden zerstört, gleichzeitig jedoch fest entschlossen, Helena nicht den Tag zu verderben.«

»Ach, die Arme!«

»Ich soll dir ausrichten, dass sie heute nicht darüber sprechen will.«

»Meine Güte, das verstehe ich vollkommen. Es gibt nichts Schlimmeres als mitleidige Menschen, wenn man versuchen möchte, nicht die Kontrolle zu verlieren. Oh, sieh mal, die Kutsche fährt noch eine Runde! Und schau dir mal Beth an, sie sieht toll aus. Sie mag zwar unglücklich sein, aber sie lässt es sich nicht anmerken. Braves Mädchen! Und jede Menge Anwohner sind aus ihren Häusern gekommen. Es ist alles so wunderbar. Das haben wir gut hinbekommen.«

»Wir haben viele Dinge gut gemacht, vor allem du mit den Kleidern. Doch wenn Vivien nicht plötzlich ihr Scheckbuch gezückt hätte, wäre manches nicht so aufwendig geworden.«

»Aber die Sache mit den Pferden und dem Wagen hätten wir ohnehin arrangiert«, meinte Lindy. »Leider wäre Beth' Ex Charlie dann der Kutscher gewesen, und er hätte seine Sache lange nicht so gut gemacht!«

Rachel nickte. »Hey, sie werden langsamer. Du solltest dich besser sputen.«

Rachel schlüpfte vor der Braut und ihren Angehörigen in die Kirche, um zu schauen, wie es im Kirchenraum aussah. Es war fantastisch. Die Blumen waren genau so, wie jeder sie sich wünschte: üppig und so frisch und frühlingshaft wie möglich. Der Duft war betörend. Helena und auch Vivien würden begeistert sein. Und die Kirche war voll und hallte wider von aufgeregten Stimmen, während die Gäste auf das Eintreffen der Braut warteten – zusammen mit einem etwas nervös wirkenden Jeff.

Rachel verließ die Kirche wieder. Sie wusste, dass das Lieder- und Gebetsheft perfekt war – sie hatte es selbst hundertmal kontrolliert. Die Platzanweiser drückten den letzten Nachzüglern, die verlegen in die Kirche eilten, jeweils ein Exemplar in die Hand. Vor dem Portal traf Rachel auf Vivien und Lindy, die dafür sorgen wollten, dass die Braut beim Betreten der Kirche so gut wie möglich aussah. Helena, Nancy und Beth kamen gerade mit Ted an, und während Raff den Damen aus der Kutsche half, sah Rachel, wie Vivien sich die Augen wischte. Als Raff ihr zuzwinkerte, machte ihr Herz einen Satz.

»Ihr seht alle wunderbar aus!«, flüsterte sie, dann lief sie eilig nach Hause, um ihr Auto zu holen und zum Zelt zu fahren.

Sie stellte fest, wie schwierig es war, eine Hochzeit zu koordinieren, wenn man gleichzeitig mit seinen Gedanken ganz woanders war. Natürlich hatte Raff nicht wissen können, welch verheerende Wirkung er in diesem Outfit auf sie haben würde, aber er hätte sie nicht auch noch küssen müssen. Klar, sie hatten sich ein paar Tage lang nicht gesehen, aber trotzdem... Solche Gefühle hatte sie noch nie erlebt. In ihrer Ehe war der Sex meistens schön und kameradschaftlich gewesen, doch so war es mit Raff nicht. Mit ihm war es etwas ganz anderes: leidenschaftlich und hemmungslos, und danach fühlte sie sich ganz erschöpft vor Glück. Mit enormer Anstrengung richtete Rachel ihre Gedanken auf den Empfang.

Sie parkte neben einer Reihe Autos, die offensichtlich dem »Personal« gehörten. Es gab einen anderen Bereich auf der Wiese, der für die Wagen der Gäste bestimmt war. Solange es nicht regnete und der Boden matschig wurde, war alles gut. Ein Freund von Raff stand mit seinem Traktor bereit, falls ein Wagen aus dem Schlamm gezogen werden musste. Glücklicherweise sah es nicht so aus, als käme er heute zum Einsatz. Seit Tagen hatte es nicht mehr geregnet, und es war ungewöhnlich warm für die Jahreszeit.

Rachel machte sich auf den Weg zur Catering-Küche, die sich neben dem Zelt befand, und entdeckte Angus mit Lindys Söhnen. Sie winkte, und sie kamen auf sie zu.

»Hallo, Rachel!«, rief Billy.

»Hallo, ihr zwei!«

»Guck mal! Das ist unser Onkel Angus«, sagte Billy und schob Angus nach vorne. »Er ist unser anderer Daddy.«

Erstaunt antwortete sie, ohne nachzudenken: »Oh. Ist mit dem alten Daddy was passiert?«

»Nee. Er ist immer noch unser Daddy«, erklärte Ned. »Billy hat das falsch verstanden. Onkel Angus ist nicht unser Daddy, aber er schläft manchmal in Mummys Bett.«

Angus zuckte mit den Schultern und lachte.

Es sollte noch schlimmer für ihn kommen. »Wenn Mummy und Onkel Angus verheiratet sind«, fuhr Billy voller Überzeugung fort, »dann wird Onkel Angus unser Daddy.«

»Cool!«, sagte Rachel und schenkte Angus ein mitfühlendes Lächeln.«

»Jungs, warum kontrolliert ihr nicht mal, ob sie die Tische im Zelt auch richtig aufgestellt haben?«, schlug Angus vor.

»Okay!«, antworteten die beiden und rannten los. Der

gebrochene Arm schien Ned nicht wirklich zu beeinträchtigen.

»Also, Angus, gibt es irgendetwas, was du mir gern mitteilen möchtest?« Rachel wusste, dass sie in wenigen Minuten mit Belinda sprechen musste, aber sie konnte nicht widerstehen, Angus noch ein bisschen aufzuziehen.

»Es sind großartige Kinder, und ich liebe sie, doch manchmal bringen sie mich wirklich in Verlegenheit!« Er wurde ernst. »Ich hoffe sehr, dass Lindy sich irgendwann zu mir bekennen wird, aber noch ist es dafür ein bisschen früh.«

»Du hast großes Glück, weißt du das? Wollt ihr hier leben, Lindy und du?« Rachel zeigte auf das große, heruntergekommene Herrenhaus.

»Irgendwann einmal schon. Es muss erst bewohnbar gemacht werden – für eine Familie, nicht nur für mich.«

»Nun, sag mir Bescheid, wenn du so weit bist, dass du Unterstützung bei der Farbwahl gebrauchen kannst«, sagte Rachel. »Ich liebe Farbkarten!«

»Äh...«

»Wenn ich etwas zu entscheiden habe, werden es natürlich Fifty Shades of White!«

Angus lachte. »Gibt es so viele Weiß-Nuancen?«

»Oh ja, sogar noch mehr. Und ich mache keine Witze. So, ich sehe jetzt besser mal nach, ob Belinda klarkommt.«

»Als ich sie zuletzt gesehen habe, sind alle um sie herumgelaufen, als wäre sie der Mittelpunkt des Universums.«

»Großartig!«, erwiderte Rachel und machte sich auf die Suche nach Belinda. Erst dann fiel ihr ein, dass Angus Architekt war und bestimmt genaue Vorstellungen von Farbkonzepten hatte.

Belinda hielt in der Tat im Catering-Zelt Hof. Sie war hocherfreut, Rachel zu sehen. »Liebes! Wie schön! Ich kann Ihnen gar nicht sagen, wie viel Spaß es macht, in dieser tollen kleinen Küche zu kochen. Und die Backöfen! Alles geht so schnell.«

Da einer der Gänge ein langsam gegarter Schweinebraten war, bekam Rachel plötzlich Angst. »Wie klappt es denn?«

»Alles ist fertig. Wir müssen nur noch dafür sorgen, dass der Schweinebraten eine schöne knusprige Kruste bekommt und die Kartoffeln auch. Und das Gemüse wird noch mal kurz in Butter geschwenkt, sobald die Vorspeise serviert ist.«

»Und die wäre...?«

»Räucherlachs. Wir bereiten jetzt noch Brot und Butter vor und kühlen das Ganze. Und es gibt massenhaft Brot und Käse für später. Ken hat genug für eine ganze Armee und ihr Gefolge mitgebracht.«

Rachel runzelte die Stirn. »Du meine Güte, ich wusste nicht, dass die Veranstaltung abends noch weitergeht! Niemand hat das erwähnt. Hoffentlich hat Ihnen das nicht zu viele Umstände bereitet!« Rachel fühlte sich ausgesprochen unbehaglich, weil sie nicht alles vollkommen unter Kontrolle hatte, doch so etwas passierte, wenn man eine tickende Zeitbombe wie Vivien mit an Bord hatte.

»Ich glaube, das wurde in letzter Minute arrangiert, aber Ken ist wunderbar und hat die Lebensmittel organisiert. Wir kennen uns schon seit Jahren.« Dann sagte sie, wahrscheinlich um Rachel von den Dingen abzulenken, die sich ihrer Kontrolle entzogen hatten: »Wie hat Raff Ihnen in seiner Kutscher-Livree gefallen?«

Die Ablenkung funktionierte. Rachel nickte. Wie sollte sie der Mutter ihres Freundes die Wirkung beschreiben, die sein Kostüm auf sie gehabt hatte? Auch wenn sie Belinda gern mochte, konnte sie schließlich nicht mit ihr über Raffs erotische Ausstrahlung reden. »Sie steht ihm wirklich gut. Es war eine tolle Überraschung für die Braut, als diese wunderschöne Kutsche auf sie wartete.«

»Raff ist es gelungen, einen günstigen Preis auszumachen. Leider kann das glückliche Paar nicht mit der Kutsche hierherfahren. Mit dem Auto ist man in einer Viertelstunde da, doch mit einer Pferdekutsche würde die Fahrt eine halbe Ewigkeit dauern. Aber es ist trotzdem nett, mit einer Kutsche zur Kirche chauffiert zu werden.«

Rachel nickte. »Offensichtlich war das schon Helenas Traum, seit sie ein kleines Mädchen war.«

Belinda öffnete einen Ofen und spähte über ihre Lesebrille hinweg hinein, dann schloss sie ihn wieder – offensichtlich zufrieden. »Und wovon hast du als kleines Mädchen geträumt, wenn du an deine Hochzeit gedacht hast?«

Rachel registrierte beglückt, dass Belinda sie endlich duzte. »Ach, ich war ja schon mal verheiratet.« Sie seufzte. »Jetzt träume ich vermutlich davon, dass es beim zweiten Mal besser funktioniert.«

Belinda lachte leise. »Ich glaube, da kannst du dich auf Raff verlassen.«

»Belinda! Es ist viel zu früh, um so etwas zu sagen. Wir sind schließlich nicht verlobt. Wir sind noch nicht mal besonders lange zusammen.«

Belinda schmunzelte. »Ich weiß, und ich sollte euch auch nicht drängen, aber ich habe da so ein Gefühl ... na ja, falls dir ein sehr teures Kleid vorschwebt, solltest du schon mal anfangen zu sparen.«

»Also ehrlich!«, sagte Rachel lachend und wurde rot. Dann verließ sie schnell die Küche, bevor Belinda noch unverschämter werden konnte.

Das Zelt sah prächtig aus. Es hatte sich schon gut entwickelt, als Lindy und sie die Blumen vorbereitet hatten, doch jetzt war es eine perfekte Location. Ganz kurz überlegte Rachel, ob der Traumrahmen für die Hochzeit in ihrer Fantasie nicht ebenfalls ein Zelt sein sollte. Nicht, dass sie etwas Derartiges planen würde. Natürlich nicht! Aber dann erlaubte sie sich, sich Raff und sie im Regency-Stil gekleidet vorzustellen, sie mit einer Haube, er in seiner eng anliegenden Hose. Energisch schüttelte sie den Kopf. Sie würde sich keine, aber auch gar keine Gedanken über ihre eigene Hochzeit machen! Und ganz bestimmt nicht dann, wenn sie sich auf Helenas Hochzeitsfeier konzentrieren musste. Rachel sah sich im Zelt um und hielt Ausschau nach möglichen Unzulänglichkeiten. Sie fand keine.

Der Duft der Frühlingsblumen war entzückend. Die fünf Marmeladengläser mit Blumen auf jedem Tisch wirkten extravagant. Und obwohl die Frauen des Blumenkomitees gesagt hatten, dass nicht genug Zeit blieb, um das Zelt selbst ausgiebig zu schmücken, hatten sie es geschafft, die Stützen und Streben von der Mitte des Zeltes aus mit Tüll, Efeu und Narzissen zu umwickeln. Das Dach war mit einem Netz abgehängt, und winzige Lichter vermittelten den Eindruck eines Märchenpalastes.

Der für das Zelt zuständige Mann trat auf Rachel zu. »Ich bin Jim. Ist es so recht?«

Rachel brauchte ein paar Sekunden, um sicherzugehen, dass sie nicht in Tränen ausbrechen würde, bevor sie antwortete: »Es ist sensationell!«

Jim nickte. »Das hören wir gern.« Er sah sich um. »Ich bin auch zufrieden. Wie Sie ja wissen, hatten wir sehr wenig Zeit, aber die Lichtchen und das Netz kommen sehr gut zur Geltung.«

»Es sieht so hübsch aus!«, erwiderte Rachel und seufzte. Dann runzelte sie die Stirn, weil ihre strengen Anforderungen offensichtlich durch ein paar Blumen, einige Lichtchen und ein bisschen Tüll aufgeweicht worden waren. »Jetzt muss ich nachsehen, ob die Torte in Ordnung ist.«

»Ein bisschen spät, falls nicht«, meinte Jim, ein väterlicher Typ und, wie Rachel fand, einer dieser Menschen, die einem immer das Gefühl gaben, dass alles gut werden würde.

»Ich muss trotzdem nachsehen«, sagte Rachel.

Wieder waren frische Blumen das Motto. Drei Stockwerke der weißen Torte (die theoretisch genau zum Tüll von Helenas Brautkleid passte) waren durch Lagen aus Blüten voneinander getrennt. Besonders hübsch war, dass es sich dabei um Frühlingsblumen handelte – frische Freesien, Narzissen und sehr helle Primeln. Das Design war klassisch: ein bisschen altmodisch, aber perfekt. Es gab ein aus Zuckerguss modelliertes Band mit Schleifen, um das Design der Kleider mit ihren Degas-Verzierungen aufzugreifen. Rachel seufzte zufrieden. Vivien hatte eine der teuersten Hochzeitstorten-Konditoreien überhaupt beauftragt, aber das Ergebnis war tatsächlich überwältigend.

»Und, was halten Sie davon?«, wollte Jim wissen, der sich offensichtlich für ihre Meinung interessierte.

»Ich finde die Torte entzückend. Und die Farbe ist vollkommen. Der Tortendesigner hatte ein Stoffmuster des Brautkleides. Wie Sie ja wissen, hatten wir nicht viel Zeit. Aber ich liebe die Torte. Fantastische Arbeit.«

»Es ist eine der schönsten Torten, die ich je gesehen habe – und das waren schon einige.« Er lächelte. »Das wird eine großartige Hochzeit.«

Plötzlich fiel Rachel etwas auf, was sie nicht erwartet hatte. »Warum gibt es eine Bühne? Wir haben keine Live-Musik.«

»Ach? Sind Sie sicher?«

»Oh ja! Die Feier ist sehr kurzfristig arrangiert worden. Wir hatten kaum genug Zeit, eine Playlist zusammenzustellen, und es sind nur der erste Tanz und ein paar der Lieblingssongs des Brautpaares drauf.« Beth hatte ihr Bestes getan und sich die iPods von allen ausgeliehen, auch den von ihrer Mutter. Sie glaubte, dass sie die wichtigsten Songs ausgesucht hatte.

Jim spürte wahrscheinlich Rachels Sorge und zuckte mit den Schultern. »Na ja. Kostet ja nichts extra.«

»Dann ist es in Ordnung. Vielleicht kann das glückliche Paar den ersten Tanz auf der Bühne tanzen.«

Er nickte zustimmend. »Hängt ein bisschen davon ab, wie die beiden tanzen wollen. Wird es ein formeller Brauttanz? Oder werden sie sich nur verzweifelt aneinander festklammern?«

»Ich weiß es nicht genau. Sie sind in letzter Minute verschwunden – angeblich, um zu üben, aber wer weiß? Vielleicht haben sie nur geübt, sich aneinanderzuklammern! Was schade wäre, denn Helenas Kleid ist sehr gut fürs Tanzen geeignet.«

»Die Bühne hat an der Seite Stufen, sodass sie bequem hinauf- und hinuntergelangen könnte.«

Rachel unternahm einen letzten Rundgang durch das Zelt. Sie zupfte hier ein bisschen Tüll zurecht, schnupperte da an ein paar Blüten und war insgesamt sehr zufrieden.

Dann ging sie hinaus, um Angus und die Kinder zu suchen. Er war ebenfalls zur Hochzeit eingeladen worden, da jede Menge Platz war – nicht alle Gäste auf Viviens langer Liste hatten nach der Terminänderung kommen können. Rachel wollte sich vergewissern, dass die Räumlichkeiten für die Kinderbetreuung angemessen waren. Es würden nicht viele Kinder mitfeiern, aber Rachel wollte, dass sie gut betreut und glücklich waren. Mit Lindys Hilfe hatte Beth organisiert, dass ein paar Mütter aus dem Ort Spielsachen brachten, die Kleinen fütterten und mit ihnen spielten. Vivien hatte die Vorstellung nicht gefallen, dass Kinder möglicherweise herumrennen und unbeaufsichtigt spielen würden.

Dann sah Rachel auf die Uhr und stellte fest, dass sie sich zurechtmachen musste. Sie wollte bereit sein, wenn die ersten Gäste eintrafen, und helfen, die Champagnergläser zu verteilen.

32. Kapitel

Beth stand hinten im Zelt und trank ein Glas Wasser. Sie fühlte sich erschöpft – nicht nur, weil sie als Brautjungfer ständig irgendwo aushelfen musste, sondern auch, weil es so anstrengend war, sich fröhlich und unbeschwert zu geben. Sie wäre am liebsten nach Hause gegangen, um sich unter der Bettdecke zu verkriechen, ihre Wunden zu lecken und sich von ihrem gebrochenen Herzen zu erholen.

Es war nicht richtig gebrochen, denn Finn und sie waren schließlich kein Paar gewesen. Er war nett zu ihr gewesen, und sie war richtig in ihn verliebt, aber es war albern zu glauben, dass sie ihr Herz an ihn verloren hatte. Und doch war es so. Sie war an jenem Abend spät über dunkle Straßen nach Hause gefahren, fest davon überzeugt, dass er sie nicht ausstehen konnte. Alles war so trostlos, so nervtötend. Voller Optimismus war sie aufgebrochen, voller Überzeugung, etwas Gutes zu tun. Sie hatte Finn und seiner Band doch nur helfen wollen.

Und als sie dort angekommen war, hatten sich die Dinge so ganz anders entwickelt als gedacht. Finn wollte nicht, dass die Band für Mickey Wilson spielte, wie einflussreich dieser Mann auch sein mochte. Raffs Kumpel wäre für ihn in Ordnung gewesen, aber er war nicht so einflussreich. Finn glaubte offensichtlich nicht, dass die Band schon bereit für jemanden war, der so großen Einfluss in der Musikbranche besaß. Statt Finn zu helfen, hatte sie für Streit innerhalb der Band gesorgt, und er hasste sie jetzt. Beth dachte nach. Nein, wahrscheinlich hasste er sie nicht, denn das würde voraussetzen, dass sie ihm einmal etwas bedeutet hatte – und ganz offensichtlich war sie ihm einfach gleichgültig. Sie war nur ein Ärgernis für ihn. Beth überlegte gerade, ob ihre Mutter und ihre Schwester je wieder mit ihr reden würden, wenn sie sich heimlich vor dem Ende der Feier aus dem Staub machte, als Rachel und Raff auf sie zukamen.

»Hey, Beth! Komm tanzen!«, sagte Rachel, die sehr aufgedreht wirkte. Raff hatte sein Mr.-Darcy-Outfit ausgezogen, sah aber in Hose und Hemd immer noch gut aus.

Raff ergriff ihre Hand, und zusammen gingen sie weiter nach vorne in Richtung Bühne. »Lasst uns tanzen! Wer hat diese schreckliche Musik ausgesucht?« Er grinste.

Beth grinste unwillkürlich zurück. »Du weißt, dass ich das war. Und die Musik ist super.«

»Dann tanzen wir jetzt.«

Beth fiel auf, wie sehr Rachel strahlte. Das muss Liebe sein, dachte sie. Vielleicht würde ihr ein solches Glück eines Tages auch mal vergönnt sein.

Und Lindy, die mit Angus tanzte, sah ebenfalls aus wie das blühende Leben. Beth hasste sich, weil sie auf einmal eifersüchtig auf ihre Freundinnen war. Sie verdienten es, glücklich zu sein und reizende Freunde zu haben. Dann kam sie zu dem Schluss, dass es keine Eifersucht war, was sie empfand – das Glück der beiden anderen unterstrich nur ihre eigene Einsamkeit.

Die Sache mit Charlie hatte sie ziemlich hart getroffen. Es war ein Schock gewesen, ihn in flagranti mit einer anderen in der Abstellkammer zu erwischen. Aber nachdem sie Finn kennengelernt hatte, war Charlie schnell in Vergessenheit geraten.

Lindy und Angus stießen zu ihnen, sodass sie nun zu fünft waren. Es war nett von ihren Freunden, sich um sie zu kümmern, aber trotzdem wünschte Beth, sie würden sie mit ihrer Traurigkeit allein lassen.

Ihre Schwester schaute ihrem frisch angetrauten Ehemann tief in die Augen, während die beiden tanzten, und auch ihre Eltern waren auf der Tanzfläche und wirkten wie ein frisch verliebtes Paar.

Plötzlich ergriff Rachel Beth' Hand und hielt sie fest. Jemand stellte die Musik ab.

Raff erschien auf der Bühne. Er klopfte gegen das Mikrofon. »Meine sehr verehrten Damen und Herren, als wäre diese Hochzeitsfeier nicht ohnehin schon etwas ganz Besonderes, wird dem Ganzen gleich noch die Krone aufgesetzt. Eine großartige neue Band, die gerade ihren ersten, sehr erfolgreichen Auftritt im Gemeindesaal hatte, hat beschlossen, für Sie alle heute Abend zu spielen. Ich bin davon überzeugt, dass wir diese Band demnächst ständig im Fernsehen sehen werden. Und dann können wir sagen: ›Wir haben sie schon gehört, bevor sie berühmt wurden, und mussten dafür nicht einmal das Glastonbury-Festival besuchen!‹ Hier sind für Sie ... Finn und die McCools!«

Jetzt verstand Beth, warum Rachel sie so festhielt. Ihre Freundin wusste, dass sie ansonsten auf der Stelle die Flucht ergriffen hätte. Da ihr jedoch nichts anderes übrig blieb, rührte Beth sich nicht vom Fleck. Wenn sie in den Gemeindesaal gegangen wäre, hätte sie sich dezent im Hintergrund gehalten. Davon konnte hier keine Rede sein. Und ein Teil von ihr war begeistert. Raff hatte gesagt, der Gig wäre gut gelaufen. Sie hoffte es jedenfalls sehr, dann hätte ihre Einmischung wenigstens etwas Gutes bewirkt.

Es dauerte eine Weile, bis das Publikum ruhig wurde und die Band anfangen konnte. Dem Empfang nach zu urteilen, den die Hochzeitsgäste der Band bereiteten, hätten sie alle bezahlte Mitglieder des Fanklubs von Finn und den McCools sein können.

Nachdem die Band die Instrumente fertig gestimmt und den Verstärker reguliert hatte, begann sie schließlich zu spielen.

Beth konzentrierte sich so sehr darauf, nach außen hin ruhig zu wirken, dass sie die Musik anfangs gar nicht richtig wahrnahm. Sie warf einen Blick in Helenas Richtung und gewann den Eindruck, dass sie etwas mit dem Auftritt der Musiker zu tun hatte. Dann entspannte Beth sich allmählich und konnte der Musik lauschen.

Die Leute liebten die McCools. Die Band hatte diese Art von rauer, poetischer Verruchtheit, die jeden mitriss und dem Zuhörer entweder ein Kribbeln im Bauch verursachte oder ihn dahinschmelzen ließ. Und ob man es wollte oder nicht, man musste sich einfach zu dieser Musik bewegen.

»Sie sind richtig gut, was?«, rief Rachel.

Beth nickte. »Das sind sie, Gott sei Dank! Hast du gewusst, dass sie kommen?«

Rachel schüttelte den Kopf. »Ich hab's erst vor ein paar Minuten erfahren. Helena hat es mir gesagt. Raff hat sie gefragt, ob es für sie in Ordnung wäre. Natürlich war sie begeistert.«

»Das will ich auch hoffen!«

»Und sie sind ideal für eine Hochzeitsfeier, obwohl sie nach ihrem ersten Gig bestimmt erschöpft sind«, fuhr Rachel fort. »Schade, dass es wahrscheinlich ihr einziger Auftritt auf einer Hochzeit bleiben wird...« Sie hielt inne. »Sieh dir mal Helena und Jeff an, sie haben richtig Feuer gefangen!«

Für ein Paar, das sich ursprünglich am liebsten um den Brauttanz gedrückt hätte, gaben sie jetzt ganz schön Gas. Beth erinnerte sich daran, dass Helena ihr von einigen Jive-Stunden erzählt hatte, die sie vor ihrer Reise genommen hatten. Diese Investition hatte sich ganz offensichtlich gelohnt!

Die Gäste wirkten erleichtert, als die Band das Tempo verlangsamte. Alle hatten begeistert getanzt, doch jetzt brauchten sie eine Pause.

Finn schnappte sich das Mikro. »Damit ihr euch ein bisschen erholen könnt, singen wir jetzt einen ganz neuen Song für euch. Er ist langsam, also achtet darauf, dass ihr mit dem richtigen Partner tanzt!«

Beth schossen die Tränen in die Augen. Sie hatte keinen Partner, nicht einmal einen falschen. Am liebsten hätte sie die Flucht ergriffen, aber es wäre ihr peinlich, sich durch die Menge der Tanzenden zwängen zu müssen. Also blieb sie, wo sie war, und versuchte, sich ganz gelassen zu geben.

Der Song begann mit ein paar Takten Geigenmusik im Hintergrund. Finn behielt das Mikro und fing an zu singen. Wehmütig blickte er in die Menge der Hochzeitsgäste. Beth hörte, wie die Menschen um sie herum seufzten. »Sobald der Song raus ist, kommt er auf meine Liste«, sagte eine von Helenas Freundinnen lächelnd.

Beth schaute auf ihre Füße. Sie wollte Finns wehmütiger Stimme nicht lauschen. Er sang einen romantischen, sehr gefühlvollen Song, der niemanden unberührt ließ. Sie wollte nicht weinen. Und dann hörte sie den Refrain. »Hey, Beth!«

Ihr Blick huschte zur Bühne. Sie hatte diesen Refrain schon einmal gehört, aber nicht begriffen, dass er tatsächlich Teil eines Songs war. An jenem Abend in der Scheune hatte sie angenommen, Finn hätte mit ihr gesprochen. Und vielleicht sprach er auch jetzt mit ihr!

Bevor sie Zeit hatte, den Text richtig zu erfassen, legte Finn das Mikro zur Seite und ließ die Band ohne ihn weiterspielen. Er sprang von der Bühne. Erschrocken und verwirrt starrte Beth wieder zu Boden. Sie ahnte, dass Finn auf sie zukam, und vertraute auf den alten Trick: Wenn ich dich nicht sehen kann, siehst du mich vielleicht auch nicht.

»Hey, Beth!«, sagte er, und sie hob ruckartig den Kopf. Mit einem reumütigen Lächeln stand er vor ihr. »Ich war ein echtes Scheusal. Doch ich wollte dir nicht wehtun. Du bist der allerletzte Mensch auf der Welt, den ich verletzen will. Du bist mir sehr wichtig. Bitte verzeih mir! Tanz mit mir!« Dann nahm er sie in die Arme, hob sie hoch und hielt sie so fest, dass sie kaum noch Luft bekam.

Entweder hatte er Angst, dass sie weglaufen könnte, oder er hielt sie für keine gute Tänzerin, denn er drückte sie an sich, während er sich zum Klang der Musik wiegte. »Liebste«, flüsterte er ihr ins Ohr, »es tut mir so leid!«

Beth spürte die Blicke der Leute auf sich und wurde verlegen. Dann lächelte sie. Sie lag in den Armen eines der attraktivsten Männer auf diesem Planeten.

»Lass uns irgendwohin gehen, wo wir reden können!«, schlug er vor und hielt sie immer noch fest.

Finn legte ihr einen Arm um die Schultern und bahnte sich mit ihr zusammen einen Weg durch die Hochzeitsgäste. Endlich erreichten sie den Zeltausgang. Beth hörte Leute applaudieren und kicherte unwillkürlich.

»Wir brauchen einen Ort, an dem wir ungestört sind«, sagte er, nachdem sie das Zelt verlassen hatten.

»Angus lebt hier. Ich kenne mich überhaupt nicht aus.«

»Macht nichts. Ich weiß, wohin wir gehen können. Da drüben steht ein Baumhaus. Raff hat es erwähnt. Da, siehst du die Lichter?«

»Aber braucht die Band dich nicht?«

»Nein, im Moment nicht. Obwohl ich meine Worte noch bereuen könnte – vielleicht nimmt Mickey die McCools ohne mich unter Vertrag. Aber wir haben ihm vorhin ganz gut gefallen.«

»Dann lass uns lieber zurückgehen!«, meinte Beth, die sich

wahnsinnig freute, dass die Zukunft der Band gesichert war. Dennoch machte sie sich auf einmal Sorgen, dass noch etwas schieflaufen könnte.

»Auf keinen Fall! Nachdem ich dich jetzt endlich erwischt habe, lasse ich dich nicht gehen, bevor ich mich entschuldigt habe. Aber ist dir auch warm genug? Nicht, dass du dich erkältest. Hier, nimm meine Jacke!« Er schlüpfte aus seiner Lederjacke und legte sie Beth um die Schultern. Sie war schön warm und roch wunderbar nach ihm. »Gut so?«

»Perfekt«, antwortete sie.

»Ich bin so dankbar und glücklich, dass du jetzt mitgekommen bist. So, wie ich dich behandelt habe, hättest du mir auch eine Ohrfeige verpassen können.«

Beth hakte sich bei ihm unter, und sie spazierten durch die Dunkelheit auf die flackernden Lichtchen zu. Als sie sich ihnen näherten, erschienen sie Beth wie ein Symbol der Hoffnung. Vielleicht konnten Finn und sie doch zusammen glücklich werden. »Na ja, wenn ich jetzt so drüber nachdenke ... Ich bin einfach unangekündigt aufgetaucht, als du nicht gestört werden wolltest. Das war nicht dein Fehler.«

»Doch. Ich war ein Vollidiot. Ein Vollidiot ohne Manieren.«

»Ich bin bereit, es deinem Künstlertemperament zugutezuhalten«, sagte Beth.

Laut lachend hob Finn sie hoch und drehte sie im Kreis. »So einen Blödsinn habe ich ja noch nie gehört, obwohl ...«, er setzte sie wieder ab, »... vielleicht ist es ja eine gute Ausrede.«

»Um ehrlich zu sein, ich glaube, ich würde dir alles verzeihen. Du hast einen Song für mich geschrieben.«

»Stimmt. Und es ist ein sehr guter Song, wenn ich das so sagen darf.«

Sie erreichten das Baumhaus. »Von da oben ist Ned runtergefallen und hat sich den Arm gebrochen«, erklärte Beth.

»Ja, Raff hat es mir erzählt. Aber ich passe auf, dass dir das nicht passiert. Ich bleibe hier stehen, bis du sicher oben angekommen bist. Und vielleicht versetze ich dir noch einen kleinen Schubs, wenn es nötig sein sollte.« Er lachte leise. »Irgendwie hoffe ich, dass du einen Schubs brauchst.«

So vorsichtig wie möglich kletterte sie die Leiter hinauf, weil sie ihr Kleid nicht ruinieren wollte. Und sie wollte auch nicht geschubst werden. Das könnte die Magie des Augenblicks zerstören.

Im Baumhaus war es ein bisschen eng für sie beide zusammen, aber sie kuschelten sich einfach aneinander. Jemand – vermutlich Rachel – hatte mit Draht Marmeladengläser mit Teelichten darin in die Bäume gehängt. Es war unglaublich romantisch.

»Dein Kleid nimmt ganz schön viel Raum ein«, beschwerte sich Finn und legte den Arm um sie. Dann drehte er ihr Gesicht zu sich, beugte sich zu ihr herunter und küsste sie sehr ausgiebig.

Die beengten Verhältnisse waren vergessen, und Beth vergaß auch alles andere. Es gab nur noch sie beide und diesen wundervollen, nicht enden wollenden Kuss.

Irgendwann wurden sie von einer drängenden Stimme gestört. »Finn? Finn, bist du hier? Raff meinte, ich könnte dich hier vielleicht finden. Mensch! Du musst zurückkommen! Die Menge lechzt nach deinen Blut!«

»Wirklich?«, fragte Finn und löste sich zögernd von Beth.

»Na ja, natürlich nicht nach deinem Blut, aber sie wollen unbedingt, dass du singst. Du solltest ehrlich mitkommen.«

Beth spürte, dass er hin- und hergerissen war. Einerseits wollte er bei ihr bleiben, andererseits war er auch der Band etwas schuldig. »Komm«, sagte sie. »Lass uns gehen!«

Sie würde ihm seine Jacke zurückgeben müssen, aber am liebsten hätte sie sie als Erinnerung an diese Nacht für immer behalten.

»Gibt uns zwei Minuten, Liam!«, rief Finn. »Wir müssen nur kurz noch etwas klären.«

»Wenn's denn sein muss«, erwiderte Liam. »Dann bis gleich!«

Finn sah sie eindringlich an. »Bevor wir zurückgehen, will ich dir nur noch sagen ... Eigentlich weiß ich gar nicht, was ich sagen will. Es ist noch so früh – wir kennen uns kaum, aber ich möchte, dass du weißt...« Er zögerte. »Du bist etwas ganz Besonderes für mich, und ...« Offensichtlich fiel es ihm sehr schwer, ihr seine Gefühle zu erklären. »Es sieht so aus, als würde die Band bald auf Tour gehen, und wahrscheinlich werden wir ziemlich oft getrennt sein. Aber es würde mich wirklich glücklich machen ... Mein Gott, das ist so schwierig!« Er atmete aus. »Ich mach's am besten kurz: Ich würde mich wahnsinnig freuen, wenn du mit mir nach Irland kommen würdest, um meine Familie kennenzulernen.«

Beth kämpfte mit den Tränen. Obwohl er Probleme hatte auszudrücken, was er sagen wollte, hatte sie kein Problem, ihn zu verstehen. Natürlich konnte er ihr nichts versprechen, aber allein die Tatsache, dass sie seine Familie treffen sollte, war ihr genug. »Ich würde liebend gern mit dir nach Irland fahren. Werde ich auch einen Leprechaun sehen?«

Er lachte zärtlich. »Das garantiere ich dir.«

Ihr Abgang hatte für einigen Wirbel gesorgt. Als sie das Zelt wenig später wieder betraten, warteten die Leute auf sie. Jemand warf Konfetti (getrocknete Blüten, die Rachel organisiert hatte). Die Band spielte nicht mehr – offensichtlich hatte sie es aufgegeben, auf Finn zu warten –, und Beth' Musikauswahl vom iPod lief wieder. Braut und Bräutigam waren verschwunden. Beth begriff, dass sie den Wurf des Brautstraußes verpasst hatte, doch das machte ihr nichts aus.

»Liebes!«, rief Vivien, offensichtlich in bester Champagner- und Hochzeitslaune, und die Menge teilte sich vor ihr wie einst das Rote Meer vor den Israeliten. »Du bist von diesem tollen Mann entführt worden? Es war ja wie im Film!«

»Stimmt«, kommentierte Lindy, die Vivien gefolgt war. »Himmlisch!« Sie küsste Beth auf die Wange. »Geht's dir gut?«

Beth' leuchtende Augen hatten ihr schon alles verraten. »Wir waren im Baumhaus.« In dem Moment stieß Rachel mit Raff im Schlepptau zu ihnen. »Hast du die Teelichte in die Bäume gehängt?«

»Kann schon sein«, antwortete Rachel schmunzelnd. »Alles so romantisch wie möglich zu arrangieren gehört schließlich zu den Aufgaben von Vintage-Hochzeiten.«

»Ach, Vintage-Hochzeiten!«, sagte Lindy. »Unsere Agentur ist einfach großartig!«

Angus kam näher und legte die Arme um sie. »Sie hat unser Leben auf den Kopf gestellt.«

»Wollt ihr eurem Angebot eine Partnervermittlung hinzufügen?«, fragte Angus.

»Auf keinen Fall!«, rief Rachel. »Warum sollten wir?«

Raff drückte sie liebevoll an sich. »Könnte ein erfolgreicher Geschäftszweig werden. Schließlich hat Vintage-Hochzeiten dafür gesorgt, dass ihr jetzt alle drei feste Partner habt.«

»Das ist Zufall!«, protestierte Rachel und drehte sich zu Raff um. Aber er küsste sie so gründlich, dass sie vollkommen vergaß, was sie eigentlich hatte sagen wollen.

»Na ja, wie auch immer wir sie kennengelernt haben«, meinte Lindy, »wir sind alle sehr glücklich. Und auch abgesehen von unseren Männern ist Vintage-Hochzeiten absolut prima!«

»Stimmt!«

»Allerdings!«, sagte Rachel, nachdem sie wieder zu Atem gekommen war.

»Soll ich euch Mädels was zu trinken holen, damit ihr anstoßen könnt?«, fragte Angus.

»Nein, lasst uns tanzen!«, schlug Lindy vor. »Seht mal, was auf der Tanzfläche los ist!«

Die Bandmitglieder, die ihre Instrumente abgestellt hatten, tanzten voller Hingabe. Liam hatte sich Vivien geschnappt, und sie wirbelten wie Profis über das Parkett.

»Hey!«, sagte jemand. »Diese Brautmutter ist ja eine echte Granate auf der Tanzfläche!«

Danksagung

Ein riesengroßes Dankeschön an meine Tochter Briony und meine (frisch gebackene) Schwiegertochter Heidi, dass ihr geheiratet und für so wunderbares Recherchematerial gesorgt habt. Dank auch an ihre wunderbaren Ehemänner Steve und Frank. Ich würde meinen Enkelkindern ebenfalls danken, aber sie waren keine große Hilfe – abgesehen davon, dass sie bezaubernd sind, doch daran müssen sie nicht arbeiten.

Danke auch an die wunderbare Lotte und den wunderbaren Miles und *Prince Albert*, der so ein origineller und großartiger Pub ist, dass er einfach in einem Buch Erwähnung finden musste. Schauen Sie doch vorbei, wenn Sie mal nach Stroud kommen sollten!

Danke an die Old Endowed School, die zusammen mit dem *Prince Albert* eine Hauptrolle in meinem Roman spielt. Das Komitee arbeitet so hart, um Mittel für die Restaurierung dieses faszinierenden, altehrwürdigen Gebäudes zu sammeln.

Danke auch an die vielen Menschen, die dazu beigetragen haben, dass beide Hochzeiten so fantastisch waren, einschließlich The White Room, die wissen, wie eine Hochzeitsfeier zu etwas Besonderem wird, Siobain Drury, die mich zum Blumenmarkt in Birmingham mitgenommen hat (um vier Uhr morgens), Debbie Evans, die mich mit so vielen Insider-Informationen über Hochzeiten versorgt (und allen wunderbaren Frisuren verpasst) hat. Danke an die Brautjungfern meiner Töchter, offiziell und inoffiziell. Toni, Jo, Carrie und alle anderen Junggesellinnen. Ihr alle habt euren Beitrag geleistet.

Danke an meine wunderbaren Lektorinnen Selina Walker und Georgina Hawtrey-Woore, die alles besser gemacht haben, in jeder Hinsicht. Und an mein wunderbares Vertriebsteam Aslan Byrne, Andrew Sauerwine und Chris Turner. Auch an Jen Doyle, Rebecca Ikin und Vincent Kelleher, die zaubern können – und das meine ich nicht bildlich gesprochen.

Danke an die liebste, fantastische Charlotte Bush und ihr Team, einschließlich Rose Tremlett und Millie.

Nicht zu vergessen Richenda Todd, auf die ich voll und ganz angewiesen bin und die ich häufig zur Verzweiflung treiben muss.

Und danke an den stets geduldigen, unerschütterlichen Bill Hamilton und sein herausragendes Team bei A. M. Heath.

Mir ist bewusst, dass ich immer jemanden vergessen werde. Ich hoffe sehr, dass du es nicht bist! Es ist nicht so, dass ich nicht dankbar wäre, aber mein Gedächtnis ist einfach so schlecht...

Manchmal braucht es nicht nur zwei Herzen, sondern auch vier Pfoten, um die Liebe zu finden

Pippa Watson
MIT EUCH AN
MEINER SEITE
Roman
368 Seiten
ISBN 978-3-404-17451-5

Die gefragte Hundetrainerin June kann kaum glauben, wer sie da engagieren will: niemand Geringeres als der international gefeierte Popstar Tobey Lambert. Er bittet June um Hilfe bei einer verletzten Hündin, die er bei sich aufgenommen hat. Mit gemischten Gefühlen macht June sich aus dem beschaulichen Glastonbury auf den Weg ins trubelige London. Dort entpuppt sich Tobey beim Training mit Millie als äußerst talentiert. Doch mit jedem Tag, den June mit den beiden verbringt, wird deutlicher, dass nicht nur Millie schlimme Erlebnisse hinter sich lassen muss. Auch der sensible Musiker trägt offenbar ein schmerzhaftes Geheimnis in sich ...

Die Community für alle, die Bücher lieben

Das Gefühl, wenn man ein Buch in einer einzigen Nacht verschlingt – teile es mit der Community

In der Lesejury kannst du
- ★ Bücher lesen und rezensieren, die noch nicht erschienen sind
- ★ Gemeinsam mit anderen buchbegeisterten Menschen in Leserunden diskutieren
- ★ Autoren persönlich kennenlernen
- ★ An exklusiven Gewinnspielen und Aktionen teilnehmen
- ★ Bonuspunkte sammeln und diese gegen tolle Prämien eintauschen

Jetzt kostenlos registrieren: www.lesejury.de
Folge uns auf Facebook:
www.facebook.com/lesejury